浅井清・市古夏生 監修

作家の原稿料

作家の原稿料刊行会 編著

八木書店

目　次

凡　例……………………………………………………………… iii

論 考 篇

活字文化の誕生と原稿料 ……………………… 浅井　　清　1
戯作と報酬 ……………………………………… 佐藤　至子　8
職業としての〈書くこと〉
　　──樋口一葉の場合── ………………… 菅　　聡子　20
大正期における岩野泡鳴の原稿料 …………… 市古　夏生　35
〈婦人記者〉の仕事と賃金 …………………… 藤本　　恵　45
三上於菟吉「原稿贋札説」の虚実 …………… 谷口　幸代　54
「文章を売ること」
　　──昭和十年代、中野重治の原稿料── …… 竹内栄美子　66

年 表 篇

近　世……………………………………………………………… 83
明　治……………………………………………………………… 113
大　正……………………………………………………………… 171
昭和戦前…………………………………………………………… 265
昭和戦後…………………………………………………………… 337

　出典略称一覧…………………………………………………… 417
　年表索引………………………………………………………… 435
　あとがき………………………………………………………… 449

凡　　例

I　内容と構成

1、本書は、出版者・出版社の関係資料、及び作家の自伝・日記・書翰、編集者の回想記などの関連資料の蒐集と検討に基づき、作家の報酬の実態を調査・分析したものである。
2、本書で扱う報酬とは、狭義の原稿料はもとより、印税・画料・脚色料・上演料・講演料・校閲料・賞金・給料・版権・著作権まで広く含めている。
3、本書は論考篇と年表篇の二部から構成される。論考篇は、近世、明治、大正、昭和の各時代にわたり、原稿料の様相と印税制度の定着、作家の経済的自立などの諸課題を考察した各論である。年表篇は、近世から近現代に至る作家の報酬の史的変遷を年表形式にまとめたものである。
4、論考篇に収めた各論考の初出は次の通りである。
　　浅井清「活字文化の誕生と原稿料」(『新研究資料現代日本文学』第1巻、平12・3、明治書院、初出時の題名は「明治の文学─活字文化の誕生と原稿料─」)
　　佐藤至子「戯作と報酬」(特集「版権と報酬─近世から近代へ」、「江戸文学」42号、平22・5)
　　菅聡子「職業としての〈書くこと〉─樋口一葉の場合─」(前掲「江戸文学」)
　　市古夏生「大正期における岩野泡鳴の原稿料」(科学研究費補助金「出版機構の進化と原稿料についての総合的研究」報告書(平成18年度～20年度、基盤研究(B)、課題番号：18320041、研究代表者：市古夏生))
　　藤本恵「〈婦人記者〉の仕事と賃金」(同前)
　　谷口幸代「三上於菟吉「原稿贋札説」の虚実」(前掲「江戸文学」)
　　竹内栄美子「「文章を売ること」─昭和十年代、中野重治の原稿料─」(前掲報告書)
5、年表篇は、年月日、事項、出典の三項目で構成される。
6、年表篇の採録にあたっては次の方針を原則とした。
　　(1) 採録範囲は、元禄6年から昭和49年までとし、近世、明治、大

iv 凡　　例

　　正、昭和戦前、昭和戦後の時代ごとに区分した。ただし、各時代の初期、初年代といった場合は、その前の時代の末尾に収めた。
　（２）個々の作家の資料から得られる情報を必ずしも網羅するものではなく、永井荷風、室生犀星、岩野泡鳴、内田百閒、梶山季之ら件数の多い作家の場合は適宜取捨選択した。
　（３）著作権法の公布や出版社の動向など広く出版に関わる事項を作家の報酬に関わる情報として記載した。
7、出典略称一覧と年表索引を巻末に掲載した。出典略称一覧は後述のように（Ⅱ-4）、年表篇の出典欄に略記した文献の書誌情報を示したものである。年表索引は、年表篇に採録した主要な作家名、出版人名、作品名、項目を抽出して五十音順に配列したものである。

Ⅱ　年表篇の記載方針

1、年表篇は、近世267項目、明治536項目、大正845項目、昭和戦前732項目、昭和戦後769項目、計3,149項目をすべて年代順に並べた。年月日の特定が困難な場合は、各年代の項目の最後に置き、おおよその流れがつかめるようにした。
2、年表篇の年月日の記載にあたっては、次の方針を原則とした。
　（１）日記や書翰等の記載により作家が報酬を得た日付が明らかである場合は、その日付を記載した。
　（２）日付が不明なものに関しては、複数の資料を照合し推定が可能な場合はその旨を記した。
　（３）日付が不明なものに関しては、著作物の発表年月を記載した場合もある。
3、年表の事項欄の記述にあたっては、次の方針を原則とした。
　（１）適宜出典を引用しながら、出典の記述を簡潔にまとめて記述した。
　（２）典拠に記述された事柄だけでは情報が不足する場合、適宜注記を付し、あるいは当該作家の年譜や伝記など関連する他の文献と照らし合わせ、情報を補足して過不足のない記載を心がけた。
　（３）新字新仮名を使用することを原則としたが、固有名詞などでは

　　　　通行の字体を使用したものもある。
　　　　　　例：芥川龍之介、森鷗外
　　（４）金額・発行部数などは、出典の原表記に拘わらず算用数字で記述した。ただし、桁数の多い場合に限り、読みやすさを考慮して適宜漢字を使用して位を示した。
　　　　　　例：1万3,000円
4、年表の各事項欄は一つもしくは複数の出典を元に記述したが、各出典欄には主たる出典名を一つ略記した。略記は巻末の「出典略称一覧」に対応する。
　　　　　　例：「芥川全集04」は、次の文献に対応する。
　　　　　　『芥川龍之介全集』4巻（昭33・6、筑摩書房）

論考篇

活字文化の誕生と原稿料

浅井清

　商品としての文学作品は、通常、著作者の原稿が出版社によって多量に複製され、取次を経由して小売店に委託され、小売店で読者が購入するという形を取る。この作品の商品化におけるメディアの成立や出版社と著作者の関係を中心に、明治文学成立の背景を一瞥してみよう。

　近世の場合、本屋（版元）によって製作された書籍を貸本屋が購入し、本を背負った貸本屋は得意先を戸別訪問し貸し出していた。19世紀になると、その貸本屋は江戸で650軒、大坂に300軒あったという。版元は江戸・大坂・京都で本屋仲間（同業組合）を結成し、海賊版の出現を防ぎ権益の独占的な確保を図っていた。いっぽう幕府はその権益を認める代わりに、幕府の批判や猥雑な出版を自主規制させた。その取締りの名残りが「奥付」である。これには刊行年月日や著者・発行者・印刷者の氏名が明記されており、日本の書籍独特の風習となっている。

新しいメディアの誕生

　文明開化は新しく活字文化を生み出し、活字文化は文明開化の強力な推進力となった。その活字文化は印刷方法の技術革新から始まった。江戸時代からの木版製版による印刷は活版印刷と入れ替わった。この活版印刷の急速な普及により、情報の大量複製と伝達のスピード化が可能となった。日刊、月刊の新聞や雑誌の定期発行が始まり、情報の発信源が多様化し、新聞記者や編集者が出現してくる。

　新聞では、『東京日日新聞』（『毎日新聞』の前身、明5・2）、『郵便報知新聞』（明5・6）、『読売新聞』（明7・11）、『大阪朝日新聞』（明12・1）、『仮名読新聞』（明8・11）、『万朝報』（明25・11）、週刊『平民新聞』（明36・11）等が東京を始め各地で発行され始めた。当初の発行部数は数千部から2万部位だった。

2　活字文化の誕生と原稿料（浅井清）

また福地源一郎、成島柳北、栗本鋤雲ら幕末期の知識人や仮名垣魯文ら戯作者が、新メディアのリーダーとして復活し、ついで黒岩涙香、秋山定輔、堺利彦らがジャーナリストとして続いた。

雑誌では、福沢諭吉ら明六社の機関誌『明六雑誌』（明7・3）、巌本善治の『女学雑誌』（女学雑誌社、明17・7）、尾崎紅葉の『我楽多文庫』（硯友社、明19・11。印刷非売本、21・5から発売）、三宅雪嶺らの政教社の『日本人』（政教社、明21・4）、徳富蘇峰主宰の民友社は『国民之友』（明20・2）、坪内逍遙の『早稲田文学』（東京専門学校、明24・10）、北村透谷の『文学界』（女学雑誌社のち文学界雑誌社、明26・1）、正岡子規の『ホトトギス』（ホトトギス社、明30・1）、与謝野鉄幹『明星』（東京新詩社、明33・4）、『スバル』（平出修宅、明42・1）、『三田文学』（三田文学会、明43・5）、『青鞜』（青鞜社、明44・9）等が創刊された。

木版から活版へ

印刷・造本から見ると、諭吉の初期の著作『西洋事情』（尚古堂、慶応2・12～明3・閏10）、仮名垣魯文『西洋道中膝栗毛』（万笈閣、明3・9）等は木版時代の掉尾を飾るベストセラーだった。やがて活版印刷の普及とともに造本も変化し、和装本からボール紙使用の厚い表紙の洋装本へとなる。銅版印刷の精密な絵柄が表紙や挿絵となって文明開化の薫りを漂わせる。しかし用紙・印刷・挿絵・製本・装幀等から見ると、一挙に変わるのではなく徐々に段階的に変化は進行していく。たとえば富田正文によると、諭吉の『学問のすゝめ』は明治5年2月刊本は西洋紙両面印刷、清朝体活字使用だったが、以後木版と活版とが交互に出版されたという。また魯文の『高橋阿伝夜叉譚』（金松堂、明12・2～9）が初篇だけを活版印刷にし、坪内逍遙『小説神髄』（松月堂、9冊本、明18・9～19・4。2冊本、明19・5）が和紙の活版印刷、大和綴じの和装本で出現したことなどは、新旧過渡期の技術水準や当時の好みを示していると考えられる。

出版では明治4年、文部省内に編集局や翻訳局が設けられ、中江兆民訳の『維氏美学』2巻（明16・11～17・3）等を出版、民間では偽版に悩まされた福沢が慶應義塾内に出版局を設けた。

さらに江戸以来の書肆に代わって新しい出版社が現れた。最初、絵草紙の出版などから開業した春陽堂は、翻訳・文芸物を手掛けて本格的な出版

社へと脱皮する。明治19年4月にJ‐ヴェルヌ・井上勤訳『三十五日間空中旅行』(『絵入自由新聞』、明16・9～17・2、絵入自由新聞社)を合本にして発売、また文壇の巨星須藤南翠『照日葵』(明21・7)を出版、『新小説』(明22・1)を創刊するなどして文芸出版社となった。いっぽう他社の雑誌論文を抜粋した『日本大家論集』(明20・6～27・12)を創刊して基礎を築いた博文館は、『太陽』(明28・1)、『文藝倶楽部』(明28・1)の創刊を手始めに、性別、世代別、職業別の各種雑誌を創刊し、明治26年には『帝国文庫』の発行で古典の普及を図り、総合出版社となる。出版社の創業者の多くは優れた編集者だった。専門の編集者では『新潮』が中村武羅夫らの活躍で一流の文芸誌となり、中央公論社の編集者滝田樗陰は総合雑誌のスタイルを作り、また『中央公論』を文壇の登龍門とした。『雄弁』や『講談倶楽部』を創刊し大衆文化を活性化した野間清治の講談社、その外金港堂、大阪の金尾文淵堂、幸田露伴や村上浪六の青木嵩山堂、森鷗外や永井荷風の籾山書店、徳冨蘆花や内村鑑三の警醒社、自然主義関係の左久良書房等の個性的な出版社が続々と生まれてきた。

版権と著作権

　ところが出版界の興隆に対して、出版関係の法律は言論取締りに力点が置かれ不備な点が多く、特に著作権の認識は著作者も出版者も共に低かった。コピーライトは、明治6年に〈版権〉と訳された。しかしこの版権は、著作者の権利と出版者の権利とを混同させた。しかも出版者側に有利に解釈されがちだった。明治32年の「著作権法」で版権は正式に著作権と改められたが、周知されるまでにはまだ時間が必要だった。

　田山花袋「蒲団」(『新小説』、明40・9)は、明治41年3月に易風社から作品集『花袋集第一』に収められて出版された。ところが著作権は原稿料と引き換えに移ると考えていた春陽堂は版権侵害として告訴した。担当検事は、原稿料は掲載料であり将来に亙って作品を拘束するものではないとして起訴猶予にした。以後、これが判例となった。この話を紹介した山崎安雄は「蒲団」のもう一つの功績として、「著作権の確立にも大いに寄与した」と附記している。

4　活字文化の誕生と原稿料（浅井清）

潤筆料から原稿料へ

　最初の原稿料を受け取ったのは、江戸時代の戯作者山東京伝で、蒟蒻本1篇の潤筆料（筆耕料）として版元から一晩吉原に招待されたという。松浦総三は滝沢馬琴の潤筆料について、天保年間の米1石1両3分を大正15年の米1石40円に換算して、1枚1円と推定している。

　では明治時代の原稿料はどうだったのか。ベストセラーになった仮名垣魯文の『西洋道中膝栗毛』は初編の原稿料が10両だったと野崎左文が伝えている。当時は上下2冊で1篇の潤筆料は3〜5両だった。福沢諭吉は慶応4年、手紙の中で、「今後、翻訳請負の仕事を始める覚悟」を告げ、物理学・地理学の翻訳原稿料について、10行20字で1両、政治・経済・法律関係は1両3分と書いている。

　この1両という金額を、当時の為替レートで換算すると、1ドルが1両、明治4年にこの両が円となり1ドル・1円となる。そこで明治4、5年の両や円で当時（週刊朝日編『値段の明治大正昭和風俗史』朝日文庫上下、昭62・3）を見ると、慶應義塾の授業料が18両、米が20キロ1円、小学校教員の月給5円、総理大臣に当たる太政大臣の月給が800円だった。これから見ると翻訳料はきわめて高額で、法学者の箕作麟祥は10字10行で4円、福地源一郎は1枚5円、中江兆民の「維氏美学」は4円という伝説が残っている。

原稿料

　では小説作者は原稿料をどう考えていたのか。樋口一葉が田辺花圃の原稿料が33円20銭だったことを知って、家計を助けるために小説の執筆を思い立ったという有名な挿話がある。実は生活のために小説を書くということは、当時としては実に貴重なものと言わざるをえない。一葉の原稿料を見ると「わかれ道」（『国民之友』、明29・1）は1篇9円、「たけくらべ」は『文章倶楽部』（明29・4）再掲料1枚70銭だった。

　硯友社一門は山東京伝に倣ってか、原稿料が入ると遊びに行くという例が少なくない。巌谷小波の日記に「原稿料金十円受取ル　中五円ハ過日遊興ノ負債」（明22・3・27）、「滝川と抜け北行」（9・27）といった記載が散見する。所詮原稿料はあぶく銭という感じだったのだろうか。しかし小波

の友人江見水蔭の母は初原稿料を神棚に供えたと、伊藤整は記述している。いっぽう森鷗外は訳詩集『於母影』の原稿料50円を基金に『しがらみ草紙』の発行を始める。幸田露伴は原稿料を受け取ると取材旅行に出かけている。いずれにしても原稿料は当てにならないので、生活の保障は新聞社との特別な契約によるケースが生じる。専属として尾崎紅葉は読売新聞社と月給100円、夏目漱石は大阪朝日新聞社と月給200円で契約している。

　この漱石の原稿料も、明治38年1月、『ホトトギス』に掲載した「吾輩は猫である」（明38・1）の第1回目は約80枚で13円だった。10回目から38円50銭となった。「坊つちゃん」（『ホトトギス』、明39・4）は約300枚148円だった。しかし春陽堂との印税契約は、初版15％、2版〜5版まで20％、6版以上は30％だった。ちなみに日本最初の印税契約は、木戸清平によると明治19年12月、鳳文館前田八と小宮山天香が交わした『概世史談断蓬奇縁』の出版契約という。原稿料の実際を見ると、二葉亭四迷『浮雲』（金港堂、明20・6）は前金30円、社の要求で表紙に坪内雄蔵著と印刷した。残りの稿料50円を四迷は15円、坪内は35円を受け取り後悔する。新聞では、広津柳浪「女子参政 蜃中楼」（『東京絵入新聞』、明20・6・1〜8・17）は1回分75銭、小杉天外「魔風恋風」（『読売新聞』、明36・2・25〜9・16）は1回3円、森田草平「煤烟」（『東京朝日新聞』、明42・1・1〜5・16）は1回3円50銭だった。

　出版界も他の分野の契約と同様に、出版社と書き手の力関係で決まる。しかも明治の前半は、1枚いくらという原稿料ではなく、小説1篇いくらという〈買い取り〉、作家の側から言えば〈売り切り〉だった。これは福田清人によると、原稿料より2割高だったという。しかし原稿とともに著作権を出版社が買い取る形だから、その後の印税はない。吉岡書籍店発行の新著百種1号の尾崎紅葉「二人比丘尼色懺悔」（明22・4）は20円、5号の幸田露伴「風流仏」（明22・9）は20円、12号の森鷗外「文づかひ」（明24・1）は1篇30円だった。永井荷風「地獄の花」（金港堂、明35・9）は1篇75円だった。雑誌では、山田美妙「胡蝶」（『国民之友』、明22・1）は1篇15円、国木田独歩「運命論者」（『山比古』、明35・12）1篇10円、正宗白鳥「寂寞」（『新小説』、明37・11）は1枚50銭、夏目漱石「草枕」（『新小説』、明39・9）1枚1円、谷崎潤一郎「秘密」（『中央公論』、明44・11）は1枚1円だった。

自費刊行

　毎年２万部売れる『合本藤村詩集』は春陽堂の買い切りだった。そこで藤村は、徳冨蘆花『黒潮』（黒潮社、明36・2）を手本に、緑陰叢書第一作の自費刊行を思い立つ。神津猛宛の書簡には、初版 1,500 部、600 頁、地図１枚、写真製版口絵２葉、表紙石版印刷、鏑木清方画料、本文組版、印刷、用紙、製本代、紙型代等〆て 515 円 91 銭と計上している。発売は上田屋と共同。これは独力で刊行し販売で失敗した徳冨蘆花や田口掬亭の先例から学んだ。こうして明治 39 年３月発売の『破戒』は初版 1,500 部完売、直ちに再版の準備にかかった。周到な藤村は千曲川の地図を初版の時に既に 3,000 枚印刷済みだった。

　ここで改めて言うまでもないことだが、文学者は原稿料のために書いているのではない。むしろ逆に、なんらの物質的な保障を求めず貧乏生活のどん底で、ひたすら傑作を書きたいという一念に生きた文学者も数多くいた。その壮烈な作家魂は、近代の文学史という山脈の頂や襞に無数に煌めいているのである。

原稿料とは

　ここで挙げた原稿料や印税はほとんど風説や間接資料に基づくものに過ぎない。しかし原稿料や印税をめぐるさまざまな憶測を生み出した風説が、明治の活字文化の側面を見ていく指標として機能すると考えて取り上げてみた。

　この明治文学の原稿料を、伊藤整、福田清人、松浦総三らの調査に、その資料となった長鋏生「現代文士原稿料総覧」（『スコブル』、大6・12）、南小天「原稿料変遷史」（『文藝倶楽部』、昭2・1）等を加えて整理すると、明治 30 年代は一流作家で 70 銭から１円 30 銭を標準とし、明治末から大正初めでは、露伴・漱石は別格にして、逍遙・雪嶺２円、鷗外１円 75 銭、藤村・白鳥・潤一郎が１円 50 銭〜２円、鏡花１円〜１円 50 銭、与謝野晶子 80 銭、秋声 50 銭から１円 20 銭、泡鳴 50〜60 銭ということになろうか。

　この原稿料は、やがて第一次世界大戦前後から大きく動き始める。新聞社は新型高速輪転機や自動活字鋳造機を導入して発行部数百万部を超え、週刊誌の発行も加わる。各出版社は婦人雑誌の発行を中心に競い合い、大

衆文化時代を先導する。その結果、メディアに密着した時代小説、通俗小説、推理小説等が隆盛になる。原稿料も菊池寛、三上於菟吉らによって上限がさらに大きく動いていく。

戯作と報酬

佐藤至子

はじめに

　戯作の出版には作者、画工、筆耕、彫り師など多くの人が携わっている。板元はそれぞれに報酬を支払うが、作者が受け取る報酬は他と異なる性格を持つ。このことについて諸資料から再確認した上で、戯作と生計の問題について考えてみたい。

諸経費

　美成『海録』巻3「合巻幷読本」の項（文政4年の記事）に、以下のような記述がある。

> 　絵草子の画工、古は価百文にて一枚を画きしが、北尾重政より二匁とりし也、今は五百文位也、文字の書入も一枚十文位也しが、今は中々左にてはあるまじ、彫刻科も一枚古は五百文也しが、今は一貫二百文なりと、尚左堂話[1]

「絵草子」すなわち草双紙は、ほぼ全丁に挿絵があり、絵の余白に文章が書き込まれている。こうした紙面は、作者が作った草稿（下絵と文章）をもとに画工が絵を描き、筆耕が文章を清書し（「文字の書入」）、それを版下として彫り師が彫板するという作業を経て出来上がる。この過程に関わる画工、筆耕、彫り師のそれぞれに報酬が支払われていた。文政4年の時点で画料は1枚500文くらい、彫刻料は1枚1貫200文だという。

　ただし画料は板元によって異なっていた可能性もある。式亭三馬が画工勝川春亭と絶交した件はそのことを憶測させる。

> 　その翌とし（文化6年）、お竹大日（『於竹大日忠孝鏡』）近権板、七冊ものをさかべ姫（『長壁姫明石物語』）森や板、八冊もの 此二番、五月前に著述、全部畢て春亭方へたのみ置たるを、兎の角のとてすて置、京伝作お夏

清十郎といふ十冊もの（『風流伽三味線』）、泉市板元、僅壱冊づゝ草稿のわたるを出精して認め、予が著述の満尾したる方をばあとにまはしたる上、お竹は二年に遅れ、をさかべは泉市よりあとに売出したり、此已前、春亭に詞をつがひ置たる事あり、予が作ははやく出来あれば、一日なりとも、京伝作の前日開市になるやうにすべし、是則順道也、もしおくれたらば、以後春亭絶交なり、といひ置しが、はたして予が方おくれて開板となりし故、ふたゞび春亭が方へ行かず（『式亭雑記』文化8年4月19日の条[2]。丸括弧内は引用者注）

　京伝の『風流伽三味線』（和泉屋市兵衛版）と三馬の『長壁姫明石物語』（森屋治兵衛版）はともに文化6年に刊行されたが、『於竹大日忠孝鏡』は1年遅れて文化7年の刊行となった（近江屋ではなく鶴屋喜兵衛版）。春亭が三馬合巻の挿絵を引き受けながら放置し、京伝合巻に「出精」した理由を考えると、京伝作の画料のほうが高く設定されていたためである可能性も否定はできない[3]。

　彫り師への報酬も特別な場合には値上げされた。天保3年11月1日付の殿村篠斎宛馬琴書簡には「『八犬伝』八輯下帙、五・八ノ上・八ノ下、以之外の悪ぼりニて、校合ニ五十日ばかり苦ミ候」とあり、その経験をふまえて「此節ほり立候『俠客伝』二輯ハ、ほりちん、壱枚ニ五分づゝ直上ゲ致させ、今少しほりをよくいたさせ候様、申談候。度々かやうの悪ぼりニてハ、書き候気もうせ候」と続く。校合の苦労を減じるために彫刻料を上げて念入りな彫刻をさせたのである。

　馬琴の合巻『新編金瓶梅』第3集下帙（天保6年新板）を急いで彫板した際も彫刻料の値上げが行われた。

　　画わり斗二通り画稿いたし、一本ハ画工へ渡させ、一本ハ筆工つゞり立候へども、夜分燈下ニてハ、細書出来かね候故、ことの外くるしミ、十二月十七日、八之巻迄書をハり、十八日夕、筆工出来、十二月下旬、廿丁不残彫刻出来、大晦日夜四ツ時、二度めの校合相済、正月二日ニうり出し候。その神速、おどろき候程之事ニ御座候。勿論、板ハ二ツにわらせ、彫刻料壱丁、例より一倍ニて、金弐分余とやら申事ニ御座候。二日ニ弐百部出来、うり出し、同七日迄ニ二千四百製本出来

　　　　　　　（天保6年正月11日付、殿村篠斎宛馬琴書簡）

急いで仕上げるため馬琴は下絵の稿を一つ余分に作り、画工に渡して絵

を描かせた。12月17日に脱稿、同月下旬には彫板も終わり、大晦日の夜四つ時には二度目の校合も済ませ、正月2日に売り出した。驚くほどの速さで出来上がったのは板木を二分割して作業させ、1丁あたりの彫刻料も値上げして彫り師を働かせたからであった。

　出版経費として、これ以外に紙・綴じ糸などの材料費、板木などを運ぶ輸送費、売り出し許可を得るための手数料なども必要だった。運送費について、馬琴の読本『俠客伝』第1集は出版に際して板木を江戸から大坂へ運び、運送料が金1両余りかかったという（天保2年12月14日付、殿村篠斎宛馬琴書簡）。馬琴の合巻『新編金瓶梅』第4集も大坂へ板を送って摺らせた後、江戸へ運んだために費用が余計にかかり、卸値は1部あたり16匁5分になった（天保6年5月16日付、殿村篠斎宛馬琴書簡）。また、売り出し許可を得るための手数料について、文政10年2月21日の馬琴日記には読本『浅夷巡島記』6編（文政10年刊）に関して「ミのや甚三郎より、使ヲ以、巡島記六編稿本被返之、幷、わり印料金壱両、若林清兵衛より之請取書等、被為之。（略）予、右使へ対面、金子請取書ハ返し遣し、幷、同書出板添章一通江戸の分斗、右使のものへわたし、口上くハしく申遣ス」とある。板元は売り出しに先立ち、稿本および板本を仲間行事に提出して吟味を受け、売り出しの許可を得る。その際に帳簿と添章（販売許可証）に割印を受けるが、「行事より添章を発行してもらうには、板木の枚数に応じた『白板歩銀』という手数料に加え、奉行所の認可を要する場合は『上ケ本料』、要しない場合は『聞済料』という手数料を支払う」[4]という決まりがあった。「わり印料」はこれらの手数料のことと思われる。

潤筆料

　記録に残っている限り、江戸の戯作者で最初に潤筆料を受け取ったのは山東京伝である。『山東京伝一代記』[5]によれば、寛政3年春に蔦屋重三郎から出版された京伝の洒落本3作品に対して、潤筆料は合計銀146匁（金2両3分銀11匁）であった。そのうち金1両銀5匁は前年の7月に蔦屋から京伝へ前払いされたという。

　『戯作六家撰』（安政3年成、活東子）式亭三馬の項には次のように書かれている。

　　昔は今の如く、作者の作料、染賃などゝなづけて、潤筆を取事なかり

しが、ひとり京伝は、原より潤筆をとれり、作者稿本を書肆に与へ、其冊子の幸にして行はれ、書肆の利を得たるものは、求めざれども、先方より其礼謝として、絹一疋或は縮緬一反など贈りおこせしものとぞ、後は作料といふものを定めて、作者の方へとる事となり、戯作をもて営世とするもの出来たれば、高金を取に至れり、猶当りものある時は、当り振舞とて、其書肆は、作者、画工を伴ひ、或は戯場見物に至り、或は遊船に出る事となりぬ。是、稗史の流行盛にして、板元の利を得る事百倍なる故也、と三馬みづからの話なり、雪丸おもへらく、近曾はかつて当り振舞といふ事を聞ず、是、全く稗史の行るゝ事、中古よりは遙に衰たる故なるべし、また冊子の発市は吉日をえらみてするが常也、此日書坊は蕎麦を出して、作者、画工をはじめ、刻摺、製本の人々をもてなせり(6)

潤筆料が慣習化する前は、板元から作者に贈られるのは謝礼の品物であり、それも板元に利益が出たときだけだった。彫り師などの職人へ支払われる報酬と、作者へのそれとは本質的に異なるものであることがわかる。馬琴の『伊波伝毛乃記』（文政２年成）には次のように書かれている。

　戯作者は、風来山人、及喜三二、春町等より、世に行れたれども、書肆より著述の潤筆を得ることはなかりき、早春、其作者へは、板元の書肆より、錦絵、草冊子なんど多く贈り、又当り作ありて夥売れたるときは、其板元、一夕作者を遊里などへ請待して、多少の饗応するのみなりき、寛政中、京伝、馬琴が両作の草冊子、大行るゝに及て、書肆耕書堂（蔦屋重三郎）、仙鶴堂（鶴屋喜右衛門）相謀り、始て両作の潤筆を定め、件の両書肆の外、他の板元の為に作することなからしむ(7)

（丸括弧内は引用者注）

京伝が洒落本の潤筆料を前渡しされた寛政２年、馬琴はようやく戯作者を志したところだったから、「寛政中、京伝、馬琴が両作の草冊子、大行るゝに及て」と自身と京伝を並列するのはやや問題があるものの(8)、板元による潤筆料支払いの目的が有力作者の囲い込み、すなわち新作の独占にあったことを明記している点は貴重である。寛政初頭は松平定信による改革が本格化してゆく時期であり、このときに出版された黄表紙のうちのいくつかは、改革の世の中をちゃかした内容であったがために咎めを受けている。これを機に、それまで戯作の中心にいた武士作者たちが退場し、後に残っ

たのが町人出身の京伝だった。板元がかれへの期待を具体的な行為として示したのが潤筆料の支払いだったと言えよう。この囲い込みが実質的に機能していたことは、寛政3年から文化2年まで、京伝の新作がほとんどすべて蔦屋ないし鶴屋から刊行されている事実からも明らかである。

潤筆科はどのように計算されていたのだろうか。『山東京伝一代記』には京伝洒落本の潤筆料について「作料、筆工共、紙一枚に付、代銀一匁づヽ」とあり、筆耕料も含めて一枚あたり銀一匁で計算されていたことがわかる。

一方で『海録』の巻3「合巻幷読本」項には、前掲のくだりに続けて以下のような記事がある。

> 此比坊間に行はるヽ、敵討のよみ本のさしゑ、北斎、豊国などの絵がけるは、一枚金一歩二朱位也、作者へ料を以て謝礼せしも、近比まで五冊物にて五両づつ也しが、今は京伝、馬琴など七両に至れり、十五両と迄なりしと云

読本の潤筆料は1丁単位ではなく冊数で計算されていたようである。文政11年10月16日の馬琴日記にも、読本『近世説美少年録』4冊を板元（大坂屋半蔵）が5冊に綴じ分けて売り出したいと提案し、馬琴は「今更直し候はむづかしく、且、潤筆もちがひ候間、此度は其侭ニ可指置旨、示談」したが結局は板元の主張に負け、5冊分の潤筆料を出すことを条件に許したと書かれている。なお馬琴の合巻については、文政11年の段階で袋入本は5両、通常の合巻体裁のものは4両[9]、天保2年〜5年には4巻2冊物で5両であったことがわかっている[10]。

ところで文政・天保期の馬琴も潤筆料の前渡しを受けている。かれの日記をみると、文政11年12月19日には板元の西村屋与八が「来年合巻潤筆之内、前金弐両」を持参した（このときは馬琴は辞して受けなかった）。同月26日にも鶴屋喜右衛門が「丑年分潤筆」（文政12年分の潤筆料）を持参し、馬琴の固辞にもかかわらず無理に置いて帰った。天保3年4月28日には和泉屋市兵衛が餅菓子を手みやげに馬琴を訪れ、合巻『新編金瓶梅』3編の潤筆料の前金5両を持参してきた。このとき馬琴は、読本の仕事を多く引き受けていて合巻を書く時間はないと話したが、鶴喜が「遅速ハともかくも、折角持参仕候間、枉て預置くれ候」と言うので、よんどころなく預かったという。いずれも潤筆料を作者への〈貸し〉として、執筆を約束させる行為といってよい。

潤筆料の支払いは初板の段階のみであり、人気が出て作品が再摺されても、それによって改めて潤筆料が支払われることはなかった。ただし作品の売れ行きがよい場合に潤筆料とは別の謝金を渡されることはあった。文政12年正月7日の馬琴日記には、数名の板元が年礼に訪れ、「とし玉もくろく」などを贈ったことが記されているが、そのうち鶴屋喜右衛門からは「とし玉金百疋、外ニ金三両」を贈られた。「右ハ、けいせい水滸伝ことの外捌ケ候ニ付、謝物のよし也」とあることから、この3両は『傾城水滸伝』の好評に対する謝金であることがわかる。また文化8年に馬琴の読本『椿説弓張月』が完結した際には、蔵板元の平林庄五郎から礼金10両を贈られている。馬琴はこのことを天保年間に回想して「板元平林庄五郎、御影ヲ以、一株ニあり付候悦之印也とて、金拾両被贈候事有之候。其後ハ左様ナ板元も無之」と記している（天保13年4月1日付、殿村篠斎宛馬琴書簡）。平林は文化2年から馬琴の読本を出板し続け、後には京伝の読本『昔話稲妻表紙』などの板株を別の板元から買い取って後印してもいるという[11]。この謝金が「一株ニあり付候悦之印」であるというのは、『椿説弓張月』による利益をもとに別の板株を購入したので、それを馬琴のおかげとして謝金を贈ったということだろうか。「其後ハ左様ナ板元も無之」とあることから、この謝礼は単に売り上げがよい場合に贈るものとは別種のものである。

前掲の『戯作六家撰』には、近ごろは観劇や船遊びといった「当り振舞」がないと書かれていたが、馬琴が『傾城水滸伝』で謝金を得た例などは、「当り振舞」に相当する謝礼を現金で受け取ったものと理解できよう。作者と板元との関係は、単に原稿と潤筆料を引き替えるという単純なものではない。天保期の馬琴は板元から、合巻・読本の売り出し時には肴代として100疋を贈られ、年礼や暑中見舞の際も肴代と称して100疋〜300疋あるいは金2朱を贈られるのが通例だった[12]。板元は売れる作品を得なければ商売が立ちゆかないから、日頃から作者との関係を培っていた。その手段の一つが潤筆料の前渡しであり、折々の贈り物であった。

戯作と生計

寛政期まで戯作者へ潤筆料を支払う習慣がなかったのは、戯作はあくまで家業の余技、趣味的な行為としてとらえられていたからである。武士作

者はまさにそうした存在である。文化期以降には再び戯作を執筆する武士が現れる。小普請組の旗本である柳亭種彦はその筆頭であり、文政期に登場した越後高田藩士（江戸詰）の墨川亭雪麿も中堅作者として活躍した。雪麿は文政9年刊の合巻『ちやせんうり話の種瓢』自序に「筆墨は作者なり。硯は則発客（はんもと）なり。その板元に使れて。働く作者は命の切売。著述の労の甚しき、譬ふるに曾て物なし。眼前この理を弁へながら。好（すき）が病の著作の一癖。吁吾ながら愚愚」などと記し、戯作を書くのは「好が病」だとはっきり述べている。馬琴の雪麿評は「初ハ世評よしと聞えしのみ、抜萃なるあたり作ハなし。しかれども畳々として已まず、戯作を著すをもて楽ミとす」（『近世物之本江戸作者部類』(13)）というもので、まさに趣味として合巻を執筆する作者のありようを言い当てている。雪麿は「名人の戯作者が。故人となりて退（しぞく）なかに。赤下手の横好が。作者となりて出るあり。昨日の素人けふの文人」（文政7年刊『玉櫛笥両個姿見』自序）と、自らを素人と卑下するところもあったが、天保・嘉永までほぼ毎年合巻を発表し、多い時には1年に5、6作を著している。

　趣味で戯作を書きたがる人は連綿と存在していた。

　　　いともはかなき筆すさみなれ共、彼小文才ありて且名を好むもの自作の稿本を地本問屋へもてゆきて、是印行して給ひねとて頼むこと幾人といふを知らず。そをつれなくは推辞（イナミ）がたさに、かにかくといらへして預りおくもあり、受とらざるも多かれども生憎にもて来ぬれバ、幾種か箱に収めてありと、甘泉堂いづみや市兵衛の話也（アナニク）

　　　　　　　　　　　　　　　（『近世物之本江戸作者部類』）

これは天保期の記述だが、かつて安永末年から戯作界に登場した山東京伝もまた、遊びの輪に加わるように執筆しはじめた作者の一人であった。潤筆料を受け取るようになってからも、それで生計を立てようとは思わなかったようだ。かれの考えは「草ざうしの作は、世をわたる家業ありて、かたはらのなぐさみにすべき物なり」（山東京山『蛛の糸巻』(14)）というものであり、自らも寛政5年に煙草入れ等を商う小間物店を開いて家業とし、戯作をあくまで「かたはらのなぐさみ」とした。文化8年刊の進物指南書『進物便覧』には「江戸名物」の一つとして「京伝たばこ入」があげられており、京伝店の看板商品の知名度は高かった。読本の執筆をしつこく依頼してきた板元角丸屋に対して京伝が怒りをあらわにし、「著編は問屋より買

出す物とおなじからねバ、遅速ハかねて料りがたかり。且吾身ハ大江戸の通り町なる表店にて奴牌三四名を使ひて活業をすなるに、其許より受る潤筆にて八一ヶ月も支へがたかり。かゝれバ活業の暇ある折ならでハ筆を把りがたし。そを遅しと思ひ給ハゞ別人にたのミ給へ。吾ハ得綴らじ」と述べたという話も伝わっている（『近世物之本江戸作者部類』）。

一方で京伝は毎年合巻を執筆していた。開店以来、黄表紙のなかで店の商品を宣伝してきた京伝にとって、合巻もまた重要な宣伝媒体だった。潤筆料も副収入にはなったであろうが、合巻はむしろ店の経営のために書き続ける必要があった。こうした手法は、京伝没後にその店を継いだ弟の山東京山へと受け継がれていく(15)。また式亭三馬も自ら化粧品店を経営し、やはり京伝と同じように自作のなかで店とその商品を宣伝した。三馬没後に店を継いだ息子小三馬も同様である。小三馬は『式亭狂文集』（稿本、国会図書館蔵）の「凡例」（嘉永4年の年記あり）に次のように記している。

　　余成　長後、愚蒙の筆もて及ばぬすさみに年々春毎一二部の稗史を著せるは、先考が戯作に間なき身の時々に苦心あられて薬店を開き子孫の餬口をはからるゝし、その深慮思へばなり。三十年の春秋を経て今に至るは、全く先考の賜なる製薬の効によれり。因て尚世に広うしその功を不朽に伝へんと只顧家の後栄を祈るのみ。且戯作左袒の庇蔭を仰ぐも、余生計を創し本源を忘却じと想ふ赤心よりいかで家勢をおとさじとてつゞれる草紙にしあれど、世の雅君はかゝる旨趣をもしらせ給はで、果敢なき稗史伝奇つゞらんよりなど狂文を集冊とせず捨置にやとおぼす君もあるべし

小三馬は文政12年から嘉永7年頃までほぼ毎年合巻を発表している。当初は「三馬倅」と添え書きした「式亭虎之助」名を用いていたが、天保期に入って式亭小三馬と改めた。作中には店と商品の宣伝が書き込まれ、まさに戯作は「家勢をおとさ」ぬための手段だった。家業のかたわらでの執筆とはいえ、こうなるともはや遊びでも趣味でもなかろう。潤筆料で食べていたわけではないが、生計に結びつく家業繁栄の手段として戯作を利用する、そうした手法が京伝に始まり、他の作者へと受け継がれたのだった。

ところで出版に関わる仕事にたずさわりつつ戯作を執筆した作者たちも少なからず存在した。岡山鳥(16)、千代春道（橋本徳瓶）、晋米斎玉粒、松

亭金水らは筆耕であり、東西庵南北は彫り師であった[17]。

　戯作者の層を厚くしていたのはこうした兼業作者たちであり、潤筆料で生計を立てようとする作者は少数派だった。その代表格は馬琴である。かれは下級武士の家に生まれ、仕官先を転々とした後に戯作者を志し、寛政2年に京伝を訪れて入門を乞うた。その後、板元の蔦屋に奉公して武士身分を離れ、寛政5年に履物商の会田氏に入り婿する。山東京山は『蜘の糸巻』のなかで、馬琴の略歴について次のように記している。

　　つたや（蔦屋重三郎）に三年ばかり奉公して、よき入むこの口ありとて、家兄（京伝）をたのみ、いとまをもらひ、飯田町中坂なる下駄屋にて家主なる後家に、入りむことなりしに、筆硯を好む心には、下駄屋はいやなりいやなりと常ゞおなじいひしが、千蔭翁（加藤千蔭）門人となり、出精して、少しく筆意を得てのち、下たやをやめ、其うちにて手習の指南をなし、かたはら戯作をなし、のちにはむすめにむこをとり、家主をつがせ、悴清吉に、或家の医師の名目を買ひ取り、宗伯と名のらせ、下谷、字を鼠やよこ町といふ所の玄関付の家を買ひて同住せし事、多年の間著述を以て、家内の口を粘せり（丸括弧内は引用者注）

馬琴自身も鈴木牧之あての書簡（文政元年7月29日付）に「筆一管にて妻子を養ひ候事故、書肆其外の注文の著述ハさら也、潤筆においてハ辞し不申候」と記しており、そのプロ意識は同じく牧之宛の書簡（文政元年2月30日付）に記した「板本ンの作者ハ、書をつゞるのミにあらず。かく申せバ自負に似て、はづかしく候へ共、作者の用心ハ、第一に売れる事を考、又板元の元入何程かゝる、何百部うれねバ板代がかへらぬと申事、前広より胸勘定して、その年の紙の相場迄、よくよくこゝろ得ねバ、板元の為にも身の為にもなり不申候。これをバしらず、只作るものハ素人作者也。とかく、その時々の人気をはかり、雅俗の気ニ入り候様に軍配いたし候事也。余人ハしらず、野生ハ八年来、如此ニこゝろ得罷在候」という言からも推察される。馬琴は天保3年に板元に対して読本の潤筆料値上げを交渉し、成功している[18]。

　潤筆料を主な収入とした作者として、ほかに十返舎一九、笠亭仙果、仮名垣魯文などをあげることができる。一九は文化元年刊の黄表紙『化物太平記』[19]の冒頭に「一九例の欲張り、何でも飲みこみ山、今年はわたくしの作料も上げましたから、取り分けたんとかゝねばなりやせぬ」と書い

ており、当時すでに潤筆料をもらっていたことがわかる。『近世物之本江戸作者部類』には「膝栗毛の評判はなほ衰へず、こゝをもて一九は編毎に潤筆十餘金を得て、且趣向の為に折々遊歴すとて板元より路費を出させしも尠からずと聞えたり」とある。『膝栗毛』は享和2年に初編が刊行され、以下文化6年まで毎年編を継ぎ、文化11年に「発端」が出て一応完結したが、さらに続編もある。武藤元昭氏は文政年間に300石取の武家の年間経費が50両余であったことを紹介しつつ、雇い人を持たない一九が『膝栗毛』以外の戯作からも潤筆料を得ていたと考えれば、筆一本で生活することは可能だったと推察している[20]。

仙果は尾張熱田の人で、天保2年に柳亭種彦の門人として合巻を発表した。後に破産し、嘉永2年頃に江戸へ出て潤筆料で生計を立てた[21]。『戯作者小伝』(嘉永2年頃成)[22]の仙果の項に「薄祜にして家衰へ、竟に産を亡ひ、江戸寓居浅草新はたご町に来りて著述をなして活計とす、自らいふ、戯作は本意にあらずと雖、未如之何也已矣」とある。嘉永期以降に大量の合巻を執筆していることは石川了氏「初代笠亭仙果―その著作活動―」および「初代笠亭仙果年譜稿」[23]に詳しい。読本の抄録合巻や長編合巻の嗣作も多く、そのなかに種彦の当たり作『偐紫田舎源氏』の続編『足利絹手染紫』6編～16編(嘉永3年～安政2年刊)がある。『偐紫田舎源氏』の続編としては既に『其由縁鄙廼俤』が出ており、『足利絹手染紫』6編は「『其由縁鄙廼俤』五編の改題続編であるが、『其由縁鄙廼俤』の方もそのまま続刊され両者が衝突した」[24]という曰く付きの作であった。だが仙果は後に『其由縁鄙廼俤』の嗣作も手がけている(12編～23編、安政2年～慶応3年刊)。時期も重なっており節操がないと言えばそれまでだが、生活のために何でも引き受けざるを得なかったのだろう。

魯文は天保14年に花笠文京の門に入り、嘉永期には「御誂案文著作所」の看板を掲げて[25]売文業を標榜した。習作期の仕事を概観すると、『八犬伝』などの読本の抄録、一九の『膝栗毛』の模倣作、長編合巻の嗣作などが目立ち、既存の人気作に拠っての多作ぶりは前述の仙果にも似る。絵手本や小唄本などの序文、錦絵の填詞なども多数書いている[26]。野崎左文が「魯文翁の自記に拠る」として紹介するところによると、安政期の切附本1冊(50丁、うち挿絵10丁)の潤筆料は金2分、引札類の案文は2朱、「いかに物価の安かつた時とは云へ全然お話にもならぬ程の低廉なもの」で

あったが、慶応期の合巻1部（上中下3冊）の潤筆料は3両〜5両だったという。左文はまた、魯文が僅かな収入でも生活できたのは後援者がいたゆえであるとして、金座役人の高野某（酔桜軒）、大伝馬町の豪商勝田某（春の屋幾久）、津藤の香以山人（細木香以）の名をあげている[27]。

おわりに

戯作出版と潤筆料その他の経費に関しては既に研究が蓄積され[28]、馬琴の日記や書簡等をはじめとする一次資料の翻刻紹介も進んでいる。本稿ではそれらを再確認しつつ、戯作に対する作者の姿勢が一様ではなく、あくまで趣味とする者、家業の一助とする者、戯作で生計を立てる者とに分かれることを示した。戯作は本来趣味の産物であったため、作者への報酬は出版にかかわる職人たちへの報酬とは質的に異なるものとして扱われてきた経緯があり、戯作執筆を職業とみなす考え方も生まれにくかった。潤筆料で生計を立てる作者の現れるのが文化期以降と遅く、かつ主流になり得なかったのも、そうした事情によるのである。

注
(1) 『海録』ゆまに書房、平成11年。
(2) 『続燕石十種』第1巻、中央公論社、昭55。
(3) 作者・画工によって報酬に差のある可能性もある。木村黙老「聞ままの記」神宮文庫本第18冊（戊集乾）の「文化文政以来江戸草双値」の条によれば、30枚3冊物の合巻の価格は馬琴作・種彦作・国貞画のいずれかであれば160文、馬琴と国貞ないし種彦と国貞の組み合わせはより高額な172文、逆にこの三者のいずれも関与しない作は148文だった。人気作者・画工の作であるほど高価であることから、板元がかれらに支払う報酬も他の作者・画工より高額だった可能性がある。
(4) 鈴木俊幸「添章」『日本古典籍書誌学辞典』、岩波書店、平11。
(5) 『続燕石十種』第2巻、中央公論社、昭55。
(6) 『燕石十種』第2巻、中央公論社、昭54。
(7) 『続燕石十種』第6巻、中央公論社、昭56。
(8) 山東京山「蛙鳴秘抄」（『鈴木牧之全集』下、中央公論社、昭58）には寛政3年頃のこととして「此頃戯作者にて作料をとりしは京伝一人也。其余の人はなぐさみにて、料をとる事なし」とある。
(9) 佐藤悟「馬琴の潤筆料と板元」「近世文芸」平6・1。

(10) 服部仁「天保初年に於ける馬琴の年収」「学習院大学国語国文学会誌」昭49・11。
(11) 髙木元『江戸読本の研究』、ぺりかん社、平7。
(12) 服部仁「天保初年に於ける馬琴の年収」注10前掲論文。
(13) 『近世物之本江戸作者部類』八木書店、昭63。濁点・句読点を補った。
(14) 『燕石十種』第2巻、中央公論社、昭54。
(15) 津田真弓『江戸絵本の匠　山東京山』新典社、平17。
(16) 岡山鳥の伝は髙木元『江戸読本の研究』（注11前掲書）を参照した。
(17) 千代春道（橋本徳瓶）、晋米斎玉粒、松亭金水、東西庵南北の伝は『戯作者小伝』（『燕石十種』第2巻、中央公論社、昭54）を参照した。
(18) 佐藤悟「馬琴の潤筆料と板元」注9前掲論文。
(19) 『江戸の戯作絵本（四）』（現代教養文庫）、社会思想社、昭58。
(20) 武藤元昭「馬琴の稿料生活」『南総里見八犬伝』（日本の古典16）世界文化社、昭51。
(21) 石川了「笠亭仙果の伝記考察」「国語国文学研究」昭48・2。
(22) 『燕石十種』第2巻、中央公論社、昭54。
(23) 石川了「初代笠亭仙果—その著作活動—」「国語国文研究」昭51・8、「初代笠亭仙果年譜稿」その一～その三・補遺（上・下）「大妻女子大学文学部紀要」昭54・3～昭59・3。
(24) 石川了「初代笠亭仙果年譜稿—その二—」「大妻女子大学文学部紀要」昭55・3。
(25) 嘉永7年刊『当世娘評判記』。髙木元「鈍亭時代の魯文」（「社会文化科学研究」第11号、平17・9）による。
(26) 髙木元「魯文の売文業」「国文学研究資料館紀要」平20・2。
(27) 野崎左文「明治初期に於ける戯作者」（『私の見た明治文壇』所収。『増補　私の見た明治文壇』1（東洋文庫）、平凡社、平19）。幕末の戯作者とパトロンについては佐藤悟「パトロンの時代（一）」（「江戸文学」18号、平9）に詳しい。
(28) 引月論文の他、上里春生『江戸書籍商史』（名著刊行会、昭40）、水野稔「江戸小説家たちの経済生活―京伝・馬琴の場合―」（「国文学解釈と鑑賞」昭31・2）などがある。

＊馬琴書簡は『馬琴書翰集成』第1・2・4・6巻（八木書店、平14・平15）、馬琴日記は『馬琴日記』第1巻～第3巻（中央公論社、昭48）によった。
＊原文の引用にあたり、踊り字のくの字点は繰り返される文字に置き換えた。
＊本稿は「江戸後期の出板事情」（平成18年度～20年度科学研究費補助金研究成果報告書『出版機構の進化と原稿料についての総合的研究』）を基に、大幅に改稿したものである。

職業としての〈書くこと〉
──樋口一葉の場合──

菅聡子

〈一〉 はじめに

　文学という領域においてもっとも語ることを忌避される話題、それは言うまでもなく〈原稿料〉である。人様のフトコロを云々するなど日本的美意識に反する、というのがもっとも人々に共有されている感覚だろうが、加えて、出版社間の経済競争から考えても、もっと現実的な利害関係のもと、作家にいくらの原稿料が支払われているかは秘匿されるだろう。
　しかし、原稿料を語ることを忌避するのは、出版関係者や同時代人、後世の評論家等の第三者に限られるわけではない。何より当の作家本人が公的には語ろうとしない。〈売文の徒〉という語が象徴するように、作品と金銭の交換はあくまで卑しい業として作家自らに内面化されていると言える。このことは翻って、原稿料というものが、作家の地位の上下や経済生活等の個人的な経歴、あるいは文壇・文学市場全体の状況を示す資料であるにとどまらず、文学とは何か、という問いそれ自体とかかわるものであることを示している。さらに、原稿料をめぐる考察でこれまであまり問題にされることがなかったのは、ジェンダーの視点である。これまでも「作家原稿料番付」のような娯楽記事は散見されたし、少ないとはいえ、伊藤整の『日本文壇史』（昭27～37）を筆頭に、作家の原稿料の時代的変遷を追跡できる資料も複数存在している。しかしそれらの叙述において、原稿料をめぐる性差、ひらたくいえば原稿料に男女差はあるのか、といった類の言及はみられない。たとえば、南小天「原稿料変遷史」（『文章倶楽部』昭2・1）は、明治期の作家たちの原稿料を種々記した興味深い資料の一つだが、「原稿料といふものは、他の物価や俸給とちがって一種特別な性質を帯びてゐるものである」としつつ、「特別な性質」の要因に性差は全く

意識されていない。

　一方、とくに近代の出版が〈市場〉として成立している限り、その場にジェンダーの要因が色濃く関係するであろうことは想像に難くない。このような問題意識にたったとき、やはり最初に浮上してくる固有名詞は樋口一葉であろう。中島湘烟、田辺花圃、若松賤子、小金井喜美子、木村曙、清水紫琴等々、一葉に先立つ女性作家は複数存在するが、女性／作家／職業の三つのタームを同時に体現する存在は一葉のみである。〈書くこと〉による自己表出への思いはいずれも強いが、それを職業とする、という発想を最初から明確に持っていたのは一葉のみではないかと思われる。言い換えれば、一葉においてはじめて、〈書くこと〉が報酬と交換される労働であるという側面が浮上してくるのである。

　以下、樋口一葉を具体的事例として、原稿料を起点としながら、文学市場とジェンダーの問題を考える一助としたい。なお、樋口奈津が一葉を名乗るのは明治24年以降と考えられるが、本稿においては一葉で統一する。

〈二〉 文学と糊口、その実態

　樋口一葉は、小説を書き始めてからほぼ1年後の明治25年、年の瀬を目前にして日記に次のように記している。

　　かけじとおもへど実に貧は諸道の妨成けりな　すでに今年も師走の廿
　　四日に成ぬ　こんとしのまうけ身のほどほどにはいそがる、を此月の
　　始三枝君よりかりたるかねの今ははや残り少なにて奥田の利金を払
　　はゞ誠に手払ひに成ぬべし　餅は何としてつくべき　家賃は何とせん
　　歳暮の進物は何とせん　曉月夜の原稿料もいまだに手に入らず外に一
　　銭入金の当もなきを今日は稽古納めとて小石川に福引の催しいと心ぐ
　　るし　朝より立まじりて引当しはまどの月の折づめ成けり　家に帰れ
　　ば国子待つけてこれ御覧ぜよ　龍子様より此お文只今参りぬ　喜び給
　　へとて見するははがきなり　来新年早々女学雑誌社より文学会（ママ）といふ
　　雑誌発兌に成らんとす　君に是非短篇の小説かきて頂きたく彼社より
　　頼まれて此お願と有けり　種々お物語もあれば御寸暇にて御入をと末
　　にかゝれしかば直に返事書て明後日参らんといふ　家にては斯く雑誌
　　社などより頼まるゝ様に成りしはもはや一事業の基かたまりにおな
　　じとて喜こばる　此ころの早稲田文学に文学と糊口といふ一欄ありし

を思ひ出れば面てあからむ業也

　　　　　　　　　　（「よもぎふにつ記」明治25年12月24日）

　長々と引用したのは、この記述に、明治20年代という近代的出版状況が大きく発展しつつあったなかにあって〈書くこと〉を志した一人の若い女性が直面する種々の葛藤が前景化されているからである。

　ここにはまず、〈書くこと〉の必要性、それへの動機がまずは「貧」より発していることを自覚しながら、しかしそれが同時に自らの〈書くこと〉の芸術性に対する妨げになることを感じざるを得ないという、自らの営為をめぐる二律背反が示されている。現実的な必要性からは「利金」の支払い、「餅は何としてつくべき」、「家賃」「歳暮の進物」はどうしたらいいのか、さらに萩の舎での「福引の催し」での肩身の狭さなど、日常的な貧困が「曉月夜の原稿料」と等置されつつ、しかしそのような状態は「諸道の妨」なのである。

　興味深いのは、母ならびに妹邦子が一葉の〈書くこと〉を「一事業」としてとらえていることである。彼女たちにおいては、〈書くこと〉は生活費を得るための正当な手段として認識されている。ことに、「雑誌社」から依頼があるということは、一葉の〈書くこと〉が公的なものとして認められたことにほかならず、喜びを表明している。しかし、当の一葉本人はそれを聞いて「早稲田文学」で読んだ「文学と糊口」の記事[1]を思い出し、「面てあからむ」思いをしているのである。

　ここから、樋口家の貧困と、それゆえの必要性から小説家を志したものの、徐々に文学的自覚にめざめた一葉は、真の意味で文学とは何かという問いへと向かい、その結実として〈奇跡の十四ヶ月〉を迎えるのだ、という作家の成長過程の物語をつむぐことはたやすいし、またそのような叙述は樋口一葉論においては定石でもある。たとえば福田清人は、「金の目的から純粋に小説にうちこむ方に志をかえたおかげで、珠玉の作品を残した」「先例」の一に一葉をあげている[2]。しかし一方で、一葉はもともと文学の自律性を認識し、それに基づく文学観を内面化していた。言い換えれば、坪内逍遙『小説神髄』（明18）以来の「文学は美術なり」という近代的文学観を、同時代の他の作家たちと同様に受容していた。だからこそ、彼女がそれを生活を支える手段として意識的に選択したことの意味を問い直す必要がある。すなわち、近代的文学観を内面化しつつ、同時に自分の〈書

くこと〉が報酬と交換されることをどのように自らにおいて承認していくのだろうか。さらに、それは一葉の〈女〉という性とどのように交差するのだろうか。

　実際、〈文学〉の自律と純粋性、そのような文学観と経済状況との葛藤は、小説を書き始めて以来、くり返し記されている。「小説のことに従事し始めて一年にも近くなりぬ」と書き起こされる一文にも、以下のようにある。

　　おのれ思ふにはかなき戯作のよしなしごとなるものから我が筆とるハまことなり　衣食の為になすといへども雨露しのぐ為の業といへど拙なるものは誰が目にも拙とミゆらん　我れ筆とるといふ名ある上はいかで大方のよの人のごと一たび読ミされば屑籠に投げいらるゝものハ得かくまじ　　　　　　　（「森のした艸」明25年はじめか？）

「衣食の為」「雨露しのぐ為」とここで対照されているのは自らの「名」である。筆をとっている「我れ」という自己認識、すなわち作家主体としての自己認識(3)がはやくも認められる。明治26年7月には「文学ハ糊口の為になすべき物ならず　おもひの馳するまゝこゝろの趣くまゝにこそ筆は取らめ　いでや是れより糊口的文学の道をかへてうきよを十露盤の玉の汗に商ひといふ事はじめばや(4)」の宣言とともに下谷龍泉寺に転居し、商いを始めることになるが、この転居も、同様の文学観上になされていることは明らかである。この一葉の宣言が、原稿料では口を糊することができない、という現実に直面しての一種の敗北宣言であるかどうかはここでは問題ではない。ここで確認しておきたいのは、彼女において、文学は自律し純粋であるべきものだという文学観が一貫して内面化されていることである。では、ここにいたるまで、一葉の原稿料生活はどのようなものだったのだろうか。

　一葉が生活を支えるために小説家を志した直接のきっかけが、田辺花圃『籔の鶯』（明21）の成功(5)にあることは定説である。だが、小説を書くことで一家を養う、その発想を正当化してくれたのが半井桃水であることは間違いあるまい。小説の指導を請うため、はじめて桃水宅を訪れた一葉に、桃水は「我は名誉の為著作するにあらず　弟妹父母に衣食させんが故也　其父母弟妹の為に受くるや批難もとより辞せざるのミ」と語った(6)。自分が今書いている小説で「我心に屑し」とするものはない、もしも機会を得て「我れわが心を持て小説をあらはすの日」がきたら、その時は批評

家の非難に甘んずる気はない、と大笑する桃水の言葉は、衣食のために書く、ということへの一葉の罪悪感をひとまず晴らしてくれるものであったろう。

　はじめて〈原稿料〉の話題が持ち出されたのも、桃水との間であった。おそらく一葉を世に出すためと思われるが、雑誌『武蔵野』の発刊を計画した桃水は、その経緯を彼女に伝える際「一二回は原稿無料の御決心にあらまほしく少しく世に出で初めなば他人はおきて先づ君などにこそ配当いだすべければ⁽⁷⁾」と述べている。一葉はこの『武蔵野』に『闇櫻』（明25・3）『たま欅』（同4）『五月雨』（同7）の三作を発表した。桃水によれば「むさし野初版より二千以上の発売あらば利益の配当あるべきの約⁽⁸⁾」であったようだが、実際には3号で廃刊されており、一葉に原稿料が支払われた形跡はない⁽⁹⁾。公的な最初の原稿料が推定されるとすれば、同じく桃水の斡旋によった『改進新聞』への『別れ霜』の連載（明25・3・31～4・17）であるが、日記には原稿料の記載がない。掲載の決定が桃水から告げられた際、「母君兄君大悦びの事」とあることからも原稿料への期待が感じられるが、詳細は不明である⁽¹⁰⁾。

　日記に明確に記された最初の原稿料は、『都の花』に掲載した『うもれ木』（明25・11）のそれである。萩の舎で桃水との関係が醜聞としてとりざたされ、中島歌子らの指示に従って師弟関係を解消するにあたって、田辺花圃が『うもれ木』を金港堂に周旋してくれたのである。ここまでの桃水の尽力を思えば皮肉な成り行きともいえるが、結果として、安定した出版社である金港堂、さらに同社刊行のメジャー雑誌『都の花』という場を得、はじめて一葉は1ヶ月分の一家の生活を支えるに足る原稿料を手にすることになった。このとき、金港堂が申し出た「一葉廿五銭」を一葉はただちに承諾したが、実際に「金港堂編輯人藤本藤蔭」より「十一円七十五銭」を受け取ったのは、原稿を花圃を通じて金港堂に託してから1ヶ月以上後の10月21日のことであった。さらに12月28日には同じく『都の花』より『曉月夜』（明26・2）「三十八枚」の原稿料「十一円四十銭」を受け取った⁽¹¹⁾。このときは1枚30銭という計算になる。

　この時点で、一葉が職業作家として立つにあたって特筆すべきことは二つある。一つは、『都の花』との関係が生じたことはすなわち、「編輯人藤本藤蔭」との出会いをもたらしたということである。何の後ろ盾ももた

ず、また桃水との師弟関係を解消した一葉にとって、「今後の著作について」相談する[12]ことのできる相手、プロの編集者との出会いは重要であった。もう一つは、最初の掲載時が25銭、二度目の掲載時には30銭、という原稿料が、同時期に同雑誌に作品を掲載した男性作家のそれと同額である[13]ということである。言い換えれば、少なくとも明治20年代のこの時期において、すなわち近代的出版機構成立の最初の段階において原稿料には性差がない。このことは、女性にとっての職業としての〈書くこと〉を考える際に、重要な観点である。E・ショウォーター『女性自身の文学』は、イギリスの女性たちの文学市場進出をめぐって「文筆は、性差別をせずに、独自の経済的機会を提供した」と述べている[14]。筆一本で立つ、という幻想は、ジェンダーの視点からも再検討される必要があろう。

さて、メジャー雑誌『都の花』とともに、この時期一葉が関係を結んだのは『文学界』である。文学史書等においては、『都の花』と『文学界』をめぐる評価はその文学市場におけるそれとは完全に逆転し、一葉の評伝等においても、『文学界』との関わりこそが彼女の文学者としての経歴における重要な出来事としてとりあげられるのが常である。しかし、原稿料という観点からこの関係をとらえ直すと、そこには糊口のための文学をめぐる複雑な心情が前景化される。たとえば平田禿木は、昭和17年、自ら70歳を数える時において当時を振り返り、「我々と女史との交際は結局客間に於いてに過ぎなかつた」とし、次のように述べている。

　　たとへば、あの龍泉寺へ店を出すにしても、女史は五十金、百金の資本に窮してゐたやうであるが、これを天知子にでも相談したら、兎も角、雑誌を出してゐることでもあり、藤村君の旅にみついだやうに、これは立ちどころに出来たかも知れない。

　　店で売る品物にしても、自分の伊勢町の家は荒物問屋同様であつたのだから、線香、布海苔の類は幾らでも間に合せられたかも知れない。

　　さういふことには些かも触れなかつたので、女史はあの苦しみをしたのである[15]。

彼等に自らの困窮を打ち明けず「あの荊の道を歩んだので、あれだけの立派な作物が生れた」という禿木の結論は、いわば、文学的達成が貧困に代表される日常生活の犠牲によって保証される、という文学観のあらわれとも言えようし、施しを受ける側の心情にあまりに無神経とも言えるかも

しれない。青春の放浪を続けていた藤村への援助と、一葉の生活へのそれとは根本的に異なる。『文学界』同人間における糊口のための文学への視線は、星野天知の次のような叙述にあらわである。

> 素より共同仕事の申合せだから、同人間では原稿料などを当てにして居ない。其頃は売文といふのは嘲罵の意味ある言葉であるから、原稿料は贈り憎かつた。書肆だけは原稿料を普通の事にして居たが、それも人によりけりであった。同人は学生で独立自営して居ないが、精神家の理想家揃いで、平常金銭や営利の事は断じて口に出さない。私が会計を引受けた三号以後は、透谷、一葉だけには原稿料を進呈して居た[16]。

「独立自営して居ない」とはすなわち、親がかりであることを意味するはずだが、そのことよりも、「金銭や営利の事」を口に出すことの方が恥ずべきこととされている。ちなみに、同叙述によれば、一葉が『文学界』に発表した『雪の日』(明26・3)『琴の音』(同12)『花ごもり』(明27・2、4)『やみ夜』(同7、9、11)の四作に対して合計30円が支払われた[17]。

明治27年3月[18]、一葉はよく知られる「わがこゝろざしは国家の大本にあり」との宣言とともに「あきなひのミセをとぢ」、再び〈書くこと〉を生活の中心に置き「これよりいよいよ小説の事ひろく成してんのこゝろ構へ[19]」を抱くが、それはとりもなおさず原稿料によって生計をたてることを意味した。この時期の樋口家の定収入は、萩の舎での助教代2円と、和歌や古典文学の自宅での教授代のみである。「女戸主であった一葉は三人の世帯のために月十円の収入を目指した[20]」と思われるが、たとえば『曉月夜』に相当する枚数の作品を毎月ひとつ書けばよい、といった机上の計算は現実にはあてはまらない。「筆おもふまゝに動か」ぬかたわらで「母君の叱責」が繰り返されている状況[21]からは、事業としての〈書くこと〉に対して母が寄せる期待と、「我れ筆とるといふ名」(「森のした艸」)という表現主体としての自己認識を抱く一葉との間には、根本的な亀裂があったと言ってよい。その一葉が、まさに文学市場のなかでの女性作家の意味に直面することになるのは、皮肉にも、世間的な意味での「名」を得たときであった。続いて、文学市場とジェンダーをめぐって一葉を具体例に考えてみたい。

〈三〉 女性作家は何を売るのか

　「按ずるに筆は一本也、箸は二本也。衆寡敵せずと知るべし[22]」とはよく知られた斎藤緑雨の警句であるが、たとえば広津柳浪も「私達の時代には、名を成すことの難いのは勿論、生活の安定を得ることの困難さには随分苦しんだものだツた」と語っている[23]。「硯友社連もこの時期にはその多くが親がかりの生活をしていた[24]」し「職業小説家」と呼ばれうる者は「桃水にしろ紫瀾にしろ小説記者として新聞社に所属して生活していた[25]」。明治20年代にあって、文字どおり「筆一本」で生活することは至難の業であったと言えよう。

　一葉は、小説家を志したと思われるごく初期の時点で、次のような習作を残している。

　　　人中へ顔を出さないなんかつていふのは昔の事ですわましてわたしらなんざ何かまふことが有ますもんかいくらでも御金のとれることをして早くよくなる工夫をするのですもの夫に最下等の七銭より外とれないだらふといふこともなかろうかとわたしや思ひ升わ何でも是までといふ制限が有事でも其極りよりうへに上りたいのよ一番上等が廿銭なら廿二三銭とれる様にしたいのネ―兄さんどうぞ出して頂戴な[26]

　　　　　　　　　　　　　　　　　　　　　　　（明23年）

　習作といっても断簡にすぎないが、ここに一葉の職業観・労働観の一端を見ることは不可能ではあるまい。では、一葉自身の眼前にあった現実的な就業の可能性とはどのようなものだったろうか。この習作では、上野の内国勧業博覧会へ売り子として出ようとする娘の姿が描きだされているが、一葉にとって、と言うよりも、樋口家にとって最も好ましい職業の一つは教師だったろう。明治25年、中島歌子から「伝通院内淑徳女学校とかやに我を周旋せられんとする物語」を伝えられた際、「母君」が「喜限りなし」という反応だったのもその端的な表れである。続けて「今宵はいたく勉強したり」とある記述[27]からは、一葉自身の心はずみも伝わってくるが、この話は実現しなかった。小学高等科第四級卒業という一葉では学歴が不足していたからである。以前なら教養さえあれば就けたかもしれない教師の職は、近代的女子教育の制度が整った明治期にあっては、正規の学歴を必要とする専門職となっていた。

学歴もない、特段の技術もない、資産もない、後ろ盾もない一人の若い女性が、しかし体面を失うことなく就くことのできる職業など存在しないに等しい。その現実にあって浮上してくるもう一つの〈職業〉を一葉は把握している。

> 女といふともはや廿とも成れるを老たる母君一人をだにやしなひがたきなんしれたりや　我身ひとつの故成りせばいかゞいやしき折立たる業をもしてやしなひ参らせばやとおもへど母君はいといたく名をこのミ給ふ質におはしませば児賤業をいとなめば我死すともよし　我をやしなはんとならば人めミぐるしからぬ業をせよとなんの給ふ[28]

もちろん、ここで一葉の言う「賤業」がどの範囲までを想定してのものかは曖昧だが、「女」という性ゆえに浮上してくる類の「賤業」は、たしかに一葉の眼前にあったのである。

実際、明治20年代にあって、樋口家の女性たちが請け負っていた縫い物や洗い張りといった内職の域を超え、女性が就くことのできる職業は限られていた[29]。それは単に職種としてのみならず、むしろ女性が〈外〉に出ることに対するジェンダー規範との摩擦の方が問題であった。一葉の場合は、先述の母の言葉にもあらわなように、士族としての階級意識から、就業するにしても「人めミぐるしからぬ業」であることが必須であったし、また、中上流階層以上の家庭内女性にあっては、そもそも女性が家の外で就業すること自体が良妻賢母の規範にはなはだしく違反する。階層意識ならびにジェンダー規範の双方を満足させ、かつ職業としても成立可能なものとして時代の言説が女性に奨励したのは、芸術関連の領域であった。

「女子と小説」(『女学雑誌』明19・6・25、7・15、8・15) は、「美術の主位を占」めかつ「婦人女子に大なる関係あ」るものとして「彫刻と絵画」「音楽と詩歌」「演劇と小説」をあげている。洋の東西を問わず、美術や音楽は女性のたしなみとして上流家庭においても認められてきた。しかしそれを職業とするためには特別の教育や修養が必要であり、さらに最低限の材料費や楽器代等の経費が必需となる。たとえば、『以良都女』(明23・6・20) は、「婦人職業論（三）」で「婦人の職業中第一等」のものとして「絵画」をあげている。その理由は第一に「婦人の性質」は「綿密巧緻」であるから「絵を修めるに適してゐる」、第二に「内で出来る」ので「婦人の身分に適して」いるゆえである。また「賃銭」においても、「生計を支える」に足るとし

たうえで、「幅」「板下」「書籍のさしゑ」、あるいは「女どもの弟子」をとる、さらに「陶器面」「押し絵」などが期待されるとしているが、いくらこの「職業論」が、夫に先立たれた女性を対象に展開され、さらに『以良都女』の想定読者層が中流層以上の家庭の女性であることを考慮しても、あまりに非現実的な見解である。なぜなら、「絵を修める」ために必要な修行等についてはまったく不問に付しているからである。

　一方で、『女学雑誌』は早くから「文学」が女性に適した芸術分野であることを論じてきた。たとえば先述の「女子と小説」では、小説作者に必要とされる「想像に富むこと」「観察のふかきこと」「覚知の鋭きこと」の三点は、いずれも本来女子の性質に備わるものである、よって「若しよく勉めなば男子にまさるほどの作者にならんこと決して難きにあらざるべし」とする。また「文章上の理想」（明22・3・9）では、「文筆の業」が女性に適するのは「必らずしも演壇に立つを要せず、必らずしも公衆に会するを要せず、密に室家閨房に在りとも尚は能く之を草することを得」るゆえとする。『以良都女』も『女学雑誌』も、美術や文学が女子生来の資質に適するものであることに加え、これらが家の「内」にいながらにしてできる営為であることを強調している。すなわち、これらの業は期待される女性性の規範に適うものなのである[30]。

　しかし、『以良都女』の例にも明らかなように、音楽や美術を「職業」とすることができるのはそのために必要な特別の教育を受けることのできる階層の女性に限られる。これに比して、文学こそはもっとも元手を必要としないジャンルであった。筆と紙さえあればいい。明治期の女性に奨励された文芸の第一は歌であった。萩の舎で歌人としての修練を受けた一葉にも小説を書くこと以外にもう一つ、歌の師匠として家門を開く、という道があった。関礼子『姉の力　樋口一葉』（ちくまライブラリー、平5）は、「武士の娘や未亡人とはいえ、家柄や出身に関係なく、歌の力だけで宮中女官や女学校教師、あるいは歌の師匠という「職業」に就くことができたふたりの歌子」として中島歌子と下田歌子をあげ、この二人が一葉にとって「手をのばぜばとどきそうな生きたモデルであったにちがいない」と述べている。しかし、この家門を開くにあたっても、資金が必要であった。明治27年3月、田辺花圃が家門を開いた際、中島歌子は一葉にも同様に勧めたが、資金不足のために断念せざるをえなかった[31]。

一葉は田辺花圃を「富家に生れたる娘のすなほにそだちてそのほどほどの人妻に成たる」「紫式部」に、そして自らを「はかばかしき後見など」もない「霜ふる野辺にすて子の身の上」である「清少納言(32)」に見立てたとされるが(33)、学歴も元手も伝手もない一人の若い女性にとって実現可能であった唯一の選択肢が、小説を書くことであったのである。加えて、先にもふれたように、少なくともその出発点において原稿料には性差がない。その点も考え合わせれば、「職業」という観点から〈書くこと〉をとらえる場合、それが女性にとって参入可能な領域であることがあらためて前景化されよう。だが実際に文学市場に女性が参入した場合に作動するジェンダーの機制は、まさにその性差、女性という〈性〉をこそ焦点化するものであった。

たとえば19世紀英文学市場における女性作家の多くが匿名あるいは男性名を用いた(34)のに対して、明治文学市場は著者名に「女史(35)」を付すことで作者のジェンダーを明確に示した。すなわち、明治文学市場の女性作家において、もっとも商品価値が認められたのはその女性という〈性〉であったのである。このような女性作家の商品価値を象徴する事例の一つが、『文藝倶楽部臨時増刊　閨秀小説』（明28・12）における一葉を含む女性作家の肖像写真掲載をめぐる議論(36)であり、一つがいわゆる〈閲歴〉問題であった。前者においては、同時代評の関心は、女性作家たちの作品よりも作者の容貌に集中した。後者は、森鷗外が一葉の『わかれ道』を評して「作者一葉樋口氏は処女にめづらしき閲歴と観察とを有する人と覚ゆ」と述べた(37)ことに端を発するもので、東西南北「偶感偶録」が「若し盗賊、姦通などの事を小説に作らば、如何なる閲歴を有する者と猜せらるべきや、恐ろしき事にこそ」と揶揄した(38)ことから、一葉〈閲歴〉が話題にのぼるようになった。高山樗牛がことさらに「是の時「めさまし草」の鷗外と、なにがし等との間に、詩人と閲歴の争ありしが、吾等は耳をば傾けざりき」と言及して(39)いることからも、文壇の耳目を集めたことがわかる。その後鷗外は「詩人の閲歴に就きて」「女詩人の閲歴に就きて(40)」等で「閲歴」の語の真意について反論を繰り返しているが、いずれにしても、女性作家への世間の関心が、何よりもその私的領域にあったことは明らかである。外面・内面の双方において、文学市場における女性作家の商品化が始まったと言えるだろう。「われを訪ふ十人に九人までハたゞ女子なりといふを

喜びてもの珍しさに集ふ成けり⁽⁴¹⁾」と記した一葉は、その事実に直面し、〈書くこと〉それ自体をめぐる深い懐疑に陥らざるを得なかった。1枚25銭から出発した一葉の原稿料は、『たけくらべ』が『文藝倶楽部』再掲された折りには「一枚七十銭」、『通俗書簡文』の稿料が一冊三十円⁽⁴²⁾」になっていた。一葉が真に売った／売らされたものは何だったのだろうか。

　ギャラガー『ノーボディズ・ストーリー⁽⁴³⁾』は、英国最初の女性職業劇作家アフラ・ベーンについて、彼女が自らを「娼婦whore」として自己表象し、女性作家／娼婦の二重化されたペルソナを構築することで、娼婦が性を売るのと同様に、女性作家が売るべき秘匿された内面を仮構したことを指摘し、そこに文学市場を生きる女性作家の戦略を見ている。明治文学市場において、女性作家自らがそのメディア状況を生き抜くために、自らの〈性〉を戦略的に操作し得たかどうか、定かではない。しかし少なくとも、一葉の事例に見られるように、明治20年代における女性の〈売文〉において、ジェンダー規範、近代的文学観、職業観、表現主体としての作家意識といった種々の要因が複雑に交錯していたことは明らかである。そしてそれは、具体的な数値としてのみならず表象としての〈原稿料〉に着目することで、はじめて前景化される。

〈四〉おわりに

　樋口一葉は作品を書き、原稿料を受け取った。「職業」という観点から〈書くこと〉をとらえれば、〈書く〉という労働は原稿料という報酬と交換される。しかし、文学市場に女性作家が進出／回収されたとき、前景化されるのは彼女自身の「性」である。そして近代にあっては、この文学市場を離れてしまっては彼女の〈書くこと〉は公共性を持ち得ない。

　一葉からくだること40年余、尾崎翠『こほろぎ嬢』（昭7）は、「年中何の役にも立たない事ばかし考へて」いる「儚い生きもの」、すなわち「女詩人」である「こほろぎ嬢」と、実学的かつ職業的有効さを象徴する「産婆学の暗記者」とが「図書館」の地下室で出会う場面でその物語を閉じている。「こほろぎ嬢」は心ひそかにつぶやく。「でも、こんな考へにだつて、やはり、パンは要るんです。それ故、私は、年中電報で阿母を驚かさなければなりません」「おお、ふぃおな・まくろうど！　あなたは、女詩人として生きてゐらした間に、科学者に向つて、一つの注文を出したいと思つたことは

ありませんか——霞を吸つて人のいのちをつなぐ方法。私は年中それを願つてゐます。でも、あまり度々パン！パン！パン！て騒ぎたかないんです」。一葉もまた、その図書館通いの日々に一人の「産婆生」と出会っている。「図書館の書物見に行　産婆生にて稲垣しげと呼ぶ婦人にあふ」「奇談あり[44]」。二人は何を語り合ったのだろうか。自ら「パン」を手に入れること、その苦闘だろうか。「詩」と「パン」をめぐる二律背反は、時代をこえて女性たちの〈書くこと〉を貫き、彼女たちに〈書くこと〉の意味を問い続けている。

注
(1) 奥泰資「文学と糊口と」『早稲田文学』明治25年9月30日、10月15日。
(2) 福田清人「三代文士収入史」松浦総三編『原稿料の研究—作家・ジャーナリストの経済学—』所収、みき書房、昭和53年。
(3) 作家主体と文学市場、ならびに著作権意識との関連については、拙稿「近代文学成立期の一側面—著作権意識を視座として—」（『お茶の水女子大学人文科学紀要』平成11年3月）、「〈文士〉の経済事情—執筆行為の聖と俗—」（『日本文学』平成11年11月）を参照されたい。
(4) 「にっ記」明治26年7月。
(5) このとき花圃は、女学生作家としては破格の33円40銭の原稿料を手にした。
(6) 「若葉かげ」明治24年4月15日。
(7) 「にっ記一」明治25年2月4日。
(8) 「日記」明治25年3月21日。
(9) 「日記」明治25年3月24日等の記述から、桃水からは原稿料としてではなく、借金の形で個人的に生活費の援助を得たと推定される。
(10) 初期の一葉は、受け取った原稿料については比較的記載しており、またこれが初めての原稿料であったとするなら、当然日記に記したであろうと考えられるので、原稿料は支払われなかったのかもしれない。関礼子「表象の領域—　全貌を現わした樋口一葉の新聞小説—」（『日本近代文学』平21・9）は、この掲載を「半井桃水が、あたかも弟子の一年間の成果を周囲に知らしめるようにお膳立てをした」とし、「文筆で一家を支えようとした一葉にとって、新聞小説掲載は家計へと直結する出来事だった」と述べている。
(11) 「にっ記」明治25年10月2日、21日、「よもぎふにっ記」明治25年12月28日。
(12) 「よもぎふにっ記」明治26年1月22日。

(13) 江見水蔭『自己中心明治文壇史』(博文館、昭和2)によれば、明治23年春『都の花』に「朝日川」を掲載した際の原稿料は1枚25銭であった。また、田山花袋『東京の三十年』(博文館、大正6)によれば、同じく『都の花』から得た最初の原稿料は「一枚三十銭の割」であったという。また、広津柳浪の「処女作『蜑中楼』の稿料」は一回「七十五銭」、原稿用紙四枚分であった(「今と昔」『改造』昭和元・12)というから、一枚あたり20銭未満である。
(14) E・ショウォーター著、川本静子他共訳『女性自身の文学』みすず書房、平成5年。
(15) 平田秀木「序文」『一葉に与へた手紙』今日の問題社、昭和18年。
(16) 星野天知「「文学界」会計帳より」『黙歩七十年』聖文閣、昭和13年。
(17) 一葉の日記によれば、『琴の音』の原稿料は「壱円半」(「塵中日記」明治26年12月28日)。また、27年2月26日(「日記ちりの中」)、6月16日(「水の上日記」)の二回にわたって『花ごもり』の原稿料を受け取っているが、金額は記載されていない。
(18) 「塵中につ記」明治27年3月。
(19) 「塵中につ記」明治27年3月26日。
(20) 西川祐子「性別のあるテクスト―一葉と読者―」『文学』昭和63年7月。ただし、重松泰雄「職業としての女流作家―明治二十八、九年の一葉の収支に触れて」(『国文学 解釈と教材の研究』昭和55・12)は、一葉の貧困についての叙述には「多少の割引が必要」であると同時に、樋口家の貧困の原因の一つには「無計画な出費によってもたらされたものがありはしなかったか」「日々の「くらし」に必須な純粋の生活費と縁のない赤字がかなりあったのではないか」と指摘している。
(21) 「水の上」明治28年6月10日。
(22) 斎藤緑雨「青眼白頭」明治33年3月。『みだれ箱』(博文館、明治36)所収。
(23) 広津柳浪「今と昔」『改造』昭和元・12。
(24) 平圧由美『女性表現の明治史 樋口一葉以前』岩波書店、平成11年。
(25) 西川祐子「性別のあるテクスト―一葉と読者―」『文学』昭和63年7月。
(26) 「作品1(残簡その一)」明治23年。『樋口一葉全集 第二巻』(筑摩書房、昭和49年)の分類による。
(27) 「しのぶぐさ」明治25年8月27日。
(28) 「筆すさび一」明治24年9月。
(29) 一葉を起点にした明治20年代の女性と職業については、関礼子『姉の力 樋口一葉』(ちくまライブラリー、平成5)が論じている。
(30) 女性作家とジェンダー規範との戦略的妥協については、拙稿「原稿料とは何か―その問いの意味するところ―」(『出版機構の進化と原稿料についての総合的研究』平成21年3月、平成18年度～20年度 科

学研究費補助金　研究種目　基盤研究（B）研究成果報告書　課題番号18320041）を参照されたい。
- (31)　「塵中につ記」明治27年3月27日。
- (32)　「さをのしづく」明治28年2月以降。
- (33)　前田愛『樋口一葉の世界』平凡社、昭和53年。
- (34)　Gay Tuchman *Edging Women Out*,Yale University Press,1989、Judy Simons and Kate Fullbrook(edit) *Writing:a woman's buisiness*, Manchester University Press,1998。
- (35)　この呼称が著者の生物学的性をさすとは限らない。あくまで、ジェンダーの観点において「女性」であることがアピールされているということである。
- (36)　議論の詳細ならびにメディア状況との関連については紅野謙介『書物の近代　メディアの文学史』（ちくまライブラリー、平成4）、関礼子『姉の力　樋口一葉』（ちくまライブラリー、平成5）、拙著『メディアの時代　明治文学をめぐる状況』（双文社出版、平成13）を参照されたい。
- (37)　帰休庵（森鷗外）「鷁頭掻」『めさまし草』明治29年1月29日。
- (38)　東西南北「偶感偶録」『国民新聞』明治29年2月8日。
- (39)　高山樗牛「一葉女史の「たけくらべ」を読みて」『太陽』明治29年5月。
- (40)　帰休庵「鷁頭掻」『めさまし草』明治29年2月25日。
- (41)　「ミづの上日記」明治29年5月2日。
- (42)　南小天「原稿料変遷史」『文章倶楽部』昭和2年1月。
- (43)　Catherine Gallagher *NOBODY'S STORY*,University of California Press,1994。
- (44)　「よもぎふにつ記」明治26年3月2日。

＊樋口一葉の文章の引用はすべて『樋口一葉全集』全6巻（筑摩書房、昭和49〜平成6）によった。また、文中、必要に応じて旧字を新字に改め、濁点を付した。

大正期における岩野泡鳴の原稿料

市古夏生

　岩野泡鳴は明治から大正にかけて活躍した作家であること、周知の事実である。『岩野泡鳴全集』全18巻（臨川書店）の刊行によってその全貌がよく見えるようになった。泡鳴には大阪の池田居住時代から東京に居住するまで晩年の10年ほどの間の日記が残されている。彼の日常生活、女性問題、養蜂のことなど文学と関わらない記事も泡鳴の人となりや時代環境などを知ることができ、大いなる興味がもてる日記といってよかろう。さらに文学関係、就中、出版社との関わり、特に作家の収入に関しても第1級の資料であること、論を俟たない。すでに浅岡邦雄氏[1]により泡鳴の印税に関する論文が公表されているが、本稿では大正期の原稿料に焦点をあてて述べてみることとしたい。

1. 翻訳

　改めて言うまでもなく、明治から大正にかけて、近世の文学と異なった西欧の文学を摂取し消化して、近代文学を形成してきた。我が国では近世初期に中国の儒学や文学に関する注解や翻訳が行われ、多面的に中国文化を受容してきた。翻訳は変革の時期にあたって受容を促進する当然の手段であった。摂取・消化するということは、作家を志す者は外国語、取り分け英語やフランス語などに通暁して読書するとともに、それを紹介することも必要な仕事であったろう。漱石、鷗外、二葉亭など一々列挙するまでもない。こうした外国語に堪能な作家は、自己の創作だけでなく、翻訳を行うことによって収入を得ていたことも事実である。翻訳家と呼ばれる人材が少ない時期であること、また小説や詩歌の雑誌への掲載などを通じて出版社や編集者と既知の間柄ということ、そこから翻訳を持ち込まれたり持ち込んだりという関係を築きやすいという点が背景にあったのであろう。

岩野泡鳴にも翻訳に関する業績が残されている。まず翻訳に関わる収入を見ていこう。大正2年（1913）に翻訳本『表象派の文学運動』を新潮社から刊行している。日記によればシモンズの「表象派運動」の翻訳を大正元年11月27日より再開し、翌大正2年4月16日には新潮社に出版の相談に行っている。4月24日には売切り80円で引き受けるということになり、泡鳴は「それで満足しなければならぬらしい」と、印税ではない点にやや不満ながらも自己の思想と合致する書物の出版に合意したのである。

　ところで泡鳴は新潮社とは翻訳物で他にも付き合いが認められる。同じく大正2年9月7日に

　　　新潮社を訪ひプルタルク飜訳をきめた。印税一割で、そのうちから
　　　前借の工合は、原稿紙一枚につき三十銭。

とあって、『プルタルク英雄伝』の翻訳を開始する。その際の条件は印税1割、ただし原稿用紙1枚につき30銭を前借りとして支給、いずれ印税と相殺するというものであった。『英雄伝』関係の日記記事を2、3掲げてみる。

　　　大正2年12月29日　新潮社より訳料二百七十枚分八拾円。
　　　大正3年1月31日　新潮社へ行って二百枚の訳料六十円を受け取つた。
　　　同年2月8日　　　新潮社へ行き、百枚の飜訳三十円を受け取つた。

その後は3月24日に40円、4月6日に30円、4月30日30円、5月22日24円、6月29日30円と毎月1回は翻訳料を受け取っている。その次の8月8日は再び、日記を引用してみる。

　　　新潮社へ行き、訳（第二巻四〇一片より六〇〇片まで、計百枚）の前
　　　金四十円を受け取った。但しこの分から一枚三十銭を四十銭にして貰
　　　つた。

　今まで翻訳料は1枚30銭であった。しかしながらここから1枚40銭になった。3割以上の値上げはほぼ毎月翻訳料を手にしていた泡鳴にとって、生活上極めて大きかったはずである。以後8月25日100枚40円というように、大正3年から大正5年にかけてほぼ毎回30円から40円、月に30円から90円の翻訳原稿料を手にしている。そして大正5年7月20日のこと、

　　　殆ど三ケ年の飜訳、やっと完結した。総計九千四百八十七片、乃ち、
　　　四千七百四十四枚である。あとは索引と挿し画とだ。これに印税のう

ちとしてこれまで取つた金を通算すると、一千四百六十三円二十銭也。

大正2年12月13日に原稿料の記事が出てから2年7ヶ月という長きに渡った『プルタルク英雄伝』の翻訳が終了した。「印税のうち」として、ここまでの翻訳原稿に対して総計1,463円20銭の支払いを受けたことも判明する。『プルタルク英雄伝』翻訳の発端となった大正2年7月20日の記事に、

> 新潮社を訪ひ、佐藤（義）氏とプルタルク伝翻訳を相談して見た。こんなことでもやつて常収入を拵へないと困るばかりだ。今月の末に這入る金は僅かで、二十円とはあるまい。

とも書いている。確かにこの時期の泡鳴にとって、「常収入」になっていた。支払いの月日、金額をみると、翻訳はこの間に定期的に確実に貰える、安定的な収入源になっていたのである。逆に言えば、それほどに著述業は不安定という、当然過ぎる事実の再認識を迫られる。実は『プルタルク英雄伝』の終了後に、次の翻訳を新潮社に打診している。8月6日に

> 佐藤（義）氏より手紙（「羅馬衰亡史」翻訳の件はプルタルクの景気を見てからのこと、また本年中毎月六十円づつ前金を渡すことは御免を被むりたしとのことを中学会の返事として通知）

とあって、『羅馬衰亡史』の翻訳を引き受けるかどうか聞くと、『プルタルク英雄伝』の売れ行きを見てからとし、毎月前金として60円ずつ渡すことは断られている。その背景には翻訳の意義もあったかもしれないが、給料代わりの安定した収入を望んでいたと察せられる。『プルタルク英雄伝』翻訳中の大正4年8月4日に、30円の原稿料を受け取るとともに、しばらく翻訳の中止を新潮社から要請されている。社長に理由を聞いても留守で会えない、中止となると困るので、別の仕事を見つけるために、米倉書店に立ち寄っていることも、この推測の根拠となる。

ところで大正4年のこと、泡鳴は同棲中の蒲原英枝との結婚の許可を得るために、その姉尚枝宛10月11日付け書簡で、9月に250円の収入があったこと、10月は10日ですでに150円得ているとして、生活が十分できることを説明している。また前年大正3年の年収を1,500余円とも記している。こういう中で定期的に毎月に30円なり40円なりの「常収入」は貴重であったはずである。

こうして総額翻訳料1,463円20銭となった『プルタルク英雄伝』は新

潮社から刊行された形跡はない。大正4年に国民文庫刊行会から全4巻で刊行されているが、これは高橋五郎訳。大正9年に改造社から鶴見祐輔訳で刊行、また昭和になってからは岩波書店から出ているが、どれも岩野泡鳴訳ではない。因みに新潮社の出版物を編年体で記している小田切進編『新潮社九十年図書総目録』（昭61、新潮社）にも見当たらない。泡鳴訳はお蔵入りし、新潮社にとって印税との相殺は夢、無駄な資金投下になったのであろうか。これも不思議である。新潮社との関係は大正8年に『泡鳴五部書』の刊行を開始し、4編まで出し、最後の編は未刊のまま終わっている。

　ここで大正年間における翻訳原稿料に関して、他の作家の例を見てみよう。（●は原文引用、★は筆者の要約）

●大正3年頃　青野季吉にアカギ叢書の話をすると、青野が、すぐ、「あれは僕もやつたよ、」と云つたので、私が「葛西もやつているよ、」といふと、青野は、かすかに笑ひながら、「僕のは僕の名前で出てゐないよ、相馬御風のとこへ原稿を持つて行くと、勝手にまはしてくれるんだから、誰の名前で出てゐるのか分からないんだよ、原稿料は百五十枚で十五円だつた、」と云つた。「一枚十銭か、それなら、普通だよ、」と私がいふと、青野は、笑ふと一そう穏和な顔になる人であるが、その笑顔をして、「しかし……」といふやうな表情をかすかにした。／そこで、私は、前に述べた、植竹書院の、『戦争と平和』の翻訳料の話をした。かういふのである。／植竹書院では、いかに植竹喜四郎でも、植竹に出勤しないで、いくらかの月給をもらつて、勤めてゐる人（例へば、相馬泰三、広津、その他、）には、私のやうな関係のない者より、翻訳料を五銭安く払ふやうなことをしたのであつた。それは、『戦争と平和』だけでなく、『アンナ・カレエニナ』とか、その他いろいろな大きな翻訳をしてゐたからでもあらうが、五銭安いといふのは、内輪の人の翻訳料が、外の人の翻訳料より、五割安かつたのである。つまり、言ひ換へると、肝心の広津や相馬の翻訳料が拾銭で、私（たち）のやうな外の者は拾五銭であつたのである。

　　（原文引用、／は改行を示す筆者の施したもの、宇野浩二『文学的散歩』昭17、改造社）

★大正4年　広津和郎、『戦争と平和』の翻訳の一部分に関して、原書と突き合せての校閲を依頼される。1枚15銭、全体300枚。植竹書院では月給30円で300枚翻訳することになっていたので、割がよかった。（広津

和郎『年月のあしおと』昭38、講談社)

★大正9年頃　そのころ(大正9年)直木(＊三十五)は鷲尾雨工と全集物の出版をやっていて、一種の商才を発揮していた。トルストイ全集、ユゴー全集などのその全集の翻訳には広津和郎なども手伝っており、わたしも時々原書の何ページかを切離したものをもらって来て、一枚一円足らずの翻訳料を生活費の足しにした。

(青野季吉『文学五十年』昭32、筑摩書房)

★大正11年頃　広津和郎、モーパッサンの『ベラミ』を翻訳し、天佑社より出版。その印税が小10,000円。その結果翌12年に『武者小路実篤全集』を企画し、芸術社なる出版社を起したが、失敗に終った。全集の表紙の装丁を岸田劉生に1,000円で依頼する。

(広津和郎『年月のあしおと』)

★大正12年頃　横溝正史、外国雑誌を渉猟してショートショートを翻訳し、『新青年』に採用されると1枚60銭の原稿料となった。

(横溝正史『自伝的随筆集』平14、角川書店)

　宇野浩二も広津和郎も同じ植竹書院の話で、大体一致している。1枚15銭。大正も9年となると、1枚1円と値上がりしており、さらに広津は印税で大金を手に入れている。泡鳴は印税では当面困るので、相殺するという条件で1枚につき30銭、40銭のお金を新潮社に補給してもらっていた。大正2年から5年という時代を考えると、泡鳴と新潮社との約束は極めて作家にとって好都合かつ好条件であったにちがいない。擬似原稿料の方法で味をしめていたからこそ、次の翻訳にあたって月に60円という条件を持ち出したのであろう。

2. 雑誌原稿料

　雑誌や新聞などに掲載された小説、エッセー、雑文類には、原則として対価が支払われている。ここでは小説を対象にして、大正当時に雑誌の中心的存在であった『中央公論』から見てみよう。

(1) 中央公論社『中央公論』

　大正2年5月21日に原稿料41円、談話料3円を受け取っている。これは5月16日に渡した「政吉」41枚の原稿料である。1枚1円というこ

とになる。小説と評論では単価に区別があって、小説の方が高い[2]。例えば、大正3年7月27日に8円を受け取っているが、これは7月17日に執筆した「まだ野暮臭い田村女史」の原稿料と推測される。分量は「23片」とあるので、200字詰め原稿用紙で23枚、400字詰めに換算すると12枚ということになる。1枚66銭強。原稿料は同じ作家にあってもジャンルによって相違し、画一的ではないということに注意したい。因みに詩では9月27日に詩の原稿料5円を受け取っている。9月1日発行『中央公論』28年11号所載の詩「社会諷刺」の対価である。

さて小説1枚1円がずっと続くわけではない。大正3年9月12日に「芸者あがり」140片を翌日に中央公論に持参し、70円を得ている。ところが大正4年2月11日には、中央公論へ稿料の値上げを持ちかけたが、この日に中央公論に渡した「信より玉へ」77片の原稿料を2月13日に受け取っており、その額は39円。やはり1枚1円という計算になる。そして同年3月3日には1枚1円20銭になったことを日記に記している。

その後6月18日には「社会悲劇／三角畑」84片に対して50円50銭、1枚1円20銭を受け取っており、翌大正5年7月18日の「その一日」、大正7年1月21日「非凡人の面影」、同年9月6日「要太郎の夢」も1枚1円20銭の原稿料となっている。ところが原稿料をもらう前日の9月5日に、滝田樗蔭に対して原稿料の値上げを要求している。その結果がどうなったのか、は日記では言及していない。同年末の12月18日に『中央公論』新年号には「少しおそろしい」と樗蔭に評された「家つき女房」(136片)の原稿料の内200円を得、翌年大正8年1月31日に「征服被征服」(206枚)と合わせて236円40銭を得ている。総計436円40銭、1枚あたり1円60銭となる。

さらにその5ヶ月後の大正8年6月25日には脚本「労働会議」(51枚)によって原稿料117円30銭を得ており、1枚2円30銭と単価が値上がりしている。そして11月24日に「或高等学生の親」(46枚)を中央公論へ渡し、原稿料115円を受け取る。この場合は1枚2円50銭とさらにアップしている。

大正6年7月頃、広津和郎(『年月のあしおと』)は「転落する石」を中央公論に売り込むが、滝田樗陰は気に入らず、『中央公論』は広津和郎の原稿に対して1枚1円支払うが、『文章世界』では多分1枚50銭か60銭

だと言われる。そして別の原稿を書く約束として80円を渡され、それは『中央公論』10月号の「神経病時代」に結実した。11月頃、久米正雄と歩きながら「早く各雑誌が中央公論並に一枚一円の原稿料をくれるようになったら、どんなによいか」など話す。また大正6年に原稿用紙1枚あたりの原稿料は『中央公論』1円、『文章世界』60銭、『新潮』70銭、『太陽』80銭であり、大正7年まで続いた。これが広津に対する相場とすれば、泡鳴は大正3年3月から1円20銭へ値上げ、大正8年1月から1円60銭へ再度値上げとなった。そして大正8年6月には2円30銭、同年11月には2円50銭までに単価は上昇した。

長鋏生「当世蚊士の死活を司る人」(『スコブル』10号、大6・8)によれば、「中央公論の滝田樗蔭は其人の作物を人気の高下に依って原稿料の相場を定め、花袋、藤村は1枚2円50銭、幹彦、秋声、白鳥は2円、秋江、未明は1円という風に算盤珠を弾き、評判の好い時は原稿料の前借を許すが、少し風向きが悪くなると原稿料を下げた。」ともあって、この発言が出版時の大正6年8月の時点での作家のランクとすれば、泡鳴は1円20銭なので、広津や近松秋江よりはいいが徳田秋声や田山花袋には遠く及ばないということになろう[3]。

広津によれば、大正8年になって『改造』1円80銭、『解放』2円を出したので、『中央公論』は1円から2円に値上げしたという。また大正7年12月26日付け佐藤春夫の父宛書簡には「かう物価が高くつては今のところどうしても、1ヶ月50枚か70枚は書かないわけに参りません。困つたものです。中央公論だけは今度1枚1円60銭に昇給しました。」とも述べ、この頃の原稿料の高騰はどの作家にも及んでいたようなのである。

最初の値上げは泡鳴のランクが上がったとか、第1次世界大戦後の好況とかが反映したものであろう。その次の値上げは、『木佐木日記』大正8年8月23日の条に

> 樗陰氏は麻田氏に向って最近の『改造』の原稿料攻勢が、『中央公論』の執筆者にも影響して、現在の稿料では『中央公論』の『改造』に対する優位は保ちがたく、むしろこの際作家側から要求される前に、思い切って自発的に値上げすべきであると力説した。

とあって、すでによく知られている事実ではあるが、大正8年に創刊した『改造』の影響を強く受けていた。泡鳴もその恩恵に浴した作家の一人

なのである。

(2) 改造社『改造』

　それでは次に改造社と泡鳴の関わりを見てみよう。大正8年4月28日に改造社の社長山本実彦が泡鳴を訪問し、原稿の依頼をし、原稿料の前金50円を渡している。6月4日に『改造』7月号のため「母の立ち場」(110枚)を書くと、その原稿料として253円を受け取っている。前金と原稿料の関係は不明ではあるが、最低限1枚につき2円30銭にはなっている。11月24日には「おせい」(115枚)を『改造』新年号のために渡し、原稿料290円を得ている。ここでは1枚2円50銭強に相当する。前述のように、丁度同じ日に中央公論へ「或高等学生の親」(46枚)を渡し原稿料115円を得ており、両者がほぼ同じ原稿料に並んでいる。

(3) 博文館『文章世界』

　日記で確認できるのは、明治45年の『文章世界』7巻2号掲載「池田日記抄」からとなる。小説で作品の枚数とその対価が分かるのは、『文章世界』9巻6号掲載「女中の恋」(61片)で大正3年5月12日に原稿料24円50銭との通知を受けている。1枚約80銭となる。『文章世界』10巻7号掲載「四十女」(69片)の原稿料を大正4年5月12日に28円受け取っていると思われ、やはり1枚約80銭。大正5年6月1日発行『文章世界』11巻5号「藁人形」(82片)の原稿料も32円80銭で1枚80銭。

　ところが大正6年11月25日に渡した『一日の労働』(80片)から36円50銭を支払われ、1枚約90銭とやや値上げ、翌大正7年9月25日には『父の出奔後』(93片)には46円50銭と1枚1円になっている。さらに大正8年12月4日には「金貸しの子」(70枚)で175円、つまり1枚につき2円50銭にまで跳ね上がっている。『改造』の出現は『中央公論』のみならず、博文館の『文章世界』にまで影響を及ぼしたことが確認された。

(4) 春陽堂『新小説』

　大正5年12月26日に春陽堂より『新小説』用の小説「継母と大村夫婦」(72枚半)の原稿料62円5銭を受け取っている。1枚約85銭相当である。その1年半後の大正7年5月21日には「入れ墨師の子」(81片)の原稿料

32円80銭を得ている。1枚につき80銭となっており、小説ではこの単価が続いていたと見ていい。同年9月17日には小説「午後2時半」(43枚)で38円70銭、1枚につき90銭となるが、その直前の9月15日に春陽堂主人へ手紙で原稿料の値上げの要求をしているので、それで10銭値上げしたのかもしれない。11月9日の「お安の亭主」の場合も同じ1枚90銭。翌8年3月4日に春陽堂から100円受けているが、「部落の娘」(前篇60枚)と「部落の娘」(続篇52枚)を合わせたものとかんがえられ、やはり1枚90銭程度となっている。

　日記を見るかぎりでは、春陽堂と泡鳴の関係はここで終わっている。

(5) 大観社『大観』

　『大観』との関係は、大正7年5月19日に出てくる原稿料59円を受け取ることから始まる。5月15日完成の「渠の疑惑」(82片)を18日に渡している対価であり、1枚約1円45銭となる。同年30日に「公爵の気まぐれ」(52枚)を大観に渡し、翌日に56円、11月2日に24円合せて80円を得ている。この中には10月13日に渡した「原内閣成立と之に対する希望」(12片)という評論分が含まれていると思われ、やはり1枚1円50銭程度としておいてよかろう。因みに大正7年当時に新進であった菊池寛は30枚位の「海の中にて」(『大観』、大7・1)は1枚1円30銭であったことを自ら述べている(菊池寛「あの頃を語る」『菊池寛全集』補巻、武蔵野書房)。

　さて大正8年2月8日に「お竹婆アさん」(146片)を渡し、14日と27日に総計118円を受け取っている。この場合1枚1円約60銭。同年8月7日渡しの「難船」(21枚半)では42円50銭と1枚2円に値上げしていることが認められる。

(6) 黒潮社『黒潮』

　大正6年3月1日発行『黒潮』掲載「離婚まで」(83枚)は2月3日原稿を渡し、一週間後に黒潮社より原稿料96円を受け取っている。注意すべきは、小説ではないにもかかわらず1枚1円を越していることである。同年7月6日には「霜子のかたみ」(67枚)の80円40銭で1枚1円20銭を得ている[4]。この時期に『中央公論』でも同額であり、他の雑誌より

上の報酬といえる。

　以上、泡鳴という作家の日記を通して原稿料は大正年間に大幅に上昇してきたこと、取り分け大正8年からの値上げに『改造』の出現が大きく関わったことも確認されたことになる。大正8年といえば内外時論社と泡鳴は関わりを持っており、3月15日に「わが子のやうに」(72片)で72円、8月29日には「鉄公」(前篇、36枚)で70円、9月20日には「鉄公」(続き、40枚半)で81円、いずれも1枚ほほ2円という計算になる。9月30日には新時代社に渡した「狐の皮」(41枚)によって82円を得ている。大正8年の雑誌原稿料はだいたい2円以上になってきている。そうした状況の中、文芸界をリードしてきた『文章世界』は値上げを余儀なくされるが、『新小説』に至っては少なくとも3月4日までは相変わらずの原稿料のままであった。

　作家自ら記した日記によって具体的に作品、枚数を確認することによって原稿料の上昇、雑誌による原稿料の相違、そしてその二つに『改造』が大きく絡んでいることを再認識できたことは、従来分かっていたことではあるが、私にとって大いに興味をそそられることであった。

注
(1)　浅岡邦雄「岩野泡鳴日記にみる著書の出版」(『北の文庫』43、平18・4)のちに『〈著者〉の出版史』(平21、森話社)に再録。
(2)　杉森久英『滝田樗陰──ある編集者の生涯』(昭41、中公新書)によれば、評論の稿料が小説より低い理由は、①に評論家という職業が確立していず、学者や新聞記者の兼業で原稿料依存度が小説家より低く少額で満足し、また金銭を口にすることを恥じるという日本人特有の習慣から満足したふりをしていた。②口述筆記が多かった。そして③読者があまり歓迎しなかったからである。
(3)　『木佐木勝日記』大正9年5月10日の条に泡鳴の死去を記した後、「樗陰氏は近ごろの文壇にはニセ物の作家がジャーナリズムの人気に投じて虚名をうたわれているが、泡鳴は人間として本物だったし、作家としても立派だった。」との滝田樗陰の言説を伝えている。
(4)　大正6年12月7日に黒潮社より「独探嫌疑者と二人の女」(100枚)の原稿料のうち99円を受け取っているが、「うち」なので最終的な報酬は不明。

〈婦人記者〉の仕事と賃金

藤本恵

はじめに

　一口に原稿料といっても、言うまでもなく時代による変動があり、同時代においても執筆者による違いは大きい。たとえば三上於菟吉は、昭和初期の文筆家を400字の原稿料で三つに分類している。そのA級は、10円以上25円以下または30円。B級は、5円以上10円以下。C級は、2円以上5円以下。こうした原稿料に印税等の副収入を加えて、1ヶ月に200円から5,000円の収入が見込まれると試算した（『中央公論』、昭3・1）。大企業や銀行の大卒初任給が65円程度のころである[1]から、これだけあれば楽に生活できそうだが、三上も付言しているように、原稿料がC級以下「五十銭三十銭位まではある」。

　本稿では、主に昭和初期にC級以下の原稿料で文筆活動を行った、女性の出版関係者（主に雑誌や新聞の編集者。当時の呼称に従って〈婦人記者〉と呼ぶ）について報告したい。〈婦人記者〉たちは、関東大震災後の円本ブームを経て、大部数を廉価で流通させる現代的な出版産業が成立していくなか、表舞台に立つ作家や記者たちの周辺で活動していた。その活動の一端を明らかにし、そこから出版界を眺めてみたいと思う。

〈婦人記者〉の系譜

　まず、明治以降の〈婦人記者〉の歩みを簡単にたどっておきたい。女性が記者として出版界に登場するのは、明治23（1890）年とされる。この年の2月、徳富蘇峰によって創刊された『国民新聞』の編集員として、20歳の竹越竹代が夫・与三郎とともに招かれている。竹代は訪問記事等を書いたが3ヶ月ほどで退社し、『婦人矯風雑誌』の編集人になる。以後、矯風会活動に従事するが、夫が政治家として成功するにつれ表舞台から退い

た。同じ明治23年の11月には、清水豊子（紫琴）が『女学雑誌』の主筆責任編集者となる。豊子は自由民権運動に関わった経験を生かして時事問題を論評し、小説「こわれ指輪」も発表して活躍する。しかし、結婚や出産、夫の反対にあって活動を妨げられ、明治27年に『女学雑誌』を去り、34年には断筆してしまった。

その後、羽仁もと子が登場する。もと子は『女学雑誌』で編集活動を手伝い、『報知新聞』記者を経て、明治36年に雑誌『家庭の友』（のち『婦人之友』）を創刊し成功させた。明治30年代には、ほかにも『時事新報』に大沢豊子、『毎日新聞』に松本英子らがいた。しかし、最初の記者であった竹越竹代や清水豊子の履歴が象徴するように、彼女らは「一、二を除いて、皆短期間で辞めて」いる。また、雑誌での仕事は主に「有名人の家庭や名流夫人を訪問してその生活ぶりや、逸話を紹介する」訪問記者であり、新聞では婦人・家庭欄を担当することが多かった[2]。

ともあれ、〈婦人記者〉の数は増加しつつあった。大正5年7月号の『婦人公論』では、「女子職業調べ　其七　婦人記者」において、「一記者」が彼女たちの仕事について以下のように述べている。

> 今のところ婦人記者でなくてはならぬといふ程の用事は新聞にも雑誌にも滅多にない。本来ならば男の記者で用は足り、寧ろ男の方が優れた結果を得られるべき場合の方が多い。（中略）であるから婦人記者の新聞社に重要視せらるゝは殆ど社会種即ち三面種の提供に限られてゐると言つてよい。多くは訪問記者と称せらるゝ者である。而して其訪問先が、女でなければ会ひたくないといつたやうな処であれば、そこに婦人記者の需要がある訳である。（中略）男子の記者にあつて、婦人の記者に欠けてゐることは厳正なる意味での批判力である。洞察力である。社会万般の事象に対して開くべき活眼である。従つて主宰的統率的の仕事は今のところ婦人に多くを望むことは出来ない。只其手足となつて、謂はゞ機械的の仕事にのみ其本領を見出だすといふのが、少なくとも現在の婦人記者にとつての任務であらねばならぬ。

この記事には、「本来」の記者とは「男の記者」であり、だからこそ女性が記者であるためには、男性と同種同等かそれ以上の、あるいは男性とは異なる能力や性質が必要だという考え方がみえる。そうした観点から、〈婦人記者〉の特徴や長所よりは、男性の基準に照らしたときの欠点が取

り出されている。そして、それを根拠に、〈婦人記者〉の仕事が「三面種」と揶揄されやすい記事の提供に限定されたり、男性記者や会社の「手足」となることを要請されている点に注意しておきたい。また、〈婦人記者〉が「社から受くるところの俸給」は、高いもので「五十円六十円」、ふつうは「十五円から三十円そこそこ」である。「原稿料制度で働いてゐる者」もおり、なかには1ヶ月「五十や六十の金は何でもなく得られる」場合もあるという。

　大正7年3月号の『主婦之友』の特集「婦人職業案内」では、〈婦人記者〉が「新しい婦人の職業の中で一寸ハイカラで人目を聳たしめるもの」として扱われる。その仕事は主に「いろいろの家庭の訪問」や「流行、料理など家庭に関する実用的の記事を作る」ことで、月収は初め「二十円位で六七十円位まで昇る」。原稿料が支払われる場合は「一枚五十銭見当」だという。大正期前半、増えつつあった〈婦人記者〉の仕事内容は明治期と変わらず、訪問記事など社会・文化面の記事を書くことであった。月収は20円から60円、原稿料なら一枚50銭程度という相場があったようである。

　比較のために男性記者の例をあげておきたい。大正2年に早稲田大学を卒業し就職活動を行った広津和郎によると、初任給は読売新聞社で18円、万朝報社で30円。早大を出た場合、25円が平均で、大正6〜7年頃の原稿用紙一枚あたり原稿料は、50〜80銭だったという[3]。新卒の男性記者と、「三面種」専門の〈婦人記者〉と、仕事の内容は違ったかもしれないが、給与は大差ないように見える。ちなみに同じころの銀行の初任給は40円程度、高等文官試験に合格した公務員は50〜60円だった。銀行員や公務員に比べて給与の少ない記者という職業は、社会的な地位も低かったと言えるかもしれない。しかし、小説家としての広津和郎の原稿料は上がってゆき、昭和10年代には8〜10円になっている。男性記者の初任給は、昭和初年代に40円程度[4]で、文藝春秋社では一年に10円ずつ昇給したという[5]。一方、〈婦人記者〉の給与は伸びが小さいようである。「働きに比し比較的少く三十円乃至五十円位が多」かった（「全国婦人新職業案内」『婦人公論』、昭13・3）。

「文筆婦人会」の出現

　大正末から昭和初期の出版界において、女性を記者とは違った形で利用

した人物に菊池寛がいる。菊池は、雑誌『文藝春秋』の創刊とともに文藝春秋社を創設したころ、以下のような広告を出した。

 僕の家の家事の手伝ひをしてくれる傍ら、雑誌の庶務を手伝つてくれる婦人の方をほしいと思ふ。希望者は手紙で紹介してほしい。いきなり、田舎から上京してくるなどは困る。裁縫料理などの心得があり、そして文学の趣味があればよい。

（菊池寛「編輯記」『文藝春秋』、大12・7）

これは、菊池の私宅に社が同居していたためになされた求人だが、大正15年6月に私宅と社を分離してからも、「女子大や津田英学塾をでた才色兼備の女性」たちを雇いいれ[6]、編集や「翻訳かなにかのお手伝い[7]」をさせた。彼女たちは、記者として採用されたというよりも、家事手伝いや菊池の秘書的な仕事、編集補助、下訳などの諸作業をこなしていたようである。

こうして菊池や文藝春秋社の周辺で働いていた女性たちについて、同じころ記者生活を始めた男性たちが後に回想している。以下の引用に登場する「高森」は昭和3年博文館、「萱原」は昭和2年講談社、「大草」は大正13年文藝春秋社、「松下」は昭和8年中央公論社にそれぞれ入社し、長く活躍した人物である。

 高森 僕らの若いころに、菊池寛係りの女性がいました。（中略）
 萱原 吉屋信子じゃないです。僕はあのころの女性記者はおおむね
    知ってる。だから、大草さんの奥さんだってよく知っとったよ。
    二人組がおって、もう一人の人、あれはなんといったかな。
 大草 小里文子というのもいたし、石井桃子、相川敏子……。
 萱原 そうそう、相川さん。おたくの奥さんの瀬尾梢さんとか相川さ
    ん、僕なんか、よく菊池家の応接間で、これらの美女と阿呆話を
    したものだ。
 高森 おたくの中川さんなんかご健在ですか。
 大草 そうそう、中川という女性記者がいたな。どうしたかと思って
    るんだ。
 萱原 美人記者のことだと、皆さんご親切なご音問で（笑）。中川雅枝、
    菊池先生係りで先生のご信頼が特に厚かった。あの人は姫路のお
    寺さんのイトはんで、目もとの涼しい、パッと一輪咲いたバラの

花のような華やかな顔立ち、わが社にも他社にも思召しのあった人が夥しく多かった。昭和女性記者列伝中の一人でありましょうな。
　　　（中略）
高森　いま、彼女はどうしていますか。
萱原　大分前に姫路へ帰ったように聞いています。恐らく亡くなったんじゃないかと。
松下　皆さんどういうわけで、女性記者とお知り合いなんですか。
萱原　つまり、雑誌記者仲間として知り合ったんです。だからそういう人はとくに印象が深いわけでして、とくに大草実夫人などは、賢婦人の誉れの高い、非常に折目の正しいひとでした。
　　　（『昭和動乱期を語る――一流雑誌記者の証言』経済往来社、昭57・10）

「記者仲間として知り合った」とはいうものの、登場する女性の仕事は「菊池寛係り」つまり秘書を兼ねる場合もあったようである。また、そうした「女性記者」たちは皆「美人」、つまり男性にとって異性としての価値が高かったことを称揚され、仕事ぶりよりも男性記者や作家とどう関わったか、誰の恋人、妻になったかを話題にされている[8]。彼女らは、男性記者のこうした視線にさらされながら、編集雑務や秘書といった作家、編集者の補助的な仕事をしていた。この女性たちは、菊池の提案で昭和4年につくられた「文筆婦人会」によって、一時組織化されていた。

　今度、社で文筆婦人会と云ふのをやる。別紙広告に在る通りである。二三年来、三四人の婦人に仕事をして貰つてゐたが、その仕事が無くなつた上、近来僕に仕事を求めてくる婦人の方が多くなつたので、つい何か方法を講じなくてはならなくなつたのである。（中略）近来女子教育が盛んになり、教養ある婦人の数が、激増してゐながら、社会には職業婦人を容れる余地がないのである。かう云ふ新職業が成立すれば、教養ある婦人にとつて、いゝことだと思ふ。どうか、文壇の作家諸氏も、口述筆記などは、ゼヒ頼んで貰ひたい。
　　　（菊池寛「編輯記」『文藝春秋』、昭4・4）

高等教育を受けた女性が増加する半面、不景気による就職難が深刻化していた。その状況を受け、記者とはやや異なる職分を持つ「新職業」集団として「文筆婦人会」がつくられた。「別紙広告」によれば、その仕事内

容と賃金は以下のとおりである。

　　　口述筆記（一枚四百字詰原稿）　十五銭以上／蔵書整理　一日（約七時間）三円、半日二円／原稿清書　一枚十銭／編集校正　一日、三円、半日二円／翻訳　一枚三十銭ヨリ五十銭／参考書調査　一枚三十銭ヨリ五十銭／手紙封筒の執筆　一日二円、半日一円半

（『文藝春秋』、昭4・5）

　「文筆婦人会」の仕事には、「編集校正」など記者の仕事と重なる部分もあるが、「手紙封筒の執筆」のように、記者の仕事とは考えにくい雑務も加えられている。だからこそ、会の名称に「記者」を入れなかったのだろう。一方で、当然のことのようだが、会名に「婦人」という語が付されることに注目したい。この会は、たとえば「文筆青年会」にはなり得なかった、言い換えれば、女性のものとしてジェンダー化された仕事を行う集団である。その結果、編集部の主務ではなく雑務を、女性の仕事として改めて規定しなおす制度ともなったのではないか。

　「文筆婦人会」に所属する女性たちは、厳密に言えば〈婦人記者〉ではない。しかし彼女らは、明治以来、少しずつ形成されてきた〈婦人記者〉の職分——社会・文化・家庭などの「三面種」を扱い、男性記者や社の「手足」となって「機械的」な雑務を行う——を引き継ぎ、見えやすい形で囲い込まれた人々のように見える。日本女子大学や津田英学塾で、当時の女性としては最高の「教育」を受けた「教養ある婦人」たちが出版に関わる雑務を、一日いくら、一枚いくら、という賃料で行う者として規定されていく。「文筆婦人会」の女性たちの在社期間は、多くの場合かつての〈婦人記者〉たちと同じく短い[9]。編集者や作家の恋人、妻となってキャリアを築くことをやめ、当然、社の中心的な仕事を担うこともないのである。

　『文藝春秋』に記された「文筆婦人会」設立の辞を信じれば、菊池は、女性を仕事から排除しようという意図で「文筆婦人会」をつくったのではない。とはいえ、少ない資料から菊池の真意を断定することは難しい。ただ菊池の意図がどのようなものであったにせよ、ここで「文筆婦人会」設立という小さな事件を、菊池個人の不見識あるいは罪として告発したいのではない。菊池が女性の労働力を合理的に利用しようとしたとき、文藝春秋社内外の状況、またそれまでに形成されてきた〈婦人記者〉の職分に従い、「文筆婦人会」という形になったと指摘しておきたい。そのようにし

てできた会の形態、仕事内容は、〈婦人記者〉全般が置かれた位置、職分を明らかにする材料の一つとなるだろう。

〈婦人記者〉や「文筆婦人会」の女性たちの働き方は、一般企業の事務職を勤めた近現代の女性たちによく似ている。金野美奈子は、『ＯＬの創造　意味世界としてのジェンダー』（勁草書房　平12・2）で、明治期に「新しいジェンダー」が生成され、そのもとで男性とは違う仕事をするものとして「女性事務職」が「発見」されたという。第一次大戦後、「職業婦人」一般の増加につれて「女事務員」も増え、彼女らが男性と「日々長時間接触する職場のイメージ」は「性的な意味を強くもっていた」。一方、「女性の勤続年数の長期化傾向」による給与増大への対応策として、「若年定年制」がとられるようになる（これには、女性が「婚期を逸することがないように」という表向きの説明がつけられた）。そして戦後、企業内で男性とは違う仕事すなわち男性の補助的な仕事をし、結婚のために早期退職する「一般職」とか「ＯＬ」と呼ばれる職制の成立に向かっていく。

先に紹介したように、〈婦人記者〉あるいは「文筆婦人会」の一員として働いた女性たちは、男性の補助的な仕事を安い賃金で行っていた。性愛の対象となることも多く、職場恋愛あるいは結婚の結果、退職していく（ことを求められる）ＯＬ的な労働力の提供者であったと言えるだろう。

男性にとって記者という仕事は、文学の世界につながる専門職だったようである。明治期には「ジャーナリストと文士は区別できない存在であり、多くは両方が兼業であった」[10]。昭和に入っても、記者であることは「作家になるための足がかり」と考えられることがあった[11]。そのため、銀行員や公務員と比べて給与や社会的地位が低いとしても、記者にはそれとは別の価値やイメージが付随していたと考えられる。しかし、女性にとっての記者は、一般企業の女性事務職と同じく、補助的な仕事を行い短期間で離職する、継続的なキャリアにつながりにくい職業として形成されていく。そのことが、良くも悪くも現代的な出版産業が成立する昭和初期に、「文筆婦人会」という形で可視化したのである。これは、出版も他の産業、企業と同様に、女性の仕事を周縁に押しやりつつ現代化したことを示しているだろう。

おわりに

〈婦人記者〉の仕事と賃金について、これまで入手できた資料をもとに考察を行った。しかし、まだ資料は収集不足である。今回は、昭和初期の文藝春秋社にやや偏った報告になった。今後、他の出版社、新聞社で女性がどのように出版活動に関わったのか、調査を続けて比較考察し、さらに緻密な全体像を描く必要がある。また、短期間で記者生活を終えた女性たちだけでなく、石井桃子のように出版に関わり続けた女性や、男性と同じく記者と作家を兼業したり、記者から作家に転じていった例なども調査し、考察に加えるべきだろう。引き続き、〈婦人記者〉という観点から資料収集を行い、近現代の文学を成立させるためになくてはならない出版社、新聞社の構造に迫りたい。さらに、それが文学作品に与えた影響について考えていくつもりである。

注
(1)　物価を示す際には、文教政策研究会編『増補改訂　物価と風俗135年のうつり変わり——明治元年～平成13年——』(同盟出版サービス　平13・9) および、週刊朝日編『値段史年表　明治・大正・昭和』(朝日新聞社　昭63・6) を参照した。
(2)　春原昭彦・米田佐代子・岩崎千恵子・池田恵美子・平野恭子『女性記者——新聞に生きた女たち』(世界思想社　平6・1) による。ほかに、池田恵美子編著『出版女性史——出版ジャーナリズムに生きる女性たち』(世界思想社　平13・11) を参照した。
(3)　広津和郎の例は、広津和郎『年月のあしおと』(講談社　昭38・9) から引いた。
(4)　大草実・萱原宏一・下島連・下村亮一・高森栄次・松下英麿の対談集『昭和動乱期を語る———流雑誌記者の証言』(経済往来社　昭57・10) での高森栄次の発言。高森は昭和3年に早大を卒業し、博文館に入社した。
(5)　池島信平『雑誌記者』(中公文庫　平17・6改版) による。池島は昭和8年に東大を卒業し、文藝春秋社に入社した。
(6)　文藝春秋編『文藝春秋七十年史』(文藝春秋　平3・12) による。
(7)　座談会「岸田國士をめぐって」(『岸田國士の世界』駿河台文学会　平6・8所収)における、岸田國士の娘・今日子の発言。國士の妻つまり今日子の母・秋子は、東京女子高等師範附属高等女学校専攻科を卒業後、東京帝国大学文学部聴講生を経て文藝春秋社で働いていた。勤務中に、社に出入りしていた國士に引き合わされ結婚、退職している。
(8)　引用中に現れる瀬尾梢は、大草実と恋愛結婚しているし、小里文子は

横光利一の恋人として知られる。対談の別のところには、中央公論社に勤めていたという山岸たか子らも登場するが、やはり「美人」であったこと、誰の恋人、妻となったかが語られている。
(9)　例外もある。石井桃子は日本女子大を卒業後、文藝春秋社に「文筆婦人会」の一員として入社し、編集等の仕事をする。退社後も新潮社、岩波書店に勤務、児童書の編集のほか翻訳や執筆に携わって第一人者となる。平成20年に101歳で亡くなる直前まで活動を続けた。
(10)　伊藤整『近代日本人の発想の諸形式　他四篇』（岩波文庫　昭56・1）による。
(11)　下村亮一『雑誌記者五十年　虹と嵐と雲と』（経済往来社　昭59・9）による。

＊本稿は、先に発表した共同研究報告「『小学生全集』の世界観」（『日本近代文学』、平20・5）と相補的な関係にある。そのため、一部重なる記述があることをお断りしておきたい。

三上於菟吉「原稿贋札説」の虚実

谷口幸代

　三上於菟吉は「百鬼」(『時事新報』、大 13・7・28 〜 12・31)で一躍人気作家となり、大正末期から昭和初期にかけて活躍した。時代を駆け抜けた彼を、尾崎秀樹は過渡期の作家と位置付けており[1]、現在では長谷川時雨の夫として、彼の印税をもとに『女人芸術』が発行されたことで知られている。しかし、代表作「雪之丞変化」(『朝日新聞』、昭 9・11・7 〜 10・8・22 夕刊)は、今なお、劇化、ドラマ化が繰り返されている[2]。

　この三上が絶頂期に書いたのが、本稿で取り上げる「原稿贋札説」(『中央公論』、昭 3・1)である。萱原宏一は『私の大衆文壇史』(昭 47・1、青蛙房)で、これが必ずしも筆者の意図通りに受取られなかったと語る。萱原は昭和2年3月に大日本雄弁会講談社に入社し、「毒草」(『講談倶楽部』、昭 3・1 〜 11)から三上の担当となった。萱原が面識を得た昭和2年、現代小説の分野で加藤武雄、中村武羅夫とともに「多産流行作家の三羽烏」に数えられていたという。その華やかな活躍の反面、三上ほどジャーナリストから中傷や誤解を受けた作家もいなかったと述べ、暴君のように振る舞ういっぽうで実は謙虚で才能や誠実を愛する人だったと、作家三上於菟吉の虚像と実像を振り返る。

　萱原は、このジャーナリズムが作り上げた三上像のために「原稿贋札説」の真意も誤解されたと語る。つまり、無頼を標榜する作家の奔放なイメージと結びついて、無責任に書き飛ばした原稿を贋札のようなものと自嘲した文章だと誤って受取られてしまったという。

　しかし、むしろ世間からの中傷や誤解を承知の上で、そういうものさえ逆手にとろうとする大胆不敵さが「原稿贋札説」には潜んでいるのではないか。本稿ではこのような見地から、「原稿贋札説」に見え隠れする虚実を可能な限り浮かび上がらせたい。

1　原稿料のレトリック

　まず「原稿贋札説」の意図を確かめることから始めよう。「原稿贋札説」という題名は次の一節による。

　　　卿等よ、威張りくさつた文士の原稿は、多くは書き上げられた時贋札だ！　その贋札をほんものの紙幣とウマウマ引き換へられて得々たるは、あんまり気の利いた話ではないではないか。

　呼びかけの相手「卿等」とは、文中で直接的には編集者を、「威張りくさつた文士の原稿」とは身辺作家の私小説をそれぞれさす。文筆の分野で贋物といえば、偽版や代作や盗作といったところが相場だろう。三上も別の随筆で検印のない著書を無断で発売されたことや偽版を作られたことがあると語っている[3]が、ここで贋物とされるのは、彼が繰り返し批判してきた身辺小説である。三上は真の告白や懺悔の深みまで到達していない身辺小説は、反省のない作家の反省のない生活の記述以下だとする。現実に紙幣や貨幣の偽造事件が新聞等を賑わしていた当時[4]、価値のない原稿という別の〈贋札〉が出回っていると告発し、贋の紙幣を本物の紙幣、すなわち原稿料に引き換えて恥としない作家がいると挑発したのだった。

　「原稿贋札説」で経済活動のレトリックが用いられたのは、作家の経済的生活がこの時代のトピックだったからだ。作家の物質的収入は、円本ブーム、出版事業の大資本化、文学の商品化、オフセット印刷等の印刷技術の近代化、新聞の発行部数の増加、女性雑誌の多様化、プロレタリア文学の展開、ブルジョア作家の姿勢、芸術と通俗の関係といった様々な問題を受けて必然的に出てきた話題だった。

　その中でもとりわけ紙幣を取り上げた背景には、高騰した原稿料の額が噂の的になり、原稿料と創作の関係をめぐる議論にまで発展したことが想定される。佐藤春夫が「第三十六回　新潮合評会　社会思想家と文芸家の会談記」（『新潮』、大15・7）や「文芸家の生活を論ず　文壇諸君の御一読を願ふ」（同誌、大15・9）で、特定の文学者の原稿料が不当に高額であることを文学の商業化に伴なう堕落を助長するものとして問題視する発言を行ったのも、作家名は挙げられていないものの、女性雑誌からの菊池寛の原稿料に関する風聞が背景にあった。「文芸家の生活を論ず」では原稿用紙1枚あたり20円から30円の額が支払われていると言及された。ちなみ

に、当時の原稿料の最高ランクが『中央公論』や『改造』から島崎藤村らに支払われる1枚あたり10円とみなされていたことは、小島政二郎の「眼中の人　その二」(『新潮』、昭42・6)等で窺い知れる。

佐藤の問題提起に対して、不当な高額を支払うとされた女性雑誌側から、『婦女界』の都河龍が「『文芸家の生活を論ず』を読んで―雑誌の原稿料と広告料―」(『新潮』、大15・10)を発表し、批判の対象に『婦女界』と菊池が含まれるなら事実に基づかない空論だと退けた。その際、実際に菊池に同誌が支払う額は佐藤が述べるより少し上だと明かした。この発言は、南小天「原稿料変遷史」(『文章倶楽部』、昭2・1)に、これにより菊池の同誌の原稿料は30円以上と知れると如才なく組み込まれることになる。

また作家の側では、事実上の標的と目された菊池が「原稿料のことなど」(『文藝春秋』、大15・10)で、やはりゴシップを基礎とした反感と猜疑に満ちた世迷言と切り捨てた[5]。法外な原稿料を要求するのは、『講談倶楽部』のような娯楽雑誌からの「僭越」な依頼を拒絶するためであり、それは文芸家の見識だと主張したが、その場合の法外な原稿料とは1枚100円だと具体的な値が示された。この1枚100円という原稿料についても、「原稿料変遷史」が当時の最高記録に取り上げている。ただし、そこでは同じ講談社系の雑誌でも『講談倶楽部』ではなく『キング』とされており、これは同誌に連載された「赤い白鳥」(昭2・1～3・4)のことと推定される。「赤い白鳥」の原稿料は小島政二郎が前掲「眼中の人　その二」で明かしており、それによれば、『講談雑誌』や『キング』の依頼を断るために菊池が1枚100円ならと返答したのが、その後、『キング』の方と話がまとまり、1回20枚前後で1,000円が支払われたという[6]。つまり、1枚あたりの原稿料に換算すれば約50円となるが、最初に断った際の方便が独り歩きして広まっていたことがわかる。

こうした噂が広まったのは、文士たるもの、娯楽雑誌や女性雑誌に通俗的な小説を書くことをよしとしないという考えの裏返しだったといえる。原稿料を得ることと原稿料のために書くことは異なるという発言も少なからぬ作家から出された[7]。つまり、作品の市場的価値と芸術的価値とは別物だという考え方である。

このような動向の中で、三上の「原稿贋札説」は、職業としての文学を考える立場を示し、文士の精神論など虚飾だといわんばかりに、作家を原

稿料の額によってA級からC級まで三つの等級に効率的に区分する。基準となる額は400字詰め原稿用紙1枚あたりの原稿料の平均値である。A級が10円以上25円、もしくは30円、B級が5円以上10円、C級が2円以上5円まで、とされている。ついで、これに基づき、A級の中流で1枚15円平均の作家なら1ヶ月100枚で1,500円、印税、脚本上演料、映画原作料等を含めればしめて約2,000円の収入となり、最低ランクの作家でも月収200円を得ることが可能だと算出する。さらに万年筆、インク、原稿用紙といった少ない資本しか必要としないと述べる[8]。このように作家が一定の生業として成り立つことを原稿料の額で試算した上で、作品の質がそれに値するかという問いを突きつける。

三上は、これ以前にもたとえば「文壇天眼鏡」(『新潮』、大13・7〜12、「智恵夫人」名で発表)で1枚の原稿用紙を高い場合は15円、低くても2、3円に売ることができ、文学が一般の職業と同様に事業として認知されるようになったと述べた上で、芸術家気取りの作家をやり玉に挙げていた。この連載が昭和10年に『随筆わが漂泊』に収められた際、最高額の15円は20円に引き上げられた。また後には、「純文学的常識閉口論」(『東京朝日新聞』、昭10・4・14〜16)で、純文学の作家に原稿を多く、かつ高く買うことを要求し得る資格があるかと疑念を呈する。

「原稿贋札説」も、この一貫した立場から、「創作家、小説家として、本邦の一流雑誌、改造及びお気の毒ながらこの中央公論の如きに筆を取る常連緒家で、自ら遇して文士とするに足りるやうな製作を発表し得た作家が、当今果して幾人ありますか」と問いただす。当時、『改造』とともに一流の舞台として認識されていた『中央公論』誌上で問題提起を行うところに、「原稿贋札説」の挑発性があった。

いっぽう、『新潮』では同じ昭和3年新年号で大宅壮一が円本の印税を「文壇退職手当」と断じ、過去の作品に依存して生きる大家に「退職」を勧告する。芸術の名に値しない創作物を贋札と告発する「原稿贋札説」と、円本の印税は創作意欲を失くした作家の「退職手当」と言い放つ大宅の「文学史的空白時代」とは、まさに時代の空気を共有しながら、センセーショナルなメタファーで文壇の堕落を追及しようとした。

2　「原稿贋札説」の作家の原稿料

「原稿贋札説」のレトリックは、三上自身の原稿料をめぐる虚実の間に成立している。

たとえば、永井荷風は「断腸亭日乗」の昭和4年5月22日の項で、「妓のはなしによれば、三上先生は五日も十日も流連し気が向く時は茶ぶ台の上にて原稿を書く、一行廿五円になるから安心して居ろと芸者女中等に向ひて豪語する由なり」と蔑んでいる。1枚ではなく1行とある[9]。実際に三上が酒席の戯言でこうした非現実的な額を語ったのか確かめることはできないが、荷風は近頃では文士が待合で女性に身分職業を平気で打ち明けるのみならず、原稿料の多寡まで明け透けに口にするようになったとし、これまで菊池寛や山本有三だけを軽蔑していたが、文士の堕落は自分が思うよりもずっと一般化していたと思われると苦々しげに書き記している。この件は荷風の記憶にとどめられたようで、昭和15年2月16日の項でも、高見順が芝居を見ながら原稿を推敲していたと聞き、三上の行状と「好一対の愚談」だと記している。こちらでは、三上が豪語したという原稿料の額は1枚10円とされている。

編集者の回想では、前掲の都河龍「『文芸家の生活を論ず』を読みて」に具体的な額は示されていないが、三上の原稿料への言及がある。ここでは菊池と他作家の原稿料の関係を説明する際に久米正雄、細田民樹とともに三上の名前が挙げられる。それによれば、菊池の場合は、「新珠」（大12・4～13・10）や「受難華」（大14・3～15・12）によって『婦女界』の発行部数が増加する好評ぶりだったため、謝意を示すために原稿料を途中で増額したり、特別号と普通号で差をもうけたりした。それに対して、久米正雄の場合は大正8年に1枚あたり5円だったのが、当時、連載中だった「天と地と」（大14・2～15・12）では数倍の額となった。こういう依頼時の事情の違いなどによって、久米の原稿料は菊池と比べて多少の差はあるが、佐藤が問題提起しなければならない程ではないとする。これに続けて三上や細田民樹の名前を挙げて、彼らの場合も同様であり、差はあっても決して不当に少額なものではないと主張する。

また、『苦楽』の編集部にいた西口紫溟の『五月廿五日の紋白蝶』（昭42・10、博多余情社）では、大正15年10月号から昭和2年12月号まで連載された「首都」の依頼から入稿までの過程が辿られる。これによれば、長谷川時雨を通して面会を申し込んでいたところ、約半月後に本人より電

話があり、馴染みの待合で会うことになったという。毎月300円で連続物を書いてほしいと依頼すると、三上からは『苦楽』の他の連載小説と筋が重複しないよう配慮する質問があった。それからまもなく「首都」第1回30枚の原稿が届けられた。西口は「すなわち彼の稿料は菊池寛並みに一枚十円ということになるワケである」と述べる。ここから、まず雑誌社の側から1回分の原稿料総額が示されて、作家が書き上げた原稿の枚数によって自ずと1枚あたりの原稿料が決まる仕組みもあったことが窺える。ちなみに、当時の『苦楽』の原稿料ではこの1枚10円が最高額で、この額が支払われていたのは菊池の他、田山花袋、佐藤春夫、里見弴、芥川龍之介、谷崎潤一郎、武者小路実篤、大仏次郎、永井荷風、徳田秋声らだったとある。

　これらの証言や回想等を照らし合わせると、昭和3年当時の三上は「原稿贋札説」の区分ではA級と推察され、そのいっぽうで興味本位な噂が流れていたことがわかる。こういう自分の原稿料をめぐる風聞は三上とて知らぬはずはない。大正15年1月号の『不同調』で、もっと優れた作品ならば高値で売れるだろうが、そうでないため「大安売」をしているとし、「商売雑誌」に連載物を書いて1枚5円でも甘んじていると語る（「愚痴」）。この「商売雑誌」は特定されていないが、この頃の三上の雑誌連載小説には、「黒髪ざんげ」（『サンデー毎日』、大14・9・13〜11・15）、「敵討日月双紙」（『週刊朝日』、大14・10・4〜15・4・4）、「鴛鴦呪文」（『婦女界』、大15・1〜昭2・7）、「火の鳥」（『婦人の国』、大15・1〜5）がある。このうち『婦女界』については、都河の主張に先んじて、「相当の待遇」を受けていると述べている。先に引いた「断腸亭日乗」の記述はこれより時期が下がるが、後述するようにそれ以前から同じ類の噂や中傷はあり、「大安売」といったおどけた表現には、そういう蔑みへの反発がこめられているのではないか。それは質の低い作品を高額の原稿料に換えることはないという信念の裏返しである。

　この姿勢を遡ると、無名時代の出来事へ行き着く。「当世文事鑑」（『新潮』、大14・2〜12）に「初秋の深夜、泥酔せる宇野浩二、於菟吉の文筆堕落を痛罵して感涙せしむる事」という節がある。ここで回想されるのは大正5年初秋の宇野浩二との交遊である。その日、三上は「ある通俗雑誌」に1枚50銭足らずで売り込んだ原稿を24、5枚書いたところで孤独に襲

われた。そのため単衣を質に入れて入手した1円札6枚を手に、宇野を誘ってカフェへ出かける。そこで次のようなやりとりが交わされたという。

　泥酔した宇野から創作姿勢を追及される。三上は食いつめた挙句、『講談雑誌』の生田蝶介に「俗向原稿」を買ってもらい、その日も出かけるまで同種の原稿を書いていた。「ああいふ物なら金になるから―早稲田文学なんか金はくれないし―真面目に書いたつて世間で讃めてはくれないし―」と言い訳すると、宇野は三上の顔を見つめながら、「下らん、そんなもの―自愛しろ。僕たちと一緒に早稲田学校にゐた人間で、文学をたもつてゐるものが今何人ある。みんなヘコたれてしまつたぢやないか―お前と僕位なものだ―此処まで頑張つて今腰が抜けちや駄目―それに見ろ、今文壇の大家だつて、新進だつて、どれだけの奴がゐる。みんなつまらんぢやないか！　僕は遣るつもりだ。僕は屹度遣るつもりだ。僕は遣る―」と宣言した。三上は宇野が酔って呂律がまわらなくなっていたとしても、この豪胆な宣言は性根から出たものと受取り、堕落した自己を省みて涙しそうになったと語る。

　三上は、宇野の小説の中で「三枚目人物として酷使」され、その度に憤慨して「彼を撲殺し虐殺せん」と物騒な気持ちになったことも一度ではないと振り返る。しかし、このカフェでの言葉ゆえに畏敬の念を感じざるを得ないとも語る。そして、宇野本人は忘れているかも知れないが、これは自分にとっては忘れることのできない重要な記憶であり、最も価値のある追想の一つとして生涯を終えるまで胸に残るに違いないと述べる。この節の副題に教訓として「自ら信ぜよ」という言葉を添えている。

　「当世文事鑑」には「狂体「洛城多才子」―没韻」という節があり、菊池、中村武羅夫、加藤武雄ら同時代の作家の姿を狂体の詩にしている。たとえば葛西善蔵を「一斗飲盡して、一行を記し、／一斗傾了して、一行を消す。／三斗、五斗、一行空し、／人間の阿清、空嚢を嘆くも、／狸精、独笑、顧み而呼ぶ。／阿清、白紙を金に代へて来れ。／元来詩韵、天籟のみ。／不立文字、不朽文。」と読む。酒量と執筆量の伴わない様子をからかいながら、三上は宇野の言葉が自分の作家人生の糧となったことを記すのだ。

　このように自嘲、揶揄、自負、羞恥、反発といった異なる心情を変幻自在に織り込みながら、自他を挑発し、かつ鼓舞するのが三上の流儀である。「原稿贋札説」にも、もし読者から自分の作品こそ「贋札の最も悪なるも

の」ではないかと反問されれば、半ば恥じるが、半ば誇るという一節がある。この相反する真情を吐露した上で、誇りの由来を「僕、生れて原稿料を貰ふやうになつてから、たつた一枚でも、いはゆる身辺作家の悪作のやうな、意味はもとより、面白ささへないものは書かなかつた」ことだと語る。この言葉は「自ら信ぜよ」という教訓から生まれている。

3 「原稿贋札説」の作家の製作量

　前述のように「原稿偽札説」は、A級の中流で1枚15円平均の作家なら1ヶ月100枚で1,500円、そこに印税、脚本上演料、映画原作料等を含めればしめて約2,000円の収入となると算出していた。さらにB級の10円平均の作家でも、多作家で勉強家なら月に200枚を書くことは容易いから、雑収入を含めて2,500円の月収となると述べる。

　三上が原稿料の額や執筆場所だけでなく、それ以上に執筆量をめぐって面白おかしく噂された作家だったことは知られている。この点について当人は、前掲の随筆「愚痴」で、10枚の小説を書くことさえ難渋しているのが実態なのに、『文藝春秋』や『不同調』で、また『文章倶楽部』の漫画で「原稿汚しの魔物」のように冷やかされて心外だと述べる。

　この発言は実際に書かれたことに基づいており、順に『文藝春秋』では大正14年5月号の「文壇新字撰」が該当する。これは新しく発明された文字とその意味を解くとみせて文筆家をからかう趣向だった。日偏に旁が「千」で、「三上於菟吉。一日に千枚書くといふが「西遊記」の怪物でもこんな重宝な得物は無からう。」との説明文が付されている。

　ついで、『不同調』では大正14年10月号に「当代文士一ケ月製産番附」である。東西が「大量製産の方」と「小量製産の方」に分かれ、行司は200枚の田山花袋と20枚の島崎藤村、年寄は700枚の徳富蘇峰と17枚の坪内逍遙、勧進元は新潮社主人と春陽堂主人がつとめる。「大量製産の方」の横綱が1,000枚の中村武羅夫で、それに次ぐ大関が800枚の三上於菟吉、関脇に600枚の武者小路実篤、小結に500枚の正宗白鳥が続く。いっぽうの「小量製産の方」は、横綱が3枚の志賀直哉、大関が5枚の葛西善蔵、関脇が8枚の永井荷風、小結が12枚の芥川龍之介とされる。この番附は「嘘と誠　文士職業見立番附」と一緒に見開き両頁に印刷されており、職業見立では三上は東の横綱で職業は待合とされている。つまり、両番付を合わ

せて、待合で遊びながら800枚を量産するとの揶揄となる[10]。三上の方は、製産量の数値にかけて「嘘「八百枚」」と洒落で返している。

　さらに『文章倶楽部』の漫画とは、同年7月号の「紙上大合同漫画劇 文壇の彼方」のことだろう。主演は文士、助演は文学青年とある。三上は銚子と原稿用紙の山を傍らに執筆する姿で描かれている。背景には三味線も描かれており、待合で大量生産という噂を漫画にしたものといえる。「オ、外は時雨じや　今夜千枚昨夜が五百枚！　大方書いたわ」というセリフも添えられている。

　このように三上は大量執筆の作家の代表であるかのようにいわれていたが、本人は同じ『文章倶楽部』大正14年7月号で「小心亭日記」と題した日録では、死んだ気になって書けば1日20枚は執筆可能であるから、1枚7円とすれば140円になると計算しながら、1枚1枚の執筆に難渋する様を記す。また1日に75枚書いたことはあるが、おかげで半月寝込み、月に300枚足らずを書く根気さえないと嘆いてみせたりもした（前掲「愚痴」）。つまり、三上は非現実的な域まで達した大量生産の噂を半ば迷惑し、半ば面白がるように、その噂と噂に反して書けない自分自身との落差を随筆の題材にしていた。

　三上はそのいっぽうで、多作を乱作と同一視し、多作家を低く見る日本の作家の欺瞞を暴く。たとえば前掲「文学毎月言」で、日本の文筆家が月に原稿用紙100枚や200枚を書き続けると、すぐに職人気質の「先生達」から「多作家呼ばはり」されて陰口を叩かれるのだと、多作と質の低さを短絡的に結びつける偏見を攻撃する。また海外に目を向け、ストリンドベルヒやトルストイのような作家がいかに多くの作品を書きのこしたのかを説く。そして自分の現状では新聞と雑誌と両方に書く場合も250枚程度が関の山だが、可能なら月に500枚平均、少なくとも300枚平均は書いていきたいと記す。同じように前掲の「文壇天眼鏡」でも、多作を軽蔑する作家に限って「寡作」や「難作」が売り物で、編集者を煩わせることで箔をつけようとしていると揶揄する。

　この視点は長篇執筆の意味へ転ずる。「文壇天眼鏡」や「当世文事鑑」等は特定の雑誌に短篇のみ発表して芸術家を気取る作家と、通俗小説を金銭のため仕方なく書く余技とする通俗小説家の双方を俎上にのせ、どちらも妙な文人意識に囚われていると断罪する。

こういう姿勢を表明するからには、その刃が自分に返ってくることになるのは必然である。その意味で、「原稿贋札説」は製作量に関しても自他への挑発となる。『週刊朝日』昭和3年1月22日号に、「原稿贋札説」が発表された昭和3年の各雑誌の新年号に作家たちがどれだけの枚数を書いているかを調査した結果が番付表の形式で発表されている。一年のうち最も華やかな新年号に誰がどれだけ書いたのかという関心に応え、作家の執筆枚数に関する噂の真偽を確かめようとする企画だった[11]。調査対象は『中央公論』『改造』『太陽』『文藝春秋』『新青年』『新潮』『週刊朝日』『サンデー毎日』『女性』『婦人公論』『婦女界』『主婦之友』『婦人倶楽部』『文藝倶楽部』『キング』『富士』『講談倶楽部』『苦楽』の18誌である。張出横綱は最多枚数の細田民樹（279枚）で、東西の横綱が三上（211枚）と中村吉蔵（197枚）だった。三上の211枚の内訳は、『婦女界』の「淀君」が28枚、『女性』の「彼女の太陽」が22枚、『講談倶楽部』の「毒草」が37枚、『主婦之友』の「火刑」が29枚、『キング』の「情熱時代」が35枚、『苦楽』の「悪少年伝」が60枚と計上されている。「悪少年伝」以外はすべて連載ものである。
　また、この調査対象外でも『講談雑誌』新年号に「美貌」が発表されている。初出誌に基づいて400字詰原稿用紙の枚数に換算すれば、約27枚となる。また、『東京日日新聞』『大阪毎日新聞』では「激流」の連載が1月1日から開始された。1回が約5枚であるから、月に直せば約155枚となる。したがって、これらを合わせると、昭和3年1月に発表された三上の小説は約390枚となる。
　このように考えると、「原稿贋札説」の、月に200枚は易々と書けるはずだという発言には、横綱を張る流行作家の気概がこめられている。昭和3年1月の三上の小説には、十分に展開されずに終わった「悪少年伝」のような作品もあった。しかし、連載中だった「彼女と太陽」に加えて、この新年号から新しく5作品の連載を新聞と雑誌の両方で開始する八面六臂の活躍だった。新聞、女性雑誌、いわゆる娯楽系の雑誌など多様な媒体を舞台に、時代ものから現代ものまでジャンルを横断する。容易に書けると嘯きながら、書けないと足掻き、この虚実の間で寡作をよしとする偏狭な文人意識を攻撃し、題材の選択、構成の美、表現の新奇で読者を惹きつけられるか否かが真贋の分かれ目だと作品で主張するのだ。

以上から、「原稿贋札説」は、変幻自在な語りで虚実の境界を行き来しながら、その間に作家三上於菟吉の文学観を展開させたものといえる。本物の紙幣を作り出すこと、それこそがこの時代の「公倍数的作家」[12]と呼ばれた彼の信念だった。

注
(1)　『大衆文学大系』12巻（昭47・3、講談社）所収の解説。
(2)　平成以降の舞台上演に、二十一世紀歌舞伎組公演「雪之丞変化2001年」（平2・9・8〜24、パルコ劇場、横山謙介脚本、市川猿之助演出、中村信二郎主演）、オペラ化した「あだ」（平3・3・9〜10、東京芸術劇場、ボフルラム・メーリング演出、古沢泉主演）、宝塚雪組公演（平6・11・11・〜12・28、宝塚大劇場、柴田侑宏脚本、柴田・尾上菊五郎演出、一路真輝主演）、同花組公演（平6・11・16〜26、前進座劇場、白石征監修、加納幸和脚本・主演）等。同じくテレビドラマ化にNHK正月時代劇（平20・1・3、中島丈博脚本、黛りんたろう演出、滝沢秀明主演）。
(3)　「文学毎月言」『文藝春秋』昭4・4、5。『随筆わが漂白』（昭10・6、サイレン社）に収められた際、「つれづれ話」と改題。
(4)　昭和3年1月31日の『読売新聞』で、貨幣や紙幣の偽造事件の摘発のため警保局に実験室をもうける計画があることが報じられている。
(5)　その他、佐藤の問題提起に対する反響に、直木三十五の「春夫偏見」（『文藝春秋』、大15・10）、高野素之「商売往来」（『不同調』、同前）、合評会「佐藤春夫論」（同誌、大15・12）等がある。『文章倶楽部』昭和2年1月号も、文学者の生活をテーマに、千葉亀雄、細田民樹、中村武羅夫、加能作次郎、渡邊清、近松秋江、広津柳浪の寄稿を掲載した。
(6)　大衆小説の練習として小島が草稿を担当し、1回に200円の謝礼が支払われたという。
(7)　注5の合評会「佐藤春夫論」で尾崎士郎が小説を書く気持ちと原稿料をとる気持ちとが交錯することはあっても本来別物だと述べ、今東光、藤森淳三、中村武羅夫らが意見を交わした。その後、中村は「理想論と実際論」（『文章倶楽部』、昭2・1）で、実生活で原稿料の多寡は大問題だが、芸術に携わるものは金銭や物質に煩わされない気魄や精神の高貴さが必要だと述べた。
(8)　のちに「時代の人気者解剖座談会14」（『読売新聞』、昭8・5・3）で、三上は絵の具等に経費がかかる画家に対して作家は元手がかからないとし、100枚35銭の山田屋製の原稿用紙を使用していると発言している。
(9)　『荷風全集』20巻（昭39・3、岩波書店）に依る。
(10)　酒を飲みながら執筆したという噂は、前掲した萱原の著書や細島喜

美「三上さんの片鱗」(『大衆文学大系月報』11、昭和47・3、講談社)で否定されている。また浦隆三郎「三上於菟吉氏の仕事振り」(『文章倶楽部』、昭2・7)は、電話で新聞小説を新聞社に伝えたというのもゴシップだと述べている。

(11)　昭和2年12月17日の『読売新聞』にも「新年号各雑誌の景況と作家諸氏の稼ぎ高」という記事が掲載された。こちらは『改造』『中央公論』『新潮』『文藝春秋』『太陽』『婦人公論』『女性』の七誌に掲載された枚数の調査結果で、三上について具体的な結果は記されていない。原稿料は1枚5円から15円とみれば間違いないとある。

(12)　大宅壮一「三上於菟吉の因数分解」(『読売新聞』、昭3・1・20～22)

「文章を売ること」
―昭和十年代、中野重治の原稿料―

竹内栄美子

1．「羽織ゴロ」から食える文士へ

　江戸川乱歩『探偵小説三十年』（岩谷書店、昭29）によれば、昭和12、13年ごろまでの人気作家の原稿料は、1枚10円ほどだったという。乱歩自身、講談社からの原稿料がはじめ1枚8円だったのが、自分のほうで1枚10円に値上げし、日中戦争が始まってからはインフレーションのために原稿料は数倍になったと述べている。

　また、松本昭『吉川英治　人と作品』（講談社、昭59）によれば、吉川英治の『宮本武蔵』が「朝日新聞」に連載されたのが昭和10年8月23日から昭和14年7月11日までで、その原稿料は月に1,500円だったということだ。1,500円という金額は、昭和10年の巡査の初任給が45円だった（週刊朝日編『値段の明治大正昭和風俗史』朝日文庫、昭62）のに比較すれば、かなりの多額と言えるけれども、新聞連載小説は毎日掲載されるのだから作家のストレスも相当のものと推測され、1回あたりの分量を原稿用紙3枚と見積もってみれば、30日で90枚、1枚あたりの原稿料は16円強となる。乱歩の言う10円よりも多い金額だが、連載のストレスを考慮すれば単純に金額の多寡のみで比較はできない。

　和田芳恵『ひとつの文壇史』（新潮社、昭42）が引用している三宅正太郎『作家の裏窓』には、昭和10年の作家の所得税として、菊池寛が4,832円、三上於菟吉が2,215円、吉川英治が2,190円だったとある。おそらくこれらは破格の金額だったに違いない。収めた税金がこれだけなのだから、所得はさらに多額のはずで、高等文官試験に合格したエリート公務員や銀行員の初任給が昭和12年に70円あるいは75円であった（前掲『値段の明治大正昭和風俗史』）ことと比較しても、人気作家のふところがかなり豊かであったことがうかがえよう。

こうした収入が可能になったのも、文藝春秋社を立ち上げ『文学』をビジネスに仕立て上げた菊池寛の功績や、大正末昭和初期、1920代後半から1930年代前半にかけての改造社や春陽堂の円本刊行あるいは講談社の雑誌『キング』創刊に見られる出版ブームにその要因があったことはよく知られている。出版社が人気作家に高い原稿料を支払うのも、作家の生み出す作品が商品として多くの利益をもたらし、出版産業というビジネスが成立するからであった。ビジネスの成立は出版産業のみならず、印刷業や製本業、製紙業、流通業などさまざまな分野で多大な雇用を生み出した。

当時、1920年代から1930年代にかけては、ヨーロッパでは第一次世界大戦と第二次世界大戦とのはざまの戦間期にあたって、ダダイズムや表現主義などアヴァンギャルド芸術の新しい芸術運動が生じ、日本でもそれらに連動するようなかたちで、モダニズム文学やプロレタリア文学が新しい時代の文学として話題になっていたが、芸術や文化の新しさのみならず、この時期に特筆されるべきは、大正期半ばから台頭した新中間層によって新しい文化や芸術を享受する受け皿としての大衆が出現し、出版をはじめとする産業構造が変化していったこと、経済の規模が拡大していったことに留意する必要があるだろう。

それは、受け手の側の大衆が成立したことと同時に、送り手の側である、食えなかった文士が食えるようになった時代の到来であり、次の戦争が始まるまでのつかの間の文化的経済的豊饒をもたらしたのだった。円本の収入によって、作家たちがヨーロッパに旅行できたのもこの時代である。もとより、文化や芸術を、社会における経済活動と切り離して考えることはできない。ごく少数のパトロネージの庇護のもとで豊かな文化芸術が花開いた時代が終わって、一般の大衆がその享受者となる最初の時代が、この1920年代から1930年代だった。大衆は、さらに第二次世界大戦後にいっそう規模を拡大することになる。

ところで、少しさかのぼって確認しておきたいが、夏目漱石が朝日新聞社の専属作家であったり、森鷗外が軍人であったりしたように、文筆以外に定収入があって安定した生活を送っていた作家は別としても、とりわけ大正期になってから「文士」と呼ばれた破滅型の私小説作家たちは、定職もなくフリーランスで文筆のみに頼っていたために生活はおしなべて貧しかった。実際、その貧しい生活を描き「貧乏」を売りにしていた藤澤清造

のような作家も少なくなかった。つげ義春の挿絵が似合う『藤澤清造貧困小説集』（亀鳴屋、平13）に収録された藤澤の小説は味わい深いものだけれども、定収入のない存在が意識を決定してテーマ選びをさせていた側面はやはり否めないことである。定収入があれば藤澤をはじめとする彼ら貧困文士のテーマが変化した可能性もあっただろうが、そうなると、生活を二の次にしても文学修行にいそしみ文学に自己存在をかけるという意義は薄れてしまう。島崎藤村『破戒』刊行の経緯を思い出しても（ただし、藤村には信州の神津猛がついていたというが）、明治末の自然主義作家たちを嚆矢とする求道型イメージの作家たちは、生活の安定よりも文学修行が人格修行、人生修行に結びつくという「文学者」のひとつのタイプを形成した。

　たとえば、大正六年に刊行された萩原朔太郎の『月に吠える』にまつわるエピソードを見てみよう。『月に吠える』は、朔太郎の回想「詩壇に出た頃」によれば、自費出版で300円かかったと言われているが、朔太郎はそのことについて、次のように述べている。

> 夕暮氏の計算では、最低に見て三百円は入用だと言ふことだつた。当時の僕としては、出費を父にせびるより外に道がなく、しかもそれは容易ならぬ困難だつた。前にも書いた通り、父は文学と文学者とを毛嫌ひして居た。父は文学者のことを「羽織ゴロ」と称して居た。そして僕にしばしば意見して言つた。「お前は何に成つてもかまはん。しかし決して羽織ゴロにだけはなつてくれるな。」然るに父の意志に反して、遂にその羽織ゴロになつてしまつた僕は、全く親不孝の不肖の子で、今更父の墓の前に、慚愧に耐へない思ひをするばかりである。が、当時としては詩集を出すことに熱中して居たので、何とかしてうまく父をゴマかしたいと悪計した。そこで母に事情を打ち明け、他のことの用途にしてせびつてもらひ、到頭三百円を握つてしまつた。それで漸く詩集が出たわけだが、当時としてもあれだけの挿画を入れ、あれだけの装幀をした本が三百円位でよく出来たものだと思ふ。この点で今でも出版者の前田夕暮氏に感謝して居る。

　　　　　（萩原朔太郎「詩壇に出た頃」『日本詩』第2号、昭和9年10月号）

　この文章では、親から300円をだまし取ってようやく『月に吠える』が出版できたと回想されている。ただし、300円を提供できる経済力を持った父親は、文学者を「羽織ゴロ」と軽蔑していた。食えない文学者は、定

収入を持ち市民社会のよき成員として社会生活を送っている側からすれば、羽織を着てそれらしく振る舞っているように見えても、結局はゴロつきでしかない。脛かじりがいつまでも続けば親も困るわけで、「お前は何に成つてもかまはん。しかし決して羽織ゴロにだけはなつてくれるな。」という朔太郎の父親の気持ちも当然のことだっただろう。ただし、朔太郎は「父の意志に反して、遂にその羽織ゴロになつてしまつた」と言うものの「羽織ゴロ」では決してない。「羽織ゴロ」は『月に吠える』や『青猫』を生み出しはしない。

その「羽織ゴロ」が、出版産業の変化によって「羽織ゴロ」ではなくなったのが、大正末昭和初期の時代だった。ただし、それも資本力のあるメディアに書ける、そのような出版社や雑誌から注文がくる、「商品」として売れる作品を書けるという作家に限ってのことだったのは言うまでもない。たとえば、昭和12年1月20日の妻宛書簡に中野重治はこう書いている。「『文藝通信』の稿料さんざ手こずらせたあげく今日受取った。一枚五十銭。これが『特別の』『他の人とは格段に高い』おれの稿料だ」(『愛しき者へ』下、中公文庫、昭62)。1枚50銭の原稿料、これで生活が成り立つか。

2. 中野重治の原稿料——昭和10年ごろから敗戦まで

中野重治が『文藝通信』に発表した文章は、尾去沢鉱山ダム崩れについて書いた「大事件とその後始末」というタイトルのもので、およそ2,000字、原稿用紙にして5枚分の分量である。1枚50銭とすると合計2円50銭を受け取ったことになるが、同じころ、『三田新聞』に書いた「大学内の研究」という文章もおよそ2,000字の分量で原稿料は2円であったという(昭和12年1月16日付書簡『愛しき者へ』下)。こちらは、1枚50銭を切る金額で、乱歩の言っていた1枚10円に比べれば、格段に安い。『文藝通信』は文藝春秋社が、『三日新聞』は慶應義塾大学三田新聞学会が、それぞれ出していたが、講談社『キング』のような売れ筋のものでもなく、そもそも比較の対象にはならないメディアだろう。引用で「特別の」「他の人とは格段に高い」と括弧でくくっている文言は、皮肉をこめて中野が引用しているものと思われ、おそらく『文藝通信』編集部からの言葉だろうと推測されるが、稿料をもらうまでにさんざん手こずったことに加え、その安さに憮然としている様子がうかがえる。

「文章を売ること」（竹内栄美子）

　この「大事件とその後始末」という文章は、前年の昭和11年11月20日に尾去沢鉱山の沈殿池の堤防が決壊し250人以上の人が生き埋めにされた事件のその後について書かれたものである。大事件であったにもかかわらず、その後どうなったのか国民は何も知らされていないこと自体が大きな悲惨事であると述べつつ、悲惨な事件が生じるたびに寄付金募集が行われるものの、それらの事件はその後どうなったのか知らされないで「しかし提燈行列などは都をねり歩いている。たばこなどはある日値上げになる。日独防共協定なんかはラジオで真夜中に発表される。」として、さらに次のようにも述べている。

　　尾去沢の人びとは、からだの孔という孔へ泥をつめこまれて死んで行つた。そしてわれわれは、からだの孔という孔へ栓をかわれてそれでも当分生きて行かねばならない。そのうえたばこの値上げ分も支払い、切手の値上げ代も支払い、税金の値上げ分も支払い、その他いろんなことをやつて生きて行かねばならぬのだから、生きて行くということの意味さえ今では変つてきているのではないかと思う。

　　　　　　　　　　　　　　　　　　（中野重治「大事件とその後始末」）

　尾去沢事件に限らず、現在でも悲惨な大事件は、生じたそのときにはずいぶんと騒がれて話題になるけれども、その後、報道もされなくなり人々の記憶からは残念なことに拭い去られてしまう。そのような事態への警告を述べた痛烈なメディア批判、社会批判の文章だが、引用に見られるように、たばこも切手も税金も値上げされ、その値上げに耐えて生きていかねばならないことが言われていることに注目したい。値上げの一方、それを指摘したこの文章の原稿料は1枚50銭を切るのだから、まことに皮肉な事態としか言いようがないのであって、むしろ、安い原稿料であるから値上げに汲々としているのだとも言えるだろう。昭和10年のもりそば・かけそばが1杯10銭から13銭であった（前掲『値段の明治大正昭和風俗史』）というから、現在にも通じるメディア批判、社会批判をつづった重要な内容であるにもかかわらず、1枚50銭の稿料であるこの文章は、そば5杯分くらいの値打ちだったというわけだ。

　ここで、「大事件とその後始末」の掲載雑誌であった『文藝通信』昭和8年11月号に見られる「文壇経済学」を参照しておきたい。原稿料の研究については、松浦総三の編集した『原稿料の研究』（みき書房、昭53）

が知られているが、これは同書に引用されている記事である。なお、同書には付録として「文壇人所得番付表」などが掲載されていて、昭和26年度から昭和52年度まで、すべての年ではないけれども、作家の長者番付のような付表があり、戦後、どういう作家が高額所得者であったかが分かる。

「文壇経済学」には昭和8年当時の稿料査定表として、1枚10円以上10数円までの作家は、島崎藤村、正宗白鳥、徳田秋声、菊池寛、谷崎潤一郎、佐藤春夫、里見弴、志賀直哉、中村武羅夫、久保田万太郎、長谷川伸、佐々木邦、吉屋信子の13人（なお、もとの「文藝通信」昭和8年11月号を参照すると松浦の本では漏れているが宇野浩二が入っていて14人になる）。10円以下8円までの作家は、横光利一、牧逸馬、大佛次郎、加藤武雄、小島政二郎、広津和郎、三上於菟吉、佐々木味津三の8人（同じく、宇野千代が加わって9人になる）。5円程度の作家は、川端康成、岡田三郎、浅原六朗、龍胆寺雄、高田保、細田民樹、林房雄、貴司山治の8人である。川端康成が5円なのにくらべて、横光利一のほうが多く10円以下8円の稿料をもらっているのが眼を引く。はじめに引いた江戸川乱歩や吉川英治の名は見えないものの、原稿料としては、1枚10円から10数円が高額の部類だったのだろう。松浦は「これから、約十年間、戦時中まで、それほど稿料は上がらなかった」と言っているが、これらに比べても、中野の1枚50銭がいかに安い稿料だったかがうかがえる。

ところで、さきの中野の文章「大事件とその後始末」で値上げを指摘されているたばこは、前掲『値段の明治大正昭和風俗史』によれば、ゴールデンバットが大正14年には7銭であったのが昭和11年に8銭となっている。同書でたばこのコラムを書いているのは大正7（1918）年生まれの加太こうじだが、加太はそこでこう書いていた。

　　私は父が働かないので十四歳の春から失業者が飴売り行商のおまけに見せる紙芝居の、台本と絵を作って父母兄弟を養っていた。十六歳頃の収入は月収百二十円ぐらいだった。当時、東京市内の小学校の校長の月給は百円ぐらいである。

　　私が最初に吸ったのは十本入り一箱七銭、吸い口付きの「ゴールデンバット」だった。十四歳の夏に「黄金バット」の絵を描いているから、黄金バットがゴールデンバットを吸ったということになる。父が

それを見て、「いい若いもんが、七銭の煙草じゃあ、人から安っぽく見られらあ、太巻きのチェリーにしろ、外国製のいい煙草だぜ」といった。それで私は十本十二銭のチェリーにした。

(加太こうじ「たばこ」『値段の明治大正昭和風俗史』下)

　紙芝居の台本と絵を書いて、月収が小学校校長の月給よりも高い120円くらいというのだから、加太の人気のほどがうかがえる。これも原稿料の一種といえるだろうか。ただし、小学校校長の月給よりも高いとは言っても、『黄金バット』は月額1,500円だった『宮本武蔵』のおよそ10分の1の金額ということになる。中野重治が嘆いたたばこの値上げは、7銭から8銭になったことを指しているのだろうが、その中野の月収は、吉川英治はもちろんのこと加太にも遠く及ばなかった。

　では、当時、中野は生活をどのように成り立たせていたのか。「大事件とその後始末」や「大学内の研究」が2円50銭や2円だったのだから、これだけではむろん食べていけはしない。中野重治の妻政野、芸名原泉子（戦後の芸名は原泉）は、プロレタリア文化運動のなかの演劇活動に従事していた。当時は、新協劇団に所属し、劇団からの月給が45円であったという（『愛しき者へ』下、90頁、なお新協劇団は、昭和15年8月に劇団関係者の一斉検挙が行われ解散となった。原泉子も検挙され、四ヶ月にわたり世田谷署に留置された。）。定収入がこの45円で、これに中野の原稿料が加わる。たとえば、昭和11年3月27日の書簡には、『改造』4月号に書いた「独立作家クラブについて」の原稿料が67円であったことが記されている。およそ9,000字の分量で、原稿用紙に換算すると22枚半、1枚あたりの稿料は3円弱という金額であった。

　さきの「大事件とその後始末」や「大学内の研究」の50銭に比べれば、この3円は6倍にもなって多い。政野から中野へ宛てた手紙には「改造社から四月号稿料として六十七円送って来ました。予算より多いので助かります。」と書かれている。45円の定収入に67円が加われば、小学校校長の月給や加太こうじの当時の月収に匹敵する。だが、毎月、こういう高額な稿料を得るわけでもなかった。政野の劇団からの定収入45円は、昭和10年の巡査の初任給45円と同額である（前掲『値段の明治大正昭和風俗史』では、巡査の初任給は、大正9年、昭和10年、昭和19年は同じ45円になっている）。

書いても安い稿料しか得られない。また、昭和13年のほぼ1年間は、執筆禁止の処置に付されていたので、原稿を書くこと自体できないということもあった。執筆禁止のこの年、中野は、知人のつてで、東京市社会局社会事業調査課千駄ヶ谷分室に勤務して翻訳の仕事に従事していた。父親の中野藤作へ送った手紙（昭和13年5月6日付）によると「日給は一円五十銭とか六十銭とかいうことで困りものですが、この分なら他の仕事がいくらも出来ますから、百円も二百円もくれる他の口をまたまた探すよりも、ここにしばらくいるほうがかえって勉強になるのじゃないかとも思っています。」とあるので、日給1円50銭から60銭であったことが分かる。昭和13年の日雇い労働者の賃金が1円58銭だった（前掲『値段の明治大正昭和風俗史』）というから、この東京市の翻訳の仕事はそれとほぼ同額の待遇だったということだ。

同年8月29日付けの政野宛書簡には「三十一日は給料日で二十円程受取れるが、小田急の一ヶ月分が八日で切れ、電気、ガス、水道、新聞、千駄ヶ谷のそばや、タバコ屋なぞの支払いが全部溜っているので、家賃をこのなかから支払うことが出来ない。」と書かれている。20円の収入も行き先はおおむね決まっていて家賃を捻出することもできないありさまだった。

このように、中野の家では妻の働きによって基本的な収入を得て生活が成り立っていたのだが、このことは、たとえば、同じプロレタリア文学の作家であった佐多稲子が、戦争中、従軍作家として南方や中国大陸に渡ったり、いわゆる中間小説とも言えるような作品を多く書いていたりしていたことを想起すると、対照的なありようとして映ってくる。佐多は、戦時の従軍行為を批判されて、戦後、新日本文学会の発起人になれなかったのだった。しかし、この戦時の従軍行為は、佐多のほかに働き手がいなくて、文筆によって家族を養っていかねばならない彼女の立場からはやむを得ない選択肢だったとも言えるだろう。中野重治が戦争中、執筆禁止の処置を受けたり、ほとんど書くことができなくて、家事をしたり子供の世話をしたりしていたことは、残された日記からうかがえる。なりふりかまわず戦争協力の文章を書くことをせずにいられたのは、中野自身の思想性の問題とともに、現実的には妻が働いていたことに多くを負っていたということだ。むろん、妻の原泉は、自分の演劇活動、その芸術の追究とともに、夫がなりふりかまわず金のために書き散らすことには賛成でなかったに違い

ない。働くこと、仕事をすることは、この個性派女優にとっては生活すること、生きていくことと同義であった。

　さて、昭和16年12月に太平洋戦争が始まる直前、中野は父藤作が危篤のために福井県坂井郡高椋村一本田の郷里に帰省する。父の死後、さまざまな後始末のために一本田に滞在中、太平洋戦争が始まった。東京では宮本百合子が検挙され、中野宅にも特高が来たが、一本田にいたため免れることができた。昭和17年3月9日に政野に宛てた手紙には、所得税の申告をするよう頼んでいる。この年度の原稿料がいくらだったか細かく指示されて、図示されてもいる。少し長くなるが引用する。

　　所得税の申告をせねばならぬが、これは三月十五日限りだ。紙が来たらすぐやり、来なくても十五日までには必ず出す必要あり。乙種事業所得といふ奴で、（図表省略、写真版参照）
　　中央公論／改造／都新聞、
　　これ三つ位でよし。これは、日記帳の下欄に原稿執筆おぼえがあるから（日記帳は小ダンスにあり、）それについて調べること。今年は印税は新潮社只一つだったと思ふ。中央公論には一度も書かなかったかも知れぬ。とにかく原稿料の1／4〜1／3を必要経費とすればいい。
　　「改造」一（二？）月号の稿料なんかは多分前年度に受取つてるに違ひないが、調査の時面倒だから、去年（一九四一年中）発表になつたものは去年の所得とすればよからう。改造の小説は二十何枚だつた。「収入金」は百二十円、「必要経費」は二十三円位にすること。中央公論は茂吉ノオトで金を貰つたが之は発表はされなかつた。然し申告には書く方がいい。之は百〇四円だつた。これの「必要経費」は、本を大分買つたから四十九円。都はよく覚えてゐないが三十八円位で経費が二円位。計収金総額五一八円位。必要経費計九七円。所得額計四二一円。
　　以上の如くし（文は普通のケイ紙、その他何に書いてもよし。向ふから用紙が来たら、徳永に見せ、相談すべし）、区役所か税務署（渋谷？）へ書留で「所得申告書」と封筒に朱書して書留で送るべし（十五日までに到着するやうに）
　　おれが届ればいゝのだが、面倒でも頼む。扶養家族の控除は、今年から、一人当り廿四円づゝ、税金から控除される筈だから、今年は所

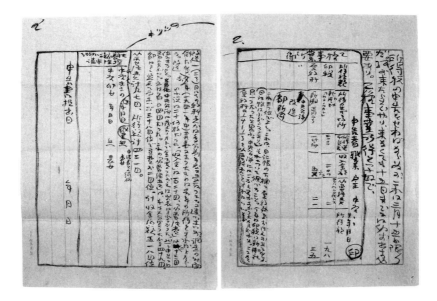

得税なしになるかも知れない。税額決定通知に対する異議申立其他はおれが帰つてからにするからそれでよろし。

　　　　　　　　　（原泉子宛　昭和17年3月9日書簡、神奈川近代文学館所蔵）

　これ以外に、図示しているなかに、『歌のわかれ』2,000部の印税として新潮社から200円、必要経費が判子代として2円、所得額が198円、『新潮』1月号掲載の小説「娘分の女」の原稿料が56円、必要経費が21円、所得額が35円と書かれている。つまり、新潮社『歌のわかれ』増刷分の印税、『新潮』『改造』『中央公論』『都新聞』の原稿料、これらを合計して、収入金額総額518円としているのだが、日記によれば、これらのほかにも40編足らずの文章を発表しているのに、短い文章で微々たる原稿料であったためか、それらは申告されていない。

　いずれにしても、この手紙から分かるように、昭和16年度の中野重治の収入総額（申告分）は518円、必要経費97円を除いて、所得は421円であった。昭和10年前後の1枚50銭の原稿料や東京市の翻訳の仕事の賃金にくらべれば、高収入となったが、この昭和16年3月には国家総動員法が改正されて政府権限の大幅な拡張がおこなわれていたし、5月には「肉なし

日」が始まり、東京ではたばこが1人1個厳守となり、9月には砂糖・マッチ・小麦粉・食用油の集成配給切符制が実施されるようになる。戦時統制経済のもとでは、収入が増えても自由にものが買えるわけでもなかった。

　一方、政野のほうは、昭和18年ごろ、映画会社大映と年間4本、1本あたり700円の契約をしていて、月給が200円ほどだった（『愛しき者へ』下、昭和18年4月18日書簡）。中野の『斎藤茂吉ノオト』が筑摩書房から刊行されるのが昭和17年6月で、刊行後、1年ほどで合計11,000部出たから、この印税を考えても、このころ中野夫妻は以前にくらべて豊かな収入を得ていたことがうかがえる。また、昭和19年7月に刊行された小山書店の『八雲』第3輯に発表した「鷗外と遺言状」は、原稿用紙50枚ほどの文章だったが、日記によれば、この原稿料は240円であった。1枚あたり5円弱の稿料となる。50銭のころからすれば約10倍になったというわけだ。さきに見た松浦総三の文章によれば、昭和8年ごろの高額稿料が10円から10数円で、「これから、約十年間、戦時中まで、それほど稿料は上がらなかった」と言われていたので、中野重治という書き手の価値が上がったことになったのか、いずれにしても、収入は増えても自由に買える物自体が不足していた時代であった。

3.「文章を売ること」

　さて、以上のように、大正末昭和初期のころから「羽織ゴロ」と言われていた食えない文士が食えるようになり、中野について見れば昭和10年ごろの原稿料よりも10年ほど経てそれが約10倍になったことを確認してきたが、中野重治は文章を売ることについてどのように考えていたのだろうか。それは、なぜ文章を書くのか、芸術にたずさわるのかという問いにも結びついている。よく知られた「素樸ということ」（『新潮』、昭3・10）には、次のように書かれている。

　　　藝術家は誰でも、人を喜ばせるためには藝術上の制作に従うほか彼にとって道がないからこそ藝術家になるのであり、もし彼が、藝術上の制作以外の仕事で人心をさらに美しく激しく高揚させうることがわかつたときには、さつさと筆を折つてその方へ行くだろうということ、したがつて彼に藝術上の制作ができなくなつたり、彼が藝術的才能を持たないことがわかつたりした場合には、彼はすぐにほかの仕事に取

りかかるものであつて、けつしてそのやくざな「彼の」藝術に未練を残していないだろうということ、藝術家は誰でも、彼の制作とそれを贈られる多くの人びととの関係をこんなふうに考えなければなるまいということは動かない真実であろう。したがつて藝術家は、彼の作品が永遠に残ることなぞを目当てるべきでなく、彼の作品なぞを必要としないような美しい生活が人間の世界に来ることを、そしてそのことのために彼の作品がその絶頂の力で役立つことを願うべきであろう。作家のすべては彼の制作を一つのブルジョア的範疇である貨幣に換算して評価するべきでなく、この貨幣のいつそう賤しい変身に過ぎない世評によつて評価するべきでなく、じつに右のような剛毅な態度で評価するべきであろう。　　　　　　　　　（中野重治「素撲ということ」）

　この引用のあとに、シェイクスピアもカーリダーサも「車輪の発明者」ほど人類に貢献していない、誰も「車輪の発明者」を覚えていないが、車輪を使わない者はいない、芸術家は「車輪の発明者」を目指して仕事すべきであるという、よく知られた部分が続くのだが、注目したいのは、引用での「作家のすべては彼の制作を一つのブルジョア的範疇である貨幣に換算して評価するべきでなく、この貨幣のいつそう賤しい変身に過ぎない世評によつて評価するべきでなく」という箇所である。

　つまり、「貨幣に換算して評価」することや「世評によつて評価」することは、芸術家にはふさわしくないということであり、芸術家は無名であっても人類に貢献する「車輪の発明者」を目指すべきだというのである。人々に喜びを与え人心を美しく高揚させることが重要なのであって、原稿料の多寡や世評は、その作家あるいは作品の値打ちとはまったく関係ない。このような芸術家としての理念型を述べていることをまずおさえておきたい。

　さらに、同じころに書かれた「文章を売ることその他」（『新潮』、昭4・9）には、「毒にも薬にもならない」仁丹になぞらえた「仁丹的文章」のことが書かれている。「仁丹的文章」は「毒にも薬にもならない」文章のことで、それは口当たりがいいからよく売れるけれども、「自分でこの仁丹的文章を書くとなると実に苦しい」と言う。そして次のように続けている。

　　第一、文章というものはわれわれにとつて大事なものなのだ。それはわれわれにとつて、もしそれが書かれなかつたとすれば何もなかつ

たところのものである。それは、それを書くことによつてわれわれが真実に近づいて行くところのものである。われわれは非常におしやべりのすぐれた作家を知つている。このすぐれた作家のおしやべりとただのおしやべりのおしやべりとの違うところは、前者がしやべることによつて真実に近づいて行くとき、後者がその同じことによつて真実から遠ざかるという点にある。しかしもともと真実というものは、舌足らずに語られてならないと同様に語られすぎてもならない。文章においてわれわれの苦心するところは、この、しやべりすぎず、けれども言うべきことを言いきるという点にある。こういう苦心をわれわれがすればするほど、あたりまえのことで、それが仁丹的文章から遠ざかる。(略)私は文章を売ることよりほかに銭を手に入れる手段を持つていない。すなわち私は仁丹的文章のなかで、真実に近づかず、しかしもちろん真実から遠ざかるわけには行かず、結局しかつめらしい顔をして真実のまわりを堂堂めぐりするしかないのである。

(中野重治「文章を売ることその他」)

チェコ文学者でありエスペラント学者でもある栗栖継は、中野重治のこの「文章を売ることその他」に強い感銘を受けて自分も文章を書くようになったと言っていた(栗栖継「中野重治の多面性」、『社会文学』第14号、2000年6月)」。「仁丹的文章」でないと売れない、しかし「仁丹的文章」は書きたくない、そのはざまでいかに工夫して書いていくか、その苦労が語られている。真実は「仁丹的文章」には宿らず、そして、原稿料の多寡がその作家あるいは作品の値打ちを決めるのではない。しかし、文筆を業とするからには、作家は原稿料を得ないわけにはいかないのであって、たとえば中村武羅夫が「第九章　金銭について」(前掲松浦総三編著『原稿料の研究』)のなかで「金銭を賤しむことをもって、一種の見得とする文学者たちはあるいは言うかもしれない。金のために、小説は書かない、と。それでは、何のために書くのか？　と反問せずにはいられなくなる。私なら、原稿料のない原稿なんか、一行だって書くのはいやだ。」と、まことに正直に述べているように、文筆を職業とする作家は、言うまでもなく原稿料によって食べているのである。

「仁丹的文章」でないと売れない、しかし「仁丹的文章」は書きたくないという苦境において、では、中野重治は「文章を売ること」あるいは芸

術と金銭の問題についてどう考えていたか。長いけれども、次の文章を見てみたい。1960年に書かれた「藝術家の立場」という文章である。

　　地上的職業との関係でいえば、われわれは渡辺崋山を考えることができる。画家としての才能はそこに大前提としてあつた。しかし彼は、事実としては、「とても学問などと申、儒者に相成候とて、金のとれ候儀は無之、いづれにも貧を救ふ道第一也」というところから画家になつて行つた。無限において藝術家が志されたよりも、有限において職業が志された。しかし彼は彼の行き方、人間との関係を全面的にひろげるところへ進んで藝術家となつて行つた。たぶん彼の場合、有限において職業が志されたときでさえ、すでにそこに――彼の忠と孝との考え方において――或る無限に向うものがあつたとしてもやはりそう見られる。樋口一葉の場合にも同じ事情は見られる。一文菓子屋を開くことと、小説を書くこととは、彼女の出発のある時点では、職業としてほとんどかわりのないものだつた。どうして少しでもよけいに金を取るか、そのために小説を書いて売ろうということがそこにあり、そのいわば職人風な仕事のなかで、或るすでに置かれたものを越えて彼女は人間に接して行つた。そのなかで自分自身の人間に直接して行つた。そこに彼女の藝術家としての道がひらけて行つた。同じ事情は、二葉亭四迷の場合にもかわらない。彼の場合は、ある時期に彼が文学を「抛棄」したこととも結びついて、いつそうそれはひろげられたとも言つていい。「一枝の筆を執りて国民の気質風俗志向を写し、国家の大勢を描き、または人間の生況を形容して学者も道徳家も眼のとどかぬ所に於て真理を採り出し以て自ら安心を求め、かねて衆人の世渡の助ともならば豈可ならずや。」（1889年6月24日日記）ということは、一方で二葉亭自身の人間、他方では全人間にかかわつていたと見るべきであろう。藝術家の立場は、徹頭徹尾、どこから始まり、どんなまわり道または外れ道、中絶を経るとしても、人間にはじまつて人間に終るもののように見える。
　　　　　　　　（中野重治「藝術家の立場」、昭和35年4月、勁草書房発行
　　　　　　　　　　　　　　　　　　　『人間の研究』第6巻所収）

　渡辺崋山、樋口一葉、二葉亭四迷を例にあげながら、生活のための職業が芸術的に高められ真理を採りだし人々の役に立つことで全人間的な地点

にまで進んでいく、そのような芸術が中野重治には目指されていたことがうかがえる。崋山や一葉においては、貧乏な状態から少しでも脱するため、つまり金を得るために画や小説がつくられた。けれども、そのような金銭取得のための職業は、金銭取得というだけにとどまらなかった。少しでも金を多くとろうというのは決して悪いことではない。ただそのことでどういう作品を仕上げたか、真理を採りだし全人間的な地点にまで進んでいったかどうかが問われているのである。引用されている二葉亭の日記は、「素樸ということ」で中野が述べた「車輪の発明者」になろうとする気組みとほとんど同様の内容を示している。

　見てきたような「素樸ということ」「文章を売ることその他」「藝術家の立場」といったこれらの文章では、どれだけ真理に肉薄し人々に喜びを与え人類に貢献しているかが問題とされているのであって、このことは、冒頭に見た「羽織ゴロ」と揶揄されたような食えない文士が生活を犠牲にして文学修行することとはまったく異なっているだろう。生活を犠牲にするどころか、生活のため、食うために書くのだから、出発点および立場が逆である。しかし、何よりも大切なことは、食うために書いた作品が食うために書いたことにとどまらず、どこまで鍛えられたたき上げられているか、真理を究め人類に貢献しているかということだ。そして「仁丹的文章」は口当たりがいいから確かに多く売れるであろう。むろん稿料も高いであろう。しかし、「仁丹的文章」は毒にも薬にもならないからつまらない。

　　参考文献
　　松浦総三編著『原稿料の研究』（みき書房、昭53）
　　週刊朝日編『値段の明治大正昭和風俗史』上下（朝日文庫、昭62）
　　山本芳明『文学者はつくられる』（ひつじ書房、平12）

年表篇

近世

元禄6年（1693）

8月10日　西鶴没。生前、池野屋二郎右衛門より『好色浮世躍』6冊の写本料の前借りとして300匁を貰ったまま死亡したという。〔元禄大平記〕

明和6年（1769）

6月21日　竹苞楼、銅脈先生こと畠中政五郎に対して狂詩集『太平楽府』の作料として銀4分3厘と作品7部。〔竹苞楼〕

明和7年（1770）

8月28日　竹苞楼、可々子こと浦野延策に対して『茄子腐薹』の作料として銀3匁8分3厘の生鰤1本と作品7部。〔竹苞楼〕

11月20日　竹苞楼、『何でも十九論』の序並びに袋絵筆料として下河辺拾水に銀1匁。また『恋道双六占』の袋板下、扉の画筆料として拾水に銀1匁。〔竹苞楼〕

明和8年（1771）

8月3日　竹苞楼、銅脈先生の狂詩集『勢多唐詩』の扉絵の謝礼として与謝蕪村に銀4匁2分5厘。本1部。〔竹苞楼〕

安永2年（1773）

閏3月20日　竹苞楼、片屈道人こと畠中政五郎に対して『吹寄蒙求』の写本料として67匁、本を7部渡すこととする。〔竹苞楼〕

安永6年（1777）

11月27日　竹苞楼、作者畠中政五郎と相版で『太平遺響』を刊行。畠中は総経費226匁2分8厘の半分113匁1分4厘を負担する必要があるが、経費中の版下（20丁）筆料8匁、写本料62匁を渡されることとなる。〔竹苞楼〕

天明元年（1781）

5月13日　竹苞楼、『忠臣蔵人物評論』の作者畠中政五郎に写本料とし

て32匁（金2歩）を渡すこととする。本1部。　　　　　　　　　〔竹苞楼〕
9月11日　竹苞楼、藤屋東七と相版で大江文坡作『四文神銭六甲霊卦』を刊行。文坡に写本料として2軒の本屋から30匁。　　　　　　〔竹苞楼〕

天明7年（1787）

正月　黄表紙は一冊10銭。　　　　　　　　　　　　　　〔現金青本之通〕
天明期　天明期の黄表紙の袋入り本は3巻（15丁）で50文ないし64文。
　　　　　　　　　　　　　　　　　　　　　　　　　　〔江戸作者部類〕

寛政2年（1790）

5月20日　竹苞楼、畠中政五郎と大田南畝作の『二大家風雅』の写本料として、畠中に56匁を渡すことにする。　　　　　　　　　　　〔竹苞楼〕
7月　山東京伝は翌年新版の洒落本3作の作料内金として金1両銀5匁を受け取った。　　　　　　　　　　　　　　　　　　　　　　〔山東京伝〕

寛政7年（1795）

寛政7年頃　寛政中頃、板元蔦屋重三郎は鶴屋喜右衛門と謀り、有力黄表紙作者独占のために潤筆料を定めた。　　　　　　　　　　〔蔦屋重三郎〕

寛政12年（1800）

12月1日　山東京伝による「北越雪話」の出版費用の見積もり。江戸か大坂で出版する場合、五十両ほどかかると思われる。　　　　　〔北越雪譜〕
寛政期　寛政期の草双紙は、黄表紙を付したものは1巻（5丁）あたり10文、黒表紙を付したものは1巻あたり8文。　　　　　　　〔江戸作者部類〕

文化元年（1804）

正月　十返舎一九は文化元年から潤筆料を値上げした。　　　〔銭形平次〕
文化文政期　文化文政期の草双紙の価格は丁数・冊数・作者・画工によって異なっている。例えば30丁3冊ものは馬琴または種彦作・国貞画のものが最も高く172文、それ以外の作者・画工のものは148文である。これは地本問屋間で取り決められた価格設定である。しかし天保7、8年には紙の価格高騰によって合巻の価格も高くなった。　　　〔聞ままの記〕

文化 8 年（1811）

文化 8 年頃　『椿説弓張月』完結時（文化 8 年）に、板元が馬琴に礼金として 10 両を贈った。〔馬琴書翰 06〕

文化 14 年（1817）

初春　文化 14 年初春、一枚絵せり売の小商人が丸の内御老中屋敷奥にて、元値 200 文の合巻を 2 割引して 6 匁で売った。なぐさみ物にもかかわらず華美で高値であることが公儀から咎められ、文化 14 年 4 月下旬に小売先まで新版の合巻絵双紙類は取り上げになり、発売が禁止された。いわゆる合巻絵双紙一件。〔馬琴書翰 01〕

文化 14 年頃　書画の謝礼は 100 疋（壱歩金）以下にできない。〔江戸文芸攷〕

文政元年（1818）

12 月　馬琴著『玄同放言』3 冊は文政元年 12 月頃の売り出し予定。馬琴の考えでは 1 部あたりの価格はおよそ 11、12 匁位で、4 冊に綴じ分ける場合は 15 匁余になると予想された。〔馬琴書翰 01〕

12 月 18 日　馬琴著『玄同放言』は京都で 200 部、江戸で 300 部売る予定で計 500 部を刷った。売り出し早々に捌けたので、板代が回収でき、板元にも利益があった。〔馬琴書翰 01〕

文政 2 年（1819）

8 月 28 日　馬琴のもとに本屋が『筑前続風土記』の上写本を見せに来て、代金は 2 両 3 分であった。1 分位は値引きすると思われたが手元不如意のため買わずに返した。揃いで写しの良い本は稀であり、馬琴は残念に思った。〔馬琴書翰 01〕

文政 4 年（1821）

7 月 6 日　草双紙の画料は、昔は 1 枚 100 文だったが文政期は 500 文位。筆耕料は 1 枚 10 文だったが文政期はそれより値上がりした。彫刻料は 1 枚 500 文だったが文政期は 1 貫 200 文となった。読本の画料は、北斎・豊国などは 1 枚金 1 歩 2 朱くらい。読本の潤筆料は、近年まで 5 冊あた

り5両だったが文政期は7両になり、15両の場合もある。読本の出版部数は、以前は300部ほどだったが文政期は1,000部、2,000部となった。
〔海録〕

文政5年（1822）

12月下旬　合巻『もろしぐれ紅葉の合傘』は文政5年10月出版、12月下旬までにおよそ8,000部売れた。『女夫織玉河さらし』は同年12月6日出版、同月下旬までに5,000部売れた。　〔馬琴書翰01〕

文政9年（1826）

5月12日　馬琴、美濃屋甚三郎より『南総里見八犬伝』6編の原稿料の残金5両を受け取る。　〔からすかご〕

6月27日　馬琴、美濃屋甚三郎より『八犬伝』6編5の巻増し金1両2分を受け取る。※関根の推定では、1帙5冊で10両の定めで、6編は6冊になったので、増し金が1両2分あったのであろう。　〔からすかご〕

7月6日　馬琴、『金比羅船』4編の原稿料を受け取る。　〔からすかご〕

11月10日　馬琴、『女西行』3冊分の原稿料3両を受け取る。
〔からすかご〕

12月19日　馬琴、美濃屋甚三郎より『八犬伝』7編の原稿料の内金を受け取る。※関根の推定では金5両とのこと。　〔からすかご〕

文政10年（1827）

2月19日　馬琴、鈴木牧之へ渡した『金毘羅船』4編15組の代金1両を芝神明前の本屋和泉屋市兵衛に支払う。　〔馬琴日記01〕

2月19日　美濃屋甚三郎、『巡島記』6編の割印料を若林清兵衛に持っていったところ、馬琴の本代17匁5分を若林に支払うように言われたことを、馬琴に伝える。　〔馬琴日記01〕

2月21日　馬琴、美濃屋甚三郎より『巡島記』6編の稿本を受け取り、若林清兵衛に払った割印料1両の請取書も見て、美濃屋へ返す。
〔馬琴日記01〕

3月19日　馬琴、西村屋与八より合巻の潤筆料を前借りする。まだ不足しているので、鶴屋喜右衛門からも3両前借りする。　〔馬琴日記01〕

文政 10 年（1827）

3 月 29 日　馬琴のところに美濃屋甚三郎来て、『八犬伝』6 編を 4 月 2 日に丁子屋平兵衛より売り出すとの報告。〔馬琴日記 01〕

4 月 5 日　馬琴のところに丁子屋平兵衛息が来て、『石魂録』後編の原稿を催促し、原稿料の内金 5 両を置いていく。〔馬琴日記 01〕

4 月 12 日　馬琴、美濃屋甚三郎より『八犬伝』7 編の原稿料の内金を受け取る。2 度目。〔馬琴日記 01〕

4 月 21 日　馬琴、嫁迎えの祝儀として、本屋の鶴屋喜右衛門・西村屋与八・森屋・和泉屋市兵衛・大坂屋・丁子屋より金 1,000 疋を受け取る。大坂屋と丁子屋は 2 人で 1 軒分である。〔馬琴日記 01〕

4 月 24 日　馬琴、大坂の河内屋太助より『巡島記』6 編の摺り本を受け取る。近々に売り出し。5 月 16 日に美濃屋甚三郎が来て、大坂の河内屋太助より『巡島記』50 部が着いたことを報告。6 月 17 日に美濃屋が、『巡島記』6 編の摺り本 300 部が届き、榎本平吉が製本すると報告する。〔馬琴日記 01〕

7 月 9 日　馬琴、清右衛門に芝の和泉屋市兵衛のところに立ち寄らせ、『金毘羅船』4 編稿本渡した分の潤筆料を寄越すように申し入れる。〔馬琴日記 01〕

7 月 10 日　馬琴、芝の和泉屋市兵衛から潤筆料を受け取る。〔馬琴日記 01〕

7 月 13、14 日　馬琴、大坂の河内屋太助より書状を受け取る。『朝夷巡島記』校正の折の飛脚賃、鶴屋より受け取るようにとのこと。14 日、鶴屋より銀 13 匁 2 分 8 厘。〔馬琴日記 01〕

8 月 18 日　馬琴、鶴屋喜右衛門へ『傾城水滸伝』5 編 5〜8 の稿本を持参し、潤筆料の残金を受け取る。〔馬琴日記 01〕

9 月 1 日　馬琴、西村屋与八・森屋治兵衛より床上げの祝儀金 200 疋を受け取る。また来年の潤筆料の前金を森治より 2 両、西村屋与八より 2 両受け取る。〔馬琴日記 01〕

9 月 2 日　馬琴、美濃屋甚三郎より『八犬伝』7 編の潤筆料 5 両を受け取る。〔馬琴日記 01〕

9 月 4 日　馬琴、大坂屋半蔵より潤筆料 4 両を受け取る。〔馬琴日記 01〕

9 月 5 日　馬琴のところに鶴屋喜兵衛が来て、子年の潤筆料の内金 3 両、和泉屋市兵衛の分 3 両を持参する。〔馬琴日記 01〕

9 月 11 日　馬琴、美濃屋甚三郎より『八犬伝』7 編目の潤筆料の残金 1

両を受け取る。　　　　　　　　　　　　　　　　　〔馬琴日記01〕

9月28日　坂倉屋金兵衛の依頼で、馬琴、短冊3葉に染筆する。謝金として1方金を受け取る。　　　　　　　　　　　　　　〔馬琴日記01〕

11月25日　馬琴、大坂屋半蔵より潤筆料の残りを受け取る。来年も読本の執筆をお願いされ、内金1枚を渡されたが、これは返却した。
　　　　　　　　　　　　　　　　　　　　　　　〔馬琴日記01〕

12月2日　馬琴のところに山口屋藤兵衛が訪れる。『殺生石』の稿本を和泉屋市兵衛より買い戻したので、その潤筆料の残金を渡される。他に絹代として700疋恵まれる。　　　　　　　　　　　　〔馬琴日記01〕

12月18日　馬琴のところに鶴屋嘉兵衛来る。『傾城水滸伝』は来春三組をお願いするので、潤筆料のうち金2枚持参する。今年から袋入りにしたので、来年春から一組金1枚増しということにする。　〔馬琴日記01〕

12月19日　馬琴のところに美濃屋甚三郎が来て、潤筆の残りを置いていく。　　　　　　　　　　　　　　　　　　　　　　〔馬琴日記01〕

12月26日　馬琴、美濃屋より歳暮として南鐐1片を受け取る。
　　　　　　　　　　　　　　　　　　　　　　　〔馬琴日記01〕

文政11年（1828）

3月8日　馬琴、和泉屋市兵衛より潤筆料の残り金2両を受け取る。
　　　　　　　　　　　　　　　　　　　　　　　〔馬琴日記01〕

3月24日　馬琴、鶴屋喜右衛門より潤筆料5両受け取る。　〔馬琴日記01〕

3月晦日　馬琴、西村屋与八より『用文章』を潤筆料3両で執筆するように依頼されるが、5両でなくては引き受けないという。　〔馬琴日記01〕

4月29日　馬琴、森屋治兵衛に『風俗金魚伝』上編8冊の稿本を渡し、その潤筆料の残金3枚を受け取る。　　　　　　　　　〔馬琴日記01〕

5月15日　馬琴、西村屋へ『雅俗要文』稿本を渡し、潤筆料5両を受け取る。
　　　　　　　　　　　　　　　　　　　　　　　〔馬琴日記01〕

5月21日　『石魂録』上帙は仲間へ12匁位で売る予定が、引請人の丁子屋平兵衛が正味15匁で売り出すと、200部しか捌けなかった。下帙も11匁2分5厘であると言う。丁子屋は5、6割の利益が得られないものは引き受けない。江戸で400部、「登せ」200部の計600部売れなければ板元は板代が回収できない。出版にかかった費用は、7冊で総額70両。

90　文政12年（1829）

〔馬琴書翰01〕

7月19日　馬琴、和泉屋市兵衛に『金毘羅船』5編は8冊なので、袋入りは止めるように、また潤筆料が違っていることも申し遣わす。

〔馬琴日記01〕

8月2日　馬琴、鶴屋嘉兵衛が持参した『傾城水滸伝』9編の内金3両を固辞して受け取らず。

〔馬琴日記01〕

9月4日　馬琴、『近世説美少年録』の板元大坂屋半蔵より潤筆料の内金として10両受け取る。

〔馬琴日記01〕

9月27日　馬琴のところに西村屋与八が来て、関克明へ渡す潤筆料南鐐1片を持参する。

〔馬琴日記01〕

10月4日　馬琴のところに大坂屋半蔵と一緒に大坂の河内屋茂兵衛が訪ね、来春河内屋へ提供する読本の潤筆料のことなど、大坂屋半蔵を代理とする。潤筆料の内金として1両渡される。

〔馬琴日記01〕

10月16日　馬琴、大坂屋半蔵の『近世説美少年録』3の上下を3、4にして5冊組織に変更する要求に対して、潤筆料が異なると言うと、潤筆料を5冊分にするということなので、了承。

〔馬琴日記01〕

11月28日　馬琴、大坂屋半蔵より『近世説美少年録』2輯の原稿料の内金、10両を受け取る。

〔馬琴日記01〕

12月19日　馬琴のところに西村屋与八来て、合巻『白女辻占』の発売を来年に延期することを告げ、来年執筆の合巻の原稿料前金2両を持参したが、馬琴は受け取らなかった。

〔馬琴日記01〕

12月26日　馬琴のところに鶴屋喜右衛門が来て、来年の潤筆料を持参するが、辞退すれども強いられ、預ることとする。

〔馬琴日記01〕

文政12年（1829）

1月7日　馬琴、和泉屋市兵衛・西村屋与八より年玉を恵まれる。鶴屋喜右衛門より年玉金100疋の他、『傾城水滸伝』がよく売れているので3両を恵まれる。

〔馬琴日記02〕

2月8日　大坂屋半蔵、馬琴の『近世説美少年録』の製本が今日出来上がった分100部を売り出したという。2部と金100疋を持参。この本は仲間売りで正味17匁、製本部数は250部。

〔馬琴日記02〕

2月9日　『近世説美少年録』初輯の価格は正味17匁。板元が素人同然の

ため、板元の弟である丁子屋平兵衛が売り捌きを引き受け、価格も丁子屋が決めた。江戸で250部売る計画である。〔馬琴書翰01〕

2月9日　馬琴、『近世説美少年録』初輯を熟読し、訂正すべき箇所があることを見付ける。製本売り出しの250部は仕方がない。〔馬琴日記02〕

5月29日　馬琴、和泉屋市兵衛より『金毘羅船』7編の潤筆料4両を受け取る。1両不足していることを伝える。〔馬琴日記02〕

7月10日　馬琴、大坂の河内屋太助より去年冬送った奇応丸の代金100匁の内、77匁5分は鶴屋喜右衛門より受け取り、残り22匁5分は『朝夷巡島記』3部の代金で充当すると書状で言ってくるが、潤筆料がまだ残っているので、100匁全部寄越すべきと馬琴は返書で書く。
〔馬琴日記02〕

8月24日　馬琴、山口屋藤兵衛より『殺生石後日』の潤筆料5両、肴代1両を受け取る。〔馬琴日記02〕

9月19日　山東京山による「雪談」2冊50丁の出版費用の見積もり。絵は1丁の彫刻料3分として25丁で18両3分。文は1丁の彫刻料1分2朱として25丁で9両1分2朱。画料は10匁、計4両2朱と2匁5分。筆耕は1丁1匁5分、計2分2朱。作料3両。板木板の料、1枚4匁として3両1分5匁。合計37両1分。＊換算が合わない箇所もあるが金額は原文のままとした。〔牧之全集〕

9月21日　馬琴、山口屋藤兵衛より『殺生石後日』の校合肴代として100疋を受け取る。〔馬琴日記02〕

9月27日　馬琴、西村屋与八より『漢楚賽擬選軍談』3編上帙の潤筆料2両2分を受け取る。〔馬琴日記02〕

10月3日　馬琴のところに英泉が来て、和泉屋市兵衛が潤筆の前借りを承知してくれたとの報告。馬琴、山口屋藤兵衛に転居するので来年の潤筆料の前借りを申入れたところ、了承される。〔馬琴日記02〕

11月2日　馬琴、丁子屋平兵衛より『八犬伝』4冊上帙を売り出したことの報告を受け、美濃屋甚三郎が不届きで3の巻はまだ校合が済んでいないと怒り、著者に無断で売り出したのは言語道断とする。〔馬琴日記02〕

11月15日　馬琴、和泉屋市兵衛より潤筆料の前借り金5両を受け取る。前日催促したため。丁子屋平兵衛、西村屋与八と同道して、11月2日の『八犬伝』7編上帙の売り出しを詫びる。〔馬琴日記02〕

12月15日　馬琴、前日に申し入れた前借りの残金を和泉屋市兵衛より寄越される。すなわち前借り金5両を受け取る。　〔馬琴日記02〕

12月20日　馬琴合巻『傾城水滸伝』10編は彫刻が遅れ文政12年12月20日頃に出来、製本が間に合わないので刷り本のまま表紙・糸をつけて小売り店へ売り、小売り店で製本して販売した。4,000～5,000部が刷り本のまま捌けたとのことで、合巻としては古今未曾有と言われた。　〔馬琴書翰01〕

文政13年（1830）

1月28日　馬琴読本『八犬伝』7輯下帙の価格は現金売り正味15匁で、250部が当日に残らず売れた。　〔馬琴書翰01〕

2月4日　馬琴読本『近世説美少年録』第2輯は文政13年2月4日に売り出し、仲間売りの価格は正味17匁とのことである。　〔馬琴書翰01〕

2月21日　馬琴読本『八犬伝』7輯下帙の価格は仲間売り正味12匁である。下帙は3冊で、上帙よりやや高値であるがよく売れている。　〔馬琴書翰01〕

天保2年（1831）

1月8日　馬琴、和泉屋市兵衛より『金瓶梅』第1編の潤筆前金5両を受け取る。　〔馬琴日記02〕

1月8日　馬琴合巻『新編金瓶梅』初編は6,000部売れた由、1月8日に板元から話があった。恵比寿講前までに7,000部に達すると思われる。　〔馬琴書翰02〕

1月9日　馬琴、鶴屋喜右衛門より年玉金100疋、『水滸伝』流行の謝金として肴代金1両2分受け取る。　〔馬琴日記02〕

2月21日　『南総里見八犬伝』2輯（5巻5冊）後摺本の価格は8匁。相場は1部あたり2朱（7匁5分）。仲間売り価格は1部あたり2朱。このたび質入れしていた板木で再刷したので板賃が新版同様にかかり、上紙も上質だったので仲間売り8匁5分、これを8匁で入手できるとのこと。　〔馬琴書翰02〕

4月1日　馬琴、丁子屋平兵衛より『美少年録』3輯の潤筆料3両を受け取る。　〔馬琴日記02〕

4月5日　馬琴、この頃八犬士の画出版に付き、鶴屋で購入するように、清右衛門に申しつける。4月9日に、清右衛門は八犬伝錦絵3枚ずつ2通り鶴屋で購入し持参する。代金はまだ支払わず。　　　〔馬琴日記02〕

4月6日　馬琴、大伝馬町の殿村店より殿村佐五平の書状及び、金2朱と53文を受け取る。お金は2月中に渡した『八犬伝』2編の代金。
〔馬琴日記02〕

4月8日　馬琴、丁子屋平兵衛より『八犬伝』8編の潤筆料内金10両を受け取る。　　　〔馬琴日記02〕

4月23日　馬琴、下女奉公人35歳を召し抱え、来年3月5日まで給金2両1分に定める。　　　〔馬琴日記02〕

5月8日　馬琴、丁子屋平兵衛より河内屋茂兵衛の書状が届けられる。看板の彫刻が出来たこと、彫刻手当として金10両を丁子屋へ差し下したことなどの案内である。　　　〔馬琴日記02〕

7月1日　馬琴、清右衛門に対して、『雅言集覧』前集が須原屋伊八版元に付き、清右衛門「旧縁有之候」よしなので、安く購入するように言う。
＊7月10日に「池の端書肆すはらや伊八事、同所宅地引払、須原や源介方へ同居のよし、札出し有之候よし、今日、清右衛門、申之、右は雅言集覧、須尹にてかひ取候様、過日申付置候によりて云々」〔馬琴日記02〕

8月25日　馬琴、関源吉後家おふくより先日渡した『漢楚賽』3編代金220文などを受け取る。　　　〔馬琴日記02〕

8月26日　馬琴、息子宗伯が馬喰町へ行くついでに、西村屋与八へ手紙を届けさせ、来年分の合巻潤筆料の前借りを申し入れる。9月2日に、3両持ってくるが、用が済んでいるので辞退。しかしながら是非にというので、受け取る。　　　〔馬琴日記02〕

9月4日　馬琴、西村屋与八より使札を受け取る。合巻『千代褚良著聞集』上編2冊売り出し。例のごとく2部贈られる。　　　〔馬琴日記02〕

9月6日　馬琴、渡辺登（崋山）より使札を受け取る。かねて頼まれていた『水滸伝全書』新渡本4帙を見せられ、代金3両とのこと、望みもなければ本を直接返すかと、申してくる。返書を認め、2両までになるなら買い取る、もし2両にならないのなら、少し高くなってもよろしく取ってくれるように頼み、本はそのまま留め置く。9月19日に、『水滸伝全書』代金2両1分で引き取ったとして、残り2帙を寄越した。11月1日に、

94　天保2年（1831）

渡辺登に代金2両2朱を使いに持たせ、あとから寄越した本の中に磨滅のあることなどを伝えさせようとしたが、15日まで留守なので持ち帰るように言われた。　〔馬琴日記02〕

10月13日　馬琴、宗伯に山口屋藤兵衛のところに『殺生石後日』5編4の巻の草稿を持って行かせる。潤筆料のうち5両を受け取り、帰宅。
〔馬琴日記02〕

10月24日　馬琴のところに、山口屋藤兵衛来訪。『殺生石後日』5編について例のごとく増潤筆料と菓子を持参。関忠蔵より先頃渡した『金比羅船』5編の代金銭110文とさつまいもを受け取る。また、丁子屋平兵衛が来訪し、『近世説美少年録』3輯を明日売り出すとのこと、製本2部と金100疋を受け取る。　〔馬琴日記02〕

10月26日　『近世説美少年録』絵題簽の彫刻料は2分2朱であった。
〔馬琴書翰02〕

11月5日　馬琴、和泉屋市兵衛に『金瓶梅』2編の稿本を渡すが、潤筆料は正月前に受け取っているので、差し引き済んでいる。　〔馬琴日記02〕

11月11日　馬琴のところに、西村屋与八来訪。『八犬士略伝』の潤筆料1両受け取る。11月8日に、『八犬士錦画略伝』8枚のうち7枚目まで書き、9日に8枚を西村屋に渡す。潤筆料をどのくらいにするか問い合わせてきたので、代筆ゆえいかほどでもと答えている。　〔馬琴日記02〕

11月27日　馬琴のところに、西村屋与八より使札。『千代褚良著聞集』下3・4、2冊売り出しとのことで、製本2部を受け取る。　〔馬琴日記02〕

11月28日　馬琴のところに、鶴屋喜右衛門より使札。『傾城水滸伝』12編上帙売り出しとのことで、例のごとく1部を受け取る。翌日5部寄越すが、これは売り物。　〔馬琴日記02〕

12月6日　馬琴のところに、和泉屋市兵衛より使いが来て、『金瓶梅』2編本日売り出しとのことで、例のごとく2部を受け取る。　〔馬琴日記02〕

12月9日　馬琴のところに、森屋治兵衛より使いが来て、『金魚伝』下編下本日売り出しとのことで、2部を受け取る。　〔馬琴日記02〕

12月11日　馬琴のところに、丁子屋平兵衛より大坂河内屋茂兵衛の手紙届けられる。『俠客伝』3の巻まで400部を丁子屋へ積み下す案内である。　〔馬琴日記02〕

12月14日　『俠客伝』の板木を江戸から大坂に運ぶ際、絵つきの板木の

重量が10貫500目で、運搬料が金1両余りかかったと板元丁子屋の話である。 〔馬琴書翰02〕

12月20日　馬琴のところに、丁子屋平兵衛来訪。『八犬士』8輯の原稿料のうち10両を受け取る。 〔馬琴日記02〕

12月22日　馬琴のところに、山口屋藤兵衛より使札。『殺生石後日』5編上帙、本日売り出しとのことで、3部を受け取る。 〔馬琴日記02〕

天保3年（1832）

1月9日　馬琴のところに、西村屋与八から金100疋。同じく、和泉屋市兵衛から年始の挨拶金が届く。金200疋。 〔馬琴日記03〕

1月10日　同じく、鶴屋喜右衛門から金200疋。 〔馬琴日記03〕

1月13日　同じく、丁子屋平兵衛から金100疋。 〔馬琴日記03〕

1月15日　馬琴、久和嶋雲磴に本の筆写料220文を支払う。 〔馬琴日記03〕

2月13日　馬琴、大坂河内屋茂兵衛から『俠客伝』を売り出したところ好評であるとの知らせを受ける。 〔馬琴日記03〕

2月13日　馬琴のところに、関忠蔵から袋入合巻の代金が届く。240文。 〔馬琴日記03〕

2月14日　馬琴、丁子屋平兵衛から『俠客伝』売り出しなので、本2部と金100疋が届けられる。 〔馬琴日記03〕

2月18日　馬琴、殿村佐五平から『美少年録』1〜3編、『俠客伝』1部の代金を受け取る。金1両と104文。 〔馬琴日記03〕

2月21日　馬琴、小津新蔵より『俠客伝』の本代を受け取る。12匁。 〔馬琴日記03〕

3月1日　馬琴、清右衛門を丁子屋平兵衛へ使いに出す。先月買い取った『俠客伝』『美少年禄』の代金として金2分3朱を持たせる。 〔馬琴日記03〕

3月2日　馬琴のところに、丁子屋平兵衛から本代についての返答が届く。先月買い取った『俠客伝』『美少年禄』代は41匁とのことだが、田舎への送料等が掛かった分を引かせて2分2朱に値切る。 〔馬琴日記03〕

3月19日　馬琴、宗伯を丁子屋平兵衛に使いに出し、原稿料を受け取らせる。1朱判で10両。 〔馬琴日記03〕

4月15日　丁子屋平兵衛、馬琴に『八犬伝』8輯下秩の原稿料として6両を持参。5冊にするには、あと9丁程書き足す必要があるため、原稿

料もあと 1 両半足すよう指示する。10 冊分の原稿料として昨年冬に 36 両受け取った。〔馬琴日記 03〕

4 月 28 日　小説の値段は 2、30 年前に比べ半分余りも高値になっている。寛政末から文化中に馬琴は俗語小説を購入していた。当時は『石点頭』が 1 方、『笠翁十種曲』12 匁、『漢楚演義』1 分 2 朱などであった。今は当時 1 分であったものが 2 分出しても手に入らない。〔馬琴書翰 02〕

4 月 28 日　馬琴のところに、和泉屋市兵衛が『金瓶梅』3 編の原稿料前金として 5 両を持ってくる。〔馬琴日記 03〕

4 月 28 日　美濃屋甚三郎が 5、60 両で質入れしていた『八犬伝』初輯〜7 輯の版木を大坂の板元河内屋長兵衛が 150 両で買い取ったとのことである。また、8 輯・9 輯しめて 15 冊の板株は丁子屋のものになった。3 月 29 日の「馬琴日記」にも記載。〔馬琴書翰 02〕

4 月 29 日　馬琴のところに、丁子屋平兵衛が『八犬伝』8 輯の原稿料残り 1 両を持ってくる。また、河内屋茂兵衛が『俠客伝』を 8 冊に綴じ分けて売っている件について抗議する。〔馬琴日記 03〕

5 月 12 日　馬琴のところに、鶴屋嘉兵衛が来る。得意先より頼まれたという染筆を請われる。謝礼として南鐐銀 1 枚を受け取る。〔馬琴日記 03〕

5 月 16 日　馬琴、丁子屋平兵衛へ『八犬伝』8 輯上帙の売り出しを吉日の 20 日にするよう指示する。5 月 19 日に丁子屋が来訪し、『八犬伝』8 輯上帙の売出しが明日 20 日ということで、新本 2 部と肴代 100 疋を贈られる。〔馬琴日記 03〕

5 月 21 日　『八犬伝』8 輯上帙は 1 部あたり仲間売り正味 18 匁。外の読本に比べ高値であるが、総費用が 76、7 両かかっているので、正味 18 匁で 300 部売ったとしてもさのみ利益はないと思われる。馬琴は掛け合って 1 部 17 匁で購入した。〔馬琴書翰 02〕

6 月 18 日　馬琴のところに、河内屋茂兵衛が来訪。『俠客伝』を 8 冊に綴じ分けたのは田舎に送った 1 部だけであって京大坂では 5 冊で売り出したと弁解する。『俠客伝』2 編の売出しを来年正月 2 日に間に合わせたいとの申し出があるが、難しい旨を伝える。〔馬琴日記 03〕

6 月 21 日　『八犬伝』8 輯上帙 5 冊は 4 月中旬に 300 部製本し、1 日で売り切れた。板元がさらに 100 部製本したが、それも大方売り切れたとのこと。400 部の売り上げでは元が取れない。仕入れにかかった 75、6 両

に加え、元の板株主である美濃屋甚三郎へ20両、その外に5、6両出費したので、出版までに合計で100両余りかかっている。400部を正味18匁ずつ売ると7貫200目となる。このうち製本代が1部あたり4匁かかるので400部分1貫600目を引くと、売り上げは5貫600目となり100両には足らない。しかしさらに400部を印刷し、（上方で）再板本と本替を行うことで、利益が出る予定である。　　　　　　　　〔馬琴書翰02〕

6月24日　馬琴のところに、丁子屋平兵衛、河内屋茂兵衛が来訪。『俠客伝』2編の原稿料内金として10両を受け取る。　　　　　　　〔馬琴日記03〕

6月27日　馬琴のところに、山口屋藤兵衛が来る。暑中見舞いとして金100疋他を贈られる。　　　　　　　　　　　　　　　　〔馬琴日記03〕

7月2日　馬琴のところに、小津新蔵の江戸支店・岩佐屋より使いが来る。『八犬伝』8輯の代金として金1分と330文を受け取る。釣りとして110文を返す。　　　　　　　　　　　　　　　　　　　　　〔馬琴日記03〕

7月19日　馬琴のところに、殿村佐六から『水滸伝』の筆料とし1分3朱が届く。　　　　　　　　　　　　　　　　　　　　　〔馬琴日記03〕

8月11日　和泉屋市兵衛、馬琴に『金瓶梅』3編の原稿を催促すると、書けていない馬琴は前払いの原稿料5両を返そうとしたが受け取られなかった。　　　　　　　　　　　　　　　　　　　　　　〔馬琴日記03〕

9月20日　馬琴、木村亘よりの使札を受け取る。先日送った文章の謝礼としてスズキを1尾を贈られる。　　　　　　　　　　　〔馬琴日記03〕

9月21日　馬琴は紙の大小によらず引札の案文の潤筆は1枚あたり500疋と定めていた。　　　　　　　　　　　　　　　　　〔馬琴書翰02〕

10月9日　馬琴のところに、丁子屋平兵衛から使いが来る。「交肴」1折と小魚5尾を贈られる。最近『八犬伝』の校合に従事している謝礼ということだろう。　　　　　　　　　　　　　　　　　　　〔馬琴日記03〕

10月13日　馬琴のところに、御書院同心で内職に彫工をしている原田という人物が来る。『朝比奈巡嶋記』の7編以降の版権を河内屋太助から中村屋幸蔵へ移す相談がまとまったので、7編の執筆を依頼したいと相談される。　　　　　　　　　　　　　　　　　　〔馬琴日記03〕

10月14日　馬琴、中村屋幸蔵に『朝比奈巡嶋記』の続きの執筆を依頼される。原稿料前金として5両持参されるが受け取らなかった。
　　　　　　　　　　　　　　　　　　　　　　　　　　〔馬琴日記03〕

10月29日　馬琴のところに、丁子屋平兵衛が来る。『八犬伝』8輯下帙を明日11月1日に売り出すとのことで、新本2部と金100疋を贈られる。
〔馬琴日記03〕

11月1日　『侠客伝』2輯は彫刻料を1枚あたり5分ずつ値上げさせ、彫りをよくさせるよう申し入れた。
〔馬琴書翰02〕

11月1日　馬琴の許に、丁子屋平兵衛から手代が来る。『八犬伝』8輯下帙は書林行事改めは済んだのだが、割印の捺印をしない状態で売り出したため、書林行事・須原屋源介から発売を差し止められたとのこと。
〔馬琴日記03〕

11月21日　馬琴のところに、小津新蔵から手紙と『侠客伝』代金1分と220文が届く。
〔馬琴日記03〕

11月23日　馬琴、丁子屋平兵衛より『侠客伝』3集の原稿料内金として10両を受け取る。
〔馬琴日記03〕

11月23日　馬琴の許に山口屋藤兵衛が来る。『殺生石』5編の下20丁分に、去年の古板20丁分を綴じ入れて3冊にした合巻を見せられる。再三苦情を申し入れていたのに聞き入れられなかったため、今後も応じなければ自作の執筆を拒否する旨を伝える。肴代の受取も拒否する。
〔馬琴日記03〕

11月24日　馬琴、読本『侠客伝』1集・2集の潤筆料は17両ずつ。天保元年（文政12年の誤りか）4月下旬に大坂屋半蔵に潤筆料の値上げを交渉し実現。『侠客伝』1集・2集の潤筆料34両は、文政12年4月下旬に10両、天保元年12月に10両、天保3年6月に10両と3度に分けて受け取る。
〔馬琴書翰02〕

11月25日　馬琴、清右衛門を通じて大坂の商人から染筆を頼まれる。扇子3本分の謝礼として金100疋を受け取る。
〔馬琴日記03〕

11月晦日　馬琴のところに鶴屋喜右衛門から使札。『傾城水滸伝』12編下を売り出したとのことで、新本1部を贈られる。他書肆に合わせて2部寄越すよう、1部を催促。
〔馬琴日記03〕

閏11月5日　馬琴のところに山口屋藤兵衛が来る。『殺生石』5編の下の古板綴じ入れは止めたとのこと。肴代として金100疋を贈られる。
〔馬琴日記03〕

閏11月7日　馬琴のところに関忠蔵方から本代として148文が届く。『殺

生石後日』代38文、『水滸伝』代8文。48文返却。　　　　　　〔馬琴日記03〕

閏11月19日　馬琴のところに河内屋茂兵衛から手紙が届く。経理の件に関して非常に無礼なことを言われる。丁子屋平兵衛を呼んで事情を話し、今後『俠客伝』の執筆は断り、先月受け取った原稿料内金も返却するつもり。21日に丁子屋平兵衛が寒中見舞いに来る。肴代を贈られる。丁子屋がいろいろ詫び言を言い、河内屋茂兵衛の親類・柏屋が肝煎りをしているので、近々謝罪に来る旨を話す。23日に丁子屋が柏屋源兵衛と共に来る。河内屋とのもめごとについて詳細を話し、いずれ帰坂の折、河茂にこちらの言い分を伝えることで示談とする。　　　　　　〔馬琴日記03〕

閏11月26日　馬琴のところに荻生惣右衛門から宗伯へ使札。薩摩藩より内々に琉球使節へ渡す土産物として馬琴の著作がほしいという相談がある。『金魚伝』7部と、その他馬琴新作7部ずつが必要とのことで、代金として金1両を受け取る。　　　　　　〔馬琴日記03〕

12月1日　馬琴のところに荻生惣右衛門から宗伯へ使札。先日送った合巻のうち、『殺生石』5編揃い3部のみ留め置き、残りは全て返される。『傾城水滸伝』12編揃い1部と、『金瓶梅』初編・2編1部ずつ必要とのことで更に南鐐銀1枚を渡される。　　　　　　〔馬琴日記03〕

12月3日　荻生惣右衛門から馬琴の子息宗伯へ使札。一昨日頼まれた合巻類は品切れである旨を説明し、『殺生石』5編の代金2分のみ受け取り、残りは返す。　　　　　　〔馬琴日記03〕

12月8日　『八犬伝』8輯下帙は江戸では仲間売り正味17匁。伊勢松阪では19匁で、貸本屋は1日あたり1匁で貸し出し、19日間で元を取るとのこと。　　　　　　〔馬琴書翰02〕

12月19日　馬琴、鶴屋喜右衛門より来年出版予定の『傾城水滸伝』13編の原稿料前金として5両を受け取る。　　　　　　〔馬琴日記03〕

12月22日　馬琴のところに西村屋与八から使いが来る。『千代褚良著聞集』2編は年内の日数が足りないため明春の売り出しにしたいと言われる。　　　　　　〔馬琴日記03〕

この年　天保5年12月の山東京伝の鈴木牧之宛書翰。天保3年刊、山東京山著『熱海温泉図彙』は7両入銀し、うち3両が作料。　　　　　　〔牧之全集〕

天保4年(1833)

1月14日　『侠客伝』2集は半紙の高騰のため、400部刷る予定を昨冬にまず300部刷り、残り100部は春に刷ることとした。挿絵の原稿に支障があり彫刻が遅れたため、板を割らせ、彫刻賃を倍にして間に合わせた。出版経費がかかったので、値上げしないと引き合わないと版元が話している。〔馬琴書翰03〕

1月16日　馬琴、丁子屋平兵衛より『美少年録』4輯の原稿料内金として10両を受け取る。〔馬琴日記03〕

1月16日　馬琴のところに鶴屋喜右衛門が来る。年玉として金100疋、他に肴代として金200疋を受け取る。〔馬琴日記03〕

1月20日　馬琴のところに丁子屋平兵衛が来る。明日『侠客伝』2集を売り出すとのことで、新本2部と肴代金100疋を受け取る。明日大雨ならば明後日売り出すと言われる。〔馬琴日記03〕

2月9日　馬琴、丁子屋平兵衛より『侠客伝』2集を大坂では1月25日に売り出し、江戸発売分は250部完売につき、追加分を仕入れるとのこと。〔馬琴日記03〕

2月13日　馬琴宅に森屋治兵衛が年始の挨拶に来る。年玉として白砂糖1袋もらう。〔馬琴日記03〕

3月3日　馬琴、丁子屋から3月1日の支払いの釣り200文を受け取る。〔馬琴日記03〕

3月8日　『侠客伝』2集は半紙の高騰のため、まず250部製本し、売り出したところすぐ売り切れたので、増刷することにした。〔馬琴書翰03〕

4月6日　馬琴宅に狂歌師が来訪。八犬伝人物題の狂歌集刊行につき馬琴の序文を依頼したいという。謝礼金100疋。〔馬琴日記03〕

4月9日　『侠客伝』3集の潤筆料のうち10両を丁子屋から受け取った。残りの潤筆料7両から、先日の本代1両1朱と6匁を差し引いた額、5両3分と5匁2分5厘を(河内屋から)早く渡してほしい。さらに4集の潤筆料のうち10両も受け取りたい。先日丁子屋から受け取った『美少年録』4集の潤筆料のうち10両は、『侠客伝』4集の潤筆に振り替えることにしたい。『侠客伝』3集の潤筆料は計17両。＊『侠客伝』は大坂・河内屋茂兵衛版。〔馬琴書翰03〕

天保4年（1833）　101

4月9日　馬琴、丁子屋平兵衛より『俠客伝』3集の原稿料のうち諸経費を差し引いた残りを受け取る。5両3分。〔馬琴日記03〕

4月11日　馬琴、人づてに和歌の染筆を頼まれ謝礼を渡される。金100疋。〔馬琴日記03〕

5月1日　『平妖伝』の写本作成のため、（小津桂窓から）原本を借りていたが、今年中には出来そうもないので一度お返しする。江戸ではこのくらいの本を写すのに、1丁につき筆耕料8文、挿絵は1丁34文くらいかかる。料紙は薄美濃紙1帖が1匁1分くらいの値段である。〔馬琴書翰03〕

5月3日　馬琴のところに佐渡の石井静蔵という人物より、『八犬伝』9編に静蔵の狂歌を引用したことへの謝礼が届く。金100疋。〔馬琴日記03〕

5月6日　馬琴のところに大坂河内屋茂兵衛より『俠客伝』3・4集の原稿料に関する手紙が届く。3集分が本代を差引5両3分、4集分内金が10両。〔馬琴日記03〕

5月16日　馬琴のところに、丁子屋平兵衛の手代が大坂河内屋茂兵衛からの『俠客伝』4集の原稿料内金を持参。10両。〔馬琴日記03〕

5月28日　馬琴、大坂河内屋太介からの為替を鶴屋喜右衛門方で受け取る。金1分3朱・銀1匁7分2厘。〔馬琴日記03〕

6月3日　馬琴、関忠蔵孫娘より馬琴の合巻『金毘羅船利生纜』の注文を受けたが、間違いのあったことが判明し父親が謝りに来る。初編～5編代金計5匁、6編代金1匁5分。〔馬琴日記03〕

6月18日　馬琴のところに鈴木牧之より『八犬伝』8編前後編10冊の注文と代金が届く。金2分。〔馬琴日記03〕

7月16日　馬琴のところに酒井主殿より肴代が届く。金200疋。〔馬琴日記03〕

7月17日　馬琴のところに木村黙老より『水滸隠微考』の謝礼として太白砂糖1折、朝鮮団扇1柄を贈る。〔馬琴日記03〕

8月28日　馬琴のところに鶴屋喜右衛門が来る。過日『傾城水滸伝』13編の延期を申し出ていたが、今年出版しなくては、古板も売れないので困るとのこと、手透きになり次第執筆することとする。〔馬琴日記03〕

10月29日　馬琴、丁子屋平兵衛より『俠客伝』4集の原稿料の残金7両を受け取る。今年の正月に受け取った『美少年録』4輯の原稿料内金10

両は『八犬伝』8輯の原稿料に充当するように頼まれる。さらに『八犬伝』8輯の追加内金3両を渡される。 〔馬琴日記03〕

11月6日　『俠客伝』4集は、夏に潤筆料を半分以上を受け取り、8月中旬から執筆を始めた。10月29日までに5冊を残らず脱稿。しかし10月29日に丁子屋がやって来て言うには、年内に刷り上がっても、江戸・大坂では第2集のように来年正月下旬の売り出しになる。大坂では12月下旬に売り出さなくては捌けないので、第4集は翌々年正月2日の売り出しにしたい。3集も画工のためにできあがるのが遅れているので、年内売り出しに間に合わなければ、これも来年暮れの売り出しにしたい。版木は船便で来年夏までに送ってほしい。丁子屋は相版元ではあるが実の版元（蔵版元）ではないので、売り出し時期を自由に決めることができない、という。 〔馬琴書翰03〕

12月11日　写本製作の値段。『南朝編年紀略』3冊210枚細字で頭書・傍注などがあるので、1丁あたり1分6厘、〆て33匁7分6厘。『南朝紹運録』43丁も細字なので1丁あたり1分2厘、〆て5匁1分6厘。これらは、料紙は美濃紙5帖半、7匁1分。表紙は4枚、1匁4分。のどつづみ仕立て代は1匁6分。総計49匁2厘。 〔馬琴書翰03〕

12月12日　『江戸名所図会』が完成。版元須原屋は長いこと元入（資金援助）し迷惑していたが、全10巻、1両2分の高値である。名所図会が流行した時ですら『唐土名所図会』が1両1分で売れなかったのに、この時節に高い新刊を出し、心もとないことである。 〔馬琴書翰03〕

12月20日　馬琴のところに関忠蔵孫娘が『金瓶梅』3集の代金112文を寄越す。 〔馬琴日記03〕

12月21日　馬琴、丁子屋平兵衛より『八犬伝』9集の原稿料のうち8両を受け取る。他に歳暮として金100疋を贈られる。雪丸作の読本の序文、辞退するがかなわず、原稿料500疋に定めているが300疋で、という。 〔馬琴日記03〕

天保5年（1834）

1月4日　馬琴、丁子屋平兵衛の手代より5日売り出しの『俠客伝』3集を2部、金100疋をもらう。 〔馬琴日記04〕

1月6日　『俠客伝』3集は昨年暮に売り出す予定であったが、間に合わ

天保5年（1834）

なかった。校合の際は、職人3人ずつ30日間雇い、版元で仕事をさせた。1日あたりの食料は3人で7匁5分ほどかかった。
〔馬琴書翰03〕

1月6日　1月3日に馬琴の息子が、丁子屋で貸本屋らしき者たちが『侠客伝』3集の卸値を15匁にせよと言い争っているのを目撃する。売り出しの2日前からこうした騒ぎであることういうことは、現金で売ってもすぐに捌けるだろう。15匁にせよとあれば、正味17匁であろうと、息子の話である。
〔馬琴書翰03〕

1月8日　馬琴、『金瓶梅』3集、2,000部売り出し、500部只今仕立てているとのこと、和泉屋市兵衛手代より聞く。上製本5冊仕立。
〔馬琴日記04〕

1月16日　馬琴、鶴屋喜右衛門代の嘉兵衛より、年礼として菓子1折と金100疋、丁子屋平兵衛より台所扇子箱・箱入り練り羊羹2棹、金300疋を受け取る。大坂河内屋茂兵衛の手紙を平兵衛より渡される。『侠客伝』は正月2日に売り出し、4編は大坂で摺らせ、船で運送するとのこと。
〔馬琴日記04〕

2月18日　『江戸名所図会』は全20冊のうち前集10冊が売り出され、立値は銀53匁。貸本屋へはその値段で取引しているが、馬琴へは特別に50匁で売ると版元の話。
〔馬琴書翰03〕

3月3日　馬琴、山本宗洪より使いが来る。写本『洞房語園』4冊が返却され、新写本を見せられる。筆料は頭書も共に1丁2文ずつとのこと、馬琴の頼んでいる筆工より安いので、以後依頼することとする。
〔馬琴日記04〕

5月2日　『近世物之本江戸作者部類』の写本製作料の見積もり。3匁（美濃紙4帖と12枚。書き損じの分を含む）・6分（仮表紙）・金1分（2冊分の筆料）、総計1分と3匁6分。
〔馬琴書翰03〕

5月21日　馬琴、丁子屋平兵衛より『八犬伝』9輯の原稿料3両（24両分残り皆済）、また7両は10輯の内金で、合せて10両を受け取る。
〔馬琴日記04〕

8月7日　馬琴、丁子屋平兵衛より、当2月大火の節に『侠客伝』4集5の巻22丁目の板木が焼失、2の巻画付2丁も見当たらないと聞き、稿本を貸与する。7月27日に大坂河内屋茂兵衛へ『侠客伝』の原稿料内金に関する書簡を10日限りで到着する飛脚便で出したとのこと。
〔馬琴日記04〕

8月15日　馬琴、丁子屋平兵衛より大坂河内屋茂兵衛からきた『侠客伝』5集の原稿料内金10両を渡される。〔馬琴日記04〕

10月10日　馬琴、三田村三碩の使いから、『板倉筆記』2冊の写しを受け取り、筆料代金380文を支払うが、404文の誤りであった。〔馬琴日記04〕

10月14日　馬琴、鶴屋喜右衛門より本日売り出しの『傾城水滸伝』13編上帙を1部受け取る。「本仕立わろし、追可申遣」。〔馬琴日記04〕

11月1日　『近世物之本江戸作者部類』の写本製作料の請求。7匁（美濃紙5帖）・20匁9分（4冊分220丁の筆料）・1匁2分（表紙と仕立て賃）・2匁3分3厘7毛（紙包み・送料）。筆料は大字ゆえ1丁あたり10文と定めた。これは江戸銀では9厘5分にあたる。並の筆料より高額となる。〔馬琴書翰03〕

12月11日　馬琴、丁子屋平兵衛より寒中見舞として金2朱を得る。また『八犬伝』9輯の下6冊の原稿料の内金として金10両を受け取る。以前に7両受け取っているので、合せて17両を前金で受け取ったことになる。〔馬琴日記04〕

12月20日　馬琴、和泉屋市兵衛より『金瓶梅』3集の下、4冊ましで原稿料金2両を受け取る。『金瓶梅』4集8冊の原稿料前金8両も渡されるが、著述延引のときに困るので辞退するも、結局合せて10両を受け取る。〔馬琴日記04〕

12月28日　馬琴、丁子屋平兵衛より歳暮として肴代金100疋を得る。〔馬琴日記04〕

天保6年（1835）

1月11日　殿村篠斎宛馬琴書翰。『新編金瓶梅』は、昨年は休筆するつもりで版元和泉屋へもその旨をことわったが、番頭の懇望によって執筆した。番頭によれば旧板を500部刷って仕入れてあり、新本用の紙も買ってある。今年出来なければ、外聞・内証ともきわめて困ったことになる。何としても来春売り出したいので、お聞き届けくださいと口説かれた。版元を困らせるのは不本意なので、挿絵の原稿を2つ作り1つは画工へ、1つは筆耕に渡すようにして急ぎ、12月17日に8巻まで書き終えた。18日夜には筆耕の仕事が終わり、12月下旬には20丁すべて彫刻

し終わった。大晦日夜４つ時に２度目の校合も終え、正月２日に売り出した。その早さは驚くべきものである。もちろん彫刻にあたって板は２つに割らせ、彫刻料は常の倍で１丁あたり金２分だったという。正月２日に200部売り出し、７日までに1,400部製本し諸方へ配ったが、遠方へ行き渡らず、小売りから催促されるほどの人気である。版元は店では売らず小売りに直接売り渡したとの事である。＊同日の小津桂窓宛書簡では、同じ『新編金瓶梅』の話題だが「正月七日迄ニ、四千四百部製本いたし」と記している。〔馬琴書翰04〕

２月21日　『八犬伝』９輯は昨年10月下旬から校合を始め、６之巻は今月７日に校合を終えた。今日売り出したとのこと。６冊で紙数がいつもより多いので、卸値は金１分２朱とのことである。〔馬琴書翰04〕

２月21日　馬琴、合巻は細字を書くのが難儀なので、諸版元へひとしく断りを申し入れたが、鶴屋・和泉屋は三代にわたるなじみであり、馬琴の新作合巻がなければ春の商いに支障が出ると言い、潤筆料をこれまでの倍にするなどと言ってきた。よってそれは先方の意に任せることにする。〔馬琴書翰04〕

５月16日　『新編金瓶梅』は３輯までは江戸で刷り、売り出していたが、４輯は大坂へ板を送り、大坂で刷った本を江戸に下すため、送料など雑費が多くかかり、引き合わないので、１部あたり卸値は16匁５分の由である。〔馬琴書翰04〕

天保７年（1836）

この年　山東京山書翰。錦絵に狂歌師が名前を載せているものは、板元へ100疋ほど入銀しているそうである。狂歌１首だけならば100疋もかからないが、名前を入れれば宣伝になるので、100疋かかる。〔牧之全集〕

天保８年（1837）

１月１日　馬琴、丁子屋平兵衛より本日売り出しの『八犬伝』９輯下帙の上５冊を２部、金100疋を受け取る。〔馬琴日記04〕

天保９年（1838）

１月１日　馬琴、和泉屋市兵衛より年玉金200疋と『金瓶梅』６集の原稿

106　天保11年（1840）

料の内金4両を受け取る。〔馬琴日記04〕

10月29日　馬琴、丁子屋平兵衛より明日売り出しの『八犬伝』9輯下帙の下の上編を2部、金100疋、それに注文分の3部を受け取る。

〔馬琴日記04〕

11月26日　馬琴、『絵本天神記』5冊（馬琴作・北尾重政画）の板下本を丁子屋平兵衛に5両で売却した。〔集古筆翰〕

天保11年（1840）

2月15日　文化6年新版の合巻『賽八丈』を蔦や谷蔵が再版。馬琴に校訂を依頼しなかったが、さした誤りもなかった。〔馬琴日記04〕

天保12年（1841）

1月28日　江戸において、馬琴読本の後摺本の価格は6冊もので6匁、5冊もので5匁くらいであった。〔馬琴書翰05〕

天保13年（1842）

2月9日　馬琴、丁子屋より今日売り出しの『八犬伝』9輯結局編5冊を2部・肴代100疋を受け取る。〔馬琴日記04〕

6月10日　錦絵、団扇類、役者似顔、遊女芸者の絵は禁止。表紙・袋、色摺り禁止。続物2編の他、禁止。読本は手の込んだものは禁止。作者・板木師等、実名を記し、町年寄館市右衛門へ差出し、出版の節、1部奉行所へ差出すように、地本問屋・団扇屋へ仰せ渡される。〔馬琴日記04〕

天保14年（1843）

7月20日　和泉屋市兵衛と蔦屋吉蔵、お触書御免のない内に、最初に摺りこんだ2,000部を、内々に上方へ遣わしたことが露見し、御吟味中、手鎖の身となる。同じく池ノ端の岡村庄兵衛も摺り、江戸表で内々に売り出したが、本を早速に取り戻し、奉行所へ差出すとのこと。

〔馬琴日記04〕

弘化4年（1847）

この年　勝海舟、蘭和辞書を1ヶ年損料10両で借り、筆写本2冊作成、1

部を売却し損料や筆写の費用に。 〔氷川清話〕

この年　勝海舟は損料を払い10万語の辞書を2冊写し1冊30両で売却。海舟の年収に相当した。 〔古書散歩〕

弘化5年

この年　勝海舟、50両の和蘭兵書を購入した与力に懇願し、毎夜10時から翌朝まで半年間通い書写。その熱心さに感心した与力から兵書を進呈される。 〔氷川清話〕

嘉永元年（1848）

5月26日　馬琴のところへ、和泉屋市兵衛の使い次郎吉が訪問。市兵衛の土産浦賀水飴と『五色台』5集の原稿料の前金4両を持参。 〔馬琴日記04〕

12月12日　馬琴のところへ、和泉屋市兵衛より今日売り出しの『女郎花』4部を寄越す。恒例では6部のところ2部不足しているので、寄越すように返書を出す。（馬琴の死亡以後のこと）。 〔馬琴日記04〕

嘉永6年（1853）

嘉永6年夏　仮名垣魯文で儲けた虎屋倉吉、品川屋久助は、湯島妻恋町に間口2間奥行2間半の家を魯文に贈る。 〔戯作者〕

安政元年（1854）

この年　仮名垣魯文は24歳の時、師花笠文京から独立し、湯島妻恋坂の自宅に看板をかかげ、先輩作家の書き直し本、引き札（チラシ）の文案、手紙の代作、それに時々自分の作を書いた。副業として古道具屋を営み、黒牡丹という丸薬を売った。 〔文壇史01〕

安政2年（1855）

3月9日　福沢諭吉、適塾に入門。入学料は先生（金200匹）、塾頭（金50匹）、塾中（金50匹）、先生扇子代（銀3匁）。 〔適塾の謎〕

10月2日　仮名垣魯文、読切本1冊の作料金2分。1冊の本は枚数50丁（100頁）、うち挿絵が10丁（20頁）、稿料は金2分（半両）が相場。400字詰

108　安政3年（1856）

原稿用紙に換算すると1枚7厘6毛となる。〔文壇史01〕

10月　安政大地震の直後、仮名垣魯文は絵師英寿を雇い『安政見聞誌』を3日間で完成。稿料は折半して1人5両足らず。〔明治文壇〕

安政2年秋　『安政見聞誌』を公儀無断で出版したかどで、版元と渓斎英泉の門下英寿は刑を受けた。〔仮名垣魯文〕

安政頃　戯作者の潤筆料は切付け本（枚数50丁、内挿絵10丁）1冊の作料は金2分、引札ちらしの文案2朱。魯文はその半額の1朱で書いた。〔戯作者〕

安政2年頃　適塾書生の写本代はヅーフ・ハルマの翻訳の写本は1枚横文字30行位で16文、日本語の註は8文。1日に本文を10枚写せば160文。〔福翁自伝〕

安政3年（1856）

2月1日　手袋と『開口新話』を購入、『伝花田五集』6巻を貸本屋に借り、銭560文。〔学海日録01〕

4月　前年11月に父を亡くした石黒忠悳は、後を継ぐために12歳で元服し、代官森孫三郎の役所へ見習いで出仕、手当金2両2分を受ける。石黒の父は年俸金35両4人扶持。他に貯蓄が500両、その利息が年50両。日常生活は1ヶ年35両4人扶持でまかない、利息の半分は貯蓄し、残り25両はなるべく武具とか書物の他は費やさないことにしていた。〔懐旧90年〕

安政6年（1859）

6月3日　福地源一郎、幕府外国奉行配下の通弁となり、お手当て10人扶持。〔懐往事談〕

11月14日　『有正味斎詩』古写本の価格は銭100文。〔学海日録02〕

安政6年　成島柳北、『新橋新誌』第1編を著すために柳橋に投じた金員は2,000金を下るまいと柳河春三は推定する。〔成島柳北〕

幕末（安政6年頃）　木戸銭の分配は仮に1人100円とすれば、この100円を7分3分に分け、寄席が3分取る。あとの7分を出演者の頭数で分配する。噺家の収入は真打ち以下序列に従う。真打ちが客1人につき25円とすれば、当日の客数をかけたのがその日の収入となる。

安政頃　白髭神社の新しく寄進する幟一対に書家萩原秋巖、中島雪城の2人が書いた。謝礼を1人は5両、もう1人は30両だった。　〔懐旧90年〕

万延元年（1860）

10月6日　幕府外国奉行配下の翻訳御雇福沢諭吉は20人扶持、手当金15両。　〔福沢屋諭吉〕

文久元年（1861）

12月20日　福沢諭吉、遣欧使節随行の折、400両の手当て金の中から100両を国許の母に贈る。　〔諭吉全集〕

文久3年（1863）

この年　綺堂の父岡本敬之助は知行120石。その知行は四公六民として120表、江戸の幕臣の場合は1俵が3斗5升俵だというから41石、3分の1を飯米として取り、残りの27石余を蔵前で金に代えるとして、張り紙相場で27石は約60両、札差その他の雑費を引くと50両だった。　〔ランプの下〕

元治年間（1864、5）

元治年間　片仮名交じりの日本文写本はかなり綺麗に書いて、3枚で天保銭1枚、今の9厘9毛でしたが、蘭文となると、写本1枚につき天保銭4、5枚であった。　〔懐旧90年〕

元治年間　西周はズーフの『和蘭字典』15冊を2部写し、1部は自家用に1部は岡山藩に売って自分の学資にしたと伺った。　〔懐旧90年〕

慶応2年（1866）

10月　『和英語林集成』印刷。上海で岸田吟香は5ミリ角の木に日本文字を書き母型を作る。中国人植字工は1日4頁しか進まず、ヘボンは1頁2ドル払って1日6頁となった。　〔ヘボン〕

12月2日　福沢諭吉『西洋事情』初編3冊刊、定価3歩。　〔諭吉全集〕

慶応 3 年（1867）

4 月　ヘボン、700 頁の『和英語林集成』を完成。部数 1,200。出版費は 1 万ドル。価格は 18 両〜 60 両。2 年で売り切れ。〔ヘボン〕

7 月 6 日　有正味斎の集の価格は金 1 両 3 分。〔学海日録 02〕

7 月中旬　福沢諭吉、この頃『西洋旅案内』の著述に着手。8 月、脱稿。9 月 7 日、岡田屋文助に同書彫刻料として 100 両を渡す。〔諭吉全集〕

9 月 12 日　福沢諭吉の許へ和泉屋より『雷銃操法』250 部留版摺来る。翌 13 日、牛込藁店の版木師家主徳次郎来訪し、『雷銃操法』の彫刻を 1 丁につき 26 匁ずつで請合う。2 冊目の費用 6 両を渡す。〔諭吉全集〕

9 月 17 日　福沢諭吉、和泉屋善兵衛の持参した『雷銃操法』250 部摺立の内 50 部に蔵版印を押し、総勘定をして 7 両 2 歩受け取る。〔諭吉全集〕

10 月 4 日　福沢諭吉、未詳の渡辺幸右衛門に『条約十一國記』の版木代 2 両与える。10 日、渡辺来訪、『十一国記』の彫刻料 3 両 2 朱と定め内払い 3 両。計彫刻料 26 両 2 朱支払う。〔諭吉全集〕

慶応 4 年（明治元年・1868）

4 月 18 日　明治新政府、太政官布告で「官準ヲ経サル書籍ノ刊行売買ヲ禁ス」と告示、出版物は官許が必要となる。〔出版側面史〕

4 月　この頃、福沢諭吉は塾舎新築のため『西洋事情』外編の草稿版木共 1,000 両で買い手を捜す。〔諭吉全集〕

6 月 7 日　福沢諭吉、翻訳請負を告げ、兵書・窮理書・地理書・新聞紙は 10 行 20 字の 1 枚 1 両、政治書・経済書・万国公法・兵制論は 1 枚につき 1 両 3 歩。〔諭吉全集〕

6 月 18 日　明治政府、出版物の無許可発行を禁止。同じく新聞の無許可発行を禁止。〔近代総合年表〕

慶応年間　潤筆料も相場が上がり、幕末（慶応）には合巻物 1 部（上中下 3 冊）の作料が 3 両〜 5 両。〔明治文壇〕

慶応年間　米国人 S・グロスの外科書の蘭訳（4 冊）が 25 両でした。亡父の書画を処分し 35 両を洋行する人に預け、10 ヶ月後に入手した。〔懐旧 90 年〕

幕末から明治初期　講釈師、落語家より収入が低く、芸人と同等視されて

いた戯作者の生活を支えたのはパトロンの存在である。魯文には金座役人、豪商、最後に今紀文といわれた津藤香以がいた。遊興のお供をしたり生活費や物品の恵与を受けた。有人、新七ら皆然り。〔明治文壇〕

幕末から明治初期 戯作者で画工の高畠藍泉は家督を弟に譲り、上総地方を流浪しながら、扇面や半切に絵を描いて、それを1銭か2銭で売りながら貧窮の生活を送っていた。〔文壇史01〕

明　治

明治2年（1869）

1月27日　明治新政府、「行政官達」を出し、図書出版の際、「稿本並びに著述家の郷里・姓名等の委細相記し」まず府藩行政官へ伺い出るべしと布告。　〔出版側面史〕

明治2年初め　福地源一郎の翻訳料は1枚3円。　〔福地桜痴〕

3月9日　新政府、図書開版に関し、許可・納本の手続きを規定。　〔近代総合年表〕

3月初め　福沢諭吉、『英国議事院談』の原稿が出来ると順次に版下書家に廻し、版木師、摺師に仕事を引き継がせ、起稿から製本まで37日の短期間でこの書2冊刊行する。　〔諭吉全集〕

3月20日　新政府、新聞紙印行条例を定める。発行許可・政法批評禁止などを規定。管轄は東京は昌平・開成学校、その他は各府県裁判所。　〔近代総合年表〕

5月13日　出版条令施行。出版の際、著作者出版人売弘人の姓名住所等ヲ記載を定め、昌平・開成学校で官許。と同時に「図書ヲ出版スル者ハ官ヨリ之ヲ保護シテ専売ノ利ヲ収メシム」ことも定めた。＊明治26年4月公布の出版法。　〔出版側面史〕

6月22日　行政官達第44号出版条例及出版願書雛形布告。初の組織的な出版統制の公示。　〔近代総合年表〕

11月　福沢諭吉、「福沢屋諭吉」の呼称で書物問屋仲間への加入を申請する。その最盛期の年商12～13万両だった。　〔福沢屋諭吉〕

明治3年（1870）

5月　慶応義塾、教員の給料を福沢諭吉ら最上級30両、以下20両、10両または12両、4両の4段階と定める。　〔諭吉全集〕

9月　仮名垣魯文『西洋道中膝栗毛』初編（明3・9、万笈閣発兌、全15編）の作料は1編10両。　〔明治文壇〕

10月　福地源一郎、大蔵省御用掛り月俸250円。　〔福地桜痴〕

11月3日　福沢諭吉、東京から下阪した岡田屋の番頭と市中の書店を歴訪し『西洋事情』の偽版本を証拠品として買い集め、訴訟の手続きに及ぶ。　〔諭吉全集〕

明治4年（1871）

明治4年頃　文部省の『百科全書』（明4〜19）の翻訳料1枚1円。中江兆民の担当した『理学沿革史』・『維氏美学』などは1枚4円内外。福地源一郎の翻訳代1枚5円。〔原稿料変遷史〕

この年　明治政府、大学東校の構内に文部省の活版所を設立。技術援助は本木昌造の弟子平野富二、茂中貞次。明治11年に印刷局として独立し、文部省の中に編輯局、翻訳局を設け、百科全書等を翻訳し出版する。〔文壇史02〕

明治5年（1872）

1月13日　文部省、出版条例公布。検印（免許状）が必要となり、その交付の干支月日の付載を義務付け、納本が5部から3部となる。〔出版側面史〕

2月21日　条野伝平・西田伝助・落合芳幾の「東京日日新聞」創刊。絵草紙屋が新聞の記事をもとに画家芳幾に絵を依頼し、条野（山々亭有人）が事件の概要を書き入れ、「東京日々新聞」の題字のデザインをそのまま取り入れた新聞錦絵として売りさばき評判となる。〔新聞小説〕

2月　この頃、『学問のすゝめ』初編刊。8月、福沢諭吉、書物問屋に加入する。9月、旧福山藩校の学校係杉山新十郎が『学問のすゝめ』を無断出版したので詰責したが、私利を図るものでないことが判明、東京府知事宛に願書を提出して重版を許可する。〔諭吉全集〕

8月　福沢諭吉、慶応義塾内に出版局を設ける。『窮理図解』、『学問のすゝめ』、『世界国尽』等を自ら出版し、義塾経営の費用にあてた。〔文壇史02〕

明治初期　大門一樹『物価の百年』によると、明治初期の稿料で一番高いのが翻訳料。箕作麟祥が『百科全書』心理学の項目を翻訳、10行20字の原稿1枚4円。〔原稿料物語〕

明治6年（1873）

2月17日　福沢諭吉、文部省へ偽版取締に関する文書提出。〔諭吉全集〕

7月15日　福沢諭吉、従来、copyrightを「出版官許」と訳したのは不

適切とし John Bouvier『A Law Dictionary』（1872, Philadelphia）第 1 冊 364 葉の copyright の条を紹介し、原義は「出版の特権、或は略して版権などと訳して可ならん」と述べる。＊しかし「版権」もまた出版権と解釈されて著作者と出版社とに新たな紛争を招くことになる。〔諭吉全集〕

10月19日 太政官布告第 352 号新聞紙発行条目布告で発行許可制、国体誹謗・政法批評禁止、官吏の職務上の情報漏洩の防止などを規定。
〔近代総合年表〕

この年 仮名垣魯文、戯作者から転じて月給 20 円の神奈川県庁の雇員になる。〔文壇史 01〕

この年 山東直砥の口利きで県庁の雇員となった仮名垣魯文は内々横浜毎日新聞記者を兼ね、新聞縦覧所を経営する。2 年後帰京、創刊した仮名読新聞を主宰し月給 40 円、ついで 13 年「いろは新聞」50 円、17 年「今日新聞」75 円と転職のたびに増額。〔明治文壇〕

明治 7 年（1874）

7月 服部撫松は『新東京繁昌記』（初編〜 6 編、明 7・4 〜 9・4、奎章閣山城屋政吉、後編、明 14・6、撫松軒）で 4 〜 5,000 円に上る収入を得たという噂。湯島に邸宅を新築し吸霞楼と命名。〔明治文壇〕

8月 中江兆民の仏学塾は学期 4 年間、束脩なし。月謝金 1 円、塾費は入塾の者は毎月半円、外来の者は 35 銭。〔兆民全集〕

11月2日「読売新聞」創刊。新聞名は「読売瓦版」の伝統を受け継ぎ、文章は俗談平語、傍訓付。9 年 11 月、「平仮名絵入新聞」を退社した高畠藍泉が入社し、活字工の饗庭篁村を抜擢して雑報欄の充実を図る。部数は「東京日日」の 2 倍の約 1 万 5,000 部。〔文壇史 01〕

12月 福地源一郎、「東京日日新聞」の主筆・社長として入社、月給 200 円、ボーナスとして利益配当 2 人分。〔福地桜痴〕

この年 ヘボン、『和英語林集成』2,000 部を開成学校用に、政府買い上げる。＊同書の初版は慶応 3 年、増補改定版は明治 5 年。いずれも上海で印刷、横浜で刊行。〔文壇史 01〕

明治 7 年頃「東京日日新聞」の原稿料は初め 200 字で 50 銭だったが、高橋是清、犬養毅の二人は原稿の多寡にかかわらず月々 50 円支給され

るようになった。　　　　　　　　　　　　　　　〔高橋是清〕

明治 8 年（1875）

6月28日　出版条例（明 8・9）の三法を公布。出版届は定価、著訳者、板主の住所・氏名、刊行年月の明記。図書 6 冊分の代価で版権を出版社が所有。　　　　　　　　　　　　　　　　　　　〔出版側面史〕

6月28日　太政官布告第 111 号新聞紙条例（発行の許可制、持主・社主・編集人・筆写・印刷人の法的責任、騒乱煽起・成法誹毀の論説取締、さらに、特別刑罰規定を設け、手続き違反に対し、初めて行政処分規定を定める）、太政官布告第 110 号の讒謗律とともに、言論取締強化される。
〔近代総合年表〕

9月1日　明六社社長箕作秋坪、集まった社員 13 名に新聞紙条例と讒謗律の発布に鑑み「明六雑誌」の廃刊を提案、森有礼反対、福沢諭吉賛成、欠席者に連絡を取り結局廃刊。毎号約 3,000 部以上売れて黒字だった。
〔文壇史 01〕

11 月　仮名垣魯文「仮名読新聞」を創刊。主筆として月給 40 円、一般記者は 12 〜 20 円。魯文は雑報欄に絵入の続き読み物の連載を始める。
〔文壇史 01〕

9月3日　太政官布告第 135 号出版条例を改正（管轄を内務省へ移管、版権保護規定詳細化、特別刑罰規定新設）。　　　　　　　　〔近代総合年表〕

10 月　「版権書目」創刊（〜明 16・6、東京、内務省図書局）。〔近代総合年表〕

この年　依田学海、太政官に出仕、修史局に勤務、月給 100 円。
〔文壇史 14〕

明治 8 年頃　福地桜痴、吉原遊郭入り口の大門に柱聯「春夢正濃満街桜花」「秋信先通両行灯影」を書く。揮毫料 2,000 円。　　　　〔文壇史 01〕

明治 9 年（1876）

1月12日　内務省、出版した図書納本の際の書式を定め、厳密化をはかる。
〔出版側面史〕

7月5日　太政官布告第 98 号国安（国家安寧）妨害の記事を掲載した新聞・雑誌に対し、内務省で発行停止・禁止の行政処分を行うことを定める。（これにより「湖海新報」「草莽雑誌」「評論新聞」発行禁止）。　〔近代総合年表〕

明治10年（1877）

4月6日　福地源一郎、西南戦争の戦場に赴き現地の状況を報道する。京都に戻ると木戸孝允から明治天皇の意向を聞かされ、学問所で諸大臣、華族らの前で、現地の情報を2時間ばかり報告する。天皇から福地に御召縮緬2反と金50円が下賜される。　〔福地桜痴〕

12月　高谷龍洲『日本全史』（明12・12、北畠茂兵衛）の出版契約書。版権証は高谷の所有、出版経費と販売は須原屋の負担、版権免許料と納本の費用は折半、定価より諸費用を差引いた純利益も折半。　〔明治期出版〕

明治10年代　明治10年代の錦絵（2枚続き）の価格は5～10銭、草双紙の価格は概ね2冊で5銭。　〔ランプの下〕

明治10年代　小新聞挿絵の月岡芳年や鮮斎永濯の画料は1枚1円、2流は3～50銭だった。「有喜世新聞」で毎日挿絵2個の歌川国松は月給制12円。　〔明治文壇〕

明治10年代　明治10年代、画料は25～40銭、木版の彫刻料は12坪（1平方寸を1坪として）ぐらいに人物2、3人立ちのものが60銭。（歌川国芳の談）地方紙の新聞小説の原稿料は古版木と共に40回位で15、6円、長いもので20円乃至25円。連載料は1回30～50銭だった。新聞記者の給与は主筆5、60円、記者10～25円、探訪員5～8円、画料・彫刻料1ヶ月30円だった。　〔明治文壇〕

明治11年（1878）

2月3日　中沢市太郎は集思社に月3円で雇われた。　〔学海日録04〕

7月21日　仮名垣魯文、東両国の中村楼で珍猫百覧会と称して書画会を開催、来会者2,000人、収納金2,500円。新富座の南に佛骨庵という草庵を新築する。　〔明治文壇〕

8月21日　『資治通鑑後篇』の価格は18円。　〔学海日録04〕

明治11年頃　仮名垣魯文の内職は引札（商品の広告、開店、売り出しの宣伝文）の潤筆料で、1枚2円だった。　〔明治文壇〕

明治12年（1879）

4月27日　『国史纂編』の依田学海序文の潤筆料は7円。　〔学海日録04〕

明治 15 年（1882） 119

この年末　大井憲太郎、「郵便報知新聞」の栗本鋤雲の援助を得て「いろは新聞」を創刊、編集主幹に「仮名読新聞」の出資者とまずくなった仮名垣魯文を月給 50 円で招く。〔文壇史 01〕

明治 13 年（1880）

1 月 11 日　修史館の年俸は、1 等編修・監事は 2,400 円、2 等は 1,800 円、3 等は 1,200 円、4 等は 1,000 円。〔学海日録 04〕

3 月 26 日　「藤森先師が文集・詩集」の再版について依田学海に相談。旧版に川田氏の序を付し、弟子一同で費用を出し合う。販売して利潤が出たら未亡人に呈上する。〔学海日録 04〕

この年　『浪枕江の島新語』3 巻 3 冊の価格は 12 銭 5 厘。＊久保田彦作『浪枕江の島新話』（明 13・4、延壽堂）。〔浪枕江の島〕

この年　月岡芳年の錦絵 1 枚の画料は 3 銭 5 厘。〔荘八全集〕

明治 14 年（1881）

9 月 1 日　依田学海、『箋注続蒙求』の凡例の原稿料は 3 円。〔学海日録 05〕

9 月 9 日　勝安芳が佐久間象山の書を宮内省に献上し、300 円を賜った。〔学海日録 05〕

明治 15 年（1882）

1 月　1 月に柳亭種彦の号をついだ高畠藍泉、大阪の大東日報に今の社会部長格で招聘される。この時の給与が 80 円。〔明治文壇〕

7 月 30 日　畑山藤蔵が小林真斎の記念碑建立で、文章を書いた川田甕江 15 円、それを書した岩谷一六 15 円、長三洲 10 円。川田は草稿を書いた依田学海に 9 円渡す。〔学海日録 05〕

9 月 18 日　『民約訳解』出版版権願（『西園寺公望傳』）。15 年 10 月 25 日にも同書版権願。〔兆民全集〕

9 月　黒岩周六（涙香）、自由党の機関誌「自由新聞」の大衆版「絵入自由新聞」に入社。月給 10 円で、周六を主筆にすること、他新聞への寄稿を認めることを申し入れ、認められた。

〔まむしの周六〕

9 月　中江兆民の仏学塾は学期 4 年間、入学金 1 円 50 銭、毎月受教料金

1円20銭、塾費40銭。毎月食料2円80銭、食料は計算して割り戻す。
〔兆民全集〕

明治16年（1883）

4月16日　太政官布告第12号、改正新聞紙条例を定める（発行保証金制度の新設、法的責任者の範囲拡大、身代わり新聞身代わり禁止、外務卿・陸海軍卿の記事掲載禁止権新設、行政処分の拡充など、言論取締、各段に強化される）。
〔近代総合年表〕

6月　坪内逍遥と友人高田早苗はW・スコットの『湖上の美人』の部分訳を計画し、『春江奇縁』と題して書肆に売り込み20円の稿料。
〔文壇史01〕

明治17年（1884）

1月21日　依田学海、『十八史略』序の潤筆料をもらう。　〔学海日録05〕

2月3日　依田学海、長野文鹿の義父の碑を作った謝礼に20円もらう。
〔学海日録05〕

4月20日　矢野龍渓は『経国美談』前篇（明16・3、報知社）、後篇（明17・2、報知社）の印税で洋行費を賄う。松浦総三は総費用を7〜8,000円と推定。
〔原稿料の研究〕

明治18年（1885）

この年末　岡本昆石、万字屋森戸錫太郎と『瓜太郎物語』共同出版を計画。森戸より150円で原稿を買い取ると提案があったが、売り渡すべきものではないと斥け、以下の約束を交わした。原稿引き換えの手付金として森戸は50円を岡本に支払う。出版総出費は森戸が負担。森戸は本書発行後、毎月末までの売上高の3分の1を翌月5日までに岡本へ配分。版権は森戸一人が受ける。版木は3分の1を岡本、3分の2を森戸が所蔵。岡本は森戸より月々分配金額の3分の1を以て手付金を返却。
〔江戸から明治〕

この年　幸田露伴、北海道後志国余市町の電信分局に10等技手として赴任、月12円。
〔幸田露伴〕

この年　大槻文彦は『言海』を完成後、宮内省から依頼で『日本大辞林』

を27年完成、原稿料1万6,000円。 〔古書散歩〕

この年　物集高見は文部省判任1等属で月俸75円、奏任3等、年俸1,400円、教授加俸300円。のち全てを辞し『広文庫』に専念し大正5年に出版。 〔古書散歩〕

明治19年（1886）

1月　森戸錫太郎、『瓜太郎物語』の版権免許を受ける。岡本昆石との契約書、版木の彫刻も完了したが、森戸の都合で出版は延期となり、結局刊行されなかった。 〔江戸から明治〕

3月頃　二葉亭四迷、ツルゲーネフ「父と子」の部分訳70枚に「虚無党形気」と題名をつけ、坪内逍遙の紹介で大阪日野商店に送り、前金30円受け取る。しかし続稿を書くことなく、出版社も出版せず、原稿は失われた。 〔文壇史02〕

4月　中江兆民校閲、野村泰亨他4氏『仏和辞林』の予約募集の広告が出された。全5冊、1,200頁、定価9円、予約出版は500部で予約正価4円50銭だった。予定より1年遅れて翌年11月に第5冊が刊行され、合本届けが出された。 〔兆民全集〕

12月22日　小宮山天香（桂介）、『慨世史談断蓬奇談』（エレクマン・シャリアン原作）の出版に際し鳳文館と出版契約を交わす。現存する最初の出版契約書。＊『慨世史談断蓬奇談』は明治15年に『勇婦テレーズ伝』の題名で「日本立憲政党新聞」に連載されたもので、河津祐之が翻訳し天香が文飾した。 〔知られざる〕

明治20年（1887）

6月　二葉亭四迷『浮雲』出版。当時、最高額の原稿料1枚1円、前金30円。表紙に金港堂の要求で坪内雄蔵著と印刷。稿料50円。結局、四迷が15円、35円受け取った坪内（逍遙）はのちに後悔する。 〔文壇史02〕

6月　広津柳浪「女子参政蚤中楼」（「東京絵入新聞」、明20・6・1～8・17）、70回連載1回75銭。 〔原稿料変遷史〕

12月25日　保安条例を官報号外で公布、施行。 〔近代総合年表〕

12月28日　勅令第76号「出版条例」、同77号「版権条例」公布。明治8年以来の全面改正。出版・著作者・発行者・印刷者を定義し、検閲制

122　明治 21 年（1888）

から届出制に変更、版権関係を独立。版権要求者は登録料（製本 6 部の定価）を添え内務省に届け出る。〔出版側面史〕

12 月 28 日　勅令 75 条「新聞紙条例」改正公布（発行届出制度創設）、勅令 78 号「脚本楽譜条例」、勅令 79 号「写真版権条例」公布。

〔近代総合年表〕

明治 21 年（1888）

3 月　100 枚ほどの田辺龍子「薮の鶯」は稿料 33 円 20 銭と、絹のハンカチーフ 1 ダース。その金で兄の 3 周忌を営み、三遊亭円朝を招いて謝礼に 3 円を包む。〔経済面〕

3 月　田辺龍子「薮の鶯」は坪内逍遙の紹介で金港堂に持ち込まれ、翌年福地桜痴の序文、春の舎閱として金港堂から出版。〔文壇史 02〕

4 月　末広鉄腸は『雪中梅』（明 19・8、11、博文堂）が 3 万部、『二十三年未来記』（明 19・7、博文堂）や『花間鶯』（明 20・4～21・3、金港堂）もベストセラーとなり、印税で洋行（米英、仏を歴訪 21 年～22 年）。

〔原稿料の研究〕

12 月　幸田露伴「露団々」が「都の花」（明 22・2～8）掲載、50 円の原稿料。露伴は友と祝宴を上げ、そのまま栃木の友を訪ね、信州から名古屋に出、京阪神に向かい、翌年の 1 月末に帰京。＊現在の 50 万円ぐらいに相当する。〔ざぶん〕

明治 22 年（1889）

1 月　山田美妙「胡蝶」（「国民之友」、明 22・1）1 篇 15 円位。美妙は 1 枚大抵 70 銭で 1 円以上の稿料を取ることは殆どなかった。〔原稿料変遷史〕

3 月 27 日　巌谷小波、『初紅葉』（『五月鯉』改題、明 22・4）の原稿料として春陽堂より 20 円。初めての原稿料収入で、半分を母に預けた残額 10 円のうち 5 円で吉原に出掛ける。〔己丑日録〕

3 月 31 日　巌谷小波、『鬼車』（明 22・5、春陽堂）で原稿料 5 円を得る。同書は隔恋坊名でお伽噺を翻訳したもの。〔己丑日録〕

4 月 1 日　吉岡書籍店、新著百種（46 判、100 頁前後、定価 12 銭、全 17 巻、号外 1 冊）を刊行開始。1 冊 1 篇（平均 60～70 枚）、原稿料は 1 篇 30 円が相場。〔原稿料変遷史〕

4月1日　「新著百種」は定価12銭。森鷗外の『文づかひ』（明24・1、新著百種12）など100枚で売り切り30円、作家側の売り切りとは発行所に版権を譲ることだった。〔経済面〕

4月1日　「新著百種」第1号は尾崎紅葉の出世作『二人比丘尼色懺悔』で、その稿料は20円。巻頭に坪内逍遙の「新著百種序」を寄せ、硯友社同人に期待し出版人吉岡鶯村の心意気を賞讃する。〔硯友社〕

4月19日　巖谷小波、「新小説」（明22・4）に掲載された「アヽ夢！」12枚の原稿料として春陽堂より10円。〔己丑日録〕

5月29日　「新著百種」第2号の饗庭篁村『掘出し物』（明22・5）は30円。＊篁村は幸田露伴「明治二十年前後の二文星」（「早稲田文学」、大14・6）で須藤南翠とともに新旧文学交替期に最も活躍した一人として評価されていた。〔原稿料変遷史〕

6月14日　巖谷小波、「基督教新聞」に掲載した『けなげさ』の原稿料として4円を得る。〔己丑日録〕

6月27日　森鷗外、「文学上の創造権」を「読売新聞」（明22・6・27）に発表、"Literarisches Urheberrecht" 著作権の尊重を説く。〔硯友社〕

8月12日　「新著百種」4号は漣山人（巖谷小波）『妹背貝』。稿料の30円は日記によると2度に分けており、献本20冊以外に別途20冊購入。〔硯友社〕

8月　森鷗外ら、新声社（S・S・S）の名で「於母影」（「国民之友」夏季付録」）を発表。稿料50円は「文学評論柵草紙」発行の基金に回す。〔文壇史02〕

9月23日　幸田露伴『風流仏』70枚。4月依頼を受けると、露伴は奥日光の温泉で執筆し、20円の原稿料を手にすると房州旅行に出かけた。＊「新著百種」5号（明22・9）。〔文壇史02〕

9月27日　巖谷小波、「新小説」掲載（途中から「逢春花」）の「喜団円」の原稿料として25円を得る。〔己丑日録〕

9月　徳冨蘆花、『如温武雷土』（ジョン・ブライト）の翻訳料20円、12月刊の『理査土格武電』（リチャード・コブデン）の翻訳料30円を民友社より受け取る。〔蘆花〕

10月10日　江見水蔭、大阪駸々堂の「小説無尽蔵」シリーズ第1篇『白糸』（明22・10）、「新著叢詞」（新著百種の対抗馬）第3篇に『花の杖』（明22・11）を発表、両方合わせて25円の約束だったが、実際はそうでは

10月30日　「新著百種」6号は広津柳浪の出世作『残菊』(明22・10)。『残菊』は売れたので他より5円増しの稿料35円だった。　〔原稿料変遷史〕

10月　江見水蔭の「剣客」は「新著百種」に売れず、尾崎紅葉に依頼して「読売新聞」(明23・10・1〜25)に発表する。稿料15円。　〔原稿料変遷史〕

11月10日　巖谷小波、「文明の母」(10月号)に掲載した「花嫁御」の原稿料として14円を得る。　〔己丑日録〕

12月24日　文壇の重鎮饗庭篁村を招いた東京朝日は、篁村の小説や劇評のみならず幸田露伴らとの紀行文を連載し好評を博す。饗庭篁村が退社すると、読売文芸欄の主筆坪内逍遙は尾崎紅葉と幸田露伴を小説担当として迎える。読売新聞主筆の高田早苗の月給は70円。社員として尾崎紅葉は30円。幸田露伴は社員だと縛られるから半額の15円で客員を希望した。　〔朝日新聞70年〕

12月26日　巖谷小波、「文明の母」附録(12月)に掲載した「かゞみ餅」の原稿料として5円を得る。　〔己丑日録〕

明治23年 (1890)

1月20日　巖谷小波、「文明の母」に掲載した「色風琴」の原稿料として生文社より5円を得る。　〔庚寅日録〕

1月末　17歳の岡本綺堂、父のつてで東京日日新聞社長関直彦に会い見習い記者として入社、劇評を担当する。月給15円。　〔ランプの下〕

1月　内田不知庵(魯庵)、民友社入社、月給25円。2月1日創刊の「国民新聞」文芸欄担当(8月退社)となる。　〔魯庵傳〕

2月8日　巖谷小波、「日本文華」に掲載した「黒衣魔」の原稿料として博文館より合計21円60銭。　〔庚寅日録〕

2月25日　巖谷小波、「文明の母」に掲載した「もめん綿」の原稿料として生文社より4円(ただし、年末記録には2円とある)を得る。　〔庚寅日録〕

3月13日　巖谷小波、「文明の母」に掲載した「色風琴」の原稿料として生文社より5円50銭を得る。　〔庚寅日録〕

4月29日　巖谷小波、「日本文華」に掲載した「ウィーランド伝」の原稿料として博文館より6円を得るか。　〔庚寅日録〕

6月29日　巖谷小波、「日本文華」に掲載した「媒介人」の原稿料として博文館より9円を得るか。〔庚寅日録〕

6月　幸田露伴「一口剣」（「国民之友」、明23・8）1篇に稿料20円。〔原稿料変遷史〕

6月　来日したラフカディオ・ハーン、松江の尋常中学校と師範学校の英語教師の職が見つかる。月100ドルを日本円で支払うという契約だった。〔ハーン〕

7月　江見水蔭「朝日川」（「都の花」）の稿料は1枚25銭だった。明治23年の総収入は117円。〔原稿料変遷史〕

9月27日　巖谷小波、『白面鬼』原稿料として博文館より10月29日と合せて合計17円10銭（ただし年末記録には18円とある）。〔庚寅日録〕

9月　夏目漱石、東京帝国大学文科大学英文科に進学、文部省貸費生となり、年額85円支給。〔夏目漱石〕

9月　尾崎紅葉の「此ぬし」の稿料は30円だったとか聞いているが真偽は知らない。＊「此ぬし」（明23・9、春陽堂）。〔明治還魂紙〕

11月　幸田露伴、「国会」に入社。給料は60円（あるいは80円とも）。饗庭篁村と小学時代の師だった宮崎三昧の勧めだったという。〔幸田露伴〕

12月7日　巖谷小波、『こがね丸』（明23・1）の原稿料として12月20日分と合せて博文館より39円を得る。〔庚寅日録〕

明治24年（1891）

1月　「少年文学」は江見水蔭の「今弁慶」に稿料50円支払う。「母に渡すと涙を流し神棚に供えて拝んだ」という。〔原稿料変遷史〕

3月24日　巖谷小波、「かた糸」原稿料として春陽堂より7円50銭を得る。〔辛卯日録〕

3月30日　巖谷小波、「朝野新聞」に掲載の「辻占飴」の原稿料として4月28日分と合せて22円（ただし、年末記録によれば24円）。〔辛卯日録〕

3月　中西梅花の『新体梅花詩集』（明24・3、博文館）に15円も支払ったというので皆驚いたという。明治20年代前後は論文が1篇5円、随筆は3円が相場だった。〔原稿料変遷史〕

4月　「報知新聞」の校正係村上浪六、編集長の森田思軒の勧めで筆名ちぬの浦浪六「三日月」を連載。連載2回分を読んだ石橋忍月、春陽堂主

人和田篤太郎に出版を勧める。直ちに予約して『三日月』を出版する。以後浪六物は春陽堂の一手販売となる。＊ちぬの浦浪六『三日月次郎吉』（「報知新聞」日曜付録・報知叢話、明24・4・5〜6・28）。〔春陽堂〕

4月　江見水蔭、「新宇治川」（「読売新聞」、明24・4・11〜17）の稿料1回80銭。「文学世界」の第7篇「野試合」の稿料7円50銭。〔原稿料変遷史〕

6月13日　巖谷小波、「幼年文学」掲載の「舌切蛤」と「猿蟹吊合戦」の原稿料として10円を得るか。〔辛卯日録〕

7月18日　巖谷小波、『初紅葉』『妹背貝』の版権を売却か。〔辛卯日録〕

7月28日　巖谷小波「七羽烏」の原稿料として20円を得るか。ただし、年末の記載には7.5円とある。〔辛卯日録〕

7月　二葉亭四迷、内閣官報局雇員として月俸35円に昇給。〔四迷集〕

8月1日　巖谷小波、「ぬれ浴衣」（「読売新聞」、明24・7・27〜9・21）の原稿料として6円40銭。ただし、7月分か。〔辛卯日録〕

8月22日　巖谷小波、小説原稿料として5円。ただし、該当作は不明。〔辛卯日録〕

8月31日　巖谷小波、「ぬれ浴衣」8月分か、20円60銭を得る。〔辛卯日録〕

9月7日　巖谷小波、吉岡書籍店より5円。8月より「千紫万紅」に掲載の「琴の音」の原稿料か。〔辛卯日録〕

9月15日　巖谷小波、日就社より原稿料として5円。当該作は不明。〔辛卯日録〕

9月28日　巖谷小波、郷純造伝記の原稿料として30円。〔辛卯日録〕

9月28日　巖谷小波、博文館より原稿料として20円。「女鑑」掲載の「氷室守」原稿料か。〔辛卯日録〕

10月1日　巖谷小波、「山陽新聞」より原稿料前借り5円。「麦わら笛」か。〔辛卯日録〕

10月18日　巖谷小波、「麦わら笛」原稿料として5円か。〔辛卯日録〕

10月19日　泉鏡花は尾崎紅葉を訪ねて入門を許され、翌日から玄関番として同家に寄宿。以来3年間、その薫陶を受けた。紅葉は毎月50銭、のち70銭の手当てをくれた。この金で筆や紙、煙草を買った。石橋思案は正月に20銭くれた。〔近代作家伝下〕

10月31日　巖谷小波、「麦わら笛」原稿料として5円か。〔辛卯日録〕

11月　福地桜痴居士作「太閤軍記朝鮮巻」に朝鮮公使の抗議があり、1幕だけ抜いて書き直すことになり、岡本綺堂1人で書き上げる。その頃の作者部屋全員の給料は合わせて450円。その内200円を河竹黙阿弥へ送り、100円ぐらいを3代目河竹新七が取り、残りの150円を他の作者で分配していた。
〔ランプの下〕

12月15日　巖谷小波、「当世少年気質」原稿料として12月末分と合せて合計45円。
〔辛卯日録〕

明治24年頃　岡本綺堂、東京日日新聞社の月給は15円。「やまと新聞」の小説の原稿料は1回30〜40銭。
〔ランプの下〕

明治20年代前半　明治20年代前半は新人の稿料25銭。後半の日清戦争後、文芸誌の創刊が重なり作家に等級がつくようになる。尾崎紅葉は1円、広津柳浪は50〜80銭、泉鏡花は50銭くらいだった。
〔経済面〕

明治25年（1892）

1月31日　巖谷小波、「当世少年気質」原稿料として博文館より10円を得るか。2月3日も同様。
〔壬辰日録〕

5月4日　巖谷小波、「都の花」掲載の「花王御殿」の原稿料として金港堂より16円を得る。
〔壬辰日録〕

6月14日　河竹黙阿弥（本名吉村芳三郎）の狂言本や版権は長女吉村糸（43歳）に譲渡。以後糸女は生涯をかけて守る。長男市太郎（勘兵衛）は才乏しきと見切り商家の跡取りとなる。＊伊藤ことは黙阿弥の妻、糸女の実母。黙阿弥は明治26年1月22日に亡くなる。
〔作者の家〕

7月10日・11日　巖谷小波、「花王御殿」12枚（？）分原稿料として12円を得る。
〔壬辰日録〕

7月　印税制度をはっきり主張した森鷗外に、面食らった春陽堂はどのくらい出していいか分からず、2割5分支払った。
〔経済面〕

7月　森鷗外、『美奈和集』（明25・7、春陽堂、1円50銭）を出版。和田篤太郎と談判し印税1割5分。本書が印税契約の第1号と言われてきた。
〔文壇史08〕

8月31日　巖谷小波、「少年文学」掲載の「暑中休暇」50枚分として博文館より25円。
〔壬辰日録〕

明治25年夏　村上浪六、村山龍平の特使宮崎三昧の訪問を受け、朝日新

明治 25 年（1892）

　　　聞入社を決断。「月々の給料、執筆は随時で年三回以下、病臥した場合は二年間養ふ」の保証。〔浪六伝〕

9 月 5 日　巖谷小波、「暑中休暇」脱稿。後半 50 枚分として 20 円を得る。〔壬辰日録〕

9 月 29 日　巖谷小波、「菩薩蠻」原稿料の一部として春陽堂より 15 円を得るか。〔壬辰日録〕

10 月 2 日　田辺龍子から樋口夏子宛の手紙に、「うもれ木」（約 47 枚）が「都の花」に採用決定、稿料 1 枚 25 銭との知らせ。一葉の母、この葉書を知人のところへ持っていき、6 円借用する。金港堂の藤本藤蔭、原稿料 11 円 75 銭持参する。〔文壇史 03〕

10 月 17 日　巖谷小波、「菩薩蠻」の原稿料として春陽堂より 13 円。〔壬辰日録〕

11 月 26 日　江見水蔭が田山花袋に「博聞雑誌」の小説を引き受けるよう葉書を出す。読み切りか 2、3 回の短編。1 回 1 円。〔花袋周辺作家〕

11 月　大正 3 年、田山花袋に聞いた話。初めての稿料は 21 歳の時、「都の花」に江見水蔭の紹介で短編を発表、金港堂の応接間で 1 枚 30 銭の割で 7 円 50 銭を渡された。文豪になった気分で兄夫婦に鰻飯を奢り、郷里の姉に 1 円送ったら記念に盥を買ったという。〔笛鳴りやまず〕

11 月　田山花袋の「新桜川」が「都の花」（明 25・11 〜 12）に連載。原稿料 7 円 50 銭。花袋の初めての原稿料だった。小説を発表し始めた明治 20 年代後半の花袋の原稿料は 20 銭前後から 30 銭前後。〔花袋の原稿料〕

11 月　徳冨蘆花、英国政治家の伝記「グラッドストーン」の翻訳料 50 円。〔蘆花〕

12 月　巖谷小波が京都日出新聞社主筆として赴任。それまでの平均収入は毎月 20 円から 30 円だったが、これ以後、月給 40 円に加え、「幼年雑誌」への寄稿や『日本昔噺』（明 27・7 〜 29・8、博文館）の原稿料で月々 10 円以上の収入を得た。明治 28 年に博文館の「少年世界」創刊時に主筆に迎えられて帰京。〔我が 50 年〕

12 月　正岡子規、「日本」入社、月給 15 円、以後、20 円、27 円、30 円と昇給、31 年に 40 円となる。「ホトトギス」編集の高濱虚子から毎月 10 円送金。〔文壇史 06〕

この年　一葉は「うもれ木」1枚25銭、47枚で11円75銭。「暁月夜」1枚30銭、38枚で11円40銭。この年の原稿料は35円。〔文壇史03〕

この年　福地桜痴の歌舞伎脚本の原稿料は1作200円。〔ランプの下〕

この年末　江見水蔭、文筆によるこの年の総収入240円30銭。〔原稿料変遷史〕

明治25年頃　黒岩涙香、「都新聞」の主筆となる。月給40円。〔まむしの周六〕

明治25年頃　田山花袋、四谷の大木戸から歩いて通い、毎日午後3時まで小遣い稼ぎにある歴史家（岡谷繁実）の2階で写字生として働いた。日給20銭。〔東京の三十年〕

明治25年頃　銅版印刷による中本型の通俗仏書の彫刻料は、銅版は2丁張り1枚75銭〜90銭（1丁あたり37.5〜45銭）、整版1丁あたり20〜35銭。〔草双紙小考〕

明治25年頃　福地桜痴、脚本の原稿料1枚1円のところ版権ともなら2割増しの1円20銭で、博文館と交渉。〔経済面〕

明治26年（1893）

4月13日　出版法は明治20年の出版条例と同じで、版権法もほぼ同じ。〔出版側面史〕

4月14日　出版法・版権法の公布にともない、「出版及版権ニ関スル願出手続」公布。〔近代総合年表〕

6月4日　巌谷小波、駸々堂より原稿料として10円。当該作は不明。〔癸巳日録〕

7月11日　巌谷小波、「宮津雑誌」掲載の「天秤棒」の原稿料として3円を得る。〔癸巳日録〕

7月17日　巌谷小波、「此羽織」の原稿料として同志社より4円を得る。〔癸巳日録〕

9月　幸徳秋水、「自由新聞」の記者となる。月給7円。仕事は英字新聞の翻訳。前任者は国木田独歩で月給3円。〔幸徳秋水〕

9月　国木田独歩、佐伯鶴谷学館教師として着任。月給25円。佐伯で2番目の高給。生徒数30名余で1週2部制23時間の授業担当。〔国木田独歩〕

130　明治27年（1894）

9月　田山花袋、トルストイの「コサアク兵」を翻訳する。600枚で30円買い切り、1枚5銭。「世界文庫」の1冊（明26・9、博文館）。
〔東京の三十年〕

この年　夏目漱石、学長外山正一の推薦で、東京高等師範学校英語教師となる。月給37円50銭。
〔笛鳴りやまず〕

11月29日　巖谷小波、博文館より60円。＊「幼年雑誌」の「玉手函」「心の駒」原稿料か。
〔癸巳日録〕

12月28日　樋口一葉、星野天知子より1円半送り来る。「琴の音」（「文学界」、明26・12）の原稿料。
〔樋口一葉03〕

この年　民友社で『拾貳文豪』（明26・7～35・9）を出版、1冊30円から50円の稿料。＊北村透谷、徳冨蘆花らが執筆。
〔原稿料変遷史〕

明治26年頃　「都の花」（明21・10～26・6）は2,500部発行し、原稿料は1枚25銭。「文学界」（明26・1～31・1）の原稿料は1枚5銭だった。
〔おとこくらべ〕

明治26年頃　「文学界」の原稿料は1回1円か5円くらいだった。外部の寄稿者には1篇5円か10円の時もあった。
〔文壇史03〕

明治26年頃　山田美妙斎の原稿料は1枚70銭くらいで、1円以上の稿料を取ることはほとんどなかった。
〔原稿料変遷史〕

明治26年頃　内田魯庵から坪内逍遙宛書簡――「御尋ねに候故いかにも銅臭じみ候へども申上候／国民之友にては一頁一円にて候。早稲田文学一頁七十銭位と概算致し候」。
〔魯庵傳〕

明治26年～27年　硯友社作家を中心に春陽堂が叢書物（明26・1～27・2、「探偵小説」全26巻、定価7銭）出版。文壇の「お救い米」だと、尾崎紅葉が言う。
〔流浪の人〕

明治26～27年頃　日清戦争当時、春陽堂は「鉄道小説」（一名探偵小説）1冊100頁から150頁の単行本を刊行。原稿料は10円から15円。＊『春陽堂書店発行図書総目録』（平3・6、春陽堂書店）によると、「鉄道小説」は全3巻（明26・1～4）。
〔『鏡花全集』28〕

明治27年（1894）

1月2日　岡本昆石『瓜太郎物語』、春陽堂より刊行される。40銭。初版1,500部、刊記の「春陽書楼印」の朱印から買い切りと考えられる。

1月14日　巖谷小波、「吃小太郎」「麦わら笛」原稿料20円。〔申午日録〕

1月　金沢の父が祖母と弟を残して死亡、帰郷して困窮していた泉鏡花に尾崎紅葉は激励の手紙と為替で3円を貸し与えた。奮起した鏡花は「予備兵」、「義血俠血」などを書き上げ師に送った。〔近代作家伝下〕

1月　内田魯庵、父の存命中1家3人の生活費は15、6円乃至20円。余の小遣は〆て1円83銭6厘（内煙草代94銭2厘）。〔魯庵傳〕

4月1日　二葉亭四迷、ある通信社の依頼で外国新聞の翻訳を手掛けていたが、「相当の人物」がいたらいつでも身を引こうとしていた。「貴兄の知合などにて多少英語の翻訳を能する末頼母敷少年無之候や」と奥野広記に頼み、「仕事は一日七、八枚の翻訳」で報酬は月10円ほどという。〔四迷全集〕

4月7日　巖谷小波、「幼年雑誌」3ヶ月分の原稿料として博文館より25円。〔申午日録〕

7月5日　巖谷小波、博文館より25円。「少年文学」原稿料か。〔申午日録〕

8月12日　巖谷小波、博文館の原稿料25円。〔申午日録〕

この年　高山樗牛の「滝口入道」、「読売新聞」の懸賞・新歴史小説に2等当選（1等100円、該当者なし）。樗牛は20日余りで書き上げて当選。〔文壇史03〕

この年　田山花袋、書き貯めた短篇を博文館叢書『短編小説明治文庫』（全18巻、月2回刊行、明26・9～27・11）に売る。計25円。〔東京の三十年〕

この年末　江見水蔭、この年の総稿料は569円。〔原稿料変遷史〕

明治28年（1895）

1月　川上眉山「大盃」（「文芸倶楽部」創刊号、明28・1）が好評だったので1枚90銭。〔原稿料変遷史〕

1月　樋口一葉の「たけくらべ」は「文学界」（明28・1～29・1）に7回分載されたのち、「文芸倶楽部」（明29・4）に一括再掲載されて鷗外、斎藤緑雨、幸田露伴の絶賛を経て一葉の名は一躍知れ渡る。これまで30銭の稿料が「文芸倶楽部」では1枚70銭となる。〔原稿料変遷史〕

3月　田山花袋が「なにがし」として尾崎紅葉との共同執筆で発表した「笛吹川」（「読売新聞」、明28・5・1～7・17）の原稿料15円が支払われる。

明治 28 年（1895）

原稿枚数 205 枚、1 枚につき 7 銭、1 回につき 22 銭。〔花袋の原稿料〕

4 月 夏目漱石、校長と親しかった正岡子規の推薦で県立松山中学へ赴任。月給 80 円。漱石は、病床の子規に毎月 10 円送った。当時、中学教師は大学出 40 円、専門学校出 35 円が相場だった。〔笛鳴りやまず〕

5 月 広津柳浪「黒蜥蜴」（「文芸倶楽部」、明 28・5）は 1 枚 80 銭に値上げ。柳浪が博文館と衝突していたのを尾崎紅葉が取り成す。〔原稿料変遷史〕

6 月 江見水蔭「女房殺し」を「文芸倶楽部」に持ち込み、稿料 50 銭。〔原稿料変遷史〕

10 月 9 日 尾崎紅葉が和田篤太郎に小杉天外の窮状を救うため紹介状を書く。月に 10 円程入れば立ち行くので、「日清交戦録」（明 27・9 〜 28・9）編集の一端にでも使ってほしい。〔館報 23・7〕

11 月 田山花袋、「日光山の奥」（「太陽」、明治 29・1・5、1・20、2・5）の原稿料 8 円を得る。原稿枚数 38 枚で 1 枚につき 21 銭。〔花袋の原稿料〕

この年 正宗白鳥、キリスト教夏期学校（講師は植村正久・内村鑑三・松村介石のいわゆる三村）で 10 日間の受講料は 1 人あたり 2 円だった。〔文壇史 04〕

この年 河井酔茗、「文庫」投稿の実績が認められ、経営者山縣悌三郎の招きで上京、「文庫」の詩欄担当記者となる。小島烏水、千葉亀雄、五十嵐白蓮らが記者で、月給 15 円。〔笛鳴りやまず〕

この年 江見水蔭が最も収入の多かった明治 28 年の収入総額は 803 円 64 銭。「この程度の金額が一応名の通った作家の年収だから、専門の文士が売文だけで暮すのは、容易なことではなかった」と伊藤整は記す。〔文壇史 10〕

明治 28 年頃 高濱虚子、雑誌に俳話を載せ、1 円原稿料を貰う。初めての原稿料。〔俳諧師〕

明治 28 年頃 夏目漱石、二高時代の高濱虚子に月々 5 円か 10 円を 1 年間くらい送る。虚子は漱石の結婚を境に辞退。〔虚子全集 13〕

明治 28 年頃 原稿料 1 円クラス、紅葉、露伴、柳浪、眉山ら。ただし露伴は「太陽」では 1 円 50 銭。〔原稿料変遷史〕

明治 28 年頃 博文館の「文芸倶楽部」は再掲物が多く、新聞連載物は 1 回 20 銭から 25 銭。露伴で 50 銭、単行本化は 1 回あたり 2、30 銭。〔原稿料変遷史〕

明治29年（1896）

1月　斎藤緑雨がお邦さん（樋口一葉の妹の邦子）から聞いた話。邦子が一葉「わかれ道」（「国民之友」、明29・1）の原稿料を民友社に請求に行ったら、大枚金9円だった。「こんなに沢山な原稿料を今まで貰ったことはありません」と云ったそうだ。博文館は閨秀作家には半襟とか簪とかを送って稿料に代えたという話だから、9円はいい方かも知れないが、一葉女史の稿料としては気の毒なほど安いと云わなければならない。
〔明治還魂紙〕

4月　樋口一葉の生前唯一の単行本『通俗書簡文』（明29・5、博文館『日用百科全書』12編）は、1冊の原稿料が30円。　〔原稿料変遷史〕

7月　広津柳浪「今戸心中」（「文芸倶楽部」、明29・7）、「河内屋」（「新小説」、明29・9）の原稿料1枚80銭。　〔原稿料変遷史〕

明治29年夏　内村鑑三、静岡の夏期学校で10回講演、京都で学校教師に10回講演、神戸のメソジスト教会3日講演。計33円。　〔文壇史04〕

11月29日　与謝野寛（鉄幹）、現在の収入を毎月60円近くと伝える。定収入が大倉書店より20円、明治書院より20円、跡見女学校より15円、その他に雑収入がある。　〔与謝野書簡01〕

11月　二葉亭四迷『片恋』（明29・11、春陽堂）の原稿料は70円。
〔原稿料変遷史〕

この年　国木田独歩、民友社『少年伝記叢書』で8冊書けば80円と胸算用。
〔文壇史04〕

この年　内田魯庵、この年の生活費を、10月52円51銭1厘（借金返済30円）、11月53円55銭7厘（借金返済16円）、12月43円33銭8厘と記録。
〔魯庵傳〕

明治20年代後半　当時の新聞小説は幸田露伴1回2円、専属契約の月給100円の尾崎紅葉は「金色夜叉」の場合1回3円30銭となる。
〔原稿料変遷史〕

明治30年（1897）

明治30年代初め　「万朝報」は明治30年代初めから毎週1回、懸賞小説（20字×150行）の募集と発表を行った。1等10円で日曜日に当選者（本名

発表、翌月曜日の4面に(筆名で)掲載された。 〔投機としての〕

4月 徳冨蘆花『トルストイ』を3月脱稿、4月民友社から出版、稿料40円受け取る。 〔文壇史04〕

明治30年春 無名時代の薄田泣菫、「新著月刊」に投書すると、主筆の後藤宙外が採用してくれた上に毎号寄稿してくれと書面をくれた。原稿料の代わりにビスケットを贈ってくれた。 〔笛鳴りやまず〕

6月11日 幸田露伴が留守中の注意点を伝えた書簡。「「世界之日本」より人来らばかばんの中より、『新生田川』といへるをとり出して渡しやるべし。但し枚数は五十枚無きゆゑ一枚壱円のわりにて金子うけとり置かれ度し」。 〔露伴全集別〕

6月 国木田独歩、「国民新聞」へ詩3編、稿料3円。田山花袋、紀行文1枚30銭。 〔東京の三十年〕

7月 尾崎紅葉の『多情多恨』も春陽堂の80円の買切り。『金色夜叉』も同様の金額で買切り。 〔啄木〕

7月 田山花袋、「わかれ」(「文学界」、明30・6)の原稿料7円を得る。34.5枚で1枚につき20銭。 〔花袋の原稿料〕

8月 島崎藤村『若菜集』や以後の詩文集は春陽堂の買取り出版。『合本藤村詩集』(明37・9)は毎年2万部売れた。大正2年、渡仏の際、藤村は著作権を50円で春陽堂に売り渡す。 〔春陽堂〕

8月 島崎藤村の『若菜集』(明30・8、春陽堂、25銭)の稿料は買い切りの25円だった。 〔笛鳴りやまず〕

8月 国木田独歩「源をぢ」(「文芸倶楽部」、明30・8)の原稿料は1枚25銭。 〔経済面〕

10月 田山花袋、「こもり江」(「国民之友」、明30・10)の原稿料16円を得る。36.5枚で1枚につき44銭。当時、花袋に「国民之友」から支払われた原稿料の単価は、「文学界」の1.5倍から2倍弱だった。 〔花袋の原稿料〕

この年 幸田露伴、著作家協会の設立を説く。巌谷小波も明治31年に「文学會之説」を唱う。 〔経済面〕

明治30年代 「万朝報」懸賞小説の賞金10円は切実な生活の要求から相当な作家国木田独歩、本山荻舟ら、文壇に出る前の菊池寛、島木健作ら応募。 〔経済面〕

明治30年代 この頃、最高の月給取りは市川団十郎の3,500円。

明治31年(1898)

1月　蒲原有明、九州旅行の途次、宇佐の宿で得た題材に拠った小説「大慈悲」を「読売新聞」の懸賞小説に応募、尾崎紅葉の選で1等入選。
〔笛鳴りやまず〕

2月　大阪の梅田に大阪歌舞伎(通称梅田の劇場)が開場。2月、3月の2回の興行で、市川団十郎は40日間の給料として5万円受け取ったといって新聞の話題になった。
〔ランプの下〕

4月　高濱虚子、長女の出産費のため、「日本人」などに発表した俳話をまとめ『俳句入門』を内外出版協会から出版、原稿料20円を得て、非常な満足を覚える。
〔虚子全集13〕

6月　島崎藤村『一葉舟』(明31・6、春陽堂)の稿料は1冊15円の買切りだった。
〔文壇史08〕

8月頃　幸徳秋水、破格の待遇である月給60円で萬朝報に入社。
〔まむしの周六〕

9月　二葉亭四迷、「小ぜりあひ」の続稿20枚ほどを抵当として、今月分のうち15円だけ拝借したい旨、博文館の大橋乙羽に書簡で願う。また書き上げた「くされ縁」は今月中に手を入れて送ることを「倶楽部編輯部主任」と約束している旨、含み置くようにも述べている。
〔四迷全集〕

10月10日　俳句文芸誌「ホトトギス」(明30・1)は松山市の柳原極堂を発行兼編集人として創刊。誌名は子規の雅号にちなむ。翌年10月に高濱虚子が譲り受け発行所を東京に移して発行する。巻号は松山版を受け継ぎ、創刊号(2巻1号)は1,500部刷って直ちに売切。
〔俳句の50年〕

11月2日　中江兆民は、やや割の良かったのは政府関係の翻訳の原稿料で、1頁1円50銭位でかつ終りまで確実に継続したからだという。
〔兆民全集〕

この年　二葉亭四迷の坪内逍遙宛の書簡。字引の仕事はおよそ3頁に対して20日ほどもかかるので収支が合わず、折角周旋してもらったが、断ろうと思う。博文館の仕事も苦しく我慢できないこともありますが、仕慣れたことでもあり、嫌々少しやっている。「田舎新聞」の翻訳小説な

136　明治32年（1899）

どを試みたいと思っているが、北海道の新聞より小説の注文など来ていないか。北海道の新聞と関係を持ち、社員となって月々給料をもらうのではなくとも、社友の資格で時々原稿を載せ、原稿料をもらえるといい、と逍遙に仕事の現状と斡旋を願う書簡である。　　　　〔四迷全集〕

明治32年（1899）

3月4日　法律39号著作権法公布。死後の著作権30年継続など規定。7月15日施行。明治改元後、模索してきた著作権について、紛らわしい版権を廃止し著作権の名称が法的に明確になった。4月18日に「文学的及美術的著作物保護万国同盟創設ニ関スル条約」（ベルヌ条約）に加入。
〔近代総合年表〕

3月17日　小杉天外、春陽堂と年に3作の長編を書くことを条件に月々40円の報酬を得る契約をかわす。約1年半。　　〔著者の出版史〕

5月　河東碧梧桐、『俳句評釈』（明32・5、新声社）を出版。稿料が少なかったので版元は全額銅貨で支払う。　　　　　　　　　　〔経済面〕

5月　田山花袋に『日光』（明32・7、春陽堂、35銭）の報酬として60円が支払われる。　　　　　　　　　　　　　　　　　　〔花袋の原稿料〕

6月14日　永井荷風、「万朝報」（明32・6・14）に懸賞小説1等当選「花篭」（筆名は小ゆめ）7枚で賞金10円。さっそく洲崎遊廓へ人力車で乗り込み廓一番の大籬大八幡楼へ。「夢の女」（明36・5）のモデルはここの花魁である。
〔考証荷風〕

6月26日　毛利公爵家の依頼で末松謙澄が中心に進めていた『防長回天史』編集事業終了。堺利彦らが編集所に勤めていた。月給は40円。6月26日、堺は山路愛山、笹川臨風、斎藤清太郎らと共に毛利家当主より午餐会に招かれ、小切手で1,000円を得る。　　〔パンとペン〕

6月27日　高濱虚子が郷里の村上霽月に「ホトトギス」発行の実情を訴え、編集担当の増員の意向を図り、今後の企画と返済計画を示して、資金援助300円を訴える。　　　　　　　　　　　　　　〔虚子全集15〕

7月1日　堺利彦、「万朝報」に入社。月給40円。　　〔パンとペン〕

8月1日　永井荷風、「万朝報」（明32・8・14）に懸賞小説2等当選の「かたわれ月」（筆名雨笛）は賞金が5円だった。　　　〔考証荷風〕

夏頃　永井荷風の回想「万朝の懸賞は4、5回取り、紙上では変名、封筒

は知り合いや友達の名を借りた。1度内の書生の名にしたら横取りされた。7枚で10円なので月に2度も取ったら小遣いは十分。外の雑誌の原稿料は30銭位だった」。　　　　　　　　　　　　　　　　〔考証荷風〕

9月29日　幸徳秋水の日記によれば、「万朝報」の給与は60円弱、昼食代約2円、車代2、3円、社からの前借の返済等を引いて家に入れるのは25円から40円程度。「団々珍聞」の月4回の「茶説」で10円を得るが、小遣いや借金返済に充てるとある。　　　　　　　　　　〔堺君と〕

11月　薄田泣菫の第1詩集『暮笛集』（明32・11、金尾文淵堂）初版5,000部は2ヶ月未満で売り切れる。泣菫、数え年23歳であった。
　　　　　　　　　　　　　　　　　　　　　　　　　　　　〔笛鳴りやまず〕

明治33年（1900）

1月　徳冨蘆花『不如帰』は毎年1万部ずつ増刷されるほどの売行きだったので、蘆花は民友社と1,000部につき20円の割合で印税をとっていると言われた。＊『不如帰』（明42・3、第100版・改版、定価30銭を1円に改める）。　　　　　　　　　　　　　　　　　　　　　　〔文壇史08〕

2月　後藤宙外、「新小説」編集主任の月給70円。宙外は猪苗代湖の西岸に住み、毎月3日に上京、11日頃まで春陽堂で編集事務に当たった。編集費100円は宙外20円、残余を島村抱月・水谷不倒・伊原青々園・小杉天外・後藤宙外4円ずつ分け、残りの60円を稿料に当てた。原稿料は400字1枚1円。　　　　　　　　　　　　　　　〔明治文壇回顧〕

3月14日　与謝野寛（鉄幹）、河合酔茗に「頗る有望なる雑誌出版計画」費用として本月中に50円、来月中に100円、合計150円の借金を申し込む。6月中に返済予定。　　　　　　　　　　　　　　　〔与謝野書簡01〕

4月　明治32年11月、詩歌の結社東京新詩社が与謝野鉄幹によって結成され、翌年春、機関誌「明星」が創刊された。両親の反対を押し切って上京した林滝野の持参金3,000円が発行費に当てられた。昭和46年頃の500万円にも相当しよう。　　　　　　　　　　　　　〔笛鳴りやまず〕

5月2日　与謝野寛、河野鉄南に「明星」拡張のための1円以上の寄付を依頼。東京の友人は大抵3円から10円、15円、落合直文は150円寄付の約束。　　　　　　　　　　　　　　　　　　　　　　　　〔与謝野書簡01〕

8月　徳冨蘆花の『自然と人生』（明33・8、民友社、25銭・改版60銭）は

初版 2,000 部、印税 30 円。 〔文壇史 05〕

明治 33 年夏 徳冨蘆花、「国民新聞」に書く小説の稿料は 1 段 1 円 50 銭、雑文は 1 円と、蘇峰と約束を交わす。 〔文壇史 06〕

9 月 田山花袋が松岡国男名で発表した『クロンウエル』(明 34・7、博文館、世界歴史譚 25 篇、13 銭) の報酬として 50 円を得る。 〔花袋の原稿料〕

10 月 内村鑑三が「万朝報」に「日本人と金銭問題」を発表。「何故に文士が彼の論文を売ては悪いか」。 〔パンとペン〕

この年 村上浪六、「太平新聞」の負債を背負い、不義理を重ねる。当時、青木嵩山堂に売却した原稿は 1 冊わずかに 100 円。苦し紛れに春陽堂に売渡し契約した『海賊』を青木嵩山堂に二重売りして問題を起こし、それ以来春陽堂と断絶する。 〔浪六伝〕

明治 34 年 (1901)

1 月 9 日 尾崎紅葉、「中央新聞」俳句点料として 10 円。 〔紅葉全集〕

1 月 9 日 尾崎紅葉、俳句点料として春陽堂から 7 円。 〔紅葉全集〕

1 月 宮武外骨は「滑稽新聞」(明 34・1 創刊) を 8 年間発行、最盛期の発行部数 8 万部、収益から 2,000 円を平民社に、約 10 万円の資産は東京の印刷所、製本屋、広告の博報堂などに 4,000 円の借金に銀行並みの利子をつけて返した。 〔宮武外骨〕

1 月 尾崎紅葉はこの頃から印税法を採用。1 月に文禄堂と約束する。いっぽう春陽堂の「新小説」に再録する新続「金色夜叉」の原稿料で、「十千万堂日録」によれば「2 月 4 日、去 12 月より先月分までの稿料の内、金 40 円を請取る」等々とある。 〔春陽堂〕

2 月 4 日 尾崎紅葉、「続々金色夜叉」の 12 月から 1 月分の稿料として春陽堂より 40 円。 〔紅葉全集〕

2 月 6 日 尾崎紅葉、芭蕉俳句の点料として春陽堂から 7 円。 〔紅葉全集〕

3 月 4 日 尾崎紅葉、「続々金色夜叉」の原稿料として春陽堂より 45 円。 〔紅葉全集〕

3 月 28 日 尾崎紅葉、「大阪毎日新聞」の応募小説検閲料として 50 円。 〔紅葉全集〕

3 月 30 日 尾崎紅葉、竹嶼より「俳声」の朱料として 2 円。 〔紅葉全集〕

4 月 5 日 尾崎紅葉、「続々金色夜叉」3 月分原稿料として春陽堂より 50 円。

明治34年（1901） 139

〔紅葉全集〕

4月6日　徳田秋声が薄田泣菫に原稿料36円受領の連絡。＊『倉敷市蔵薄田泣菫宛書簡集作家篇』の注釈によれば、「空室」（「小天地」、明34・8）の原稿料。400字詰原稿用紙換算で約77枚のため、1枚約50銭。

〔泣菫宛書簡〕

4月30日　尾崎紅葉、北上屋より原稿料15円。　〔紅葉全集〕

4月　永井荷風は福地桜痴の下で月給12円の「日出国新聞」の記者となる。既に「新小説」「文芸倶楽部」に小説を発表していたが、まだ投書家並みの扱いで原稿料は貰うことが出来なかった。9月に社員淘汰という理由で解雇される。

〔文壇史06〕

5月17日　尾崎紅葉、「関西新聞」より第三銀行の小切手で原稿料28円80銭。加賀銀行より牡丹の扇子、潤筆10円など。

〔紅葉全集〕

5月　徳冨蘆花、『思出の記』（明34・5、菊判567頁、定価65銭）を出版。民友社は初版1,000部に対し印税50円支払う。印税率は1割にも達していなかった。草野専務理事の再版以後1部4銭という提案に蘆花は不満で初版と同じ5銭を要求。

〔文壇史06〕

6月4日　尾崎紅葉、文禄堂より2,000部の内50部は寄贈分で除き、残り1,950部に1部につき各7銭5厘で合計146円25銭を受け取る。『仇浪』単行本か。

〔紅葉全集〕

7月26日　生田葵山が薄田泣菫に原稿料は1枚40銭ほしい、その原稿料を旅費にしたいので7月末までに入手したいと伝える。＊『倉敷市蔵薄田泣菫宛書簡集作家篇』の注には「復活の街」（「小天地」、明34・9）の原稿料のことか、とある。

〔泣菫宛書簡〕

7月　堺利彦『言文一致普通文』（明34・7、言文社・内外出版協会共同刊行）の初版3,000部はすぐに売り切れ、7月下旬に3,000部を重版。初版分の報酬は20円、再版以降は1版ごとに10円を受け取る約束。明治37年5月までに17版を重ねる。

〔パンとペン〕

8月7日　与謝野寛、林滝野に「明星」の売れ行きは2,500部まで減り、文友館は毎月100円の損害、自分は無収入と伝える。　〔与謝野書簡01〕

8月　島崎藤村『落梅集』（明34・8、春陽堂）は1冊15円の買切りだった。

〔文壇史08〕

9月　博文館に就職した近松秋江は内部の有様をよくしゃべった。小杉天

外が1枚40銭の原稿料を鏡花並みに上げてくれと言ってきた。当然の要求だね。ところが江見水蔭なんか応じなくていいと言っていた。そのまま天外は帰った。硯友社跋扈の一例だ。 〔流浪の人〕

10月14日 尾崎紅葉、文禄堂より『仇浪』再版1,000部の印税を受け取る。6月4日の初版と同じ印税率であれば75円となる。 〔紅葉全集〕

10月14日 春陽堂との交渉が不調となり、困った村上浪六は村山社長に頼み、「大阪朝日新聞」に新聞小説の連載を頼みこむ。『伊達振子』(明34・10〜12連載)の原稿料は1回4円。一流の江見水蔭は1回80銭、「読売」の紅葉は1回2円の相場だった。 〔浪六伝〕

10月17日 尾崎紅葉、十六勝地より俳句点料として15円。 〔紅葉全集〕

10月11日 中江兆民『一年有半』の著作権が兆民から博文館に譲渡される。孫の鈴木浪子は300円で譲渡されたと聞いたという。 〔著者の出版史〕

10月 中江兆民の覚え書。第1回1万部(1〜3版分)此印税380円也(此中200円御預かり)／第2回6千部4〜6版分)此印税228円也／第3回6,000部(7、8版分)此印税228円也／第2回第3回合計456円の中300円御預かり。＊『一年有半』(明34・9、博文館)か。 〔兆民全集〕

11月26日 尾崎紅葉、春陽堂より「短慮之刃」の校正料として30円、翻訳小品の前金30円を受け取る。 〔紅葉全集〕

11月 正岡子規、中江兆民に対し「『一年有半』が一命を犠牲にして作たといふ程の大作でも無し、又有形の實入からいふても原稿料二百圓といふ説がほんとうならこれも命がけで儲けた程の大獵でも無い」と批判。 〔命のあまり〕

11月 国木田独歩「牛肉と馬鈴薯」(「小天地」、明34・11)の原稿料は3円。小栗風葉や泉鏡花の原稿料の半分くらいの額は届くだろう、5円はあるに違いないと期待していた独歩は不機嫌になりながらも、長女に帽子と人形を買った。 〔独歩の時代〕

12月16日 尾崎紅葉、『去年の夢』二篇の稿料として20円。 〔紅葉全集〕

12月17日 尾崎紅葉、俳句募疏の礼金として15円。 〔紅葉全集〕

12月28日 尾崎紅葉、中央社より撰句謝金として15円。 〔紅葉全集〕

12月 この頃、鏑木清方の肉筆の絵の依頼者は少なかった。この年の暮「八万鐘」を7円で描いた。以後、43年までは挿絵が殆ど。＊「八万鐘」

の依頼者は当時三井銀行勤務の小林一三。　　　　　　　　　〔清方文集〕

この年末　読売新聞の記者だった正宗白鳥が小杉天外を訪問した時の文壇雑話の中で、年末に博文館主大橋新太郎自身が訪問してこっちの要求通りの稿料を持参して原稿を持って行ったと天外が話した。天外として得意であったわけだ。　　　　　　　　　　　　　　　　　〔流浪の人〕

この年　鏑木清方の画料。同年12月収入。3円（福岡日日新聞）23円（嵩山堂）6円50銭（春陽堂）13円50銭（読売新聞）1円50銭（三間印刷所）7円（東北新聞）。内訳。泉鏡花三枚続口絵春陽堂7円／「新小説」口絵春陽堂3円／村井弦斎『日の出島』口絵春陽堂6円／『日の出島』表紙春陽堂2円／江見水蔭『空中飛行器』口絵嵩山堂6円／理化書挿絵4枚弘文館6円／小説広告版下嵩山堂25銭等。　　　　　　　　　〔清方文集〕

この年　中村吉蔵（春雨）、「大阪毎日新聞」の懸賞小説に「無花果」を応募して、当選。賞金300円。その結果、郵便局勤めを辞めて、上京し、広津柳浪の家に寄寓し、東京専門学校に入った。＊広津和郎『年月のあしおと』は明治31年と記す。　　　　　　　　　　　　　〔文学的散歩〕

明治34年頃　正宗白鳥、東京専門学校在学中、「万朝報」が5円の懸賞で週1回募集していた短編小説によく当選する級友がいたので、その真似をして2度応募したが、2度とも当選しなかった。　　　　〔文壇史07〕

明治34年頃　尾上某という渡り者が宮武外骨のところに、諸新聞の内幕談を書いて持って来るので、3円、4円で買っていたが、或時「私は大阪新報社に月給12円で勤めます、今後は直接見聞した珍談を持って参りますから宜しく」との挨拶。　　　　　　　　　　　　　　〔お笑い草〕

明治35年（1902）

1月30日　尾崎紅葉、「新小説」寄稿原稿料として40円。　〔紅葉全集〕

1月　正岡子規、新聞「日本」の月給が40円となり、「ホトトギス」の高濱虚子から選句料として10円の手当てをもらうことになり、待望の月収50円となる。　　　　　　　　　　　　　　　　　　　　　〔文壇史10〕

1月　岡本綺堂の初の戯曲「金鯱噂高波」（岡鬼太郎と合作。4幕。明治35年正月、歌舞伎座上演）の上演料は50円。　　　　　　　　〔ランプの下〕

1月　広津柳浪、尾崎紅葉に頼み「自暴自棄」（「万朝報」、明34・4・19〜10・24）を春陽堂に40円で売る。　　　　　　　　　　　　〔文壇史06〕

明治35年（1902）

2月5日　高濱虚子の河東碧梧桐宛書簡。「内金八拾円だけ御送申上候五十円は大兄の御手許へ三拾円は正岡へ御届被下これにて下女の布団を御作り被下候とも財布の中へ御入れ被下候とも御受納被下候様大兄より御伝言被下候子規君何とか御異変も有之候はゞ早速御打電被下度金尾と談合の都合によりては一寸帰国致度とも存知候」。〔虚子全集15〕

2月7日　高濱虚子の河東碧梧桐宛書簡。「昨朝御送申上候金八拾円御落掌被下候事と存候正岡の方宜敷御依頼申上候」。〔虚子全集15〕

3月5日　尾崎紅葉、『続篇金色夜叉』訂正料として春陽堂より60円。
〔紅葉全集〕

3月19日　尾崎紅葉、「新小説」原稿料として20円。〔紅葉全集〕

3月20日　国木田独歩が「非凡人」の原稿を薄田泣菫に送り、「小天地」への掲載を頼む。原稿料35円を所望。＊「非凡人」（「小天地」、明35・6）。
〔泣菫宛書簡〕

3月　金港堂が「文芸界」を創刊、編集長は山口高校教授の佐々醒雪、平尾不孤編集員。当時の「文芸界」の稿料は紅葉・露伴が1枚5円、それ以下の作家は1枚1円だった。小杉天外はそれが不服で1円50銭にしろと、編集の平尾不孤を困らせる。〔文壇史10〕

3月　金港堂は「文芸界」創刊に際し、尾崎紅葉に寄稿と原稿の斡旋を頼んだ。紅葉は「稿料はこちらの請求通りだろうな」と念を押して執筆を承知し、広津柳浪と泉鏡花を推薦した。後日、紅葉は1枚5円、柳浪4円、鏡花3円の割合で500円請求した。〔原稿料の研究〕

4月8日　国木田独歩が薄田泣菫に、先便で20円、前日に電為換の15円を受領したと連絡。＊3月20日に要求した「非凡人」の原稿料。
〔泣菫宛書簡〕

明治35年春　岡本綺堂の初めての筆耕料は2人で50円。春興行の新作『金鯱噂高浪』を条野採菊翁・岡鬼太郎・綺堂で引き受けたが、採菊が病気になり、鬼太郎と綺堂で書き上げた。稿料は内部では30円位と言われたが、同情した井上専務が50円にしてくれたということだった。
〔ランプの下〕

7月6日　国木田独歩が薄田泣菫に原稿を送り、採用してほしいと頼む。原稿料は1枚50銭で計35円、採用の場合はすぐに送ってほしい、無理なら15円だけでも先に送ってほしいと頼む。＊『倉敷市蔵薄田泣菫宛

『書簡集作家篇』の注釈には、「運命論者」を「小天地」に掲載してくれるよう頼んだと推定している。同作は泣菫が掲載を断り、独歩に原稿が返送され、「山比古」（明36・3）に掲載された。〔泣菫宛書簡〕

9月5日 与謝野寛、生田葵山に「明星」への寄稿を依頼。ただし、原稿料はなし。〔与謝野書簡01〕

9月 永井荷風の『地獄の花』（明35・9、金港堂、45銭）は、金港堂が「文芸界」発刊記念の懸賞長編小説を募集したときに応募したもので、入選しなかったが編集者たちに認められ、単行本として出版された。この原稿料が75円。〔書かでもの記〕

10月 夏に読売新聞を退社した尾崎紅葉、秋山定輔の「二六新報」に入社。月給150円。紅葉、「二六新報」に移ったころ、小西伝助から500円で義太夫の新作を頼まれる、300円位で宜しい、いいのが出来たらそれ以上でもいいという。〔明治文壇回顧〕

10月 『透谷全集』が文武堂より出版される。『透谷集』（明27・10、文学界雑誌社）を編集した星野天知は『山菅』と『透谷全集』出版を文友館から依頼された。編集にあたり、5月5日に出版願書3通に捺印、5月10日は文武堂への出版権委譲の交渉に立ち会い、記名捺印し、6月14日に序文を文武堂に送付した。しかし出版時には1部を郵送してきただけで、「版権料も校正料も少しの謝金」も受け取らなかったという。〔文学者日記04〕

この年 鏑木清方、荷葉『紺暖簾』口絵春陽堂6円／「新小説」口絵春陽堂4円／「皇国剣舞」表紙・包嵩山堂90銭／「文芸界」口絵金港堂3円80銭／「文芸界」挿絵2枚金港堂4円／「少女界」挿絵3枚金港堂5円＊山岸荷葉『紺暖簾』（明35・10、春陽堂）。〔清方文集〕

明治35年頃 明治35年頃の挿絵の画料。春陽堂の「新小説」（値段25銭）の口絵は大体15円、挿絵は1円50銭、大家でも2円くらい。博文館の「文芸倶楽部」（値段25銭）は2円50銭、値段としては一番高い。明治35、6年頃、新聞は1回1円、月給として60円。〔挿絵画家英朋〕

明治30年代前半 19世紀末から20世紀初めにかけて、「万朝報」懸賞小説の当選回数の多い名は本山荻舟8回、大倉桃郎5回、片上伸3回、小島烏水3回、永井荷風2回、田口掬亭1回。〔萬朝報懸賞〕

明治36年（1903）

1月　国木田独歩の妻、治子の「貞ちゃん」が「婦人界」1月号に掲載される。生活費を得ようと書き始めた治子の小説を読んだ独歩は、売ってきてやると言い、2、3円の原稿料をもらってきた。
〔独歩の時代〕

2月　小杉天外、紅葉に替わって「読売」の連載「魔風恋風」を執筆、1回3円という読売では前例のない高額原稿料だった。部数が5,000部増すたびに「五千会」という宴会を開いた。会は数回にわたった。
〔文壇史07〕

3月2日　徳冨蘆花が『黒潮』（明36・2、黒潮社）の最初の収入9円50銭を貯金する。
〔蘆花日記04〕

3月8日　高濱虚子の河東碧梧桐宛書簡。「金尾ト関係ヲ絶ツ結果君ニモ影響ノ及ブノハ例ノ五十円ナリ、小生証人トナリ月々十円ヅヽ返附シテ呉レトノ要求也。委細帰京ノ上話ス」。
〔虚子全集15〕

3月11日　高濱虚子の河東碧梧桐宛書簡。「まだ僕ハ大阪に居る。実は金尾甚だ困扼ノ様子にて半バ残留しありたる金尾トノ共同出版業此際廃止トイフ事ニナリ従テ七八百円ノ現金ヲ要スル事トナリタリ。僕ハ大イニ困ツチヨル。止ムヲ得ネバ約束手形ヲ書クノヂヤガ、ソイツモ剣呑ダカラ、金尾ガ旅費ヲ支弁スル事ニナツテ国許へ相談ニ帰ラウカトモ思ツトル。国許へ帰ツテモ出来ヌ事ハ十中八九ヂヤ」。
〔虚子全集15〕

3月　国木田独歩、「運命論者」を「山比古」に発表、稿料10円。最初、薄田泣菫の「小天地」をはじめ「文芸」「新小説」で断られていた。
〔春陽堂〕

4月3日　尾崎紅葉、「ノートルダムのせむし男」の翻訳料内金として300円。
〔紅葉全集〕

5月　永井荷風、「夢の女」300枚を稿料無料で新声社より出版。売ってから早くても3ヶ月、半年以上寝かされるので。
〔春陽堂〕

6月21日　尾崎紅葉、春陽堂より『煙霞療養』校正料およびチェーホフ短篇の原稿料として70円。
〔紅葉全集〕

6月　田山花袋が『改訂増補漫遊案内』（明36・8、博文館、50銭）の報酬（増補訂正料）として70円を得る。36年10月にさらに55円を得る。高橋博美は『漫遊案内』（明25・7初版）の改訂増補をきっかけに花袋の紀

行文の報酬が上がったと推定。明治 35 年までは 30 銭前後、36 年以降は 70 銭前後。〔花袋の原稿料〕

9 月　田山花袋、「最上川」（「中学世界」、明治 36・10）の原稿料 14 円、「秋の木曽路」（「文章倶楽部」、明 36・10）の原稿料 21 円を得る。前者は原稿枚数が 18.5 枚で 1 枚につき 76 銭、後者は 27 枚で 1 枚につき 78 銭。〔花袋の原稿料〕

9 月　永井荷風『女優ナナ』（明 36・9、新声社）に対し出版を引き受けた新声社は稿料 30 円を支払う。〔春陽堂〕

10 月 30 日　尾崎紅葉没。紅葉の著作は 1 冊 10 円から 80 円で春陽堂の買切で版権を売渡していた。春陽堂は買切制を好んだ。〔文壇史 08〕

10 月　泉鏡花の「風流線」の「国民新聞」連載（明 36・10・24 〜明 37・3・12）は 1 回 3 円だとすれば月 90 円。玄関番として尾崎紅葉門下となってから 13 年目だった。〔経済面〕

明治 36 年秋　東大英文科の学生滝田樗陰、「中央公論」編集手伝いとして入社。月給 5 円。仕事は「ロンドン・タイムズ」や「クォータリー・レビュー」等の新聞や雑誌の記事の要約・紹介を海外思潮という 6 号活字の欄に執筆。近松秋江（月給 40 円）が編集担当だった。〔滝田樗陰〕

11 月 15 日　「平民新聞」創刊。創刊号は 5,000 部を印刷して 3,000 部増刷。その後は各号平均 3,300 部発行。〔パンとペン〕

11 月　田山花袋が小説『春潮』（明 36・12、新声社、40 銭）の報酬として 70 円を得る。〔花袋の原稿料〕

11 月　小杉天外『魔風恋風』（春陽堂）は初版 3,000 部、印税率は 1 割。再版から 1 割 5 部。天外は同書で初めて印税を得る。〔著者の出版史〕

12 月　鏑木清方、12 月収入。博文館 20 円、金港堂 27 円、嵩山堂 21 円、春陽堂 10 円、新声社（今の新潮社）5 円、九州日報 25 円、国光社 5 円。〔清方文集〕

12 月　ユゴー『鐘楼守』（長田秋濤・尾崎紅葉共訳、早稲田大学出版部刊）。高田早苗、市島春城らが紅葉に同情し 1,000 円で買い取って出版する。〔文壇史 07〕

この年　二葉亭四迷、冨山房と 10 行 20 字 1 枚 1 円で契約。当該作は「けむり物語」か。〔四迷全集〕

この年　鏑木清方の画料。「小学世界」表紙秀英舎 1 円／「新小説」口絵

春陽堂 5 円／松葉『玄雪姫』口絵嵩山堂 7 円／『ハムレット』口絵春陽堂 10 円／中村春雨『角笛』口絵今古堂 10 円／「文芸界」口絵金港堂 7 円／「文芸倶楽部」挿絵 6 枚博文館 6 円。＊松居松葉『玄雪姫』（明 36・9、10、青木嵩山堂）、中村春雨『角笛』（明 36・1、今古堂）。〔清方文集〕

明治 37 年（1904）

3 月 23 日　田山花袋、博文館の第二軍写真班として出立し、「日露戦争実記」の記者をつとめる。月給は 50 円。同年 3 月分は半月分を支払う。〔花袋に見る〕

7 月　内村鑑三の『余は如何にして基督教徒となりし乎』のドイツ語訳初版の印税 300 マルクがドイツより送られ、困窮せる一家と「聖書之研究」の発行を支えた。〔内村鑑三〕

10 月 11 日　田山花袋、「得利寺観戦記」（「文芸倶楽部」、明 37・11）の原稿料支払書。24 枚で 16 円 80 銭。同談話など博文館社員としての仕事では作家としての活動には俸給対象外の原稿料が支払われた。〔花袋に見る〕

11 月 21 日　幸田露伴の幸田成友宛書簡。「昨日をもつて兼子様をはじめ皆々向島奥の家の付近の小茅屋に引移り郡司一族先々一落着致候事に相成り候乃ち昨夜奥御宅へまゐり今後のところ御相談下され度申出で今夜を持つて兄上延子幸子智麻呂共拙宅に会合自分一々箇条書に致し件々衆議により至つて円満平和に左の如く決定致し自分は賢弟の御手紙を得たる事なれば賢弟の分をも代表いたし候必らず賢弟の意にも負かざるべしと自信致し候御熟読下され度候」。＊「新生田川」は「世界之日本」17 号（明 37・7）に掲載。〔露伴全集 39〕

11 月　正宗白鳥、「寂寞」（「新小説」、明 37・11）を後藤宙外のすすめで投稿。枚数 50 余枚、1 枚 50 銭で 50 余枚分、稿料 25、6 円。〔経済面〕

12 月 1 日　与謝野寛が新詩社拡張費の募集。「明星」発行が財政難に陥り、毎月の編集印刷費の不足は自分の詩集やその他の原稿を書肆に託してその費用を当ててきたが、到底補えず、また「明星」のさらなる充実をめざして拡張費を募集するに到った。1 口 50 銭、500 口を本年 12 月 20 日を期限に募集。＊ 12 月 12 日に礼状。〔与謝野書簡 01〕

12 月　田山花袋が『第二軍従征日記』（明 38・1、博文館）で報酬 250 円を得る。

この年　鏑木清方、菊池幽芳『乳姉妹』口絵春陽堂7円／「文芸倶楽部」口絵博文館8円／「文芸倶楽部」挿絵3枚博文館6円／泉鏡花『風流線』口絵春陽堂7円／坪内逍遙『新曲浦島』表紙早稲田出版部15円／「文芸倶楽部」口絵博文館10円等。　　　　　　　　　　　　〔清方文集〕

以前　明治37年以前、国定教科書が出来るより前、教科書を出版していた金港堂から絵師永洗は月給1,000円で雇うと言われたが、断った。
〔挿絵画家英朋〕

明治37年頃　23歳の滝田樗陰が編集に入った時、「中央公論」は廃刊寸前だった。刷りは1,000部、その内寄贈本が300部、定期購読者と小売店で売れる分を合わせても300部。残った400部は毎月屑屋に。それを5年で東京一の「太陽」と並ぶ部数にしたんだ。　　　〔出版に未来〕

明治37年頃　小説1冊の定価が50銭から70銭、初版1,500部くらいが刊行の標準で、殆ど再版されることがなかった。そのため、著者にとっては印税70〜90円をもらうよりも、80円〜100円の原稿料前払いで買い切られるほうが有利だった。　　　　　　　　　　　〔出版興亡〕

明治37年頃　『紅葉全集』（博文館）について、印税が一括支払いされた。4,500円。＊『紅葉全集』全6巻（明37・1〜12）。
〔明治大正昭和〕

明治38年（1905）

1月　「ホトトギス」は従来原稿料を殆ど払っていなかったが、漱石の「猫」には1頁1円の原稿料を払うことにした。そうしてこれはやがて他の作家にも及ぼして凡ての人の作物に同じように支払うことにした。然し乍ら1頁1円の原稿料は当時にあっても決して十分の待遇とはいえなかった。「ホトトギス」内部には、漱石やその門下生らの登場を必ずしも喜ばず、俳句と純粋な写生文の雑誌であることを主張する坂本四方太（虚子と仙台の二高時代の同窓）らもおり、虚子は両者の間合いを取りながら編集を続けた。＊「吾輩は猫である」の原稿用紙は松屋製の12行×24字詰の2面。　　　　　　　　　　　　　　〔虚子全集13〕

1月　夏目漱石「吾輩は猫である」第1回目の原稿料は13円だった。その頃の「ホトトギス」の印刷数は3〜4,000部だった。「猫」の評判のせいか、1月号は売り切れた。虚子は続編を漱石に依頼した。「ホトト

明治 38 年（1905）

ギス」の稿料は安かったが、「猫」の評判が高くなると高濱虚子は漱石の稿料を別扱いにした。〔文壇史 08〕

1 月　実業之日本社、「婦人世界」を創刊、編集顧問に『食道楽』で著名な村井弦斎を迎える。顧問の謝礼は印税だった。雑誌の印税は日本でこれが最初だった。15 銭の雑誌 1 部につき 1 銭、当時の発行部数は 10 万部だったから印税は月 1,000 円だった。〔笛鳴りやまず〕

1 月　北原白秋、島村抱月が英国留学から帰国し休刊になっていた「早稲田学報」（早稲田同窓会会報、明 30 年創刊、隔月刊）を復刊した時の懸賞詩に応募、「全都覚醒賦」が 1 等当選となり、当時としては大金の数百円を受けた。この詩は「文庫」に転載された。〔近代作家伝下〕

4 月 1 日　幸田露伴の米光亀次郎（関月）宛書簡。「小説『潮見島』稿料壱回壱円五拾銭にて三拾回分計四拾五円日本社より到達致居候に付確としたる社宛の受取書を持たせて何人にても御つかはし有度候受取書は社の方へ此方より届け可申候直接御自身御出ならば受取書はいらぬやうなものなれど矢張社宛に一寸御認願候先は当用迄草々」。〔露伴全集別〕

5 月 3 日　石川啄木第一詩集『あこがれ』（上田敏の序詞、与謝野鉄幹の跋文、中学時代の同級生石掛友造の装丁）は、高等小学校時代の同級生小田島真平とその兄たちの援助金 300 円で 1,000 部出版。＊『あこがれ』（明 38・5、小田島書房、定価 30 銭）。〔啄木集〕

5 月　真山青果、小栗風葉の下請けで、紅葉の「金色夜叉」の脚本を執筆、枚数計算で 10 円 30 銭貰う。〔文壇史 14〕

7 月 4 日　二葉亭四迷、坪内逍遙の斡旋により春陽堂から 40 円を受け取る。〔四迷全集〕

7 月　「吾輩は猫である」の原稿料 15 円で、夏目漱石は早速パナマの帽を求め大得意で被ったそうだ（中川芳太郎宛書簡）。森鷗外のパナマも 15 円（『田楽豆腐』）だった。〔明治の話題〕

11 月 5 日　二葉亭四迷の坪内逍遙宛の書簡。二葉亭四迷が先年、富山房と契約して翻訳に着手していたツルゲーネフの「Smoke」は中絶していたが、金尾文淵堂が跡を引き受けて出版したいとのこと。既成の原稿で富山房から受け取っていた 144 枚分の原稿料 144 円について、文淵堂は 144 枚を新規に脱稿したものとし、1 枚 1 円の割で原稿料を支払うことになった。富山房のやり方に不満はあり無償で版権を寄越せと言いたい

ところであるが、逍遙の斡旋なので我慢し、144円を分割して渡す故に版権を渡すように交渉したいが、いかがであろうか。144円を100円ぐらいにすることも考えたが、これは希望していない。同意が得られれば富山房と談判をしたい。〔四迷全集〕

11月　田山花袋、『日露戦史』第3巻（明39・2、博文館、30銭）の報酬として50円を得る。同年同月に50円、翌39年1月に50円、同年2月に100円がさらに支払われた。〔花袋の原稿料〕

12月　「……新小説は我が十八ヶ月間の詩に対して、一厘の報酬も与へざるなり……」（「大塚甲山氏近信の一節」「光」2号）の切抜きを、徳冨蘆花が後藤宙外に送りつける。宙外は怒って甲山に12月7日付書簡で反論する。〔文壇史09〕

この年　「大阪朝日新聞」の1等懸賞小説、大倉桃郎「琵琶歌」の賞金は300円であった。〔出版興亡〕

この年　鏑木清方、広津柳浪『堕落』口絵春陽堂10円／柳川春葉『母の心』口絵春陽堂7円／小杉天外『にせ紫』口絵春陽堂7円／「文芸倶楽部」挿絵6博文館6円／泉鏡花『誓の巻』口絵・表紙日高10円／島崎藤村『破戒』挿絵2島崎氏10円等。＊小杉天外『にせ紫』前後篇（明38・1、9、春陽堂）、柳川春川『母の心』（明38・8、春陽堂）、泉鏡花『誓之巻』（明39・1、日高有倫堂）、島崎藤村『破戒』（緑蔭叢書1、明39・3）。〔清方文集〕

この年　広津和郎、「女子文壇」に「不眠の夜」と題する短文（20～30行）を投稿し、賞金2円を貰う。〔年月のあしおと〕

この年　森田草平、ドイツ語の手工教育教授法のパンフレットの翻訳を1枚50銭。〔文壇史10〕

明治38年頃　受験準備のために上京した有本芳水と三木露風は九段の素人下宿で同宿同室し、毎日競い合って詩を作り、「文庫」「新声」「万朝報」「電報新聞」の懸賞詩に応募した。入選して賞金50銭が届くと、神田地球庵で天ぷら蕎麦を食べた。〔笛鳴りやまず〕

明治38年頃　新聞なら5万から6万部、雑誌なら6,000から7,000部、文学関係の単行本は初版1,000から1,500部刷られるのがふつうだった。〔出版興亡〕

明治38年頃　早稲田実業学校に在学中の竹久夢二は、博文館の「中学世界」の懸賞挿絵に応募して入選、賞金2円をもらう。「読売新聞」の日

150 明治39年（1906）

曜付録の懸賞コマ絵に応募、1位入選。 〔笛鳴りやまず〕

明治38年頃 夏目漱石、明治38年頃から原稿料や印税収入が増える。但し「ホトトギス」は稿料が安く、「吾輩は猫である」の1回目の稿料は13円約80枚、明治39年、「猫」の10回目から38円50銭、同時掲載の「坊っちゃん」は148円約300枚だった。漱石だけ別扱だった。「猫」10回と「坊っちゃん」はともに1枚50銭の計算と推定できる。

〔文壇史10巻〕

明治39年（1906）

1月 「早稲田文学」復刊。金尾文淵堂（金尾種次郎）の月々の編集費200円、島村抱月はそれを原稿料と編集費に当てる。島村抱月は金銭に恬淡、近松秋江の計算によると、水谷不倒30円、中島孤島・秋江が20円、東儀鉄笛が10円で計80円、残額が原稿料だった。 〔春陽堂〕

2月25日 薄田泣菫と金尾文淵堂の金尾種次郎が『白羊宮』の出版契約を交わす。印税率は1割。＊『白羊宮』（明39・5、金尾文淵堂、292頁、定価1円）。 〔親和国文〕

2月 高村光太郎、渡米の準備金2,000円（1,000米ドル）、旅費に半分。米国では週給7ドルで彫刻家G.ボーグラムの助手。別にボーナス75ドル。また父の計らいで農商務省の海外実業実習生となり、毎月30ドル（60円）支給されることになった。 〔文壇史13〕

2月 大賀順治編『支那奇談集』（明39・2～5、近事画報社）に武林無想庵が寄稿した100枚の原稿料は30円。 〔独歩の時代〕

3月9日 有本芳水の内海信之宛書簡。内海の詩集出版費用について三木露風、菫月一露と3人で話し合い、神田書店からの発行、出版費用の半分は書店が負担、25円は内海の負担ということまで取り決めたところに内海より発行中止を告げる葉書が来た。3人で再び書肆に掛け合い出版は中止したが、詩集の出版はなかなか書肆が引き受けてくれず、自費出版も多いのにここまでこぎつけたことはほめてほしいと述べる。

〔館報57・9〕

3月 田山花袋が『日本新漫遊案内』（明39・8、服部書店、95銭）の報酬50円を得る。 〔花袋の原稿料〕

4月1日 自主出版で島崎藤村の『破戒』（四六判仮綴じ、切り落としで578頁、

明治 39 年（1906） 151

口絵 2 葉、地図 1 枚入り、定価 70 銭）は緑蔭叢書第第 1 編として発売された。発売は神田裏神保町上田屋（長井庄吉）と共同。発売 4 月 1 日初版 1,500 部。5 日には再版の準備に入る。5 版で売上 6,000 円。 〔春陽堂〕

4 月 17 日 夏目漱石、書肆の依頼で末松謙澄の『ファンタジー・オブ・ジャパン』の翻訳者を野村伝四に依頼する。以下が条件。原書の 1 頁につき 1 円 50 銭、期限は 6 月 10 日。ページ数は 248 頁。訳者の名前は出さず、末松謙澄著とする。＊『漱石全集』22 巻の注によれば、末松謙澄『夏の夢日本の面影』（明 39・9、育英舎）の翻訳。 〔漱石全集 22〕

4 月 30 日 「ホトトギス」掲載の「吾輩は猫である」（10 回）の稿料 38 円 50 銭、同号に掲載の「坊っちゃん」の稿料 146 円 50 銭を受領した旨の領収書を使いの人に預けた。受取人は編集人高濱虚子である。 〔漱石全集 22〕

5 月 11 日 勅令無号日米間著作権保護条約締結。 〔近代総合年表〕

5 月 森田草平の記憶によれば、『漾虚集』が服部書店から出されたときの印税は、初版 1,000 部、定価（1 円 40 銭）の 1 割 2 分、1,500 部以上 1 割 5 分だったように思う。大倉書店から出た『吾輩は猫である』も同率位であったらしい。 〔続夏目漱石〕

5 月 野村伝四が漱石に推薦した翻訳者は森田草平と栗原元吉（号古城）である。森田の記憶によれば、末松の書は『Rising Sun』だったという。出版元は青木嵩山堂か。＊漱石は 5 月 5 日付書簡で森田に「原稿料が高いつて本屋抔に嬉しい顔を見せてはいけない。壱円五十銭ではいやだが夏目からたのまれて仕方がないからやつてやると云ふ様な顔付をして少々本屋を恐れ入らせてやるがい、と思ふ。」と書き送る。 〔続夏目漱石〕

5 月 漱石の印税率。『漾虚集』（明 39・5、大倉書店、定価 1 円 40 銭）は初版 1,000 部 1 割 2 分。1,500 部以上 1 割 5 部。『吾輩は猫である』（服部書店）同額。『鶉籠』『虞美人草』（春陽堂）は初版 1,000 部、1 割 5 分。500 部、版を重ねるたびに引き上げ、印税 2 割 5 分までとなった。＊『鶉籠』の出版契約書は明治 39 年 12 月の条参照。 〔春陽堂〕

9 月 漱石の原稿料。「草枕」「新小説」、明 39・91 枚 1 円、「二百十日」「中央公論」、明 39・101 枚 1 円 2、30 銭。ともに 300 円前後の収入。「二百十日」当時、「中央公論」発行部数 8,000 部から 1 万部。 〔文壇史 10 巻　7 巻？〕

明治39年（1906）

9月 田山花袋に『美文作法』（明39・11、博文館、35銭）の報酬として110円が支払われる。『東京の三十年』で花袋はモーパッサン短編集購入費用として『美文作法』の報酬を10円前借したと回想しているが、110円がその前借金を差し引いた額であるかは不明。〔花袋の原稿料〕

10月25日 岩野泡鳴が内海信之に「新小説」は新体詩には原稿料は出さないと説明。〔館報6・9〕

11月 二葉亭四迷の彩雲閣西本波太宛の書簡。朝日新聞に小説を執筆中で、他には何の仕事もしていなく、別途収入の道が途絶えている。小説執筆中（多分来月には完結）には籠城を継続しうるだけの仕送りをしていただけないか。4、50円入り用だが、二度に分けても差し支えはない、という資金の援助を依頼している。＊なお、この件とは別と思われるが、明治40年3月30日付け書簡に30円、4月18日付け西本波太宛書簡に20円を落掌の旨あり。〔四迷全集〕

12月 鏑木清方、12月の収入。79円博文館／15円春陽堂／12円隆文館／23円50銭金港堂／2円50銭文淵堂／28円50銭神戸新聞／38円九州日報。〔清方文集〕

12月 春陽堂の夏目漱石との『鶉籠』（明40・1）出版契約書。初版15％。但し初版に限り免税100部及び献本30部。2版より5版まで20％、6版以上30％。製本出版部数は初版3,000部、2～5版までは1,000部以内、6版以降500部以内とする。〔漱石の印税帖〕

この年 田山花袋の本年度の収入は、原稿料が前期505円、後期470円（年末賞与100円を含む）、博文館の俸給が前期・後期とも各300円。本年より「文章世界」の主筆。代々木に家を建築。〔花袋に見る生活〕

この年 鏑木清方、川上眉山『観音岩』口絵日高110／中村春雨『無花果』口絵文淵堂8円／「文芸倶楽部」挿絵3博文館10円／「文芸倶楽部」口絵博文館12円／「新小説」口絵春陽堂7円／島崎藤村『緑葉集』挿絵春陽堂15円。＊川上眉山『観音岩』前後篇（明39・4、40・7、日高有倫堂）、島崎藤村『緑葉集』（明40・1、春陽堂）。〔清方文集〕

この年 この年の漱石の総収入は、学校からの給与1,860円、原稿料は「吾輩は猫である」5回分250円、「草枕」「坊っちゃん」「二百十日」計750円。年収2,860円。当時の物価は米1升23銭、大工の日当1円。知識階級は50～60円で安定した生活が可能だった。〔文壇史10〕

明治39年頃　鏑木清方の口絵画料は、8円ほどだった。また、1枚の手刷り木版の口絵は画料や材料費、印刷代を含めて、2銭以内で仕上がった。
〔出版興亡〕

明治39年頃　明治39年、鰭崎英朋、文部省の嘱託となり、国定教科書の挿絵を描く。神保朋世に対して、手当は帝国大学卒業と同じ月18円、挿絵は出来上がると1枚10円、2枚続きで20円。　〔挿絵画家英朋〕

明治39年頃　武林無想庵が独歩社の「新古文林」に寄稿した小説の原稿料をもらいに国木田独歩を訪ねる。独歩は経営難で40円ほどの原稿料を払うことができず、関西に行く無想庵のために新渡戸稲造ら知人を紹介する名刺を3枚書いた。
〔独歩の時代〕

明治40年（1907）

4月1日　与謝野寛、河合酔茗に「女子文壇」掲載の晶子の歌について、次回より5円だけ報酬に預かれるよう社主に伝えてほしいと依頼。
〔与謝野書簡01〕

4月3日　鈴木三重吉の加計正文宛書簡。「印税七十五円はいつたがもう五円しかない」。＊『千代紙』（明40・4、俳書堂）の印税か。
〔三重吉全集06〕

4月12日　高濱虚子、籾山梓月宛書簡。「拝啓漱石尚滞在致し候一昨、昨の両日同遊致候申兼候へど金五十円だけ御送金被下間敷やコレハ例ノ御預金ノ方にて御勘定願上度候御含願上候」。＊籾山梓月（仁三郎）、虚子より俳書堂を譲り受け籾山書店経営。のち時事新報常務取締役。
〔虚子全集15〕

4月23日　鈴木三重吉の加計正文宛書簡。今度、「お三津ツさん」を書いたが、夏目漱石先生が大いに褒めた。「中央公論」は僕の原稿を1枚約65銭で買ってくれ、夏目先生の原稿料とあまり違わない。〔三重吉全集06〕

4月29日　二葉亭四迷、今日明治39年の所得額を届け出る。1,200円。＊明治40年1月1日から12月31日とするが、前年の誤りと思われる。
〔四迷全集〕

4月30日　鈴木三重吉の加計正文宛書簡。今度金尾文淵堂から出す新作は、150枚（1枚400字）で150円を原稿料として渡すと請け負っている。
〔三重吉全集06〕

154　明治40年（1907）

4月　田山花袋が小説集『少女の恋』（明40・7、隆文館、85銭）の報酬として40円を得る。　〔花袋の原稿料〕

6月11日　明治40年春、森田草平、本郷駒込の天台宗中学校に勤める。1週6時間で20円。　〔啄木集〕

6月17日　泉鏡花によると、質屋は鷗外の『水沫集』の上製で50銭、並製でも30銭は貸したという。この話を西園寺侯邸の雨声会の席上で、鷗外に話したところ、「そんなに貸しましたか」と言って苦笑した。「質も御存じあるまいに」と鏡花は一語挿んでいる。　〔明治の話題〕

6月28日　幸田露伴の書簡。「写字をする程の人は困難故左記の分丈を至急一枚三銭割にて会より御払渡し是祈候／受取済写字すみの分／古今夷曲集上百一枚、同下百四枚、／吾吟我集百二枚／才蔵集上五十八枚同下五十八枚、狂言鷺蛙集百九十四枚／計六百十七枚十八円五十六銭右写したる人京橋区大鋸町八番地」。　〔露伴全集別〕

8月11日　二葉亭四迷の彩雲閣西本波太宛の書簡。レッドラフの翻訳が40枚出来上がったが、なお百二、三十枚（10行20字）ほどある見込み。もう少し時間がかかるが、一文なしの状況なので、先達て前借りした分は今度出来た原稿で帳消しにし、さらに30円の融通を依頼している。
　〔四迷全集〕

8月24日　夏目漱石が服部書店より『吾輩は猫である』の印税を受け取る。中編5版1,000部、同下編1版1,000部、同下編2版1,000部、同下編3版1,000部、同下編4版1,000部、同上編10版1,000部、計6,000部の印税として997円50銭。初版は上編が明治36年10月刊、定価95銭、中編が明治39年11月刊、定価90銭、下編が明治40年5月刊行、定価90銭。いずれも発行所は大倉書店、服部書店。単純計算すれば印税率は約1割8分3厘。　〔印税受取書〕

8月　田山花袋、「勝公」（「中央公論」、明40・9）の原稿料13円を得る。原稿枚数10枚、1枚につき1円30銭。高橋博美は明治39年後半から原稿料が7、80銭となり、40年代に入ってから1円台が支払われるようになったのは、自然主義文学の機運の高まりとの連動とみる。
　〔花袋の原稿料〕

9月14日　小栗風葉、麻田駒之助に「未亡人」30枚で前借の30円を済ます、もしくは前借は据え置きにして今回の原稿料として30円用立ててほし

明治40年（1907）

いと頼む。＊翌日付の書簡では、もし原稿が出来上がらなかったら、前日に届らえた分だけ10枚以上15枚くらいのもので御免こうむりたいと書く。＊＊「未亡人」（「中央公論」、明40・10）　〔館報12・1〕

10月20日　早稲田大学創立25周年を迎え校歌を募集したが、これは思うものがなかったので、審査員の坪内逍遙と島村抱月は25歳の相馬御風に作詞を命じた。固辞したが結局逍遙の校閲加筆を条件に引き受けた。逍遙は各節の終わりに早稲田のエールを加えた。謝礼300円。

〔笛鳴りやまず〕

12月12日　鈴木三重吉の石井幸次郎宛書簡。200円の原稿料をもらうつもりで、300枚の小説を7、8、9月の3ヶ月かかって執筆した。11月に出版のつもりで、その3ヶ月の生活費を金貸しから借りた。ところがその出版社が破産し、自分の小説も破産した出版社の金主の手に落ち、原稿料はもらえない、その小説を70円で漸く買い戻した。他の本屋にその小説を買わせようとすると、付け込んで50円でなければ買わないといい、結局のところ買わなかった。借りた100円は元利合わせて130円になっており、金貸しは小説の買い手がないと聞き込んで、金を返せと大騒ぎする。返さなければ、以前に出版した小説の版権を没収し、これから出版するものの版権も取るという。その後借金は何とか返済した。

〔三重吉全集06〕

12月　田山花袋、「一兵卒」（「早稲田文学」、明41・1）の原稿料24円を得る。31枚のため1枚あたり77銭。　〔花袋の原稿料〕

明治40年暮　新潮社の佐藤儀助、小栗風葉に『金色夜叉終篇』の執筆依頼を、前金500円と「後の金色夜叉」とを渡す。風葉、借用証を書いて渡す。42年4月刊。定価1円だったが売れた。4月20日初版、6月12日に7版を出す。　〔文壇史14〕

この年　復刊した「早稲田文学」の1等懸賞小説、中村星湖「少年行」は賞金300円であった。　〔出版興亡〕

この年　「中央公論」の部数拡張の第1の理由は文芸欄の充実、第2は松崎天民、生方敏郎、田中貢太郎、村松梢風らの軽い読物の開拓。第3が本願寺からの独立。1,000部の雑誌が滝田樗陰の編集3年目に6,000部、4年目の明治40年には1万部を超えた。　〔滝田樗陰〕

明治40年前後　一流は1枚70銭〜1円30銭。小栗風葉の「耽溺」（「中

央公論」、明41・1）は1枚1円50銭。風葉は「新小説」等で1円。鏡花は1円。秋声は風葉と同格、又は10銭安。花袋・藤村は1円〜1円40銭。真山青果・正宗白鳥は80銭から1円20銭。　〔原稿料変遷史〕

明治40年頃　広津和郎、「万朝報」に「微笑」と題する短編（7枚半）を投稿し、賞金10円を貰う。　〔年月のあしおと〕

明治40年頃　小山内薫、伊井蓉峰一座の作者で「通夜物語」を上演、1興行当り50円の手当てが出た。　〔文壇史15〕

明治40年頃　滝田樗陰の月給は年とともに増え、明治40年には35円だった。ここで彼の昇給は据え置きとなり、その後は毎月の売れ高による歩合がつくことになった。大正8年には部数12万部に対して月々2,000円の歩合という前例のない高給を取った。　〔滝田樗陰〕

明治40年以降　明治40年以降、各出版社の画料が値上がりした。博文館の「文芸倶楽部」の口絵が15円、「少女世界」双六が70円、春陽堂の「新小説」口絵が8円になった。　〔清方文集〕

明治41年（1908）

1月22日　石川啄木、白石小樽日報社長の「釧路新聞」記者となる。月給25円。同年4月5日退社。小樽にいた母・妻・子を函館に連れ戻して宮崎郁雨に托し、24日単身海路上京。しばらく新詩社に滞在、のち金田一京助の好意で本郷菊坂の赤心館に同宿する。　〔啄木集〕

2月　二葉亭四迷の国木田独歩宛書簡。二葉亭が独歩の「牛肉と馬鈴薯」をロシア語に訳し、横浜で発行する露文雑誌「東洋」3号に掲載したいが、「厚ケかましき願条なれど右翻訳の儀無条件、即ち無報酬」で許可してくれないか、と願っている。　〔四迷全集〕

3月　正宗白鳥と滝田樗陰との長い関係は「五月幟」（「中央公論」、明41・3）から始まる。原稿を受け取ると、樗陰は次を早く書けと強いた上に原稿料も20銭増やしてくれた。「その頃は1枚2、30銭の差違は作家の心に重く響いていたのであった」。　〔滝田樗陰〕

3月　田山花袋、明治41年3月、無断で易風社『花袋集第一』を出版し、春陽堂は版権侵害で告訴。しかし担当検事小原直は不起訴とした。定期刊行物の原稿料は掲載承諾料であって、将来に亙って作品を拘束するものではないとし、以後判例となる。　〔春陽堂〕

4月7日　「東京朝日新聞」連載の島崎藤村「春」の1回分稿料が5円という高額で、評判になった。新聞や雑誌の懸賞小説の1等賞金300円も、やはり高額だということで、大きな話題になった。〔出版興亡〕

4月15日　田山花袋、小栗風葉編『二十八人集』前後篇（明41・4、新潮社、553頁、定価1円30銭）。よく売れて増刷に追われるほどだった。印税を独歩に贈る。〔文壇史12〕

4月　正宗白鳥、「村塾」を「中央公論」に発表、この時から滝田樗陰は1枚50銭を70銭に値上げした。〔文壇史12〕

6月23日　国木田独歩死去。窪田空穂は独歩の生涯の原稿料は菊池寛の随筆1編に及ばなかっただろうと言った。独歩自身、『病牀録』（明41・7、新潮社）で「余が作品の買手なきには閉口せり」と書いている。〔独歩の時代〕

11月13日　政府、ベルリンで開催された著作権保護のベルヌ条約の改正国際会議で、翻訳の自由を主張したが認められず、翻訳権を留保して調印する。〔近代総合年表〕

この年　この年、日本大学を卒業した政治家志望の青年山本実彦は「やまと新聞」に入社、月給10円、3年後には50円になった。明治43年、25歳の山本は特派員としてロンドンに赴く。翌年6月のジョージ5世の戴冠式のためだった。〔改造社〕

この年　雑誌「実業之日本」は新渡戸稲造に、雑誌「婦人世界」は小説家・村井弦斎に、それぞれ顧問料として毎月500円支払って、破格の値段として話題となった。〔出版興亡〕

明治41年頃　金尾文淵堂は明治39年ごろ創業したが、倒産する際、二葉亭四迷『平凡』の発行権を300円で如山堂に売った。＊『平凡』（明41、如山堂書店）。〔出版興亡〕

明治42年（1909）

2月20日　与謝野晶子、「スバル」初号の損害金80円を本月中に返済するよう平出修より寛に申し入れがあったと平野万里に伝える。〔与謝野書簡01〕

3月1日　石川啄木は東京朝日新聞社編集長佐藤北江の配慮で校正係。初任給25円、夜勤手当5円、計30円。当時朝日の主筆が170円＋交際

費100円、経済部長140円、編集長130円、夏目金之助（漱石）200円、長谷川辰之助（二葉亭四迷）160円、大卒初任給は30円。〔ことばの旅人〕

3月　北原白秋『邪宗門』は明治42年3月、易風社刊、装丁石井柏亭、挿絵は柏亭と山本鼎、定価1円。父から出版費200円を出してもらった。父への献詩が収められている。〔近代作家伝下〕

3月　吉川英治が横浜ドック会社の船具工に年齢を偽って入社する。就労時間は朝7時から午後5時半まで、日給は自筆年譜では42銭、『忘れ残りの記』では45銭と書かれている。〔英治全集46〕

4月　徳田秋声の「媒介者」（「東亜文芸」、明42・5）の原稿料は50円だったが、支払われないまま、風俗壊乱罪に問われて裁判となる。当時から有馬潮来による代作との指摘があった。〔無名通信〕

4月　徳田秋声の収入は月に130円。内訳は新聞小説の原稿料が月平均60円。「東京日々新聞」には「同朋三人」を連載中。これは自ら執筆して1回3円。「山陽新報」の「長恨」、「京都新聞」への1篇は代作で1回1円乃至1円50銭。そのうち半分は代作者に渡る。雑誌の原稿料、短編集、単行本の原稿料が50円。1枚70銭から1円50銭まで、最低は「秀才文壇」など、最高は「中央公論」付録号。その他は8、90銭、1円ほど。小説の選評などその他の雑収入が20円。支出は111円で差引残高19円。係累が多いため、いつも逼迫している。実例（3月）では、原稿料が「中央公論」100円、「日々新聞」70円、今古堂へ単行物を売渡50円、「秀才文壇」の選評料5円で計225円。＊「同朋三人」（「東京日々新聞」、明42・2・18～5・13）、「長恨」（「山陽新報」、明42・3・21～6・2）、「濁流」（「京都新聞」、明41・12～）。〔文士の生活費〕

4月　小栗風葉の収入は月に120円。その内訳は、50円が雑誌の原稿料で1枚80銭乃至1円50銭ぐらいまで。ただし、80銭は「秀才文壇」、「新小説」など。「新小説」は1円だが、20銭ずつ前借で差し引かれる。「中央公論」付録号は1円50銭、その他は1円、あるいは1円20銭。40円は前借、あるいは短編集の原稿料、新聞小説の収入。20円は妻の原稿料。小説、あるいは講義録の原稿料。10円は小説の選、その他。支出が家賃等合計105円で、差し引き残金が15円。しかし、実際は風葉が「耽溺」し、「流連」する費用のため、諸所への支払いが滞っている。同年3月を実例とすれば、収入は「趣味」の原稿料が20円、『金色夜叉

終編』の原稿料が70円、脚本「金色夜叉」の原稿料が40円、「女子文壇」の選評料が4円、「活動」よりの前借、その他40円で合計174円で、支出は計159円。＊『金色夜叉終編』明42・4、新潮社。　　　〔文士の生活費〕

4月　正宗白鳥の収入は月に85円。内訳は読売新聞社の月給40円、原稿料が月に平均して45円、1枚60銭から1円まで。支出は玉突き15円など計68円で差し引き残金17円。200円余りの貯蓄あり。実例（3月）では、新聞社月給40円、原稿料が「中央公論」80円、「早稲田文学」18円、「文章世界」25円、「新文林」4円、「新世紀」5円、合計176円。支出は96円。　　　〔文士の生活費〕

4月　徳田秋声や小栗風葉が代作や翻案もし、地方新聞や小さな雑誌にも執筆し、書いたものは本屋に売るため収入が多いのに対して、島崎藤村は、めったに書かないため収入は少ない。月に55円。うち40円が『春』からの収入と『破戒』の印税、15円が雑誌に発表した小説の原稿料で1枚1円乃至1円30銭。『春』は自費出版で初版、2版がそれぞれ1,500部、3版が1,000部。初版では紙代製本代、組代、印刷代、その他差し引いて何程も儲からず、2版では少し儲かったが、それは3版の出版費用に充てられ、その3版はまだ売りきれないので、今のところ元金を差し引けば、本人の懐中に入ったところは何程もない。支出は計46円。差引残金9円。実例（3月）では、原稿料収入が「太陽」35円、「文章世界」12円で計57円（47円の誤りか？）、支出が25円。　〔文士の生活費〕

5月6日　明治20年公布の新聞紙条例を廃止し、罰則を強化する。この新聞紙法公布（発売頒布禁止の行政処分が復活）は昭和24年まで存続した。
〔近代総合年表〕

5月17日　『三四郎』の初版が出た5月17日の漱石の日記を見ると、2,000部の検印をし、春陽堂が即日売り切れの広告が出している。そこへ表紙の出来が悪いとの意見が耳に入る。春陽堂は儲けることしか念頭にないのだと、漱石はいらいらしていたに相違ない。　　　〔春陽堂〕

5月20日　夏目漱石の日記に「雨。日暮森田草平来。春陽堂『三四郎』再版の検印をとりにくる。献本を持って来ないうちに初版を売り尽くして、催促をするにも関はらず、本を持参せず、印丈をとりにくる。手前勝手も甚しき奴なり。小僧を叱り付ける。草平黙然として帰る」。
〔漱石全集20〕

7月　川上眉山『眉山全集』は版権の関係で全7巻のうち春陽堂より3巻、博文館より4巻と分けて刊行された。〔春陽堂〕

この年　「早稲田文学」発行元の金尾文淵堂の出版した内田魯庵訳『二人画工』(11月刊、発売禁止)の稿料でさえ僅に100円だつた。〔出版興亡〕

この年　森田草平「煤煙」の原稿料は1回(3枚位)3円50銭。

〔原稿料の研究〕

明治43年 (1910)

1月3日　「大阪朝日新聞」(明12・1・25創刊)が1万号に達した。1万号発刊の記念として賞金1万円を懸けて、1等賞金は、論文1,000円、小説2,000円、史伝1,000円、喜劇1,000円、お伽譚100円、新体詩100円など、合わせて15種の文芸作品を募集した。〔朝日新聞70年〕

1月　田山花袋の『近作十五編』(明43・5、博文館、75銭)の出版契約証書。印税率は初版1割、再版以後2割2分。〔花袋に見る生活〕

2月1日　「雄弁」が創刊される。1,000部発行ごとに30円の編集料が大日本雄弁会に支払われた。寄稿家の中で河岡潮風は「冒険世界」の記者で文筆業だったため、1篇につき10円を支払ったが、それは例外で、青木得三は原稿料は出なかったと回想する。〔講談社01〕

2月17日　鈴木三重吉の加計正文宛書簡。3月3日より「国民新聞」に連載される「小鳥の巣」(100回)は、毎日18字詰め10行の原稿用紙に6枚乃至7枚書く約束になっている。一ヶ月の原稿料は150円、「正に第一流の中待遇也。普通三円也」。〔三重吉全集06〕

2月　荷風永井壮吉、慶応義塾大学文科の教授就任が決定する。月給120円、「三田文学」編集手当て30円。〔考証荷風〕

3月31日　高濱虚子の鈴木三重吉宛書簡。「扨75円は明日社の方にて調達仕るベキも残金のところは何分六ヵ敷との事ニツキ小生の方にて少々無理な工面を致し45円だけ御送金為致候コレハ来月半ば頃社の方よりつぐのひ貰ひ候積りに候右御酔量置被下度奉願候不取敢右迄匆々敬具」。〔虚子全集15〕

4月23日　高濱虚子の鈴木三重吉宛書簡。「拝復　御申聞けの件専務理事ニ相談仕候処既出分の原稿料を月末に仕払候事ハ何とか都合致すべしとの事ニ有之候ヘど御辞職の件は皆々頗る憂慮致居候　原稿料ノミにて

衣食致候義ハ到底不可能と存候　御熟考願上候　尚前借の義は十回分以上にわたらぬやうとの注意も有之候ニツキ其辺御含被下度候　一時は御苦痛之有候へど其処を暫時御忍び被成候ては如何や止むを得ねば此は一二ヶ月御休職といふ事にでも被成りては如何や此際断然たる御処置ハ小鳥の巣完結後に至りて当面の難問題を惹起可致候　呉々も御再考願上候　不取敢右御返事迄　早々敬具／玉稿挿絵の都合よりいへば可成今迄通り二三日前に着するやう御勉強被下度願上候」。　　　　〔虚子全集15〕

6月28日　高濱虚子の村上霽月宛書簡。「伊予かすりはほとゝぎすに広告を出してはくれまいか。直接の効力は無くとも間接の効力は少く無いこと、思ふがいかゞ。一頁七円、壱ヶ年契約ナラバ一回六円、一年増刊共に十六冊年金九十六円になるのだが奮発してやってはくれまいか。乍御面倒様御尽力を願います」。　　　　〔虚子全集15〕

7月4日　高濱虚子の村上霽月宛書簡。「拝啓ほとゝぎす広告ノ件早速御取斗被下奉謝候伊予鉄と道後温泉と連絡の広告など最妙と存候。宜敷願上候。伊予絣の方モ出ぬよりは出る方宜しと存候へど値段を崩しては他の広告主へ申訳無之候。充分秘密が守れるナラバ、五円にても宜敷候。其他何か御心当りアラバ御勧誘奉願候」。　　　　〔虚子全集15〕

12月1日　石川啄木の第一歌集『一握の砂』は明治43年12月1日発行。東雲堂書店刊。四六版、290頁、印刷部数500部、定価60銭。買い取り稿料20円。嵐山光三郎『ざぶん』によれば、最初、春陽堂に原稿料15円要求し断られ、東雲堂書店より出版が決まり、原稿料20円が前払いされた。朝日新聞社の月給28円に昇給した、という。　　〔啄木集〕

この年　栃木高女三年在学中、母の反対を押し切って吉屋信子は「少女世界」に投書を続け栴檀賞受賞、また「少女界」の懸賞に応募した「鳴らずの太鼓」が1等に当選、賞金10円を貰う。さらに「文章世界」や「新潮」に投稿、入選すると5円の図書券が送られてきた。　　〔ゆめはるか〕

この年　山里水葉から「女四人」の原稿を買った柳川春葉は、それを「やまと新聞」に掲載。水葉は題名のみ変えて佐藤紅緑に持ち込み、紅緑は自分の名前で「河北新報」に100円で売り飛ばした。河北新報社から50円だけ直ぐに為替で送られてきた。紅緑の命で郵便局に取りに行った水葉を50円を持ち逃げ。もっとも100円の半額は水葉がもらう約束だった。紅緑は捜索願いを出し、「河北新報」では同じ小説が「やまと

新聞」に掲載されているのを発見して、紅緑に談判。紅緑が 50 円を返却することで決着。〔小説代作調べ〕

明治 40 年〜43 年 「朝日新聞」の「虞美人草」は約 1,200 枚。当時、漱石の原稿料は「中央公論」1 円 2、30 銭。1 円 30 銭 × 1,200 枚 = 1,560 円。月割り 30 円を稿料として社に返し、文芸欄の仕事や新聞の宣伝もしているので残りの 70 円はそれにふさわしい報酬であろう。また松浦総三の計算によれば、明治 40 年〜43 年の漱石の総収入は、「虞美人草」・「坑夫」・「三四郎」・「それから」・「門」5 篇で 2,500 枚強。月産 70 枚、3 年間で朝日から 9,000 円。9,000 円 ÷ 2,500 枚 = 3 円 60 銭。〔経済面〕

明治 43 年頃 山田美妙、晩年は辞書の原稿書きが唯一の収入源だった。貧窮のあまり代表作 20 数篇を「美妙叢書」1 冊分として 70 円で博文館に売却した。死後、黴の生えたシュークリームが枕元に残っていた。〔経済面〕

明治 44 年（1911）

2 月 10 日 谷崎潤一郎の、弟谷崎精二に対する書簡。頼まれた「三田文学」用の原稿の掲載は無理で、4 幕物の脚本でも翻訳したら小山内薫に頼んで「演芸画報」に持っていく、4、50 円になるはず。〔谷崎全集 25〕

3 月 3 日 小杉天外、『魔風恋風』中編 22 版 500 部の印税 45 円を受け取る。定価 60 銭。印税率は 1 割 5 部。＊45 年には中編 23 版 300 部の印税 27 円を受け取る。〔著者の出版史〕

3 月 5 日 鈴木三重吉が中央公論社社長の麻田駒之助に原稿料 20 円を受け取った礼状を出す。〔館報 51・7〕

3 月 永井荷風、『すみだ川』を籾山書店から出版。大正 2 年 4 月 8 日に第 5 版 500 部印税 60 円受領。〔考証荷風〕

5 月 堺利彦の売文社が営業案内を配布。日本語での原稿執筆は 1 枚（20 字 20 行）50 銭。英文和訳は訳文 1 枚 50 銭、仏独その他の訳は 1 枚 60 銭。和文の外国語訳はフールスキャップ判 1 枚（タイプライターで 1 行おき）1 円から 2 円。〔パンとペン〕

7 月 8 日 鈴木三重吉の小宮豊隆宛書簡。「新小説」は合計 70 円しかくれなかった。＊6 月 30 日付小宮宛書簡に、徹夜で書き上げ、100 枚へ 100 枚へと延びていくと記している。「合計」は他の文も合わせてなのかは、

不明。　　　　　　　　　　　　　　　　　　　　　　〔三重吉全集06〕

7月　明治初期、月給も金貨で支払われていたことは父（旧幕臣、内務省土木局勤務で大阪、名古屋、大垣などを転々。笹川臨風は本名種郎で次男、東京神田末広町生。）の俸給で知っている。臨風も毛利家編輯所勤務の頃、月給袋に1つずつ10円金貨が入っていた。　　　　　　　〔明治還魂紙〕

8月6日　与謝野晶子、自作を自書した百首屏風、並びに半折幅物の頒布について案内。百首屏風は金屏風が100円、金砂子屏風が50円、半折幅物15円。但し絹本への揮毫は別途1円50銭。　　　〔与謝野書簡01〕

8月9日　鈴木三重吉の小宮豊隆宛書簡。「太陽」になぐり書きで半切94枚（33円）を執筆した。＊8月5日付小宮宛書簡には、8日までに「太陽」へ80枚（半切）とある。　　　　　　　　　　　　　〔三重吉全集06〕

明治44年夏　「雄弁」の原稿料は1頁（5号組）864字で40銭だった。翌年講談社に正式入社した淵田忠良は、400字につき20銭足らずだったが、1月20円で生活ができたので、問題なかったと述べる。　　〔講談社01〕

9月　志賀直哉、柳宗悦の「メチニコフの人生観」と「新しい科学」とを合わせて籾山書店が出版するはず、この出版で柳が受ける本当の利益は原稿料よりも丸善の支払いを自家で喜んで出してくれることにあると記す。＊『科学と人生』（明44・10、籾山書店）　　　　　〔志賀全集08〕

10月21日　斎藤茂吉の中村憲吉宛葉書。木下杢太郎さんから小説が来た。10ページは確かにある。ソレデ大兄の京都の文は6ページ位に締めたいのだ。何分によろしく願ふ。原稿は松屋の半紙判24字詰のにペンでなく和筆で綺麗に書いて呉れ給へ。原稿は急いだ方がいい。遅くとも11月10日迄に送つて貰ひたい。　　　　　　　　　〔茂吉全集33〕

11月30日　坪内逍遥の池辺三山宛書簡。石川啄木の病のため、『二葉亭四迷全集』（朝日新聞社）の校正の後任に西本波太を推薦。啄木の報酬が1冊につき15円だったと聞き、それではあまりに気の毒なのでせめて25円くらいにしてほしい。　　　　　　　　　　　　〔館報1・5〕

11月　「講談倶楽部」創刊号が講談師の細川風谷の高座を再録した際、風谷は自分で文章化するといい、「婦人倶楽部」と同額の原稿料を要求した。1枚につき1円50銭で10枚程度。　　　　　　　　　〔講談社01〕

11月　谷崎潤一郎「秘密」（「中央公論」、明44・11）は1枚1円、翌年の「悪魔」（同誌、明45・2）では1円20銭となっていた。　　　〔経済面〕

164　明治45年（大正元年・1912）

12月11日　鈴木三重吉の青木健作宛書簡。「新小説」に「黒血」86枚を書いた。「生計のために書くのだから苦しかった。愚作である」。今日から「中央公論」に6、70枚書かなくてはいけない。6、70円ないと年を越せない。「赤い鳥」は5版で4,000刷ったのに、小生には30円以上1文にもならない。「本年一ケ年八九百枚書いたのに、取るに足るものは、一二篇のみ。文章で飯を食ふものはそれでいゝものらしい」。
〔三重吉全集06〕

12月17日　鈴木三重吉の青木健作宛書簡。「太陽」に原稿を送った。1枚50銭では20円にならないから、60銭にしてくれと談判している。その原稿料は直接、青木に送るはず。＊青木からの借金への返済。
〔三重吉全集06〕

12月18日　子規庵保存会寄付金第1回報告。金10円伊藤左千夫、長塚節、金3円石原純、民部里静、木村秀枝、蕨桐軒、斎藤茂吉。〈一部省略〉。
〔茂吉全集33〕

この年　その頃、田山花袋は、「中央公論」では1枚1円50銭、島崎藤村は2円とっていた。つまり50銭だけ自分より高く買われていたわけだ、と語っていた。
〔文豪の素顔〕

明治44年頃　「講談倶楽部」は井川洗厓の挿絵の画料として1枚2円（その他の人はほぼ1円）を支払った。折込口絵は15円、表紙は10円で1ヶ月の合計が35円から50円、多くて60円になった。
〔講談社01〕

明治43～44年頃　雑誌「太陽」で1年にわたって懸賞小説、脚本を募集し、毎月選者を変え、30枚か50枚で賞金100円を出した。今井白楊が「闇と脚光」で賞金を獲得、選者は坪内逍遙であった。
〔年月のあしおと〕

明治45年（大正元年・1912）

1月31日　岩野泡鳴、博文館より「文章世界」の原稿料7円50銭をもらう。＊1月15日に「「文章世界」の前田晁氏へ日記の抜粋十八枚を送る」とある。「池田日記抄」は「文章世界」7巻2号掲載。
〔池田日記〕

1月　久保田万太郎が「お米と十吉」（「新小説」、明45・1、続篇8）で初めての原稿料約50円を得る。1枚につき60銭。当時銀座でコーヒー1杯5銭、若い作家が集う西洋料理店で定食にパン、コーヒー、果物、ポンチがついて50銭だったので、50円を「莫大な金額」と感じる。

明治45年（大正元年・1912）　165

〔私の履歴書02〕

1月　編集者・書物研究家・書物展望社社長斎藤昌三は19歳のとき、「文章世界」（明45・1）の俳句特別募集（内藤鳴雪の選）に応募、「鳩杖や賜るままに君が春」が「天」に入賞（15円）。ちなみに「地」（10円）、「人」（5円）だった。　〔斎藤昌三〕

1月　田山花袋の『花袋文話』（明44・12、博文館、80銭）の出版契約証書。印税率1割、頒布用50部無印税。　〔花袋に見る生活〕

2月12日　岩野泡鳴、「早稲田文学」より原稿料10円を得る。＊2月6日に「「早稲田文学」の稿料催促」とある。「早稲田文学」75号の「描写再論」。　〔池田日記〕

2月15日　鈴木三重吉の青木健作宛書簡。1月に読売から3円、「秀才文壇」から13円、「東亜の光」から「人形」で3円（全紙25枚書いて）、「新日本」から「せんぶり」で35円、これだけ取っただけで2月には1文も入らない。これから出版する『返らぬ日』は1,500部出版で、1,000部を1版、300部を再版、200部を3版とするが、三重吉の策略。＊明治44年12月26日付小宮豊隆宛書簡で読売に請け合った4、5枚の原稿がまだできないと報じている。＊＊『返らぬ日』（明45・3、春陽堂）。　〔三重吉全集06〕

2月17日　岩野泡鳴、博文館より原稿料10円届けられる。（不明）　〔池田日記〕

2月23日　長塚節『土』の権利をすべて春陽堂に譲渡して、75円。　〔節全集〕

3月9日　岩野泡鳴、博文館より原稿料13円を得る。＊「文章世界」7巻4号掲載の「現代翻訳界の一瞥（上）」。　〔池田日記〕

3月23日　岩野泡鳴、大阪印刷界より原稿料3円を得る。　〔池田日記〕

4月1日　岩野泡鳴、女子文壇より原稿料6円を得る。＊「女子文壇」掲載の「大阪の進歩と東京の進歩」。　〔池田日記〕

4月3日　岩野泡鳴、博文館より原稿料16円50銭を得る。＊「文章世界」掲載の「現代翻訳界の一瞥（下）」。　〔池田日記〕

4月9日　病床の石川啄木、友人土岐哀果の奔走で東雲堂書店と第2歌集『悲しき玩具』出版の契約が成立、20円の稿料を受け取る。13日永眠。＊『悲しき玩具』（明45・6、東雲堂書店、46判、定価50銭）。　〔啄木集〕

4月13日　岩野泡鳴、春陽堂へ行き、5月の「新小説」に掲載される「寝

雪」前篇の原稿料45円を受け取る。〔池田日記〕

4月14日　鈴木三重吉の小宮豊隆宛書簡。明治40年に俳書堂より出版した『千代紙』2版を刊行するつもりで春陽堂と相談する。春陽堂は1,000部は印税なし、但し売れたら相当の礼を払うという条件で、また『千代紙』は俳書堂を連想するから書名の変更を要望された。＊4月4日付け小宮宛書簡によれば、初版に幾つかの小編を増補する予定であった。
〔三重吉全集06〕

5月17日　岩野泡鳴、若宮の紹介により実業之世界社から『発展』を出版するということで原稿を送る。条件は、印税1割、校正は1度見ること、再版から1分あるいは2分増、出版前に印税の半額、押印時に半額を受け取ること。＊5月21日の条に、出版前に印税の半額、他の半分を押印時としたのを、頼まれて、出版発売後10日以内と訂正することにした、とある。〔池田日記〕

5月31日　岩野泡鳴、5月24日に川手より『放浪』の偽版『わが身の罪』を入手した旨の報告を受け、28日に告訴並びに委任の書状のため実印を押印する。さらに31日には告訴して1000円しか要求できないとの報告を受ける。〔池田日記〕

6月3日　岩野泡鳴、春陽堂より電信為替で69円送金され、「寝雪」190枚で総計114円を受け取ったことになる。1枚60銭。＊「新小説」16年6巻掲載の「続篇寝雪」。〔池田日記〕

6月29日　岩野泡鳴、野依より『発展』の製本2部の内1部を受け取る。定価1円。早稲田文学社から『神になる意志の不徹底』の原稿料8円、博文館から『小説表現の四段階』の原稿料11円を受け取る。〔池田日記〕

6月　「講談倶楽部」の1冊の原稿料は講談落語4篇30円、浪花節1篇5円、小説脚本20円、井川洗崖の画料20円、その他の画料10円、懸賞賞金27円50銭、選者謝礼10円で、総額122円50銭。〔講談社01〕

7月8日　岩野泡鳴、『発展』の初版1,000部の印税1000円を受け取った旨、野依へ書簡を出す。翌日に『発展』9部を受け取る。＊7月1日発行、定価1円、実業之世界社。8月11日に『発展』の発売禁止を知り、総理大臣西園寺侯爵ならびに原敬内務大臣に対して「文芸の発売禁止に関する建白書」を執筆、読売新聞社に掲載を断られたが、8月25日の東京朝日に載せられる。〔池田日記〕

明治末　印税は定価の1割が相場であるが、夏目漱石は『虞美人草』出版の際、春陽堂に2割5分を要求したという噂があった。＊『虞美人草』（明41・1、春陽堂）。〔出版興亡〕

明治末　徳冨蘆花『不如帰』は増刷を重ねたにもかかわらず、印税契約ではなかったため、100版を刷ったら礼金を支払うことになっていた。〔出版興亡〕

明治末　「都新聞」に連載された新聞小説は、次に「横浜毎朝新報」のようなローカル紙に転載された。原稿料を払う資力に乏しいので、挿絵の木版とコミで譲り受け、転載料として作者は50銭受け取っていた。連載小説のやりくりがつかないときは、使い古しの版木を集め、1杯8銭の天丼につられて長谷川伸らが別なストリーをでっち上げていた。〔都新聞〕

明治末の頃　両親の与謝野鉄幹、晶子に代わって小学生の義兄や主人が講談社などの出版社に稿料を取りに行った。当時、5円は大金でないとしてもちっぽけなお金ではなく、暗い小さな応接間で2、3時間待たされることがしばしばあったそうです。＊与謝野道子：昭和10年に与謝野家の次男外交官与謝野秀と結婚。〔どっきり花嫁〕

8月8日　岩野泡鳴、早稲田文学社より原稿料21円60銭を受け取る。＊「巡査日記」（「早稲田文学」、大1・8）。〔続池田日記〕

8月27日　志賀直哉、日記に「前日中央公論から礼金を百円を持つて来た。生れて初めて自分で得た金である。祖母は喜むで神棚に御神酒を上げてゐた」。〔志賀全集10〕

8月30日　岩野泡鳴、博文館より散文詩の原稿料1円50銭を受け取る。＊「カンナの赤い一輪」（「文章世界」、大1・9）。〔続池田日記〕

大正元年夏　数え年15歳の川口松太郎、義父から5円もらって家を出、浅草公園の伝法院横丁で古本を扱う露天商となる。仕入れた1冊3銭の「日本少年」「文芸倶楽部」や書籍を売り捌く。月の売上げ17円、仕入れに7、8円、利益が8円内外だった。〔松太郎全集〕

9月6日　岩野泡鳴、新潮社より原稿料を電報為替で26円受け取る。〔目黒日記〕

10月21日　岩野泡鳴、東京魁新聞社より原稿料5円受け取る。9月26日の条に、同新聞社に「発売禁止論」を送った記事あり。また、新聞社

明治 45 年（大正元年・1912）

の仕事を手伝うこととなり、10 月 23 日の条には、発行 3 回に対して 30 円の報酬とある。〔目黒日記〕

10 月 25 日　与謝野寛、パリ文科大学フワゲエについて、「此人は日本なら三宅雄次郎氏と云ふ格で此人が書く時には売高が増す人気者、一行に二フランの稿料を取る人」と伝える。〔与謝野書簡 01〕

11 月 2 日　岩野泡鳴、演芸画報より原稿料 5 円を受け取る。〔目黒日記〕

11 月 6 日　岩野泡鳴、忠誠堂より「論文作法」の原稿料 25 円を受け取る。また新潮社より「批評の省察」の原稿料 20 円を受け取る。〔目黒日記〕

11 月　直木三十五から大阪の父宛書簡。「前略下宿代十六円、月謝四円ずつで八円、汽車代五円、小遣い三円、美術研究会一円、市岡中学の東京の会五十銭、文芸協会一円、合計三十四円五十銭。その上買つてない書物も買はなければなりませんので、二十日頃三十四円別に送つて下さい」。〔直木全集 21〕

12 月 2 日　岩野泡鳴、博文館より原稿料 14 円を受け取る。〔目黒日記〕

12 月 23 日　岩野泡鳴、新潮社へ行き、11 月 8 日に書き上げた「正美先生」（33 枚）の原稿料 23 円を受け取る。1 枚約 70 銭。＊2 月 1 日発行「新潮」18 巻 2 号。〔目黒日記〕

12 月 24 日　岩野泡鳴、今井（郁）より原稿料 7 円を受け取る。〔目黒日記〕

12 月 28 日　岩野泡鳴、博文館より「文章世界」に掲載した 12 月 6 日に書き上げた「来るべき大阪文芸の性質」（17 枚半）の原稿料 11 円を受け取る。1 枚約 1 円 60 銭。＊1 月 1 日発行「文章世界」8 巻 1 号。〔目黒日記〕

大正元年頃　『外国地理集成』（隆文館）の挿絵 1 枚に法外な使用料 600 円が請求される事件があった。＊角田政治『外国地理集成』上下巻（明 44・5、大 1・8、隆文館）。〔出版興亡〕

大正元年頃　25 歳の室生犀星は同郷の彫刻家吉田三郎の紹介で薬学雑誌に詩や短文を書いて月 5 円貰っていた。この年の 10 月、「スバル」の編集者江南文三の好意で「青き魚を釣る人」が掲載され、翌年 1 月には北原白秋の「朱欒」に「時無草」が載った。〔懐かしき文士〕

大正初め頃　菱田春草がある人に頼まれて川端玉章に揮毫を請うた。封筒の中に 14 円 50 銭入っていた。川端画伯は水辺の沢渇を描いた。菱田春

草が封筒を振ると又50銭出て来た。すると「そうかい、それでは蛍を一匹描いておこう」と蛍をおまけにしてくれた。　　　　　〔明治還魂紙〕

大正

大正2年 (1913)

1月11日　岩野泡鳴、読売新聞社に行き、「読書之友」の原稿料6円を受け取る。＊「高橋五郎氏」(「読書の友」、大2・1、2巻2号)。〔目黒日記〕

1月15日　岩野泡鳴、博文館に行き、原稿料19円を受け取る。〔目黒日記〕

2月2日　岩野泡鳴、反省社より原稿料55円を受け取る。〔目黒日記〕

2月23日　岩野泡鳴、伊藤野枝の持参した青鞜社の演説料10円を受け取る。〔目黒日記〕

2月28日　岩野泡鳴、春陽堂より原稿料10円80銭を受け取る。＊「故青木繁氏の一面」(「新小説」、大2・3、18年3巻)。〔目黒日記〕

3月15日　岩野泡鳴、「帝国公論」より原稿料10円を受け取る。

〔目黒日記〕

3月20日　永井荷風、『新橋夜話』の再版追加分100部の印税12円を受け取る。＊『新橋夜話』(大1・11、籾山書店、1円)。〔著者の出版史〕

3月27日　島崎藤村と籾山書店の出版契約。大正4年4月から2年間に執筆する創作3冊の著作権を1,500円で籾山書店に譲渡。本契約は履行されず、藤村の著書は籾山書店から刊行されなかった。〔著者の出版史〕

3月30日　岩野泡鳴、新潮社より原稿料14円を受け取る。〔目黒日記〕

3月30日　森鷗外、『新一幕物』初版1,000部の印税120円を受け取る。印税率1割2分。＊『新一幕物』(大2・3、籾山書店、定価1円)。

〔著者の出版史〕

3月　北原白秋、「これでもう私の芸術生活はおしまひだ。私の新事業は前にも話した通り、日本楽器の運搬とその他彫刻品、絵画、貴重品の配達をやる。馬車を一台置いて、それも極めて小奇麗な、内がビロウド張りでね、箏や長唄清元の三味線箱その他を家元の処から会場まで運んで一口二円なり三円なりの運搬料を取る。相棒は音楽家の鈴木鼓村で、これが蛇のみちは蛇で各家元を勧誘する。これには運搬料の一割を毎月渡す。外交員を置いて諸所の音楽会や展覧会、劇場へかけまはらせる。資本が先づ馬車一台と電話、相当の西洋館事ム諸これだけあればよい、馬と馭者は日に二円で馬車屋が貸す。運搬日に四口としても二四が八円、月に二百四十円、費用差引純益百数円となる。それが日に多くて十口、少なくて七口はある見込みだ。さうしたら十口にして日に二十円月に

六百円、一年に七千二百円となる。話半分にしても三千五六百円となる」。
〔白秋全集〕

3月　徳冨蘆花の本を出版すれば、儲かる上に本屋の格が上がるそうだ。と言って望んでもまず不可能であり、その許しを得たのは2、3に過ぎない。『みみずのたはごと』を出版した書肆の主人は2年余り日参して漸く願いが叶ったという。＊『みみずのたはごと』の出版は大正2年3月で、書肆は新橋堂、服部書店、警醒社の3社。うち警醒社は明治34年から蘆花の作品を出版しているので、この出版社は新橋堂と服部書店のどちらかだろう。おめがねに叶ったのは次の『黒い目と茶色の目』（大3・12）を単独で出版した新橋堂だったのだろうか。
〔明治世相〕

4月3日　岩野泡鳴、「新文林」より原稿料2円を受け取る。〔目黒日記〕

4月8日　永井荷風、『珊瑚集』初版1,200部の印税144円、『すみだ川』5版500部の印税60円を受け取る。印税率はどちらも1割2分。＊『珊瑚集』（大2・4、籾山書店、定価1円）。『すみだ川』（明44・3初版、同前）。5版は大正2年3月刊。
〔著者の出版史〕

4月13日　岩野泡鳴、植竹書院より『ぽんち』小説集の原稿料50円を受け取る。ただし、全集等出版の節には、出版権を返してもらう条件。4月20日の条に270余頁の校正終了との記事が見える。＊大正2年6月25日発行、本文270頁、定価50銭、現代傑作叢書第3編。〔目黒日記〕

4月13日　島崎藤村が神戸を出航しフランスへ向う。旅費調達のため『緑蔭叢書』既刊3篇と『後の新片町より』の版権を2,000円で売りたいと申し出たところ、額の高さに関わらず新潮社が要求に応じた。同社はそれらの売り上げによって大きな利益をあげた。
〔新潮社70年〕

4月13日　島崎藤村、渡仏。その際、合本『藤村詩集』の版権を50円で春陽堂へ売却。
〔春陽堂〕

4月24日　岩野泡鳴、新潮社から『表象派の文学運動』を出版することになり、原稿料80円の売り切りという約束をする。4月28日に80円を受け取る。＊大正2年10月28日、本文350頁、定価1円。アーサ・シモンズ原著の翻訳。
〔巣鴨日記01〕

5月2日　岩野泡鳴、サンデー社より原稿料8円80銭を受け取る。＊小説「小僧」（「サンデー」225号）の原稿料か、「巣鴨村より」も連載中。
〔巣鴨日記01〕

5月14日　永井荷風、『新橋夜話』増補3版400部の印税48円を受け取る。＊『新橋夜話』増補3版（大2・6、籾山書店）。〔著者の出版史〕

5月20日　岩野泡鳴、博文館へ行き、「文章世界」の原稿料9円10銭を受け取る。〔巣鴨日記01〕

5月21日　岩野泡鳴、「中央公論」より原稿料41円、談話料3円を受け取る。〔巣鴨日記01〕

6月3日　岩野泡鳴、サンデー社より原稿料30円を受け取るが、6円80銭不足とのこと。〔巣鴨日記01〕

6月4日　岩野泡鳴、新潮社より原稿料20円を受け取る。〔巣鴨日記01〕

6月4日　森鷗外、『意地』初版1,000部の印税60円を受け取る。印税率1割2分。＊『意地』（大2・6、籾山書店、50銭）。〔著者の出版史〕

6月24日　岩野泡鳴、6月21日に『新思想と新時代』の原稿料売り切りで70円という条件で出版を約束した、東亜堂の番頭大越より原稿料の半額35円を受け取り、残り半額は校正済み迄との預り証を受け取る。＊『近代思想と実生活』（大2・12、東亜堂書房）か。〔巣鴨日記01〕

6月30日　岩野泡鳴、新文林より原稿料5円を受け取る。〔巣鴨日記01〕

7月7日　岩野泡鳴、サンデー社より原稿料のうち15円を受け取る。同月15日に残金催促。〔巣鴨日記01〕

7月20日　岩野泡鳴、新潮社に行き、「プルタルク伝」の翻訳を相談する。こういうことで常収入を確保しようとした。〔巣鴨日記01〕

8月7日　北原白秋、「実は僕も色々考へてゐるが、やはり"朱欒"を復活させるが一番近道のやうに思ふ。それから今度は思ひきつて、独自経営にして、白秋詩社といふのでも起したら、生活もずつと安楽になれる、添削や繁忙な事務はつくづくイヤだが、生活のためとあれば仕方ない。とにかく社友—門弟—を募るのだ。会費はズット高くして一ヶ月特別が壱円普通が五十銭、社友の作物は添削してやる、それから優秀なのは雑誌にのせる。歌では前田も若山でもやつてゐるし、今度は吉井までスバル詩社といふのをはじめたが、僕のは詩と歌と両方だから確に会費は少く見つもり特別百人普通三百人はある。それ丈でも月収二百五十円になる。尤もそれから雑誌実費四百人だけ四十円さしひく。それでも二百十円にはなる。また別に雑誌の利益が五十円は出る見込だから、月

に二百六七十円はうまく取れさうに思ふがね。／それに詩集は自分の手で出版する、他に原稿をかくと、印税その他でも平均月に二十円位以上は別にはいる。僕がシッカリやりさへすれば、月三百円にはなる」。

〔白秋全集〕

8月11日　岩野泡鳴、時事より原稿料2円50銭を受け取る。〔巣鴨日記01〕

8月17日　岩野泡鳴、春陽堂との「現代五人女」の出版交渉で、印税7分とする。＊『五人の女』（大2・9、春陽堂、31頁、定価75銭）。

〔巣鴨日記01〕

8月23日　岩野泡鳴、岡本書店より葉書で、2百3、40枚の短編集で原稿料3、40円とのこと。「お話にならない」。　〔巣鴨日記01〕

9月3日　北原白秋、「「桐の花」の印税も何だか当がはづれたらしい、何とも云つて来ない、また傍にゐないから、どんなヅルイ事をされもてわからないからね、「景物詩」は三版といふ広告をしてゐるのだが、あれは再版の千部を二つにわけて後の五百を三版にしたといふ。それで金を寄越さない。随分ヅルイではないか。桐の花とこれで二百円ブマを見た」。＊『抒情歌集桐の花』（大2・1、東雲堂、定価1円）、『東京景物詩其他』（大2・7、東雲堂、定価1円）。

〔白秋全集〕

9月3日　岩野泡鳴、サンデー社及び新日本へ原稿料の催促をする。また新潮社の佐藤から手紙でプルタルク伝の翻訳を出版する連絡があったので、原稿料の要求をする。岡村書店が来訪し、小品集出版の相談をし、売り切りで45円、その中に収録したものを他の書に流用してもいいという条件。菊半判300頁標準。＊8月8日条に楠山から「新日本」9月号への小説の寄稿を依頼される。8月13日条に「郊外の生活」（46片）を書き終わっている。＊＊9月29日条に岡村書店へ「炭屋の船」（300枚分）にする。12月23日岡村盛花堂発行、304頁。　〔巣鴨日記01〕

9月4日　岩野泡鳴、楠山から葉書があり、冨山房より原稿料22円受け取る。サンデー社より論文原稿料14円60銭受け取るが、まだ2円余り不足。＊「郊外生活」（「新日本」、大2・9、3巻9号）。46片、1枚1円弱。

〔巣鴨日記01〕

9月7日　岩野泡鳴、新潮社を訪問、プルタルク伝の翻訳を決める。印税1割で、そのうち前借り、原稿用紙1枚につき30銭。　〔巣鴨日記01〕

9月12日　中里介山「大菩薩峠」が「都新聞」で連載開始。挿絵は最初

176　大正2年（1913）

が井川洗厓。原稿料は1回3円だった。原稿用紙は本郷松屋製のロール半紙10行20字詰だった。〔懐かしき文士〕

9月15日　岩野泡鳴、春陽堂より『五人の女』1,000部の印税52円50銭を受け取る。＊8月17日参照。〔巣鴨日記01〕

9月17日　岩野泡鳴、中央公論より詩の原稿料5円を受け取る。『五人の女』の出版届に印を押す。＊詩「社会諷刺」（「中央公論」、大2・9）。〔巣鴨日記01〕

9月　三越呉服店が文芸20種に第2回懸賞。1等賞金は脚本、小説が300円、論文、お伽脚本が100円、他が50円、30円、20円で総額3,000円。川柳の1等（20円）は吉川獨活居（英治）。小説1等の松村みね子は本名を出すなら辞退すると述べた。〔吉川英治〕

10月2日　岩野泡鳴、東亜堂へ行き、『近代思想と実生活』の原稿料の残りの半分35円を受け取る。新潮社へ行き、原稿料を催促。＊『近代思想と実生活』（大2・12、東亜堂）。〔巣鴨日記01〕

10月3日　岩野泡鳴、新潮社より小説の原稿料21円を受け取る。〔巣鴨日記01〕

10月6日　岩野泡鳴、サンデー社より原稿料14円50銭を受け取る。〔巣鴨日記01〕

10月10日　岩野泡鳴、岡村書店より小品叢書原稿料半額の20円を受け取る。〔巣鴨日記01〕

10月15日　斎藤茂吉『赤光』の初版は大正2年10月15日、東雲堂、1,000部、定価90銭、寄贈分は買取。アララギ叢書の第3編で左千夫の了承を受けた。当時、子規も左千夫も生前に歌集を出すということは感心せぬ所業だった。子規没後、根岸短歌会は一般歌壇から黙殺されていた。然るに『赤光』は歌壇のみならず、スバル系の雑誌や佐藤春夫らの注目を集め一世を風靡することになった。〔茂吉全集26〕

10月17日　岩野泡鳴、時事新報より原稿料10円、博文館より24円を受け取る。〔巣鴨日記01〕

10月18日　岩野泡鳴、中央公論へ行き、原稿料54円を受け取る。＊「熊か人間か」（「中央公論」、大2・11）。〔巣鴨日記01〕

10月31日　岩野泡鳴、博文館（太陽）より原稿料14円、サンデー社より15円を受け取る。＊「残存芸術の理論的観察」（「太陽」、大2・11）。

大正2年（1913）　177

〔巣鴨日記01〕

11月4日　岩野泡鳴、冨山房より原稿料10円を受け取る。ただし枚数に比べ原稿料が少ないので、その理由を聞きにやる。11月17日に、不足分の原稿料5円を寄越す。＊「欧米の新婦人問題と其の背景」（「新日本」、大2・11）。
〔巣鴨日記01〕

11月7日　鈴木三重吉の青木健作宛書簡。大正2年7月より『国民新聞』に連載していた「桑の実」を68回で打ち止めにし、一昨日に脱稿。昨日に原稿料の残金12円をもらった。65回まで前借りしていたので、只で書いたような気がした。＊3回で12円、1回あたり4円となる。
〔三重吉全集06〕

11月21日　与謝野寛、金砂子の2枚折屏風に自分と晶子の歌を書いたものを50円ずつで購入する人を探す。
〔与謝野書簡01〕

11月22日　岩野泡鳴、「中央公論」より原稿料として20円と54円50銭の為替を送られる。
〔巣鴨日記01〕

11月27日　岩野泡鳴、岡村書店より葉書があり、使いをやって原稿料の残金20円を受け取る。
〔巣鴨日記01〕

11月30日　岩野泡鳴、サンデー社より原稿料16円50銭を受け取る。
〔巣鴨日記01〕

11月　京大生の菊池寛、京都明治座で河合武雄の「茶を作る家」を観に行き、掏られて無一文になる。落胆した翌日、「万朝報」の懸賞小説に投書した「禁断の果実」が当選し掲載されていた。賞金10円は当時としては大金だった。この話は後に「天の配剤」として発表。　〔菊池寛伝〕

12月6日　岩野泡鳴、岡村書店へ『炭屋の船』の出版届を送る。＊『炭屋の船』（大2・12、岡村盛花堂、文芸叢書2、定価40銭）。　〔巣鴨日記01〕

12月13日　岩野泡鳴、新潮社へ行き、翻訳の原稿料（80枚分）24円を受け取る。＊12月7日の条に新潮社へ第1回分の翻訳原稿161枚（1行置きなので正味81枚半）を持って行く。12月10日の条には原稿料を待っている記述あり。
〔巣鴨日記01〕

12月17日　与謝野寛、晶子と自分の短冊各50枚計100枚を75円の報酬で頒布する計画。
〔与謝野書簡01〕

12月20日　岩野泡鳴、東亜堂より原稿料50円を受け取る。ただし『自然論』の翻訳料の内。
〔巣鴨日記01〕

178　大正2年（1913）

12月29日　岩野泡鳴、新潮社より翻訳原稿料270枚分80円を受け取る。
〔巣鴨日記01〕

この年　「講談倶楽部」は伊東深水に折込、口絵、表紙すべての画料として約5円を支払った。当時、深水は印刷会社で日給20銭、月に6円を得ていた。
〔講談社01〕

この年　徳冨蘆花の大正2年の収入は1万700円。
〔蘆花日記04〕

この年　広津和郎、モーパッサンの『女の一生』（大2・10、植竹書院）を翻訳出版し、1万部は出たという。版権が新潮社に移り、『世界文学全集』第20巻に『マダム・ボバリィ』（中村星湖訳）と収められ、38万部刷ったという。その後新潮文庫、戦後角川文庫に入った。
〔年月のあしおと〕

大正2年頃　菊池寛は一高3年〜京大1年頃にかけて金に困り、新聞の懸賞に応募した。「二六新報」の新刊批評では、桜井忠温『銃後』で1等10円、『国民文庫』で『続国民文庫』18冊、『正則英語講義録』で2等5円、「読売新聞」の新刊書籍の批評では田岡嶺雲『嶺雲文集』で1等20円、石川戯庵訳『死の勝利』3等5円、京大の頃「万朝報」の懸賞小説に「禁断の果実」で10円、「三越文芸」の「流行の未来」という論文では2等で50円、その年は新聞投書の当たり年で計130円にもなった。＊「流行の将来」を3等だったとする菊池の回想も残されているが、片山宏行は賞金額から2等とする。
〔小説菊池寛〕

大正2〜3年頃　誠文堂新光社の最初の出版物である渋川玄耳『わがまゝ』は非常な好評で、またたく間に8,000部を売りつくす。『世界見物』『日本見物』の発行権を譲受け、私一流の小川式広告宣伝振を発揮したので、発売総部数は6万部のベストセラーの一つとなった。＊『わがまま』（大2・9、誠文堂、定価1円）、『世界見物』（大2・12、同前）。
〔出版興亡〕

大正初期　大正初期の実業之日本社「日本少年」の常連投稿者に、大宅壮一、林房雄、伊藤大輔らがいた。入賞すると銀メダル1個、それが5個たまると銀側時計1個と交換された。「少女之友」には無名の林芙美子が少女小説を持ち込んでいた。
〔笛鳴りやまず〕

大正2年頃　木本平太郎、コドモ社を設立する。「コドモ」の画料、1頁を八つ切りにして漫画を描き、50銭。
〔日本児童出版美術史〕

大正2年〜3年　講談社からこの時期に刊行された『青年雄弁集』（大2・8）、『明治雄弁集』（大3・9）等の原稿料は1冊約20円。
〔講談社01〕

大正3年(1914)

1月11日　岩野泡鳴、サンデー社より原稿料のうち10円のみを受け取る。
〔巣鴨日記01〕

1月14日　岩野泡鳴、「太陽」より原稿料15円を受け取るが、不足しているのでその分を請求。1月19日に「太陽」より追加原稿料5円を受け取る。＊「新春作物の批判」(「太陽」、大3・2)。
〔巣鴨日記01〕

1月31日　岩野泡鳴、新潮社へ行き、翻訳200枚の原稿料60円を受け取る。
〔巣鴨日記01〕

2月3日　岩野泡鳴、「よみうり」より原稿料4円を受け取る。
〔巣鴨日記01〕

2月8日　岩野泡鳴、新潮社へ行き、翻訳100枚の原稿料30円を受け取る。
〔巣鴨日記01〕

2月9日　岩野泡鳴、春陽堂へ行き、「停電」の原稿料38円40銭を受け取る。ただし、10円の不足という。2月19日に不足分として6円40銭を受け取る。
〔泡鳴日記〕

2月13日　岩野泡鳴、中央公論社より前日に申し入れた原稿料の前借り30円を受け取る。
〔巣鴨日記01〕

2月14日　岩野泡鳴、時事より原稿料13円を受け取る。
〔巣鴨日記01〕

2月27日　岩野泡鳴、中央公論社より「毒薬を飲む女」の原稿料残金89円50銭を受け取る。2月20日に原稿完成。368片。＊「毒薬を飲む女」(「中央公論」、大3・6)。
〔巣鴨日記01〕

3月2日　永井荷風が『散柳窓夕栄』初版の印税180円を受け取る。1,500部、定価1円、印税率1割2分。＊『散柳窓夕栄』(大3・3、籾山書店)。
〔籾山書店〕

3月4日　岩野泡鳴、読売より原稿料2円50銭を受け取る。〔巣鴨日記01〕

3月9日　鈴木三重吉の小宮豊隆宛書簡。鈴木の文壇の収入は、1月4円、2月37円。
〔三重吉全集06〕

3月24日　岩野泡鳴、新潮社より翻訳原稿料40円を受け取る。＊3月16日の条に134枚とある。
〔巣鴨日記01〕

3月27日　森鷗外、『かのやうに』初版1,000部の印税60円を受け取る。印税率1割2分。＊『かのやうに』(大3・4、籾山書店、定価50銭)。

4月5日　岩野泡鳴、新日本より原稿料2円を受け取る。〔巣鴨日記01〕

4月6日　岩野泡鳴、新潮社より翻訳100枚の原稿料30円を受け取る。1枚30銭。〔巣鴨日記01〕

4月12日　岩野泡鳴、読売より原稿料5円を受け取る。〔巣鴨日記01〕

4月16日　岩野泡鳴、博文館より「包み合つた心」の原稿料の前金60円を受け取る。＊7月23日発行『包み合つた心』(世界少女文学第6編)、228頁、定価35銭。テニスンの詩を物語風に書き改めたもの。〔巣鴨日記01〕

4月21日　岩野泡鳴、第三帝国より原稿料5円を受け取る。〔巣鴨日記01〕

4月30日　岩野泡鳴、新潮社に行き、翻訳原稿料200枚分の前金30円を受け取る。〔巣鴨日記01〕

5月7日　徳冨蘆花に民友社から『不如帰』、『青蘆集』、『自然と人生』等の印税100円が届く。一旦受け取るが、今後原稿料・印税は不要と手紙を添え返却。明治36年に原稿の無断削除をめぐり兄蘇峰と絶好した際にそうすべきだったと思う。＊『不如帰』(明33・1初版)、『青蘆集』(明35・8初版)、『自然と人生』(明33・8初版)。〔蘆花日記01〕

5月10日　徳冨蘆花が野村新橋堂から『みみずのたはごと』の縮刷版発行の交渉を受ける。1万部印刷、卸値は3割2分引きと聞き、印税率は1割でよいと申し出るが、1割5分でよいといわれる。服部書店には1割。＊6月1日の条、野村新橋堂から『みみずのたはごと』34版の印税100円を受け取る。〔蘆花日記01〕

5月12日　岩野泡鳴のところに、博文館より原稿料24円50銭の通知があった。＊小説「女中の恋」(「文章世界」、大3・6)。〔巣鴨日記01〕

5月16日　岩野泡鳴、時事より原稿料2円を受け取る。〔巣鴨日記01〕

5月22日　岩野泡鳴、新潮社より翻訳原稿料80枚分24円50銭の通知があった。〔巣鴨日記01〕

5月23日　徳冨蘆花が『順礼紀行』14版の印税100円を受け取る。＊『順礼紀行』(明39・12初版、警醒社)。〔蘆花日記01〕

5月31日　岩野泡鳴、新潮社より30円を受け取る。＊「婦人問題」(「新潮」、大3・6)か。〔巣鴨日記01〕

6月3日　岩野泡鳴、博文館へ『包み合つた心』の出版届と版権譲渡届と

を捺印して送る。また、新潮社より翻訳原稿料13円50銭を受け取る。
＊『包み合つた心』（大3・7、博文館、228頁、定価35銭）。テニスンの詩を物語風に翻案。〔巣鴨日記01〕

6月4日　岩野泡鳴、読売より原稿料10円を受け取る。〔巣鴨日記01〕

6月4日　岩野泡鳴、冨山房より原稿料14円70銭を受け取る。＊「政界その他の実生活的観察」（「新日本」、大3・7）。〔巣鴨日記01〕

6月19日　岩野泡鳴のところに、福岡書店来訪。清子代編『モナヴナ』を渡し、2,000部の印税前金20円を受け取る。＊『モナヴナ』青年学芸社刊（大3・8、発売所福岡書店、106頁、定価10銭）。メテルリンクの戯曲を小説風に改めたダイジェスト版、世界学芸エッセンスシリーズ12。〔巣鴨日記01〕

6月27日　岩野泡鳴、中外日報より原稿料10円を受け取る。＊「純全生活」（「中外新報」、大2・6・20～24）。〔巣鴨日記01〕

6月29日　岩野泡鳴、新潮社より翻訳原稿料30円を受け取る。〔巣鴨日記01〕

7月2日　岩野泡鳴、博文館へ行き、「解剖学者」の原稿料40円80銭、それに『包み合つた心』の残金12円50銭を受け取る。＊「脚本解剖学者」（「文章世界」、大3・10）。〔巣鴨日記01〕

7月3日　岩野泡鳴、読売より原稿料8円を受け取る。＊「幻影と事実」（「読売新聞」、大3・6・29）。〔巣鴨日記01〕

7月5日　徳冨蘆花が野村新橋堂から『みみずのたはごと』縮刷版39版から48版の印税1,500円のうち1,000円を受け取る。1万部印刷し、印税率は1割5分。37版、38版は2,000部製本するが50部しか出さないという。その分の印税は不要と伝える。〔蘆花日記01〕

7月7日　鈴木三重吉の前田晁宛書簡。ゴーリキー作『懺悔』を100枚ほどに翻訳、120枚ほどで55円ばかり貰いたいので、同行してくれるように依頼。7月10日付け前田宛書簡では、102枚しかないので、有田から50円貰ってきたとある。8月一杯で全部終了の予定。＊鈴木三重吉訳『懺悔』（大4・10、博文館）。〔三重吉全集06〕

7月15日　岩野泡鳴、時事より原稿料2円を受け取る。＊「星湖氏の作に就て」（「時事新報」、大3・7・9）。〔巣鴨日記01〕

7月17日　鈴木三重吉の井本健作宛書簡。「朝日新聞」が鈴木の立案に従っ

て、15、6人の作家の短編を連載することになった。夏目漱石の連載があと15、6回で終了し、その後、最初に自分が執筆する。第2は小川未明、井本にも依頼したい。条件は10回以上12回まで、1回は17字詰め80行から90行まで。原稿料は1回4円乃至5円で未確定。〔三重吉全集06〕

7月26日　斎藤茂吉の鈴木三重吉宛書簡。「アララギ叢書第一「馬鈴薯の花」を出す時、中村憲吉君と千樫君と三人で春陽堂にまゐり長塚さんの「土」の縁で紹介していただき、だんぱんして断られしよげ返りてそれから五十円出して東雲堂から出して貰ひました。それから赤光も銭出して東雲堂から出してもらひました」。〔茂吉全集33〕

7月27日　岩野泡鳴、中央公論より原稿料8円を受け取る。＊8月1日発行「中央公論」29年9号「まだ野暮臭い田村女史」。〔巣鴨日記01〕

7月29日　岩野泡鳴、中外日報より原稿料10円を受け取る。＊中外日報7月15〜20日「婦人問題の順序」。〔巣鴨日記01〕

8月2日　岩野泡鳴のところに、福岡書店より『モナヴナ』解説の奥付印を取りに来る。〔巣鴨日記01〕

8月6日　徳冨蘆花が野村新橋堂から『みみずのたはごと』縮刷版49版1,000部、50版から59版まで1万部の印税率を1割にしてほしいとの申し出を承諾。〔蘆花日記01〕

8月8日　岩野泡鳴、新潮社へ行き、翻訳原稿料（第2巻401片から600片まで100枚）の前金40円を受け取る。今回から1枚30銭を40銭に値上げしてもらう。〔巣鴨日記01〕

8月17日　野村胡堂が「報知新聞」に発表した人物評論が『人類館』として春陽堂より刊行。胡堂の初の著書で刊行部数は1,100部。取材相手から抗議を受け、胡堂は筆止めを命じられる。印税110円のうち10円は掲載紙の弔慰金の資金に寄附し、残額は貯金する。〔野村胡堂〕

8月20日　小宮豊隆の津田青楓宛書簡。小宮が翻訳の原稿料として「百七十幾円」を得るはずだったが、「カンシャク」を起こして原稿を奪い返したため、原稿料も取れなくなる。〔館報14・1〕

8月23日　岩野泡鳴、福岡書店より送って来た『モナヴナ』第3版1,000部の印税10円を受け取る。また「文章世界」より原稿料3円50銭を受け取る。＊定価10銭なので印税1割。「戦争即文芸」（「文章世界」9巻10号）。〔巣鴨日記01〕

大正3年（1914）　183

8月25日　岩野泡鳴、新潮社へ行き、翻訳原稿料40円と雑誌原稿料5円（2円50銭不足とのこと）を受け取る。＊「断片語」（「新潮」、大3・9）。
〔巣鴨日記01〕

8月27日　岩野泡鳴、新日本より原稿料14円を受け取る。　〔巣鴨日記01〕

9月6日　岩野泡鳴、早稲田文学社より原稿料40円、福岡書店より『マクベス』解説2,000部の印税20円並びに『モナヴナ』第3版の印税10円を受け取る。印税1割。＊「我国民的生活と文明の基調」（「早稲田文学」、大3・10）。＊＊シェークスピア作、岩野泡鳴訳『マクベス』（大3・10、青年学芸社、発売所福岡書店）。101頁、定価10銭、世界学芸エッセンスシリーズ23。＊＊＊メテルリンク作、岩野泡鳴訳『モナヴナ』（大3・8、青年学芸社、エッセンスシリーズ12）。
〔巣鴨日記01〕

9月13日　岩野泡鳴、前日12日に完成した「芸者あがり」（140片、計70枚分）を中央公論社へ持って行き、原稿料70円を受け取る。1枚1円。＊10月1日発行「中央公論」29年11号掲載。
〔巣鴨日記01〕

9月26日　広文堂の人が来て原稿の売り切りを要望され、岩野泡鳴、代価の1割（1,000部に対する）にするように言うと、主人と相談すると言って帰る。
〔巣鴨日記01〕

9月30日　徳冨蘆花が野村新橋堂から『みみずのたはごと』縮刷版50版から59版まで1万部の印税1,000円を受け取る。
〔巣鴨日記01〕

10月2日　岩野泡鳴のところに、福岡書店より『モナヴナ』第2版の印を取りに来る。
〔巣鴨日記01〕

10月3日　岩野泡鳴、時事より原稿料2円、読売より4円受け取る。
〔巣鴨日記01〕

10月5日　岩野泡鳴、新潮社より翻訳原稿料100枚分40円を受け取る。
〔巣鴨日記01〕

10月8日　岩野泡鳴のところに、日月社の青森来訪。『神秘と半獣主義』の原稿を渡し、2,000部の印税40円のうち、25円を受け取る。10月21日に日月社より『半獣主義』初版2,000部の印税残金15円を受け取る。＊明治39年6月発行の『神秘的半獣主義』の再刊本か、不明。
〔巣鴨日記01〕

10月9日　岩野泡鳴、中央公論社より「臨川論」原稿料4円20銭を受け取る。＊9月13日の条に「臨川プラス独創」（12片）を渡している。

大正3年（1914）

1枚70銭。＊＊10月1日発行「中央公論」29年11号掲載。
〔巣鴨日記01〕

10月10日　岩野泡鳴、「太陽」より原稿料16円を受け取る。＊10月7日の条に、小説「トンネル狂」（41片）を渡している。1枚80銭か。11月1日発行「太陽」20巻13号掲載。
〔巣鴨日記01〕

10月11日　岩野泡鳴、千葉（鉱）を訪問。同氏の紹介で図書株式会社へ出版の照会を行なう。広文堂では売り切り50円と言って来ている。＊9月26日の条に関連の記事あり。10月14日の条に葉書が図書株式会社より届き、返信をしているが、内容は不明。11月10日の条を参照。
〔巣鴨日記01〕

10月16日　岩野泡鳴に人見より手紙が来る。中村某出版（天弦堂のこと）の『悪魔主義の思想』筆記の依頼を受け、条件は150から200枚で、50銭本の叢書の1冊、印税8分、期日は11月15日。承知する。＊『悪魔主義の思想と文芸』（大正4年2月7日発行、天弦堂、235頁、定価50銭、近代思想叢書第2編）。
〔巣鴨日記01〕

10月　吉川英治が「講談倶楽部」の懸賞に吉川雉子郎の筆名で応募し、第1作「江の島物語」（秋増刊号）が1等当選、賞金10円。
〔大正15年の暦〕

10月頃　情話小説で売れっ子になった長田幹彦、大阪を訪れ偶々近松秋江と知り合い作品を激賞される。意気投合して浜の丸三楼に流連、無一文の二人は机を並べ執筆。長田、3日間で「大阪朝日」日曜版の小説を書き上げ原稿料32円を得、内20円を秋江に渡す。
〔文豪の素顔〕

10月頃　近松秋江は原稿料に関しては敏感で、中央公論社は誰それには1枚2円払っている。あれは不当である。どこそこの雑誌社はケチで50円以上は絶対前貸しをさせない。しかも貸すとき紙幣を数える社長の指が震えているなんていうことを長々としゃべる。
〔文豪の素顔〕

11月1日　「少年倶楽部」創刊。賛助員と評議員をもうけたところ、1ヶ月の原稿料の総額100円以内と申し入れがあった。
〔講談社01〕

11月3日　岩野泡鳴、自由講座より4円50銭を受け取る。〔巣鴨日記01〕

11月5日　岩野泡鳴、福岡書店より『モナヴナ』第4版（10月2日に検印）の印税10円を受け取る。
〔巣鴨日記01〕

11月10日　岩野泡鳴、広文堂より『近代生活の解剖』の印税として2,000

大正3年（1914） 185

部60円のうち50円を受け取る。第3番目の1,000部から1,000部毎に60円を払わせることとする。つまり最初2,000部は60円、あとは1,000部ごとに60円ということになる。定価から割り出すと、最初2,000部は3分、その後は6分。＊『近代生活の解剖』（大4・1、広文堂、424頁、定価1円50銭）、翌年1月6日に10部受け取る。　　　　　　　〔巣鴨日記01〕

11月23日　里見弴が漱石のすすめで「朝日新聞」に「母と子」を連載開始（〜12・3）。1回3円の原稿料を得る。里見弴にとって初めての原稿料。　　　　　　　　　　　　　　　　　　　　　　　〔私の履歴書01〕

11月27日　徳冨蘆花が野村新橋堂と『黒い眼と茶色の目』（大3・12）の刊行に関する相談。初刷は5,000部、2割の印税の半額を支払い、残額は借金返済に充てることに取り決め。12月6日、出版届に捺印。
　　　　　　　　　　　　　　　　　　　　　　　　　　　〔蘆花日記01〕

11月28日　岩野泡鳴、自由講座より5円を受け取る。　〔巣鴨日記01〕

12月2日　有島武郎は父の死によって70万円の遺産を相続した。それは家屋敷や北海道の農場などを除いた有価証券等の額面評価であって、実際は遥かにそれ以上巨額な財産であった。麹町下六番町の邸宅は日清戦争当時最初500坪ほどの旧旗本屋敷を買取り、次に隣の700余坪の土地を買い増し、千数百坪を所有していた。　　　　　　〔近代作家伝下〕

12月4日　岩野泡鳴、読売より原稿料2円50銭を受け取る。〔巣鴨日記01〕

12月5日　岩野泡鳴、冨山房より新年小説の原稿料31円を受け取る。
　　　　　　　　　　　　　　　　　　　　　　　　　　〔巣鴨日記01〕

12月8日　徳冨蘆花が警醒社から『寄生木』の縮刷版37版から39版3,000部の印税300円、『黒潮』1,000部の印税40円を受け取る。『黒潮』『順礼紀行』『寄生木』の印税は以後1割とする。＊『寄生木』（明42・12初版、警醒社）。＊＊『黒潮』（明36・2初版、同前）。　〔蘆花日記01〕

12月10日　徳冨蘆花が『黒い眼と茶色の目』初版5,000部の印税を受け取る。1,200円のうち600円は負債の返済に当て、残り600円を受け取る。負債を皆済するまで印税の3分の2を新橋堂に収め、残額をその都度受け取ると伝える。＊『黒い眼と茶色の目』（大3・12、新橋堂、512頁）。
　　　　　　　　　　　　　　　　　　　　　　　　　　　〔蘆花日記01〕

12月11日　岩野泡鳴、『古神道大義』を完了し、それを取りに来た敬文館の藤川氏から初版2千部の印税50円を15日払い小切手で受け取る。

186　大正3年（1914）

この書は2,000部以上を印税7分と定めた。印税率は1割。大正4年1月11日に敬文館より『古神道』2,500部の検印を取りに来る。そのうち500部についてはまだ印税を受け取っていないという。＊『筧博士の古神道大義』（大4・1、名著評論社刊、敬文館売捌き、199頁、定価25銭、名著梗概及評論第10編）。〔巣鴨日記01〕

12月14日　岩野泡鳴、新潮社より訂正『耽溺』を印税1割で出版することにした。12月19日に妻清子を代理として、『耽溺』の印税のうちから40円だけ受け取る。＊大正4年5月14日発行『耽溺』（代表的名作選集第13編、新潮社、155頁、定価30銭）。〔巣鴨日記01〕

12月17日　岩野泡鳴のところに、鈴木（三）より使いが来て、『毒薬』前篇の印税2,000部代30円を受け取る。印税率1割。12月27日に鈴木（三）より出版届並びに印税の判を取りに来る。＊大正3年12月24日発行『毒薬を飲む女』（鈴木三重吉発行、東京堂発売、113頁、定価15銭、現代名作集第5編）。〔巣鴨日記01〕

12月22日　徳冨蘆花が『黒い眼と茶色の目』（大3・12、新橋堂）再版5,000部の印税を受け取る。1,200円のうち800円は負債の返済に充て、残り400円を受け取る。発売元の東京堂から7,500部は既に小売店に渡っているという。〔蘆花日記01〕

この年　学資の工面のため、山本有三は半田良平の紹介でアカギ叢書の第53編ハウプトマン『日の出前』（8月刊）、第65編ズーダーマン『名誉』（9月刊）のあらすじを執筆。稿料は1冊につき35円だった。＊アカギ叢書、大正3年の1年間で108冊発売されたという。三五判、紙装、116頁、定価10銭なので通称10銭文庫とも呼ばれた。なお『日本近代文学大事典』6巻所載のアカギ叢書の項目ではこの2巻は未詳となっている。〔山本有三正伝〕

この年　徳冨蘆花の大正3年の収入は7,500円弱。〔蘆花日記04〕

この年　武者小路実篤が「朝日新聞」に書いた「嫂の死」（大3・8・13～8・25）は1回4円50銭（久保田）。久保田も「路」（大3・10・30～11・8）を連載していた。「朝日」は5円が普通だった。ボクは2度書いたが、永井君のも1回5円だった（近松秋江）。〔文壇あれこれ〕

この年　山本実彦、「東京毎日新聞」を買収し社長となる。＊「東京毎日新聞」の前身は明治3年に創刊された「横浜毎日新聞」。「東京横浜毎日新聞」、

さらに「東京毎日新聞」に改称された。〔改造社〕

大正3年頃　『行人』の版権が大倉書店に移った際、印税にうるさい漱石と悪妻と伝えられた夫人とを結び付け尾鰭をつけたのが近松秋江と長田幹彦のゴシップ。春陽堂は『三四郎』出版の時に著者に献本を届けず、臆面もなく再版の検印を取りに行くなどの失態があった。〔春陽堂〕

大正3年頃　アカギ叢書の翻訳原稿料、青野季吉の場合150枚で15円。
〔文学的散歩〕

大正4年（1915）

1月2日　寺田寅彦、文会堂に原稿を渡す。2月7日に文会堂と著書の体裁の相談をし、2月12日に1,000部の奥付検印をする。2月15日に著書が出来上がり、35部送ってきた。＊『地球物理学』（大4・2、文会堂書店、262頁、定価1円50銭）。〔寅彦全集12〕

1月6日　岩野泡鳴、第三帝国より原稿料を3円受け取る。＊「断片語」（「第三帝国」、大4・1、28号）。〔巣鴨日記02〕

1月12日　永井荷風、『夏すがた』初版1,000部の印税36円を受け取る。籾山は発売禁止処分を心配して、官庁の休み前日の土曜日の夕方に市内の小売書店へ配本し、日曜日一日で売る計画を実行。1月18日付で発禁処分となるが、警視庁が没収に来た際には残本30冊余りだった。＊『夏すがた』（大4・1、籾山書店、30銭）。〔著者の出版史〕

1月14日　徳冨蘆花が『みみずのたはごと』（新橋堂）49版1,000部の印税125円受け取る。前年の書籍費等約139円と相殺。〔蘆花日記01〕

1月14日　徳冨蘆花が『黒い眼と茶色の目』（大3・12、新橋堂）3版4,000部の印税を受け取る。960円のうち640円は負債の返済に充て（3,000円のうち2,040円返却）、残り320円を受け取る。東京堂への卸値は80銭。
〔蘆花日記01〕

2月2日　岩野泡鳴、読売より原稿料を3円受け取る。＊「稲毛氏への再駁」（「読売新聞」、大4・2・9）。〔巣鴨日記02〕

2月5日　岩野泡鳴のところに、天弦堂より『悪魔主義』600部の検印を取りに来る。2月8日に残り400部の検印を取りに来る。2月10日に出版届を送ってきたので、押印する。12日に天弦堂より『悪魔主義の思想と文芸』10部を届けられる。＊『悪魔主義の思想と文芸』（大4・2、

天弦堂、235頁、定価50銭、近代思想叢書第2篇)。〔巣鴨日記02〕

2月10日　岩野泡鳴、小説「四十女」を新潮社に持って行き、原稿料のうち20円を受け取る。＊該当する小説見当たらず。この小説は没になり、2月28日の「金に添へて」になったか。〔巣鴨日記02〕

2月11日　岩野泡鳴、中央公論へ原稿料の値上げを掛け合う。〔巣鴨日記02〕

2月13日　岩野泡鳴、中央公論へ行き、原稿料39円を受け取る。鈴木(三)の使いが『毒薬を飲む女』下篇1,500部の検印を取りに来る。＊「信より玉江へ」(「中央公論」、大4・3)。＊＊『毒薬を飲む女』下篇(大4・2、鈴木三重吉発行、東京堂発売、111頁、定価15銭、現代名作集第8編)。〔巣鴨日記02〕

2月15日　徳冨蘆花が『黒い眼と茶色の目』(新橋堂)3版3,000部の印税720円を受け取る。うち480円は新橋堂への負債返金とする。〔蘆花日記01〕

2月17日　岩野泡鳴、鈴木三重吉より『毒薬を飲む女』下篇2,000部の印税30円を受け取る。2月18日にその製本5部を受け取る。印税率1割。〔巣鴨日記02〕

2月21日　岩野泡鳴、鈴木(三)より『毒薬を飲む女』上篇第3版500部の印税7円50銭を郵送してくる。2月24日にこの500部の検印の押印をする。印税率1割。〔巣鴨日記02〕

2月28日　岩野泡鳴、「金に添へて」を新潮社へ持って行った。原稿料は先日の620円で差し引き1円60銭。なお新潮社より翻訳原稿料の前借15円を受け取る。＊2月10日に「四十女」で20円を受け取っている。没の原稿。「金に添へて」(「新潮」、大4・4、22巻4号)。〔巣鴨日記02〕

3月3日　岩野泡鳴、中央公論社へ行き、原稿料50円を受け取る。その内訳は原稿料1枚1円20銭に上がって、28枚分33円60銭と、前借16円40銭。＊「秘書官」(「中央公論」、大4・4、30年4号)。〔巣鴨日記02〕

3月10日　岩野泡鳴、「土曜新聞」より原稿料3円を受け取る。〔巣鴨日記02〕

3月14日　岩野泡鳴、修善寺の滞在中、植竹書院の鈴木(悦)より手紙で、短編集の原稿を紛失したと言ってきたので、その責任として50円を要求する。3月16日に50円の要求は取り消し、紛失が事実なら、弁護士

大正4年（1915）

に依頼して多大の弁償をさせる旨通知する。19日、植竹より賠償するから、帰京するまで待つように手紙で言ってくる。28日、帰京、植竹書院の紛失した原稿の所在が分かったとのこと。〔巣鴨日記02〕

3月23日　徳冨蘆花が『寄生木』縮刷版（警醒社）40版の印税100円を受け取る。〔蘆花日記01〕

3月24日　岩野泡鳴、時事新報より原稿料3円を受け取る。〔巣鴨日記02〕

3月26日　岩野泡鳴、山本（喜）より原稿料10円を受け取る。
〔巣鴨日記02〕

3月　山本実彦、第12回総選挙の憲政会から立候補、投票直前、収賄容疑で召喚され、立候補辞退。6ヶ月後に無罪判決が下りる。2年後、東京毎日新聞を売却し負債の弁済に当てる。〔改造社〕

4月2日　岩野泡鳴、新日本より原稿料8円を受け取る。＊「岩野泡鳴論」（「新日本」、大4・4、5巻4号）。〔巣鴨日記02〕

4月7日　岩野泡鳴、時事新報より原稿料4円50銭を受け取る。
〔巣鴨日記02〕

4月8日　岩野泡鳴、鈴木三重吉より『毒薬を飲む女』（大3・12、現代名作集、1冊30銭）上篇4版500部の印税7円50銭を受け取る。4月14日に第4版の検印を取りに来る。〔巣鴨日記02〕

4月12日　岩野泡鳴、新潮社へ行き、翻訳原稿料15円（ただし前借15円を差し引かれて）、評論集の原稿料の半分25円、合わせて40円を受け取る。〔巣鴨日記02〕

4月15日　岩野泡鳴、敬文館より『古神道』500部の印税8円75銭を受け取る。〔巣鴨日記02〕

4月20日　岩野泡鳴、「蜜蜂」（80片）を書き上げ、この原稿に対して中央公論社より（評論並みにされて）28円の支払いとなる。1枚70銭。＊「蜜蜂の話」（「中央公論」、大4・5、30年5号）。〔巣鴨日記02〕

4月24日　岩野泡鳴、今日から蒲原嬢を月15円の手当で、翻訳の筆記者として採用する。〔巣鴨日記02〕

5月1日　岩野泡鳴、読売より原稿料を4円50銭受け取る。〔巣鴨日記02〕

5月4日　岩野泡鳴、新公論より小説の原稿料の残金10円を受け取る。＊「昔の友人」（「新公論」、大4・5、30巻5号）。〔巣鴨日記02〕

5月7日　岩野泡鳴、新潮社より翻訳原稿料30円と5月号の原稿料2円

5月7日　泉鏡花、「三田文学」5月号の原稿料44円80銭を受け取る。同号に掲載された「夕顔」の原稿料。50枚弱の分量であることから、1枚あたり1円程度と浅岡邦雄は推定。〔著者の出版史〕

5月8日　岩野泡鳴、新潮社より送られてきた『耽溺』印紙2,000枚に捺印する。翌日新潮社に返送するとともに、その印税1,000部分を催促する。他の1,000部分は昨年受け取っている。〔巣鴨日記02〕

5月9日　岩野泡鳴、沼波よりの手紙を受け取る。『新体詩の作法』の「紙型及び出版取りもどしの件」で、修文館から沼波へもとの原稿料を出せば、紙型を渡すといっているという。「それではあまりに高過ぎる」。＊明治40年12月23日発行『新体詩の作法』(作法叢書第三篇、修文館、348頁、定価30銭)の紙型。〔巣鴨日記02〕

5月12日　岩野泡鳴、時事新報より原稿料を5円受け取る。博文館より「文章世界」の原稿料28円を受け取る。＊6月1日発行「文章世界」10巻7号「四十女」か。これは先に「新潮」に渡し、没になったもの。〔巣鴨日記02〕

5月16日　岩野泡鳴、新潮社より翻訳原稿料を30円、『耽溺』2,000部の印税の残金17円を受け取る。新潮社へ『耽溺』の出版届に押印して返送する。＊代表的名作選集13篇『耽溺』(大4・5)〔巣鴨日記02〕

5月17日　徳冨蘆花が大正4年5月以後に公表する第一の著作を大江書房が出版する旨契約する。印税は定価の2割で改版発売の都度支払われる。その前金1,000円をこの日受け取る。これは出版時に印税から差引き、皆済までは印税の1割を著者、1割を返金に充てる。〔蘆花日記01〕

5月28日　岩野泡鳴、新潮社より翻訳原稿料を30円受け取る。同月31日、7月25日も同様。〔巣鴨日記02〕

6月11日　徳冨蘆花が野村新橋堂より『黒い眼と茶色の目』18、19版の印税480円のうち3分の2を新橋堂への借金返済に充て、残り160円を受け取る。〔蘆花日記01〕

6月17日　岩野泡鳴、中央公論より原稿料50円50銭を受け取る。新潮社より原稿料延引の電報を受け取る。＊「社会悲劇／三角畑」(「中央公論」、大4・7、30年8号)。〔巣鴨日記02〕

大正4年（1915）　191

6月24日　岩野泡鳴、米倉書店の佐藤の訪問を受け、『刹那哲学の建設』の印税50円（定価1円とみて1,000部の半分）を持参したので、原稿を渡す。7月4日に校正済み。＊該書見当たらず。〔巣鴨日記02〕

6月30日　岩野泡鳴、新潮社より翻訳原稿料を36円受け取る。
〔巣鴨日記02〕

7月1日　秋田雨雀、中央公論社に出向き、66枚に対して原稿料66円受領。＊戯曲「緑の野」（「中央公論」、大4・7）の原稿料か。〔雨雀日記01〕

7月8日　岩野泡鳴、「女の世界」より原稿料を11円受け取る。＊「自由恋愛の意義と社会関係」（「女の世界」、大4・7、1巻3号）。〔巣鴨日記02〕

7月10日　岩野泡鳴、新潮社より翻訳原稿料を30円受け取る。「文章世界」より8円50銭を受け取る。＊「新旧の葛藤時代」（「文章世界」、大4・7、10巻8号）。〔巣鴨日記02〕

7月11日　直木三十五の弟宛書簡。「ボザンケエの翻訳は1千8百枚からあるので友人三人して六百枚づつやる。原稿料は一枚四十銭だが紀淑雄氏の名でだす、十銭をこの先生にあげるから三十銭になる。僕が六百枚やると三六、百八十円儲かるはずだ」。〔直木全集21〕

7月16日　岩野泡鳴、読売より原稿料2円50銭を受け取る。〔巣鴨日記02〕

8月2日　岩野泡鳴、時事新報より原稿料を5円受け取る。〔巣鴨日記02〕

8月4日　岩野泡鳴、新潮社より翻訳原稿料を30円受け取る。しばらく翻訳の中止を要請されているので、新潮社の社長佐藤に理由を聞きに行ったが、留守で会えない。ここまでおよそ2,700枚でき、あとは第3巻の五、六百枚、第4巻千二三百枚が残っている。中止になるなら、別の仕事を見つけるため、米倉書店に立ち寄り、「日蓮」か「明治思想史」か「最近欧米の思想家評論」かを示しておく。〔巣鴨日記02〕

8月5日　岩野泡鳴、山本（喜）より原稿料を10円、米倉書店より30円（「日蓮」の起稿の前金）受け取る。〔巣鴨日記02〕

8月6日　秋田雨雀、7月29日に依頼を受けた「女学世界」の原稿「女性と平和運動」（15枚）で、博文館より原稿料10円を受け取る。
〔雨雀日記01〕

9月5日　岩野泡鳴、読売より原稿料を5円受け取る。〔巣鴨日記03〕

9月7日　岩野泡鳴、新潮社より原稿料を13円受け取る。〔巣鴨日記03〕

9月12日　岩野泡鳴、新潮社へ行き、『男女と貞操問題』（250枚）の単

行本原稿を持って行き、1,000部の印税前金50円を受け取る。1部定価50銭の予定。＊『男女と貞操問題』（大4・10、新潮社、281頁、65銭）。
〔巣鴨日記03〕

9月13日　岩野泡鳴、春陽堂に行き、60枚分の論文原稿料を42円受け取る。＊「僕の別居事実と諸家の論議」（「新小説」、大4・10、20年10巻）。
〔巣鴨日記03〕

9月20日　岩野泡鳴、米倉書店より『刹那哲学の建設』の印税のうち20円受け取る。
〔巣鴨日記03〕

9月22日　岩野泡鳴、妻清子と離婚の協議中、実印などを妻が返さないため、新しい実印を拵え、その印影を日記に留める。＊9月15日の条に妻への命令に関する記録がある。「四、追加命令〇実印と印税の印とを返せ」とある。
〔巣鴨日記03〕

9月29日　岩野泡鳴、新潮社より『男女と貞操問題』の印税のうち30円受け取る。10月2日の残りの印税18円受け取る。これで1,500部の印税がすべて済み、うち100部は無税にする。
〔巣鴨日記03〕

10月2日　岩野泡鳴、新潮社より翻訳原稿料（プルタルク訳）の前借16円受け取る。中外日報より原稿料6円を受け取る。＊「重婚と単婚」（「中外日報」、大4・10・16）。
〔巣鴨日記03〕

10月3日　岩野泡鳴、新日本より原稿料6円を受け取る。＊「谷崎氏の「お才と巳之介」」（「新日本」、大4・10、5巻10号）。
〔巣鴨日記03〕

10月4日　岩野泡鳴、「女の世界」より原稿料7円20銭を受け取る。
〔巣鴨日記03〕

10月11日　岩野泡鳴、尚枝宛（同棲中の蒲原英枝の姉）の書簡を書く。その中で「九月からは殆ど時間が足りぬほど働き、そしてこの働きがそのまま僕の宗教ですが、それに添つて報酬として先月も二百五十円ほど這入り、今月はまだ十日にしかなりませんが、既に百五十円ほど入りました。今月中にはまだ外に五十円と九十円との分は確かに入ることが分つてゐます。」とある。
〔巣鴨日記03〕

10月7日　岩野泡鳴、米倉書店より『刹那哲学の建設』の印税30円を受け取る。これで合わせて100円。
〔巣鴨日記03〕

10月9日　岩野泡鳴、春陽堂より「女四人と男三人」の原稿料残金49円30銭を受け取る。10月8日に108枚半完了。＊「女四人と男三人（前

篇）」（「新小説」、大4・11、20年11巻）。
〔巣鴨日記03〕

10月20日　徳冨蘆花が野村新橋堂より刊行された『みみずのたはごと』60、61版（合計2,000部）の印税400円を借金返済に充てる。
〔蘆花日記02〕

10月26日　岩野泡鳴、新潮社より翻訳原稿料30円（そのうち23円は前借として差し引かれる）を受け取る。同じく新潮社より原稿料2円50銭を受け取る。
〔巣鴨日記03〕

11月6日　岩野泡鳴、植竹書院より原稿出版遅延の損害金30円を受け取る。
〔巣鴨日記03〕

11月9日　岩野泡鳴、新潮社より翻訳原稿料30円を受け取る。
〔巣鴨日記03〕

11月15日　岩野泡鳴、中央公論社より原稿料37円20銭を受け取る。＊「膝に飛び付く女」（「中央公論」、大4・12、30年13号）。
〔巣鴨日記03〕

11月15日　永井荷風、『日和下駄』初版1,000部の印税120円を受け取る。＊『日和下駄』（大4・11、籾山書店、1円）。
〔著者の出版史〕

11月28日　岩野泡鳴、天弦堂の『悪魔主義の思想と文芸』3版300部の印を押す。
〔巣鴨日記03〕

大正4年秋　広津和郎、茅原華山の雑誌「洪水以後」に入社。文芸欄の担当で、月々の雑誌掲載の文学作品に関する文芸時評を執筆する。月2回発行、1回15枚、月給は25円。
〔年月のあしおと〕

12月5日　岩野泡鳴、新潮社より翻訳原稿料30円を受け取る。同月15日、26日、30日も同様。
〔巣鴨日記03〕

12月　里見弴、「新小説」に「夏絵」を発表。原稿料は1枚45銭。編集の田中純が当時「新小説」の表紙を描いていた有島生馬に頼まれた関係で依頼した。しかし里見から1枚45銭は安すぎると後々まで恨まれたと書いている。
〔里見弴伝〕

この年　江戸橋中央局勤務の川口松太郎、本給10円50銭に宿直料2円50銭、計13円。部屋代1円50銭払い、残金11円50銭。食費5円とすると6円50銭残る。子供の時からの夢だった小説を書き、「万朝報」の懸賞小説に投稿し賞金10円をもらう。
〔松太郎全集〕

この年　広津和郎、『戦争と平和』の翻訳の一部分に関して、原書と突き合せての校閲を依頼される。1枚15銭、全体300枚。植竹書院では月

給30円で300枚翻訳することになっていたので、割がよかった。

〔年月のあしおと〕

大正4年頃 博文館の「幼年画報」の表紙絵1枚10円。見開き2頁の口絵は8円。 〔児童出版〕

大正5年（1916）

1月9日 岩野泡鳴のところに、新潮社より『耽溺』の印税の印333部を取りに来る。印税は10円。 〔巣鴨日記03〕

1月9日 新潮社の加藤武雄から久米正雄宛の書簡。成瀬を中心に進めていたロマン・ローランの『トルストイ論』の翻訳分担の打合わせで、久米は『戦争と平和』、芥川は『アンナ・カレーニナ』と『晩年』の章を手伝う。翻訳料は25銭か30銭だった。久米が初めて原稿料を得た仕事だった。加藤は翻訳料1枚20銭のシェクスピアの仕事も廻してくれた。

〔久米全集〕

1月10日 岩野泡鳴、米倉書店より『刹那哲学の建設』の版権を取り戻し、前借金100円の受け取りを書く。 〔巣鴨日記03〕

1月24日 徳冨蘆花が警醒社に大正3年に1割とした印税率を2割に戻すよう伝える。 〔蘆花日記02〕

1月29日 岩野泡鳴、時事新報より原稿料4円50銭を受け取る。3月7日、12日、26日、4月5日、13日に同じく30円を受け取る。

〔巣鴨日記03〕

1月30日 徳冨蘆花が「日本及日本人」に、「中央公論」春季附録に1頁50円、40頁2,000円の原稿料で自分に原稿執筆を交渉中と書かれているのを読む。当人は全く知らない話。2,000円は欲しいが、「中央公論」では「御免蒙る」と日記に記す。 〔蘆花日記02〕

2月9日 岩野泡鳴、新潮社より翻訳原稿料40円を受け取る。3月7日、12日、26日、4月5日、13日に同じく30円を受け取る。 〔巣鴨日記03〕

2月17日 徳冨蘆花が警醒社から前年8月以来の勘定書を受け取る。『寄生木』41版（大4・8）、42版（大4・10）、『黒潮』23版（大4・8）、24版（大4・10）、『順礼紀行』15版（大4・12）。各1,000部。これらの印税の復旧を宣言。印税合計額は660円。 〔蘆花日記02〕

2月20日 岩野泡鳴、新潮社より翻訳原稿料30円、山本より「樺太日々」

の原稿料5円を受け取る。〔巣鴨日記03〕

3月1日　岩野泡鳴、希望社より原稿料4円20銭を受け取る。
〔巣鴨日記03〕

3月1日　徳冨蘆花が警醒社から160円を受け取る。『寄生木』41版（大4・8）、42版（大4・10）、『黒潮』23版（大4・8）、24版（大4・10）、『順礼紀行』15版（大4・12）、各1,000部の印税から立替分を差引いた額。
〔蘆花日記02〕

3月2日　岩野泡鳴、読売社より原稿料5円を受け取る。〔巣鴨日記03〕

3月10日　秋田雨雀、博文館の鈴木徳太郎から41円3銭（1枚70銭）を受け取る。
〔雨雀日記01〕

4月7日　徳冨蘆花が警醒社から出版書肆連名の作家に対する陳情書を見せられる。物価暴騰のため、印税を元のままにして定価を上げさせてほしいという申し出を受けて、当然の事と答える。
〔蘆花日記02〕

4月14日　岩野泡鳴、新潮社の『耽溺』印税印を500部押す。
〔巣鴨日記03〕

4月17日　岩野泡鳴、中央公論より原稿料8円75銭を受け取る。4月16日に渡す。12枚半。1枚75銭。＊「発売禁止に対する三要点」（「中央公論」、大5・5、31年5号）。
〔巣鴨日記03〕

4月19日　徳冨蘆花の『みみずのたはごと』縮刷版（新橋堂）62版1,500部の印税は300円。同出版社への負債返済に充てる。同出版者はこの作品が他社から刊行される件を200円で断わり、四六版や廉価版の作成を希望。
〔蘆花日記02〕

4月21日　徳冨蘆花が「大阪日々新聞」に兄と喧嘩して印税をとらない変わり者と書かれているのを読む。
〔蘆花日記02〕

5月2日　岩野泡鳴、新潮社より翻訳印税前金30円を受け取る。また『耽溺』5版500部印税15円を受け取る。＊「印税前金」とあるのは原稿料のことならん。
〔巣鴨日記03〕

5月10日　岩野泡鳴、博文館「文章世界」より原稿料12円80銭を受け取る。これは昨日送った小説「藁人形」（82片）と4月17日に送り戻された「かの女の遺物」（24枚半）との原稿料の差によって生じたもの。4月19日に20円受け取っている。1枚80銭。＊「藁人形」（「文章世界」、大5・6、11巻5号）。
〔巣鴨日記03〕

5月23日　岩野泡鳴のところに中沢（静）来訪。中沢執筆の小説原稿を岩野の資料として買うように言われ、40枚5円で購入。5月27日にも5円を渡している。〔巣鴨日記03〕

5月　芥川龍之介の初めての原稿料は「虱」（「希望」、大5・5）の3円60銭、1枚30銭だった。のちに芥川は「知己料」（「東京日日新聞」、大12・5・30、のち『野人生計事』収録）でこの時のことを回想する。1週間後に送稿した芥川は「直侍を待つ三千歳のように振替を待った。」という。まだ「新思潮」同人で他誌に発表しているのは久米正雄だけだった。〔芥川と時代〕

5月　「希望」の編集者は村松梢風で、同時にその個人雑誌の経営者だった。友人の長田秀雄や後藤末雄らが1枚50銭だったので、芥川はまだ学生だから30銭位でよかろうと、12枚に3円60銭の振替を送った。＊「新思潮」発行所気付で送った梢風の依頼状では「鼻」「孤独地獄」を激賞した。原稿を送った後、芥川は材料の事や執筆の苦心について便箋数枚にわたる長文の手紙を2度も希望社の梢風宛に送っていた。〔芥川と時代〕

6月7日　佐藤春夫の佐藤政代・竹田熊代宛書簡。「今月は三田文学へ原稿を売りましたから十五円ほど入ります」。〔春夫全集36〕

6月8日　谷崎潤一郎、新潮社の中根駒十郎に対して30円の前借りを申し入れる。今月中に前借り相当分の創作1編を「新潮」に寄稿するとのこと。1枚1円20銭の条件。〔谷崎全集26〕

6月11日　高濱虚子の籾山梓月宛書簡。「扨子規句集コーギ出版ノ件ニツキ御来示の件其々敬承仕候処印税ハ壱割に奉願度候。其他は異存無之候」。〔虚子全集15〕

6月16日　徳冨蘆花が大江書房の大江保吉より500円を受け取る。〔蘆花日記03〕

6月17日　岩野泡鳴、読売より原稿料4円を受け取る。＊「タゴル氏に直言す」（「読売新聞」、大5・6・12）。16片、1枚50銭。〔巣鴨日記03〕

6月19日　徳冨蘆花のもとに警醒社が『寄生木』43版1,000部の印税240円を届ける。印税率1割2分。同年4月7日に物価騰貴で定価を引き上げるが印税は旧定価に寄るものとしたいとの出版者の陳情を了承したため、旧定価1円の2割の200円のみ受け取る。〔蘆花日記03〕

6月22日　徳冨蘆花のもとに新橋堂が『みみずのたはごと』63版500部、

64版1,000部の印税300円から立替分を差引いた127円を届ける。〔蘆花日記03〕

7月8日　岩野泡鳴、新潮社より原稿料4円50銭を受け取る。＊6月17日「タゴル氏とその周囲」（9片）。1枚90銭。　〔巣鴨日記03〕

7月18日　岩野泡鳴、中央公論社より原稿料60円を受け取る。＊「その一日」（「中央公論」、大5・8、31年9号）。7月16日の条に「小説「その一日」（五十枚）を終る。」とあるので、1枚1円20銭となる。
〔巣鴨日記03〕

7月20日　岩野泡鳴、新潮社より出版する『プルタルク英雄伝』の翻訳4,744枚を完成する。これまで得た収入は1,463円20銭。〔巣鴨日記03〕

7月29日　谷崎潤一郎、新潮社の中根駒十郎に6月8日に前借り30円で約束した原稿を送る。35枚以下に詰めようとしたがうまくいかず、37枚になってしまった。原稿料は35枚分で差し支えなく、残額6円を郵便為替で送金するように要請。　〔谷崎全集26〕

8月6日　岩野泡鳴、新潮社の佐藤（義）からの手紙を受け取る。「羅馬衰亡史」翻訳の件は、『プルタルク英雄伝』の売れ行きを見てからのこと、また本年中毎月60円ずつ前金を渡すことは断るとのことを中学会への返事として通知。7月22日に「羅馬衰亡史」翻訳のこと、新潮社に葉書を出している。＊「中学会」とはこの日に出てくる「ギリシヤローマ古典翻訳会」、8月16日に出てくる「世界名著翻訳会」のことか。
〔巣鴨日記03〕

8月16日　岩野泡鳴、日吉堂より『闇の盃盤』ならびに『新自然主義』の紙型を受け取る。「これで偽版の問題は方づいた」。＊6月27日の条に『闇の盃盤』の偽版が日吉堂本店から2月に出ているのを発見し、掛け合うつもり。6月29日、7月7日にも関連記事あり。　〔巣鴨日記03〕

8月23日　徳冨蘆花が次回の本に「国木田哲夫兄に与へて僕の近況を報ずる書」（『二十八人集』、明41・4、新潮社）の収録を考える。新潮社が納得せず裁判になれば原稿料が支払われなかった「零落」（「新声」、明33・9）のことを持出そうと思う。　〔蘆花日記03〕

8月31日　岩野泡鳴、本富士町石川文栄堂へ『ボンチ』紙型買い受けの件で葉書を出す。新潮社より原稿料4円を受け取る。＊「不振か持久か」（「新潮」、大5・9、25巻3号）か。8月4日の条に「「不振か持久か」（十五

片)、新潮へ」とある。1枚50銭。 〔巣鴨日記03〕

9月7日　岩野泡鳴、早稲田文学より原稿料13円を受け取る。＊「二頭の馬」(「早稲田文学」、大5・9、130号)。8月9日の条に「「二頭の馬」(三十一枚分)、早稲田文学へ」とある。1枚60銭弱。 〔巣鴨日記03〕

9月9日　岩野泡鳴、日本評論社より原稿料15円を受け取る。＊「僕の日本主義国家主義並に個人主義の独断的区別の撤廃」(「日本評論」、大5・10、1巻18号)。9月8日の条に30枚とある。1枚50銭。 〔巣鴨日記03〕

9月15日　岩野泡鳴、川俣より「論文作法」の原稿料25円を受け取る。
〔巣鴨日記03〕

9月　「面白倶楽部」創刊。高畠華宵の表紙絵は4円。彼は「講談倶楽部」の井川洗厓の表紙絵は3円と聞いた。高畠が描いた「講談倶楽部」の口絵(1色の1頁)は1円50銭だった。当時、博文館も同程度で、小杉未醒も1円50銭から2円程といわれていた。 〔講談社01〕

9月　菊池寛は京大卒業後、時事新報記者となり月給25円、手当て4円。国元に10円を送金していた。退社時は社会部2位の43円だった。
〔近代作家伝上〕

9月　芥川龍之介の「芋粥」(「新小説」、大5・9)は1枚40銭だった。＊秦豊吉宛絵葉書(大5・9・25)には1枚60銭とある。この年、12月1日付けで海軍機関学校の教官(英語担当)となり月俸60円。1年後に月俸100円とある。この100円は芥川の記憶違いで、実際は70円になったに過ぎないという。森本修『芥川龍之介伝記論考』(昭39・12、明治書院)は海軍機関学校の同僚黒須康之助の談を引いて、実際は10円上がって70円だったと。さらに第一次世界大戦のインフレで諸物価高騰したため、一躍4割増しの98円になったとある。 〔芥川全集04〕

10月10日　岩野泡鳴、博文館より原稿料8円を受け取る。＊10月4日の条に「個人の国家的生活」(23片)。1枚66銭強。 〔巣鴨日記03〕

10月　大町桂月の著書は大概田中貢太郎が代作する。書肆の方で拵えた原稿を持参して名義を借りるのは公然の秘密である。この名義拝借料は50〜80円。 〔代作者〕

11月5日　徳冨蘆花に野村新橋堂が『みみずのたはごと』67版1,000部(縮刷)の印税200円、65版1,000部(並製)の印税100円を届ける。並製は500部しか売れなかったので、66版の印税の辞退を申出るが、並

製の分を半減し100円のみとすることに。 〔蘆花日記03〕

11月14日　徳冨蘆花に野村新橋堂より『みみずのたはごと』65版の追加印税100円が届く。話し合いの上で受取らなかった分なので、66版の印税として受け取る旨を手紙で連絡。 〔蘆花日記03〕

11月28日　徳冨蘆花に警醒社から縮刷版『寄生木』44版1,000部の印税200円が届く。 〔蘆花日記03〕

11月29日　岩野泡鳴のところに、「黒潮」の中根が来訪。原稿料の残金30円を受け取る。これで総額50円。＊「畑の細君」（「黒潮」、大5・12月、1巻2号）。 〔巣鴨日記03〕

大正5年秋　川口松太郎の初めてのまとまった原稿料は7円、歌人で編集者の生田蝶介（調介）の誘いで「講談倶楽部」に掲載された時代小説「流罪人藤助」の稿料だった。松太郎は17歳。 〔懐かしき文士〕

大正5年秋　川口松太郎、郵便局を転々したが、切手2枚計2円を盗み馘首となり、義父の仕事を手伝う。博文館の「講談雑誌」編集人生田調介の励ましで書いた「流罪人藤助」を本名で発表。稿料は1枚25銭だった。白い封筒が原稿料入れと受け取り用紙を兼ねていた。 〔松太郎全集〕

12月10日　岩野泡鳴、日本評論より原稿料を30円受け取る。＊11月1日小説「お園の家出」（90片）。11月4日「評論の評論」（40片）、11月12日「艶福家としての大杉氏」（10片）を渡している。 〔巣鴨日記03〕

12月19日　12月9日に夏目漱石逝去。寺田寅彦のところに小宮豊隆が訪問、書簡集出版のことなど相談する。漱石の貯蓄は、朝日新聞社から貰う分と合わせて3万3,000円という。 〔寺田寅彦全集12〕

12月26日　岩野泡鳴、春陽堂より「新小説」に掲載される小説「継母と大村夫婦」（72枚半）の原稿料62円5銭を受け取る。1枚90銭。＊12月24日に渡している。2月1日発行「新小説」22年3号掲載。 〔巣鴨日記03〕

12月30日　徳冨蘆花に新橋堂から縮刷版『みみずのたはごと』68版1,000部の印税200円が届く。 〔蘆花日記04〕

この年末　松岡譲は、『吾輩は猫である』以降、大正5年末までに漱石の著書の刊行数が大雑把に10万冊程度とすれば、春陽堂、新潮社、至誠堂の3社を合せて印税は1万7,000円入った計算。この他に大倉書店の『猫』など、岩波書店の『こころ』など、実業之日本社の『社会と自分』

など全部引っくるめて2万5,000円から2万7,000円程度と推測。大正6年から12年8月末までは16万円見当と算出。〔漱石の印税帖〕

この年 川口松太郎、「文芸倶楽部」の編集長森暁紅（大9・5から編集）から15回分のコマエ小説を依頼される。コマエ小説とは400字1枚を1場面とする挿絵入り物語小説で、雑誌の各頁の上方へ囲い物のように区画をつけ1回ずつ15頁へ載せる。1枚35銭。また、森編集長から業界紙記者の口が紹介され月給25円。森は歌舞伎の勉強と人情の機微を落語から学べと教える。森の持論は「面白くもない事を書いて銭を取るのは罪悪だ」だった。〔松太郎全集〕

この年 この年、葉山嘉樹は海員手帳の仮交付を受け、3等セーラーの待遇で月給6円、室蘭・横浜間の石炭船万宇丸の船員となるが、1航海で左足を負傷し職務怠慢の名目で下船させられた。この時の体験が『海に生くる人々』（大15・10、改造社）に生かされた。〔文士の生きかた〕

大正6年（1917）

1月14日 徳冨蘆花『黒い眼と茶色の目』（大3・12初版、新橋堂）の印税総額は約4,500円。この当時、民友社との関係を絶ち、収入源は警醒社と新橋堂の印税のみだった。〔蘆花日記04〕

1月20日 岩野泡鳴、春陽堂より「新小説」に掲載される「徳富蘇峰論」（80片）の原稿料28円を受け取る。1枚70銭。＊1月19日に渡している。2月1日発行「新小説」22年3号掲載。〔巣鴨日記03〕

1月31日 岩野泡鳴、時事新報より原稿料2円を受け取る。＊1月27日の「シエルコフ夫人の計画に就いて」（9片）か。1枚40銭。＊＊「シエルコフ夫人の計画に就いて―文壇の誤解を正す」（「時事新報」、大6・1・30）。〔巣鴨日記03〕

1月 1行20字10行2面1枚の原稿用紙の原稿料が1円とすると、1行が5銭。会話のたびに改行すると、2、3字で5銭になるというサモシイ打算の弊風が生じた。のみならず1頁で書き切れることを3頁も5頁もに引き伸ばし、という具合で冗長な文章が増加してきた。〔代作者〕

1月 横山源之助『南洋渡航案内』は山口孤剣が代作して原稿料たった10円しかくれなかったとこぼしていた。〔代作者〕

1月 前年、フランスより帰国した島崎藤村は慶応大学文科科外講師を務

めるかたわら、生活費を補うために１枚２円で揮毫、長野地方に頒布。
8年2月までに132枚。〔藤村年譜〕

2月2日　岩野泡鳴、「文章世界」より原稿料２円を受け取る。＊「『妻を買ふ経験』」（「文章世界」、大6・2、12巻2号）。〔巣鴨日記03〕

2月4日　岩野泡鳴、新潮社より『耽溺』500部の印税15円を受け取る。〔巣鴨日記03〕

2月10日　岩野泡鳴、黒潮社より原稿料96円を受け取る。＊「離婚まで」（「黒潮」、大6・3、2巻3号）。2月3日の条に「訴訟より離婚まで」（83枚）。中央公論に断られたもの。1枚1円15銭強。〔巣鴨日記03〕

2月16日　徳冨蘆花に警醒社より『黒潮』の印税80円が届く。『死の陰に』（大6・3、大江書房）の印税が入るまで苦しい状況だったので、「大した恩恵」だと思う。〔蘆花日記04〕

2月18日　小杉天外が滝田樗陰に「稿料などは如何やうにでも宜しいのであります、如何やうでも宜しいとは無料でも不足に存ぜぬと云ふ意であります」と戯曲「仮面」を送付。〔文学年誌〕

2月　大江書房は徳冨蘆花の著書の利益を折半する約束で水野書店から1,500円を借りたが、その後出版が遅れて解約を迫られ、大江は解約返金。蘆花はこの時には『死の陰に』（大6・3初版、大江書房）の原稿の前半を大江に渡していたのに、水野の催促を幸いとして、それを黙って大江が破約したことを批判。〔蘆花日記05〕

3月1日　徳冨蘆花が『死の陰に』（大6・3、大江書房）の出版届に捺印。1版から3版まで3,000部印刷。〔蘆花日記04〕

3月3日　岩野泡鳴、博文館より「文章世界」への原稿「寒月」（81片）の原稿料32円を受け取る。1枚80銭。＊3月2日に渡している詩作。〔巣鴨日記03〕

3月5日　与謝野晶子、春陽堂の細田源吉に歌の選料20円を要求。〔与謝野書簡01〕

3月20日　徳冨蘆花に『死の陰に』（大6・3、大江書房）1版から3版3,000部の印税1,080円が届く。定価1円80銭の2割。著者進呈100部分は差引かれていない。1,000円を返却し80円受け取る。4版から8版まで5,000部は24日完成予定。〔蘆花日記04〕

4月1日　徳冨蘆花が大江保吉から山路愛山の絶筆『世界の過去現在未来』

（大6・4、大江書房）の利益を遺族と折半すると聞く。3月15日に死去した愛山に貯蓄はなく、渋谷の家屋敷、千葉の土地を売るという。

〔蘆花日記04〕

4月1日　徳冨蘆花に『死の陰に』（大6・3、大江書房）4版から8版の5,000部の印税1,800円が届く。大江に1,500円と立替金165円を返却し、負債残額500円に。村上浪六『人間学』以来の苦境を脱すると喜ぶ版元の姿に「文士の連帯責任」と面白く思う。

〔蘆花日記04〕

4月7日　岩野泡鳴、早稲田文学より原稿料3円を受け取る。4月11日に追加の原稿料1円を受け取る。＊「文壇の現状に対する私見」（「早稲田文学」、大6・4、137号）。3月7日の条によると19片。1枚40銭。

〔巣鴨日記03〕

4月12日　岩野泡鳴、一元社より原稿料8円を受け取る。〔巣鴨日記03〕

4月14日　徳冨蘆花に『死の陰に』（大6・3、大江書房）9版から13版の5,000部の印税1,830円が届く。大江への返済500円を差引き、1,330円を受け取る。

〔蘆花日記04〕

4月22日　徳冨蘆花に『みみずのたはごと』縮刷版69版1,000部の印税200円、『黒い眼と茶色の目』20版の印税100円が届く。〔蘆花日記04〕

4月24日　秋田雨雀、「東方時論から二十円持ってきた。留守にして気の毒なことした」。＊戯曲「盲人学校の庭に咲く花」（「東方時論」、大6・5）。4月19日脱稿22枚。

〔雨雀日記01〕

4月24日　岩野泡鳴、青年文壇より原稿料4円を受け取る。〔巣鴨日記03〕

4月30日　岩野泡鳴、新潮社より『耽溺』第9版の印税15円を受け取る。

〔巣鴨日記03〕

5月1日　岩野泡鳴、雄弁社より原稿料10円を受け取る。〔巣鴨日記03〕

5月10日　岩野泡鳴、普通教育社より翻訳原稿料のうち30円を受け取る。

〔巣鴨日記03〕

5月10日　坪内逍遙、『役の行者』1,000部の印税（1割5分）120円を受け取る。＊『役の行者』（昭6・5、玄文社、80銭）。〔逍遙資料01〕

5月14日　岩野泡鳴、一元社より原稿料8円を受け取る。〔巣鴨日記03〕

5月26日　岩野泡鳴のところに、「女の世界」の記者が来訪。原稿料12円を受け取る。＊5月24日に「愛の本性」（17枚）を渡している。1枚70銭強。

〔巣鴨日記03〕

5月27日　芥川龍之介、中根駒十郎宛返信で新潮社企画の新進作家叢書の件につき、阿蘭陀書房と交渉の結果、『羅生門』中の短編は一篇以上は困るというし、新作は諸種の事情があって無理だと辞退の返事をする。しかし同叢書の8巻（大6・11、新潮社）に、「煙草と悪魔」「或日の大石内蔵助」「野呂松人形」「さまよへる猶太人」「ひよつとこ」「二つの手紙」「道祖問答」「MENSURAZOILI」「父」「煙管」「片恋」を収録して刊行される。定価40銭。翌年、春陽堂の新興文芸叢書では8巻『芥川龍之介鼻（他12編）』（大7・7）として出版。定価50銭。　〔芥川全集07〕

5月30日　岩野泡鳴、「文章世界」より原稿料1円50銭を受け取る。＊5月5日に「「うそ」とは？」（6片）。1枚50銭。　〔巣鴨日記03〕

6月2日　岩野泡鳴、「新小説」より原稿料47円60銭を受け取る。＊6月1日に「花」（訂正して55枚半）。1枚82銭位。　〔巣鴨日記03〕

6月3日　坪内逍遙、「中央公論」より「星月夜」192枚の原稿料200円を受け取る。　〔逍遙資料01〕

6月5日　岩野泡鳴、越山堂と上田屋に和洋書800冊以上を44円50銭で売り払う。　〔巣鴨日記03〕

6月12日頃　岩野泡鳴、日本評論社より原稿料8円、『文章世界』より原稿料6円30銭を受け取る。＊9日〜14日までまとめて書いてある。　〔巣鴨日記03〕

6月14日　徳冨蘆花に『死の陰に』（大6・3初版、大江書房）16版の印税500円が届く。まだ500部売れ残っているため取りあえず届けられた額。　〔蘆花日記05〕

6月16日　坪内逍遙、『牧の方』の報酬400円を受け取る。＊改作『牧の方』（大正6・7、春陽堂）。　〔逍遙資料01〕

6月　尾崎士郎、実家没落、石橋湛山の好意で東洋経済新報社に入社、月給28円。　〔現代日48〕

7月6日　岩野泡鳴、黒潮社より原稿料80円40銭を受け取る。＊「霜子のかたみ」（「黒潮」、大6・8、2巻8号）。6月21日に67枚。1枚1円20銭。　〔巣鴨日記03〕

7月10日　坪内逍遙、『牧の方』の奥付1,500部を受け取る。＊同月16日に製本30部を受け取る。同月27日、印税99円40銭を受け取る。　〔逍遙資料01〕

大正6年（1917）

7月30日　岩野泡鳴、東亜堂より原稿料9円60銭を受け取る。
〔巣鴨日記03〕

7月頃　広津和郎、「転落する石」を「中央公論」に売り込むが、滝田樗陰は気に入らず、別の原稿を書く約束として80円を渡され、「中央公論」10月号の「神経病時代」に結実した。
〔年月のあしおと〕

8月1日　岩野泡鳴、新潮社より原稿料2円50銭を受け取る。＊7月7日に「感情家の田山氏」（11片）。1枚40銭強。＊＊「感情家の花袋氏」（「新潮」、大6・8）。
〔巣鴨日記03〕

8月11日　岩野泡鳴、新潮社より原稿料4円50銭を受け取る。＊8月10日に「内部的写実主義から」（9枚）。1枚50銭。＊＊「内部的写実主義から」（「新潮」、大6・9）。
〔巣鴨日記03〕

8月15日　徳冨蘆花に『死の陰に』（大6・3初版、大江書房）17版1,000部の印税360円が届く。
〔蘆花日記05〕

8月25日　岩野泡鳴、中村よりストーナーの翻訳原稿料のうち50円を受け取る。
〔巣鴨日記03〕

8月28日　岩野泡鳴、新潮社より『耽溺』の重版原稿料30円を受け取る。
〔巣鴨日記03〕

8月　「中央公論」の滝田樗陰は其人の作物を人気の高下により原稿料の相場を定め、花袋、藤村は1枚2円50銭、幹彦、秋声、白鳥は2円、秋江、未明は1円という風に算盤珠を弾き、評判の好い時は原稿料の前借を許すが、少し風向きが悪くなると稿料を下げた。
〔当世蚊士〕

8月　河竹繁俊、坪内逍遙監修『近世実録全書』全20巻（早稲田大学出版部刊）を手伝い、編集と解説の仕事で毎月50円受け取ることになる。
〔作者の家〕

8月　新潮社の佐藤義亮は滝田樗陰と共々文士の咽喉笛を緊め、文壇の羅馬法王の如き威権を持つ。稿料の最も安いのは新潮社で沙翁の翻訳を1枚7銭でさせるが、少し世上の評判が立つと50円以下の金銭なら何時でも用立てなど、作家の活殺自在を恣にする。
〔当世蚊士〕

8月　博文館の大改革で巌谷小波、坪谷水哉去り、編集総理となった長谷川天渓は今が日の出の勢い。その曰く「英国などの雑誌社では掲載料を取っている。金銭まで呉れて虚名を売らせるのは、日本の出版業者ばかり」と暗に原稿料削減を諷しているという。
〔当世蚊士〕

大正6年(1917)　205

9月8日　岩野泡鳴、中村より翻訳原稿料のうち27円を受け取る。また黒潮社より原稿料10円を受け取る。＊8月17日に黒潮へ「比叡山下の日吉祭」(10枚)。1枚1円。＊＊「比叡山下の日吉祭」(「黒潮」、大6・9)。
〔巣鴨日記03〕
9月12日　岩野泡鳴、一元社より原稿料8円を受け取る。　〔巣鴨日記03〕
9月20日　岩野泡鳴、東雲堂より原稿料7円50銭を受け取る。
〔巣鴨日記03〕
9月21日　徳冨蘆花に野村新橋堂から『みみずのたはごと』70版1,000部の印税200円が届く。　〔蘆花日記05〕
9月22日　徳冨蘆花に警醒社から『順礼紀行』(明39・12初版)16版1,000部の印税100円が届く。　〔蘆花日記05〕
9月　柳川春葉は当たり小説で、2〜3,000円の金を得、それで細君の郷里宇都宮に借家を普請したが、文壇ではこれを「片思ひの家」「なさぬ仲の家」とうたっている。田山花袋は博文館をやめて後、その退職慰労金にて、代々木辺に2、3の借家を作り、立派な大家様に成りすましている。村井弦斎は実業之日本社から毎月「婦人世界」の顧問料として300円貰える以外、1冊何厘とかの印税がくるので、平塚在で贅沢な生活をしている。笹川臨風は西片町の住宅近所に借家があり、原稿料、印税、学校の講師としての月給等で毎月500円は欠かさぬという。上司小剣は健筆に任せて、縦横無尽に書きなぐるので、其貯金も今は1,000円を越したであろう、然し流石は上方者である、10年依然として下目黒の家賃6円の家に住んで居る。博文館改革で首になった西村渚山は、其在職中貯め込んだ金が3,000円以上あるそうで、近日千駄ヶ谷付近に借家新築ということだ。同じ博文館をやめた松原二十三階堂も本郷林町に地所家屋を有し、動産不動産〆て1万円はあるだろうということだ。2、3年前に博文館をやめて東亜堂に入った巌谷小波の門人木村小舟は、貯金が8,000円あるということだが、話半分に聞いても大きなものだ。
〔文壇成金調〕
10月16日　徳冨蘆花に『死の陰に』(大6・3初版、大江書房)18版の印税360円が届く。　〔蘆花日記05〕
10月27日　山本鼎が滝田樗陰に原稿料40円の受領証を送付。＊「日本近代文学年誌資料探索」7の注では、「今秋美術界の新政権」(大6・

10)、または「西洋画のみかた」(大6・11)の原稿料と推定。〔文学年誌〕

11月3日　岩野泡鳴、大阪毎日より原稿料50円を受け取る。＊10月29日に「華族の家僕」(96片)。1枚1円強。〔巣鴨日記03〕

11月3日　徳冨蘆花に警醒社から『寄生木』46版の印税200円が届く。〔蘆花日記06〕

11月17日　徳冨蘆花に野村新橋堂から『みみずのたはごと』71版1,000部の印税200円が届く。〔蘆花日記06〕

11月22日　岩野泡鳴、中外社より原稿料3円、国民新聞より4円を受け取る。＊11月12日に「有島氏の愛と芸術」6枚を国民新聞へ。1枚66銭強。〔巣鴨日記03〕

11月27日　岩野泡鳴、博文館より「文章世界」の原稿料36円50銭を受け取る。＊11月25日に「一日の労働」(80片)。1枚91銭強。〔巣鴨日記03〕

12月5日　岩野泡鳴、中央公論社より原稿料10円50銭を受け取る。＊11月15日に「若宮田中比較論」(25片)。1枚80銭強。〔巣鴨日記03〕

12月7日　岩野泡鳴、黒潮社より原稿料のうち99円を受け取る。＊「独探嫌疑者と二人の女」(「黒潮」、大6・12、2巻12号)。9月7日に「独探嫌疑者と二人の女」(100枚)。1枚1円弱。中央公論に持ち込んだ小説。〔巣鴨日記03〕

12月11日　岩野泡鳴、中外社より原稿料二つ分で45円を受け取る。〔巣鴨日記03〕

12月31日　秋田雨雀、「斯論」の平野より原稿料10円だけ受け取る。＊戯曲「教授室」(「斯論」、大7・1)。〔雨雀日記01〕

12月31日　徳冨蘆花の明治42年から大正6年末までの収入は4万5,500円。1年平均5,000円。『寄生木』の印税収入が約1万2,500円。支出内訳は献金1万1,000円、地所4,100円、家屋2,700円。徳冨蘆花が明治42年から大正6年末までに『不如帰』及びその関係で得た収入は1,870円。同じく『思出の記』1,125円、『自然と人生』1,770円、『青蘆集』275円、『黒潮』600円、『順礼紀行』603円、『寄生木』12,492円、『みみずのたはごと』15,595円、『黒い眼と茶色の目』4,660円、『死の蔭に』6,510円。徳冨蘆花の明治40年、41年の支出は約1,700円、収入は合計2,000円弱。大正6年までの11年間の合計収入が47,500円、年収にして4,300円余り、

月収にして350円余りとなる。「中の上位」と日記に書く。〔蘆花日記06〕

12月　吉屋信子、最初の著書刊行。『赤い夢』(大6・12、洛陽堂)。印税なし。
〔吉屋全集〕

12月　小杉天外『七色珊瑚』(南北社)出版契約の下書き。印税率は3,000部までが1割、それ以上は2割。割引販売をする場合の印税率は売値の2割。〔著者の出版史〕

この年　「報知新聞」が社会部長だった野村胡堂の発案で時事川柳欄をもうける。賞金は天が50銭、地が30銭、人が20銭。〔胡堂百話〕

この年　大正6年に原稿用紙1枚あたりの原稿料は「中央公論」1円、「文章世界」60銭、「新潮」70銭、「太陽」80銭であり、大正7年まで続いた。
〔年月のあしおと〕

この年　徳冨蘆花の大正6年の純収入は7,823円余り、支出は7,513円余り。残高300円余り。これを翌年に繰り越して、大正7年1月6日現在の所持金は銀行預金を合わせて560円。〔蘆花日記06〕

大正6年頃　『漱石全集』(全12巻、大6・12〜9・12、岩波書店)の編纂が進み、印刷は築地活版所ですることになった。校正は編纂委員の森田草平が担当した。手当ては草平が月額30円、百閒が15円か20円だった。外に草平の門下生が2人もう少し安い手当てで手伝った。〔艸平記〕

大正6年頃　広津和郎は文芸評論は割に注文が多かったが、枚数が10枚から15枚くらいで、どこでも1枚50銭と決っていた。〔年月のあしおと〕

大正7年 (1918)

1月8日　徳冨蘆花に警醒社から『黒潮』26版の印税80円が届く。
〔蘆花日記06〕

1月21日　岩野泡鳴、中央公論社より原稿料70円80銭を受け取る。＊「非凡人の面影」(「中央公論」、大7・2、33年2号)。1月17日に「非凡人のおもかげ」(59枚)。1枚1円20銭。〔巣鴨日記03〕

1月25日　岩野泡鳴、青年文壇より原稿料5円を受け取る。＊前年7月27日の「指の傷」(24片)か。1枚40銭強。〔巣鴨日記03〕

1月　菊池寛の初めての依頼原稿は「斯文」大正7年1月号に発表した「暴君の心理」で20枚ばかりの短編だった。1枚50銭の原稿料だった。のちに改作し「忠直卿行状記」となる。〔半自叙伝〕

大正 7 年（1918）

1月　歌人の原稿料の市価は不明であるが、その原稿料を取っている者は北原白秋であるという。若山牧水の如き流行児でも、其原稿料は北原の半分にもならぬそうである。併し兎に角歌詠みで原稿料の市価を有する者は此二人で、前田夕暮でも、土岐哀果でも、其の製造の歌に市価はない。
〔歌人の原稿〕

1月　幾ら高価な原稿料を払うと云っても、筆を執らぬのは徳冨蘆花である。中央公論社から1頁20円で掛け合ったこともあるが、どうしても承諾しなかった。親譲りの財産があるから、原稿料は眼中にないらしい。
〔書かぬ人〕

1月　原稿紙1枚1円芥川龍之介、森田草平、小山内薫、谷崎精二、徳田秋江。1円〜1円50銭柳川春葉、泉鏡花。1円50銭巖谷小波、中条百合子、横山健堂、生田長江、姉崎正治、大山郁夫。1円50銭〜2円島崎藤村、正宗白鳥、田山花袋、谷崎潤一郎、笹川臨風、佐藤紅緑。50銭〜1円20銭武者小路実篤、里見弴、徳田秋声、鈴木三重吉、上司小剣、長田幹彦、有島武郎、有島生馬。2円坪内逍遙、三宅雪嶺、福本日南、和田垣謙三、吉野作造、堺利彦。50銭堀内新泉、田村松魚、佐藤春夫、三上於菟吉、本間久雄。50銭〜60銭岩野泡鳴。70銭与謝野寛、小川未明、田中貢太郎、生田葵山、江馬修、安成貞雄。80銭与謝野晶子、素木しづ子、長谷川時雨、岡田八千代、尾島菊子、相馬泰三、小野賢一郎。80銭〜1円長田秀雄、松崎天民、中村吉蔵。
〔原稿料総覧〕

1月　原稿料の市価なくして、泣きついたり情実やらで、文学雑誌に活字となって現れる人々は下記の通り、但し50銭位の菓子折りをお礼として貰う者はあるようだ。福永挽歌、服部嘉香、吉田絃二郎、太平野虹、秋葉俊秀、村山勇三、荻原井泉水、人見東明、中谷徳太郎、松本苦味、丹潔（稲子の弟）。
〔市価なき原稿〕

1月　斎藤茂吉は暴富を成した悪医者斎藤紀一の息子である。長与善郎は故長与専斎の息子で、親は侍医頭であったから財産はある。永井荷風は故郵船横浜支店長永井久一郎の息子で、5〜60万円の財産がある。
〔原稿料〕

1月　山本露葉は東京で大高利貸の息子で、今は其の戸主である。阿部次郎は富裕なる某後家の入り婿となって、其の富は5万円あるという。小栗風要は豊橋の養子先の女房の里は10万円からの財産があるという。

1月　水野葉舟は勧業銀行の重役の息子で、其相続人であるから気楽にやっている。武林無想庵は札幌の某富豪の息子で、家には4～5万円の財産があるという。水上滝太郎は保険屋の隊長阿部泰蔵の子で、家に4、5万の財産があるという。
〔原稿料〕

1月　森鷗外は文壇の大家にも似合わず、昔から本屋の方でも其原稿を歓迎しないので、春陽堂以外其本を出版した処はあまり聞かぬ。それで何故か知らぬが、原稿紙1枚の相場は1円50銭と昔から定まっているという。
〔鷗外先生〕

1月　石坂養平は埼玉県の豪農の息子。三井甲之は山形県の豪農の息子。芥川龍之介は実家に財産がある。山崎紫紅は実家が横浜で有名な高利貸である。
〔原稿料〕

1月　千葉掬香は芝居茶屋千葉勝の息子だから珍本ばかりでも何万円に値する程持っている。池田大伍は東京名物の一たる銀座の天麩羅屋天金の息子である。秋田雨雀は某軍人の後家さんの入り婿に成り、その扶助料で生活している。
〔原稿料〕

1月　前号の「市価なき原稿」の文士中に丹潔を加えたので、無名子から弁明書が届いた。それに拠ると、如山堂発行の『男読む可からず』は丹稲子の著述となっているが、実は弟の丹潔が代作したものであって、それが第3版まで売れ印税金250円受け取り、姉の呉服代やカフェー、バー等の借金を払った。これでも市価なき原稿というのか云々とあった。
〔丹潔〕

1月　相馬御風は越後の糸魚川の豪農の息子で、親は名誉村長を勤めているという。高安月郊は大阪高安病院長の弟であるが、貸家の家賃で気楽に暮らしている。正岡白鳥は親の遺産が2～3万円あり、野口米次郎は多年の貯金で裕福である。
〔原稿料〕

1月　渡辺霞亭は昔は一篇の小説を書けば1人の芸者を落籍すると云われた程で、今でも緑園、碧瑠璃園の別号で八方に書きなぐり、小説家には不似合いな豪奢生活をやっている。
〔文壇成金調〕

1月　野上弥生子は流行ッ子でも亭主の臼川は流行らぬため、女房弥生子が神経を痛めること一通りではない。そこで弥生子に原稿を頼みに来た雑誌記者には、弥生子は必死となって亭主の原稿を買って貰うように哀

願し、亭主の原稿を買って貰えるなら、自分も喜んで筆を執ろうという風に応接する。其貞女振りは実にあざやかなものであるという。
〔亭主の原稿〕

1月　有島武郎と生馬は日本銀行理事の有島武の息子だから家に財産がある。長田幹彦と秀雄の兄弟は飯田町輔仁病院長の息子で、親爺の死後其財産を分配。蒲原有明は佐賀の財産家の息子で家に2〜30万円あるという。
〔原稿料〕

2月3日　岩野泡鳴、新潮社より『耽溺』の印税15円を受け取る。
〔巣鴨日記03〕

2月8日　岩野泡鳴、博文館より原稿料24円40銭を受け取る。＊1月29日に「散文詩の夢幻的説明」(23枚半)。1枚1円1銭強。〔巣鴨日記03〕

2月13日　芥川龍之介、「大阪毎日新聞」学芸部長薄田淳介(泣菫)に海軍機関学校の嘱託教授をしながら、社友契約の条件を提示する。①雑誌に小説を発表することは自由。②新聞は「大毎」(「東京日日」)外は一切執筆しない。③右の2条件は紙上発表可。但しその文中に「公務の余暇」を入れること。④報酬月額50円。⑤小説の原稿料は従来通り。
〔芥川全集07〕

2月21日　岩野泡鳴、時事より原稿料4円を受け取る。＊2月6日に「誇張と疎放の意味如何」(12片)。1枚66銭強。〔巣鴨日記03〕

2月26日　秋田雨雀、横山有策君から「西洋画報」の原稿料控5円を届けてくれたので、大変助かった。
〔雨雀日記01〕

2月　内田百閒は結婚式で忙しい芥川龍之介の田端の家を訪ね、お金の相談をした。すると黒紋付に袴を穿き白足袋の芥川は薄暗い書斎の中で立ち上がり、欄間に掲げた額のうしろへ手を伸ばし、そこから百円札を取り出して来て私に渡した。当時の100円は多分今の2万円ぐらい、あるいは古い話だからもっとに当たるかも知れない。
〔艸平記〕

3月1日　徳冨蘆花に『死の陰に』(大6・3初版、大江書房)19版の印税360円が届く。
〔蘆花日記06〕

3月2日　岩野泡鳴、中外新論社より原稿料70円を受け取る。＊「法学士の大蔵」(「中外新論」、大7・4、2巻4号)。〔巣鴨日記03〕

3月8日　岩野泡鳴、新潮社より印税の前借10円を受け取る。9日にも前借20円。
〔巣鴨日記03〕

3月8日　徳冨蘆花に野村新橋堂から『みみずのたはごと』73版の印税200円が届く。〔蘆花日記06〕

3月13日　秋田雨雀、「午後、「雄弁」へゆき、原稿をわたし原稿料二十四円（尾張町二丁目昼夜銀行）をもらった」＊戯曲「雪解の喜び──わがなつかしき記憶のために」（1幕30枚）（「雄弁」、大7・4）。〔雨雀日記01〕

3月16日　岩野泡鳴、世界公論社より原稿料10円を受け取る。＊3月15日に「平和論者との対話」（23片）。1枚80銭強。＊＊全集解題によれば、「平和論者との対話」（初出未詳）。〔巣鴨日記03〕

3月19日　久米正雄「蛍草」（「時事新報」、大7・3・19〜9・20）の原稿料は月150円。この連載は失恋した久米正雄のために菊池寛が斡旋した。菊池は「月200円」と書いているが、当時、菊池の下で働いていた佐々木茂索は150円だったという。この半年間で久米は時代の寵児となる。〔小説菊池寛〕

3月23日　秋田雨雀、「「活動の世界」の懸賞脚本「撰者としての希望」を十枚執筆。（中略）夜、もってゆき五円だけを得た」。〔雨雀日記01〕

3月25日　徳冨蘆花が『新春』（大7・4、福永書房）の版元と面会。定価1円60銭に決める。印税は利益折半と言われるが、祝いの意味で2割にしようと申し出る。2万部の印刷製本費用が9,200円。〔蘆花日記06〕

3月28日　秋田雨雀、「中外」の生駒銕男という人が5月号に小説を書いてくれといってきた。12、3日までに20枚くらいのもの。「新時代」の原稿料がきたので助かった。今日は欲しいと思っていた黒のソフトを買った。3円50銭を2円70銭にまけた。商人のかけ値には驚く。〔雨雀日記01〕

3月　佐々木邦の翻訳「主婦采配記」（「主婦之友」、大7・3〜12、シムス原作）の翻訳料1枚1円。翻訳の内職をしていた時、300枚程度の単行本を定価30銭で出して印税は1割。雑誌は50銭が最上だった。小説の大家田山花袋が1枚1円と聞いて、1枚1円を理想としていた。〔佐々木邦〕

4月3日　永井荷風が新橋堂より400円を受け取る。『腕くらべ』（大7・2、新橋堂）が約500部売れたため。定価1円20銭。印刷費（東洋印刷株式会社）は1,000部で約260円だった。〔荷風全集19〕

4月6日　岩野泡鳴、中外新論社より原稿料のうち10円を受け取る。

4月7日　岩野泡鳴、時事より原稿料4円を受け取る。＊3月26日に「人の主義」(16片)。1枚50銭。＊＊「人の主義」(「時事新報」、大7・3・31、4・2、3、5)。〔巣鴨日記03〕

4月8日　岩野泡鳴、早稲田文学より原稿料16円を受け取る。＊3月11日に「強い相手」(40片)。1枚80銭。＊＊「強い相手」(「早稲田文学」、大7・4)。〔巣鴨日記03〕

4月11日　徳冨蘆花は『新春』(大7・4、福永書房)が発売前に1部5,000部が出る約束。『みみずのたはごと』は発売後1年で3万3,000部、『黒い眼と茶色の目』が3ヶ月1万7,000部、『死の蔭に』が4ヶ月で1万6,000部売れた。〔蘆花日記06〕

4月12日　岩野泡鳴、新潮社より原稿料48円を受け取る。＊4月11日に「憑き物」(119片)。1枚80銭。＊＊「憑き物」(「新潮」、大正7・5)。〔巣鴨日記03〕

4月15日　岩野泡鳴、中外社より原稿料のうち7円20銭を受け取る。〔巣鴨日記03〕

4月19日　武者小路実篤が薄田泣菫に原稿料42円受領と連絡。〔泣菫宛書簡〕

4月21日　徳冨蘆花に新橋堂から『みみずのたはごと』74版1,000部の印税200円が届く。〔蘆花日記06〕

4月23日　小杉未醒が滝田樗陰に100円の前借を申し込む。＊大正8年1月28日付書簡でも同様の申し込み。〔文学年誌〕

4月27日　徳冨蘆花に『新春』(大7・4、福永書房)の印税6,400円が届く。〔蘆花日記06〕

4月29日　坪内逍遙、春陽堂の木呂子鬼次より『名残の星月夜』の印税65円を受け取る。＊『名残の星月夜』(大7・1、春陽堂、95銭)。〔逍遙資料01〕

4月30日　岩野泡鳴、中外社より原稿料のうち40円を受け取る。〔巣鴨日記03〕

4月30日　坪内逍遙、「中央公論」より「義時の最期」の報酬500円を受け取る。5月1日、逍遙のもとを木呂子鬼次が来訪。「義時の最期」を1割8分の印税で出版することを許諾。＊『義時の最期』(大7・7、

　　　　　　　　　　　　　　　　　　　　　　　大正7年〔1918〕　213

春陽堂、1円30銭）。
〔逍遙資料01〕

5月3日　坪内逍遙、実業之日本社より「オトギ」の印税20円（500部分）を受け取る。
〔逍遙資料01〕

5月8日　岩野泡鳴、新潮社より原稿料7円50銭を受け取る。＊5月5日に「僕のイズム観を述べて諸家のイズム観を評す」（30片）。1枚50銭。＊＊「僕のイズム観を述べて諸家のイズム観を評す」（「新潮」、大7・6）。
〔巣鴨日記03〕

5月19日　岩野泡鳴、大観社より原稿料59円を受け取る。＊5月15日完成の「渠の疑惑」（82片）を18日に渡している。1枚1円45銭弱。6月1日発行「大観」1巻2号掲載。
〔巣鴨日記03〕

5月21日　岩野泡鳴、春陽堂より原稿料32円80銭を受け取る。5月18日に依頼された「新小説」のための「入れ墨師の子」（81片）の対価。6月4日に、同稿の発売禁止の理由を内務省に聞きに行く。1枚80銭。＊6月1日発行「新小説」23年6巻掲載。
〔巣鴨日記03〕

5月25日　徳冨蘆花に『死の陰に』（大6・3初版、大江書房）21版の印税200円が届く。
〔蘆花日記06〕

5月27日　この月に創刊された雑誌「花月」1号の純利益は約42円。
〔荷風全集19〕

5月28日　岩野泡鳴、雄弁社より原稿料80円を受け取る。5月27日に「青春の頃」（80枚）を渡している。6月27日には「青春の頃」発売禁止の記事がある。1枚1円。＊7月9日に発売禁止に関する岩野の見解がある。8月20日に岩野泡鳴の筆禍を慰める会の案内の葉書が到着。その文面掲出する。発起人は中尾倍紀知、池田林儀、加藤謙、川俣馨一。7月1日発行「雄弁」9巻8号掲載。
〔巣鴨日記03〕

5月30日　徳冨蘆花に福永書房より『新春』21版から25版5,000部の印税1,600円が届く。
〔蘆花日記06〕

6月9日　徳冨蘆花に新橋堂から『みみずのたはごと』75版、76版2,000部の印税400円が届く。
〔蘆花日記06〕

6月11日　秋田雨雀、「文昭堂主人がきて出版の経済上の取引きをしていった。千部で定価一円五十銭、印税一割のこと。七百部だけ今月中に払い、あと三百部だけは七月払いのこと」。＊『三つの魂』の出版。
〔雨雀日記01〕

6月18日　岩野泡鳴、「世界公論」へ原稿を渡す。6月12日に同社に渡した「政治小説の出ぬ所以」（31片）の原稿料10円を受け取る。1枚70銭。〔巣鴨日記03〕

6月19日　坪内逍遙、『以尺報尺』の浄書に着手、出版部より印税前金100円を受け取る。＊シェークスピア著、坪内雄蔵訳『以尺報尺』（大7・9、早稲田大学出版部、1円50銭）。〔逍遙資料01〕

6月20日　秋田雨雀、「文昭堂から『三つの魂』の原稿料の残金を送ってよこした。後の残金は七月十五日ごろ受取りのこと」。＊戯曲集『三つの魂』（大7・6、文昭堂、四六判、374頁1円50銭）。〔雨雀日記01〕

6月21日　岩野泡鳴、太陽より原稿料10円を受け取る。〔巣鴨日記03〕

6月22日　北原白秋の書簡から「委しく申上ると、私の定収入といふのは／東京日々歌壇選十五円／文章世界詩選六円／青年文壇詩選四円／巡礼詩社詩選謝礼三円／これ丈、二十八円きりで、あとは詩歌集の印税がたまに入つたり、頼まれものの小品を書いたり、本を売つたり、衣ものを脱いで了つたりで、やつとどうにかやつてゆきますが」。〔白秋全集〕

6月22日　徳冨蘆花に福永書房から『新春』26版から30版までの5,000部の印税1,600円、『寄生木』48版の印税200円が届く。〔蘆花日記06〕

6月24日　岩野泡鳴、新潮社より『耽溺』の印税の前借として15円を受け取る。〔巣鴨日記03〕

6月26日　岩野泡鳴、中外新論より原稿料4円を受け取る。＊6月5日に「海上のいのち拾ひ」（9片）。1枚80銭。＊＊「海上のいのち拾ひ」（「中外新論」、大7・7）。〔巣鴨日記03〕

6月30日　岩野泡鳴、文章世界より原稿料10円を受け取る。＊5月8日に「詩論四則」（21片）。1枚90銭強。＊＊「試論四則」（「文章世界」、大7・7）。〔巣鴨日記03〕

7月2日　岩野泡鳴、新潮社より原稿料8円を受け取る。〔巣鴨日記03〕

7月10日　坪内逍遙、早稲田大学出版部より『以尺報尺』の印税前払い100円を受け取る。〔逍遙資料01〕

7月　「新潮」（6月）に「大島の出来る話」を発表した菊池寛の許に、人力車で訪れた編集者高野敬録の依頼で、「無名作家の日記」「中央公論」7月号に発表、同じ号に谷崎潤一郎の推薦で佐藤春夫の「李太白」が掲載された。滝田樗陰は、この年、2人に連続して同誌に発表の機会を与

えた。　　　　　　　　　　　　　　　　　　　　　〔半自叙伝〕

8月2日　佐藤春夫の父宛書簡。「天佑社が、与謝野先生の紹介で来て、本を出して見たいと言ひますから、谷崎氏などとも相談して、そこへ任せることにしました。今月一ぱいに原稿を纏めて渡して、十一月一日に出版するさうです。多分百五十円位貰へると思ひます。それは今月の生活費にあてて、残つたものは支那へ行く費用のなかへ加へます」。
〔春夫全集36〕

8月8日　岩野泡鳴、大阪毎日より原稿料63円を受け取る。＊7月30日に「猫八」(98片)を渡している。1枚1円30銭くらい。「大阪毎日新聞」、9月21日夕刊〜28日夕刊、30日夕刊〜10月5日夕刊。〔巣鴨日記03〕

9月1日　岩野泡鳴、読売より原稿料3円を受け取る。＊8月24日に「国語とその表現文字」(11片)を渡している。1枚50銭。＊＊「国語とその発現文字」を「時事新報」(大7・12・25、26)に発表している。
〔巣鴨日記03〕

9月2日　岩野泡鳴、中外社より原稿料84円を受け取る。8月25日に「浅間の霊」(70枚)を渡している。1枚1円20銭。＊「浅間の霊」(「中外」、大正7・11)。　　　　　　　　　　　　　　〔巣鴨日記03〕

9月6日　岩野泡鳴、中央公論社より原稿料58円50銭を受け取る。9月4日に書いた「要太郎の夢」(78片)を9月5日に渡し、滝田樗陰に原稿料の値上げを要求している。1枚1円20銭。＊「要太郎の夢」(「中央公論」、大7・10)。　　　　　　　　　　　　　〔巣鴨日記03〕

9月6日　徳冨蘆花に福永書房から『新春』31版から40版までの1万部の印税3,200円が届く。　　　　　　　　　　　　〔蘆花日記07〕

9月17日　岩野泡鳴、春陽堂より「新小説」掲載の「午後二時半」(43枚)の原稿料38円70銭を受け取る。9月14日に書き、9月15日に春陽堂主人へ手紙で原稿料の値上げを要求している。1枚90銭。＊「午後二時半」(「新小説」、大7・10)。　　　　　　　　　　〔巣鴨日記03〕

9月18日　岩野泡鳴、新潮社より原稿料15円50銭を受け取る。9月11日に書いた「僕の描写論」(54片)の原稿料か。50銭以上。〔巣鴨日記03〕

9月25日　岩野泡鳴、「文章世界」より原稿料46円50銭を受け取る。9月23日に書いた「父の出奔後」(93片)の原稿料。1枚1円。＊「父の出奔後」(「文章世界」、大7・11)。　　　　　　　　〔巣鴨日記03〕

10月27日　岩野泡鳴、時事より原稿料1円50銭を受け取る。
〔巣鴨日記03〕

10月31日　岩野泡鳴、大観社より原稿料のうち56円、読売より原稿料1円50銭、新潮社より『耽溺』の印税15円、同社より原稿料3円50銭、時事より3円50銭を受け取る。また11月2日に大観社より残りの原稿料24円を受け取る。＊10月13日に「原内閣成立と之に対する希望」（12片）、30日に「公爵の気まぐれ」（50枚）を大観社に渡している。10月18日に読売へ「中村星湖氏へ」（8片）、10月13日に新潮社へ「描写論補遺」（12片）を渡している。＊＊「原内閣成立と之に対する希望」（「大観」、大7・11）、「公爵の気まぐれ」（「大観」、大7・12）、「中村星湖氏へ」（「読売新聞」、大正7・10・22）。
〔巣鴨日記03〕

10月頃　芥川龍之介に慶応義塾招聘話が持上る。1週間に3日出勤で月給250円（慶応の教授の月給では最高額）。2、3年の英国留学も可。小島政二郎は主任教授から芥川の原稿料を尋ねられ1枚3円か3円50銭かと答えると、自分達はページ数によると驚かれる。
〔政二郎全集補〕

10月　『漱石全集』の校正は森田草平などがやっているが、草平は此の校正で150円の月給を取っている。ところが漱石門下には小宮豊隆、阿部次郎などの前期門人、久米正雄、江口渙などの後期門人があり、前後期が入り乱れて一時校正争奪戦をやったのは、畢竟150円の月給に垂涎したためだった。
〔地獄耳〕

11月1日　徳冨蘆花を大江書房が訪れ、『死の陰に』を1年契約で文林堂に譲渡するという。縮刷版を2,000部刷る計画。定価1円50銭の2割600円を持参。8分が大江。事前の相談がなかったので縁切を伝える。英華書房に変更するというので許し、印税率は1割にする。〔蘆花日記07〕

11月9日　岩野泡鳴、春陽堂より「新小説」の原稿料61円20銭を受け取る。11月8日に書いた「お安の亭主」（68枚）の原稿料。1枚90銭。＊「お安の亭主」（「新小説」、大正7・12）。
〔巣鴨日記03〕

11月12日　岩野泡鳴、時事より原稿料5円を受け取る。11月10日に「久米正雄へ」（15片）を渡している。＊「久米正雄氏へ」（「時事新報」、大正7・11・26、27、28）。
〔巣鴨日記03〕

11月13日　岩野泡鳴、大観社より原稿料5円を受け取る。〔巣鴨日記03〕

11月22日　黙阿弥長女河竹糸女の養嗣子河竹繁俊宛遺言状、「一　黙阿

弥著作物は我ら金銭に替難き品故女乎本年迄大切に守り居り候　我ら死後は其方此著作物をよく守り常に心がけして火難に土蔵落とさぬやうに被成度　(中略)　／一　吉村家は小家故多分の財産は之無候得共然し惣斗六万五千円以上は御座候　／一　我ら家を継ぎてより今日迄栄耀栄華致さず父著作の貸与料の内積立後々家の絶ぬ様子に譲り度と心懸」。

〔作者の家〕

11月23日　徳冨蘆花に福永書房から『新春』41版から45版までの印税1,600円が届く。倍の額を予想していたので落胆する。また警醒社からの印税として、『寄生木』49版分200円、『順礼紀行』17版分100円、『黒潮』28版分80円を受け取る。　〔蘆花日記07〕

11月28日　岩野泡鳴、中外社より選料20円を受け取る。9月7日に中外社募集の小説13編の選者をしていることによる報酬。　〔巣鴨日記03〕

11月　有島武郎の著作集は、最初の第1輯『死』(大6・10、定価80銭)からすべて新潮社より出版されて来たが、第2輯『宣言』(大6・12)以後売れ出し新潮社のドル箱となっていた。それが札幌以来の友人足助素一の経営する叢文閣から第7輯『小さき者へ』を出版することになった。二人の友情が容易に承知しない新潮社よりも上回ったのである。＊変わり者で狷介不羈な足助素一は人と合わなかった。ひところ道玄坂で屋台の焼き芋屋をしていた。その後相場に手を出し何万円かの金が出来たので、これを元手に出版をやりたいと有島に相談した。有島は一議に及ばず賛成し、自分の著作物は全部足助に出版させることを約束し、ここに叢文閣が誕生した。　〔近代作家伝下〕

12月2日　岩野泡鳴、「文章世界」より原稿料6円50銭を受け取る。

〔巣鴨日記03〕

12月5日　岩野泡鳴、玄文社に小説集原稿を渡し、印税の内金75円を受け取る。12月1日に短編小説集「猫八」(400頁分)の訂正を終わるとある。＊『猫八』(大8・5、玄文社、438頁、定価1円50銭)。

〔巣鴨日記03〕

12月8日　永井荷風が『荷風全集』全6巻(大7・12〜10・7、春陽堂)の印税は合計3、4千円を下らないと後に回想。　〔荷風全集20〕

12月10日　岩野泡鳴、天佑社より印税の内金70円を受け取る。12月4日に、小説の別集『非凡人』と名付けるとあり。＊大正8年5月1日発

行『非凡人』(天佑社、383頁、定価1円80銭)。　　　　　〔巣鴨日記03〕

12月18日　岩野泡鳴、中央公論社に「家つき女房」を訂正し(136片)、原稿料のうち200円を受け取る。12月15日に滝田が訪問し、執筆している小説が新年号には少しおそろしいということでの処置。＊「家つき女房」(「中央公論」、大8・1)。　　　　　　　　　　　　　〔巣鴨日記03〕

12月24日　徳冨蘆花に『死の陰に』縮刷版3,000部の印税900円が届く。定価1円50銭の2割。約束に従って半額の450円のみ受け取る。印税受渡帳に大江書房への助力のため同著22版以後の印税を1割とすると記入。20版分の印税200円は大江に寄附。　　　　　　　　〔蘆花日記07〕

12月26日　佐藤春夫の父宛書簡。「かう物価が高くつては今のところどうしても、一ヶ月五十枚か七十枚は書かないわけに参りません。困つたものです。中央公論だけは今度一枚一円六十銭に昇級しました」。
　　　　　　　　　　　　　　　　　　　　　　　　　　　〔春夫全集36〕

12月28日　岩野泡鳴、時事より原稿料4円を受け取る。　〔巣鴨日記03〕

12月30日　徳冨蘆花に『死の陰に』25、26版2,000部分の印税600円が届く。約束に従い、1割分300円のみ受け取る。今度は最初から1割を届けるようにと書き送る。　　　　　　　　　　　　　〔蘆花日記07〕

12月31日　岩野泡鳴、中外より原稿料10円を受け取る。　〔巣鴨日記03〕

この年　「雄弁」に一流作家が執筆するようになり原稿料も上昇。それ以前は山田みのるが画料(「少年倶楽部」目次カット1円50銭、2ページ漫画3円)を編集部の希望に応じ安くする、大河内翠山が1枚30銭、200枚60円を50円にするという雰囲気があった。　　　　　　　〔講談社01〕

この年　悟道軒円玉の話。円玉の師匠は名人松林伯円だった。有名な三千歳・直侍も伯円の「天保六花撰」を黙阿弥が脚色したもの。今なら伯円原作、黙阿弥脚色だが、原作料を払うどころか逆に伯円は自分の芝居が上演されると総見をしたり引き幕を贈ったりしていた。　　〔松太郎全集〕

この年　新聞社を失職した川口松太郎が、森暁紅から講談速記の名人悟道軒円玉を紹介され、彼の口述を筆記することになる。1枚1銭、1日30枚で月6円。筆記も筆記だが、江戸風俗文物の勉強に惹かれて引き受ける。　　　　　　　　　　　　　　　　　　　　　　　　〔松太郎全集〕

この年　山本実彦、シベリア出兵と同時に、久原房之助の依頼でシベリアの資源調査と日露共同事業の可能性や利権問題の調査のためウラジオ

ストックに赴き、帰国後、調査謝礼として 6 万円を受け取る。〔改造社〕

大正 7 年頃　菊池寛が商業雑誌に初めて書いたのは「文章倶楽部」の「勲章を貰う話」で 1 枚 60 銭か 70 銭だった。その後 3 ヶ月して 30 枚位の「海の中にて」（「大観」、大 7・1）は 1 枚 1 円 30 銭で 30 何円かもらった。

〔菊池寛全集補〕

大正 7 年頃　「日本少年」（実業之日本社）の主筆有本芳水、江見水蔭に冒険小説「半島の怪城郭」の稿料 1 枚 2 円払うと、「米価高騰、稿料据え置き、如何となす」と来信。社長と相談し倍額の 1 枚 4 円にする。当時「日本少年」は大正期を代表する少年雑誌だった。

〔笛鳴りやまず〕

大正 7 年末か 8 年初め　「雄弁」編集部が芥川龍之介を名乗る人物に 1 枚 2 円 50 銭という最高額の原稿料を支払った。翌日、駒込警察署からの連絡で詐欺事件と判明。博文館等でも同様の事件が起こった。

〔講談社 01〕

大正 8 年（1919）

1 月 12 日　芥川龍之介の薄田泣菫宛書簡。海軍機関学校の報酬に加えて大阪毎日新聞社から社友として月々 50 円を得て、生活は保証されているが、仕事のことを考えて同新聞社の社員になりたい気持ちを伝えて泣菫の意見を聞く。社員になるとは、小説の原稿料を貰わない代わりに小説を書く回数を条件に加えて報酬を一家の糊口に資するだけ増額してもらうことだという。

〔泣菫宛書簡〕

1 月 23 日　岩野泡鳴、新潮社より『耽溺』の印税 15 円を受け取る。

〔泡鳴日記〕

1 月 29 日　岩野泡鳴、樫村敬文館へ「古神道大義論」を昨日広告していた『名著評論文集』へ入れては困るとの葉書を出す。独立した印税物なので。

〔泡鳴日記〕

1 月 31 日　岩野泡鳴、中央公論社より原稿料の残金 236 円 40 銭を受け取る。＊ 12 月 29 日に「征服被征服」（206 枚分）。「中央公論」 2 月号掲載。12 月 18 日「家つき女房」（136 片）で 200 円。2 つ合わせて 1 枚 1 円 60 銭。

〔泡鳴日記〕

1 月　「改造」 2 月号は森戸辰男の論文が掲載禁止となった。帝国大学教授の弾圧の最初だった。しかし発売禁止でなかったので、逆に読者の関

心を呼び売行きは変わらなかった。　　　　　　　　　　　　〔改造社〕

1月中旬　山本実彦、前年12月に3万5,000円で購入した南品川浅間台の豪邸で東京毎日新聞時代の友人や部下と歓談する中で、新雑誌創刊の話がまとまる。資金は住宅購入の残金である。雑誌の名前は題目だから編集の内容に関わる「改造」と決定した。　　　　　　　　　　〔改造社〕

2月1日　秋田雨雀、「「天活会社」の森岡格雄君が、「天活会社」の脚本監督になってくれないかということであった。自由な仕事として、脚本の校正をしてくれさえすればいいということであった。一部三十円ずつとのことであったが、できるかどうかとにかく試みてみることにした」。
　　　　　　　　　　　　　　　　　　　　　　　　　　〔雨雀日記01〕

2月1日　岩野泡鳴、読売より原稿料1円を受け取る。　　〔巣鴨日記03〕

2月5日　岩野泡鳴、春陽堂「新小説」より原稿料13円30銭を受け取る。1月11〜17日の間執筆の「抱月須磨子弁護論」(19枚)の原稿料。1枚70銭。＊「抱月須磨子弁護論」(「新小説」、大8・2)。　　〔巣鴨日記03〕

2月11日　山本鼎の滝田樗陰宛書簡。「原稿料の点は、小生のは白秋よりずつと低くして下さいまし」。＊「哥路」(大8・3)。　　〔文学年誌〕

2月14日　岩野泡鳴、新潮社より原稿料20円を受け取る。2月12日に「一元描写の実際証明」(32枚分)を「新潮」3月号のために執筆。
　　　　　　　　　　　　　　　　　　　　　　　　　　〔巣鴨日記03〕

2月27日　岩野泡鳴、「文章世界」より原稿料4円40銭を受け取る。大観社より原稿料の残金68円40銭を受け取る。＊1月25日に「文章世界」へ「土田氏に答ふ」(5枚分)(「文章世界」、3月号)。1枚88銭。2月12日の条に大観社より原稿料のうち50円を受け取る。2月8日に「お竹婆アさん」(146片)(「大観」、3月号)を渡している。大観社より合わせて118円。1枚1円60銭強。　　　　　　　　　　〔巣鴨日記03〕

2月　大正3年に雑誌販売業組合を設立した東京堂の大野孫平は、大正8年2月から定価販売を実施した。雑誌の場合、販売制度が「買い切り制」から「返品自由」・「委託制」に変わり、それが大正期の販売部数の躍進を支える大きな柱となった。　　　　　　　　　　　　　〔文学者〕

2月頃　与謝野晶子の加野宗三郎宛書簡。天佑社の小林政治の依頼で明治33年頃より「源氏物語」の注釈に従事してきた。大正7年にこれまでの原稿を小林が天佑社に二千幾百円で引きつぎ、月々に何百円でも出す

ので今年中に書き上げてほしいと言われた。当初は20円ずつ支払われていたのが、昨年3月頃から50円ずつとなり、原稿は毎月90枚ずつ書いて渡していた。しかし助手を雇ったとしても、なお4、5年、1万円がかかると見込まれるため、約3,000円を天佑社に返し、できるだけ補助を受けないようにしたい。〔与謝野書簡02〕

3月4日　岩野泡鳴、春陽堂より原稿料100円を受け取る。2月20日に「部落の娘」（前篇60枚）、3月1日に「部落の娘」（続篇52枚）を「新小説」に渡している。＊「部落の娘」（「新小説」、大8・3、4）。〔巣鴨日記03〕

3月5日　坪内逍遙、「改造」より「馬琴の稿」の原稿料50円受け取る。〔逍遙資料01〕

3月11日　岩野泡鳴、雄弁の青柳より原稿料91円を受け取る。3月9日に「蜜蜂の家」（70枚）を脱稿している。1枚1円30銭。春陽堂の小峰より印税のうち30円を受け取る。前日10日に葉書を出しているが、2月18日に『征服被征服』を春陽堂から単行本で出す約束をし、3月4日に『征服被征服』の原稿を渡している。＊「蜜蜂の家」（「雄弁」、大正8・4）。〔巣鴨日記03〕

3月15日　岩野泡鳴、内外時論社の住居より原稿料72円を受け取る。3月13日に原稿の催促を受け、14日に「わが子のやうに」（72片）を完成させている。＊3月26日に「二食主義者」を執筆しており、これも原稿料に含まれるか。＊＊「わが子のやうに」（初出未詳、「内外時論」、大8・4か）、「二食主義者」（「新潮」、大8・5）。〔巣鴨日記03〕

3月28日　菊池寛は時事新報を退社、芥川龍之介とともに、大阪毎日新聞社社会部編集局所属となり、10月に学芸部勤務となり、毎日の出勤は免除され、俸給も月70円、外に臨時手当23円支給となる。新聞小説第1作が「藤十郎の恋」（大8・4・3〜13）である。〔菊池寛の航跡〕

3月　河竹繁俊、文芸座の旗揚げ公演に際し、13代目守田勘弥のために「女殺し油地獄」の脚色頼まれ、2日1晩の徹夜で書き上げる。この脚本料20円。当時にしてもあまりに僅少だった。菊池寛も同じようなもので、これが機縁となって菊池が主唱者になり劇作家協会が生まれたと言われる。〔作者の家〕

4月3日　「改造」創刊号発売、定価60銭。評論執筆者に安部磯雄や与謝野晶子らを起用し、創作は幸田露伴の「運命」など。2万部刷って返品

222　大正 8 年（1919）

は 6 割以上だった。2 号 3 号も 2 万部だったが、3 号の返品は 1 万 3,000 部だった。〔改造社〕

4 月 3 日　岩野泡鳴、新潮社より原稿料 37 円を受け取る。〔巣鴨日記 03〕

4 月 27 日　岩野泡鳴、新潮社より『耽溺』の印税 30 円を受け取る。
〔巣鴨日記 03〕

4 月 28 日　岩野泡鳴、改造社の山本社長の訪問を受け、原稿料の前金 50 円を受け取る。天佑社より『猫八』の初印税の残金 173 円を受け取る。
＊天佑社から出版したのは『非凡人』。『猫八』は玄文社の出版。
〔巣鴨日記 03〕

4 月 30 日　岩野泡鳴、中外社より原稿料 140 円 25 銭を受け取る。前に受け取っていた 40 円と合わせての金額とのこと。また、玄文社より『猫八』の印税 1,500 部の残金 135 円を受け取る。＊ 4 月 19 日に中外のために「お常」（93 枚半）を執筆。27 日中外社へ出掛け、原稿料の催促をする。7 月 6 日に「雄弁へ中外へ行つていた「お常」を渡す。」とある。
＊＊「お常」（「雄弁」、大正 8・9）。〔巣鴨日記 03〕

4 月　「中央公論」打倒を目指した「改造」は文芸欄の充実を図り、幸田露伴や気鋭の永井荷風、谷崎潤一郎らに「中央公論」が稿料 1 枚 10 円とすると、12 円、15 円と吊り上げて引き抜いた。更に武者小路実篤、志賀直哉を獲得、翌年には賀川豊彦を起用する。〔懐かしき文士〕

4 月　宇野浩二、「蔵の中」を「文章世界」4 月号に載せる。その原稿料は、1 枚 60 銭。宇野自身は 1 枚 1 円と書いているが、それは誤り。
〔年月のあしおと〕

5 月 1 日　岩野泡鳴、新潮社より原稿料 1 円 80 銭を受け取る。＊ 4 月 2 日に「それが文芸批評か」（5 片）。1 枚 60 銭。新潮社は原稿渡しから 1 ヶ月後か。＊＊「それが文芸批評か」（「新潮」、大正 8・5）。〔巣鴨日記 03〕

5 月 6 日　谷崎潤一郎の、中央公論社滝田樗陰に対する書簡。9 日までに 100 円が欲しいが、明日に 50 円入る。残りを麻田社長に何とかしてもらえないか。あとで余所から借りて返却するという。〔谷崎全集 25〕

6 月 7 日　岩野泡鳴、改造社より原稿料 253 円を受け取る。＊ 6 月 4 日に「改造」7 月号のため「母の立ち場」（110 枚）。8 日に原稿を改造社の横関に渡す。4 月 28 日の前金 50 円と合わせると 303 円。1 枚 2 円 75 銭。
〔巣鴨日記 03〕

6月16日　岩野泡鳴、春陽堂より『征服被征服』1,500部の印税の残金160円を受け取る。＊6月26日に製本出来。〔巣鴨日記03〕

6月25日　岩野泡鳴、中央公論社へ脚本「労働会議」(51枚) を渡し、同社より原稿料117円30銭を受け取る。1枚2円30銭。＊「労働会議」(「中央公論」、大8・7)。〔巣鴨日記03〕

大正8年半ば頃　室生犀星「幼年時代」の稿料は1枚1円だったと『泥雀の歌』にある。『木佐木日記』によると、「大正8年半ばごろの作家の原稿料は「中央公論」の場合、1枚1円乃至1円50銭、論文・読物の稿料は1円が最高」とある。〔犀星伝〕

7月7日　永井荷風が『荷風全集』2巻 (大8・6、春陽堂) の印税675円を受け取る。定価1円80銭。〔荷風全集19〕

7月24日　坪内逍遙、「改造」より80円を為替で受け取る。〔逍遙資料01〕

7月　久米正雄、「〆切期日、雑誌編集者というものが勝手に決めた、これさえなかったならば、吾々創作家は、こんなブルガトリオ (煉獄) の苦しみを嘗めずとも済むのであったろうに。「文章世界」と「解放」の原稿がとうとう書けなかった日、自己呵責の念を軽減せんため、敢て此の一文を草して、世の編集者諸兄を怨むこと然り」。(大正8年7月22、23日の「読売新聞」「創作の苦しみ」)。〔久米全集〕

7月　「改造」4号は発売2日で3万部が売り切れた。続く4万部刷った5号も売り切れた。しかし4万5,000部刷った6号は山川均「労働運動の戦術としてのサボタージュ」が官憲の忌諱に触れ発売禁止となった。〔改造社〕

8月13日　滝田樗陰の中央公論よりの収入、1ヶ月に2,000円。本給は生涯、30円であったが、雑誌「中央公論」1部につき2銭の歩合を貰っていた。当時は12万部の発行部数なので、歩合は2,000円以上となっていた。因みに、木佐木勝は、見習い期間中のことで月に35円。また市電の車掌が月40円とのこと。発行部数は「婦人公論」7万部。4月創刊の「改造」は3万部程度という。〔木佐木01〕

8月23日　滝田樗陰、4月創刊「改造」の高い原稿料攻勢に対して、作家側から要求されるより前に、自発的に値上げすべきことを麻田社長に主張。しかし社長は回答を保留。かつて博文館の「太陽」などを押さえて「中央公論」が部数を伸ばしたのも、原稿料の高さによってであった。

8月26日 秋田雨雀、「午後六時から、神田の明治会館で著作家協会の総会があり、馬場孤蝶氏座長席につき、大庭柯公氏世話役となり、十一時まで論議し、最後に左の二ヶ条を可決した。原稿料五割増。印税二割増。条文訂正らを幹事に一任のこと。会費年額三円のこと」。〔雨雀日記01〕

8月26日 岩野泡鳴、大観社より原稿料42円50銭を受け取る。＊8月7日に「難船」（21枚半）を送っている。1枚2円。＊＊「難船」（「大観」、大8・9）。〔巣鴨日記03〕

8月28日 滝田樗陰、麻田社長に談判し、原稿料の値上げを決めた。全部「改造」以上にしようとしたが、特別の作家だけを「改造」より高くし、他は同じにした。木佐木の注記によれば、大正8年半ばでは、「中央公論」は1枚1円ないし1円50銭、論文・読物では1円が最高。ただ吉野作造のみ特別で、1円50銭。「改造」では、若手の広津和郎、宇野浩二、葛西善蔵に1枚1円80銭。ただし、2、3の京都大学の著名教授に3円以上の原稿料を支払っていた。その後も値上げは続き、「改造」大正9年12月号で泉鏡花の小説に対して4円。大正12年の関東大震災前には「中央公論」「改造」ともに1枚5円、大正13、14年頃に6円ないし8円。婦人雑誌の原稿料は総合雑誌の原稿料の3、4倍となっている。〔木佐木01〕

8月29日 岩野泡鳴、「鉄公」（前篇、36枚分）を内外時論社へ渡し、同社より原稿料70円を受け取る。読売より原稿料1円50銭を受け取る。＊8月9日に読売へ詩2編「中禅寺湖と日光」。＊＊「中禅寺湖」、「日光」（「読売新聞」、大8・8・17）。〔巣鴨日記03〕

夏頃 斎藤佐次郎が島崎藤村に雑誌の監修を依頼するために、相棒の横山寿徳のつてで訪ねると、絵画の監修に有島生馬を推薦してくれた。謝礼として三越の商品券をおいて辞した。ちょうど『新生』の下巻を連載中だったころである。＊「新生」後編（「東京朝日新聞」、大8・4・27〜10・23）。〔児童文学史〕

9月2日 岩野泡鳴、改造社より論文原稿料5円を受け取る。〔巣鴨日記03〕

9月6日 中央公論社には前借を申し込む執筆者が多く、小説家が一番多く、金額も一番。その次は中間読み物を書いている田中貢太郎などであるが、原稿料に差があり、だいぶ少なくなるという。〔木佐木01〕

9月19日　坪内逍遙、この日の日記に朝日新聞社のクラブに行き、「二葉亭縮刷売上純益七千六百円の件」について話すと書く。＊坪内雄蔵・内田貢共編『縮刷二葉亭全集』全4巻（大7・8～8・6、博文館、朝日新聞社共同発行）。〔逍遙資料01〕

9月20日　岩野泡鳴、8月29日に続き内外時論社より原稿料81円を受け取る。＊9月12日に内外時論社のため「鉄公」続き（40枚半）。1枚2円。＊＊「鉄公」の初出は未詳。高橋春雄「解説・解題」（『岩野泡鳴全集』6巻、平7・10、臨川書店）では、「内外時論」の大正8年9月号、10月号かとされている。〔巣鴨日記03〕

9月30日　岩野泡鳴、新時代社より原稿料82円を受け取る。＊9月23日に新時代社のため「狐の皮」（41枚）。1枚2円。＊＊「狐の皮」（「新時代」、大9・1）。〔巣鴨日記03〕

9月30日　佐藤春夫の父宛書簡。「新潮社から出た「田園の憂鬱」は二千部無くなって第四版が出ます。尤も本屋では第四版と称して居ますが、私のお金を貰ふのは第二版です。本屋がごまかしてゐるのではなく、何か広告手段でせう。近ごろでは皆そんなことをするやうです。千部を初版にしてあと五百づつはそれぞれ重版にして数へるのださうです。「お絹とその兄弟」は第五版だと言ひます。本も今のところ割に売れて居るやうですからいい具合です」。＊『田園の憂鬱』（大8・6・20初版、新潮社）。『お絹とその兄弟』（大正8・2、新進作家叢書16篇、同前）。〔春夫全集36〕

10月1日　岩野泡鳴、玄文社より原稿料7円、新潮社より10円を受け取る。＊8月31日に「新潮」10月号のため「著作組合に入らぬ理由」（19片）「どちらが呑気だ」（7片）。〔巣鴨日記03〕

10月17日　岩野泡鳴、新潮社へ「犠牲」（43枚）を渡し、64円原稿料を受け取る。新報知へ「渠の旧日記」（22枚）を渡し、44円を受け取る。＊10月13日～17日までの間まとめ書き。仮に17日にしておく。＊＊「犠牲」（「新潮」、大8・11）、「渠の旧日記」（「新報知」、大8・11、12）。〔巣鴨日記03〕

10月20日　芥川龍之介の薄田泣菫宛書簡。谷崎潤一郎が「大阪毎日新聞」に年内に原稿を送るので、100円ほど前借りしたいと言っている。他紙の原稿料は、「大阪朝日新聞」は2円、「中央公論」は3円なので、そのくらいの割で原稿を買ってほしい。「物価騰貴につき方々の原稿料が昂

つたやうですから社の原稿料もそれと釣合をとれるや御尽力を願ひます」。
〔泣菫宛書簡〕

10月21日　秋田雨雀、「佐々木君宅にいると、奥さんと神近君が白土君の事件で訪れた。三人で新広尾へゆき仲木君にきてもらい、四人で「婦人公論」の島中君に白土の失敗を詫びた。白土はばかな奴だ。印税の印もなくて、本をだそうとしていた。出版届も著者の印がなかった」。
〔雨雀日記01〕

10月27日　谷崎潤一郎が為替で原稿料の前借り分100円を受け取ったと薄田泣菫に伝える。1枚2円50銭での執筆を了承する。　〔泣菫宛書簡〕

11月6日　秋田雨雀、「『雪中の三ヶ月』を訂正、精華書院の小池大寿氏にわたした。『フェネロン』と双方で、四百枚になった。原稿料なら一枚七十銭、印税なら一千五百部で、まず一千部で一割、百七十円とのことであった」。＊『雪中の三ヶ月』はポールシャの翻訳。＊＊ポールシャ作、フェネロン作、秋田雨雀訳『雪中の三ヶ月・フェネロン物語』（大9・1、家庭読物刊行会、世界少年文学名作集7巻）。
〔雨雀日記01〕

11月6日　岩野泡鳴、人間社より原稿料106円を受け取る。＊10月29日に人間社のため「子無しの堤」（52枚半）。1枚2円。＊＊「子無しの堤」（「人間」、大9・1）。
〔巣鴨日記03〕

11月7日　岩野泡鳴、雄弁より原稿料16円を受け取る。＊11月4日に雄弁のため小説「あぶら虫」（43枚）書いているが、原稿料からこの小説の対価ではないかもしれない。＊＊「あぶら虫」（「雄弁」、大9・1）。
〔巣鴨日記03〕

11月24日　岩野泡鳴、「おせい」（115枚）を「改造」新年号へ、原稿料290円。「或高等学生の親」（46枚）を中央公論へ渡し、原稿料115円を受け取る。＊11月13日～24日までの間まとめ書き。仮に24日にしておく。「改造」1枚2円40銭。「中央公論」は1枚2円50銭。＊＊「或高等学生の親」は初出未詳。
〔巣鴨日記03〕

11月　童話童謡雑誌「金の船」創刊（大8・11、金の星社）に際し、ふさわしい画家を求め、『グリム御伽話』の挿絵を書いた岡本帰一にほれ込み、月給100円で専属の童画家になってもらった。
〔児童文学史〕

12月4日　岩野泡鳴、「文章世界」より原稿料175円を受け取る。＊12月3日に「金貸しの子」（70枚）。1枚2円50銭。＊＊「金貸しの子」（「文

章世界」、大9・1)。 〔巣鴨日記03〕

12月8日　岩野泡鳴のところに、日本評論社の鈴木来訪。短編集『青春の頃』を持っていき、印税の前金として100円を受け取る。〔巣鴨日記03〕

12月18日　永井荷風が女優花田偉子より旧作上演の謝礼として三越切手30円を受け取る。＊国民座が上演した「煙」のことか。〔荷風全集19〕

12月22日　吉屋信子、「大阪朝日新聞」の創刊40周年記念の長編懸賞小説に応募、1等(賞金2,000円)当選の電報を受け取る。兄忠明の社宅で一夏を費やし執筆した600枚の「地の果まで」が応募162篇から選ばれた。最初の買い物はビクターの蓄音機と洋楽のレコード、広辞林だった。 〔ゆめはるか〕

12月27日　秋田雨雀、「足助君から、はがきがきた。脚本集の印税をくれるといってきた。(中略)夜、足助君から百円の小切手をうけとった」。〔雨雀日記01〕

12月31日　岩野泡鳴、「東京日々新聞」より原稿料9円を受け取る。1年間の収入は4,500円あまり。 〔巣鴨日記03〕

12月　『黙阿弥脚本集』(河竹黙阿弥著、河竹糸女補、河竹繁俊校訂・編、全25巻、大10〜12、春陽堂刊)の編集開始。印税約2万円。〔作者の家〕

この年　世界大戦後の好況から物価が急騰し、原稿料も1枚50銭になり、30枚書くと15円貰えるようになった。 〔松太郎全集〕

この年　大正8年になって、「改造」1円80銭、「解放」2円を出したので、「中央公論」の稿料は1円から2円に値上げした。 〔年月のあしおと〕

この年　滝田樗陰は、大正8年には「中央公論」の発行部数12万部に対して月々2,000円の歩合を取っていた。文士の収入乏しかった大正時代、ほとんど滝田樗陰の足元に及ばなかった。その点でも彼は作家に対して卑屈になる必要はなかった。 〔滝田樗陰〕

大正8年頃　菊池寛の「大阪毎日新聞」入社第1作の「藤十郎の恋」は大阪松竹の眼にとまり、大森痴雪脚色で中村鴈次郎一座によって大阪、東京、富山で上演された。北越興行の前に松竹から電話で上演料の交渉があった。寛は「300円」というと、相手は「え、800円ですか」と云った。「そうだ」と答えると、松竹は異議なくとどけてよこした。 〔半自叙伝〕

大正8年頃　久米正雄の発言。雑誌合評の座談会出席費は「新潮」30円、「婦女界」100円(震災後、それでは余り多過ぎるというので、合評者の方から

遠慮して75円となった)。「新潮」は作品を読んでいく苦痛と作家の怨みを被る予感の代償として30円はまあ適当だが、「婦女界」は人生批評で4、5分喋れば75円は羨ましいだろう。 〔久米全集〕

大正8年頃 「中央公論」が12万部に躍進。同じ頃「赤い鳥」の編集に携わった小島政二郎は、滝田樗陰が同誌1冊につき1銭ずつの印税を取っているという噂を聞いた。部数から考えて相当の収入だったに違いないと推測している。 〔政二郎全集補〕

大正8年頃 「雄弁」が谷崎潤一郎に支払った原稿料は1枚3円。同誌は定価50銭で1頁あたりの原稿料が約15銭だった。それに対して「講談倶楽部」は定価約45銭で1頁あたりの原稿料は1銭にならなかった。同誌の原稿料は特別クラスで1枚2円だった。 〔講談社01〕

この年 執筆依頼を受けた広津和郎が信州の温泉で書きたいと豪邸を訪ねた。山本実彦は広津を待たせてすぐに50円を用立てた。実は隣の質屋で金時計をカタに40円を借りてきたのだ。それから「この家の庭を見て下さい。もうすぐ売りますから」と案内した。この邸宅は6万円で明治生命創業者阿部泰蔵の所有となった。 〔改造社〕

大正8年頃 西条八十は早稲田の学生の頃から兜町に通い、第一次大戦景気の頃には30万円もうけたが、翌年の大暴落で全財産を失ったりした。27、8歳の若さで天国と地獄を見た。大正10年頃から詩作と教職の暮らしに入っていった。 〔児童文学史〕

大正8年頃 鰭崎英朋、神保朋世に対して、文部省の嘱託で国定教科書の挿絵を描く手当は大正8年頃月25円などと話す。＊この職についた明治39年頃は月18円。 〔挿絵画家英朋〕

大正9年（1920）

1月19日 岩野泡鳴、新潮社より『憑き物』の印税のうち100円を受け取る。 〔巣鴨日記03〕

1月22日 鈴木三重吉の小宮豊隆宛書簡。「赤い鳥」4月号（3月号より104頁で上質紙）に、いつか「アラヽギ」へ出したものの続きを4頁分書いてくれないか。1頁23字で2段18行、4頁で144行になり、そのうち見出し20行、挿絵12行とるとして、112行ぐらい入用。謝礼は特等で1枚2円。 〔三重吉全集06〕

1月23日　北原白秋、英国童謡の翻訳を「東京日日新聞」に14、5篇、「福岡日日新聞」で14、5篇、「大阪朝日新聞」で4、5篇新年に発表した。原稿料は7、80円だったと伝える。〔白秋全集〕

1月31日　秋田雨雀、「「婦人公論」から「愛と試み」の原稿料をとどけてよこした。（四十七円二十銭、二十九枚半）」。＊童話「愛と試み」（「婦人公論」、大9・3）。〔雨雀日記01〕

1月　5万部に増刷した大正9年の「改造」新年号は賀川豊彦の「死線を越えて」が評判となった。この号は山川均「独裁禁止とデモクラシー」が掲載禁止になり削除された。〔改造社〕

1月　志賀直哉の「菜の花と小娘」は「金の船」（2巻1号）に掲載された。この大家の名作には規定の1枚2円、計18円払った。〔児童文学史〕

2月7日　岩野泡鳴、日本評論社より印税の前金の残金132円を受け取る。＊2月15日に『燃える襦袢』出版。あるいは12月8日の短編集『青春の頃』の関係か。〔巣鴨日記03〕

2月9日　岩野泡鳴、天佑社より『家つき女房』の印税1,500部に対する残金165円を受け取る。また改造社より原稿料の残金285円を受け取る。＊2月10日に出版。2月5日に「改造」3月号のため「おせいの失敗」（306片）。〔巣鴨日記03〕

2月14日　岩野泡鳴、時事より原稿料2円を受け取る。〔巣鴨日記03〕

2月26日　岩野泡鳴、日本評論社より『もえる襦袢』再版500部印税85円を受け取る。＊2月15日に『燃える襦袢』出版。＊＊1円70銭。印税率は1割。〔巣鴨日記03〕

2月28日　岩野泡鳴、玄文社より原稿料6円を受け取る。〔巣鴨日記03〕

2月　吉屋信子の初の印税は『屋根裏の二処女』（洛陽堂）の100円である。最初は自費出版ならと主張した洛陽堂だったが、『地の果まで』の出版を条件に印税を払った。その頃、信子は麻布飯倉の1月30円の下宿屋暮らしだった。〔ゆめはるか〕

2月　時事新報の文芸部記者滝井孝作、改造社に入社。給料60円。しかし孝作は小説を書き出勤が不規則だったため、大正10年4月退社となる。〔改造社〕

3月5日　岩野泡鳴、日本評論社より『情か無情か』（「実子の放逐」改題）印税の前金100円を受け取る。〔巣鴨日記03〕

3月13日　岩野泡鳴、雄弁より原稿料125円を受け取る。新潮社より『耽溺』印税30円、時事より原稿料9円20銭を受け取る。日本評論社より『もえる襦袢』4版の検印（500部分）を取りに来る。＊3月12日に雄弁のために小説「美人」（50枚）を書き上げる。1枚2円50銭。＊＊「美人」（「雄弁」、大9・4）。〔巣鴨日記03〕

3月中旬　鈴木三重吉の清水良雄等宛書簡。雑誌「赤い鳥」（2月号か）の返品部数5,232、金額830円78銭7厘なので、記事等について改革が必要なことを編集等に携わる清水、小野浩両人に説く。東京堂、東海堂、至誠堂、北隆館、上田屋の取次5社の返品数を列挙。〔三重吉全集06〕

3月27日　秋田雨雀、「婦人の友」社で羽仁吉一氏、河井酔茗君にあい、一時間ばかり会談。原稿料をもらって帰った。午後、足助君より、『仏陀と幼児の死』の原稿料の残金をもらってきた。足助君は百円だけ多くよこすところであった。注意してよかった」。＊『仏陀と幼児の死』（大9・4、叢文閣）。〔雨雀日記01〕

3月30日　坪内逍遙、春陽堂より『豊国』の印税850円を受け取る。同日、演劇画報社より「朗読法」の原稿料60円を受け取る。＊『芝居絵と豊国及其門下』（大9・6、春陽堂、8円）。＊＊3月7日に1,500部分の印税前払いとして1,275円を20日までに送るよう要求し、17日に春陽堂から1,000部分だけ前払いと返信があった。〔逍遙資料02〕

4月2日　坪内逍遙、実業之日本社より『法難』2,500部分の印税862円50銭を受け取る。＊『法難』（大9・3、実業之日本社、2円30銭）。印税率は1割5分。〔逍遙資料02〕

4月3日　吉野作造の滝田樗陰宛書簡。実業之日本社と警醒社の謝金元金が1,500円には達していないと思うが、手元の800円で足らない場合は麻田駒之助に借りたいと話しておいてほしい。〔文学年誌〕

4月6日　岩野泡鳴のところに、隆文館店員来訪。「新自然主義」「半獣主義」を合わせて「悲痛の哲理」（600頁ほど）の書名で出版を約束。『新自然主義』400頁の紙型を提供して、印税8分。「少し割りが悪い」。また学芸書院の主人来訪。『公爵の気まぐれ』初版印税のうち100円を受け取る。＊『悲痛の哲理』は6月13日出版。『公爵の気まぐれ』は6月28日出版。〔巣鴨日記03〕

4月12日　岩野泡鳴、太陽より「おせいの巡礼」（79枚）の原稿料213

円30銭を受け取る。1枚2円70銭。
〔巣鴨日記03〕

4月17日　岩野泡鳴、日本評論社より『情か無情』の初版印税残金138円を受け取る。
〔巣鴨日記03〕

5月5日　高濱虚子、俳書堂より『蕪村句集講義』合本1,020部の印税98円60銭を受け取る。＊浅岡邦雄の調査では、『蕪村句集講義』四季合本（明44・5）、『蕪村句集遺稿講義』縮刷合本（大5・3）のどちらの印税か不明。
〔著者の出版史〕

5月9日　寺田寅彦、3月19日に書き上げた「電車と風呂」が、「新小説」掲載に決まったことを4月19日小宮豊隆より報告を受ける。5月3日に「新小説」を購入、「電車と風呂」は載つて居るが誤植は多いし紙も印刷も悪い、それに三宅さんの電車観とさし合つて不愉快」と感想を述べている。5月9日に編集者の小野精長が来訪、原稿料20円を受け取る。
〔寺田寅彦全集12〕

5月　菊池寛、山本有三、長田幹彦ら劇作家協会を設立、協定脚本使用料を、一幕物金300円以上、900円程度。二幕物金400円以上、1,200円程度、三幕物金500円以上、1,500円程度、三幕以上はこれに準じて加えると定めた。
〔菊池寛の航跡〕

6月8日　寺田寅彦、6月4日に「丸善と三越」掲載の「中央公論」を受け取り、「新小説より紙質がよくて気持がいい」（大正9年5月9日の条参照）。6月8日にその原稿料85円を受け取る。
〔寺田寅彦全集12〕

6月　「金の星」の原稿料は、大家2円、一般作家1円、童謡10円だった。原稿料は「のり入れ」という日本紙を折って「水引き」をかけ、「御礼」あるいは「薄謝」と書いて届けた。計算書を同封するということは失礼な時代だった。
〔児童文学史〕

6月　田山花袋さんに童話の原稿を頼むと「君のところは、いくら払うのかね」と、率直な質問があった。齋藤佐次郎は「一般は一枚一円ですが、先生のような方には二円差し上げることになっています」とおそるおそる答えた。花袋さんは「安いけれど書いてやるよ」といってくれた。
〔児童文学史〕

7月6日　永井荷風が春陽堂より「開化一夜草」（「新小説」、大9・7）の原稿料約150円を受け取る。
〔荷風全集19〕

7月6日　高濱虚子、『蕪村句集遺稿講義』合本1,000部の印税24円65

銭を俳書堂より受け取る。＊浅岡の調査では『蕪村句集遺稿講義』縮刷合本（大5・3初版）第4版（大9・4）の印税と推定。〔著者の出版史〕

7月11日 6月下旬、台湾を経て中国福建旅行中の佐藤春夫の父宛書簡。「一旅費は台湾の印章といふ文章を台湾新聞に書け——一枚二円五十銭出すといふから、前金をもらつて行きます」。〔春夫全集36〕

7月 山本実彦、新居を大田区上大崎に構えるが、「改造」6号の発売中止で4号5号の儲けが底をついた。長女の出産費用を運転手の妻から20円借り、古本を160円で売ってまかなった。しかしこの危機を救ったのが賀川豊彦の『死線を越えて』だった。〔改造社〕

8月9日 島崎藤村、鷹野つぎに春陽堂の原稿料30円を為替で送る。鷹野は藤村の紹介で「撲たれる女」を「新小説」8月号に掲載。〔館報51・1〕

8月10日 鈴木三重吉の小宮豊隆宛書簡。経済界の不況により3万部あった「赤い鳥」が今は2万5,000部に戻り、そのうち6,000部が返品となって戻ってくる。自分は俸給、原稿料なしで、春陽堂の『世界童話集』の印税で生活をしている。『漱石全集』第2回は6,000名入会、未亡人には年に7、8万円の印税が入ってくる。〔三重吉全集06〕

8月19日 著作権法改正公布（演奏歌唱・レコード、著作権保護の対象となる）。〔著作権事典〕

8月20日 荷風が新聞記者の訪問を避けるため新聞雑誌各社に通知。訪問時は予め10円郵送、3ヶ月以内に面談日時を通知、面談料は30分ごとに5円、寄稿依頼は長短の別なく前金手付金100円、受領後3年以内に脱稿し改めて1字1円を要求、写真掲載料は50円。〔荷風全集19〕

8月25日 小杉未醒が滝田樗陰に「三枚分百五十銭又又おかし願はれ間敷や」と申し込む。＊年は不明だが8月28日付滝田宛書簡に200円を受け取った謝辞がある。〔文学年誌〕

8月 野口雨情、西条八十の紹介で金の星社に入社。仕事は毎号童謡を書くこと、応募童謡の選、校正の手伝いで給料は70円だった（野口つる夫人の回想では80円）。当時大学卒の月給は25円だった。なお齋藤佐次郎は雨情の上京に際して支度金35円をおくった。〔児童文学史〕

9月18日 秋田雨雀、「電報がきていた。原稿料はいくらか少なかったが安心した」。＊童話「監督判事」（「婦人公論」、大9・10）か。9月14日脱稿、14枚。〔雨雀日記01〕

大正 9 年（1920） 233

9月21日　坪内逍遙、この日の日記に「所得額年金以外を壱千弐百円届く春陽堂二百五十、法難三百、出版部七百」と記す。＊『芝居絵と豊国及其門下』（大9・6、春陽堂、8円）、『法難』（大9・3、実業之日本社、2円30銭）、『お気に召すまゝ』（大9・6、早稲田大学出版部、2円50銭）の印税か。　　　　　　　　　　　　　　　　　　　　　　　〔逍遙資料02〕

10月29日　坪内逍遙、松竹の奥役より中座で「沓手鳥孤城落月」が上演される謝儀500円を受け取る。＊11月3日より上演。　〔逍遙資料02〕

10月　「婦人倶楽部」創刊号に掲載された菊池寛の「姉の覚書」の原稿料は18枚で約30円。1枚約6、70銭。　　　　　　　　　　〔講談社01〕

10月　賀川豊彦の『死線を越えて』は玄人筋には不評だったが、読者の問い合わせの多さや製本屋の小僧の反応を見て連載途中だったが中止して出版に踏み切る。初版5,000部、直ちに再販5,000、1万、3万、5万と売れ、年内に20万部、1年後には80万部となり、結局100万部を越えた。　　　　　　　　　　　　　　　　　　　　　　　　　　〔改造社〕

11月8日　坪内逍遙、『二葉亭全集』について、昨年4月頃1,200円売上げがあったと聞く。　　　　　　　　　　　　　　　　　　　〔逍遙資料02〕

11月18日　坪内逍遙、博文館の営業係より『法難』新版の検印500部を依頼される。＊翌日渡す。　　　　　　　　　　　　　　　〔逍遙資料02〕

11月23日　滝田樗陰宛、芥川龍之介葉書「拝啓只今宇野浩二先生と信州諏訪に来てゐます明日中に帰らうと思つてゐます所が京阪を流浪して来た為嚢中が冷になって難渋しています。申し兼ねますが左記へ五拾円ばかり御送り下さいませんか電報為替に願へれば幸甚です」。
　　　　　　　　　　　　　　　　　　　　　　　　　　　〔芥川全集07〕

12月16日　坪内逍遙、『追憶』1,450部分の印税500円のみ受け取る。＊『少年時に観た歌舞伎の追憶』（大9・12、日本演芸合資会社出版部、3円80銭）。＊＊12月25日に15部、26日にさらに10部受け取る。　〔逍遙資料02〕

この年　滝井孝作と芥川龍之介が浅草の電気館に活動写真を見に行くと、志賀直哉に会った。志賀は今書きかけの長編を「改造」で出す気があれば出してもらいたいと言った。滝井は社に帰りすぐ返事をすると立ち上がった。折り返し喜んで出すという返事が届いたという。原稿料は1枚5円だった。翌年1月から「暗夜行路」の連載が「改造」で始まり、断続的に昭和12年4月まで連載された。出版は新潮社。　　　　〔改造社〕

大正9年頃　この頃の「中央公論」の原稿料は『木佐木勝日記』によると、作家は1枚1円ないし1円50銭、論文の最高1円、しかし吉野作造だけは特別で1円50銭だったとある。〔改造社〕

大正9年頃　金星堂が文芸書の出版に本腰を入れる。編集が間に合わず、新しく版を起こすと組版代も嵩張るので、古い紙型ものを利用した。特に最初は田山花袋のものを買い取っていた。編集部の代理で花袋のもとを訪れた同出版社の門野虎三の回想によると、花袋の印税は7分だったが、即金で払えないことが多かった。それでも田山家では門野に机を一つあてがってくれ、印判を持ってくると検印紙に勝手に数だけ押すよう言い、花袋は書斎に引っ込んでしまう。3,000枚を押し終えて、花袋に報告すると、枚数の確認は不要で、余分に50枚分押すよう言われた。〔金星堂のころ〕

大正9年頃　蕗谷虹児、東京社の水谷君に不眠不休で描いた仕事を届けると、「婦人画報」「婦人界」「コドモノクニ」の編集者たちにも見せ、鷹見編集局長と相談の上、1円紙幣で呉れたのか厚く重い封筒をくれた。中を早く見たかったがやせ我慢して懐に入れた。水谷君は「今度は編集局長が特別にはずんで、予定より多く出してくれた。最近、「少女画報」の発行部数が急に増えたのは君の絵（表紙、折込口絵、新年号特別付録の双六など）のおかげだ」といい、ファンレターを見せてくれた。社を出ると人目があるので京橋の脇の共同便所に入り、封筒の中を見ると、手の切れるような新しい5円札が30枚あるではないか。さっそく下谷根岸の6畳・3畳二間を3円50銭で借りる。当時畳1枚50銭が相場だった。〔花嫁人形〕

大正9年頃　蕗谷虹児、3日間不眠不休で、「婦人倶楽部」のカット40枚描いて講談社に届けると、若い編集者がカット数を数えてからすぐ払った画料が10円だった。牛込の成城中学発行の「児童の世紀」の表紙を描くと稿料に100円くれた。児童雑誌の表紙の画料は20円か30円が普通だったので聞き正すと、校長の沢柳政太郎博士が虹児のために特別に出した奨励金だといわれた。感動した虹児は生活費に使わず父に贈った。〔花嫁人形〕

大正9年頃　広津和郎の家と久米正雄の下宿屋に集う仲間で将棋の対抗戦を開催。前日「金の星」の編集者野口雨情が訪れ広津組に参加。最後

は大将同士の菊池寛と野口の3番勝負となり野口が2勝1敗で勝つ。野口曰く「実は詩では食べられないので、将棋で食べていた」と。
〔懐かしき文士〕

大正9年頃　青野季吉、外国文学の翻訳で1枚1円足らずの原稿料を得ていた。
〔文学五十年〕

大正9年頃　蕗谷虹児、吉屋信子の「花物語」(「少女画報」連載、大5・7～13、大9・2初版、洛陽堂)の挿絵の画料は少し上がって、全部で10円になっていた。
〔花嫁人形〕

大正9年頃　蕗谷虹児、竹久夢二の紹介で描かせてもらった「少女画報」の挿絵は1枚50銭にもならなかった。
〔花嫁人形〕

大正10年(1921)

1月　尾崎士郎、「時事新報」の懸賞小説に「獄中より」が2等当選。選者は菊池寛90点、久米正雄85点、里見弴60点。1等賞金200円は北海道出身の藤村(宇野)千代「脂粉の顔」。3等が横光利一、選外佳作に佐々木味津三の名があった。＊「獄中より」(「時事新報」、大10・1・4)。尾崎は「時事新報」の懸賞小説募集を知り、数時間で「獄中より」を書き届けた。数日後、時事の文芸記者新井紀一が談話を取りに来たので、前祝いとばかり近所の詩人中山啓と酒を飲み吉原へ繰り込んだ。
〔愉しきかな〕

1月　その頃、尾崎士郎は高畠素之宅に寄食していた。そこへ改造社の山本実彦が自動車で訪れた。高畠への用件だと思いこみ尾崎は外出した。帰ってから山本が尾崎にラッセルの秘書ブラック女史の原稿の翻訳の依頼に来たと知る。尾崎士郎が翻訳原稿を持って改造社を訪ねると、山本実彦から、毎月100円ずつ支給するので1年か2年かけて大作に打ち込んでもらいたいと言われた。
〔愉しきかな〕

2月25日　与謝野寛、晶子が「明星」の復刊を計画。友人たちより準備金として4,000円醵出してもらうので協力してほしいと内山英保に依頼。今回は売り捌き書店を介さず、直接購読者に頒布する方式とし、収支購う計算、不足しても1,000円以内にとどめたい。渡辺湖畔が既に500円の出資を申し出ている。
〔与謝野書簡02〕

3月8日　永井荷風が木村錦花より明治座脚本の礼金として300円を受け

取る。＊「夜網誰白魚」のことか。　　　　　　　　　　　〔荷風全集19〕

3月9日　坪内逍遙、本間より3月号報酬60円を受け取る。＊「早稲田文学」3月号か。　　　　　　　　　　　　　　　　　　　　　　　〔逍遙資料02〕

3月11日　芥川龍之介が薄田泣菫に「時事新報」の通俗小説の原稿料は1回10円、「朝日新聞」も同等、ただし、同紙は谷崎潤一郎に通俗小説を書かせるため1回20円の申込みをしたらしいと伝える。　〔泣菫宛書簡〕

3月13日　芥川龍之介の中根駒十郎宛書簡。「印税は菊池など1割2分の由小生も春陽堂では1割2分ですが、『夜来の花』は1割で宜しい。その代わり小沢小穴両先生の方へ御礼を少し余計出して頂きたいと思います」。　　　　　　　　　　　　　　　　　　　　　　　〔芥川全集07〕

3月16日　婦女界社長都河龍は雑誌連載小説の執筆者を求め、中村武羅夫に相談すると、中村は即座に菊池寛を推薦した。契約時に菊池は条件を手紙で示した。①枚数は40〜50枚前後、稿料は定額250円、②作意その他について編集者は容喙せざることの2点を求めた。　〔小説菊池寛〕

3月26日　坪内逍遙、『それからそれ』の印税「100+」を受け取る。＊『それからそれ』（大10・1、実業之日本社、1円80銭）。　　　〔逍遙資料02〕

4月2日　坪内逍遙、本間より4月号謝儀40円を受け取る。＊「早稲田文学」4月号か。　　　　　　　　　　　　　　　　　　　　　　　〔逍遙資料02〕

4月　横溝正史、「新青年」に懸賞小説として原稿用紙10枚の短編探偵小説「恐ろしき四月馬鹿」を投稿し、採用される。賞金10円。　〔横溝正史〕

5月　菊池寛「慈悲心鳥」（「母の友」、大10・5〜11・6、婦女界社）の原稿料は、一定の稿料の外に、雑誌1部につき2厘5毛ずつ位の印税をくれた。1万部で2,025円であるが、これを稿料に換算すると、原稿料は7〜8円となった。これは30万部発行の「婦女界」でも同じで、1枚30円位だった。当時は、普通の稿料は最高2円程度だったので、最も恵まれた待遇であった。　　　　　　　　　　　　　　　　　　　　　　　　〔半自叙伝〕

6月　大佛次郎、東京帝国大学法学部政治学科卒業。生活の為に菅忠雄の紹介で鎌倉女学校の国語、歴史の教師となる。大正11年2月、外務省条約局勤務、月俸85円。　　　　　　　　　　　　　　　　　〔大仏次郎〕

7月26日　坪内逍遙、春陽堂より脚本集第3巻の印税「500+」を受け取る。＊坪内雄蔵、渥美清太郎編纂『歌舞伎脚本傑作集』全12巻（大10・2〜12・1、春陽堂、3円50銭）。　　　　　　　　　　　　　　　〔逍遙資料02〕

7月　ベストセラー『死線を越えて』の儲けの使い口を考えていた山本実彦は、当時北京大学に来ていた英国の数学者・哲学者バートランド・ラッセルを招聘し懇談会を設けたら慶応義塾での講演会も盛況だった。山本がラッセルに現存する世界の偉人は誰かと聞くと、ラッセルは即座にアインシュタインだと答えた。ラッセルの原稿料は1回330円。　〔改造社〕

8月11日　永井荷風が春陽堂より『荷風全集』5巻（大10・7）、その他の印税として合計963円を受け取る。＊「腕くらべ」「おかめ笹」他が収められた『荷風全集』5巻の定価は2円70銭。　〔荷風全集19〕

9月8日　芥川龍之介が薄田泣菫に、本の定価が安く、かつ印税率が低いことは、著者にとって1,000部分の売れ高の差と同じだという。「大阪毎日新聞」の日曜付録に掲載されなかった原稿を100円で買うという編集者が現れたので返却してほしいと伝える。　〔泣菫宛書簡〕

10月30日　寺田寅彦のところに岩波茂雄来訪。「鼠と猫」掲載の「思想」2号を持参し、そのお礼と原稿料100円を置いていく。　〔寅彦全集13〕

11月1日　菊池寛が薄田泣菫に外遊中は給与を倍額の200円にしてほしい、不可能なら現在の給与と社員であることを許してほしいと伝える。　〔泣菫宛書簡〕

11月10日　鈴木三重吉の小宮豊隆宛書簡。中山太陽堂より募集した童話劇の選定の依頼を受け、その選定料を小宮に報告。小山内、菊池、久米、長田、楠山、秋田の5名は50円ずつ。小宮と久保田は表向き200円とし、小宮には別に100円を加える。謝金は太陽堂から直接支払う。自分はロハである。＊6月12日付け小宮宛書簡に、2,000円の賞金と立案のすべてを自分に託して、少年少女劇を募集し、当選作を「赤い鳥」に発表する。下見は社でやり、優秀作5、6篇に目を通してもらう、とあり、選者も同じ顔ぶれが記されている。11月3日付け小宮宛書簡でも触れている。　〔三重吉全集06〕

11月　シェーン原作「人肉の市」は「現代」に連載時に買取の原稿料として100円が支払われていたため、単行本化された際に1頁の新聞広告が出せた。単行本はベストセラーになり、訳者の窪田十一に100円か200円の礼金がさらに支払われた。　〔講談社01〕

12月21日　永井荷風が明星発行所より50円を受け取る。＊「目黒」（「明星」、大10・11）の原稿料か。　〔荷風全集19〕

238　大正 10 年（1921）

12月22日　坪内逍遙、相馬由也より「大観」の原稿料 400 円を受け取る。
〔逍遙資料 02〕

12月　川端康成が南部修太郎の創作集『湖水の上』（大 10・10、新潮社）の批評「南部氏の作風」10 枚を「新潮」に発表して 10 円を得る。川端にとって初めての原稿料。
〔茂吉全集 33〕

この年　ライバル誌の「日本少年」や「武侠少年」が自誌の広告を「少年倶楽部」に入れてくる。5 代目編集長の加藤謙一が担当者に苦情をいうと、「君たちは原稿料を払う。俺たちは原稿料と掲載料と両方とってくる。ケツの穴の小さいことを云うな」とどやされた。
〔少年倶楽部〕

この年　吉川英治が講談社の各誌連合懸賞に応募し、童話「でこぼこ花瓶」が 1 等入選で賞金 200 円、同じくユーモア小説「馬に狐を乗せ物語」が 1 等 300 円、時代小説「縄帯平八」が 3 等 100 円に入選する。自筆年譜に「計七百余円」を母の葬費にしたとある。1 等入選の「でこぼこ花瓶」には東京府下向島寺島村 1920 吉川雉子郎とあった。新年号から当選作の連載が始まった。これが吉川英治先生と「少年倶楽部」の宿縁のはじまりである。
〔英治全集 46〕

この年　土師清二が最初に受け取った原稿料は、「こわれた時計」の上演料 100 円。大阪角座で上演。50 円で執筆用の机と妻の鏡台を購入、残り 50 円は飲み代となった。
〔文芸通信〕

この年　直木三十五の長田秀雄宛書簡。「人間」損失埋め合わせのために出す「人間集」に作品を収録させてほしいと依頼。印税 1 割。〔館報 60・9〕

大正 10 年頃　谷崎潤一郎、西片町の滝田樗陰宅を訪れ前借を頼むと、樗陰から両蓋の金時計を渡され質屋で 60 円借りた。帰途、長田秀雄を訪ね、この話を多少憤慨気味に話すると、「僕が出して上げるからそんなものは返してしまい給え」と秀雄は即座に工面してくれた。
〔谷崎随筆集〕

大正 10 年頃　広津和郎が 1 枚 2 円で「中央公論」や「改造」に書いている頃、久米正雄は「婦女界」に世界名作小説の梗概などを執筆して、「中央公論」「改造」などの 5 倍から 10 倍の原稿料を得ていた。
〔年月のあしおと〕

大正 10 年頃　蕗谷虹児、「朝日新聞」連載の吉屋信子の「海の極みまで」（大 10・7・10〜12・30）の挿絵が終わると、朝日新聞社会部長原田一彦から―君の出現は、旧態依然たる我が挿絵界に一転機を画した―と書かれた奉書紙に、金銀の水引をかけた金 300 円が酒肴料として添えてあっ

た。〔花嫁人形〕

大正10年以降 佐藤春夫が滝田樗陰に150円の前借を申し込む。「中央公論」だけで無理なら嶋中雄作にも相談の上「中央公論」と「婦人公論」で貸してほしい。〔文学年誌〕

大正年間 神楽坂の待合で近松秋江、長田幹彦、谷崎、滝田樗陰遊ぶ。誰も懐中が乏しかったので、翌朝、連名の手紙を女中に持たせ新潮社に無心を申し込んだ。秋江は「このご両人の名があれば大丈夫貸してくれる」と言ったが、果たして金を持って帰ってきた。〔谷崎随筆集〕

大正年間 田中純が滝田樗陰に原稿料12円受領の連絡。〔文学年誌〕

大正年間 谷崎潤一郎が滝田樗陰宅をしばしば訪れるが、彼は決してお上がり下さいとはいわなかった。玄関の板の間に座布団を出し、自分は畳の方にいて通せん坊をするようにして話を聞く。時には1時間以上もしゃべり続ける。話は原稿料の前借に決まっていた。〔谷崎随筆集〕

大正11年（1922）

1月13日 坪内逍遙、春陽堂より『歌舞伎脚本傑作集』第5巻の印税341円25銭を為替で受け取る。〔逍遙資料02〕

1月 菊池寛の収入が誇大に吹聴されている。例えば「藤十郎の恋」で松竹から7,000円取ったという噂だが、事実は前後数回の興行を通じて1,500円か、2,000円位しか受取っていない。〔菊池寛全集補〕

2月3日 坪内逍遙、東京社より原稿料60円を受け取る。〔逍遙資料02〕

2月10日 芥川龍之介の薄田泣菫宛書簡。「二伸四百金難有く頂戴　丁度拙宅へ泥棒はひり外套二着マント一着コオト一着帽子三つ盗まれた為早速入用が出来ました　あれは大阪から来た泥棒かも知れない」。〔芥川全集07〕

2月15日 坪内逍遙、大阪朝日新聞社より原稿料100円を為替で受け取る。〔逍遙資料02〕

3月21日 小栗風葉の中村武羅夫宛書簡。お預かりの原稿料は150円だけ手元で積み立てておきたいので、150円と「アト」のを全額小切手で送るようにと依頼。〔館報15・7〕

3月30日 坪内逍遙、本間より60枚に対する原稿料50円を受け取る。〔逍遙資料02〕

大正11年（1922）

3月　尾崎士郎、長編『逃避行』（『低迷期の人々』第1部）、第2部『懐疑者の群』上梓。1,000円近い印税で中国に遊び遇々奉直戦争に遭い帰国。山本実彦を訪ねたが、作品の不評のせいか、以前のように好感をもって迎えてくれなかった。
〔愉しきかな〕

4月6日　坪内逍遙、実業之日本社より『長生新浦島』30部分の印税を為替で受け取る。＊『長生新浦島』（大11・4、実業之日本社、2円20銭）。
〔逍遙資料02〕

4月13日　寺田寅彦、赤い鳥社から原稿料30円を受け取る。〔寅彦全集13〕

4月　この年より東京毎夕新聞社勤務（月給75円）だった吉川英治が新聞小説「親鸞記」を連載開始（〜11）。懸賞以外の初の小説となり、そのため他の記者より2時間早く出社。新聞の1段分で50銭で、初めての原稿料は17円50銭。無署名で挿絵なし。
〔銷夏文人〕

5月24日　芥川龍之介の中根駒十郎宛書簡。「啓小生金星堂の印税をあてに旅行したる所当地より催促するも主人旅行中のよしにて金参らず少々難渋いたし候間この手紙つき次第、金子三百両御融通下さるまじく候や」。
〔芥川全集07〕

5月　「報知新聞」では経費削減のため連載小説の原稿料が問題となり、野村胡堂に言い渡していた9年間の筆止めを解き、彼に担当させることにする。それを受けて胡堂は「二万年前」を連載開始（〜8）。〔バッハ〕

7月1日　坪内逍遙、「中央史壇」より謝礼15円を受け取る。〔逍遙資料02〕

7月2日　志賀直哉、『暗夜行路』3,500部刷る。印税の印を押す。前篇：大11・7、新潮社、四六判、本文396頁、5号活字、定価2円50銭。＊大正11年日記は博文館発行の当用日記使用。見返しの左上に約束原稿料の記載あり。
〔志賀全集10〕

7月10日　坪内逍遙、春陽堂より『歌舞伎脚本傑作集』第7巻、第9巻を受け取り、2巻分の印税「450強」を受け取る。〔逍遙資料02〕

7月11日　坪内逍遙、実業之日本社より青年歌選定の報酬100円を受け取る。
〔逍遙資料02〕

7月15日　坪内逍遙、懸賞脚本の本年度上半期謝礼600円を受け取る。
〔逍遙資料02〕

夏頃　文化勲章受賞の小絲源太郎さんは齋藤佐次郎の若い時代に親しい交際があった。この人がある時、独り言のように「絵を描いてたのしませ

大正 11 年（1922） 241

てもらっているのに、そのうえ金までもらっては申しわけない」といわれた、当時の芸術家の気持ちを示していると忘れずに記憶している。
〔児童文学史〕

8月　「金の船」の依頼した作家や画家は有名人が多かったが、それらの人々に原稿と引換に稿料の持参を求められることが多かった。その一例を挙げると小山内薫さんがいる。「煙草のはじまり」の原稿が出来たという知らせと、引き換えに稿料をと言われ 20 円を持参した。
〔児童文学史〕

11 月 5 日　与謝野寛の後藤是山・加藤宗三郎宛書簡。「明星」は五六千部も売れながら印刷費が高いので毎月三四百円の不足。　〔与謝野書簡 02〕

11 月 6 日　与謝野寛、鷗外全集の計画について潤三郎に手紙を出す。「一、森家の印税ハ参千部未満まで壱割一分、三千部以上四千部未満まで壱割二分、四千部以上ハ壱割参分。一、再版の印税ハ壱割四分」。
〔与謝野書簡 02〕

11 月 18 日　日本への渡航の船中でアインシュタインは 1921 年度のノーベル物理学賞受賞を知らせる電報を受け取った。山本実彦はアインシュタインへの謝礼（講演、東大講義）として 2 万円、および旅費、滞在費の全てを負担した。夫妻は 42 日間滞在後、門司から榛名丸で離日した。アインシュタインの原稿料は 1 回 1,000 円。　〔改造社〕

12 月 5 日　菊池寛、佐々木美津三宛書簡。新しい文芸雑誌を出すので、1 人 3 枚か 5 枚で「辛辣なもの」をほしいと伝える。出版費用は菊池が負担、1 部 10 銭、売上高を原稿料として配分予定とある。翌年 1 月「文藝春秋」創刊。
〔館報 61・3〕

12 月 27 日　坪内逍遙、帝劇より監督報酬 150 円を受け取る。
〔逍遙資料 02〕

12 月　江戸川乱歩、父の世話で大阪市堂島の大橋弁護士事務所に勤めるようになり、大阪アルカリ株式会社失権株未払込金取立ての仕事を手伝う。月給 100 円。　〔探偵 30 年〕

この年　このころ、尾崎士郎が同居した、工藤信・村上啓夫の翻訳の原稿料は 1 枚 30 銭ぐらい。　〔小説 46 年〕

大正 11 年頃　広津和郎、モーパッサンの『ベラミ』を翻訳し、天佑社より出版。その印税が小 1 万円。その結果翌 12 年に『武者小路実篤全集』

を企画し、芸術社なる出版社を起したが、失敗に終った。全集の表紙の装丁を岸田劉生に1,000円で依頼する。〔年月のあしおと〕

大正11年頃 高畠素之、自分の翻訳原稿料を上製、中製、並製と3種に分けていた。上製は自分が心魂を傾けて完了し、校正一切に眼を通す。原稿料は1枚5円。中製は門下生にやらせたものを自分が検閲補正。1枚2円。並製は門下生にやらせ署名だけするの3段階だった。1枚50銭。改造社から特製の注文を受け、原稿を渡すと1枚10円の原稿料を請求し、山本実彦を驚かせた。小説でも最高の原稿料が1枚7、8円の頃で、翻訳は高くても1円か2円ぐらいであった。〔愉しきかな〕

大正11年頃 震災前の菊池先生は純文学的仕事の熱意はまるで失っている風だった。「僕の主要の収入は上演料なんだよ。雑誌の小説なんか小遣いとりにしかならんのだよ」と親しい訪客に云っていた。〔菊池寛〕

大正11年〜12年 水木京太は原稿料27円が未払いだったが、貧乏生活の中で一度も催促しなかった、直木三十五の記憶に残る唯一の人だった。──人間社時代の回想から。〔直木全集21〕

大正11年頃 俗物相手の「講談倶楽部」などは、大正11年の不景気時には15万部印刷して8万部しか売れず、残りを月遅れとして安売りすると、新刊物が売れ少なになるからとて、一切ゾッキ屋に出さず、潰しとして表紙を剥がし製紙会社へ売っている。〔紙の徒費〕

関東大震災前 滝田樗陰は「中央公論」の最盛期には1部につき2銭ずつ歩合をとったが、他の中央公論社の嶋中雄作、波多野秋子、木佐木勝、半沢成二（斯波四郎）ら各編集者も歩合制だった。ただ年齢や地位によって変動があったが、30歳になるかならぬ年で200〜300円の収入があった。〔滝田樗陰〕

大正12年（1923）

1月1日 坪内逍遙、実業之日本社より『芸術と家庭と社会』2,000部分の印税600円を受け取る。＊『芸術と家庭と社会』（大12・1、実業之日本社、2円）。印税率は1割5分。〔逍遙資料03〕

1月17日 川端康成と鈴木彦次郎が「文藝春秋」創刊号に掲載された作品の原稿料として10円を菊池寛から受け取る。川端は「林金花の憂鬱」を、鈴木は「極月想片」を発表した。両者はこの10円で石浜金作を誘っ

て夕食に出かけた。
〔康成全集 28〕

1月頃　雑誌「文藝春秋」創刊号（菊判 28 ページ、定価 10 銭）は、3,000 部刷って、たちまち売り切れ。第 2 号は 39 ページに増やして 4,000 部刷り、やはり売り切れた。創刊号が出た後、同人に 10 円ずつ原稿料が支払われた。
〔文藝春秋 35 年〕

2月10日　黙阿弥在世中から河竹家の大番頭として精勤してきた竹柴其水（弘化 4 ～大正 12）死去。その芳名・香料簿には第 1 に「河竹・金千円」と記されていた。
〔作者の家〕

2月17日　寺田寅彦の句集『冬彦集』、本日岩波書店より発売。18 部届くが一昨日に既に 2 部届く。3 月 10 日に両集（『藪柑子集』『冬彦集』）各 1,500 部の印税を受け取る。
〔寅彦全集 13〕

2月17日　坪内逍遙、早稲田大学出版部の種村に印税 3,000 円送付のこと、言いやる。
〔逍遙資料 03〕

3月5日　坪内逍遙、春陽堂より『歌舞伎脚本傑作集』第 11、12 巻の印税 630 円を受け取る。
〔逍遙資料 03〕

3月16日　坪内逍遙、舞踊論集 1,500 部の印税 107 円 50 銭の受け取りを出す。
〔逍遙資料 03〕

3月　尾崎士郎、「少年倶楽部」連載小説の柱として迎えられ、1 枚 2 円という「少年倶楽部」としては高額の稿料を払うことになる。と同時に締切で編集者を泣かせる作家のいなかった時代も終わりを告げることになった。
〔少年倶楽部〕

3月　尾崎士郎、宇野千代との結婚を機に菊富士ホテルを出て、大森近郊を転々としてから馬込村に移る。都新聞文芸欄主任の上泉秀信の世話で、建坪 20 坪の農家の納屋を 240 円で買い、借地に移して住むことになる。
〔愉しきかな〕

4月21日　永井荷風が春陽堂から『荷風全集』2 巻 5 版 490 部の検印を求められる。
〔荷風全集 19〕

4月　江戸川乱歩の「二銭銅貨」（「新青年」、大 12・4）、「一枚の切符」（同誌、大 12・7）の原稿料は 1 枚 1 円だった。「月に百枚書いても百円」だけだとし、大阪の弁護士事務所や大阪毎日新聞広告部に入社。＊大正 12 年 7 月 1 日の条参照。
〔私の履歴書 03〕

6月6日　北原白秋の鈴木三重吉書簡。今朝、現金封入で 150 円、カル

ピスの宣伝応募の2万3,000余の選詩料が届く。2度3度も東京に旅費を払って出かけ、毎日8時間労働で5日もぶっつし夫婦徹夜でやっと仕上げた事の謝礼だという。「あれで見ると、二千数百篇（赤い鳥一日分）が十五円にもなっていないのです。（中略）私のは特別多かつたから百五十円として、他は百円ぐらゐのものでせうか。（中略）如何に広告とは云ひながら、あんなくだらぬものに千五百円のピアノを送つて、天下の詩人どもをその十分の一の端金で自由自在におもちゃに出来ると思ふ彼等の考は相当の見識からぶちこわしてやりたくなりたくおもひます。私としては全然一文も受取らぬ事にして突き戻して了ひます。」＊6月8日付鈴木三重吉宛書簡には「昨日は電信為替式百円多謝々々、これで大いに威張れます。ありがたい、ありがたい。／カルピスはその前突き返してやったので胸がすっとしてゐます」。〔白秋全集〕

6月12日 「キング」創刊に際し長編小説の特別依頼を決議。完成原稿の提出、従来の2倍の原稿料という条件で、村上浪六、渡辺霞亭、中村武羅夫、吉川英治、下村悦夫に依頼。創刊号は75万部、返本率2％、宣伝費38万円。〔吉川先生〕

6月 「地方講演部」を創設し地方の読者の要望にこたえる企画が発表される。1組川端康成、横光利一らは講演料1人20円、2組佐佐木茂索、直木三十五ら30円、3組菊池寛、芥川龍之介らは50円と、文壇的な経歴別になっていた。〔文藝春秋35年〕

7月1日 江戸川乱歩、大阪毎日新聞広告部に入社。月給は80円。他に広告の歩合収入があり、平均すると月収は5～600円であった。翌大正13年11月30日に退社。〔探偵40年上〕

8月30日 永井荷風のもとに川尻清潭が来訪。河合演劇脚本選評の謝礼として30円を受け取る。〔荷風全集19〕

9月1日 小島政二郎『含羞』2,000部が刊行予定だった。妻は1枚検印を捺すごとに定価の1割が印税として入ると知って捺したがった。しかし関東大震災で灰燼に帰す。手元には7円50銭しかなく、月給や原稿料収入が見込まれる芥川と比較して悲観した。〔政二郎全集09〕

10月1日 関東大震災1ヶ月後、『大正大震災大火災』（大12・10・1、大日本雄弁会・講談社編纂、300頁、図版40枚、定価1円50銭）を50万部出版し完売。表紙は横山大観描く真っ赤な大震災大火の絵で有名である。

〔少年倶楽部〕

10月9日　坪内逍遙、春秋社より2,000部の印税84円を受け取る。＊『東西の煽情的悲劇』（大正12・10、春秋社、60銭）とすれば、印税率7分。10月16日に同書10部を受け取る。〔逍遙資料03〕

10月24日　斎藤茂吉、「独逸は今日などは1ポンド（十円）が200000000000マルク（二千億マルク）に御座候。1食が三十億か五十億になり、居り候。（中略）書物、品物等は金貨マルクにて値を定め、当日の相場に換算いたし候ゆゑ、戦前の平和時代よりも余程高いといふ評判に御座候。そのほかに15％の書籍税といふものを払ひ候。本屋がどうして暮らすかと小生は不思議におもひ居り候」。〔茂吉全集33〕

10月　震災の直後、河竹繁俊は渋谷宇田川に借地の50坪に建坪27坪5合の平屋、小さな門附きの家を購入。亀戸に逃れていた糸女（数えの74歳）たちと、牛込にいた繁俊（35歳）妻光（27歳）長女寿美子（6歳）と再び同居となる。家屋代4,200円、登記料123円30銭。〔作者の家〕

秋頃　関東大震災に罹災した吉川英治は家族と力を合わせ、5円を元手に1杯10銭の牛飯を上野の山で売る。毎朝3時に起き、大八車を引いて罹災者に売った。約2ヶ月の売上げは数千円だったという。〔吉川英治〕

11月　今東光「出目草紙」（「新潮」大11・11）の原稿料は1枚1円50銭。芥川龍之介「羅生門」（「帝国文学」、大4・11）は1枚1円、谷崎潤一郎「或る少年の怯え」（「中央公論」、大8・9）は1枚50銭と言われる。1円以上は芥川ぐらいからと回想。〔毒舌文壇史〕

この年　大正12年の関東大震災で原稿料は5円になった。〔年月のあしおと〕

大正12年頃　横溝正史、外国雑誌を渉猟してショートショートを翻訳し、「新青年」に採用されると1枚60銭の原稿料となった。〔横溝正史〕

大正12年頃　滝田樗陰は、原稿が遅れに遅れた里見弴に"ソレデモニンゲンカ"タキタ"と電報を打ち、久保田万太郎は逆鱗にふれ絶縁された。ご用談があるので来社くださいという葉書をもらった広津和郎は「用があるならそちら来るべき」と返事をした。その気概に感心した樗陰は駆けつけ非礼を詫び執筆を依頼した。〔滝田樗陰〕

大正12年頃　里見弴の小説を「東京日日新聞」が連載1回40円で契約して話題となった。〔出版興亡〕

大正13年（1924）

1月　大正12年の歳末、文藝春秋社は菊池（寛）と共に雑司ケ谷金山に移転、第二年目迎えた。金山時代のトップを切る大正13年の新年特別号は、1万7千部、さらに6月号は2万2千部と発行部数の急激な増加を見るに至った。
〔文藝春秋35年〕

3月5日　病床に伏した糸女は大水、大震災から守り抜いた河竹黙阿弥の金貨500円を、繁俊に100円、妻光子に100円、三五郎100円、残り200円は吉村家先祖代々永代供養料として4つの寺への配分を命じた。この金貨は黙阿弥が万一に備えて家族のために土中に埋めていたが、明治43年の大水以後は葛籠に入れていた。糸女はこの年の11月24日に数え年75歳の生涯を閉じた。
〔作者の家〕

3月12日　坪内逍遙、早稲田大学出版部の種村に23、4日までに「2000だけ印税」を送るよう言いやる。
〔逍遙資料03〕

3月26日　秋田雨雀、「中央公論記者が『シャクンタラ姫』の稿料のことで来た。稿料は3¥とのこと。多分いいだろうと言つてやつた」。＊「「シャクンタラ姫」の後に」（「中央公論」、大13・4）。
〔雨雀日記01〕

3月　大佛次郎、震災で廃刊になった「新趣味」の博文館編集者鈴木徳太郎の「まげものを書かれたら見せて下さい」という言葉に励まされ、大佛次郎の筆名で、娯楽雑誌「ポケット」に「隼の源次」（3月）、「怪傑鞍馬天狗第一話「鬼面の老女」」（5月）を発表する。
〔大仏次郎〕

3月　小杉天外は「講談倶楽部」掲載の「真空鈴」の原稿料として1枚20円を希望した。当時、最高額が佐藤紅緑の1回30枚で250円、1枚約8円で、前田曙山は約2円50銭、小山内薫が約5円だったので、法外な要求だったが諒承された。
〔講談社01〕

4月14日　室生犀星が「中央公論」より492円、「主婦之友」より350円の原稿料を受け取る。
〔犀星全集01〕

4月25日　室生犀星が『走馬燈』（大11・7、新潮社、70銭）1,000部、詩集『田舎の花』（大11・6、新潮社、60銭）500部の検印をそれぞれ捺す。
〔犀星全集01〕

4月　森田恒友が滝田樗陰に「中央公論」5月号分の原稿料50円受領の連絡。
〔文学年誌〕

4月頃　北原白秋の詩「芥子粒夫人」が山田耕筰作曲の楽譜と共に掲載された際、白秋の詩には20円、山田耕筰の作曲に50円が支払われた。＊「芥子粒夫人」(「女性」、大13・4、9、10)。〔紋白蝶〕

5月　「金の星」では、菊池寛「日本の犬」は小島政二郎の紹介でもあり、社の規定を超えて2円50銭払ったと推定されるが、それ以上だったとも思われる。原稿は使いの者が持参し、同封の手紙に「すまないが原稿料をすぐにもらいたい」とあった。天下の大作家がすぐ払ってくれと頼んできたのが愉快だった。〔児童文学史〕

5月　「赤い鳥」では原稿料は最高が2円50銭、次に2円、1円50銭、1円20銭、1円だった。したがって齋藤佐次郎が菊池寛に関係したのは大正12年だから、400字1枚2円50銭ではなかったかと推定される。〔児童文学史〕

大正13年春　改造社は初めて編集者を公募する。約700人の応募者から藤川靖夫が採用された。初任給は100円だった。相次ぐ発売禁止を受けて「改造」の部数は2、3万部あたりで低迷を続けていた。こういう状況を打破する人材を期待した公募だった。〔改造社〕

6月6日　芥川龍之介の中根駒十郎宛書簡。「冠省随筆の題は「全家宝」をやめ、百艸といたし度候この方ゴタゴタいたさず、ハイカラなりと存候（中略）又々欲しきものありても買はれぬ故お金二百円ばかりどちらかの印税の中よりお借し下され度願上候」＊『百艸』（感想小品叢書第8篇、大13・8、定価1円20銭）。〔芥川全集07〕

6月12日　室生犀星のもとに新潮社より印税が送られてきたが、借金を差引いてあったことを不満に思って返金する。〔犀星全集01〕

6月　今東光「異人娘と武士」(「苦楽」)33枚の原稿料は1枚につき2円で合計66円。書留の小切手で届く。生まれて初めての小切手なので処置に困った。勘当中で宿の宿泊代を滞納していたが、その小切手を出すと全額没収されるので隠していた。〔毒舌文壇史〕

6月頃　佐藤春夫邸に出入りしていた日大の沢田卓爾から聞いた話。佐藤邸に出入りしていた人が借金を申し込むと、佐藤春夫は長火鉢の抽出しから金を出して無造作に渡していたという。沢田自身が借金を申し込んだら、今手元に金がないから、小説になるような話を持って来なさい、それを書いてその原稿料をお貸しします、というから適当な話を持って

いくと、それが「瀬沼氏の山羊」(「主婦之友」、大13・6〜7、のち短編集『たびびと』所収、大13・10、新潮社)となり、金を貸してくれた。〔文士とは〕

7月6日 野村胡堂が「報知新聞」に第九について書いた記事(〜7)が評判を呼び、「あらえびす」の名で音楽評を発表するようになる。当時、彼の月給は約70円、日本女子大附属高等女学校勤務の妻の月給が69円。胡堂は月給をレコードと書籍につぎ込んだ。〔野村胡堂〕

7月20日 白井喬二が「報知新聞」に「富士に立つ影」を連載(〜昭2・7・2)。同新聞学芸部長だった野村胡堂は原稿料はなるべく高くという主義で、白井に1枚7円を払い、会計係から「そんなに出すから、何時までたっても、筆者が完結させない」と叱責された。〔胡堂百話〕

7月 川端康成が「婦女界」に「咲き競ふ花」を連載開始(〜大14・3)。菊池寛が月々の生活費のために推薦してくれたもので、原稿料は1ヶ月に100円。当時の原稿料としては高額で、書生1人の下宿生活には十分と後に回想している。〔康成全集28〕

8月25日 谷崎潤一郎、新潮社の中根駒十郎に「神と人との間」が全部で三百五、六十枚、新年に出版するといいが、その印税分か「演劇新潮」の原稿料かで、500円の借用を申し出る。9月1日に500円受け取りの礼状を出している。〔谷崎全集26〕

9月14日 永井荷風が『麻布襍記』(大13・9、春陽堂)2,000部の検印を求められる。初版印税は1割2分、再版以後は1割5分。初版2,000部分の印税は624円。〔荷風全集19〕

9月15日 永井荷風が税務署より大正13年分の所得金額4,184円との通知状を受け取る。〔荷風全集19〕

9月26日 室生犀星が報知社から届いた原稿料の額が少ないので、原稿の返却を申し出るが、「新小説」からの原稿料だったことがわかり取り消す。金額は明記されていない。〔犀星全集01〕

10月 「文芸時代」創刊。新人の同人雑誌ながら1枚2、3円の原稿料が出た。〔茂吉全集33〕

11月 横光利一、「愛巻」を「改造」大正13年11月号に発表。葛西善蔵の「湖畔手記」も同じ号に掲載された。横光はしばらく注文が途絶えてそれまで毎月500円もあった収入が減ったと言外に匂わせた。〔文壇意外史〕

大正13年（1924） 249

12月8日　木佐木勝、香西善蔵「血を吐く」の原稿11枚を秀英舎に入稿し、社へ戻って11枚分88円を会計から出してもらい、翌日善蔵に届けることにする。
〔木佐木01〕

12月19日　芥川龍之介の中根駒十郎宛書簡。「冠省「羅生門」「傀儡師」なる可く沢山刷ることとし、その印税の余分及「煙草と悪魔」印税至急おとどけ下され度候新年号に原稿かかぬ為貧乏にて弱り居候両方合せ二百円位にならば幸この上なしと存居候何とぞ一両日に御工めん下され度候」。
〔芥川全集07〕

12月24日　秋田雨雀、「叢文閣へ行き、印税の残り五十円だけを明日中に届けることを頼んだ」。翌日に金が届き、プランタンのクリスマス・ディナーに行き、神田で洋服を27円で買った。学校卒業後はじめての洋服、出来合いとしてはよく似合ったと記す。＊小坂狷二との共著『模範エスペラント独習』、（大12・5、叢文閣、定価1円）。
〔雨雀日記01〕

12月24日　坪内逍遙、早稲田大学文学部主事岸田久吉より講義謝儀として360円を受け取る。
〔逍遙資料03〕

この年末　江戸川乱歩が「D坂の殺人事件」や「心理試験」等の執筆当時、「新青年」の原稿料は1枚約2円だった。他誌からも原稿依頼があり、そちらは1枚4、5円だったので、大阪毎日新聞社を退職し、翌年正月に東京に移転。専業作家となる。
〔私の履歴書03〕

大正13年頃　詩や童話を売り歩きながら、工員、事務員、女給などを転々としていた林芙美子は半年前に送った童話の原稿料3円の為替に絶望し、みずてん芸者にでもなろうかと桂庵に出かけたら「200円位」と言われた。200円では余りにつまらないから断念した。
〔近代作家伝下〕

大正13年頃　春陽堂の雑誌「文章往来」は訪問記者として記事を書くと、原稿用紙1枚1円もらえる。
〔昭和動乱期〕

大正13年頃　津田英学塾を卒業し、下野中学校で英語教師をしていた船田小常が、兄の代わりに翻訳の仕事を請け負い、原稿料として367円受け取る。
〔百年誌〕

大正13年頃　林芙美子は宇野浩二や徳田秋声に小説の書き方を尋ねた。秋声には生活にゆきくれてはたびたび訪れ、時に40円の金を与えられたこともあった。
〔現代日45〕

大正 14 年（1925）

1月20日　谷崎潤一郎の仲木貞一宛書簡。『現代戯曲全集』（大14・9、国民図書）は予約で既に集金しているので、作者にも先に払うのが当然。500円ではあまりに少額で困る、できるだけ多く払ってほしい。〔館報7・7〕

1月21日　谷崎潤一郎の仲木貞一宛書簡。『現代戯曲全集』（大14・9、国民図書）の印税700円を為替で受け取る。〔館報7・7〕

1月29日　近松秋江が滝田樗陰に前借の申し込み。何枚か持参するので150円拝借したい。〔文学年誌〕

1月　大正13年の菊池寛の年収は7,500円で、徳冨蘇峰に続いて第2位になった。〔うしろ影〕

1月　「キング」創刊。同誌では多くの原稿を買い入れてその中から審査員の審査を通った原稿だけを掲載した。野間清治は「闇から闇に百万円」と言った。著者への配慮として他社よりも原稿料も高く設定し、文芸家協会に他社との比較資料が配布された。〔講談社01〕

1月　横溝正史は関東大震災のため発刊が1年延びた「キング」創刊号の懸賞小説募集を新聞で知り応募する。枚数は50枚から100枚までとあったので、「三年睡った鈴之助」75枚を書いて投稿する。2等に当選して500円を貰ったが、掲載は見送られた。〔探偵50年〕

2月11日　永井荷風が本郷座から稽古監督の礼金200円を受け取る。「意外の巨額一驚すべし」と日記に記す。〔荷風全集19〕

2月26日　近松秋江が滝田樗陰に前借の申し込み。書けた分だけ（28日までに30枚の見込み）原稿料を受け取り、あと20枚余りで前借300円の返済に入れたい。〔文学年誌〕

3月2日　北原白秋、「正雄君、／アルスよりの電報見た。／一つ君に聞きたいが、君たちも月末には一文も月給を貰はなかつたか。それなら僕も何も云はない。／僕もアルスをあてにして印税生活をしてゐる以上、月末には君たちと同じく金は必要なのだ。（中略）アルスへゆく度ごとに旅費だとか、小使だとか請求することは顔から火が出る位云ひづらいものだ。（中略）僕は辛いのはアルスから金を得る時には、ただ貰ふやうな気がすることだ。これは著作者と出版社との関係では反対でなけれ

ばならぬことだが、かうした感じはやはり「金」といふものの持つ感情だ。だから「金」に対して極端に不快になるのだ。／いつたいに、アルスでは編輯部でも会計でもあまりに著者に対して傲慢であるやうに思ふ」。　　　　　　　　　　　　　　　　　　　　　　　　　　〔白秋全集〕

3月25日　直木三十五の佐々木味津三宛書簡。佐々木の「通り魔」を映画化したい、原作料は他所より50円高い150円で、と申し込む。
〔館報61・7〕

3月28日　谷崎潤一郎、新潮社の中根駒十郎に1,000円の借用を申し出る。当てにしていた「演劇新潮」の原稿料は原稿が出来なく、新潮社から出版されている谷崎の単行本の印税を当分無印税とするか（版権は譲らず1、2年間貸す）、今度の小説全集の印税を新潮社で適当と思われる程度安くするか。　　　　　　　　　　　　　　　　　　　　〔谷崎全集26〕

3月　石坂洋次郎、慶応大学文学部国文科を卒業する。世間の不景気な頃で東京での就職叶わず、在学中に結婚した同郷の妻と弘前の実家に戻る。6月県立弘前高等女学校教諭となる。初任給90円でその頃としては高給だった。　　　　　　　　　　　　　　　　　　　　〔わが半生の記〕

4月頃　江戸川乱歩の「算盤が恋を語る話」、「日記帳」を「写真報知」に発表、「新青年」の倍額1枚4円だった。「写真報知」は報知新聞発行の週刊誌で、執筆依頼は当時報知新聞編集顧問の野村胡堂の配慮だった。〔探偵30年〕

6月5日　斎藤茂吉の中村憲吉宛葉書。「〇改造社の会に君も来るといゝと思ふがこのハガキ間にあはざるべし〇印税1割2分也」。〔茂吉全集33〕

6月10日　斎藤茂吉の葉書。「今日『林泉集』の奥付検印、代理印斎藤にて千五百部分捺し候ゆゑ御承知願上候」。　　　　　　〔茂吉全集33〕

6月12日　牛河与一が川端康成に「文芸時代」同人会で原稿料について決定されたと手紙で報告する。創作2円、巻頭論文1円50銭、その他1円20銭。　　　　　　　　　　　　　　　　　　　　　〔川端全集33〕

7月9日　山本有三の噂を永井荷風が聞く。「坂崎出羽守」を映画化した松竹に興行差止めを求め、賠償金3,000円を得たという。「近時文士の悪風恐るべし」と日記に記す。　　　　　　　　　　　　〔荷風全集19〕

7月　帰郷した先輩作家葛西善蔵は、石坂洋次郎らの世話で一流の旅館や遊郭で豪遊。旅費代わりに無名の石坂の習作を持ち帰り自分の名で発表。中村武羅夫が褒めたが、葛西は自分の著作集にはついに入れなかった。

その潔癖さを石坂は嬉しく思う。〔わが半生の記〕

9月13日 坪内逍遙、斎藤要八に博文館の印税半額74円を渡す。＊『熱海ペーヂェント』(大14・8、博文館、50銭)の印税か。〔逍遙資料03〕

9月25日 今東光「異人娘と武士」が映画化(阪妻プロ第1回作品)。原作料600円。三上於菟吉が200円、片岡鉄兵が300円(200円を東光が交渉)という相場から見て破格だったが、直木三十五が使い込む。菊池寛が弁償すると仲裁したが受け取らなかった。〔毒舌文壇史〕

9月 貴族院の多額納税議員の互選資格者が出版人の中に5人も6人もいるのに反して、著作者は原稿料や印税が昔に比較して値上げされ、所得税の徴税項目に加えられるようになったが、平均収得は水準に達していない。〔本屋と著作者〕

10月20日 病床の滝田樗陰、吉野作造を通じて麻田駒之助に22年間勤めた社から退職することを告げ、退職金5万円を願い出、麻田快諾する。すでに大正7年末満15年勤務で金1万円を、大正12年末には満5年に該当すると金5,000円を受け取っていた。〔木佐木01〕

10月21日 木佐木勝、中公公論社同僚と滝田樗陰の退社、及び退職金について話す。「五万円は莫大な金にはちがいないが、いわば麻田氏の財産は、樗陰氏が作ったも同然なのだから、麻田氏は十万円出しても惜しくはないはずだという結論が出たが、あとからまた、そうはいうものの、麻田氏が快く五万円出したのも偉いという説も出てきた」。〔木佐木01〕

10月21日 小島政二郎「緑の騎士」が「都新聞」夕刊で連載開始(〜15・5・11)。彼の初めての新聞小説だった。1回13円で月に約400円。「都新聞」は文芸欄の質を高めようと依頼。仲介した水木京太は「時事新報」からの依頼を待つよう助言したが、引き受けた。〔政二郎全集09〕

10月24日 永井荷風が大阪プラトン社から500円を受け取る。大正11年暮に「女性」への寄稿、並びに他社の雑誌には執筆しないことを約束。当初毎月100円、13年に200円、14年には300円が届けられたが、8月以来謝礼が届かなかった。〔荷風全集19〕

11月1日 坪内逍遙、現代戯曲3,150部分の印税1,647円95銭を受け取る。＊『現代戯曲全集坪内逍遙集』(大14、国民図書)の印税か。〔逍遙資料03〕

11月9日 江戸川乱歩、放送局文芸部長の長田幹彦の依頼により「探偵

趣味について」の講演をラジオ放送で行う。謝礼は20円か、30円。

〔探偵40年上〕

11月12日 佐藤春夫、来年度の出版予定の父宛の報告。随筆集は新潮社、童話集は改造社、詩集と戯曲集は第一書房（小冊子なれど高価版の予定）創作集全4冊は新潮社と改造社が張り合っている。これらの印税は新潮社2,000円、改造社2,000円、第一書房1,000円。いずれも必要に応じて前払い的に提供の用意あり、改造社はもし必要なら5,000円ぐらいまではよろしとも申しています。このあと住宅事情を詳説し、「世間見ず」の自分は悩んでいると訴えている。＊大正14年度の出版は童話『ピノチオ』（大14・1、改造社、1円80銭）のみだったが、大正15年度は『女誡扇綺譚』（大15・2、第一書房）、『佐藤春夫詩集』（大15・3、ノート判、第一書房、2円50銭）、同（大15・3、特製和紙刷、13部限定、第一書房）、改訂増補版『佐藤春夫詩集』（大15・9、第一書房、ノート判、1円80銭）、改訂増補版『佐藤春夫詩集』（大15・9、特製和紙刷、20部限定、第一書房）、『窓展く』（大15・4、改造社、2円）、現代小説全集第6巻『佐藤春夫集』（大15・6、菊判、新潮社、4円50銭）、代表的名作選集第43巻『侘しすぎる』（大15・9、新潮社、55銭）、『蝗の大旅行』（大15・9、改造社、55銭）、『退屈読本』（大15・11、新潮社、2円20銭）。

〔春夫全集36〕

11月23日 大正14年10月27日に死亡した滝田樗陰の仕事を木佐木勝等3人がかりでやったが、及ばないと思った。樗陰は月給2,000円であったのに対し、木佐木等は合せて1,000円かつかつ程度であった。

〔木佐木01〕

12月19日 坪内逍遙、春陽堂の木呂子より第1回編集費300円を受け取る。＊『逍遙選集』12巻、別冊3冊（大15～16、春陽堂）。翌日、編集主任の大村弘毅と伊達豊に第1回編集報酬100円を渡す。〔逍遙資料03〕

12月23日 坪内逍遙、早稲田大学文学部より講義謝礼150円を受け取る。

〔逍遙資料03〕

この年 明治～大正の間、評論の稿料が小説より低い理由は、①に評論家という職業が確立していず、学者や新聞記者の兼業で原稿料依存度が小説家より低く少額で満足し、また金銭を口にすることを恥じるという日本人特有の習慣から満足したふりをしていた。②口述筆記が多かった。そして③読者があまり歓迎しなかったからである。

〔滝田樗陰〕

大正 14 年頃　誠文堂新光社は、伊藤賢治が発行していた雑誌「無線と実験」の発行権を 6,200 円で買った。また、同じく伊藤が発行していたラジオ関係の図書 5 冊の発行権も 2,000 円で買った。〔出版興亡〕

大正 14 年頃　若山牧水の選歌料。この年「主婦之友」「少年倶楽部」「婦人之友」の 3 誌の他、「東京日日」「読売」「時事」「国民」「万朝報」「大阪時事」「信濃毎日」「中国民報」「九州日日」「富山日報」「静岡新聞」「中国新聞」「福岡日日」「大分新聞」「北海タイムス」の 15 紙で毎月の選歌料合計 325 円であった。揮毫頒布で儲けた金であった。若山牧水の揮毫料は、短冊 1 枚 3 円、色紙 1 枚 4 円、半切 1 枚 5 円。旅の詩人牧水の旅は揮毫の旅だった。51 日間で 1 石 3 斗を飲んだという九州の旅も揮毫の旅だった。沼津に土地を買って豪邸を建てた時、土地代 7,296 円。〔追悼の達人〕

大正 15 年（昭和元年・1926）

1 月 4 日　永井荷風が国民文庫刊行会より 500 円を受け取る。『椿姫』『タイス』の翻訳に名義を貸した謝礼。〔荷風全集 19〕

1 月 15 日　永井荷風のもとに春陽堂に依頼しておいた写字生が訪問。『下谷叢話』（大 15・3、春陽堂）の草稿副本 1 部を作成。手間代 1 時間 25 銭、1 日 8 時間で 2 円。〔荷風全集 19〕

1 月　第 1 次「大衆文藝」の創刊号は 2 万 4,000 部出版して売り切れたが、執筆者への原稿料はなかった。〔同時代作家〕

2 月 7 日　坪内逍遙、吉沢司郎より松竹座の「お夏」報酬 300 円を受け取る。＊浅草松竹座で「お夏狂乱」上演。市川松蔦出演。〔逍遙資料 04〕

2 月 10 日　広津和郎が笑って言う。「ロクなものも書かないくせに、仲間が集まると原稿料の話ばかりしている。Aの原稿料はBの原稿料より五十銭高い。そのBの原稿料よりおれの原稿料は五十銭安いなどと憤慨している。あの連中の文学の内容はせいぜい五十銭ちがうぐらいの値打ちしかないのだ」と。〔木佐木 02〕

2 月 11 日　江戸川乱歩は下宿屋を営んでいる。乱歩の猟奇小説では飯のタネにならないからか。それは近年流行している大衆文芸でも同じで、産を築いた作家がいるだろうか。自宅に住んでいる作家は稀で、ほとんどが借家住まい、純文芸の作家も同様である。明治以来の作家の生活難

問題は、今でも同じである。〔木佐木02〕

2月14日　坪内逍遙、東京堂より『小説神髄』と『当世書生気質』2,000部ずつの印税760円を受け取る。＊『小説神髄』（大15・2、東京堂、明治文学名著全集3篇）、『当世書生気質』（大15・3、同前、明治文学名著全集1篇）。〔逍遙資料04〕

2月24日　斎藤茂吉の日記から。「「改造」ノ栗林氏来リテ短歌7首註文スル。大阪毎日ヨリ7首ニテ10円オクリ来ル」。〔茂吉全集29〕

3月13日　近松秋江の沖本常吉宛書簡。「週刊朝日」の依頼を承諾。原稿料は1枚5円でお願いしたい。〔館報3・3〕

3月25日　近松秋江の沖本常吉宛書簡。「小説ではなく、身辺雑記の如きものにても、六円ださうです。又、小生も、此の一月、これは、小説でしたが一改に付六円受取りました。／先月、大阪から一枚四円の割りで送金ありましたから金を返さうと思つてゐます。原稿は返してもらひました。それで無論原稿料は返へすべきですが、小生と会計係との仲に入つた渡辺均氏には一寸気の毒の感もしてゐるのです。乍併一枚四円は何としても安いと思ふのです。一体「サンデイ毎日」でも「週刊朝日」でも、何十万。何万部と売つてゐるくせに、あの二大新聞社は、「中央公論」「改造」「文藝春秋」等に比して遥かに原稿料が安いのです。（中略）取り戻した原稿は向ける口はいくらもありますが、一寸渡辺氏に気の毒ですから、今回は五円にして、追加拾七円御送りあれば、原稿は又向うへお返し、てもよいとも思つてゐます。」〔館報3・3〕

3月19日　永井荷風が『下谷叢話』（大15・3、春陽堂）2,000部の検印を求められる。〔荷風全集20〕

3月　横溝正史は家業の薬局を捨て、乱歩に誘われ上京。当座の生活費を心配する乱歩と森下雨村は代作を命じる。稿料は雨村160円、乱歩360円だった。代作は半額と聞いていたが、二人はそっくり呉れた。「新青年」の編集の月給は70円だった。〔探偵50年〕

3月　所得税の免除点が800円だったのを1,200円に改正、昭和15年の改革で勤労所得の基礎控除が720円に切り下げられる。〔租税文化〕

4月7日　北原白秋の抗議。鈴木三重吉宛書簡。「プラトン社会計部が詩の分拾五枚（一段組みで十六七頁にはなつたでせう）とフレツプトリツプと合せて百七十五円送つて来た。（中略）今日また九十五円送つて来

ました。つまりこの中には詩を一枚五円として計算して加へてあるのです。（中略）詩を一枚五円とは何が何でも侮辱してゐます。（中略）実はキングが一篇一枚の時五十円で、一篇二枚の時百円、婦女界婦人世界等が一枚一篇四十円内外、最低の時が二十五円くらゐです。それが五円とは滅茶です」。〔白秋全集〕

4月12日 永井荷風が『荷風文藁』（大15・4、春陽堂）2,000部の検印を求められる。〔荷風全集20〕

4月19日 坪内逍遙、会津八一に500円を印税から渡すように早稲田大学出版部の種村へ言いやる。＊4月23日に会津より500円を受け取った連絡がある。〔逍遙資料04〕

4月 佐藤春夫は菊池寛、宇野浩二、里見弴と共に報知新聞社客員となる。月給400円（？）で3年間に150回位の長編を順番に2作ずつ書く約束をする。＊1回55円か。〔春夫全集別〕

5月10日 坪内逍遙、放送局より「ベニスの商人」の放送料50円を受け取る。〔逍遙資料04〕

5月13日 坪内逍遙、「大いに笑ふ淀君」の上演料400円を士行より受け取る。＊坪内士行演出、大15・5・8〜、宝塚国民座。同座を宝塚温泉内に結成した第1回公演。〔逍遙資料04〕

5月26日 「中央公論」の木佐木勝の担当である片上伸の原稿を見ると、今回は乱暴な書き方で桝目からはみ出し、1枚400字の原稿用紙に200字ぐらいしか入っていない。普段は几帳面な先生に対して特別扱いは失礼と、原稿の枚数を字数により算出し、実質的に枚数は半減した。〔木佐木02〕

5月29日 佐藤春夫の父宛書簡。「今月は本の印税やら何かで千五百円ぐらゐ、外に報知の月給もあり。／詩集が出たのですが、（中略）二円五十銭の本が二十日ほどのうちに千八百売切。しかも間ちがいの多い本で読者に気の毒」。＊大正14年11月12日付春夫父宛書簡の注記を参照。＊＊書簡集でこの直後に佐藤春夫は堀口大学に10円、50円の借用を申し込んでいる。〔春夫全集36〕

5月頃 「詩歌時代」創刊。編集人兼発行人若山牧水。創作社。（定価60銭）。朔太郎、犀星、堀口大学、光太郎、白秋ら人気詩人と歌人30名を揃えたが売れず、原稿料を払えず、原稿料に代えてアジの干物を牧水は送っ

6月　志賀直哉、『座右宝』を編み刊行、印税なし。その後、20年して後藤真太郎の座右宝刊行会が普及版の出版を企画し、印税を貰うつもりだったが戦災で不可能となった。35年後の昭和34年、河出書房新社の後援で増補新版刊行となった。
〔志賀全集 08〕

7月7日　坪内逍遙、早稲田大学出版部の印税「五千何百円云々の件」で石野の訪問を受ける。
〔逍遙資料 04〕

7月8日　坪内逍遙、早稲田大学出版部会に出席。選集の検印、及び印税の受け取りなどはすべて直接出版部で扱うことに決まる。
〔逍遙資料 04〕

7月10日　坪内逍遙のもとを早稲田大学出版部の種村が訪問。選集の印税を出版部で扱うことについて、春陽堂と2ヶ条新契約を結ぶ件。
〔逍遙資料 04〕

7月10日　中央公論に広津和郎来社。8月号に予定していた徳田秋声の原稿が間に合わないところに、広津が20枚ほどの短編戯曲「海浜小景」を持ってきた。まとまった金額が必要とのことで、近いうちに長編を書くので、今回のもの含めて500円の前借りをしたいとのこと。了承した。広津は父広津柳浪のことで物入り、柳浪の生活費は毎月200円の仕送りで成り立っているという。
〔木佐木 02〕

7月13日　坪内逍遙、早稲田大学出版部より前日に受け取った印税500円を会津八一に贈る。同日、福永書店が「内地雑居」の印税検印を求めてくる。＊春のやおぼろ戯著、神代種亮校訂『内地雑居未来の夢　諷誡京わらんべ』（大15・6、明治文化研究会、福永書店発売）。＊＊8月1日に同書の印税、並びに国民図書の「舞踊四巻の新書長生浦島のそれ」を入手したとあるが、額は明記されていない。
〔逍遙資料 04〕

8月11日　吉川英治、大新聞に初登場。「東京日日新聞」「大阪毎日新聞」（現「毎日新聞」）に「鳴門秘帖」の連載を開始（〜昭2・10・14）。読者に歓迎され部数が10万部増えたといわれた。連載中に映画化が3社で始まった。
〔吉川英治〕

夏頃　この年の1月、嘉村礒多は「不同調」記者になる。中村武羅夫の命で葛西善蔵「酔狂者の独白」（「新潮」、昭2・1）の口述筆記に65日通い74枚の原稿を得た。社は筆記料80円を払った。そのことを報告すると、葛西は80円は多すぎる、20円飲んでも構うまいと言った。

〔文士の生きかた〕

9月　佐藤春夫、一般の操觚者の稿料に比して少数の作家の稿料が高すぎる。消息通によれば婦人雑誌では1枚20円以上30円とか。士君子が金銭を口にするのはいやしむべきことだというのが東洋の美徳だが、敢て風評に曝されている社会的に無自覚な作家に猛省を促したい、と批判する。　　　　　　　　　　　　　　　　　　　　　　　　〔春夫全集19〕

10月　江戸川乱歩、「新青年」10月号から翌年4月号まで「パノラマ島奇譚」を連載し、原稿料は1枚4円であった。　　　　　　　　　〔横溝正史〕

10月　菊池寛、「佐藤春夫君の「文芸家の生活を論ず」を読んだが、ゴシップを基礎とした反感と猜疑とで、ただただあさましいと云ふ気がする丈だ。／あの中の批判は、恐らく自分達のことだらう。だが、「中央公論」から貰ふ稿料は八円だ。「新潮」は七円だ。改造社も略同額だ。時々特別にお礼を貰ふこともあるが、これは他の山本有三なども貰ってゐるらしいから、佐藤君だって同じだらう。婦女界社から、二三倍の稿料を貰ふが、これは他の婦人雑誌に同種の小説を執筆しないと云ふ制限条件があるから、普通の原稿料と解すべきではないだろう」。　　〔菊池寛全集24〕

10月　舟橋聖一、今東光の推薦で戯曲「白い腕」(「新潮」、大15・10)発表。原稿料88円余。　　　　　　　　　　　　　　　　　　　　〔父のいる遠景〕

10月頃　「苦楽」編集長の西口紫溟が三上於菟吉に毎月300円で何か連続ものを書いてほしいと依頼すると、「首都」第1回の原稿料30枚が届けられた。すなわち三上の原稿料は「菊池寛並み」に1枚10円となる。これは西口の原稿料値踏みによるが、他の新聞社、雑誌社でもこの当時はこれに近い方法で決めていた。＊「首都」(「苦楽」、大15・10～昭2・12)。　　　　　　　　　　　　　　　　　　　　　　　　　〔紋白蝶〕

11月1日　改造社『現代日本文学全集』の予約募集の1頁大の広告が新聞に出た。締切が11月30日。25万人の予約会員を獲得した。第1回配本『尾崎紅葉集』は大正15年12月だった。　　　　　　　　〔改造社〕

11月5日　鈴木三重吉の宮原晃一郎宛書簡。8月より赤い鳥社と鈴木個人とは別会計にしましたが、これまで多くの人に用立てたのは個人のポケットからなので、用立てた金を支払っていただきたい。震災で原版を焼いてしまった貴著『龍宮の犬』を復活させるため、版を組み終わりました。1,500部の印税180円を納めるつもりですが、用立て金154円を

私に返していただくとして、差引26円を発行のときに支払います。
〔三重吉全集06〕

11月26日 坪内逍遙、種村より世界史の謝儀1,000円を受け取る。その中から西村のために640円を支出。＊坪内逍遙監修、早稲田大學出版部編輯『通俗世界全史』全18巻（大15〜16、早稲田大学出版部）か。＊＊西村眞次か。
〔逍遙資料04〕

12月3日 円本全集は最初の1回に1円払い、申込金として最後の1回分1円も払う。改造社の『現代日本文学全集』は第1巻が30万部だとか、第1回に30万円、別に申込金30万円がただで転げ込んだ。品物は3年後に渡すのだから、金利だけでも大きい。円本の発案者は頭の好い人だった。
〔エンマ帳〕

12月3日 『現代日本文学全集』（改造社）刊行開始（〜昭6・12）。小島政二郎は多い人で4〜50万円、少ない人で2〜30万円の印税を得たという。佐藤春夫と谷崎は家を新築、藤村は子供に分け、荷風は印税の高さを知ってから承諾したと噂された。
〔政二郎全集補〕

12月3日 中央公論社を訪問した大泉黒石が「中央公論」用の原稿「食わずに生きる法」を置いていき、原稿料を150円余受け取って帰る。
〔木佐木02〕

12月10日 斎藤茂吉の日記、「アルスの本沢氏来リテ、印ヲ捺シ四十円受取ル。子規全集完成ス、四円五十銭払フ」。
〔茂吉全集29〕

12月15日 「中央公論」の返品が4割なので、ボーナスは期待できなかったが、それでも2ヶ月分支給された。しかし円本の『現代日本文学全集』が当たった改造社では、古参社員で1,000円台、若い社員でも500円前後もボーナスを貰うという。
〔木佐木02〕

12月15日 鈴木三重吉の小宮豊隆宛書簡。改造社の『現代日本文学全集』、森田草平、夏目夫人等との相談の結果、私が夏目漱石先生のを早く出すように山本社長に会って交渉し、了承された。校正さえ早くしてくれたら2月に第3巻として出すという。印税は内金としてこの25日か26日に1万円納め、あとは捺印の月末、または翌月の25日までに納めるとのこと。第1巻は18万部刷り、先生のも18万部の予定、印税率1割2分とすると2万1,600円に対する内金となる。
〔三重吉全集06〕

12月30日 秋田雨雀、「晴アルスを訪いエスペラント講座の原稿をわた

した（五十枚の原稿料の内、五十円だけわたされた。一枚二円五十銭の定めだそうだ）。新潮社にイプセンをわたした」。＊『世界文豪代表作全集』12巻（昭2·7、世界文豪代表作全集刊行会）、翻訳「吾等死者醒めなば」「人形の家」収録。 〔雨雀日記01〕

大正後期 出版ジャーナリズムが大衆化した大正後期、「中央公論」「改造」や女性雑誌では、高い作家なら1枚10円から最高で15円（現在の購買力では3〜5万円）といわれたが、それらに縁のない幸田露伴の原稿料は1枚1円か2円だった。 〔家族の昭和〕

大正末 その頃「新潮」、「文章倶楽部」（加藤武雄、佐佐木俊郎らがいた）を発行していた新潮社編集部にはいろんな詩人たちが訪れ、半日も時間を潰して1編3円の稿料を貰って帰っていった。林芙美子は3円の稿料をもらうと、佐佐木や楢崎を誘って神楽坂の紅谷に入ったが林にはコーヒー代を払わせなかった。 〔作家の舞台裏〕

大正末 河竹繁俊を助けたのは、早大同級で同郷の森下雨村（博文館）と原達平（実業之日本社）だった。森下は「新青年」、原は「幼年の友」「婦人世界」の紙面を割いてくれた。繁俊は木下夏彦の筆名で小説を書き、当時としては破格の1枚2円の原稿料で買ってくれた。 〔作者の家〕

大正末 佐藤紅緑の「大盗伝」の連載で「毎夕新聞」の部数は16万部に跳ね上がり、終了と同時に3万部減少した。その頃から講談社の「婦人倶楽部」をはじめ「講談倶楽部」「現代」「キング」などに連載小説を書き始めていた。 〔花はくれない〕

12月29日 斎藤茂吉、「夕方山口茂吉君来ル、100円ヤリ、貸シタル30円ヲモ予ノ礼トシテヤリ、久保田不二子サンヘ100円、森山汀川君ニ100円ヤッタ。（以上合計300円ソレニ辻村君ニヤルカラ400円ニナル、コレハ第四回分ノ長塚全集ノ印税ノ半分ヲ貰ヒタルモノナリ）」。＊この日の日記に「279.65 紀行文／15.00 大阪毎日、歌十首／30.00 大阪朝日、小品文／28.00 改造短歌、14首／30.00 文藝春秋短歌25首／8.00 早稲田文学、文章／390.65」とある。原稿料の記録か。 〔茂吉全集29〕

大正末から昭和初期 雑誌「新青年」の発行部数は3万5,000部程度だった。＊昭和3年から22年まで博文館で編集の仕事をした高森栄次の談によれば、探偵小説は、単行本では売れても、雑誌はあまり売れないという。 〔昭和動乱期〕

大正15年（昭和元年・1926）　261

昭和初期　「婦人倶楽部」は余白を埋めるために100,000円の原稿料を支払っていた。　〔講談社01〕

昭和初期　吉川英治の原稿料は「キング」は400字詰1枚5円、「少年世界」は5円50銭。　〔吉川英治〕

昭和初期　当時、室生犀星の詩は1編12円くらいであり、室生から紹介された新人の立原道造の詩には6円くらい払ったように記憶している。　〔作家の舞台裏〕

昭和初期　萩原朔太郎の原稿を届けた三好達治が「ぼくの詩を買ってくれないか」といった。「いつでも頂きますよ」というと、「小説のように枚数で払うのではないだろうね」と訊いた。詩1篇10円であるというと、三好は傲然として、そんなに安いのはいやだといった。　〔作家の舞台裏〕

昭和初期　萩原朔太郎の評論やアフォリズムの原稿料は、1枚3円であった。　〔作家の舞台裏〕

昭和初期　牧逸馬の原稿料は1枚3円だったが、人気が増すにつれて15円まで上がった。　〔昭和動乱期〕

昭和初期　「世界文学全集」の『レ・ミゼラブル』翻訳で豊島与志雄は現金1万5千円を要求したが、新潮社の印税契約に従った。50万部以上予約があった。　〔出版興亡〕

昭和初期　新潮社が円本ブームに乗って刊行した『世界文学全集』は、第1巻で58万部の予約があった。　〔出版興亡〕

昭和初期　プラトン社では、中村武羅夫の原稿料は1枚8円。「講談社では四円高値の十二円なので、「苦楽」でも十円に値上げをして欲しい」という書簡が編集長の西口紫溟のもとに再三届いた。文士のうち7割は通常1枚につき2円から3円の原稿料。3円グループは、森暁紅、林和、甲賀三郎、小酒井不木、正岡容、金子洋文、佐々木邦、土師清二、本山荻舟ら。5円組は、佐々木三津三、細田民樹、細田源吉、正木不如丘。6円組は、邦枝完二、田中貢太郎、白柳秀湖、片岡鉄兵、永松浅造、平山蘆江、横光利一。同じ著者でも、時代物の林不忘の作品は1枚6円、牧逸馬の名で欧米の探偵小説の翻訳する時は1枚3円。8円組は、中村武羅夫（前出）の他、長谷川伸、江戸川乱歩、長田幹彦、吉田絃二郎、国枝史郎、吉井勇、岡本綺堂、村松梢風、近松秋江、今東光、室生犀星、川端康成ら。9円組は、久米正雄、小島政二郎、広津和郎、白井喬二、

直木三十五ら。最高の 10 円組は、田山花袋、佐藤春夫、里見弴、菊池寛、芥川龍之介、谷崎潤一郎、武者小路実篤、大佛次郎、永井荷風、徳田秋声ら。〔紋白蝶〕

昭和初期　「苦楽」の西口紫溟が、当時ほとんど執筆しないことで知られていた幸田露伴に露伴夫人八重子の尽力で寄稿してもらえた時、特別に 1 枚 15 円、25 枚で 375 円を届けた。西口の編集長在任中、1 枚 15 円はこの露伴 1 人。＊幸田露伴の作品を予約して、凱旋将軍のような気持ちで帰社すると、中山豊三社長は驚き、しばし口もきかず黙っていたが、「一つ頼みがある。是非聞いて欲しい」と言って、私の冒険の結晶を結局「女性」に奪ってしまった。〔紋白蝶〕

昭和初期　「苦楽」の原稿料。井上康文、金子光晴、宵島俊吉らの詩は 1 編 10 円。川路柳虹、白鳥省吾、三木露風、北原白秋、西条八十らはそれらの倍の 1 編 20 円。〔紋白蝶〕

昭和初期　「苦楽」の挿絵の画料。大部分は 1 枚 5 円、その上が 10 円。10 円組は大橋月郊、和田邦坊、名越国三郎、田中良、宮尾しげを、前川千帆、水島爾保布、細木原青起、清水三重三、野口紅涯、小田富弥、谷洗馬、一刀研二ら。20 円組は木下孝則、伊藤彦造、岡本一平、岩田専太郎、竹内栖鳳ら。1 編の小説には絵入見出しと他に挿絵が 3 つ必要だったので、20 円組なら 1 編の小説で大体 80 円が相場。〔紋白蝶〕

昭和初期　「苦楽」に岡本一平の漫画物語「刀を抜いて」が毎号約 8 枚の長さで連載された際、漫画と物語の文章がついていたので、1 回に 200 円が支払われた。〔紋白蝶〕

昭和初期　「苦楽」の表紙絵の画料。小林萬吾、寺内萬治郎、満谷国四郎、野口弥太郎、岡田三郎助らが描いた。1 枚 20 円。しかし、彼らの作品は芸術的であっても実用的ではなかったので、同誌美術部の山名文夫に描かせた。〔紋白蝶〕

昭和初期　「苦楽」に村上浪六の「新東京風景」が連載された際、浪六が「これは新旧事実の調査に日数がかゝり、それに骨も折れるので、一枚二十円くれまいか」と言われ、後に引けず、昔の浪六に傾倒している社長と編集長の西口だけで取り計らい、秘密裡に 20 円支払った。＊以上は『五月廿五日の紋白蝶』52 頁の記載によるが、180 頁では 1 枚 25 円払ったとある。〔紋白蝶〕

昭和初期　近松秋江が「秀吉と恵瓊」50枚の買取りを求めて「苦楽」編集部を訪れる。信用組合から費用を借りて建てた家が差し押さえられた。その月からすべての作品は25枚以下に決まったと伝えると、秋江は25枚分の原稿料で構わないから、西口の手で25枚に削ってほしいと答えた。　〔紋白蝶〕

昭和戦前

昭和2年(1927)

1月14日　坪内逍遙、宝塚より「霊験」上演に対して500円を受け取る。
＊同月、宝塚国民座で「霊験」上演。〔逍遙資料04〕

1月25日　小杉天外『真空鈴』(講談社)の出版契約。著作権は著者と出版社の共有。〔著者の出版史〕

1月　過日、文藝春秋社が真山青果の『江戸城総攻』に1枚10円の稿料を送ったら、青果は半額の5円だけしか受け取らなかったという。〔原稿料変遷史〕

1月　菊池寛が「キング」で「赤い白鳥」の連載を開始。原稿料1回20枚前後で1,000円。小島政二郎はその一部を大衆小説の練習で書かせてもらい、1回200円。〔政二郎全集09〕

1月　菊池寛が「赤い白鳥」(「キング」)の連載で10枚で1,000円という条件を出したという噂があったが、実際は1回22、3枚で1,000円。〔講談社01〕

1月　昭和2年現在、1枚数10円から50銭、70銭までと千差万別である。普通の創作の場合、一流どころで7、8円から12、3円、駆出しで2、3円から4、5円どまりであろう。〔原稿料変遷史〕

1月　新聞小説の原稿料が上がったのは、島崎藤村が「朝日」に「春」を書いた頃からで、いまは1回15円から50円と見て間違いない。世情の噂では、「東京日日」や「朝日」は徳田秋声、里見弴、菊池寛、谷崎潤一郎に1回70円という。〔原稿料変遷史〕

1月　田山花袋が「朝日」に連載した「恋の殿堂」で、社から1回50円払うと言ったら、花袋は多すぎると辞退し30円以上の稿料は固辞したという佳話あり。〔原稿料変遷史〕

3月10日　坪内逍遙、早稲田大学出版部より1,000円を受け取る。〔逍遙資料04〕

3月16日　豊島与志雄、『レ・ミゼラブル』が予約者60万に配布され、巨額の印税を受け取る。辰野隆の印税は8万数千円。夫人が検印を押すのに掌が膨れあがったという。〔豊島与志雄〕

3月30日　坪内逍遙のもとを春陽堂の木呂子来訪。『明治大正文学全集』発刊について承諾書を求める。「いろいろ注意を与ふ」。〔逍遙資料04〕

昭和2年春　葛西善蔵、広津和郎に改造社の円本全集の印税の残り4,000円を貰ってくるように頼む。しかし葛西は改造社の山本実彦に前借しており、山本に話を聞くと、葛西の全著作権を買わされており、印税は払わなくてもいいことになっているのが判明する。
〔年月のあしおと〕

3月　江戸川乱歩「パノラマ島奇談」の原稿料は1枚4円ぐらい、1回分は4～50枚書くので200円となる。
〔探偵40年上〕

3月　島崎藤村は改造社の『現代日本文学全集16巻・島崎藤村集』（昭2・3）が第4回配本として発行され、印税の約3分の2にあたる2万円の金が入った。思案の結果、4人の子供に等分に分配した。鶏二は昭和4年フランスへ、翁助は翌年ドイツへ絵画研究のために留学した。
〔近代作家伝上〕

3月　講談社編集者の大卒初任給は55円だった。成績がよければ、毎月2円か3円昇給した。
〔昭和動乱期〕

3月　豊島与志雄は円本時代、『レ・ミゼラブル』の印税がしこたまはいった時、辰野隆などの友人がこれを押さえて豊島に使わせずに、それで駒込林町の家を建ててやった、という逸話がある。＊豊島与志雄訳『レ・ミゼラブル』（世界文学全集12～14巻、昭2・3～3・3、新潮社）。
〔作家の裏窓〕

昭和2年3月～昭和3年3月　「世界文学全集」の『レ・ミゼラブル』翻訳で、豊島与志雄は現金1万5,000円を要求したが、結局新潮社の印税契約に従った。50万部以上の予約があった。
〔出版興亡〕

4月　島崎藤村の『夜明け前』は「中央公論」に昭和4年4月から10年9月まで、1年間4回の割りで書き続け7ヶ年の歳月を要した。連載が始まる前に藤村と社長嶋中雄作の話し合いで、原稿の枚数は藤村の自由で稿料も紙数に応じない。稿料は掲載の月であるなしに係らず毎月500円を支払うという申し出を、藤村は多すぎるから400円にしてくれと言いその通りに決まった。1回分は少なくとも100枚以上だった。
〔近代作家伝上〕

5月　54歳の佐藤紅緑が「少年倶楽部」に初めて執筆したのは「あゝ玉杯に花うけて」（昭2・5）からである。以後20篇ばかり書いたが、原稿料は何枚書いても1篇300円だった。これは雑誌全体の稿料の3分の1くらいであった。
〔少年倶楽部〕

昭和2年（1927）

5月 佐藤紅緑「あゝ玉杯に花うけて」の連載開始とともに「少年倶楽部」は30万部から45万部に。〔佐藤紅緑〕

6月8日 坪内逍遙、アルスより5万部の検印を求められる。＊『日本児童文庫21児童劇集上』（昭2・5、アルス）か。〔逍遙資料04〕

6月21日 改造社が永井荷風に『現代日本文学全集22巻永井荷風集』（昭2・9）の契約手付金として15,000円、周旋礼金として邦枝完二に500円を支払う。〔荷風全集20〕

6月 宇野浩二が入院し4年間の空白を経て「枯木のある風景」（昭8・1、「改造」）で復活する。その間の生活を支えたのは、改造社『現代日本文学全集』48巻（昭4・11）、興文社『小学生全集』14巻（昭2・10）、アルス『日本児童文庫17巻日本童話集下』（昭2・10）、改造社『新選宇野浩二集』（昭3・8）などの印税だった。〔文士の生きかた〕

7月2日 坪内逍遙、アルスの松本より印税納付の延引を乞われる。〔逍遙資料04〕

7月12日 谷崎潤一郎の新潮社中根駒十郎宛書簡。450坪ほどの土地を購入代金として4万3千円余が必要であり、その代金を改造社が、何年か先に全集を出版させるという条件で今年中に2回に分けて支払うということになっていた。ところが今月10日に内金1割を支払い、契約書を取り交わすことになっていたが、改造社から来年になってからの相談、と延期を申し出てきたので、そこで新潮社に改造社と同じ条件、あるいは他の単行本発行の条件でお願いできないか。〔谷崎全集26〕

8月17日 邦枝完二は『現代日本文学全集22巻永井荷風集』（昭2・9、改造社）の世話と同集所収年譜作成により、改造社から2,000円を受け取る。そこから500円を日高浩に分かつ。日高は荷風から頼まれ、荷風集の検印を押したという。〔考証荷風〕

8月31日 永井荷風が春陽堂より『明治大正文学全集』31巻（昭2・7）の印税残額約7,000円を受け取る。〔荷風全集20〕

9月7日 坪内逍遙のもとを幸田露伴の紹介で岩波茂雄来訪。20銭本へ「桐一葉」四大作などを貰いたいとの依頼。定価20銭、印税1割、少なくとも1万5,000部。「出版書肆の意向を質し上にて」と返答。〔逍遙資料04〕

9月11日 寺田寅彦、岩波書店より原稿料135円を受け取る。8月11日

の条で小林勇に「思想」用の原稿「備忘録」を渡している。この原稿料で9月18日に神田北沢書店で「嬉遊笑覧と北海道地名辞書」を買い、「兼て欲しかったのを思想原稿料で買つたのである」。〔寅彦全集13〕

9月21日　「中央公論」12月号に予定されている「作家の翻訳」の原稿料、谷崎潤一郎、佐藤春夫、山本有三、正宗白鳥などの翻訳料は創作の原稿料並に支払うことになった。この作家の原稿料は1枚10円なので、翻訳料としては最高となる。〔木佐木02〕

9月24日　永井荷風が春陽堂より『明治大正文学全集』31巻（昭2・7）追加500部の検印を求められる。翌日さらに500部の検印を求められる。〔荷風全集20〕

9月30日　永井荷風のもとに博文館から配達証明が届く。『現代日本文学全集22巻永井荷風集』（昭2・9、改造社）に収録された『あめりか物語』は『あめりか物語』（明41・8、博文館）刊行に際して同館が所有した「専有ノ著作権ヲ侵害スルモノ」とし販売中止を求めた。〔荷風全集20〕

10月4日　博文館が『現代日本文学全集22永井荷風集』（昭2・9、改造社）による版権侵害を訴え、永井荷風の詫状と5,000円を要求。改造社は永井荷風に支払う印税の残高から支払うことに決める。10月6日、改造社が博文館に5,000円を支払い、その残額1,000円を荷風に届ける。〔荷風全集20〕

10月　平凡社の『現代大衆文学全集3江戸川乱歩集』刊行される。1冊千頁、定価1円。16万数千部販売し、乱歩は印税1万6千数百円を得た。〔探偵40年上〕

12月20日　「一千頁、一円」の超廉価を謳った平凡社版『現代大衆文学全集』9巻の吉川英治『鳴門秘帖』（1,216頁）は40万部売れた。印税3万5,000円が入るが、「家庭内にかえって不幸な兆あるを見、勉強の邪魔」と上落合の新居に全額投じた。〔英治全集46〕

12月20日　永井荷風が春陽堂より『明治大正文学全集』31巻（昭2・7）追加500部の検印を求められる。〔荷風全集20〕

12月28日　鈴木三重吉が小池恭宛書簡で「赤い鳥」は毎月返品が多く、発行部数も盛時の3分の1にしたので引き合わず、1円本の印税を当てにしてきた、円本で入った2万円近い金がすっかり煙となってしまったと書く。＊春陽堂の『明治大正文学全集』28巻「鈴木三重吉篇」は昭

和2年10月刊。　　　　　　　　　　　　　　　　　　　〔三重吉全集06〕

この年　平凡社、『現代大衆文学全集』発売。1,000頁1円の広告。
　　　　　　　　　　　　　　　　　　　　　　　　　　　　〔大衆文壇史〕

この年　山手樹一郎、博文館入社。給料は65円。　　〔想い出の作家〕

昭和2年頃　講談社は、他社より原稿料が高く、吉川英治に原稿用紙1枚8円、菊池寛には1篇1,000円払っていた。里見弴に1枚20円で書いてもらう交渉もしたが、他の作家と原稿料のバランスが取れず、実現しなかった。　　　　　　　　　　　　　　　　　　　　〔昭和動乱期〕

昭和2年頃　小島政二郎が菊池寛から1枚100円くれるなら「キング」に書くと言ったと聞く。小島は、当時「中央公論」や「改造」の原稿料が1枚7円か8円で、島崎藤村の10円が最高額と聞いていた。
　　　　　　　　　　　　　　　　　　　　　　　　　　　〔政二郎全集09〕

昭和2年当時　多産流行作家三羽烏、三上於菟吉・加藤武雄・中村武羅夫。別格菊池寛・久米正雄。三上、当時「講談倶楽部」だけで月500円の稿料。三上は「中央公論」に「原稿贋札説」を発表、身辺作家の私小説は贋札だと言った。　　　　　　　　　　　　　　　　　　　〔大衆文壇史〕

昭和2年頃　当時、博文館の「新青年」では年2回出る増刊と、年3回出る増大号には、そのつど編集手当てが支給された。横溝正史はそれを渡辺温と四分六の割合で分けていたが、渡辺の取る分は1ヶ月分のサラリーを越えていただろう。年に5回ボーナスが出るようなものだった。
　　　　　　　　　　　　　　　　　　　　　　　　　　　　〔探偵50年〕

昭和3年（1928）

1月1日　三上於菟吉が文筆家を400字の原稿料で区分。A級（10円以上25円以下、または30円）、B級（5円以上10円以下）、C級（2円以上5円以下）。原稿料に印税等を加えて、多くて5,000円、最低でも200円の収入が見込まれると試算した。　　　　　　　　　　　　　〔原稿贋札説〕

1月25日　永井荷風が『現代日本文学全集』22巻（昭2・9、改造社）と『明治大正文学全集』31巻（昭2・7、春陽堂）の印税総額約5万円を定期預金にする。　　　　　　　　　　　　　　　　　　　　　　〔荷風全集20〕

1月27日　永井荷風が春陽堂より95円を受取る。　　〔荷風全集20〕

2月1日　江見水蔭は、『現代大衆文学全集』2巻の印税「四千何百円」

を得ると、町の若い衆に揃いの浴衣、自宅の土俵を新しくし、素人相撲大会を催して使い果たした。〔胡堂百話〕

2月9日 永井荷風が本郷座より「すみだ川」上演の礼金として200円を受け取る。〔荷風全集20〕

2月15日 永井荷風が『現代日本文学全集』22巻（昭2・9、改造社）と『明治大正文学全集』31巻（昭2・7、春陽堂）の検印を各500部ずつ求められる。〔荷風全集20〕

2月頃 中里介山の「大菩薩峠」が帝国劇場で上演された際、田中智学の脚本を「苦楽」臨時増刊として発行する企画があった。編集長の西口紫溟が天柱会に智学を訪問すると不在で、吉田甲子太郎が代わりに面談。1枚25円の条件を出される。500枚で1万2,500円。当時ご飯付のすきやきが15銭。残念ながら引き下がった。＊「大菩薩峠」、昭和3年2月1日から28日、帝国劇場で上演。〔紋白蝶〕

3月10日 永井荷風が『新選永井荷風集』（昭3・3、改造社）5,000部の検印を求められる。定価1円。〔荷風全集20〕

3月19日 斎藤茂吉、プラトン社より選歌料30円を受け取る。〔茂吉全集29〕

4月5日 永井荷風が『新選永井荷風集』（昭3・3、改造社）の印税797円80銭を小切手で受け取る。前日には同集の検印3,000部を求められた。〔荷風全集20〕

4月 「改造」懸賞創作（年1回）、社内選考で決定。第1回賞金は1等1,500円、2等750円で、1等龍胆寺雄「放浪時代」、2等保高徳蔵「泥濘」。〔改造社〕

4月 改造社『現代日本文学全集』32巻の「近松秋江・久米正雄集」（昭3・4）で巨額の印税が入ると、近松秋江はこの金で家を建てた。＊東中野上ノ原の新築は大正15年8月、転居が同年12月だった。〔笛鳴りやまず〕

4月 海野十三は「電気風呂の怪死事件」（昭3・4、「新青年」）で初めての原稿料60円を得る。妻子の葬費とする。〔文芸通信〕

5月 梶井基次郎「器楽的幻覚」が「近代風景」5月号に掲載される。稿料はしるしだけの2円だった。〔梶井基次郎〕

6月3日 永井荷風が『日本戯曲全集』40巻現代篇8輯（昭3・5、春陽堂）の印税376円を受け取る。予約定価1円。〔荷風全集20〕

６月６日　志賀直哉、網野菊宛書簡で、春秋社の「「大調和」から原稿料とし十円送つて来ましたが、余り少なくどういふわけかと思ひますが、向ふも金が足りないで困つてゐるのだらうと思ひます」と書く。＊「蘭斎没後」（「大調和」、昭２・４）。〔志賀全集12〕

６月24日　荷風、税務署より本年度の所得２万6,580円との通知あり。〔考証荷風〕

６月　博文館の雑誌は、編集者が普通号に執筆しても原稿料を請求できなかったが、増刊や増大号だと請求できた。横溝正史は自分が編集していた「新青年」６月臨時増大号にフユームの「二輪馬車の秘密」を翻訳し、原稿料をもらった。〔横溝正史〕

７月１日　坪内逍遙、石野と「沙翁全集二円均一予約印税を一割の件」を話す。＊坪内逍遙訳『沙翁全集』（早稲田大学出版部）。〔逍遙資料04〕

７月６日　坪内逍遙、春陽堂の4,000円の切手を受け取ったと山田より連絡を受ける。＊『明治大正文学全集』３巻（昭３・５、春陽堂）か。〔逍遙資料04〕

７月７日　谷崎潤一郎の、朝日学芸部石田雄次等に対する書簡。原稿料1,000円を払い込むように依頼する。連載は150回前後になるので、完結までにすべて解消されると。〔谷崎全集25〕

８月　「文芸倶楽部」の編集長となった横溝正史が大佛次郎に100枚前後、原稿料１枚８円で「怪談号」への依頼をする。大佛は枚数80枚位の「簪」を寄稿した。〔横溝正史〕

夏頃　浦粕（浦安）時代の無名作家山本周五郎の収入は、「中」・「商」という商業新聞の家庭欄に週１回載る童話をときたま書かせてもらい、また少・世という少女雑誌に、少女小説を買ってもらっていた。いずれも知人の好意によるものだった。原稿料は前者が１回「5」、後者が１篇「40」または「50」位だった。その差は原稿の枚数によるものだった。〔山本周五郎〕

８月　江戸川乱歩、博文館の「新青年」８月増刊、９月、10月に『陰獣』を連載する。原稿料１枚７円、170枚。一度に1,200円ほど貰った。『横溝正史自伝的随筆集』によれば、乱歩の原稿料は１枚４円、「新青年」８月増刊は編集費総額が3,000円だったので、１枚８円で100枚を依頼したという。実際には175枚だったので、横溝は175枚×８円の支払いで

長谷川天溪に要請して了承を得る。　　　　　　　　　　　〔探偵40年上〕

９月２日　坪内逍遙、帝劇の会計沖野勝次より報酬500円を受け取る。＊９月１日より25日まで「お七吉三」、「お夏狂乱」が上演された。

〔逍遙資料04〕

９月５日　寺田寅彦、鈴木三重吉との電話で「文学全集」印税の催促を依頼する。午後に春陽堂が小切手で500円を持参する。前年４月７日の条に、春陽堂が『明治大正文学全集』の中に高濱虚子と寅彦で１冊にしたいという依頼があった。　　　　　　　　　　　　　〔寅彦全集13〕

９月　『現代長編全集18 吉屋信子篇』（昭４・３、新潮社）の印税２万円。信子は門馬千代を伴って洋行費に当てる。　　　　　　　　　〔ゆめはるか〕

11月８日　斎藤茂吉、東京日日新聞の高信に選歌料50円頂戴したいと書き送った。　　　　　　　　　　　　　　　　　　　〔茂吉全集29〕

11月　久米正雄夫妻、『現代日本文学全集32 近松秋江・久米正雄集』（昭３・４、改造社）の印税で、約１ヶ月の予定で欧米を漫遊する。〔笛鳴りやまず〕

昭和３年秋　嶋中雄作は中央公論社社長就任後、坪内逍遙博士の許に未払いの原稿料金200円を持参した。逍遙は受け取らず、逆に君を激励しようと思って一筆揮毫しておいたといい、「勢七八分即止、如張弓能至満即折……逍遙山人」の書をくれた。嶋中は感泣して頂戴して帰り、社長室にその扁額を掲げていた。　　　　　　　　　　　〔雲か山か〕

12月15日　室生犀星のもとに雄弁社より短冊への揮毫の礼金として３円が届く。少額だったので返送する。翌日、社員が謝罪に訪れる。

〔犀星全集01〕

冬　長谷川伸（『沓掛時次郎』のころ）、講談社の稿料２円50銭。のちのことだが、尾崎士郎作の「文壇歳末行進曲」というのがある。「文学時代は〆切で／博文館は間に合はず／急げや急げ講談社」。＊「文学時代」は新潮社の「文章倶楽部」の前身。　　　　　　　　　〔大衆文壇史〕

昭和３年～昭和７年　金子光晴と森三千代は子供を祖父母に預け、東南アジア、ヨーロッパに足掛け５年にわたる放浪の旅に出かけた。出発時の所持金は光晴４円、美千代は「女人芸術」の原稿料10円だった。

〔栄華物語〕

この年　徳田秋声が明治39年５月以来住んでいた本郷区森川町１番地（現文京区本郷６丁目６番）の住居を購入したのは改造社の『現代日本文学

全集18 徳田秋声集』(昭3・11)の印税が入ったからである。以後、終生の棲家となった。〔近代作家伝上〕

この年 内田魯庵、改造社から「現代日本文学全集」に二葉亭四迷と2人で1巻という提案があったが、自分は四迷と並ぶほどの作家でないと断る。そして『二葉亭四迷・嵯峨の屋御室集』(昭3・10)に「二葉亭を懐ふ」の一文を寄せる。〔魯庵傳〕

この年 博文館編集者の大卒初任給は40円だった。〔昭和動乱期〕

昭和3年頃 文芸家協会が最低稿料3円を講談社に要求。葉山嘉樹が実行委員。萱原：稿料1円2円が適当な人がたくさんいる、それが3円だと注文が激減して却って困るはず。講談社の給料、萱原：初任給55円、毎月2円ずつ昇給。私は1年に11回昇給した。1年で24円、3年経てば127円。当時100円は百石取りといって小さな門のある家に住んで、親子3,4人は暮らせた。私は入社2年半で百石取りになった。〔大衆文壇史〕

昭和3年頃 20時頃、山中峯太郎のもとに講談社の使いの少年が原稿と稿料（124円の小切手）を持ってくる。この頃から山中は原稿は殆どが講談社となる。同社の九大雑誌とは「キング」(120万部)「講談倶楽部」(16万部)「面白倶楽部」(7万部)「幼年倶楽部」(35万部)「少年倶楽部」(30万部)「少女倶楽部」(22万部)「婦人倶楽部」(15万部)「雄弁」(2万8千部)「現代」(6万) をさす。〔山中峯太郎〕

昭和3年頃 吉川英治が野村胡堂に「少年世界」を紹介する。原稿料は1回50円。〔吉川英治とわたし〕

昭和3年頃 山本周五郎は前借の名人で、博文館で一度に50〜60円、新潮社では200円借りていた。〔昭和動乱期〕

昭和4年 (1929)

1月12日 永井荷風が『新選永井荷風集』(昭3・3、改造社)の印税100円を受け取る。〔荷風全集20〕

1月17日 室生犀星が『魚眠洞発句集』(昭4・4、武蔵野書院、定価2円)の印税内金50円を受け取る。同年4月19日に残金60円を受け取る。〔犀星全集01〕

1月 菊池寛が「講談倶楽部」に「炉辺雑話」を発表。同誌に掲載された

最初の菊池作品だった。それまで菊池は講談社の雑誌では「キング」にしか書かなかったが、編集者の熱意におされて随筆なら書くといって執筆した。原稿料は1篇700円。　　　　　　　　　　　〔講談社01〕

3月31日　室生犀星が児童向けの雑誌から28円、「新潮」より46円、談話会より15円をそれぞれ受け取る。この3月の収入を235円と記録する。　　　　　　　　　　　　　　　　　　　　　〔犀星全集01〕

4月21日　室生犀星が「婦人之友」より発句1句の原稿料として5円を書留で受け取る。発句で原稿料を得ることは多いが、「何か気の毒の感」があるという。　　　　　　　　　　　　　　　　　〔犀星全集01〕

4月25日　坪内逍遙、「中央公論」より「良寛と子守」に対して200円を受け取る。　　　　　　　　　　　　　　　　　　〔逍遙資料05〕

4月26日　室生犀星が金星堂より『幼年時代』（初版大11・11）再版の印税15円、「新青年」より原稿料21円を受け取る。　　　〔犀星全集01〕

4月　山本周五郎、東京市企画の児童映画の応募脚本「春はまた丘へ」（日活・監督長倉裕孝）が、今井達夫の作品とともに当選。賞金500円だった。秋、浦安から虎ノ門の仕立て屋の二階の下宿に住まいを移す。

　　　　　　　　　　　　　　　　　　　　　　　　　〔山本周五郎〕

4月　菊池寛「不壊の白珠」（朝日新聞）連載。1回分3枚半だから2時間程度で執筆、4枚の不揃いの原稿をいつも渡された。1回60円、ぼくの月給は70円だった。寛の字は大きく1行17、8字だった、直木はやたらに句読点が多かった。初期の横光利一や中山義秀はセンテンスも長く改行も少なかったので、割安感がした。　　　　　　　〔朝日新聞〕

5月1日（年月推定）　佐藤春夫、福岡日々社学芸部黒田宛書簡で、「福岡日々新聞」の連載小説（「更生記」、昭4・5・27～10・12、のち新潮社刊）の原稿料1回30円をめぐって社側の説明に反論しながら、昭和初年代の自分の原稿料は「報知新聞」では1回55円、大阪の新聞では1回60円、最低の「読売」では1枚7円で執筆したと当時の相場を説明している。春夫の意見では3年前と今では原稿料は―特に新聞小説の原稿料は約5割も上がっていると述べている。　　　　　　〔春夫全集36〕

5月2日　室生犀星が「中央公論」より随筆39枚の原稿料238円を受け取る。　　　　　　　　　　　　　　　　　　　　　　〔犀星全集01〕

5月5日　室生犀星が『現代日本文学全集』37巻「現代日本詩」（昭4・4、

改造社)の印税255円、「キング」より「雑文」10枚分の原稿料73円を受け取る。〔犀星全集01〕

5月9日　室生犀星が『天馬の脚』(昭4・2、改造社)の印税75円を受け取る。定価2円50銭。〔犀星全集01〕

5月22日　永井荷風が聞いたところでは、三上於菟吉は1行15円になると豪語していた。〔荷風全集20〕

5月27日　坪内逍遙、早稲田大学出版部の大坪より上半期の印税2,000円を受け取る。〔逍遙資料05〕

5月　文藝春秋社(菊池寛)が発案した「文筆婦人会」が行った作家や編集者の下請け仕事、たとえば翻訳は原稿用紙1枚30銭〜50銭だった。〔文藝春秋〕

6月12日　坪内逍遙、岩波書店より振替にて税200円を受け取る。＊『新曲浦島・新曲赫映姫』(昭4・5、岩波文庫)の印税か。同日、大阪朝日より「朗読法の必要」の原稿料200円を受け取る。〔逍遙資料05〕

6月29日　坪内逍遙、小学館ユーモア集3万3,000余部の印税1万9,070円を受け取る。＊『現代ユウモア全集1　後生樂坪内逍遙集』(昭4・5、現代ユウモア全集刊行会)。〔逍遙資料05〕

6月　平凡社、『現代大衆文学全集』16巻『下村悦夫集』発売(昭4・6)。この印税で下村悦夫、家を建てる。〔大衆文壇史〕

6月　林芙美子の詩集『蒼馬を見たり』(昭4・6、南宋書院刊)を友人の松下眞孝林学博士夫人文子の好意ある寄付金50円で出版。〔現代日45〕

6月　国民新聞を去って、その後徳冨蘇峰は「大阪毎日新聞」「東京日日新聞」の社賓として年俸2万円とやらで聘せられ、朝刊に「日本国民史」、夕刊には感想文を書いているが、国民史を読むものは100人に1人もあるまい。〔蘇峰〕

6月　去日の読売新聞に、中尾龍夫選、警句の1等当選(1円懸賞)として平塚一径生の「金儲けの秘訣は金儲けの本を売るにあり」が当選した。故意か偶然かは判らないが、其警句の下段に「不景気恐るに足らず、金儲けの極意公開さる」と題する『岡辰押切り帳金儲け実際談』(昭4・1、大日本雄弁会講談社)の記事式広告が出ていたので、独笑を禁じ得なかった。同書の著者谷孫六の本名は矢野正世、読売新聞社の営業部長だったが、同書が7、8版を重ね、印税が1万円以上になると、本月2日で社

を退職した。　　　　　　　　　　　　　　　〔岡辰押切帳〕

7月1日　新潮社は『緑蔭叢書』で利益を得たことに謝意を表して、『緑蔭叢書』収録の『破戒』と『家』を再録した『現代長篇小説全集』6巻の印税2万4,800円を島崎藤村に贈った。以後、藤村の作品は全て新潮社から刊行されることになった。　　　　　　　〔新潮社70年〕

7月3日　室生犀星が「キング」と「講談倶楽部」より詩2篇の原稿料40円を受け取る。　　　　　　　　　　　　　〔犀星全集01〕

7月5日　坪内逍遙、改造社より逍遙集の印税「18,570+」を受け取る。＊『現代日本文学全集2坪内逍遙集』（昭4・6、改造社）。　〔逍遙資料05〕

7月7日　野尻抱影の水野葉舟宛書簡。「円本を三つほどおっつけられて唸ってゐます、当年の好景気は夢の夢で、ひどいのは一枚にして七八十銭といふ計算になるのだ相です」。　　　　　　　〔館報10・5〕

7月24日　武者小路実篤、志賀直哉へ手紙を出す。その中で、生活費が月に11,200から1,300円必要であるが、当てにしていた「改造」からの依頼はなく、たまに原稿料の安いところが依頼してくるだけであることを伝える。　　　　　　　　　　　　　　　　〔志賀全集別〕

8月　「改造」詩・文芸評論懸賞募集。詩部門は近藤東「レエニンの月夜」（1等100円）、井上広雄「ペリカン」（2等50円）。評論部門は宮本顕治「敗北の文学」（1等300円）、小林秀雄「様々なる意匠」（2等150円）。
　　　　　　　　　　　　　　　　　　　　〔近代文学事典〕

9月22日　室生犀星が新潮社より『現代詩人全集』9巻「高村光太郎集・室生犀星集・萩原朔太郎集」（昭4・10）の印税前金200円を受け取る。
　　　　　　　　　　　　　　　　　　　　〔犀星全集01〕

9月29日　坪内逍遙、「中央公論」より「畸人伝」の報酬「9.52」を受け取る。＊このうち「300」を500号の祝いに寄贈するとあるので、952円か。　　　　　　　　　　　　　　　　　〔逍遙資料05〕

9月　佐藤春夫、法政大学予科講師となる。1時間10円の割りで年給240円。　　　　　　　　　　　　　　　　　　〔春夫全集36〕

10月5日　円本ブームに遅れをとった中央公論社は出版部を新設し、最初の企画がレマルクの『西部戦線異状なし』だった。初版2万部で10万部売り切り、半額普及版（昭5・8）も10万部合わせて20万部が売れた。この成功で出版部の基礎を作り牧野、部長に就任。2冊目が谷譲次『踊

る地平線』。　　　　　　　　　　　　　　　　　　〔雲か山か〕

10月15日　鈴木三重吉の森田草平宛書簡。改造社『現代日本文学全集』について、来年4月に刊行するように社員の谷口が山本社長に話すとのこと。ついては森田氏の原稿も鈴木が貰ってまとめて持参すると話した。二人とも400字詰め原稿用紙で900枚相当のものを12月中によこすようにとのこと。二人が提出した短編の1つを省く場合、改造社で処置していいが、印税は公平に折半にするようにした。目下13万部らしく、上製と1円本2種あるはず、全部1円本として一人6千5百円、私の『赤い鳥』の借財6千円を払うと500円しか残らない。＊昭和5年4月14日付け森田宛書簡には、刊行が5月になること、改造社が金に窮しているらしい、5月1,500円で構わなく、あとは分割でもいいと記している。＊＊昭和5年6月16日付け森田宛書簡で、改造社『現代日本文学全集』出来。発行部数は上製が4万5百部、並製は5万3千5百部、合わせて9万4千部。印税は来月5日過ぎにくれるという。＊＊＊7月12日付け森田宛書簡で、5日に改造社に行くと、私の頁が十数頁多いので、300幾円か余計になっていた。これを等分にした、とのこと。
　　　　　　　　　　　　　　　　　　　　　　　〔三重吉全集06〕

10月21日　坪内逍遙、帝劇より報酬200円を受け取る。＊10月1日〜25日、「金毛狐」が上演された。　　　　　　　　　〔逍遙資料05〕

10月28日　坪内逍遙、早稲田大学出版部の中島孤島より60枚分として印税前払い60円。＊「別に自分より補給20渡す」とある。〔逍遙資料05〕

11月16日　武者小路実篤から直哉宛書簡。「店は神田区猿楽町二、で日向堂と云ふのだ……岩波から五円程度の画集を出す話がホボきまつた。之がよくいくと一定の収入が出来るわけだ」。　　　　〔志賀全集別〕

11月12日　直木三十五の佐々木味津三宛書簡。佐々木の「右衛門捕物帖」の映画化に関して、東亜キネマからの原作料は100円にしたが、約束が違うので、当初の通り200円で再交渉した。＊昭和5年5月24日付書簡では、東亜キネマの原作料は安いが、小遣いの必要な時にはすぐに売る自由があること、2、3篇ずつ諸所へ売った方が得策だと助言。同年3月14日付書簡では、マキノからの依頼を取次ぎ、300円くらいは出せるとある。　　　　　　　　　　　　　　　　　　　〔館報61・7〕

11月　川端康成が原稿料ではなく印税で生活できるようになりたいと希

望を述べる。　　　　　　　　　　　　　　　　　　　　　〔康成全集33〕

12月26日　坪内逍遥、アルスより「預けの分の五分印税二千円に対して 220 余」を受け取る。＊『日本児童文庫 21 児童劇集上』(昭 2・5、アルス)。
〔逍遥資料05〕

12月　佐藤春夫、『世界大衆文学全集』25 巻(改造社)で『平妖伝』を訳す。弟の秋雄を渡航させたいと引き受けたが、「千枚書いて六千円ばかりにしかならぬらしい」と父への書簡。　　　　　　　　〔春夫の書簡〕

昭和4年春　口述筆記、400 字 1 枚 15 銭以上。原書代読 1 冊に付 5 〜 10 円。原稿清書 400 字 1 枚 10 銭、翻訳 1 枚 30 〜 50 銭、図書館での資料調査 1 枚 30 〜 50 銭等。文筆婦人会は派出婦の 1 つで、昭和 4 年春に、菊池寛の発案で生まれ、文藝春秋内に設置、会員は 12 名。　〔大東京案内〕

昭和3年〜4年　吉川英治「貝殻一平」を「大阪朝日新聞」に連載。依頼に行った時岡弁三郎「1 回 60 円でなければ書かないと言っている」と憤慨する。当時は 40 円が大朝の相場、しかし 60 円を呑む。〔朝日新聞〕

この年　中央公論社で最も原稿料が高かったのは、島崎藤村である。『夜明け前』を連載したとき、原稿用紙 1 枚 15 〜 20 円だった。〔昭和動乱期〕

昭和2年〜昭和4年　円本ブームは文学書だけではなかった。改造社対 5 社聯盟の『マルクス・エンゲルス全集』、評論社対改造社の『経済学全集』、新光社対改造社の『日本地理大系』等々へと拡大する。いっぽう個人全集も漱石、蘆花、啄木、厨川白村、武郎等、『大菩薩峠』や『資本論』などにも 1 円廉価版が刊行された。　　　　　　　〔雲か山か〕

昭和2年〜昭和4年　円本ブームを出版部数から見ると、トップは『世界文学全集』の 40 万、『現代日本文学全集』の 25 万、『大衆文学全集』の 15 万、『明治大正全集』の 15 万、『世界大思想全集』の 10 万、『日本児童文庫』と『小学生全集』とが各 30 万。その他経済物、法律物、科学的なもの、美術物などで 50 万、これだけで 220 万部。さらに個人全集を内輪に見積もっても 80 万、総計 300 万部が出版された。〔雲か山か〕

昭和 5 年 (1930)

2月28日　寺田寅彦が 2 月 9 日に発送した「改造」用の原稿「Libar Studiorum」が「改造」3 月号に掲載され、2 月 19 日に雑誌を受け取る。2 月 28 日にその原稿料が寅彦のもとに届く。　　〔寅彦全集13〕

昭和5年（1930）

3月　「都新聞」は新人発掘のため2,000円の賞金で2篇募集した。昭和5年度は木下仙「山・山・人間」、野溝七生子「女獣心理」、翌6年度の当選作は富沢有為男「発端地（ロンバルヂア）」、水谷道彦「海の選手達」だった。
〔都新聞〕

3月　内田魯庵、改造社から再度の交渉で『現代日本文学全集』41巻「長谷川如是閑・内田魯庵・武林夢想庵集」（昭5・7）の刊行を了承する。印税の一部は長男の画家内田巖の渡仏費用（昭5～6）の一部となった。
〔魯庵傳〕

5月29日　坪内逍遙、早稲田大学出版部に行き、「六分配当、報酬復旧500の件、沙翁集廉価版の事等」を話す。　〔逍遙資料05〕

5月　直木三十五、キネマ会社の「原作料は一金200円也、但し何々独占」で儲ける。アメリカの原作料は平均1割5分、日本のキネマ会社の1本の制作費は1万円だから1,500円支払ってもいいはずだ。　〔直木全集21〕

6月　6月に改造社の「新鋭文学叢書」の1冊として『放浪記』（定価30銭）を上梓、ベストセラーとなり、同叢書の17編として『続放浪記』を刊行。1、2年間で30万部売れた。5月に林夫妻は転居。7月に台湾へ、秋、2ヶ月かけて満州や中国旅行。
〔現代日45〕

6月　6月に改造社の「新鋭文学叢書」の1冊としてかねて持ち込んでいた『放浪記』（定価30銭）を上梓、ベストセラーとなったため、同じ叢書の17編として『続放浪記』を刊行。1、2年間で300,000部売れた。5月に林夫妻は各々家財を背負って淀橋区上落合町三輪の借家（家賃）に移っていた。7月に台湾へ、秋、2ヶ月かけて満州や中国旅行。
〔現代日45〕

7月3日　林芙美子『放浪記』が改造社「新鋭文学叢書」（四六判、古賀春江装丁、230頁、定価30銭）として出版され素晴らしく売れた。改造社も驚き著者も驚いた。ある日、革鞄の紳士が堀ノ内の林の家に訪れた。その日、芙美子はたった一枚の着物を洗濯していたので海水着で応対した。それは改造社の社員で見たこともないような大金の印税を持って来たのである。
〔近代作家伝下〕

7月　「文藝春秋」の夏季臨時増刊として「オール読物号」発行。武者小路実篤の紹介状を持って現れた無名の文学青年武内初太郎（のち山本初太郎）の持ち込み原稿「怒る貞操」が佐佐木茂索に認められて同誌に掲載。

稿料 1 枚 1 円 50 銭、計 49 円 50 銭。〔文藝春秋時代〕

9月3日　坪内逍遙、小学館の高橋堅介より『現代ユウモア全集1　後生樂坪内逍遙集』（昭4・5初版、現代ユウモア全集刊行会）の増刷 2,000 部の印税差し引き 194 円を為替で受け取る。〔逍遙資料 05〕

10月5日　坪内逍遙、帝劇より報酬 300 円を受け取る。＊10月1日から 25 日に「沓手鳥弧城落月」が上演された。〔逍遙資料 05〕

10月6日　斎藤茂吉、「新潮社の石原が来て、文学辞典稿料 80 円を持参。コレハ大ニ少シ。ナホ 3、4 項タノム」。〔茂吉全集 29〕

10月11日　寺田寅彦、岩波書店より『藪柑子集』100 部の印税 30 円を受け取る。〔寅彦全集 13〕

10月22日　寺田寅彦、改造社から出す文学全集に柳田國男、新村出、斎藤茂吉と一緒で「随筆文学集」1 冊にする企画を聞く。一人の分量は 400 字詰め 400 枚、印税は 8 分。24 日に承諾する。〔寅彦全集 13〕

11月1日　武者小路実篤「今月は松竹から金色夜叉の脚色をたのまれて、それを雑誌に出すことにして千五百円とつた」。〔志賀全集別〕

11月1日　北原白秋、自宅建築の胸算用。1 万円の予算で、小田急から 5,000 円借り、日本児童文庫（昭 2〜5、アルス、75 巻、1 冊 50 銭）の印税 1,000 円を契約金として 2,000 円を工面し、都合 8,000 円を建築費に予定する。〔白秋全集〕

11月24日　北原白秋、日蓄（日本蓄音機商会、コロンビアミュージックエンタテイメントの前身）の顧問料毎月 100 円。＊ビクターとコロンビアに無断発行を詰問した結果、12月1日に杉本が「新曲浦島」のレコードを持参したとある。杉本喜永か。〔白秋全集〕

11月24日　与謝野晶子の多田邦男宛書簡。書きためた歌を厳選して「雲に倚る」という題名で歌集を出版したいが、「出版界多難の折柄」、二、三の書肆に断られた。明春の出版を引き受けてほしい。原稿は既に清書済。発行されれば三四千部は売れる。印税前金として 300 円をもらいたい。〔与謝野書簡 02〕

12月3日　坪内逍遙、コロンビア蓄音機株式会社文芸部長から「新曲浦島」印税未納を詫びられる。12月13日に逍遙のもとを杉本とコロンビア蓄音機株式会社米山が訪れ、「新曲浦島」のレコードの過去の分の印税 400 円を持参。杉本へ謝礼 50 円を渡す。〔逍遙資料 05〕

12月11日　寺田寅彦、岩波書店より『冬彦集』100部の印税50円を受け取る。　〔寅彦全集13〕

12月23日　坪内逍遙、杉本よりポリドールの謝金3,000円を持参。100円を慰労として渡す。＊12月21日、杉本来訪。「逍遙博士朗読保存頒布会」をポリドール・稲田社長と友に発企し、その売上げを向上会に寄贈したい、300組を20円あてに売れば元は償却するという。　〔逍遙資料05〕

12月　小川未明、この年の暮れに杉並区高円寺に新居を購入、長年の借家生活に別れを告げた。円本ブームによって予期せぬ印税収入があった。作品は『現代日本文学全集』(改造社)、『明治大正文学全集』(春陽堂)、『新興文学文学全集』(平凡社)などに収録された。　〔小川未明〕

昭和5年頃　長谷川泰子、「時事新報」の「グレタ・ガルボに似た女」コンクールに応募し1等となる。新宿武蔵野館でガルボ主演の『インスピレーション』が封切りの時、徳川夢声から舞台に2日間出て花輪をもらってくれないかと頼まれた。謝礼として50円とかなりの額をもらった。
〔ゆきてかへらぬ〕

昭和6年 (1931)

1月14日　宇野浩二が『春を告げる鳥』増版1,000部、『父の国と母の国』増版1,030部の検印紙を速達で受け取る。＊『春を告げる鳥』(昭2・3初版、大日本雄弁会講談社)、『父の国と母の国』(昭5・6初版、同前)。
〔文学者日記06〕

1月14日　室生犀星が河井酔茗から「女性時代」の発句の選料5円を受け取る。　〔犀星全集01〕

1月19日　菊池寛の芥川文子宛書簡(昭和6年は推定)。松竹が大阪中座で「お富の貞操」を上演したい、原作料は300円と伝える。菊池はこの額について「先づ相当なところ」と書き送る。　〔館報49・3〕

1月28日　宇野浩二が講談社から『春を告げる鳥』の印税105円を受け取る。＊1月14日に検印紙を受け取った。　〔文学者日記06〕

1月29日　宇野浩二が講談社より『父の国と母の国』1,030部分の印税133円90銭を小切手で受け取る。　〔文学者日記06〕

1月30日　宇野浩二が「少女倶楽部」より原稿料154円受け取る。

昭和6年（1931）　283

〔文学者日記06〕

2月4日　坪内逍遙、吉沢より「変化雛」の謝金300円を受け取る。＊2月1日から27日、帝劇で「変化雛」が上演される。　〔逍遙資料05〕

2月7日　志賀直哉、春秋社から西鶴の現代語訳1冊を頼まれたが、自分は西鶴を現代語に書き直す事自体に不賛成の上、仕事としても労多く、到底西鶴の原文を改悪するだけの事ゆえと一度は断った。が1,000円以上の印税との事、自分と尾崎一雄とで引き受ける。　〔志賀全集11〕

2月8日　室生犀星が『日本地理大系』6巻中部篇下（昭6・2、改造社）の原稿料24円を受け取る。『金沢風土記』を執筆。　〔犀星全集01〕

2月10日　室生犀星が寶文館より詩の原稿料15円を受け取る。
〔犀星全集01〕

2月12日　宇野浩二が「時事新報」の山本巌の訪問を受ける。原稿料を3円出してほしいと学芸部主任の白木への伝言を頼む。　〔文学者日記06〕

2月13日　宇野浩二が講談社から「福沢諭吉」の原稿料325円の小切手を受け取る。　〔文学者日記06〕

2月14日　宇野浩二が「幼年倶楽部」より「なつかしき故郷」の原稿料70円を小切手で受け取る。＊16日に70円のうち10円を「世帯」に渡すとある。　〔文学者日記06〕

2月16日　室生犀星が「新潮」より小説「コナ・ダイヤ」（昭6・5）の原稿料210円を受け取る。　〔犀星全集01〕

2月18日　宇野浩二が「花の首輪」の原稿料84円を小切手で受け取る。
〔文学者日記06〕

2月20日　宇野浩二が『父の国と母の国』増版2,000部分の印税260円を小切手で受け取る。　〔文学者日記06〕

2月22日　室生犀星が「改造」より小説44枚の原稿料263円を受け取る。
〔犀星全集01〕

2月22日　宇野浩二、「時事新報」より原稿料75円を小切手で受け取る。大阪の松要書店の松浦一郎より『女怪』3,000部を定価1円20銭で出したい、但し印税は150円にしてほしいと手紙が届き、承諾する。＊『女怪』（昭2・1初版、近代文芸社、発行人：松浦一郎、定価2円）。
〔文学者日記06〕

2月24日　室生犀星が「キング」より5枚分の原稿料35円を受け取る。

2月25日　宇野浩二、松要書店より印税150円を小切手で受け取る。
〔文学者日記06〕

2月26日　宇野浩二、近代文芸社より『女怪』の検印証3,000枚を受け取る。
〔文学者日記06〕

3月2日　宇野浩二、前年の収入書を書き取ったり、税務署への所得税申告のための率を計算したりする。講談社の吉田和四郎に本当の額よりも7割以下に申告してほしいと手紙を書く。〔文学者日記06〕

3月3日　宇野浩二が講談社から「花の首輪」の第5回追加原稿料「FIFTYSIX」(56円)を受け取る。〔文学者日記06〕

3月10日　坪内逍遥、東京堂より「畸人伝」1,000部の印税216円、別に月報への原稿料20円を受け取る。＊『近世畸人伝その他』(昭6、東京堂)。＊＊3月13日に同書普通番2部が届く。「悪趣味の装幀也」。
〔逍遥資料05〕

3月25日　室生犀星が「婦人倶楽部」より詩の原稿料20円を受け取る。
〔犀星全集01〕

3月30日　室生犀星が「報知新聞」より随筆の原稿料52円50銭を受け取る。「報知」から行数を計算した方式で支払われたのは初めてだという。
〔犀星全集01〕

3月30日　宇野浩二が「文藝春秋」の原稿料21円を兄に取りに行ってもらう。使い賃20銭。〔文学者日記06〕

4月1日　室生犀星が「犯罪科学」から原稿料256円を受け取る。
〔犀星全集01〕

4月3日　宇野浩二が「なつかしき故郷」11回の原稿料70円を小切手で受け取る。4月30日、5月20日、5月28日、6月14日にも同作の原稿料をそれぞれ70円ずつ受け取る。〔文学者日記06〕

4月15日　室生犀星が「婦人公論」より随筆8枚分の原稿料40円、「都新聞」より随筆10枚分の原稿料31円80銭(行数計算)を受け取る。
〔犀星全集01〕

4月24日　宇野浩二、講談社の「少年教育講談全集」の「ベエトオベン」の原稿料230円を小切手で受け取る。＊『少年少女教育講談全集』11巻(昭6・9、大日本雄弁会講談社)に「楽聖ベートーベン」が収録されている。

昭和6年（1931）　285

〔文学者日記06〕

4月28日　室生犀星が小説「処女」（「週刊朝日」、昭6・7・1）33枚分の原稿料198円を受け取る。　〔犀星全集01〕

4月　『江戸川乱歩全集』の広告に「宣伝費4万円」とあるが、これは掛け値で実態は3万円位、3万部印刷したが、売り切れる地方が生じ3万3,000部印刷した。全集は配本1回ごとに1割ずつ購読者が減っていくというのが常識。新聞広告費に宣伝費の大部分を使った。　〔探偵30年〕

5月5日　志賀直哉、「一年の税金を調べ、一ト月の使ふ金高を決めて見た、一ト月七百円以下ときめる、税金は一年九百円なり（所得税四百六十何円）（附加税その他矢張四百五十円）税金は十七種類あり、女中税、セン風器税等他所になき税あり」。　〔志賀全集11〕

5月5日　宇野浩二、読売新聞社より「文学の問答」の原稿料42円25銭を受け取る。1枚1円69銭になるため、問い合わせの手紙を出す。
〔文学者日記06〕

5月7日　宇野浩二のもとに読売新聞社より前々日の原稿料の間違いについて連絡が届く。1枚2円50銭で、17枚分の42円25銭を送ったので、後10枚分を追加で送ると通知される。　〔文学者日記06〕

5月7日　室生犀星が小説「出発した軍隊」（「文藝春秋」、昭6・6）27枚分の原稿料135円を受け取る。　〔犀星全集01〕

5月15日　梶井基次郎著『檸檬』（昭6・5、武蔵野書院、定価1円50銭）、500部の半数はゾッキ本となって夜店で売られた。8月2日、印税75円を受け取る。　〔梶井基次郎〕

5月22日　宇野浩二が講談社から『春を告げる鳥』の増版分の印税105円を小切手で受け取る。　〔文学者日記06〕

5月　5月から平凡社の『江戸川乱歩全集』の配本が始まり、13ヶ月に互って毎月1冊ずつ配本。初めの内は3,000円以上の印税が入り、雑誌の連載が3つ以上、計1,200〜1,300円、他の単行本の印税を加えると月収は5,000円以上であった。　〔探偵40年上〕

6月1日　著作権法改正公布（映画、放送の保護、新聞、雑誌記事転載手続きなど）。　〔近代総合年表〕

6月2日　宇野浩二、朝日新聞社学芸部より「近頃の感想」の原稿料4円を受け取る。　〔文学者日記06〕

6月19日　永井荷風が税務署より昭和5年度の所得金額の通知書を受け取る。3,360円。〔荷風全集21〕

7月3日　宇野浩二が吉田和四郎から『母いづこ』の残部が約2,000部ある、初版と増版の印税率を同じにしてほしいといわれるが断る。「少女倶楽部」の「鏡物語」の原稿料が「ハンドレットフアイブ」（105円）届く。＊『母いずこ』（昭5、講談社）。〔文学者日記06〕

7月9日　宇野浩二が「幼年倶楽部」より「二人のあんま」の原稿料70円を小切手で受け取る。同日、「少年倶楽部」より133円の小切手を受け取る。〔文学者日記06〕

7月14日　坪内逍遙、ポリドールの阿南より印税「240+」を受け取る。〔逍遙資料05〕

7月16日　宇野浩二、船木枳郎より原稿料1円との申し出に断りの葉書を出す。〔文学者日記06〕

7月28日　宇野浩二、『父の国と母の国』の増版1,040部の検印証を受け取る。〔文学者日記06〕

8月7日　宇野浩二、作品社より5円の原稿料を受け取る。〔文学者日記06〕

8月7日　宇野浩二、『父の国と母の国』の増版分1,040部の印税から本代1円4銭を引いた134円16銭を小切手で受け取る。〔文学者日記06〕

8月12日　宇野浩二、作品社から井伏鱒二の『仕事部屋』の批評を原稿料なしで依頼される。＊『仕事部屋』（昭31・8、春陽堂）。〔文学者日記06〕

8月20日　与謝野晶子、福光書店の教科書の印税で未払いのものが約300円。〔与謝野書簡03〕

8月26日　宇野浩二、「幼年倶楽部」から原稿料70円、同誌から1枚分の原稿料7円、「雄弁」の原稿料20円、合計97円を小切手で受け取る。〔文学者日記06〕

9月1日　宇野浩二、東京堂より原稿料の為替15円を受け取る。〔文学者日記06〕

9月12日　葉山嘉樹「移動する村落」（「朝日新聞」）連載。1回25円の稿料3回分でどんちゃん騒ぎ。〔朝日新聞〕

9月25日　宇野浩二、「改造」より92円（50銭文芸家協会分引く）を受け取る。同日、童話の原稿料104円（1円文芸家協会分引く）を受け取る。『花の首輪』の検印証1万枚出版届と契約書を受け取る。＊『花の首輪』（昭

6・10、大日本雄弁会講談社）。 〔文学者日記06〕

9月29日　宇野浩二、原稿料136円50銭を小為替で受け取る。
〔文学者日記06〕

10月6日　『現代日本文学全集』第58巻「新村出、柳田國男、吉村冬彦、斎藤茂吉集」(昭6・8、改造社)の斎藤茂吉集の印税は428円85銭。特製9,350部、並製13,150部、印税全部4人分で2,076円80銭。 〔茂吉全集30〕

10月12日　宇野浩二、「富士」から原稿料104円（うち文芸家協会1円引く）を小切手で受け取る。 〔文学者日記06〕

10月22日　宇野浩二、「改造」から原稿料111円50銭（文芸家協会1円引く）を受け取る。 〔文学者日記06〕

10月26日　宇野浩二、『花の首輪』の印税893円23銭（本代3円12銭引く）を小切手で受け取る。 〔文学者日記06〕

10月　坂口安吾、「文科」に「竹藪の家」連載開始（～昭7・3）。「春陽堂から「文科」といふ半職業的な同人雑誌がでた。牧野信一が親分格で、小林秀雄、嘉村礒多、河上徹太郎、中島健蔵、私などが同人で、原稿料は一枚五十銭ぐらゐであつたと思ふ。五十銭の原稿料でも、原稿料のでる雑誌などは、大いに珍らしかつたほど、不景気な時代であつた」。
〔安吾全集〕

11月2日　宇野浩二、「少女倶楽部」より「海こえ山こえ」の原稿料154円を受け取る。 〔文学者日記06〕

11月4日　宇野浩二、講談社より『父の国と母の国』の増版印税130円の小切手を受け取る。 〔文学者日記06〕

11月21日　宇野浩二、「読売新聞」より「雑誌文学の眺望」の原稿料36円を受け取る。 〔文学者日記06〕

11月22日　室生犀星が山村暮鳥夫人に春陽堂の詩の全集のために暮鳥の作品を30枚分（1枚が20字、20行）送るよう依頼。印税は約60円と説明する。『明治大正文学全集』36巻(昭6・12)に暮鳥の詩が収められた。
〔犀星全集02〕

11月24日　宇野浩二、「読売新聞」より36円を受け取る。〔文学者日記06〕

11月25日　宇野浩二、『春を告げる鳥』増版1,000部の印税105円を小切手で受け取る。 〔文学者日記06〕

11月27日　坪内逍遙、石野径一郎より普通印税の4,000円が来たと返事

が届き、廉価版であると言いやる。＊『沙翁全集』（明42〜昭3、早稲田大学出版部）。　〔逍遙資料05〕

11月30日　坪内逍遙、石野径一郎らより廉価版の『沙翁全集』の印税1割5分を1割にと求められる。　〔逍遙資料05〕

11月　印税以外の別途収入を図るため、徳田秋声は自宅の庭に2階建て10室のアパートを建てることにした。資金は改造社の文学全集の印税の残りだったが、途中で資金が不足した。たまたま秋声の還暦記念会が東京会館で開催され、新潮社が率先して文壇諸家に短冊の揮毫を求め60双の屏風を作り銀座松坂屋で即売した。その売上金が秋声救援のために贈られた。　〔文士の生きかた〕

12月1日　永井荷風が『つゆのあとさき』（昭6・11、中央公論社）9,990部の印税約1,481円を受け取る。定価1円50銭、印税率1割、1冊につき15銭。　〔荷風全集21〕

12月1日　坪内逍遙、石野径一郎より廉価版の『沙翁全集』の印税1割3分に確定と聞く。　〔逍遙資料05〕

12月2日　坪内逍遙、石野より廉価版の『沙翁全集』の印税1割5分600円を受け取る。　〔逍遙資料05〕

12月12日　宇野浩二、「春寒」の原稿料251円（文芸家協会）を小切手で受け取る。　〔文学者日記06〕

12月20日　宇野浩二、「時事新報」より談話筆記の原稿料10円を受け取る。　〔文学者日記06〕

12月21日　宇野浩二、「少女倶楽部」より原稿料157円50銭を受け取る。　〔文学者日記06〕

12月22日　宇野浩二、「雄弁」より原稿料5円。　〔文学者日記06〕

12月24日頃　梶井基次郎、「のんきな患者」掲載の「中央公論」新年号を手にする。24日に原稿料230円が届く。　〔梶井基次郎〕

12月31日　坪内逍遙、杉本より、ビクターの印税80円、冨山房の『論理説』の印税「3.70」を受け取る。　〔逍遙資料05〕

昭和6年頃　青野季吉、この頃、私の文芸評論を載せてくれるのは、新聞では「朝日」「読売」「都」、稿料は1枚2円前後。雑誌では「新潮」だけで稿料は1枚2円だった。いずれも原稿と引き換えに稿料をくれたので助かった。　〔文学五十年〕

昭和6年頃 青野季吉は「新潮」の稿料は2円だったと書いているが、青野には2円50銭の伝票を切っていた。〔作家の舞台裏〕

昭和6年頃 昭和6年頃から7年間、文藝春秋社で菊池寛の秘書を勤めた佐藤碧子という女性がいた。入社翌日、講談社に、30枚以下の原稿で稿料750円を受け取りに行き、帰りのタクシーに封筒ごと忘れてくる。翌日、運転手から届けられると、菊池はタバコのセットと別に250円を包んで佐藤に持たせ礼に行かせた。〔近代作家伝上〕

昭和6年頃 北川冬彦の「中央公論」の原稿料は1枚5円。原稿が遅れると原稿料の額を心中で叫んで自らを鼓舞しながら執筆。〔文壇意外史〕

昭和7年（1932）

1月1日 小島政二郎「海燕」が「東京・大阪朝日新聞」で連載（～5・11）。原稿料は1回3枚半で50円、1月に1,500円。倍額の菊池寛のようになりたいと思う。執筆中の交渉のため電話を引くよう朝日から求められ、500円の小切手を得る。返済不要。〔政二郎全集09〕

1月1日 葉山嘉樹が「改造」より原稿料130円を小切手で受け取る。借金130円を差し引いた額。〔葉山日記〕

1月15日 宇野浩二、『母いづこ』の増版1,000部分の検印証を渡す。『萌え出づるもの』の批評の原稿料を5円にしてほしいと連絡があり、承諾する。＊ゼロムスキ著、加藤朝鳥訳『萌え出づるもの』（昭6・11、東京堂）。〔文学者日記07〕

1月20日 宇野浩二、婦人画報社の鉄村より原稿料を「E社並三円」と言われる。「断るつもり」。〔文学者日記07〕

1月23日 宇野浩二、「なつかしき故郷」18回の原稿料の請求の電話をかけさせる。「幼年倶楽部」より原稿料70円の小切手が届く。〔文学者日記07〕

1月27日 宇野浩二、『母いづこ』の印税130円を受け取る。〔文学者日記07〕

1月29日 宇野浩二、「週刊朝日」より原稿料45円を受け取る。「少女倶楽部」より原稿料154円の小切手を受け取る。〔文学者日記07〕

2月11日 宇野浩二、「週刊朝日」より「ある驢馬の身の上話」2、3、4回の原稿料127円を受け取る。8円足りないと伝える。〔文学者日記07〕

2月22日　葉山嘉樹が『明治大正昭和文学全集』60巻（昭7・2、春陽堂）の印税から10円を借りる。その後、改造社で10円を借りる。〔葉山日記〕

2月24日　志賀直哉、「御承知の如く西鶴現代語、春秋社の芥川といふ人来て、印税千円以下といふ事なしとの話で尾崎にすゝめやらした所、本、売れず三百円位しか入らぬ由にてミニマムの三分の一以下といふ事は余りひどい」。〔志賀全集12〕

2月24日　宇野浩二、政界往来社の福田鉄男より原稿料1枚につき1円くらいだと連絡が届く。＊前日に原稿料の有無について問い合わせた返信。26日には是非1円で書いてほしいと依頼を受ける。〔文学者日記07〕

2月25日　宇野浩二、「少女倶楽部」より原稿料154円を小切手で受け取る。3月21日に147円を、同月30日に70円を同誌より受け取る。〔文学者日記07〕

3月25日　宇野浩二、講談社より『父の国と母の国』の印税130円を小切手で受け取る。〔文学者日記07〕

4月11日　宇野浩二、「富士」の細島より原稿料112円を小切手で受け取る。〔文学者日記07〕

4月12日　宇野浩二、「政界往来」より原稿料10円を書留で受け取る。〔文学者日記07〕

4月　里見弴、新設の明治大学文藝科の教授になる。月給80円、週1回2時間。科長は山本有三。〔里見弴伝〕

5月6日　葉山嘉樹が「東京朝日新聞」より原稿料40円を受け取る。〔葉山日記〕

5月8日　武者小路実篤、志賀直哉へ。「こないだ新潮に批評かいたら、その内から借金にかへす方を少しさしひかれた。新潮に八百円かりになつてゐるのにはおどろいた」。〔志賀全集別〕

5月29日　宇野浩二、書物展望社から原稿料1枚50銭との連絡を受け取り、書かないことに決める。＊26日に斎藤昌三の名前で「文学家の生活」10枚以内、6月1日までとの依頼状が届き、翌日原稿料の単価を問い合わせた。〔文学者日記07〕

6月11日　吉川英治「紅騎兵」を「読売新聞」に連載開始（～昭8・1・18）。原稿料月額500円。〔吉川英治〕

6月15日　新潮社の藤村作編『日本文学大辞典』（昭7・6～10・4、新潮社）

の原稿料は学者は400字1円で、作家、評論家、ジャーナリストは、その倍額の2円だった。
〔ひとつの文壇史〕

7月25日　秋田雨雀、「岩波書店から原稿料の通知が来たので受取りに行った。一枚二円の額で百二十五円だけ受取った。これで一呼吸つける」＊「プロレタリア前史時代の文学付演劇運動概観」（『日本資本主義発達史講座』第2部『資本主義発達史』第1編、昭7・8）。
〔雨雀日記02〕

7月29日　宇野浩二のもとに春陽堂の岸哲夫来訪。童話集3、4冊を出させてほしいとの依頼。定価1円20銭、印税8分、初版6,000部。承諾する。
〔文学者日記07〕

8月1日　宇野浩二、「少女倶楽部」の原稿料56円を全額銀行に預ける。
〔文学者日記07〕

8月25日　武者小路実篤、志賀直哉宛へ。「原稿料で生活するのはこの頃つくづくいやになつて来た。たのまれる原稿は二円が普通で、三円はいゝ方、それで十枚どまりの雑文なのでどうにもならない。（中略）こないだも少女倶楽部から原稿をたのんで来た、（中略）稿料は八円にしてくれ、八円はいゝが、二十七八枚のもので、少女倶楽部向きの調子を出すのは中々大へんだ」。
〔志賀全集別〕

8月30日　宇野浩二、「子よ、どこへ行く」の原稿料259円の小切手を受け取る。
〔文学者日記07〕

8月31日　葉山嘉樹が「日本国民」より100円を前借する。　〔葉山日記〕

昭和7年夏　中沢巠夫がはじめて書いた少年小説「盲目少年便衣隊」の原稿料は1枚1円。実業之日本社の「日本少年」に掲載され、枚数は23枚くらい。
〔むかしばなし〕

9月2日　宇野浩二、「セルパン」から原稿料15円を受け取る。
〔文学者日記07〕

9月7日　葉山嘉樹、無理やりに32枚まで書いて、前田河広一郎に電車賃を借りて、日本国民に原稿を届けた。川淵君に稿料の残り60円を貰つて、二幸で、洋食の折詰やパンなどを買つて小供等へ持つて帰る。
〔葉山日記〕

9月10日　宇野浩二、「少女倶楽部」より「野こえ山こえ」第4回の原稿料98円を小切手で受け取る。
〔文学者日記07〕

9月12日　永井荷風が『西遊日記抄新帰朝者日記』（昭7・9、春陽堂文庫

昭和7年（1932）

5,000部の印税48円を受け取る。〔荷風全集21〕

9月14日 坪内逍遙、宝塚より「阿難と鬼子母」改作上演料100円返送される。〔逍遙資料06〕

10月3日 宇野浩二、「読売新聞」より「菊池寛にいふ」の原稿料3円を受け取る。＊「菊池寛氏に望む」（昭和7・9・2）。〔文学者日記07〕

10月5日 永井荷風が『ふらんす物語』（昭7・10、春陽堂文庫）、『珊瑚集』（同前）、『おかめ笹』（同前）の改版の検印を求められるが、印税は支払わないと聞く。同月11日に出版届書には署名、捺印をしなかったと内務省へ報告書を出す。〔荷風全集21〕

10月11日 葉山嘉樹が東京朝日新聞社に行き、原稿を70円で「アサヒグラフ」に売る。〔葉山日記〕

10月14日 永井荷風が春陽堂より印税204円が記入された小切手を受け取る。〔荷風全集21〕

10月14日 宇野浩二、この日の日記に「なつかしき故郷 25×0.8 ¥120,／六、〇〇〇／海こえ山こえ 25×0.8 ¥120,／六、〇〇〇／天と地の出来事 25×0.6 ¥120,／六、〇〇〇／帰れる子 25×0.8 ¥120,／六、〇〇〇／水滸伝物語 10×0.8 ¥48,」との書き込み。＊同年7月29日に依頼を受けた童話集の印税の計算覚え書きか（7月29日の条に書かれた定価とは異なる）。とすれば、各6,000部で印税率8分か6分。＊＊『なつかしき故郷』（昭7・11、春陽堂、少年文庫10、25銭）、『海こえ山こえ』（昭7・10、同前、少年文庫11、25銭）、『天と地の出来事』（昭7・11、同前、少年文庫30、25銭）、『帰れる子』（昭7・10、同前、少年文庫31、25銭）、『水滸伝物語』（昭7・10、同前、少年文庫38、10銭）。〔文学者日記07〕

10月22日 宇野浩二、『春を告げる鳥』1,017部分の印税106円78銭を小切手で受け取る。〔文学者日記07〕

10月26日 斎藤茂吉、「改造社ニテ、歌論叢書ト云フモノヲ出ス。印税1割」。〔茂吉全集30〕

11月10日 宇野浩二、講談社より『父の国と母の国』1,000部増版分の印税130円を小切手で受け取る。〔文学者日記07〕

11月12日 宇野浩二のもとに春陽堂より『西遊記』後篇の検印証6,000部捺しに来る。＊『西遊記物語』後篇（昭7・11、春陽堂、少年文庫37、20銭）。〔文学者日記07〕

昭和 7 年（1932）

11月17日　宇野浩二、吉川より原稿料137円を小切手で受け取る。
〔文学者日記 07〕

11月27日　与謝野晶子の平野貞子宛書簡。「勝利者たれ」という本が2ヶ月前に出来上がっているにも拘わらず、発行者は見本1部を届けた後に金銭調達のため帰国し、印税300円を50円ずつ何軒かから持ち寄ることなどを伝えてきた。福光書店の印税も未払いのものが200円ある。
〔与謝野書簡 03〕

11月　新潮社『新作探偵小説全集』全10巻、1巻に600枚〜800枚。江戸川乱歩は第6回配本で、出版部数は8,000部。作者への謝金は1枚2円の割の原稿料で、560余枚だったので、1,100円程度。改装板は1,200部、印税は180円。
〔探偵40年上〕

12月5日　宇野浩二、『苦の世界』の印税（額は不明）を受け取り、そのうち10円を除き、残りは安田銀行に入れる。＊この日の日記の特殊記事欄に「yasuda110.76となる」とある。＊＊『苦の世界』（昭7・11、改造文庫、30銭）。
〔文学者日記 07〕

12月14日　永井荷風が『日和下駄　付江戸芸術論』（昭7・12、春陽堂文庫）の印税80円を小切手で受け取る。定価30銭。同書店は「近年甚不信用」だと感じ、すぐに銀行に行き換金する。
〔荷風全集 21〕

12月19日　荷風所有の無配当株券を処分し2万5,759円50銭を得る。
〔考証荷風〕

12月21日　宇野浩二のもとに『母いづこ』1,015部の検印証が届く。
〔文学者日記 07〕

12月22日　宇野浩二が「改造」より原稿料393円を受け取る。
〔文学者日記 07〕

12月26日　宇野浩二が改造社より95円を受け取る。　〔文学者日記 07〕

この年　「文藝春秋オール読物号」は経済的行き詰まりから紙面刷新の方針を打ち出す。同誌に「銭形平次捕物控」を連載中だった野村胡堂は向こう1年間原稿料はなしで構わないと編集部に申し入れて連載が継続された。
〔銭形平次誕生〕

この年　三宅正太郎は昭和7年に読売新聞文芸部に入社。2日に一度、3日に一度と文壇ゴシップを書かされて、1本金50銭也の稿料（？）をもらったのもこの頃である。
〔作家の裏窓〕

昭和7年頃　室生犀星は徳田秋声の「新潮」の感想・評論の稿料が5円であると聞き、6円だった稿料を5円に下げることに同意。〔作家の舞台裏〕

昭和7年頃　昭和7年頃出版界は不況であり、一流出版社の一流学術書が初版1,000部から1,200部、人気作家の文学書でもせいぜい1,800部から2,000部どまりであった。〔出版回顧録〕

昭和7年頃　青野季吉、平林初之輔、新居格、福原麟太郎、本多顕彰、勝本清一郎、大宅壮一氏らの評論家には1枚2円50銭乃至は3円で、新人作家の稿料は1枚3円だった。いわゆる「筆一本」で生活している評論家、作家には1枚50銭の幅をつけるように心を配った。〔作家の舞台裏〕

昭和7年頃　当時の「新潮」最高の稿料は徳田秋声の小説で7円、感想、評論は5円だった。一度谷崎潤一郎の小説（「続羅洞先生」）に10円を払ったが、それは空前のことだった。〔作家の舞台裏〕

昭和7年〜8年頃　内田百閒が「東京日日新聞」に原稿料の礼状で「拙文ノ稿料ハ御社ノサンデー毎日ニテモ三円朝日ハ東朝大朝トモ学芸欄ハ四円宛貰ツテ居リマスノデ特ニ只今ハ御承知ノ如キ有様ニテオ金ガイルノデスカラ朝日並ミニシテ頂ケマセンデセウカ」と書く。〔文壇落葉集〕

昭和7〜8年頃　昭和7、8年頃の原稿料は、新進の山岡荘八、山本周五郎、富田常雄クラスで400字1枚2円。富田が先鋒をつとめた値上げ運動で50銭上げて2円50銭となる。30枚で75円で一ヶ月楽に生活できた。その頃、直木三十五がベテランでも1枚5円以上はザイアクだと発言。作家たちは騒ぎ、出版社総員は立ち上がって拍手。ただし、直木の原稿には会話に「……」が多くて有名だったので、博文館の高森栄次は「これで一枚五円以上はいかがか」と書く。〔想い出の作家〕

昭和7年〜昭和12年　文藝春秋社員池島信平は菊池寛の『日本合戦譚』（昭7・8「文藝春秋オール読物号」〜昭9・12「オール読物」）などの代筆をした。編集長の許可を得て上野図書館に出かけ史料調査をし、材料を書き並べて翌朝10時に届けた。1回分20円だった。〔池島新平〕

昭和8年（1933）

1月23日　原泉（女優、中野重治の妻）が書いた"楽屋日記"の内容の原稿料が32円であった。時事通信社から受け取る。〔愛しき者へ上〕

昭和8年（1933）

3月18日　「都新聞」で尾崎士郎「人生劇場」（165回）の連載が始まる。作者35歳、執筆の大半は森ヶ崎の宿屋で書いたので、小説が終わった時うけとるべき原稿料は30円しか残っていなかった（『小説四十年』）。土方正巳は『風景』の巻頭随筆に同紙に「白い蛇赤い蛇」（昭7・11〜8・3）を連載した舟橋聖一が「一回分（400字詰原稿用紙3枚半）で13円50銭だった」とあるので、これと同額だったろうと推定する。　〔都新聞〕

4月4日　葉山嘉樹が「都新聞」より10枚半の原稿料22円80銭を受け取る。
〔葉山日記〕

4月28日　永井荷風が『荷風随筆』（昭8・4、中央公論社）3,000部の検印を求められる。定価1円80銭。　〔荷風全集21〕

4月　池島信平、文藝春秋社に入社。初任給は25円、半年ほどして40円となる。雑誌「話」の編集部に配属され、名士の談話を原稿にし、400字1枚30銭、月に15円ぐらいになった。300枚執筆する編集部員もいたという。　〔雑誌記者〕

5月30日　原泉は自分の原稿料から30円を獄中の夫中野重治に送った。5月16日付けの妻あて書簡（書簡番号106）に「原稿をかくことは至極いいことです。それを売ることも必ずしもわるいことではない」とアドバイスが書かれている。　〔愛しき者へ上〕

6月　広津和郎の『女給』（昭6・9、中央公論社）は菊池寛との間でモデル事件を起こした作品だが、この著作権が神田橋税務署の手で競売されることになり、それが新聞の社会面に大きく出た。所得税550円滞納の代償として押さえられたわけだが、印税を押さえるというならまだしも著作権というものが果たして押さえられるものかどうか、第一著作権をどういう風にして評価できるのかという議論が起こった。広津は「滞納は申し訳ないが、著作権は明らかに人格権であるから、私は法廷に立ってでも最後まで抗争する」と抗議した。　〔作家の裏窓〕

7月1日　坪内逍遙、中央公論社の雨宮庸蔵より中島孤島の原稿料500円を受け取る。＊翌日、孤島に500円を交付。　〔逍遙資料06〕

7月3日　葉山嘉樹が「駿台新報」より原稿料4円を受け取る。
〔葉山日記〕

7月14日　葉山嘉樹が「報知新聞」より原稿料35円を受け取る。
〔葉山日記〕

7月18日　武者小路実篤から志賀直哉へ。「毎日それに全力をつくしてくたびれてゐる、一ト月の間に三百五十枚以上かくわけだ。それで今月末二百円とるわけだ。本が売れゝばあとで金はとれるが、そのかはり久しぶりで仕事に力が入る。元気だが、金のことだけを考へると少し閉口だ」。〔志賀全集別〕

8月24日　中野重治の翻訳『レーニンのゴーリキイへの手紙』(岩波文庫)の印税は、100円か80円くらいと予測されていた。中野はこのころ獄中にいる。外で妻が貧乏で苦労しているので金を得るために、『レーニンのゴリキーへの手紙』の改訳を出そうと考えていた。〔愛しき者へ上〕

8月27日　葉山嘉樹が「空腹と胃酸」(「新潮」、昭8・8)の原稿料12円を受け取る。〔葉山日記〕

7月1日　坪内逍遙のもとに中央公論社より「女職工」数人が来て、第1回分10万部(20万冊)の検印を取らせる。＊翌日も来る。19万9,600冊。10月24日は「苦学生四人」がやはり検印に来る。＊＊『新修シェークスピヤ全集』全40巻(昭8・9〜10・5、中央公論社)の検印か。〔逍遙資料06〕

10月15日　武者小路実篤から直哉宛書簡。「幸ひ論語私感はわりに売れさうでもあるが、之も初版千五百で、再版が最近出るが、何部出るか、大したことはないやうにも思ふ。之が何万と売れゝばいゝが、一万売れゝば大したことで、まづよくつて五千どまりと見なければならない」。＊『論語私感』(昭8・10、岩波書店)。〔志賀全集別〕

10月23日　谷崎潤一郎の新潮社中根駒十郎宛書簡。改造社に全集の印税分2、3万円を借りており、全集に入っている旧作はすべて担保になっているので、改造社の承諾がないと、旧作を入れた新たな単行本は出版できない。新潮社から改造社に話してみてください。〔谷崎全集26〕

11月1日　大汀利読が講談社の原稿料について述べる。菊池寛に払った1枚100円という額が記録で、今度は他社の全集出版の宣伝に刺激されて、坪内逍遙に同額の原稿料を支払おうとしているとの噂があるという。1枚の原稿料は10円から10数円が藤村、白鳥、秋声、菊池、谷崎、春夫、弴、志賀、武羅夫、万太郎、宇野浩二、伸、佐々木邦、吉屋信子、8円から10円は横光、牧逸馬、大佛、加藤武雄、政二郎、広津、三上、味津三、宇野千代。〔文壇経済学〕

昭和8年

11月5日　坪内逍遙、吉沢司郎より11月興行「桐一葉」の報酬100円を受け取る。「例より100少なし、改編の故なるべし」。　〔逍遙資料06〕

11月8日　葉山嘉樹が「現代」より原稿料60円を小切手で受け取る。1枚につき3円。日本橋山口銀行で換金する。「敷居を盗まれる」(昭9・2)の原稿料。　〔葉山日記〕

11月21日　葉山嘉樹が改造社に日記を持参し、自分の死後の出版権を担保に100円を融通してほしいと頼む。翌9年2月8日に改造社より50円を借りる。　〔葉山日記〕

11月28日　坪内逍遙、嶋中雄作より初めての印税7,000円を受け取る。別に早稲田大学出版部への500円。『新修シェークスピヤ全集』全40巻(昭8・9～10・5、中央公論社)の印税か。同日、吉沢より京都南座の「鉢かづき」の報酬100円を受け取る。　〔逍遙資料06〕

12月14日　志賀直哉、「此雑誌は甚だ原稿料の安い雑誌で私のも1枚3円でしたから稿料予め安い事御承知置き下さい」。＊改造社「文芸」。　〔志賀全集12〕

12月16日　武者小路実篤から直哉宛書簡。「帰りに逢つたら話すが、神戸から広島にゆく汽車のなかで白樺を復活することを考へた、うんと高級な立派な挿絵を入れた一冊一円五十銭位ゐの雑誌にして、千五百売れゝばいゝやうな計算でやつて見たらと思つてゐる」。　〔志賀全集別〕

12月16日　網野菊から直哉へ。「「文芸」、雑誌は一昨夜、稿料は昨日いただきました。先日のおはがきで、多分、私のものは、一枚、よくて一円、もしかしますと五十銭位かと存じて居りました所、予期よりはずつと多うございまして、一枚一円六十銭になつて居りました」。　〔志賀全集別〕

12月24日頃　三上於菟吉が「東京日日新聞」の阿部真之助と岩崎栄宛書簡で、この月30日夕刻までに10回分の原稿を完成させるので、1ヶ月分の原稿料1,000円を前払いしてほしいと頼む。＊同紙の連載「街の暴風」(昭9・1・1～7・21)のことか。　〔文壇落葉集〕

この年末　直木三十五、「東京日日新聞」の原稿料329円届く。「国民新聞」より250円もらう。この年他に「時事新報」、「読売」、「朝日」にも連載。　〔直木全集21〕

この年　武者小路実篤が講談社で『親鸞』の書き下ろしをした時、一万部刷ったが原稿料は1枚50銭位しかつかない。　〔編集長の回想〕

この年　直木三十五日く病躯で上海に行くに、船賃片道83円、飛行機30円、逗留費合わせて500円はかかる。洋服がないので新調して80円、レイン外付属品で150円。『日本の戦慄』（昭7・6、中央公論社）という戦争小説を書き下ろして出版するのだが、原稿紙で500枚。仮に定価1円、5,000部、印税1割としたら、150円の損──それと、肋膜の悪化と──これでも僕は投機師か？。〔直木全集21〕

昭和8年頃　加太こうじ「黄金時代の挿絵画家」（『名作挿絵全集』5巻、昭55・1、平凡社）によれば、昭和8年頃、岩田専太郎の挿絵は1枚10円、1日に7、8枚の挿絵が売れた。14枚1組2円ぐらいで紙芝居を描いている画家にとって羨望の的だった。〔挿絵画家英朋〕

昭和8年頃　戦前は雑誌の返品率をだいたい4割から3割5分と考えて、原稿料、編集費、広告費、用紙、印刷代をひっくるめて原価計算していた。6割から6割5分売れれば収支トントン、それ以上売れると、それだけ利益があがるようになっていた。〔雑誌記者〕

昭和8年頃　山手樹一郎が「譚海」の編集長時代、これから出るという大衆作家に17枚で約35円を払った。古川真治は「「譚海」のオマンマ組」と称した。〔想い出の作家〕

昭和8年以降　松下英麿が中央公論社に勤務当時（昭和8年入社、同15年「中央公論」編集長）、「中央公論」の権威は高く、中堅や新進作家は原稿料は暗黙の諒解事項だった。島崎藤村、泉鏡花、幸田露伴の原稿掲載が決まっており、原稿料を払って掲載しない作品も多かった。〔編集鬼〕

昭和9年（1934）

2月10日　中野重治の小説「ドイツから来た男」の原稿料は30円から40円と予測されていた。「中央公論」に発表する予定であったのが、原稿を取り戻して予定の金がいらなくなるということがあった。ただし、「ドイツから来た男」は、全集解題によれば、「新潮」1931年7月号に発表されている。〔愛しき者へ上〕

3月1日　永井荷風のもとに生田葵山が来訪。生田は三省堂から教科書への荷風作品の掲載について相談を受け、原稿料300円の支払いを助言した。この日、300円を持参し、うち100円を周旋料として求めたが、荷風は断った。300円は翌日三省堂に返却。〔荷風全集21〕

3月28日　川端康成が短編集『水晶幻想』(昭9・4、改造社、定価1円)の印税のうち50円を受け取る。残り約250円は同年5月8日に届く。
〔康成全集28〕

3月29日　坪内逍遙、本月の『沙翁全集』の印税6万8,000円、先月よりも8,000円減と報告を受ける。
〔逍遙資料06〕

3月　小島政二郎「花咲く樹」(「東京朝日新聞」、昭9・3・23～8・20)の原稿料1回50円。
〔芥川龍之介〕

4月11日　坪内逍遙、大阪市放送局支部より前月30日、31日に放送された「沓手鳥孤城落月」の原作料60円を受け取る。
〔逍遙資料06〕

4月25日　坪内逍遙、大阪放送局より「沓手鳥孤城落月」の脚本料50円を受け取る。
〔逍遙資料06〕

4月29日　坪内逍遙、第6回の印税100円入手との連絡を受ける。＊『新修シェークスピヤ全集』か。
〔逍遙資料06〕

5月2日　出版法改正公布(皇室の尊厳冒涜、安寧秩序の妨害などの取締り強化、レコード検閲)。
〔近代総合年表〕

5月16日　永井荷風が三省堂の教科書への自作掲載に関する謝礼として100円を受け取る。
〔荷風全集21〕

昭和9年春　自宅療養中の横溝正史の許に、先輩友人を代表して訪れた水谷準が「向こう1年間筆をとらぬこと、家族を連れて転地すること、この2条件をのむなら1年間の生活を保証する、月々200円でどうだ」と告げた。7月上諏訪へ転地。昭和14年健康になり帰京。
〔探偵50年〕

6月6日　坪内逍遙のもとに書物展望社が530部の検印を取りに来る。＊『阿難と鬼子母：附・改作桐一葉』(昭9・6、書物展望社、発売：東京堂)。＊＊6月9日に斎藤昌三が納本分と他に20部、仮綴じ10部を持参。
〔逍遙資料06〕

6月12日　坪内逍遙、松竹役員牧原より「霊験」の上演料200円を受け取る。
〔逍遙資料06〕

6月16日　坪内逍遙、吾妻流春藤会の「お七吉三」「お夏狂乱」の上演料を合せて70円を受け取る。謝礼に30円を贈る。
〔逍遙資料06〕

7月17日　永井荷風、「ひかげの花」の原稿料1,310円を中央公論社より受領。
〔考証荷風〕

7月28日　葉山嘉樹が「東京日日新聞」より原稿料36円を小切手で受

け取る。〔葉山日記〕

8月20日　永井荷風が生田葵山から自分の10倍も原稿料を取っているのだから馳走せよといわれる。〔荷風全集21〕

8月28日　「大阪朝日新聞」の懸賞小説に横山美智子の「緑の地平線」(「大阪朝日新聞」、昭10・11・1〜6・26)が1等当選し、1万円の賞金。〔一萬円〕

9月8日　葉山嘉樹が1ヶ月に約30円あれば安全な生活を送ることができ、1枚の原稿料が50銭になっても月に60枚なら執筆可能だと日記に書く。しかし、実際は同月10日には「改造」からの原稿料が来ないことを気に病み、切手代がなくて原稿50枚を送れないでいた。〔葉山日記〕

9月24日　葉山嘉樹が「改造」より原稿料106円を受け取る。1枚につき4円。〔葉山日記〕

10月8日　寺田寅彦、岩波書店の小林勇より『万華鏡』の印税のうち268円50銭を受け取る。残額は200円とのこと。〔寅彦全集13〕

10月15日　永井荷風が『断腸花』(「東京朝日新聞」、昭9・10・16、17)の原稿料を受け取る。額は不明だが、「其巨額なるに一驚を喫す」と日記に記す。〔荷風全集21〕

10月16日　坪内逍遙、歌舞伎座より「お夏狂乱」の上演料200円を小切手で受け取る。〔逍遙資料06〕

昭和9年晩秋〜初冬　「倉島さん(竹二郎)は、徳田秋声に『仮装人物』を書かせた。原稿料は四百字一枚五円の割りで届けたら「こんなにもらってもいいのか」と、徳田さんに言われたそうである。武田麟太郎さんは、徳田さんよりも原稿料が高かったらしく、悪いわるいと照れながら、少し得意げであった」。〔ひとつの文壇史〕

10月　志賀直哉、「単行本の印税はこのごろ一様に一割とか一割五分にきまつて了つて、原稿料の高い著者と安い著者との間に何の隔りもみられなくなつたことは矛盾してゐないだらうか。どうもこれは理窟に合はないことであるから一寸言つてみた」。〔志賀全集08〕

11月9日　葉山嘉樹が里村欣三より「文学評論」に1枚につき50銭で執筆するよう勧められる。里村の配慮なら「五十銭でも三十銭でもいい」と日記に記す。〔葉山日記〕

11月27日　葉山嘉樹が「文藝」より原稿料24円75銭を受け取る。

昭和9年（1934） 301

〔葉山日記〕

12月6日　川端康成夫人が中外商業からの依頼について旅先の川端に伝える。1回3枚半、4回程度、原稿料は2円50銭。＊「中外商業新報」には翌年末から川端の「文芸時評」が掲載されている（昭10・12・27〜29、昭11・1・1）。

〔康成全集補巻〕

12月12日　川端康成夫人が「文藝春秋」から30枚分の原稿料として150円を受け取ったと旅先の川端に伝える。＊「夕景色の鏡」（「文藝春秋」、昭10・1）の原稿料か。

〔康成全集補巻〕

12月22日　坪内逍遙、コロムビアより「新曲浦島」の「蓄音印税」70円を受け取る。

〔逍遙資料06〕

12月31日　葉山嘉樹が「東京朝日新聞」より原稿料44円を受け取る。

〔葉山日記〕

この年　菊池寛の原稿料は、400字1枚の単価ではなく、1編いくらとなっていた。「待っている私たちに、きょうは、三枚というように菊池さんは、できあがった原稿を渡してくれた。平均に同じ枚数だから、だれも不平がなかった。原稿用紙の縁は、かならず、めくれていて、大きな字だから、一行に十七字から十九字見当しかはいっていなかった。菊池さんは、原稿料が四百字一枚計算ではなく、一編が、いくらということになっていた」。

〔ひとつの文壇史〕

この年　村上元三、「サンデー毎日」増刊大衆文芸号に50枚の短編小説「利根の川霧」を投稿し、選外佳作となって、賞金50円を得、それが映画化されて、原作料100円の収入があった。

〔同時代作家〕

この年　創刊号「話」は好評だったが、次第に返本が増えた。菊池寛は一時編集長となり新企画を次々に提案した。部員には採用企画に10円の賞金を出した。給料40円の社員にとって魅力的な金額だった。

〔池島新平〕

昭和9年頃　「青年太陽」や「衆文」を発行していた頃の吉川英治の原稿料は1枚10円以上で1雑誌40枚として400円、講談社だけで7誌あるので2,800円、その他を入れて3,000円から5,000円位の収入があったろう、と講談社の星野哲次（戦前、英治担当の編集者、のち常務取締役）は推定する。

〔吉川英治〕

昭和9年頃　中沢壟夫が懸賞小説に当選後、「文藝春秋」に書いた小説「浪

人旅」の原稿料は、1枚1円。講談社では、同じころに1枚1円50銭だった。
〔むかしばなし〕

昭和9年頃 講談社の萱原宏一の回想では、超大家の原稿料が1枚10円、吉川英治で7円のところ、菊池寛は1篇1,000円だった。1篇30枚以上の約束だったが、たいてい約20枚で、字が大きいため正味18枚程度だった。菊池は随筆も1篇750円だった。
〔編集鬼〕

昭和9年頃 雑誌「日の出」は創刊2年の間に、120万円の赤字をこしらえていた。付録合戦のためで、付録製作費に1ヶ月5万円かかった。「キング」に対抗するためであった。
〔ひとつの文壇史〕

昭和9年頃 婦人画報社の速記料は1時間5円、2時間の座談会で10円だった。2人の生活費が月40円、部屋代10円として月50円必要だった。少なくとも月10時間の速記には5社のお得意先が必要で、その開拓に約1年の歳月がかかった。
〔活字〕

昭和9年頃 「少年少女譚海」に、中沢巠夫の小説2篇が掲載されたときの原稿料、1枚1円50銭。枚数は15枚ぐらいだったので、1篇で22円50銭。
〔むかしばなし〕

昭和10年（1935）

1月5日 葉山嘉樹が「旅行満州」から原稿料15円を受け取る。「思ひがけない収入である」。
〔葉山日記〕

1月12日 葉山嘉樹、「信濃毎日新聞」の原稿料5円。
〔葉山日記〕

1月19日 葉山嘉樹が「都新聞」より原稿料32円50銭を受け取る。
〔葉山日記〕

1月 「日の出」昭和10年新年号から吉川英治「新編忠臣蔵」が連載。2年にわたった連載が、一度も締め切りに間に合わなかった。その頃、1回400字40枚であった。ところが吉川英治の場合、いつも枚数が多くなり、遣り繰りに苦労した。
〔ひとつの文壇史〕

2月2日 小泉策太郎は幸徳秋水を回想した「堺君と幸徳秋水を語る」を堺枯川に預けたが、無断で「中央公論」（昭6・10）に発表した堺から原稿料を横領したとの手紙が届く。棄権した原稿だから堺が原稿料を受け取ることは犯罪ではないと小泉は笑ったという。
〔予の知れる〕

3月 小島政二郎は当初、「主婦之友」への執筆を渋ったが、原稿料の額

の高さに惹かれて「人妻椿」(昭10・3〜12・4)を書く。小島はその額について「朝日」の原稿料よりも上で、菊池寛の「婦女界」の原稿料に匹敵し、当時の最高額だろうと推測する。　〔政二郎全集09〕

3月　尾崎士郎、画家中川一政の尽力により『人生劇場』を竹村書房より出版。初版1,000部。売れ行きが悪く、500部が売れただけであった。
〔小説46年〕

4月14日　永井荷風が自費出版の『冬の蠅』(昭10・4)1,000部に関し、1部2円、印刷製本実費1部81銭、発売所丸善の利益60銭、著者収益1円40銭、広告代約100円。収益490円と見積。実際の売上は5月383円4銭、6月364円、8月358円40銭。　〔荷風全集21〕

4月23日　葉山嘉樹が「水路」(「改造」、昭10・5)の原稿料168円を受け取る。
〔葉山日記〕

初夏　小山書店の小山久二郎、増田篤雄訳・クレミウ著『不安と再建』に関して、ベルヌ条約違反とドイツ人弁護士プラーゲから通知を受ける。交渉の結果、1割を支払うだけの条件でまとまった。　〔ひとつの時代〕

5月21日　葉山嘉樹が「Home line」より3枚分の原稿料5円を受取る。
〔葉山日記〕

5月　「白樺」座談会。志賀「大津順吉」を「中央公論」明治45年9月に掲載し、1C5枚で100円貰う。「清兵衛と瓢箪」を「読売新聞」(大2・1・1)に送ると、3円を送ってくるが、少な過ぎる感じがした。
〔志賀全集14〕

5月　「文學界」が小林秀雄責任編集時代の、昭和10年5月号の編集後記に、「毎月文學界の集りにその号の執筆者を招待する。招待をするといふと聞えがいいが、御礼の出ないところを天ぷらか何かで胡麻化してゐるのである。(略)〈新橋の橋善の〉天ぷら定食は、天ぷら(かき揚げその他)、刺身、吸物、香の物、御飯、それにお銚子二本付いて一円五十銭か二円くらい」。　〔文士という〕

6月25日　葉山嘉樹が「行動」より原稿料45円を受け取る。小切手での支払いだったので困る。　〔葉山日記〕

6月26日　葉山嘉樹が「早稲田大学新聞」より5枚分の原稿料5円を受取る。　〔葉山日記〕

7月26日　長谷川伸が「東京日日新聞」より原稿料27円を受け取る。

＊夕刊に連載中だった「蹴手操り音頭」(昭10・2・12〜8・11)の原稿料か。〔文壇落葉集〕

8月23日　この日より吉川英治の「宮本武蔵」が東京・大阪「朝日新聞」に連載された(〜昭14・7・11)。原稿料は月1,500円だった。〔吉川英治〕

8月23日　吉川英治の「宮本武蔵」は朝日新聞社内でも人気を博し、校閲部が翌日分のゲラの見料を50銭とったという伝説が生まれる。〔吉川英治氏〕

8月26日　永井荷風が自費出版の『冬の蝿』(昭10・4)の純利益金358円40銭を京屋印刷より受け取る。初版の出版費用1,000部の万端金823円94銭、売上金1,105円44銭、差引利益281円50銭。〔荷風全集21〕

10月4日　葉山嘉樹が随筆「土竜を捕る」11枚(「時事新報」、昭10・9・27〜29)の原稿料22円を受け取る。〔葉山日記〕

10月6日　井上修吉(ひさしの父)は小松滋の筆名で、「サンデー毎日」の「大衆文芸」募集に応募した「H丸伝奇」が入選、賞金500円。この時、井上靖の「紅荘の悪魔たち」も同時入選する。〔井上ひさし伝〕

10月9日　川端康成夫人が「読売新聞」から14枚分の原稿料43円50銭を受取ったと旅先の川端に伝える。また短編の出版依頼も報告。条件は定価1円50銭から2円まで、1,000部、印税1割。＊「読売新聞」の原稿料は「成瀬巳喜男監督との一問一答」(昭10・6、8、9)のことか。〔康成全集補巻〕

10月4日　葉山嘉樹がナウカ社より印税50円を受け取る。〔葉山日記〕

10月11日　菊池寛が芥川文子宛書簡で、「地獄変」の上演を承諾した、原作料250円は翌月5日頃に届けられると伝える。〔館報49・3〕

11月1日　永井荷風が『すみだ川』(昭10・11、小山書店)1,000部の検印を求められる。定価2円50銭。〔荷風全集21〕

11月1日頃　石川達三に「東京日日新聞」より「ディレッタント放言」の原稿料24円が届くが、原稿の完成度に不満のある石川は返金するので原稿を返却してほしいと申出る。同紙に石川の「独断的な放言」全3回(昭10・11・17、19、20)が発表された。〔文壇落葉集〕

11月8日　葉山嘉樹が「赴任命令」19枚(「新潮」、昭11・1)の原稿料47円50銭を受け取る。10月25日に脱稿し発送。〔葉山日記〕

12月14日　鈴木三重吉の小宮豊隆宛書簡。『綴方読本』は10日間で8,000

部出払ったとのこと、本日千部捺印、素晴らしい景気だが印税は1割、500円しかくれない。＊12月12日付田波啓宛書簡によれば、定価1円60銭。＊＊12月21日付松岡譲宛書簡によれば、3万部ぐらい売るつもり、印税は今回600円くれたのみ。＊＊＊昭和11年2月6日付石井善次郎宛書簡によれば、10日間に1万部売れたので近来の評判だが、1万売れても1,600円しか入らない、と記す。〔三重吉全集06〕

12月22日 小松清が「東京日日新聞」に「文壇の○○○」の原稿料10円を受取った礼状を書く。＊同紙に「「文壇の垣」反対」(昭和10・12・8)を発表。〔文壇落葉集〕

12月29日 葉山嘉樹が「結婚式」(「改造」、昭11・2)の原稿料50円を電報為替で受け取る。〔葉山日記〕

昭和10年度 昭和10年度の所得税の表を見ると、第1位菊池寛4,832円、第2位三上於菟吉2,215円、第3位吉川英治2,190円、以下西条八十1,991円、加藤武雄1,604円、大佛次郎1,566円、佐々木邦1,113円、吉屋信子1,016円、無論この前年死んだ直木が生きていたら2、3位に入っていただろう。これに対し純文学は藤村が196円、潤一郎136、秋声59、横光50、まるでケタちがいだ。この年急死した『丹下左膳』の牧逸馬も多量生産の流行作家だったが、1,713円で三上、吉川に続いている。〔作家の裏窓〕

この年 坪田譲治の原稿料収入。前年は792円40銭だったのが、1,683円70銭になる。合計枚数920枚、1枚につき約1円83銭。印税収入は529円。『お化けの世界』(昭10・4、竹村書房、1円70銭)9,000部の印税が50円。『晩春懐郷』(昭10・10、竹村書房、1円80銭)9,000部の印税が80円。印税率は単純計算で前者が3.27％、後者が4.94％。〔カネと文学〕

昭和10年前後 江戸川乱歩の講談社の原稿料は最初1枚8円、まもなく自分の方で1枚10円に値上げし、日支事変になってからはインフレーションのために稿料も数倍になった。昭和12、3年頃までは、人気作家の稿料は1枚10円程度だった。〔探偵30年〕

昭和10年頃 中沢巠夫が「大衆倶楽部」掲載の小説で得た原稿料は、1枚50銭。ただし、60枚から70枚の中篇を書いたので、1篇あたりの稿料は多かった。〔むかしばなし〕

昭和10年頃 中沢巠夫、小説「浪人旅」が映画化されて、原作料300円を受け取った。雑誌に書いた小説が映画化されると、原作料は1篇でだ

いたい 300 円だった。 〔むかしばなし〕

昭和 10 年頃 獅子文六と木々高太郎は協定を結んでいて、400 字 1 枚 5 円以上でないと執筆しないと言っていた。 〔ひとつの文壇史〕

昭和 10 年頃 田中貢太郎が「東京日日新聞」の高原四郎、岩崎栄宛書簡で、小説の原稿料はこれまで 1 枚 5 円だったが、「安くて気の毒と思へば多くてもよろしく候」と書く。 〔文壇落葉集〕

昭和 10 年頃 広津和郎は、高利貸しの 1 日分の利子 10 円を、原稿用紙 2 ～ 3 枚分の原稿料で払っていた。＊「昭和」とあるのを昭和 10 年頃にしておく。 〔昭和動乱期〕

昭和 11 年（1936）

1 月 谷崎潤一郎の原稿 10 枚を初めて読売新聞社の三宅正太郎が入手、原稿料と引き換えだった。100 円持参したが、編集局長は「高い原稿料だなア」といった。1 枚 3、4 円が相場だった頃の話だから、そういうのも無理はない。 〔作家の裏窓〕

2 月 4 日 葉山嘉樹が「駿台新報」より 5 円を受け取る。またこの日『労働者の居ない船』（昭 4・2 初版、改造文庫）の検印 1,000 部分が届く。 〔葉山日記〕

2 月 24 日 永井荷風の三菱銀行本店の定期預金額は 2 万 5,000 円。 〔荷風全集 22〕

3 月 27 日 中野重治「独立作家クラブについて」（およそ 9,000 字の分量）の原稿料が 67 円であった。「改造」4 月号に発表。 〔愛しき者へ下〕

3 月 山岡荘八「男の恋」（「日の出」、昭 11・3）の原稿料、400 字 1 枚 2 円。 〔ひとつの文壇史〕

3 月 志賀直哉、武者小路実篤宛書簡集『志賀直哉の手紙』（昭 11・3、山本書店）印税を「新しき村」に寄附。 〔志賀全集 14〕

4 月 30 日 北原白秋作詞の校歌、応援歌は献じるので無料。山田耕筰の作曲料は白秋との長年の友誼として校歌の作曲は寄贈、応援歌の分は 3 分の 1 の 100 円でよろしいことのこと。「本来から云へば山田氏は現代第一の音楽家であり、作曲料も一篇参百円となつてをり、つまり五百円の寄付となってをるわけです」。 〔白秋全集〕

5 月 2 日 武者小路実篤、「東京日日新聞」の阿部真之助宛書簡で、ヨーロッ

パ通信の1ヶ月分の原稿料150円を受取ったが、それに見合う仕事が出来ないと心苦しいので1枚5円で気が向いた時や良い材料の見つかった時に送りたいと書き送る。消印は6月3日門司。〔文壇落葉集〕

5月7日　永井荷風が『机邊の記』(昭11・4、青燈社)の印税50円、『冬の蠅』(昭10・4、自費出版)の印税4円を受け取る。〔荷風全集22〕

5月30日　葉山嘉樹が「新青年」より10枚分の原稿料20円を受け取る。〔葉山日記〕

6月17日　葉山嘉樹が『海に生くる人々』(昭4・2初版、改造文庫)500部の印税5円を受け取る。〔葉山日記〕

6月20日　太宰治の佐藤春夫宛書簡。小説「狂言の神」42枚の掲載を文藝春秋社に渋られ(5月18日付け井伏鱒二宛書簡)、経済的に窮した太宰が佐藤に対して「狂言の神」の原稿料として30円の貸与を願う。〔太宰全集〕

6月25日　葉山嘉樹が「中央公論」より原稿料204円を受け取る。＊小説「濁流」(昭11・7)の原稿料か。〔葉山日記〕

6月29日　葉山嘉樹が「早稲田文学」より10枚分の原稿料3円を受け取る。「「文評」より悪し」。〔葉山日記〕

7月31日　太宰治の新潮社楢崎勤宛書簡。小説30枚までとしながら42枚(「狂言の神」)なので、都合が悪くなったと思いますが、原稿料は60円で結構です。〔太宰全集〕

8月3日　古沢元から高見順にあてた手紙によれば、松本俊介(のちに峻介。画家)が発行していた雑誌「雑記帳」に高見のエッセイを依頼、その原稿料は、枚数5枚以内で、1枚2円だった。〔文学者手紙06〕

8月16日　伊藤整が川端康成に第一書房から刊行の書籍に関する書簡を送る。4,000部刊行で、川端には200円をすぐに払い、伊藤には刊行時に100円、予定部数を売った段階でもう100円という契約。＊川端『小説の研究』(昭11・8、定価1円)のことか。〔康成全集補巻〕

9月2日　川端康成夫人が新潮社より「写真と日記印税三十九円報国寺前参円そのうち参拾銭引かれ四十一円七拾銭振替」で受け取ったと旅先の川端に伝える。＊「日記」(「新潮」、昭11・9)、「報国寺前にて」(同誌、昭11・9)。〔康成全集補巻〕

9月12日　川端康成夫人が明治製菓より原稿料35円を受取ったと旅先

の川端に伝える。＊「神津牧場行」(「スキート」、昭11・10)の原稿料か。
〔康成全集補巻〕

9月 太宰治の井伏鱒二宛書簡。佐藤春夫の序文を付けた『虚構の彷徨』を出版したいのでお世話を願う。砂子屋書房からは出してもらえるが、印税はなく、広告費負担でした。印税を50円でも60円でも欲しいので、竹村書房でも何でも構いません。
〔太宰全集〕

10月4日 小島政二郎「人妻椿」が松竹で映画化される。原作料は3,000円。興行収入40万円の大成功で、映画会社がお礼をしたいと申し出たので、家がほしいと冗談を言う。「主婦之友」からは小杉放庵の掛け軸を贈られる。
〔政二郎全集09〕

10月29日 川端康成夫人が雑誌「333」の原稿料210円を受け取ったこと、「少くない」額だと思ったこと、そのうち70円を送ると旅先の川端に伝える。＊「夕映え少女」(「333」、昭11・12)。
〔康成全集補巻〕

昭和11年秋 新潮社社長より片岡鉄兵の原稿料1枚7円と言われた和田芳恵は、「婦人倶楽部」が1枚7円、片岡が8円で決裂していたので、1枚8円でまとめたが、社長は不機嫌だった。「日の出」に翌年新年号から連載された『風の女王』が映画化されると、社長は1,000円の丸善の商品切手を贈った。
〔ひとつの文壇史〕

12月15日 永井荷風が中央公論社より490円を受け取る。〔荷風全集22〕

この年 坪田譲治の原稿料収入。小説は14編、312枚、1,159円、1枚あたり約3円71銭。童話は42篇、318枚、733円、1枚あたり約2円31銭、随筆感想は67篇、436枚、1枚あたり約1円29銭。印税収入は童話集1冊、創作集3冊、随筆集1冊で計634円。
〔カネと文学〕

昭和12年（1937）

1月16日 中野重治「大学内の研究」（約2,000字の分量）の原稿料が1円であった。「三田新聞」昭17年1月1日号に発表。
〔愛しき者へ下〕

1月20日 中野重治『大事件とその後始末』（約2,000字の分量）の原稿料は、原稿用紙1枚あたり50銭であった。およそ5枚の分量なので、全部で2円50銭の原稿料。「文芸通信」2月号に発表。
〔愛しき者へ下〕

3月17日 永井荷風が『つゆのあとさき』（昭6・11、中央公論社）300部の検印を求められる。
〔荷風全集22〕

3月20日　石塚友二編、横光利一著『文学読本』(昭12・3、10、第一書房)の印税率は8分。従来同シリーズの印税率は菊池寛、山本有三らは1割だったが、紙価の値上がりなどに伴い横光から8分になった。
〔康成全集補巻〕

4月15日　吉屋信子「良人の貞操」(「東京日日」「大阪毎日」、昭11・10・6～12・4・15)の原稿料の推定は1回30～40円、35円として6,580円。定価1円50銭の単行本が出版されるとすれば、印税1,500円という計算になる。
〔夫の貞操〕

4月15日　吉屋信子「良人の貞操」の映画化原作料。新興のPCLなので1,500～2,000円と推定。芝居の上演権は松竹が独占し、原作料は商売上手の松竹だから大体千両箱3箱と消息通は洩らしていた。レコード作詞の印税は1枚2銭として2万枚出て400円。
〔夫の貞操〕

4月24日　永井荷風が『冬の蠅』(昭10・4、自費出版)の代金14円を発売所の丸善から受け取る。
〔荷風全集22〕

4月　新美南吉、河和第一尋常小学校の臨時教員となるが、7月に退職。鳥根山の杉治商会畜禽研究所に住み込みで勤務。月給20円、手取り16円だった。
〔新美南吉〕

4～6月　永井荷風「濹東綺譚」(「東京朝日」「大阪朝日」、昭12・4・16～6・15)。1月末原稿届く、8、90枚の原稿が「だらだらと書き続けられて」いる。1回3枚半が原則、当時新聞の原稿料は1日1回分いくらで払っていた。荷風には当時最高の70円を払うことになっていた。80枚足らずの原稿を3枚半で計算すると22回分しかない。部長と相談して切れ目を勘案しながら書き写した。原稿料は矢の催促、労に報いるために改行を増やし、ひどいときは2枚8分で1回分を作った。その結果、27回分、1,890円の小切手を届ける。
〔朝日新聞〕

7月4日　吉屋信子『良人の貞操』は莫大な収入を齎した。四谷税務署は前年度4割の控除を認めたのに、その年は2割5分しか認めなかった。信子、「いくら評判が良いからって評判だけで査定されたら堪まりません、女に選挙権も与えないくせに……」と記事になった。
〔吉屋信子〕

7月21日　網野菊、志賀直哉宛書簡。「先日、「作品」から、原稿のこと、云つてよこ〔されま抹消〕した。「作品」は、無稿料の由でございますが、併し、まじめな雑誌らしくございますし、この際、なるべく書く練習つ

けたいと存じ、出していた ゞくことにいたしました」。　　　　　　　〔志賀全集別〕

7月22日　葉山嘉樹が「報知新聞」より原稿料26円を受け取る。
〔葉山日記〕

8月2日　永井荷風が『濹東綺譚』（昭12・8、岩波書店）3,000部の検印を求められる。定価2円。　　　　　　　　　　　　　〔荷風全集22〕

8月11日　中野重治と原泉の夫妻の＜定収入＞は、原の新協劇団からの月給45円であった。蔵書を売って生活費に当てることもあった。＊8月11日の手紙によると、「『漱石全集』『プーシキン全集』『鉄道用語辞典』『図説日本美術史』以上で少し金が出来るだろうと思う」とある。
〔愛しき者へ下〕

8月24日　川端康成が軽井沢に別荘を2,300円で購入するため、創元社に500円借金を申し込む。「どつさりこれから仕事をする」と夫人に書き送る。　　　　　　　　　　　　　　　　　　　〔康成全集補巻〕

8月30日　中野重治が3円の原稿料を受け取る。このころ中野は福井県一本田に滞在中。　　　　　　　　　　　　　　　〔愛しき者へ下〕

8月30日　斎藤茂吉、岩波書店よりの原稿料53円、強羅局より受け取る。
〔茂吉全集30〕

9月15日　中野重治「報告文学とリアリズム」（約7,000字の分量）の原稿料が25円であった。「都新聞」9月24〜27日号に4回連載。
〔愛しき者へ下〕

9月20日　竹柴其水の妻おそめは亡夫の著作権を350円で河竹繁俊に譲渡し、毎月20円ずつ生活費として繁俊から送金する約束だった。その満期を待たずおそめさんは亡くなった。　　　　　　〔作者の家〕

9月　尾崎一雄「暢気眼鏡」第5回芥川賞受賞（時計と賞金500円）。その尾崎から「単行本なのに選考豫選に推してくれた君に感謝したい。君と飲むべきだと思っているが日に日に賞金が減ってしまって、今は5円しか無くなった。一日も早く」という手紙が来た。　　〔文士の風貌〕

10月1日　葉山嘉樹が「早稲田大学新聞」より3円、「明日」より2円の原稿料を受け取る。　　　　　　　　　　　　　　〔葉山日記〕

10月4日　川端康成夫人が「文芸」から原稿料45円を受取ったと旅先の川端に伝える。同じ手紙に、印税について印税率8分で110円のうち既に70円が受取済で残額約40円とも書かれている。＊原稿料は、「信

濃の話」(昭12・10、同誌)のことか。 〔康成全集補巻〕

11月5日　永井荷風が『腕くらべ』(昭12・10、岩波文庫)1,000部、『濹東綺譚』(昭12・8、岩波書店)500部の検印を求められる。 〔荷風全集22〕

11月12日　永井荷風が岩波書店より500円を受け取る。 〔荷風全集22〕

12月19日　葉山嘉樹が改造社より『労働者の居ない船』(昭4・2初版、改造文庫)の印税5円を受け取る。11月5日に検印紙1,000枚が届いた後、12月16日に印税の領収書が先に届いていた。 〔葉山日記〕

12月21日　永井荷風が『腕くらべ』(昭12・10初版、岩波文庫)第2版1,500部の検印を求められる。 〔荷風全集22〕

12月31日　葉山嘉樹が「改造」より38円を受け取る。 〔葉山日記〕

この年　村上元三、売れっ子になっている梅沢一座の文芸部長原巌の代作を講談社の雑誌に載せ、3円の原稿料の内1円を渡される。 〔同時代作家〕

この年　小山書店、間宮茂輔の勧めにより、武田麟太郎と川端康成選の『日本小説代表作全集』を出版し始め、年2冊発行で、初版5,000部。たちまち売り切れ、2万部、3万部となり、それは以後全巻を通じて維持した。

〔ひとつの時代〕

昭和12年頃　井上友一郎の都新聞記者時代の給料は70～80円。

〔文壇外史〕

昭和12～13年頃　原稿料のランク。徳冨蘇峰の原稿用紙1枚15円が最高で、志賀直哉12～13円、菊池寛・里見弴・久保田万太郎が10円。

〔昭和動乱期〕

昭和7年～昭和12年　文藝春秋社員池島信平は菊池寛の「日本合戦譚」(昭7・8「文藝春秋オール読物号」～昭9・12「オール読物」)、などの代筆をした。編集長の許可をもらって上野図書館に出かけ史料調査をし、材料を書き並べて翌朝10時に届けた。1回分20円だった。 〔池島新平〕

昭和13年 (1938)

2月1日　志賀直哉の志賀康子宛書簡。「今日三笠書房から印税九十六円二十五銭送ってよこした。一体何部印を捺したのだらう。七百枚以下ならこれでいいわけだが、それ以上だったら少ない。忘れたらどうでもいい。覚えてゐたら知らして貰ひたい」。 〔志賀全集12〕

2月2日　志賀直哉の志賀康子・土川留女子宛書簡。「今日放送局から『小

312　昭和13年（1938）

　　　　　僧の神様』の金五十円送って来た。三笠書房から本を出すより割りがいいと思つた」。〔志賀全集12〕

3月7日　三笠書房の竹内正宛志賀直哉書簡、「長篇小説の後半印税九十六円二十五銭拝受しました」。〔志賀全集12〕

3月17日　永井荷風が「女中のはなし」（「中央公論」、昭13・4）の原稿料408円を受け取る。〔荷風全集22〕

3月25日　葉山嘉樹が『山谿に生くる人々』（昭13・3、竹村書房）の印税90円を受け取る。定価1円30銭。1,085部。〔葉山日記〕

3月　原稿料文芸物（一流雑誌）3円〜4円（400字詰原稿用紙1枚）、学術物1円〜2円。印税普通定価の1割とされて居るが、出版者と著者の契約に依るものであり、医書物、数学物のやうに特殊なものは1割5分。〔出版事業〕

4月8日　永井荷風が第一書房より200円を受け取る。〔荷風全集22〕

4月　詩人北村千秋主宰の月刊同人誌「茉莉花」創刊。この同人誌にダダイスト辻潤が寄稿し枚数に関係なく1篇5円の稿料を払った。それは同人の今井俊三・貞吉兄弟が負担していたようだった。弟の貞吉は同誌に発表した小説が横光利一に認められていた。やがて高橋新吉の詩も寄稿され、やはり1篇5円だった。同人費は5円だった。〔新生社私史〕

5月6日　中野重治が執筆禁止のときに、東京市社会局社会事業調査課千駄ヶ谷分室に勤務し、翻訳の仕事に従事したときの日給は、1円50銭から60銭であった。〔愛しき者へ下〕

5月20日　伊藤整が川端康成に『小説の研究』（昭11・8、第一書房）の増刷に関する書簡を送る。この年4月初め、5月初めに1,000部ずつ増刷。当初の約束では約5,000部までは印税率は1割だったが、8分に変更になり、80円ずつ計160円受取った。〔康成全集補巻〕

5月　荷風、「葛飾情話」の浅草オペラ館上演台本（歌劇化）、報酬なしで協力、荷風から祝儀がオペラ館の全員に配られる。17日幕開き。〔考証荷風〕

6月15日　秋田雨雀、「小石川郵便局へ東宝の原稿料をとりに行った。僅かに三円の稿料を小石川までゆくのは厄介だ」。＊『綴方教室』映画化に関する座談会の謝礼。〔雨雀日記03〕

6月　改造社の木佐木勝、「山本社長が奈良で志賀先生に会ったときの契約では、印税は一割五分だった。著者の手許に届いたのは一割。先生は

昭和13年（1938） 313

最初にそれを指摘しないで、あとでそのことを言われた。それは会計責任者の錯覚だったので、謝罪して諒承をして頂いた」。〔志賀全集11〕

6月　周作人著、松枝茂夫訳『周作人随筆集』（昭13・6、改造社）の印税率は、松枝が1割、周作人が2分。定価2円30銭。〔改造社印税率〕

8月18日　高見順が強羅に滞在していたとき、改造社の水野保に前借り500円の依頼の手紙を出した。〔文学者手紙06〕

8月26日　葉山嘉樹が「新潮」より「子狐」（昭13・9）34枚分の原稿料70円を受け取る。〔葉山日記〕

8月29日　中野重治が、東京市社会局社会事業調査課千駄ヶ谷分室に勤務したときの8月の月給は20円であった。＊5月6日の条参照。〔愛しき者へ下〕

8月　高濱虚子選『ホトトギス雑詠選集』（昭13・8〜18・6、改造社）の印税率は1割5分。春の部、夏の部、秋の部、冬の部。定価5円。〔改造社印税率〕

9月　火野葦平『麦と兵隊』（昭13・9、改造社、定価1円）の印税率は8分。定価1円。発行部数は120万部に達したといわれる。単純計算で9万6,000円の印税を得たことになる。〔改造社印税率〕

10月15日　葉山嘉樹が春陽堂と『生活文学選集7　流旅の人々』（昭14・6）の出版契約交渉を行う。条件は出版部数4,000部以上、定価1円50銭、印税率1割で約600円、書き下ろしなら5,000部保証、4ヶ月間、11、12、1、2月に各50円を前金で渡すこと。〔葉山日記〕

10月23日　葉山嘉樹のもとに河出書房より11月、12月に100円ずつ送金することを承諾する連絡が届く。書き下ろし小説400枚以上、10月末まで、4,000部保証、原稿料600円で契約した。〔葉山日記〕

12月15日　葉山嘉樹が『日本小説代表作全集1　昭和13年前半期』（昭13・10、小山書店）の印税45円を受け取る。「暗い朝」が収録された。〔葉山日記〕

12月22日　葉山嘉樹が「新潮」より原稿料40円を受け取る。小説「電害」（昭14・1）20枚の原稿料。〔葉山日記〕

この年　村上元三、博文館刊行の雑誌「譚海」に17枚原稿を持ち込み、山手樹一郎編集長によって修正の上採用となり、1枚1円50銭といわれた。採用後、34円を原稿料としてもらうが、計算が合わないことを

編集長に言うと、今後は1枚2円ということになった。　〔同時代作家〕

昭和13年頃　講談社の萱原、千駄ケ谷の獅子文六に原稿依頼に行く。「忙しくて書けません」と断られる。10回目に「原稿料は？」「四円です」「六円出すなら書く」。社で相談の上、5円案を持っていく。いわく「あなたの話はいい響きをもたらしません」。やり取りの末、「承知した」と答える。意気揚々と帰社すると速達が来ていて、断られた。　〔大衆文壇史〕

昭和13年頃　鈴木三重吉、『女と赤い鳥』を30円で譲渡。＊『女と赤い鳥』（明44・10、春陽堂、現代文芸叢書第3編）。　〔三重吉全集05〕

昭和13年以降　小島政二郎は「人妻椿」（昭10・3〜12・4）等によって執筆禁止となり、5年間無収入だった。牧逸馬の連載終了後に10万部落ちた部数を同作で取り戻した「主婦之友」が原稿料1回分程度の見舞金を届けたが、小島は受取らなかった。　〔編集鬼〕

昭和14年（1939）

1月9日　葉山嘉樹が河出書房より100円を受け取る。同年5月28日に同社より印税残額70円20銭を受け取る。　〔葉山日記〕

1月　石坂洋次郎、『若い人』（改訂普及版、昭14・1、改造社、定価1円）の印税率は5万部まで1割2分、5万部以上は1割5分。　〔改造社印税率〕

1月　谷崎潤一郎『源氏物語』（昭14・1〜16・7、全26巻、中央公論社、菊判、和、定価1円）は15万部刷ったから印税1割として40万円、さすが天下の谷崎である、ともっぱらの評判だった。＊別に『源氏物語愛蔵本』全80円が並行して出版された。　〔作家の裏窓〕

2月27日　田畑修一郎、文藝春秋の庄野を訪ね、原稿料の前借りとして100円を受け取る。3月17日に庄野を訪ね、稿料を送ってもらうことにし、3月22日に残りを受け取る。2月2日に原稿を渡している。＊1月6日及び21日に2月5日締め切り80枚とある。　〔田畑全集03〕

3月6日　新美南吉、中学校時代の師だった校長佐治克己の尽力で県立安城高等女学校の教員となる。給料70円、1年後に75円となる。

〔新美南吉〕

3月14日　永井荷風が冨山房より120円を受け取る。　〔荷風全集22〕

3月15日　山本夏彦、フランスのレオポール・ショヴォ原作の「年を歴た鰐の話」21枚を翻訳し、中央公論社より「たつた卅一円五十銭」と記す。

昭和14年（1939）

〔夏彦の影法師〕

3月　横溝正史、『人形佐七捕物帳』を八紘社より刊行。印税6分であった。斡旋した笹本寅に手数料が取られていたらしいが、本屋と直接交渉するようになって8分になった。初版が1万部、再版3版と版を重ねた。

〔横溝正史〕

3月　昭和14年3月、徳田秋声の「仮装人物」第1回菊池寛賞受賞。昭和10年から13年にかけて倉島竹二郎の依頼で「経済往来」に連載したもの。原稿料は400字1枚55円。秋声は「こんなにもらってもいいのか」と言ったとのこと。

〔ひとつの文壇史〕

3月　講談社が兵士の慰問のための雑誌「陣中倶楽部」を創刊。原稿料は毎号1,000円、編集費は3,000円。

〔講談社01〕

4月5日　著作権に関する仲介業務法公布。

〔近代総合年表〕

4月28日　田畑修一郎、砂子屋にて200円受け取る。＊26日に砂子屋の山崎に金のことを頼んでいる。

〔田畑全集03〕

5月22日　野村胡堂が『銭形平次捕物控』の印税残額2万5,000円を得る。「少し減った」と日記に記す。

〔あらえびす〕

6月20日　田畑修一郎、新潮社にて原稿料130円受け取る。＊4月19日『帆柱の方』91枚を仕上げており、「新潮」7月号に掲載されている。1枚1円50銭ほど。

〔田畑全集03〕

6月　改造文庫の印税。芥川龍之介『支那游記』（40銭）、横光利一『機械他』（50銭）、土井晩翠『天地有情』（増補訂正、50銭）は印税率1割。高濱虚子『俳諧師続俳諧師』（50銭）、若山牧水『牧水歌論歌話集』（50銭）は8分。昭和13年2月期分から19年5月期分の「改造社印税率の記録」に記載された範囲では、当初ほぼ一律8分だったのが、1割のものが増え、16年度中盤以降はほぼ一律1割。

〔改造社印税率〕

10月12日　永井荷風が岩波書店から刊行された著書の印税を日記に記録。『おもかげ』3刷1回500部165円、『腕くらべ』4刷1回2,000部80円、『おかめ笹』3刷3回1,500部60円、『珊瑚集』1刷4回1,000部20円、『雪解』2刷2回1,500部30円。

〔荷風全集22〕

10月19日　田畑修一郎、文芸より原稿料を100円受け取る。＊「小説に就いて」（「文芸」、昭14・10）か。

〔田畑全集03〕

11月13日　永井荷風が岩波書店から刊行された著書の11月分の印税は、

『濹東綺譚』5刷3回500部150円、『おかめ笹』3刷4回2,000部80円、『雪解』2刷3回2,000部40円、合計270円。〔荷風全集22〕

11月　中野重治『空想家とシナリオ』（昭14・11、改造社、定価1円70銭）の印税率は1割。同書の装幀は伊藤康により、装幀料は60円。
〔改造社印税率〕

12月　永井荷風が岩波書店から出した著書の本年12月の印税は、『雪解』第2刷4回2,000部40円、『濹東綺譚』5刷4回200部60円、『おもかげ』3刷2回500部165円、合計265円。〔荷風全集23〕

12月　葉山嘉樹「還元記」（「文藝春秋」、昭14・12）40枚の原稿料は160円。
〔葉山日記〕

昭和14年頃　井伏鱒二が不渡り手形を渡された。持参した番頭が1割の印税を1割2分にしたと説明し「高利貸しはタケリンさんに」と告げる。翌日、武田麟太郎に電話すると、青年が来て書類を持ち去り、戻ると「手数料は安く、金額の2割引でした」と封筒をおいて去って行った。
〔文士の風貌〕

昭和15年（1940）

1月23日　田畑修一郎、都新聞にて原稿料24円50銭受け取る。＊22日に「大波小波二枚を渡す」とある。1枚12円25銭か。〔田畑全集03〕

1月25日　田畑修一郎、日本映画より原稿料14円50銭受け取る。＊1月6日に「日本映画に随筆十枚送る」とある。1枚1円45銭。
〔田畑全集03〕

2月11日　永井荷風が岩波書店から出した著書の本年2月の印税は、『腕くらべ』4刷3回2,000部80円。〔荷風全集23〕

2月8日　田畑修一郎、都新聞にて原稿料18円受け取る。〔田畑全集03〕

2月　山田風太郎、「受験旬報」（昭和15年2月上旬号）の学生小説募集に処女作「石の下」を応募し、賞金10円を獲得。＊当時、中学5年生で、寄宿舎に入っている生徒に、親が月20円を送ってくる時代であった。風太郎は以後8回ほど同誌に入賞したという。〔山田風太郎〕

2月　岡本かの子『生々流転』（昭15・2、改造社、定価2円40銭）の印税率は1割。岡本太郎の装幀料は50円。〔改造社印税率〕

3月10日　永井荷風が岩波書店から出した著書の本年3月の印税は、『お

かめ笹』4刷1回2,000部80円、『珊瑚集』2刷2回1,000部20円、『雪解』2刷5回2,000部40円、合計140円。〔荷風全集23〕

3月16日　田畑修一郎、科学ペン社に行き原稿料30円受け取る。
〔田畑全集03〕

4月1日　田畑修一郎、グラフィックの随筆を5枚書き、紀伊國屋田辺に渡す。早稲田大学出版部に鎌原を訪ね、評論を渡し原稿料45円受け取る。
〔田畑全集03〕

4月17日　葉山嘉樹が『濁流』(昭15・3、新潮社、定価1円)2,000部増刷の検印紙を送る。累計1万2,000部になる。印税290円が届く。
〔葉山日記〕

4月20日　田畑修一郎、博文館に岩佐を訪問。都新聞に行き、原稿料9円を受け取る。ぐろりやに寄り、月末までに印税の残りをもらえるように話す。＊4月18日に「大波小波六枚」とある。5月2日に岩佐に会い、原稿書き返しとなる。〔田畑全集03〕

4月1日　火野葦平『河童昇天』(昭15・4、改造社、2円30銭)の印税率は1割2分。星野順一の装幀料は50円。これ以後、改造社から刊行された火野の著書は『兵隊について』(昭15・12、定価2円)、『美しき地図』(昭16・8、定価2円30銭)、『幻燈部屋』(昭17・3、2円30銭)、『兵隊の地図』(昭17・8、定価1円50銭)の印税率はいずれも1割2分。〔改造社印税率〕

5月4日　田畑修一郎、博文館に行き、原稿料85円を受け取る。前日の3日に「新青年」書き直し34枚とある。1枚2円50銭。〔田畑全集03〕

5月7日　田畑修一郎、ぐろりあに行き、印税100円を受け取る。同盟で原稿料25円を受け取る。4月30日に同盟の感想を10枚書き、佐藤氏に原稿を渡している。〔田畑全集03〕

5月12日　永井荷風が岩波書店から出した著書の印税を記録。『濹東綺譚』6刷1回500部150円、『おかめ笹』4刷2回2,000部80円、合計230円。
〔荷風全集23〕

5月16日　田畑修一郎、読売、国民の両社にて原稿料を受け取る。合計28円。＊5月12日に読売に随筆6枚を送っている。〔田畑全集03〕

5月22日　永井荷風のもとに中央公論社より全集出版契約手付金として5万円が届く。返却。〔荷風全集23〕

6月6日　田畑修一郎、「文学界」の原稿料3円を受け取る。〔田畑全集03〕

6月11日　永井荷風が岩波書店から出した著書の本年6月の印税は、『濹東綺譚』6刷2回1,500部450円、『雪解』2刷7回2,000部40円、合計490円。〔荷風全集23〕

6月13日　高見順の妻秋子から高見に宛てた手紙によると、高見の小説『恋愛風俗』（昭15・5、時代社）の印税は100円。＊昭和15年は推定。〔文学者手紙06〕

6月13日　田畑修一郎、ぐろりあに行き、原稿料15円を受け取る。読売、国民の両社にて原稿料を受け取る。合計28円。＊5月12日に読売に随筆6枚を送っている。〔田畑全集03〕

6月28日　田畑修一郎、原稿を持って河出書房へ行くが係がおらず。ぐろりあに行くと、金は1日に送るとのこと。河出に戻り、64円を受け取る。6月27日に「知性」の原稿を催促され、夜に小説書き上げる。32枚。1枚2円。〔田畑全集03〕

6月　日活で文芸映画の企画があり、高見順も原作者のひとりだったので、1,000円が支払われる予定だった。＊書簡の執筆時期は推定。〔文学者手紙06〕

7月12日　永井荷風が岩波書店から出した著書の印税を記録。『珊瑚集』2刷4回2,000部40円、『雪解』2刷8回2,000部40円、合計80円。〔荷風全集23〕

7月13日　永井荷風が冨山房から改版『下谷叢話』（昭14・11）に関する出版契約書を受け取る。15年間は他の書店より出版できない、全集収録も不可とある。過去に春陽堂や中央公論社から刊行された作品なので「其版権を横領する目的」があったのだと日記に記す。〔荷風全集23〕

7月23日　田畑修一郎、同盟に原奎一郎を訪ね原稿を渡し、25円を受け取る。7月10日のメモによれば、18枚とのこと。1枚1円40銭ほど。＊7月20日に「同盟の随筆十枚かく」とある。〔田畑全集03〕

7月31日　田畑修一郎、京都の人文書院より印税の半分170円を受け取る。6月25日に校正刷り送られ翌日も受け取り、直ぐに送り返す。7月3日には解説を書き、7月17日に検印紙を送られ、翌18日に返送。9月12日に印税支払いの催促をし、10月14日に催促の電報を打つ。10月21日に印税171円を受け取る。＊8月30日に刊行した短編小説集『石ころ路』、306頁、定価1円80銭。2,000部か。印税1割として360円。

9分として324円。　　　　　　　　　　　　　　　　〔田畑全集03〕

7月　永井荷風が岩波書店から出した著書の本年7月の印税は、『おかめ笹』『腕くらべ』各3,000部で合計240円。　　　　　　〔荷風全集23〕

7月　葉山嘉樹が「経済情報」から依頼された随筆5枚の原稿料は10円。
〔葉山日記〕

7月　横光利一『旅愁』1〜3編（昭15・7、8、18・2、改造社、定価各2円）の印税率は1、2編1割、3編1割2分。装幀者の佐野繁次郎の装幀料は1、2編各70円、3編100円。　　　　　　　　　　　　〔改造社印税率〕

8月11日　田畑修一郎、河出書房より原稿料5円、小山書店より18円を受け取る。　　　　　　　　　　　　　　　　〔田畑全集03〕

9月9日　川端康成が三笠書房に内容證明を送る。確約していない『浅草紅団』の出版を無断で進めたことへの抗議。期日、体裁、装幀等の報告を受けず、原稿も渡さない状況で、検印紙と出版届への捺印を求められた。＊同社から『浅草紅団』（昭15・10）刊行。　　〔康成全集補巻〕

10月4日　伊藤整が川端康成に『小説の研究』が2,000部増刷されたと手紙に書く。今回で増刷を打ち切り、川端より譲渡された版権を返却することにしたという。度重なる増刷で印税を受取ったことへの謝意を表する。　　　　　　　　　　　　　　　　　　　　〔康成全集補巻〕

10月11日　永井荷風が岩波書店から出した著書の本年10月の印税は、『腕くらべ』5刷2回5,000部200円、『おかめ笹』5刷1回8,000部320円、『雪解』3刷1回6,000部120円、合計640円。　　〔荷風全集23〕

10月11日　田畑修一郎、東京日々新聞より原稿料60円を受け取る。＊9月23日に「日日新興婦人の小説四十枚を書上ぐ」、同30日に「日々に柴田を訪問」とある。1枚1円50銭。　　　　　　〔田畑全集03〕

10月31日　田畑修一郎、知性より原稿料70円を受け取る。＊9月30日に「知性の小説三十五枚、書上ぐ、河出に行きしも澄川不在」とある。1枚2円。　　　　　　　　　　　　　　　　　　〔田畑全集03〕

11月4日　網野菊の志賀直哉宛書簡。「春陽堂は、どこでも、印税のことで評判がわるいので、おどろきました。ホンヤクの人には、全然、印税を払はぬことある由、ききました。これは、原稿買上げ、といふ意味かと存じますが」。　　　　　　　　　　　　　　〔志賀全集別〕

11月12日　永井荷風と岩波書店との契約交渉が不調に終わる。5万円で

320　昭和16年（1941）

荷風の著作権をすべて買い取ろうとしたことが原因。　〔荷風全集23〕

11月30日　永井荷風が中央公論社との間に全集刊行の契約を交わす。印税率は1万部まで1割、以後5千部ごとに1割3分、1割5分、1割8分、2割と上がり、3万部以上は2割。手付金5万円は印税中より控除。同日、中央公論社創業55年紀念祝として金子一封を受け取る。100円札5枚。
〔荷風全集23〕

12月2日　田畑修一郎、同盟に行き、原稿料25円を受け取る。＊11月30日に「同盟の「今年の小説」を十枚かく」とある。　〔田畑全集03〕

12月19日　葉山嘉樹が春陽堂から印税100円を受け取る。　〔葉山日記〕

12月30日　田畑修一郎、春陽堂より速達で60円を受け取る。＊11月4日に青柳から小説40枚頼まれ、11月25日に『日本の風俗』の原稿40枚を完成し、春陽堂に渡している。1枚1円50銭。　〔田畑全集03〕

12月31日　田畑修一郎、小山書店に電話し、印税47円50銭を受け取る。＊「小山」とあるので小山書店と考えたが、まだこの時点では印税が発生するような単行本を出版していない。　〔田畑全集03〕

昭和16年（1941）

1月17日　田畑修一郎、紀伊國屋より「文学者」の原稿料5円を受け取る。＊11月28日に「「文学者」の日記風な感想十枚をかく」とある。
〔田畑全集03〕

1月22日　田畑修一郎、都新聞より原稿と引き替えに35円50銭を受け取る。＊1月21日に感想計16枚との記述あり。　〔田畑全集03〕

1月29日　田畑修一郎、新潮社より「蜥蜴の歌」の原稿と引き替えに90円を受け取る。＊1月10日に速達で月末締め切りの小説30枚の依頼を受け、1月28日に45枚を書き上げ、題名を決めている。1枚2円。
〔田畑全集03〕

2月13日　永井荷風『雪解』（岩波文庫）の2月分の印税は3版2回6,000部120円。　〔荷風全集23〕

2月25日　永井荷風が「杏花餘香―亡友市川左団次君追憶記―」（「中央公論」、昭16・4）の原稿料500円を受け取る。　〔荷風全集23〕

3月14日　永井荷風『珊瑚集』（岩波書店）の3月分の印税は3版2回6,000部120円。　〔荷風全集23〕

昭和16年（1941） 321

4月1日　田畑修一郎、同盟に行き、原稿を渡して25円を受け取る。＊3月31日に同盟感想10枚との記述あり。〔田畑全集03〕

4月8日　田畑修一郎、砂子屋に行き、200円前後前借りをする。〔田畑全集03〕

4月10日　石坂洋次郎『何処へ』（昭16・3、改造社、定価2円）の印税は1万部まで1割、それ以上は1割2分。＊同書印税率について書かれた4月10日付の紙片が残されている。〔改造社印税率〕

4月21日　山本夏彦、昭和14年に翻訳したフランスのレオポール・ショヴォ原作「年を歴た鰐の話」を絵本として、櫻井書店より出版することを決める。定価が2円の時には印税6分、2円以上の時には印税5分の契約。29日に印税の中から100円を貰う。〔夏彦の影法師〕

5月1日　中野重治の小説「映画女優の話」（およそ9,000字の分量）の原稿料は60円であった。＊朝日新聞大阪社会事業団の「会館芸術」7月号に発表。〔愛しき者へ下〕

5月1日　太宰治の砂子屋書房尾崎一雄宛書簡。印税180円受け取りました。〔太宰全集〕

5月30日　田畑修一郎、政界往来社に行き、原稿料25円を受け取る。＊5月21日に訪ねて原稿料もらえず。〔田畑全集03〕

6月5日　葉山嘉樹が「中央公論」から小説「義侠」（昭和16・8）60枚の原稿料300円を受け取る。〔葉山日記〕

6月9日　田畑修一郎、53枚の小説を書き上げ、講談社に行く。原稿料は2、3日後とのこと。13日に原稿料が1週間遅れるとの手紙が届く。23日に講談社に行き、原稿の返還を求め、26日に編集者の佐藤が来て、原稿を返していく。〔田畑全集03〕

6月14日　田畑修一郎のところに、墨水書房の北沢と堀田来訪。印税の内300円を受け取る。＊『蜥蜴の歌』。昭和16年10月20日墨水書房発行。定価1円80銭。330頁。短編小説集。〔田畑全集03〕

6月22日　中野重治の所得税の通知があり、所得が1,110円であった。＊前年には、小説集『汽車の罐焚き』（小山書店）や小説集『歌のわかれ』（新潮社）などを刊行していた。〔敗戦前日記〕

6月22日　野上弥生子、おそろしい所得税が来てびっくりする。これでは税を支払う為に生きてゐるやうなものだと思う。〔租税文化〕

昭和 16 年（1941）

6月24日 永井荷風が税務署より昭和15年の乙種所得金6,000円との通知書を受け取る。原稿料のことなので、税務署で届出を提出。
〔荷風全集23〕

7月6日 葉山嘉樹が『濁流』(昭15・3、新潮社)2,000部の検印。印税200円。
〔葉山日記〕

7月12日 田畑修一郎、朝日新聞社に行き、「婦人朝日」の原稿21枚を渡し、原稿料63円を受け取る。1枚3円。
〔田畑全集03〕

7月13日 永井荷風『腕くらべ』（岩波書店）の第6版7,500部の印税は300円。
〔荷風全集23〕

8月30日 永井荷風が税務署に行く。この時の所得税が1年前の倍額に近い6,000円だったことに抗議して呼び出しを受けた。有名な文士なので実際の収入より多額の認定をしたとの言い分に不満を感じる。
〔荷風全集23〕

8月 森田草平『豊臣秀吉』1巻（昭16・7、改造社）、前田青邨の装幀料は500円。
〔改造社印税率〕

9月5日 田畑修一郎、芝の女子会館に松原を訪問。原稿料を100円受け取る。
〔田畑全集03〕

9月27日 田畑修一郎、砂子屋に行き、借金を申し込むが断られ、丹羽の家に回り置き手紙をする。28日に丹羽より速達で了承され、30日に丹羽を訪問し300借りる。
〔田畑全集03〕

9月 新美南吉が豊島与志雄の推薦で執筆した『良寛物語・手毬と鉢の子』（学習社、定価65銭、1万部）が出版されて印税650円、11月再版も同額で計1,300円の印税を受け取った。父が「正八はえらいもんになりやがった、年に1,300円も儲けやがった」としみじみ云ってたと継母から聞かされた。「僕は一つの孝行をしたと思った。やがてすぐまた不孝をするのだが……」。
〔新美南吉〕

10月7日 秋田雨雀、「夜フタバ書院の唐沢君が印税の印をとりに来た捺印五千部、八分残金五百円受け取った」。＊『太陽と花園』、11月15日に子供の読み物として適当でないというので発禁になったとフタバ書院から報告があった。
〔雨雀日記03〕

10月12日 永井荷風『おもかげ』（岩波書店）の4版1,000部の印税330円。
〔荷風全集23〕

10月　和田芳恵は小島政二郎の斡旋で連載した「樋口一葉」(「三田文学」、昭15・6〜昭16・8)を十字屋書店から出版(部数1,500部)。その印税は6%だった。
〔文士の生きかた〕

11月　新美南吉は「早稲田大学新聞」に「童話に於ける物語性の喪失」を発表し稿料7円。
〔新美南吉〕

11月　石坂洋次郎『小さな独裁者』(昭16・10、改造社、定価2円40銭)の印税率は1割2分。中沢弘光の装幀料は150円。
〔改造社印税率〕

12月1日　伊藤整、河出書房で印税の残金1,300円を受領。〔戦争日記02〕

12月12日　田畑修一郎、新潮社と小学館に行き、原稿料合わせて80円受け取る。＊12月10日に小学館の「日本少女」13枚を書き、新潮社と小学館を回っている。12月7日に小説21枚出来とある。〔田畑全集03〕

12月16日　伊藤整、博文館の石光葆より長編書き下ろしの相談あり。印税1割5分、5,000部ほど、3、4月に原稿が欲しいとのこと。
〔戦争日記02〕

12月16日　田畑修一郎、墨水書房より6円送ってくる。〔田畑全集03〕

12月19日　青野季吉が内山賢次と打ち合わせて翻訳の仕事に取り組み、内金100円を受け取る。
〔青野季吉日記〕

12月21日　伊藤整、10月よりこの日までにまとまった収入は、主婦之友社から『小公女』で150円、河出書房『青春』と『典子』で200円、育生社『満洲の朝』で240円等がある。年末の収入予定は雑誌「新女苑」70円(実際には72円、12月22日の条)、「新潮」50円、都新聞4回で30円(実際には別稿も含め40円、12月24日の条)、「文芸」60円?、「知性」40円等。他に報国社から200円前借りの予定(12月24日に借りる)。
〔戦争日記02〕

12月31日　12月30日までに受け取った伊藤整の原稿料、「新潮」40円(20枚)、「知性」40円(20枚)、「文芸」80円(30枚)等である。
〔戦争日記02〕

昭和16年頃　広津和郎、「大東亜戦争の始まる少し前、原稿料は1枚10円になった」。
〔年月のあしおと〕

昭和16年頃　講談社から佐藤紅緑に支払われた1年間の印税は300円。従来は毎年約3万円あったが、単行本の用紙割当が各社の使用量を基準に決められることになったため、それまでのように重版ができなくなり、

契約があっても出版できなかった。　　　　　　　　　　　　　　〔講談社01〕

昭和17年（1942）

1月21日　月々の細かい原稿料を除いて、近々伊藤整の収入となる予定の印税。『運命の橋』新潮社、増刷1,000部、140円（到着）。『青春』河出書房、増刷1,500部、225円（印了）。『小公女』主婦之友、増刷2,000部、300円（印了）。『故郷』協力出版社、新刊2,000部、300円くらい（印了）。『小説の世界』報国社、新刊2,000部、200円（2円で、200円前借り済み）。『小説の研究』第一書房、校了、200円くらい。なお2月12日及び24日の条にも収入及び収入予定の記事あり。　　　　　　　　　　〔戦争日記02〕

2月5日　青野季吉の『回心の文学』（有光名作選集、昭17・1、有光社）の印税が910円だった。　　　　　　　　　　　　　　　　　　〔青野季吉日記〕

2月10日　伊藤整、前日に印税をもらうために報国社に寄ると、『小説の世界』（1月刊）が売り切れ、さらに注文が500部あり、3,000部印刷したいが、用紙がないことを聞く。　　　　　　　　　　　　　〔戦争日記02〕

3月3日　伊藤整、2月28日に確認し送金されたという協力出版社の『故郷』2,000部の印税340円を、3月3日に住友銀行で小切手を換金。
　　　　　　　　　　　　　　　　　　　　　　　　　　　　　〔戦争日記02〕

3月9日　この年の中野重治『歌のわかれ』の印税が200円、「新潮」1月号小説「娘分の女」の原稿料が56円、「改造」3月号「鶉の宿」の原稿料が120円（必要経費は23円くらい）、「中央公論」は「斎藤茂吉ノート」で104円（必要経費は書籍代として49円）。　　　　　　　〔愛しき者へ下〕

3月24日　青野季吉、評論『文学の美徳』（昭和17・8、小学館）の前金として400円受け取る。　　　　　　　　　　　　　　　　　〔青野季吉日記〕

3月　中勘助『飛鳥』（昭17・3、筑摩書房）の印税率は2割。病身の兄の世話で生活が楽でなかった中のことを心配して碁的の速水敬二の仲介で筑摩書房から刊行された。用紙のない時代に立派な装本となり、高い印税率に中は喜んだ。　　　　　　　　　　　　　　　　　　　〔筑摩書房〕

4月8日　伊藤整、河出書房の飯山正文より『青春』の印税175円を受け取る。1月21日の条に増刷1,500部225円の予定とあり、3月20日に再版の届け書に印を押したのは1月なのにまだ検印を取りに来ないと記す。4月3日に1,500部の検印を送ったと通知があったとあり。

昭和 17 年（1942） 325

〔戦争日記 02〕
4 月 10 日　伊藤整、朝鮮の金融組合より原稿料 110 円を振替で受け取る。
〔戦争日記 02〕
4 月 21 日　伊藤整、「芸能文化研究」より 63 円を送ったと連絡を受ける。これは 4 月 27 日に受け取る。また利根書房より『父の記憶』が 23 日に出来るとのことで、届書の印をとり郵送してくる。　　〔戦争日記 02〕
4 月 22 日　伊藤整の収入予定。新潮社『運命の橋』2,000 部、280 円。河出書房、350 円。第一書房『小説研究』200 円。利根書房『父の記憶』700 円、報国出版社『小説の世界』200 円。合わせて 1,730 円。このほかに近く書き上げる『得能』の印税を入れると 2,500 円近くになる。
〔戦争日記 02〕
4 月 24 日　高見順がビルマに徴用されていたときの月給が 175 円、手当てが同じく 175 円程度であった。　　　　　　　　〔文学者手紙 06〕
5 月 5 日　伊藤整、利根書房の三浦より『父の記憶』の印税 700 円を三菱銀行の小切手で受け取る。＊『父の記憶』（昭 17・4、利根書房）。
〔戦争日記 02〕
5 月 11 日　青野季吉、『佐渡』（新風土記叢書 3 編、昭 17・11、小山書店）の印税前金として 200 円受け取る。　　　　　　　〔青野季吉日記〕
5 月 28 日　伊藤整、『得能』上巻の 3 刷 1,000 部検印。河出書房『青春』の 2,000 部と合わせて 500 円入る予定。　　　　　〔戦争日記 02〕
5 月 30 日　伊藤整、河出書房より「知性」掲載の小説（18 枚）の原稿料 54 円を受け取る。　　　　　　　　　　　　　　〔戦争日記 02〕
6 月 10 日　伊藤整、「新指導者」より小説 32 枚の原稿料 65 円を受け取る。
〔戦争日記 02〕
6 月 22 日　伊藤整、錦城出版社から長編小説の契約金として印税の中から 200 円を受け取る。　　　　　　　　　　　　〔戦争日記 02〕
6 月　宇野浩二『文学的散歩』（昭 17・6、改造社、定価 2 円 30 銭）の印税率は 1 割。鍋井克之の装幀料は 80 円。　　　　〔改造社印税率〕
7 月 4 日　太宰治の竹村書房竹村坦宛書簡。『老（アルト）ハイデルベルヒ』3,000 部の印税 540 円を受け取りました。7 月 1 日付け竹村宛書簡で、印税を為替で送るように指示している。＊『老アルトハイデルベルヒ』（昭 17・5、竹村書房、定価 1 円 80 銭）。　　　　　　　　　　　　〔太宰全集〕

7月23日　伊藤整のところに、博文館の石光来る。前年12月16日に話のあった長編小説の催促。7,000部くらい、定価2円40銭、印税1割2分。原稿が出来れば印税を渡すという。6月22日に契約金を受け取った錦城出版社は3,000円になるが、博文館が先約故、先に取りかかるつもりになる。　　　　　　　　　　　　　　　　　　　　　〔戦争日記02〕

7月25日　木俣修第3歌集『古志』（昭17・7、墨水書房）出版に際し、北原白秋の祝電「カシフコシヲコウニントシ三〇〇エンオクルーオヤヂ」。　　　　　　　　　　　　　　　　　　　　　　　　　〔白秋全集〕

7月28日　伊藤整、河出書房より『得能』と『青春』の増刷分の印税500円を受け取る。　　　　　　　　　　　　　　　　　　　〔戦争日記02〕

8月7日　太宰治の博文館出版部石光葆宛書簡。印税の内から300円拝借したい。10日午後2時に日本橋の本社に参ります。　　　　　〔太宰全集〕

8月16日　伊藤整、朝日より批評の原稿料（12枚）120円を受け取る。「最高の稿料」とのこと。　　　　　　　　　　　　　　　　　〔戦争日記02〕

8月25日　小山書店、雑誌「八雲」を創刊。全体356頁、3万部。その当時中央公論社が島崎藤村や谷崎潤一郎に払っていたという最高の原稿料1枚15円を基準として考えていた。川端康成は目を丸くして、「僕にそんなに出さなくてもいい」と言って拒んだという。　　　〔ひとつの時代〕

9月15日　伊藤整、小学館より8日に発送した「近松秋江論」（40枚）の原稿料138円を受け取る。　　　　　　　　　　　　　　〔戦争日記02〕

9月　与謝野晶子『白桜集』（昭17・9、改造社、定価2円50銭）の印税率は1割。　　　　　　　　　　　　　　　　　　　　　　　　〔改造社印税率〕

10月7日　伊藤整、今年卒業し六芸社に入った武田憲一に長編小説の約束をする。明年春から秋までで、1万部、あるいは7,000部になるかもしれないとのこと。印税は1割2分。　　　　　　　　　　　　〔戦争日記02〕

10月11日　伊藤整、河出書房より『得能物語』の印税1,000円を受け取る。9日に前借りを要望。四海書房が『感動の再建』見本を持参、4,000部印刷とのこと。内金500円を受け取る。　　　　　　　〔戦争日記02〕

10月21日　伊藤整のところに、育生社、『メキシコの朝』の検印紙3,000を持参。予定より千部少ない。22日に育生社に行き話をしたところ、検印紙千を持ってくる。月末に200円、本が出来たときに残額を渡すとのこと。錦城出版社より原稿をとりにくる。25日に100枚渡し、500円

を借りることにする。30 日に錦城の米田女史、300 円持参。〔戦争日記 02〕

11 月 10 日　伊藤整、第一書房より『小説の研究』の印税 750 円を受け取る。
〔戦争日記 02〕

11 月 16 日　伊藤整、有光書房より『隣組の畑』の印税の内 400 円を受け取る。総額は 600 円くらいとのこと。
〔戦争日記 02〕

12 月 5 日　伊藤整、四海書房より『感動の再建』の印税残額 420 円を送ったとの連絡があり、12 月 12 日に受け取る。河出書房より『青春』の検印紙 2,000 枚送ってくる。
〔戦争日記 02〕

12 月 6 日　伊藤整、「蛍雪時代」掲載の原稿料 120 円を振替で受け取る。20 枚。
〔戦争日記 02〕

12 月 15 日　伊藤整、340 枚を書き上げ、錦城出版社に持参、印税 1,500 円を受領する。前に受け取った金額を合わせると 2,000 円となる。昭和 18 年に出版された『童子の像』。また育生社を訪ね、『メキシコの朝』が出来たので、印税残金 270 円を受け取る。
〔戦争日記 02〕

12 月 16 日　伊藤整のところに河出書房の飯山が来る。『得能物語』5 冊持参、『青春』増刷の印税 300 円を受け取る。
〔戦争日記 02〕

12 月 26 日　伊藤整のところに、帝国教育会出版社の石野が訪れる。出版界に異変が起こり、1 万部刷れるかどうか明年 2 月 11 日まで分からない、取り敢えず 5 千部 500 円だけを前金として支払うことになったという。11 月 9 日の条に、予定として教育会出版、1,000 円、120 枚とある。また 12 月 28 日に同社より印税内金 500 円を受け取る。
〔戦争日記 02〕

12 月 29 日　伊藤整、「現代文芸」より原稿料 12 円、「新太陽」より原稿料 92 円を持ってくる。有光社に頼んだ印税の残り 200 円は、出版後に払うとして断られた。
〔戦争日記 02〕

12 月 30 日　伊藤整、日本新聞同盟より原稿料 15 円を受け取る。
〔戦争日記 02〕

昭和 18 年（1943）

1 月 21 日　伊藤整、「海運報国」という雑誌より随筆を依頼される。海について 8 枚で 50 円。2 月 24 日に原稿料を受け取る。〔戦争日記 02〕

1 月 24 日　昨年の新潮社から伊藤整への支払いは 637 円との通知あり。

また先日第一書房より1,125円の通知があった。昨年はこの二社より他の方から得た収入の方が多い。　　　　　　　　　　　　　　　〔戦争日記02〕

2月2日　田畑修一郎、大陸新報より180円送ってくる。37回分までの間違い。　　　　　　　　　　　　　　　　　　　　　　　　〔田畑全集03〕

2月8日　伊藤整、朝受け取った河出書房『青春』増刷分の検印1,955枚に押印し、河出に持って行き、引き替えに300円を受け取る。
　　　　　　　　　　　　　　　　　　　　　　　　　　　　〔戦争日記02〕

2月14日　葉山嘉樹が『昭和名作選集4　子を護る』(昭17・9、新潮社)3,020部の印税302円を受け取る。　　　　　　　　　　　　　　　〔葉山日記〕

2月25日　田畑修一郎、大陸新報へ行き、53回まで192円を受け取る。
　　　　　　　　　　　　　　　　　　　　　　　　　　　　〔田畑全集03〕

3月4日　伊藤整のところに錦城出版社の米田女史が『童子の像』の検印紙を持って訪れる。1万5,000枚で、すでに2,000円(1万部分)を受け取っていたが、あと1,000円が入ることになった。3月16日に500円を受け取る。4月19日に最後の500円を受け取る。製本は遅れて5月になるとのこと。5月21日の条、米田女史が製本10部を届けてくれ、定価2円30銭となったため、さらに450円がもらえるという。　〔戦争日記02〕

3月6日　伊藤整、改造社から文芸の評論10枚の原稿料35円を受け取る。
　　　　　　　　　　　　　　　　　　　　　　　　　　　　〔戦争日記02〕

3月10日　中野重治『萩原朔太郎全集』の原稿料は10円であった。小学館から発行されていた『萩原朔太郎全集』の内容見本に発表された推薦文。150字の分量の文章。　　　　　　　　　　　　　　〔敗戦前日記〕

3月11日　田畑修一郎、大陸新報へ行き、186円を受け取る。＊3月6日に66回まで仕上げ、計230枚としている。得た金額の総計は558円。1枚2円40銭程度か。　　　　　　　　　　　　　　　　〔田畑全集03〕

3月14日　伊藤整、昨年の収入3,450円と申告する。必要経費300円、基礎控除400円にて差引2,750円。扶養家族3人。生命保険は帝国生命2,000円と第一相互5,000円。　　　　　　　　　　　　　　〔戦争日記02〕

3月22日　田畑修一郎、小山書店より印税200円を受け取る。＊昭和18年8月18日発行『出雲・石見』(新風土記叢書4)、小山書店、定価1円80銭。255頁。4月14日に『出雲・石見』の原稿185枚を渡している。4月18日には232枚書き上げている。　　　　　　　　　　　　　〔田畑全集03〕

昭和18年（1943）　329

3月27日　楠山正雄の『源義経』、旬日で1万部売れる。新潮社より礼物送り来る。2月16日に10部受け取っている。
〔楠山正雄〕

4月18日　中野重治の妻原泉子は、女優として働いていたが、このころ、大映と年間4本、1本700円の契約をして、月給が200円ほどだった。新協劇団のころの月給が45円であったのにくらべると、大手映画会社大映の月給は高かった。
〔愛しき者へ下〕

4月18日　中野重治『斎藤茂吉ノート』の出版部数は、刊行からおよそ1年で、合計1万1,000部であった。＊初版の刊行は前年の昭和17年6月30日。
〔愛しき者へ下〕

4月19日　中野重治『斎藤茂吉ノート』の印税が330円であった。新版3,000部の印税だろうと思われる。
〔敗戦前日記〕

4月21日　田畑修一郎、三杏書院へ行き、300円を受け取る。＊昭和18年8月18日発行『文学手帖』、三杏書院、定価2円20銭、310頁、満州紀行など。
〔田畑全集03〕

5月1日　伊藤整、河出書房に『得能物語』2千部の検印紙を持参し、引き替えに480円を受け取る。400円と思っていたが、印税1割2分だったので、80円多かった。
〔戦争日記02〕

5月6日　伊藤整、有光社より室生犀星、舟橋聖一とともに出版された『新作品』5,000部分の印税として、以前に渡されていた400円に加え、さらに32円を送ってくる。
〔戦争日記02〕

5月25日　田畑修一郎、小山書店に行き、200円を受け取る。
〔田畑全集03〕

5月29日　伊藤整、河出書房より『青春』の検印紙3,000枚を受け取る。たいてい2,000部以下なのに、どうして多いのか。錦城出版社の『童子の像』の余分の印税（450円）とこれを合わせて900円となる。同盟通信特信部から随筆6枚の原稿料として24円を送ってくる。5月31日に両社に450円ずつもらいに行くが、河出では受け取り、錦城では6月1日に受け取っている。
〔戦争日記02〕

6月16日　伊藤整、「現代文学」より原稿料12円を受け取る。この雑誌は1枚1円、「相変わらず安い稿料」。
〔戦争日記02〕

7月1日　伊藤整、新潮社より月評の原稿料42円を受け取る。
〔戦争日記02〕

7月11日　伊藤整、「日本女性」より随筆の原稿料15円を受け取る。5枚分。
〔戦争日記02〕

7月　徴兵より先に徴用令が先に来ると覚悟した19歳の池波正太郎、兜町の株式仲買店の店員を止め国民勤労訓練所入所、2ヶ月間旋盤工の訓練を受ける。一人前の旋盤工となってその余暇に、「婦人画報」の朗読文学欄に投稿、「兄の帰還」が入選、賞金50円を獲得する。〔池波正太郎〕

8月8日　中野重治「わらべうた」（およそ4,500字の分量）の原稿料が36円であった。＊雑誌「むらさき」7月号に発表。
〔敗戦前日記〕

8月12日　楠山正雄のところに、新潮社より『源義経』再刷5,000部の印税900円送り来る。
〔楠山正雄〕

8月13日　伊藤整の収入の予定。「八光」より50円、新潮社より30円、「日本少女」50円、「日本女性」40円、「日本」50円等があり、印税は淡海堂600円、河出書房300か400円。
〔戦争日記02〕

8月14日　平山蘆江が息子に宛てた返信で、今回の原稿料の額は、前に受け取った額（100円）から見当をつけていたと記す。それに続けて、仕事と対価に関する考えを伝える。
〔館報20・3〕

8月17日　伊藤整、小学館に行き「日本少女」の原稿料20枚分60円を受け取る。
〔戦争日記02〕

8月24日　伊藤整、河出書房に寄り、『青春』の増刷を2,000か3,000かと思っていたところ、5,000部ということで、750円を受け取る。
〔戦争日記02〕

9月2日　伊藤整、新潮社より「新潮」9月号の評論12枚の原稿料36円を送られる。
〔戦争日記02〕

9月6日　伊藤整、淡海堂に「三人の少女」（270枚）の原稿を渡し、8月19日に予め要望していた印税の前借金800円を受け取る。＊昭和19年2月12日に5,000部発行となったので、残額200円を受け取る。
〔戦争日記02〕

9月21日　伊藤整のところに帝国教育会出版部の児玉次郎が来訪。『雪国の太郎』の校正刷りを持ってきて、定価1円50銭位、5,000部印刷という。印税の残り250円が必要ならすぐに送ると言われ、来月初めにもらいに行くと答える。9月30日に、定価1円70銭に内定と言ってきたので、残額が350円と予定したが、10月11日に受け取った額は250円。

＊『雪国の太郎』（少国民文芸選、昭18・11、帝国教育会出版部、定価1円50銭）。　　　　　　　　　　　　　　　　　　　　　　　　〔戦争日記02〕

9月29日　伊藤整、「八光」の小説（10枚分）の原稿料50円を小切手で受け取る。10月11日に安田銀行で換金する。　　　　　　　〔戦争日記02〕

11月2日　□野重治「鷗外と遺言状」（原稿用紙50枚）の原稿料が240円であった。＊「八雲」第3輯（昭19・7・15発行、小山書店）に発表。なお、同年10月27日の記事には「『八雲』の原稿料八五円よこす由」とあるが、実際に受け取った240円との関係は不明。　　　　　　　　〔敗戦前日記〕

12月1日　伊藤整、奈良の全国書房池田小菊より翌年発行する『戦争の文学』の印税の半額500円を電信為替で送られる。＊これは1月18日に青野季吉より速達をもらい、大阪の全国書房で評論叢書を刊行するので、一枚加われとのこと。200枚、定価1円50銭から2円、半分以上書き下ろしの要望。印税1割3分、5,000部、一部前借り可能という条件であった。11月16日この原稿を青野に渡し、その場で印税の半額か三分の一を送らせるとの話があった。　　　　　　　　　〔戦争日記02〕

12月5日　伊藤整、朝鮮京城の金融組合の雑誌に掲載した原稿料70円を受け取る。12枚の随筆。　　　　　　　　　　　　　　　〔戦争日記02〕

12月13日　伊藤整、実業日本社倉崎嘉一に会い、印税の前借りとして400円を得る。発行部数を5千といったがそれより少なくなりそうとのこと。＊昭和17年3月27日の条に、実業日本社倉崎嘉一が来て、書き下ろし長編の話をし、8月一杯が〆切、400枚、印税1割2分で5,000部印刷とある。　　　　　　　　　　　　　　　　　　　〔戦争日記02〕

昭和19年（1944）

1月1日　森田草平、『漱石先生言行録』の編集費として借り出した分の内、100円は去年返金、今年は200円を持ってきたので、併せて400円の返金となる。　　　　　　　　　　　　　　　　　　　　　　〔草平選集〕

1月6日　青野季吉の原稿が何かは不明だが「文学界」の原稿料として640円の記載あり。＊昭和18年から19年にかけて小説「心輪」を「文学界」に連載していた、その稿料か。「心輪」は未完中絶。〔青野季吉日記〕

1月21日　青野季吉の原稿名は不明だが「文学界」から原稿料が150円届く。「文学界」には小説「心輪」の連載以外にも、1月号に「明治の

偉大さ」を発表している。〔青野季吉日記〕

1月22日 森田草平、原稿を書きつつ、その印税3,000円が全部税金になると思うと、国家に尽くしていると考える。〔草平選集〕

2月2日 青野季吉の原稿名は不明だが「大陸新報」から70円届く。〔青野季吉日記〕

2月 丹羽文雄『現代史運命の配役』(昭19・1、改造社、定価2円50銭)の印税率は1割。佐野繁次郎の装幀料は130円。〔改造社印税率〕

2月 土屋文明『万葉紀行』(昭18・12、改造社、定価3円50銭)の印税率は1割5分。加藤淘綾の装幀料は70円。〔改造社印税率〕

3月3日 青野季吉が「文学界」に連載していた「心輪」の原稿料を160円受け取る。〔青野季吉日記〕

3月4日 青野季吉、全国書房の池田から500円前借りする。＊青野が全国書房から出した本は、昭和23年の『明治文学入門』がある。前借り依頼の手紙を書いた2月29日および郵便局で金を受け取った3月7日の日記及び本書：昭18・12・1の条を参照。〔青野季吉日記〕

3月6日 青野季吉、小山書店から300円前借。＊小山書店の本は新風土記叢書の『佐渡』、「八雲」第3輯などあるので、原稿料の前借りか？なお同じ「八雲」第3輯には中野重治が原稿用紙50枚の『鷗外と遺言状』を掲載し、稿料は240円と中野の日記に出ている。〔青野季吉日記〕

4月13日 森田草平のところに、甲鳥書林より印税1,728円余り届く。旧臘に捺印したもので、3月25日発売。〔草平選集〕

5月5日 青野季吉、「心輪」を連載していた「文学界」が廃刊になるが、お礼として100円受け取る。〔青野季吉日記〕

6月22日 青野季吉、19年度の納税査定額が4,000円という通知くる。〔青野季吉日記〕

6月29日 青野季吉、納税査定額の訂正にいき、読売の原稿料42円であったのが4,200円とされていたのを訂正する。＊読売の原稿が何であったのかは不明。(青野日記は昭和18年の分はない)。〔青野季吉日記〕

7月9日 柳田國男、明世堂より『神道と民俗学』第2版の印税と本15冊を受け取る。他に礼金50円、巻煙草10個を貰う。〔柳田集〕

7月15日 青野季吉、小山書店から200円届く。〔青野季吉日記〕

7月16日 高見順の昭和19年頃の月額収入は300円前後であった。

8月4日　森田草平のところに、「相君」が訪問。『豊臣太閤』上巻1万3,000部の印税の残額1,650円を受け取る。〔草平選集〕

9月20日　永井荷風が岩波書店より岩波文庫『腕くらべ』の重版5,000部印行の承諾を求められる。軍部よりの注文。〔荷風全集23〕

9月23日　柳田國男、『国史と民俗学』第2版の印税、528円を受け取る。〔柳田集〕

9月25日　大佛次郎、『死よりも強し』の印税と鞍馬の火祭りの原作料を受け取る。2,500円を文藝春秋の株の支払いにし、残りは郵便局に預ける。〔敗戦日記〕

10月9日　永井荷風が移動劇場主任の小川丈夫から榎本健一・古川緑波一座及び浅草興行場で使用する脚本執筆料は数年前までは1編15、6円だったが、今は最低100円だと聞く。〔荷風全集23〕

11月17日　青野季吉、雑誌「大陸」に原稿を渡し、原稿料100円貰う。＊原稿は11月8日に書いた世阿弥についての「小稿五枚」のものか。〔青野季吉日記〕

12月1日　大佛次郎、「朝日新聞」の連載の原稿料、1回60円、30回分を受け取る。税金216円を差し引かれる。〔敗戦日記〕

昭和19年度　昭和19年度の川端康成の原稿料は800円台で、印税はなし。〔康成全集27〕

昭和20年（1945）

3月7日　森田草平、内山英保へ原稿料100円を送ってくれた礼状を出す。〔草平選集〕

3月7日　青野季吉、東方社から稿料の追加100円もらう。＊2月10日に「東方社??六十枚だ」とある原稿のこと。〔青野季吉日記〕

4月　海野十三のこの月の収入は52円80銭。大学卒業からこの日までの最低の収入の月で、「記憶に値する」と日記に記録。〔海野全集〕

8月13日　斎藤茂吉、郷里に疎開中。「八雲書店カラ印税1,000トヾイタ、（中略）空襲警報、山形ノ方ニ投弾ノヒヾキガ聞コエタ。（後略）」＊この印税は『童馬山房夜話』2巻（昭19・9）か。〔茂吉全集32〕

9月15日　永井荷風が筑摩書房古田晁に『来訪者』他の出版を許したと

ころ、その原稿料として1万円の小切手が送られてくる。単行本1冊出版の報酬として金額が多すぎるのではないかと疑念をいだく。
〔荷風全集24〕

9月23日　斎藤茂吉、「週刊朝日」(歌5首)稿料75円、税金丙種事業所得税10円50銭、実収64円50銭。
〔茂吉全集32〕

9月23日　太宰治の田中英光宛書簡。仙台の「河北新報」に「パンドラの匣」を連載するつもり、原稿料は1枚10円くらいらしい。＊11月21日付け河北新報出版局村上辰雄宛書簡によれば連載は64回で終わりにしたこと、原稿料を全額受け取ったこと、単行本で出版の場合、初版1万5千部にしたもらいたいことなどを記している。
〔太宰全集〕

10月3日　斎藤茂吉、結城哀草果と高湯温泉の山形館で支那の一高特講生30名と日本学生8名に結講演。翌日、旅館の費用50円と各100円ずつもらう。
〔茂吉全集32〕

10月15日　永井荷風を新生社の青山虎之助が訪れ、創刊する「新生」への寄稿を依頼。原稿料は1枚100円から200円。物価の暴騰が文筆にまで及んでおり、「笑ふ可きなり」と日記に記す。
〔荷風全集24〕

10月20日　永井荷風が新生社より原稿料1,000円を受け取る。荷風は「新生」1巻2号に「亜米利加の思出」(昭20・12)を発表している。
〔荷風全集24〕

10月29日　楠山正雄の許に齋藤佐次郎が来て、『たはら藤太』成ると告げ、稿料3,000円を齎す。＊解説によると、「戦時下の奨励で進行していた『たはら藤太』が児童図書出版社から出る。奥付によると、「10月25日初版、2万部発行」とある。
〔楠山正雄〕

10月　敗戦の年の10月、上京した丹羽文雄は丸ビルの中央公論社で舟橋聖一に遇い、「新生」は原稿料1枚30円～50円出す、自分は君を推薦しておいたと告げられた。丹羽は同誌に「鬼子母神界隈」を書いた。丹羽の復活はめざましく21年に短編38本、連載小説5本発表する。
〔栄華物語〕

10月頃　鈴木省三、終戦後に上京し、漫画家の帷子すすむに「イソップ」漫画を1頁10円、32頁1冊320円で引き受けてもらい、5万部発行。瞬く間に現金で完売し、重版10万部を印刷。次に依頼すると帷子は1冊500円なら引き受けるというので了承した。
〔出版回顧録〕

11月2日　谷崎潤一郎、鎌倉文庫社に行き、選集と書き下ろし木版特製本の出版を約束し、高見順、印税のうち1万円を前払いする。
〔高見日記06〕

11月11日　永井荷風のもとに新生社青山虎之助より原稿料2,500円が届く。
〔荷風全集24〕

11月14日　永井荷風のもとを川端康成が訪れる。『濹東綺譚』（昭21・4、鎌倉文庫）初版の印税1万円を受け取る。
〔荷風全集24〕

11月16日　永井荷風が「踊子」（「展望」、昭21・1）の原稿料3,649円を小切手で受け取る。89枚で1枚につき50円。801円は分類所得税。
〔荷風全集24〕

11月16日　高見順、新太陽社より印税のうち1,000円を受け取る。金がないので催促したから。
〔高見日記06〕

11月26日　永井荷風が『冬の蠅』（昭20・11、扶桑書房）の重印印税5,000円を受け取る。
〔荷風全集24〕

11月27日　朝日出版部の齋藤、柳田國男に『村と学童』計60部と印税を持って来る。＊12月26日に第2刷の印税を持って来る。
〔柳田集〕

11月29日　高見順のところに虹書房の山岸来る。『恋愛年鑑』を渡し、印税の内金2,000円を小切手で受け取る。武田麟太郎が来て、『現代文学選』の内金として8,500円を現金で渡す。
〔高見日記06〕

11月29日　江口榛一が小田嶽夫から申し入れのあった印税半分先渡しの件と締め切り日について了解したと連絡。印税は内金2,000円。＊江口は当時赤坂書店に勤務。
〔館報16・4〕

11月　青山虎之助を編集発行人とする「新生」は昭和20年11月（〜23年10月）創刊の総合雑誌で、普通の作家が400字1枚3円〜5円だった原稿料を10倍の30円から50円に値上げした。一流作家には1枚100円支払った。
〔栄華物語〕

11月　物資不足で物価高騰にインフレの加速化していた頃である。上林暁が「文筆に携わって以来、初めての最高の原稿料だ」といって一晩、神棚にのせて拝んだ」（宮守正雄『一つの出版。文化界史話』昭45・3、中央大学出版部）という挿話が伝えられている。常識外の高額だったため、他社の顰蹙を買い「札束で頬ぺたをひっぱたく商法」と批判された。
〔新生社私史〕

12月1日　永井荷風が鎌倉文庫より「書簡―谷崎潤一郎氏へ―」(「人間」、昭21・1)の掲載料として500円を受け取る。　　　　　　　　〔荷風全集24〕

12月10日　宇野浩二宛織田作之助書簡。大阪の桃源社が桃源叢書に宇野の旧作を収録したい旨、仲介する。96枚（1篇でも2、3篇でも可）、定価1年乃至1円20銭、初版3万乃至5万部、印税1割。〔館報49・7〕

12月12日　佐藤春夫、奈良の養徳社青山うた子宛に『新秋の記』(昭21・9、養徳叢書、定価9円)の印税1割2分を要求、部数は川端康成『愛』(昭20、2、養徳叢書、定価2円60銭)と同様2万部以上を提示する。

〔春夫全集36〕

12月15日　内田百閒、日記帖の印税内金2,000円を受け取る。「先月二十日の中村の二千圓以来〆て七千百餘圓なり」。　　　　〔百鬼園日記上〕

12月16日　永井荷風が『冬日の窓』(「新生」、昭21・2)の原稿料2,500円を受け取る。　　　　　　　　　　　　　　　　　　　　〔荷風全集24〕

12月18日　昭和21年2月に創刊された「民衆の旗」の原稿料は、1枚10円前後だった。＊「民衆の旗」は、日本民主主義文化連盟の機関誌で、中野重治が創刊に尽力した。　　　　　　　　　　　　　〔愛しき者へ下〕

12月20日　永井荷風が『腕くらべ』(昭21・6、新生社、定価50円)1万部の印税半額3万円を小切手で受け取る。　　　　　　　〔荷風全集24〕

12月25日　筑摩書房より「展望」創刊号発刊。1枚10円の原稿料であったが、5万部を売り切ったので、社長の古田晁は原稿料1枚につき10円を追加した。ただし柳田國男「喜談日録」には敬意を表して1枚30円であった。次号より1枚30円と決めた。同時期に発刊した「新生」も1枚30円。　　　　　　　　　　　　　　　　　　　　〔蛙のうた〕

12月26日　楠山正雄、主婦之友社より印税7,000円。〔楠山正雄〕

昭和戦後

昭和 21 年（1946）

1月10日　海野十三、講談社の原稿料が 10 円から 20 円に上ったと日記に記す。
〔海野全集〕

1月14日　太宰治の河北新報出版局村上辰雄宛書簡。印税（『パンドラの匣』か）2,000 円を受け取ったことを記している。ただし、8 月 20 日付け村上宛書簡では、「パンドラの印税そろそろ如何でせう」としている。
〔太宰全集〕

1月15日　尾崎一雄、坂口安吾宛原稿依頼。「さて今回はお願ひ一つ、「早稲田文学」に原稿一篇賜はりたし。題目「わが文学の故郷」。枚数十枚〜十五枚（四百字づめ）。御稿料一枚につき 7 円位。〆切一月二十五日」。
〔尾崎一雄〕

1月28日　森田草平、10 日間不在の間に来信が溜まっており、「本屋、雑誌社蜂起の有様にて、原稿の注文最も夥し」。
〔草平選集〕

1月29日　高村光太郎、前に送った宮崎春子への祝儀金 1,000 円の不足分 187 円 70 銭を宮崎稔への手紙に同封する。それを「週刊少国民」より来た「皇太子さま」の原稿料小為替 197 円 80 銭で充当。
〔光太郎全集 12〕

1月　「近代文学」創刊。発行所共同書房、雁書房、八雲書店、河出書房。原稿料は八雲書房 30 円（10 円とも）、河出書房 100 円、ただし最初の 1、2 ヶ月のみ。
〔戦後文壇〕

2月2日　この頃の原稿料、「オール読物」は 1 枚 20 円。「婦人朝日」の連載は 1 枚 30 円で 35 枚書いても税引きで 1,000 円にならない。現在の物価は 10 円がもとの 10 銭、百倍になっている。以前の原稿料の最低が 1 枚 5 円、百倍にすると、500 円になるはず。
〔高見日記 06〕

2月6日　高村光太郎、青磁社（鎌田敬止）より『道程』再版 11 冊、1 月 14 日に送った認印を受け取る。「一部五円の定価の高きに驚く」。
〔光太郎全集 12〕

2月14日　楠山正雄のところに高岡襄来て、グリム童話印税 2,500 円を齎す。＊グリム新訳は前日に高岡に渡されている。
〔楠山正雄〕

2月17日　金融緊急措置令で預金が封鎖。これ以後、原稿料を新円で払ってほしいという著作者の要望が増え、経理課は全てに応じられず、経

理課と原稿料係の間で揉め事が頻発した、と「群像」の原稿料係を昭和23年2月より担当した大久保房男は証言する。〔終戦後文壇〕

2月28日　高村光太郎、本郷区役所税務係からの催告書により昭和20年度分家屋税附加税167円65銭を送る。また中村久慈に送られてきた原稿料50円を返却し、出版契約を断る。〔光太郎全集12〕

2月　上林暁は戦時中、34、5枚書き溜めた「晩春日記」(「新生」、昭21・2)を先輩作家宇野浩二の紹介で青山虎之助の新生社に持参した。青山社長は原稿も読まずに原稿料は1枚30円払うといった。上林には思ってもいない破格な値段だった。〔栄華物語〕

3月5日　江戸川乱歩、雑誌「苦楽」に「ファントム・レディ」訳の連載を決め、1回35枚、1枚50円、うち半額新円。3月10日にむずかしいので翻訳を止める。〔探偵40年下〕

3月5日　森田草平、大阪文芸復興社から届いた金300円の原稿料を郵便貯金に預ける。20枚の原稿で300円、1枚15円である。東京新聞、実業之日本社の20円には及ばない。世間の相場を知らないので、受取の返事に注意をしてやる。〔草平選集〕

3月8日　永井荷風が新生社から新円で2,000円を受け取る。〔荷風全集24〕

3月15日　高見順、鎌倉文庫社より月給を貰う。500円は新円、残りは封鎖小切手。丹頂書房より検印3万部。〔高見日記06〕

3月15日　太宰治の菊田義孝宛書簡。菊田が太宰に送った3編について論評するが、そのうちの「潤滑油」を河北新報社から出版されている「東北文学」に送る、とする。ここは原稿料は1枚10円くらい。〔太宰全集〕

3月20日　永井荷風が扶桑書房より新円で2,000円とアメリカ製の食料、中央公論社より顧問給料500円を受け取る。〔荷風全集24〕

3月26日　永井荷風、鎌倉文庫より印税5,000円を新円で受け取る。＊『濹東綺譚』(昭21・4)の印税か。〔荷風全集24〕

4月4日　高見順、新潮社の酒井と会い、『故旧忘れ得べき』増刷5,000部の企画届に捺印する。また、昭森社より『晴れない日』の見本を見せられ、2万部の検印紙を持参されたので、印鑑を渡す。〔高見日記07〕

4月11日　海野十三が、原稿料が封鎖小切手で支払われることを日記の中で嘆く。新円での支払いと封鎖小切手の支払いとでは、進行速度、張合、出来栄えまでが違ってくると日記に記す。〔海野全集〕

4月16日　江戸川乱歩、「旬刊ニュース」にクイーンの「神の燈下」を100枚ぐらいの抄訳し、4回連載の約束をする。1枚50円。半金現金。
〔探偵40年下〕

4月16日　高見順のところに、丹頂書房の田中社長が来訪し、『流れ藻』の印税のうち、新円3,000円を渡される。
〔高見日記07〕

4月23日　高村光太郎のところに、「農民芸術」の村上氏来訪。創刊号への原稿に対する謝礼500円（新円百円札）を受け取る。
〔光太郎全集12〕

4月30日　森田草平、三沢敬義博士に「真鍋嘉一郎伝」の原稿を全部渡す。原稿料・印税に関して特別の要求はないが、著作権だけは編纂会に譲渡しないと言う。著作権を取り上げるようならすべて御破算。
〔草平選集〕

4月　伊藤整、在勤9ヶ月の帝産航空工業KKの落部工場を退職、退職金240円を受領。他に前期賞与として350円を貰う。この3ヶ月後の伊藤の原稿料は1枚30円だった。とするとこれは35枚分の原稿料となる。インフレ時代の金額である。
〔伊藤整〕

5月7日　谷崎潤一郎、鎌倉文庫の川端康成へ書簡を出す。鎌倉文庫で2月に出版した『蓼喰ふ蟲』の印税を使いの者に渡してほしい。都合のいい日時を教えるように。以前の話では月5,000円ずつなら何とかするとのことであった。5月31日付け川端宛書簡では、5月6月の2ヶ月分で1万円都合するように要請する。
〔谷崎全集26〕

5月8日　高見順、新潮社に行き、佐藤出版部長らと会う。『或る魂の告白』の出版を新潮社と約束したが、初版1万部、印税1割という条件であった。高見が関係している鎌倉文庫からも出版を要請され、文庫から出せば少なくとも3万部、印税は1割5分ということで、迷うが、新潮社への義理などから、新潮社から出版することにする。
〔高見日記07〕

5月9日　深尾須磨子、雑誌「女性線」からの原稿料200円を受け取る。
〔文学者日記08〕

5月12日　志賀直哉の上田海雲宛書簡。「印税は、ある本屋は一割五分、ある本屋は二割といふ事にしてゐますが、一割五分で差支えありません、前金で一万か五千貰へれば好都合ですが本屋も現金要るので、無理かとも思ひます、斎藤書店先月十五日過ぎ五千だけ持つて来るといひ、未だに現はれず、恐らく困つてゐるのだらうと思ひます」。
〔志賀全集13〕

5月16日　高見順、丹頂書房編集部長の持参した印税5,000円を受け取る。

〔高見日記07〕

5月18日　江戸川乱歩、雄鶏社の社員に『赤毛一族』の原稿を渡し、井上良夫未亡人ゆきに封鎖1,161円、自由1,161円。小栗虫太郎未亡人とみ子にも同額、合計4,644円の小切手4枚を受け取り、19日に書留で送金する。＊フィルポッツ『赤毛』の翻訳、小栗の死により井上の旧訳を使い、小栗名義で出版。　　　　　　　　　　　　　〔探偵40年下〕

5月23日　永井荷風が川端康成より鎌倉文庫の印税1万円を受け取る。『濹東綺譚』（昭21・4、現代文学選、定価20円）の印税か。　〔荷風全集24〕

5月26日　森田草平、扇書房の件を知らず云々。注記によれば、「前月二十六日、著者は"初恋"印税の一部として山吉より一、○○○円を受取り、これは扇書房よりのだと云われた。著者は扇書房なるものが、柏書房（旧成徳書院の編集者より成る）の公然たる姉妹会社だと考えていた。然るに、そうでなく柏書房の一専務の内職だと判明したのである」。
〔草平選集〕

5月頃　鈴木省三、弘文社を経営していた米林保吉より佐々木邦の『夫婦百面相』『ぐうたら道中記』の紙型を使って、紙型印税7パーセントで出版しないかと持ち掛けられる。結局、紙型印税5分5厘でまとまり、著者は1割で合意した。　　　　　　　　　　　　　〔出版回顧録〕

6月12日　谷崎潤一郎の、新潮社楢崎勤宛書簡。『盲目物語』の出版に関して、昭和6年に中央公論社に出版権を譲渡している。それを失念して、新潮社や創元社に出版許可を与えてしまった。そこで印税を中央公論社に支払うという条件で話し合いがつけば結構だと思います。『春琴抄』も同様に創元社に出版権があるも同然です。　　　〔谷崎全集25〕

6月17日　江戸川乱歩、三木紫郎（久鬼澹）より『甲賀三郎全集』10巻の企画を聞く。定価15円くらい、印税1割（内、3,000円現金）。監修は乱歩、編集は久鬼。出版社は湊書房で、昭和22年6月から23年9月までで完結した。　　　　　　　　　　　　　　　　　〔探偵40年下〕

6月20日　斎藤茂吉、「河出書房ノ飯山氏来リテ、長塚節全集ノ編輯者トシテ働イテクレ、5,000円グラヰノ謝礼ヤルトイフ」。　〔茂吉全集32〕

7月2日　高見順、神敬尚より創始する雑誌「白樺」で1万円の懸賞小説の募集を行うことを聞く。　　　　　　　　　　　　　〔高見日記07〕

7月4日　高見順、7月1日に東宝の岡本の来訪をうけ、「今ひとたびの」

の原作料を 5,000 円と言われたが、4 日には原作料として 1 万 5,000 円を渡された。 〔高見日記 07〕

7 月 9 日　改造社の山本実彦社長、山川均より著作出版の代わりに印税 2 万円の前渡し、それは民主戦線運動の資金ということで、木佐木勝に「大切な人なんだから」と出版を条件として渡すように命じた。先日火野葦平から「九州文学」再建のため資金として 10 万円の融通を申し入れてきたが、山本社長は難色を示し、木佐木が間に入って 5 万円を出してもらったことがあった。無条件だったからかもしれないが、火野もむかし『麦と兵隊』でどん底にあった改造社立ち直らせてくれた大切な人、闇紙を 200 万円購入できる社長にしてはみみっちいと思った。昭和 23 年 7 月 26 日の条に、火野より憤りの手紙が木佐木に届いた記事あり。
〔木佐木 04〕

7 月 13 日　深尾須磨子、臼井書房から 5,000 円を受け取る。＊詩集『永遠の郷愁』（昭 21・1、臼井書房）の印税か。 〔文学者日記 08〕

7 月 26 日　大内兵衛が改造社に申し入れていた『櫛田民蔵全集』に関して、木佐木勝は大内の自宅を訪問。改造社は選集ではなく全集の刊行で了解、ついては以前改造社で出版した大内著『日本財政論』の復刊を申し入れたが、ペンディングになった。全集刊行の条件は印税 1 割、別に編集費として印税の 1 分という大内から提案があり、木佐木には異存がなかった。8 月 3 日に大内宅を訪問し、編集費 2,500 円を渡そうとしたが不在、結局 8 月 13 日になって渡すことができた。 〔木佐木 04〕

8 月 6 日　楠山正雄のところに金の星社より稿代持ち来る。1,810 円（『たはら藤太』再版）。 〔楠山正雄〕

8 月 10 日　「群像」が初めての原稿料を支払う。正宗白鳥は「浅間の男」35 枚で 1 枚 100 円、計 3,500 円、そこから 1 割 2 分 6 厘の税金 441 円を引いて 3,059 円を現金で得た。この頃、原稿と引き換えに原稿料を支払わねばならない場合、経理課に仮の題で請求した。「群像」創刊号には「田園風景」との題で白鳥の小説が掲載された。 〔文士と文壇〕

8 月 10 日　三島由紀夫、「群像」から「岬にての物語」26 枚で得た原稿料は 1 枚 20 円。新円為替で支払われる。 〔文士と文壇〕

8 月 18 日　高村光太郎のところに、岩手日報の松本政治来訪。日本酒 1 升、なまり節一束（4 本）の他、原稿料 100 円を受け取る。

昭和21年（1946） 343

〔光太郎全集12〕

8月22日　三島由紀夫、「群像」から「岬にての物語」20枚分、1枚20円の原稿料を受け取る。46枚の新人の小説の原稿料が2回に分けて支払われることは通常ないが、新円の手持ちがなかったためかと大久保房男は推測。
〔文士と文壇〕

8月27日　森田草平、前日に苦楽社より「戦犯歌舞伎劇」の原稿料として1,300円を受け取る。200円は源泉課税。
〔草平選集〕

8月　小島政二郎「六月の雪」（「女性」、昭21・8）の原稿料は1枚100円。当時は100円札が最高のお札だったので、この原稿料の額に小島は驚く。
〔政二郎全集09〕

9月15日　楠山正雄のところに向後来り、童話集印税の内3,000円を齎す。
〔楠山正雄〕

9月16日　楠山正雄のところに日本書院より印税3,000円を齎す。内約1,000円を控除し来る。
〔楠山正雄〕

9月17日　楠山正雄のところに二葉書店より「幼年雑誌初等四年」創刊号を齎す。稿料360円附し来る。昨夕、映画演芸社200円を齎し来る。
〔楠山正雄〕

9月20日　森田草平、飛鳥書店より『輪廻』の印税3,000円及び印税用紙1万枚を受け取る。※7月12日に「小野の用件は飛鳥書房（ママ）から〝輪廻〟を出したいという事」とあり。また9月24日に校正の催促を受け「〝輪廻〟は労作なり、文章は辿々しけれど、内容は比較的充実し、今読んでも、多く悔いる所なし」。9月29日には「校正来る。上下と分たず、一巻で出すつもりである」とある。12月3日に『輪廻』の献本5冊を受け取る。「この頃の御時節としては上製本だということである。発行所が素人だから間の抜けた所が多い」。
〔草平選集〕

9月27日　永井荷風『来訪者』（昭21・9、筑摩書房）初版は5,000部。定価65円。
〔荷風全集24〕

9月29日　森田草平、小野康人より送ってきた1,000円を受け取る。「三馬、一九、漱石先生」を「ニュース誌」に載せることにしたので、その原稿料とのこと。
〔草平選集〕

9月30日　正宗白鳥、「群像」より随筆「青春回想」18枚の原稿料1,548円を新円現金で受け取る。1枚100円計1,800円、1割4分の税金252

円を差し引いた額。〔文士と文壇〕

9月 14年と4ヶ月つとめた「読売」を昭和21年9月にやめ、新聞3社連合に転じた三宅正太郎は、室生犀星に手紙を出すと、「お互ひ生きてゐてよかつたです、さて原稿同封」とあり、「最高の稿料をさし送られたく犀」と返事が来た。続いて連載小説「唇もさびしく」（原題名は「醜女」、「北海道新聞」「中日新聞」「西日本新聞」連載）を依頼した。
〔作家の裏窓〕

10月 「群像」創刊。400字詰め1枚の原稿料は、おおむね明治作家100円、大正作家70円、昭和作家50円、新人20円。〔文士と文壇〕

11月3日 萱原宏一、舟橋聖一と来年から始まる長編の原稿料を相談し、1回40枚、1篇1,000円でまとまる。1枚25円。当時、蜜柑1袋5個入り10円、1枚分で蜜柑12個半、40枚で蜜柑500個、大奮発の原稿料だが、高いか安いか。〔大衆文壇史〕

11月6日 楠山正雄のところに高岡襄来る。印税5,000円を齎す。
〔楠山正雄〕

11月14日 斎藤茂吉、岩波カラ計算書（6万円ノ印税差引カレ46,000円バカリ前借カラ返済スルコトガ出来タ）。〔茂吉全集32〕

11月24日 太宰治の堤重久宛書簡。印税は、再版なので1割でいい。印税のうち、3,000円くらいは新円で、出版の約束のしるしに前払いするのが、東京の出版社の常識になっているので、掛け合ってみてください。あとの印税は出版後でいい。＊『津軽』のことで、初版は昭和19年に小山書店（新風土記叢書第七編）から刊行。12月24日の条参照。
〔太宰全集〕

11月26日 高見順の物価観。「豆板」が10銭だったのが10円など、食料はすべて百倍となっている。時事新報の「仮面」の原稿料は1日200円、昔に換算すると2円。原稿料は10倍にしかなっていなく、その収入で百倍の食料を買わなければならない。「なるほど、箸は二本でペンは一本」。〔高見日記07〕

12月8日 森田草平の『初恋』の印税を1割2分と出版社は言ったが、森田は自分から1割でいいと言ったとのこと。山吉脩が『続大木先生』は書き下ろしなので1割2分にするとか、「正子（注：豊田正子）が一割二分で、俺が一割でよいと、そんな事は俺は云わなかったろうと思うが、

しかし俺は一割で我慢しよう」と、記している。〔草平選集〕

12月9日　佐野のところで、稜線文庫の配当金180円を受け取る。
〔島尾日記〕

12月18日　森田草平、不在中に飛鳥書店より7,500円を送金されていた。1万円のはずであったが、回収が着かなかったらしい。〔草平選集〕

12月20日　永井荷風、『来訪者』(昭21・9、筑摩書房)の印税残金約2万8,000円を受け取る。〔荷風全集24〕

12月23日　高見順、浅草の浜清での「武田麟太郎の会」に参加。そこでの会話に、酩酊した新田が、小島政二郎が200円、自分が60円と発言。同席する「コマンス」の記者小林の関わる原稿料のこと。小林は200円ではなく、100円と訂正した。〔高見日記07〕

12月24日　高見順、虹書房の水上勉より『恋愛年鑑』の印税のうち3,000円を受け取る。5,000部印刷するという。原稿を渡して1年以上経ており、他社からもしくは早く出版していたら、2、3万部は印刷していたはず。27日に『恋愛年鑑』の検印紙を渡される。〔高見日記07〕

12月24日　太宰治の前田出版社真尾倍弘宛書簡。『津軽』の出版の約束のしるしという名目で、印税から2,000円ほど越年資金として欲しいという内容。11月24日の条参照。〔太宰全集〕

12月26日　森田草平、『輪廻』の印税7,500円の内5,500円を自由貯金とし、2,000円を歳末用とする。〔草平選集〕

この年　永井荷風のこの年の原稿料・印税収入は26万4,429円。無税。
〔荷風全集24〕

この年　井深大と盛田昭夫は本年暮にソニーの前身会社のため野村胡堂の印税を頼り4万円の援助を得た。同年8月の増資時も彼の出資を得た。ソニー株は野村学芸財団の資金となり、盛田も『学歴無用論』(昭41・5、文藝春秋)の印税を同財団に寄贈。〔銭形平次の心〕

昭和21年頃　桜菊書院の福岡隆は、加藤武雄に1枚50円、大下宇陀児に1枚30円でと至上命令を受け、50円以下では書かないという大下に、「実は加藤武雄さんも30円で書いて下さった」と言ったら引き受けた。このウソは2人が会った時にバレ、こっぴどく叱られた。〔活字〕

昭和22年 (1947)

1月1日　高村光太郎、十字屋より電信為替で1,000円を受け取る。
〔光太郎全集12〕

1月1日　宇野浩二が日記の欄外に「320000」と記入。当時の財産32万円。
〔文学者日記06〕

1月9日　三島由紀夫、「軽王子と衣通姫」81枚の原稿料を受け取る。1枚30円、合計2,430円で、源泉徴収が1割4分だったので、手取り2,089円80銭。「群像」4月号掲載。
〔三島全集〕

1月16日　高見順、来訪した虹書房の水上勉より『恋愛年鑑』の印税内金2,000円を受け取る。また同書再版の「あとがき」を渡す。＊『恋愛年鑑』（昭22・1、虹書房）。
〔高見日記07〕

1月18日　高見順のところに、実業之日本社出版部の倉崎嘉一が訪れ、『日曜と月曜』1万部の印税を持参。＊『日曜と月曜』（昭21・12、実業之日本社）。
〔高見日記07〕

1月23日　高見順のところに、竹村坦来訪。『眼で見る愛情』の残部、定価を上げてまた本屋に出すということで、印税の追加を持参。
〔高見日記07〕

2月7日　高村光太郎、中島忠雄より出版業をやるために高村の著作出版権を与えるように言ってきたが、再考するように言いやる。
〔光太郎全集12〕

2月12日　森田草平、東西出版社より『漱石の文学』の印税1万350円を受け取る。税金を差し引いている。
〔草平選集〕

2月13日　高村光太郎、宮崎稔宛の書簡で、『午后の時』の翻訳に際し、翻訳権に関する出版法を守るように指示する。
〔光太郎全集13〕

2月13日　斎藤茂吉、「板垣君来リ税務署ノ話ヲナス。著作権ハ3年間ノ印税ヲ3分の1ニ平均シ、ソレニ3倍シタルモノヲ届ケルヨシナリ」。
〔茂吉全集32〕

2月15日　楠山正雄のところに新国劇より脚本料を齎す。＊2月28日条「二月三千新国劇」とあり。3,000円。
〔楠山正雄〕

2月18日　葛西善蔵の遺族の窮状を救うために、葛西の著作を改造社から出版して欲しい旨志賀直哉が木佐木勝に言う。木佐木は、葛西の作品の版権を改造社が買い取っていたが、葛西の遺族の了解のないままに親戚が版権を売り渡したとの志賀の話に引っ掛かって、事実がそうなら問

題があると思っていた。　　　　　　　　　　　　　　　〔木佐木04〕

2月21日　森田草平、1月30日に時女郁男より要請された『煤煙』の再刊などについて協議する。(1)伏せ字を埋めることと、挿絵について。(2)『デカメロン』の伏せ字に関して、コンラッドの訳書が入手できなければ明治大学蔵の英訳に拠ることとする。(3)新潮社では紙型を利用し、省略のところだけ後で補塡する計画。「そんな事で進駐軍の検閲が通るだろうか」。　　　　　　　　　　　　　　　〔草平選集〕

2月24日　高村光太郎のところに、関登久也来訪。先日受け取った原稿料500円のうち200円を返し、300円だけもらう。＊2月28日付けの書簡に、「あれから関登久也さんが（中略）訪ねて来られました。「玄米四合の問題」といふ文章のお礼に500円もらひましたが過分なので200円返却しました」。　　　　　　　　　　　　　　〔光太郎全集12〕

2月25日　島尾敏雄、最初に受け取った原稿料は「肉体と機関」で700円、次に12月11日に脱稿した「摩天楼」16枚の原稿料300円（文芸星座）。
　　　　　　　　　　　　　　　　　　　　　　　　　　〔島尾日記〕

3月6日　高見順、虹書房の宮内より小切手5,000円を受け取る。
　　　　　　　　　　　　　　　　　　　　　　　　　〔高見日記08〕

3月6日　高村光太郎、預金4万円（殖産銀行花巻支店）600円（同）、公債1万円（ひ号五分利公債三井信託保護預）小為替800円（4枚）、据置貯金4,500円（三菱駒込支店）総計55,900円。　　　　　　　〔光太郎全集12〕

3月10日　高村光太郎、村上菊一郎宛の書簡で、札幌青磁社より『仏蘭西詩集』の印税相当分を受け取ったことを報告する。＊光太郎訳「午後の時」が収録されている。　　　　　　　　　　　　　〔光太郎全集13〕

3月15日　「文藝春秋」に匿名で高見順の人物評を掲載。その記事中に、鎌倉文庫は作家の印税を引き上げた、とある。　　　　　　〔高見日記08〕

3月17日　楠山正雄のところに高岡裏来る。印税3,000円を齎す。＊2月28日条「三月（中略）三千、高岡、西遊記」、3月14日条「『西遊記』残稿を高岡一星社に手交す。」とあり。　　　　　　　　　〔楠山正雄〕

3月21日　秋田雨雀、「霞ヶ関書房、(『死える魂』2冊)」第1部印税（1万円）の2割（2,000円）を届けてくれた」。　　　　　　　　　〔雨雀日記04〕

3月30日　高村光太郎、鎌倉書房より送られてきた検印紙3,000枚に捺印をし始め、4月1日に終えて小包で返送する。3月30日付け宮崎稔宛

書簡に、「今日鎌倉書房から検印紙が届きました。草野君選の小生の詩集で、どうやら出版が近いやうです。検印紙などといふものの行はれる程信用の無い社会をあはれに思ひます」。〔光太郎全集12〕

3月30日　筑摩書房の竹之内静雄、「展望」の原稿料を高見順に渡す。1枚60円。去年は70円と言っていた。〔高見日記08〕

3月31日　楠山正雄のところに家の光より5,000円を齎す。＊2月28日条「三月（中略）三百五十、家の光」とあり。〔楠山正雄〕

3月　田村泰次郎「肉体の門」（「群像」、昭22・3）、単行本は同年5月、異装版同年10月、風雪社より出版、ベストセラーとなり、劇団空気座によって劇化、約1,000回上演、さらに映画化され、一躍流行作家となる。時価に直して年間数億円になった。〔うたかた物語〕

3月　梅崎春生「崖」（「近代文学」、昭22・2、3月合併号）は稿料1枚10円、65枚で650円、1割源泉課税で585円の心積もりでいた。稿料は翌22年になって本多秋五さんが650円渡してくれ、儲けものをしたような気がした。〔梅崎全集〕

4月7日　内田百閒、印税覚え書きの整理。昭和20年11月末から本日まで税金を差し引かない計算で14万7,870円の収入。三和銀行四谷支店と三菱銀行番町支店に各3万円宛の預金を残して15万円近くが生活で消えたと思うと、「胸中すがすがしき思ひ也」。〔百鬼園日記上〕

4月25日　森田草平、「苦楽」より原稿料として1,300円を受け取る。〔草平選集〕

昭和22年春　水上勉の務める虹書房の経営悪化。中山義秀は印税未払いについて文句をいわず、「ぼくは、つぶれかけている出版社が好きなんだ。助けてやるよ」と言った。〔冬日の道〕

5月9日　森田草平、東西出版社から5,000円を受け取る。〔草平選集〕

5月9日　木佐木勝、六代目尾上菊五郎の「芸談」の出版条件が、印税率を2割5分とすると聞き、現在は高くて1割5分、通常は1割なので、驚く。原稿の内容にはコクがあり出版に値すると感じていたものの、考え込んでしまう。5月12日に、2割5分は前例がなく、1割3分なら出版すると伝えた。木佐木は1割5分で妥協しようとしたが、山本実彦が2分値切ったとのこと。5月15日になって菊五郎側から1割3分で了承との返事があった。10月6日の条には、山本が同席した菊五郎に印税

の話を持ち出すと、その話は知らないという。仲介した者が勝手に印税の件を条件にしたらしいことが分かった。〔木佐木04〕

5月31日　森田草平の日記、「岩波が漱石の著作権の切れた瞬間から印税を払わぬというのは、それと共に夏目家から著作権の残っている日記、書簡集について高率の印税を要求すると云うのは、双方とも商売的であり法律的である。宜しく印税を全部払って、夏目の岩波に対する借金を返させると共に、遺族の餓えさせぬようにその金を積んで置いてやってくれ。それが大岩波として当然すべきことだと要求したが、安倍は〝大岩波じゃないよ〟と云って諾かなかった」。〔草平選集〕

6月2日　楠山正雄のところに柏書房加藤より礼金3,000円を齎す。〔楠山正雄〕

6月3日　楠山正雄のところに新国劇より「白野弁十郎」大阪興行謝金5,000円を齎す。〔楠山正雄〕

6月7日　永井荷風が扶桑書房から出した著書の印税は、『罹災日録』（昭22・1）5,000部残金1万6,832円、『夏姿』（昭22・3）1万部、税引金5万4,400円、『問はずがたり』（昭21・7初版）3版3,000部、税引金1万608円。記載。税務署より財産税通知書を受け取る。財産金高34万4,100円、税額12万2,460円、これとは別に4万6,673円5銭、納付額7万5,786円95銭。〔荷風全集24〕

6月16日　谷崎潤一郎の新潮社中根駒十郎宛書簡。新潮社より執筆依頼を受け、6月9日に京都御所で天皇陛下に拝謁した折のことを日記の一節として書いても骨は折れないが、2、30枚ぐらいになる。1枚300円ぐらい。〔谷崎全集26〕

6月23日　高村光太郎、「展望」に掲載する原稿到着したことで、臼井吉見よりその原稿料15,000円を小為替で受け取る。佐藤弘より原稿用紙500枚受け取る。＊6月17日に詩稿20篇28枚ほどを小包で送っている。1枚600円程度か。9月4日に「展望」7月号を受け取っており、そこに「暗愚小伝」所載。6月20日に佐藤に原稿用紙購入費用として125円を渡していた。〔光太郎全集12〕

6月27日　高村光太郎、昭和21年度所得額申告書に収入などを調査し、次のように書き込む。1万7,000円（原稿、印税）、620円（利子）、総所得1万7,620円。所得税額2,700円、源泉税1,000円、差引納税額1,700円。

6月、8月、10月、1月末日期限で、納税額各425円ずつ。

〔光太郎全集12〕

6月27日　森田草平、豊田正子に対して、選集の出版により東西出版社で月々1,000円の前渡しを承諾した旨を話す。　〔草平選集〕

6月28日　高村光太郎のところに、『道程』の件などで更科源蔵来訪。検印紙と印とを更科に託し、捺印してもらうことにする。印を青磁社には渡さぬように注意する。　〔光太郎全集12〕

7月19日　高村光太郎、昭和22年度地方税の令書を受け取る。東京の家屋税625円90銭、7月25日期限。内訳は都税365円10銭、区税260円80銭。　〔光太郎全集12〕

7月22日　山田風太郎、自由出版社村瀬逞より「宝石」当選の小説7人分まとめて新鋭探偵小説集として出版したい、1部35円以上、部数5,000以上、印税は8％、これを7人等分しては如何と、との手紙を受け取る。

〔派閣市日記〕

7月23日　森田草平、時女より『煤煙』1万部、『輪廻』7,000部の印刷にかかると連絡を受ける。　〔楠山正雄〕

8月2日　山田風太郎、「みささぎ盗賊」原稿料1枚50円、計1,550円。この中税金とられて1,395円を受け取る。　〔派閣市日記〕

8月4日　楠山正雄のところに家の光の遠藤来る。『アンデルセン童話集』1万刷印金の残余を齎す。計2万4,000円、税金3,068円75銭。＊『アンデルセン物語』（昭22・10、家の光少年少女文庫）の印税か。　〔楠山正雄〕

8月11日　山田風太郎、受け取った原稿料を使って100円を余すのみ。この中500円は医書を買っちまったのだがあとは何につかったか判然としない。　〔派閣市日記〕

8月12日　志賀直哉の西村孝次宛書簡。「出版、細川書店にきまつたさうで、印税二割を一割八分にして二分を編輯費にしては如何かといふ話、いい考へと思ひ賛成しました」。　〔志賀全集15〕

8月13日　楠山正雄のところに日本演劇社より稿料600円来る。

〔楠山正雄〕

8月14日　森田草平、昨日東西出版社より『漱石の文学』の印税の勘定が間違っていたとして、9,000円（内税金1,350円差引）を送られる。「追加だからいいが、行過ぎだとて差引かれたら耐らない。今後は必ず明細

書を附けよと云ってやる」。＊『漱石の文学』(昭21・12、東西出版社)か。

〔楠山正雄〕

8月15日　太宰治の小山清宛書簡。「東北文学」9月号？の「離合」の原稿料として小為替2,856円送ってきたので、それを小山に送るために住所を確かめる内容。9月3日付け小山宛書簡で、実際に送金したこと、お金を受け取ったら河北新報社の「東北文学」編集部に受取書を出すように依頼している。

〔太宰全集〕

8月16日　高村光太郎、鎌倉書房より『光太郎詩集』の印税の一部を受け取る。＊7月12日付け宮崎稔宛書簡に、「「光太郎詩集」は鎌倉書房から五冊届きました。一冊署名して別封小包でお送りしました。誤植は十三箇所ありました。印税は果たしてよこすかどうかと思つてゐます。知らない本屋はあてになりません。いつかお手数を煩した「展望」へは詩稿届いたさうで稿料をもらひました。(十字屋さんからこのハガキ四百枚届きました。)」。8月25日付け宮崎春子宛書簡に、「最近「光太郎詩集」を出した鎌倉書房から印税の一部といふので金をほんの少々」届けられたとある。

〔光太郎全集12〕

8月23日　楠山正雄のところに光文社、東西社来る。原稿料1万円、9,000円を齎す。＊光文社の「名作物語」「幼年文庫」のシリーズ執筆の稿料か。

〔楠山正雄〕

8月27日　高村光太郎、草野心平に『光太郎詩集』編集の慰労として小為替で1,000円進呈する。

〔光太郎全集12〕

8月　河出書房で「文芸」の編集者になった杉森久英は仏文学者齋藤正直が堀田善衛の見開き2頁位の詩を持参して稿料3,000円を払ってくれ、奥さんが受付で待っているといわれた。2、3ヶ月前の稿料さえ未払いなので会うことを断わった。まもなく堀田は流行作家になった。

〔戦後文壇〕

8月頃　蓮如遠忌に際し「週刊朝日」で吉川英治の連載企画が起こり、浄土真宗本山より英治への10万円の謝礼と原稿料や調査の負担、同誌に約7万部分の用紙の協力が伝えられた。同誌の発行数は10万部で、割当委員会の割当は3万5,000部だった。

〔吉川英治氏〕

9月1日　島崎藤村の死後5年が経過したが『破戒』や『夜明け前』の売れ行きがよく、この年の税額は24万5,662円に達した。

〔青鉛筆〕

9月30日　正宗白鳥が「空想の天国」28枚の原稿料4,284円を得る。1枚180円で計5,040円、1割5分の税金756円を引いた額。〔文士と文壇〕

9月　池波正太郎の「南風の吹く窓」、第2回読売演劇文化賞に佳作入選となり、賞金3,000円獲得。以後、選者の長谷川伸に師事。第1回の応募作「雪晴れ」は7篇の入選作の3位になり、選者の村山知義が新協劇団で取り上げられ、宇野重吉らによって上演された。〔池波正太郎〕

9月　アメリカの推薦図書64冊が日本出版協会によって展観入札される。印税率は2割から2割5分という高率で、最高は『レイテ湾における日本艦隊の最後』の3割8分で、続いてジョセフ・グルー『滞日十年』が3割6分、『汚れた手』が3割2分だった。〔講談社01〕

9月　梅崎春生「日の果て」(「思索」、昭22・9)原稿料は1枚50円で合計5,000円ばかり貰った。しかし芝居や映画になり、単行本や文庫に入ったりして1枚1万円位になった。よく訓練された泥棒猫のように「日の果て」はあちこちにかけずり廻り、原作料や印税をくわえてはかけ戻って来た。〔梅崎全集〕

10月2日　高村光太郎、宮崎稔に手紙を出す。その中に、「札幌青磁社は四苦八苦といふ事で「道程」の印税もまだ来ません。「光太郎詩集」の鎌倉書房も多分印税は約束の半分だけですます気でせう。十字屋から「美術批評集」(題は未定)が出たら印税半分は貴下に進呈します」。〔光太郎全集13〕

10月5日　楠山正雄のところに光文社の神吉晴夫来る。印税1万7,000円を齎し、日本童話新集二部著作を依頼。〔楠山正雄〕

10月9日　永井荷風が『浮沈』(昭22・1、中央公論社)5,000部の印税は3万8,848円60銭。〔荷風全集24〕

10月9日　永井荷風が扶桑書房から出した著書の印税は、『罹災日録』再版2,000部1万2,240円、『勲章』初版1万2,000部、82,822円、『夏姿』再版1,500部8,606円、『問はずがたり』4版1,500部6,502円、『荷風日暦』上下6,000部3万6,720円、同再版1,000部1万4,790円、合計16万1,680円。〔荷風全集24〕

10月18日　高村光太郎のところに、武者小路穣来訪。宮沢文庫に関する話で、今後3ヶ月に2冊くらいの割で出版し、1冊分印税1万8,000円ほどとのこと。宮崎稔への謝礼は、出版の都度、印税の1割を宮沢家

と組合で持つことにしたいとのこと。〔光太郎全集12〕

10月　「群像」今月号より連載が開始された丹羽文雄の「哭壁」（〜23・12）の原稿料は、第1回52枚が1枚150円で合計7,800円、手取り6,630円、最終回97枚が1枚800円で合計7万8,000円、手取り6万6,640円だった。〔終戦後文壇〕

11月2日　高村光太郎、札幌青磁社より『道程』の印税約半額、「至上律」原稿料、口画料等を受け取る。＊翌日に更科源蔵に小切手受取りの手紙とお礼に500円為替2枚を送る。〔光太郎全集12〕

11月4日　高村光太郎、『道程』復元版に関して更科源蔵に「税15％といふのは今日最高の率でせう。甚だ恐縮に存じます。」と謝意を伝える。〔光太郎全集13〕

11月4日　山田風太郎、ロックより「万太郎の耳」の原稿料1,860円来る。＊31枚。1枚あたり60円。〔派閥市日記〕

11月15日　高村光太郎、宮崎稔にハガキを出す。「賢治文庫落丁分を差引くとは驚きました。印税等にはまるで関係しないので小生も知りませんでした。落丁が著者側の責任であるいはれはなく、これは出版者が当然負ふべき責任でせう。「展望」は九月号もまだ届かない次第で、「光太郎選集」の案内が出てゐる事も未知。筑摩書房から選集を出す事は承諾しましたが、具体的な話はまだして居らず、ずつと後の事になるでせう。鎌田敬止さんからは長い間便りがありません」。〔光太郎全集13〕

11月22日　太宰治の八雲書店亀島貞夫宛書簡。『太宰治全集』の印税の中から2万円を前借できるとありがたいので、手配を願う内容。〔太宰全集〕

12月3日　川端康成が片岡鉄兵夫人に学進書房から刊行された書籍について手紙で説明する。片岡家には5万円のうち3万5,000円が支払われたが、学進書房側は印税7万6,000円を人を介して支払ったつもりだった。＊片岡鉄兵『新恋愛論』（昭22・2）のことか。〔康成全集補巻〕

12月23日　山田風太郎、「宝石」から「手相」原稿料送って来る。1枚70円。24枚で1,630円。税252円で差引1,428円。〔派閥市日記〕

12月28日　永井荷風が扶桑書房より1万8,300円を受け取る。＊31日の日記に「扶桑書房の為に十六万円の印税金を踏み倒さる。」とある。〔荷風全集24〕

12月29日　山田風太郎、凡人社より「天使の復讐」の原稿料を送って来る。2,700円（税405円）つまり2,295円。原稿料やっと1枚90円になった。
〔派閻市日記〕

12月30日　この日、横光利一死去。戦前から書き続けられた『旅愁』は未完のままで3巻まで刊行、30余万部売れていた。改造社は印税を旧円の封鎖預金で支払ったので、それは通帳に入っても、月額で世帯主300円、家族1人につき100円しか引き出せなかった。
〔栄華物語〕

この年　舟橋聖一「田之助紅」の映画化について、原作料として菊池寛より愛用のダットサン（日産の国産乗用車）を送られる。
〔父のいる遠景〕

この年　永井荷風のこの年の原稿料・印税収入は37万1,713円。申告金12万円。税金4万5,390円。
〔荷風全集24〕

この年　時代小説の出版は無理だと思っていた野村胡堂に出版社から依頼が相次ぐ。昭和22年刊行の胡堂の著書は復刊を含め43冊、23年は同じく42冊。「俺の一生分をたった一年で稼ぐ」と羨む作家もいた。稿料は吉川英治や石坂洋次郎と同じ最高額だった。
〔野村胡堂〕

昭和23年（1948）

1月4日　高村光太郎、宮崎稔に書簡を出す。「昨日鎌田さんから『智恵子抄』三冊送つてきましたから、『道程』復元版特製と一緒に別封でお送りします。歌集（『白斧』とは誰がつけたのか、小生の知らぬ題名ですが）が出たら、世話になつた市毛さんとかいふ人にお礼をすべきです。どの位さし上げたらいいものか、五百円でせうか、千円でせうか。御指示を願ひます」。＊昭和22年12月5日付け朝日新聞社和田豊彦宛書簡に「白斧」に対する不満が書き記されている。23年2月15日付け多田政介宛書簡にもあり。
〔光太郎全集13〕

1月10日　昨年暮れに亡くなった横光利一の全集の出版に関して、改造社社員の青井が新潮社は印税1割8分を提示しているとの情報を山本実彦、木佐木勝に告げる。青井は出版権をとるために2割を提示すべきと言い、山本もこれを了承したが、木佐木は法外と思った。2月2日に正式に全集の出版を改造社に認める旨横光家より伝えられた。2月7日に山本家に横光未亡人、川端康成などが集まって打ち合わせを行い、席上川端が印税2割の申し出は冒険、せめてそのうち1分は全集の編集費に

回すことを提案し、了承された。山本は川端の提案を大いに感謝した。2月21日に第1回の『横光利一全集』の小委員会開催。木佐木は印税1割9分が定価を決定する際に不利になることを懸念する。＊『横光利一全集』（昭23・4～全26巻、定価350円～560円）　　　　〔木佐木04〕

1月16日　山田風太郎、共同印刷内の旬刊ニュース社で「虚像淫楽」55枚（注文は40枚）を渡すと、社では枚数オーバーに困惑する。「宝石」から「眼中の悪魔」の原稿料1枚80円、枚数79枚計6,320円、税948円、差引5,372円を受け取る。＊「虚像淫楽」（「旬刊ニュース」別冊、昭23・5）。「眼中の悪魔」（「別冊宝石」、昭23・1）。　　　　〔派闇市日記〕

1月19日　楠山正雄、演博に赴く。坪内士行に会う。演劇年鑑稿料1,000円。　　　　〔楠山正雄〕

1月19日　高村光太郎、鎌田敬止に印税に関して殖産銀行を指定、幾度かに分けて送金もよしとする。『道程』印税よく分からないので。もう一度よく見ることにする。　　　　〔光太郎全集12〕

1月20日　高村光太郎、確定申告書に書き入れる。所得金額7万6,875円。『道程』7万125円、「ブランデンブルグ」3,000円、「群像」2,000円、「婦人公論」1,000円、「毎日新聞」750円。規定控除額3万931円25銭。差引所得税額3万531円25銭。源泉徴収税1,012円50銭。予定納税額（1年分）2,700円。実際第4期税2万7,243円75銭。＊詳細な計算式あり。　　　　〔光太郎全集12〕

1月21日　高村光太郎、銀行で青磁社の小切手を、税金2万8243円70銭、預金1万円、現金1万8,836円30銭に振り分ける。　　　　〔光太郎全集12〕

昭和23年初め　川端康成が『横光利一全集』の版元を改造社に決め、予約金を50万円にしたと菊池寛に報告。菊池は改造社にそんな大金があるはずがないと驚いたが、領収済みだった。＊同全集は全24巻を予定していたが23巻までが刊行（昭23・8～26・3）。　　　　〔康成全集28〕

2月13日　高村光太郎、銀行に行き、鎌田敬止より受け取った小切手2万400円を1万円預金、他は現金にする。　　　　〔光太郎全集12〕

2月14日　高村光太郎、十字屋の印南来訪。歌集の強行出版について咎めると、直接交渉しなかった手落ちを謝る。上製800余。並製2,000部だけ出版を許可する。　　　　〔光太郎全集12〕

2月18日　高村光太郎、鎌倉書房より『光太郎詩集』再版1,000部の要

2月23日　中央公論出版部の岩本、高見順に評論集『文学者の運命』の検印紙を持参。2,000部。＊昭和23年3月刊行。　〔高見日記08〕

2月27日　山田風太郎、春陽堂「ユーモア」誌より「雪女」の原稿料3,145円受け取る。　〔派閥市日記〕

2月29日　楠山正雄のところに小野田通平来る。『蛙の王さま』印税を齎す。1万3,000円。＊『蛙の王さま』（昭22・12、世界童話集、東西社）。　〔楠山正雄〕

3月1日　楠山正雄のところに神吉晴夫来り、印税を齎す。1万円。　〔楠山正雄〕

3月上旬　「月刊コメディ・リテレール」の「アプレ・ゲール創作特集」をめぐる編集室での会話。原稿料1枚550円に値上げを提示したが、最低2,000円という論を30分間展開したのが2人いた。引き受けた著者は産先脹生、野馬拾、汁菜輪蔵、砂糖渋一、泣村死一郎らだった。　〔地獄篇〕

3月7日　楠山正雄のところに新国劇の山田来り、上演料5,000円を齎す。　〔楠山正雄〕

3月15日　太宰治の新潮社野平健一宛書簡。19日に社に行くので野原一夫に、そのときに3版5千部（前に2万円もらっています）の残りの印税をもらうこと、『斜陽』3部をもらいたいこと、『斜陽』の映画化は立ち消えになったので委任状を返却か破棄かをねがうことなどを伝えるように言う内容。　〔太宰全集〕

3月17日　永井荷風が『濹東綺譚』（昭12・8初版、岩波書店）の印税2万4,600円を受け取る。　〔荷風全集24〕

3月18日　山田風太郎、放送局より先月の「達磨峠」放送の謝礼金2,000円、税300円、差引1,700円を受け取る。　〔派閥市日記〕

3月18日　布川角左衛門（岩波書店編集部）、「『遍歴』の印税2割を1割5分に減らし、定価200円に下げる」件で斎藤茂吉を来訪。　〔茂吉全集32〕

3月19日　永井荷風、中村光夫（当時、筑摩書房編集部）が訪れ『来訪者』（昭21・9、初版、定価65円、昭23・2、特製限定500部、定価240円、筑摩書房）再版の印税12万7,500円を受け取る。　〔荷風全集24〕

3月19日　山田風太郎、自由出版社より単行本『殺人万華鏡』（「達磨峠

の事件」を含む）の印税が来る。2,500 部出版の由、うち 2 分を推薦者の江戸川乱歩、8 分を 7 人の作家にて分配。1,425 円、税 210 円、差引 1,215 円。
〔派閥市日記〕

3 月 21 日　山田風太郎、名古屋の『新探偵小説』より「泉探偵自身の事件」の原稿料 2,500 円を受け取る。　〔楠山正雄〕

3 月 23 日　森田草平、飛鳥書店の時女郁男より印税として小切手 5,000 円を受け取る。　〔草平選集〕

3 月 26 日　高村光太郎、『光太郎詩集』再版のため検印紙 1,000 枚に捺印する。＊29 日に鎌倉書房より至急検印紙を送るようにとの 26 日発信の電報を受け取る。4 月 1 日に鎌倉書房から電為替が届く。　〔光太郎全集 12〕

3 月 27 日　森田草平、上田庄三郎より「そぞろ語」の原稿料として 1,000 円を受け取る。　〔草平選集〕

3 月 29 日　永井荷風が『浮沈』（昭 22・5 初版、中央公論社）再版の印税 4 万 3,350 円を受け取る。　〔荷風全集 24〕

3 月 30 日　室生犀星が「新潮」より小説の依頼を受ける。2 年ぶりの依頼だったが、1 枚につき原稿料 200 円といわれ、他誌との兼ね合いから 300 円と答える。　〔犀星全集 02〕

4 月 1 日　永井荷風が特別限定本 1,000 部『荷風句集』（昭 23・2、細川書店）の印税 4 万 800 円を受け取る。　〔荷風全集 24〕

4 月 9 日　室生犀星が「文藝春秋」より詩 1 篇の原稿料 1,000 円を受け取る。「7 行しかない。つひに詩も千円になりしか」と日記に記す。
〔犀星全集 02〕

4 月 10 日　高村光太郎、「ワタルさん」より湯口局からとってきた電為替 4,760 円、花巻局からとってきた 34 円を渡される。　〔光太郎全集 12〕

4 月 15 日　室生犀星が小説「身を固める」（「日本小説」、昭 23・6）40 枚の原稿料の内金 1 万円を受け取る。1 週間後との約束だった残額は、同月 24 日に 5,000 円受け取る。　〔犀星全集 02〕

4 月 20 日　高村光太郎、鎌倉書房より受け取った印税 3,000 円を山口小学校増築資金へ寄附する。　〔光太郎全集 12〕

4 月 30 日　室生犀星が 1 回 3 枚につき原稿料 1,000 円の条件で連載小説の依頼を受け、こちらを承諾し、共同通信からの依頼を断ることにする。
〔犀星全集 02〕

4月30日　室生犀星が小説「蝶夢千年」(「中央公論」、昭23・4)の追加原稿料 3,115 円を受け取る。支払い済みの額が違っていたため追加で送られてきた。犀星は「さすがに中央公論」と思うが、当時の率 (4,500 円) で受け取るべきだと考えて領収書の傍書きに記す。　〔犀星全集 02〕

5月9日　室生犀星が札幌青磁社より詩の原稿料 2,150 円を受け取る。
〔犀星全集 02〕

5月11日　改造社が『種の起源』の翻訳者石田周三に印税の前渡し分 1 万円を支払う。　〔木佐木 04〕

5月19日　室生犀星が「地上」より詩の原稿料 1,000 円を受け取る。
〔犀星全集 02〕

5月22日　室生犀星が「女性ライフ」より俳句の原稿料 680 円を受け取る。
〔犀星全集 02〕

5月22日　木佐木勝、書籍小売業組合連合会理事で箕輪の集文堂主人の大川雄義に招待される。席上、現在の出版界と小売店の立場について聞いたが、小売店はインフレと増税で倒産危機に直面しており、小売店の利幅が 1 割 5 分であるのを最低 2 割 5 分に引き上げなければ、商権・生活権は守れないと言われた。　〔木佐木 04〕

5月26日　室生犀星が小説「妙齢」(「苦楽」、昭23・9) 30 枚を入稿。原稿料は 1 万 2,000 円。俳句「あやめ」5 句 (同誌、昭23・8) の原稿料 420 円を受け取る。　〔犀星全集 02〕

6月2日　山田風太郎、世界社より「妖僧」の原稿料 1 枚 200 円、計 4,800 円、税差引 4,080 円を受け取る。　〔派閥市日記〕

6月5日　山田風太郎、中学同窓の雑誌「リベラル」編集者中村誠から、舟橋聖一の原稿料が 1 枚 1,000 円と聞く。　〔派閥市日記〕

6月7日　山田風太郎、江戸川乱歩邸へ行き、島田一男、高木彬光らと会し、新人会で 1 枚 200 円以下では執筆しないことを決める。〔派閥市日記〕

6月9日　室生犀星が「アサヒグラフ」より詩 1 篇の原稿料 1,200 円を受け取る。　〔犀星全集 02〕

6月15日　草野心平、青磁社より『日本沙漠』の印税 9,000 円を受け取る。＊6月10日に 5 本電報を打ち、これに返信がないときには印税もいらないし出版も見合わせるとした。　〔心平日記〕

6月16日　山田風太郎、祐天寺の武田武彦 (岩谷書店社員) 宅へ行き、短

昭和23年（1948）

編集『眼中の悪魔』の構成を「眼中の悪魔」「芍薬屋夫人」「虚像淫楽」「万太郎の耳」「手相」「達磨峠の事件」6編の予定とし、印税は8分の約束をする。〔派閣市日記〕

6月21日　『横光利一全集』第3回配本「旅愁」（三）の見本出来上がる。木佐木勝、横光家に届ける第3巻の印税（支払い額64万円）と月報の原稿料（1枚150円）の支払いの金額を会計に請求する。全集の印税は第3回目は部数が落ちているので、1回目ほどではない。月報の原稿料は、インフレの時代に1枚150円は安いので、次回から値上げしようと考えている。〔木佐木04〕

6月23日　秋田雨雀、「郵便貯金25,000円。箭田静江名1万円、通帳も住所変更の届をすます。「生活社」の人が来て『山上の少年』を出版することを決定、1部売価100、3千部出す由」。〔雨雀日記04〕

6月23日　室生犀星が近代出版社より『藍子』の装幀料2,000円を受け取る。〔犀星全集02〕

6月29日　室生犀星が鎌倉文庫「社会」より原稿料2万円のうち7千円を受け取る。残額は7月20日まで待つよういわれる。＊7月14日に「鎌倉書房」より残額1万円を受け取る。税引。〔犀星全集02〕

7月5日　中野重治の単行本『雪の下』の印税は、2〜3万円という予想だった。＊『雪の下』は、那珂書店より昭和23年7月1日発行。定価150円。〔愛しき者へ下〕

7月20日　斎藤茂吉、朝日新聞出版部の斎藤実に『茂吉小文』（昭24・2、B6判、180円）の原稿を渡す。印税は普通1割の由。〔茂吉全集32〕

7月23日　森田草平、堯丸より七星社から5,000円受け取ったとの報告を受ける。〔草平選集〕

7月25日　斎藤茂吉、朝日新聞の須藤氏来訪、朝日歌壇の選承諾する。謝金1万円。〔茂吉全集32〕

7月26日　森田草平、アカハタの編集長姉歯三郎より「前衛」の原稿料2,200円を受け取る。〔草平選集〕

7月29日　室生犀星が小説「眼界」（「別冊文藝春秋」、昭23・11）30枚の原稿料1万8,000円を受け取る。〔犀星全集02〕

8月3日　森田草平、起町の講演を断る。講演料が500円。前後5日間もかかり、経済的にやりきれないからで、煙草代にも足りない。〔草平選集〕

8月7日　山田風太郎、旬刊ニュース社よりコンクール1等当選の連絡を受ける。12日に賞金1万円を取りに来るように連絡があった。
〔派閥市日記〕

8月9日　高村光太郎のところに、小山書店の高村昭来訪。小山書店より10月号創刊の雑誌に詩を依頼される。「心」のために書いた「東方的新次元」を見せると、所望される。今月中の締め切りとのこと、あとで決めることにする。面疔で出来なかった『智恵子抄』の検印紙2,000枚の捺印をしてもらう。8月23日に小山書店に「東方的新次元」を送る。
〔光太郎全集12〕

8月9日　室生犀星が「至上律」より詩の原稿料2,100円を受け取る。
〔犀星全集02〕

8月14日　室生犀星が「小説新潮」より俳句5句の原稿料850円を受け取る。1,000円を要求し、税引きで届いた額。
〔犀星全集02〕

8月17日　山田風太郎、東西出版社にて、江戸川乱歩・京橋警察署長の立会のもと、山田の「虚像淫楽」に投票した読者から3名を選び、出版局長龍口直太郎より1万円を貰う。
〔派閥市日記〕

8月17日　楠山正雄のところに小峰来る。童話全集編集の事を定む。2万円余を齎す。
〔楠山正雄〕

9月2日　山田風太郎、今井彬彦より原稿料1万4,700円、税差引1万2,500円を受け取る。原稿用紙10帖200円、藁半紙百枚100円を購入。
〔派閥市日記〕

9月4日　山田風太郎、午前に岡村より「笑う道化師」の原稿料4,000円余りを受け取る。午後に読売の福沢より「青銅の原人」の原稿料1万3,200円、税差引1万1,240円を受け取る。
〔派閥市日記〕

9月14日　高村光太郎、小山書店より詩稿料として5,000円を受け取る。
〔光太郎全集12〕

9月18日　高村光太郎、池田克己より印税の内金5,000円を書留で受け取る。また、湯口局でニッポンタイムス購読料13ヶ月分1,263円60銭を小為替2枚で支払う。明年10月16日まで。
〔光太郎全集12〕

9月23日　永井荷風が『荷風全集』（昭23・3〜28・4、中央公論社）の第2回印税25万9,233円を受け取る。
〔荷風全集24〕

9月24日　「文学時評」は原稿料を支払っていなかったものらしい。中

野重治は「一銭にもならぬ」「文学時評」の原稿を 25 枚渡して骨が折れたと言っている。＊この原稿は何であるか不明。　　　　　〔愛しき者へ下〕

10月12日　森田草平、堯丸とともに東西社に赴き、小野康人より 1 万円を受け取る。　　　　　　　　　　　　　　　　　　　　　〔草平選集〕

10月22日　森田草平、昨日日本評論社の村上一郎より「ガラシヤ夫人」を来年正月号から掲載したい、最低 1 枚 300 円〜 350 円だと思っているように言われる。森田はインフレなのでスライド制の条件を持ちだし、大体承知したが、再考してみると、社主は商人なので、編集者を信じて 1、2 ヶ月たって値上げを要求するのは拙い。そこで 500 円なら 500 円と決めて突っぱねる方がいいと思い、その旨の手紙を書いた。　　〔草平選集〕

10月23日　永井荷風が中央公論社より原稿料 2 万円を受け取る。
　　　　　　　　　　　　　　　　　　　　　　　　　　　　〔荷風全集 24〕

10月25日　正宗白鳥、「日本脱出」202 枚の原稿料 13 万 7,360 円を受け取る。1 枚 800 円で計 16 万 1,600 円、1 割 5 分の税金 2 万 4,240 円を引いた額。　　　　　　　　　　　　　　　　　　　　　　　〔文士と文壇〕

10月28日　高見順が来訪した池田から聞いた話。東西出版社の「ニュース」増刊号の原稿料、田村泰次郎 1 枚 1,000 円、川端康成 1 枚 800 円、丹羽文雄 1 枚 800 円。川端さんに 800 円は悪いと池田は注意したという。
　　　　　　　　　　　　　　　　　　　　　　　　　　　　〔高見日記 08〕

10月28日　山田風太郎、銀座ルパン社菊池妙子より原稿料を依頼され、1 枚 500 円と言ったら「タマげた顔なり。」「白バラ殺人事件」(8 枚分) の原稿料 2,300 円を受け取る。　　　　　　　　　　　　〔派閥市日記〕

10月30日　森田草平、東西社に行き、時女郁男より七星社から取ってきた小切手 3 万円を受け取る。小野に預けて、内 5,000 円を取り、あとは堯丸の学資にするつもりである。　　　　　　　　　　　〔草平選集〕

11月5日　森田草平、堯丸が持ち帰った 5,000 円を受け取る。小野に預けた七星社の分である。　　　　　　　　　　　　　　　　〔草平選集〕

11月11日　戦後、志賀直哉は世田谷新町から熱海の稲村大洞台に転居した。その直哉を訪ねた時、直哉は「作家と文筆業者をはっきり区別しなければならぬ。いまの作家はみんな文筆業者になってしまった。昔はそうじゃなかったが」つまり「書きたい時に書きたいものを書く」という信念をこの時も聞かされたわけだった。　　　　　　　　〔作家の裏窓〕

11月12日 室生犀星が野依秀市の雑誌から原稿料2,000円を受け取る。先払いを要求した返事。この額では10枚は書くことはできないが、相当の枚数を書くことを約束する。 〔犀星全集01〕

11月13日 森田草平、小野康人より1万円受け取る。5,000円を2回、都合2万円となる。他に上京の当座に1万円、これはクリスマス・カロルの前金のつもりであったが、七星社の3万円は全部小野から受け取ったことになる。 〔草平選集〕

11月19日 島尾敏雄、有木より「鎮魂記」を新年号には掲載できなかったこととともに、その原稿料1万4,000円弱を送ってくる。＊「鎮魂記」10月25日に脱稿、同日から27日に清書している。10月13日に「群像」に50枚の小説とある。 〔島尾日記〕

11月27日 森田草平、堯丸が日本評論社から受け取ってきた3万円を信州に送ってもらう。 〔草平選集〕

11月30日 森田草平、藤田に東西社から1万円を取ってきてもらい、内2,000円を藤田の細君に渡す。これで東西社から3万円受け取ったことになる。つまり七星社の金はこれでおしまいとなる。他にクリスマス・カロルの1万円が前借りである。 〔草平選集〕

12月2日 森田草平、広島図書より1万円を受け取る。 〔草平選集〕

12月4日 山田風太郎、「ホープ」の篠原より「黒檜姉妹」の原稿料2万4,300円、税3,645円、差引2万655円を受け取る。 〔派闇市日記〕

12月5日 高村光太郎、「女性線」より原稿料を受け取る。＊12月6日付け堀尾勉宛ハガキで、「「女性線」から稿料を思の外に多く届けられ、恐縮に思ひました」。 〔光太郎全集12〕

12月5日 室生犀星が小説「一夜を」(「小説界」、昭24・1)の原稿料3万円のうち1万円を受け取る。＊前月7日に原稿送付後、20日までに支払う(17日電報)、29日持参、12月5日半額支払い、と先延ばしされた。翌年1月13日の日記に未払いとある。 〔犀星全集01〕

12月6日 島尾敏雄、全国書房に行き、原稿料3,000円をもらう。12月4日に全国書房の「新文学」のための「格子の眼」50枚を書き終えている。 〔島尾日記〕

12月14日 森田草平、「大衆クラブ」の原稿料3,300円を受け取る。 〔草平選集〕

12月18日　山田風太郎、日本ユーモアより「天誅」の原稿料1枚200円、23枚分4,600円、税差引3,910円。「バカにしてやがる！」と。
〔派閥市日記〕

12月19日　高村光太郎、前日よりの検印紙999枚への捺印を終え、21日に鎌倉書房宛に小包で出す。また、役場から特別所得税の通知がきて、県と村とで二重に税をとることを知る。20日に特別所得税9,120円を支払う。
〔光太郎全集12〕

12月23日　高村光太郎、「朝日新聞」への詩を清書し、発送する。為替10,950円を全額小為替にかえる。＊12月18日に「朝日」の新井幸彦来訪し、談話及び撮影をしている。＊＊17日に鎌倉書房から受け取った印税か。
〔光太郎全集12〕

12月23日　室生犀星が「文芸都市」から1枚250円との条件で原稿を依頼され、「せめて四百円にせよ」と答える。＊24年1月29日に9,900円を受け取る。
〔犀星全集01〕

12月27日　高見順、来訪した六興出版の吉川より印税の一部3万円を受け取る。山根書店から出版予定であった『天の笛』を六興出版から刊行すること（11月4日）、11月8日にも金を受け取っている。
〔高見日記08〕

12月29日　永井荷風が『荷風全集』（昭23・3〜28・4、中央公論社）の第3回印税28万2,107円を受け取る。
〔荷風全集24〕

12月31日　室生犀星が『性に目覚める頃』の印税内金6,000円を受け取る。＊昭24年4月、養徳社発行。定価90円。
〔犀星全集01〕

昭和23年頃　有馬頼義は友人の経営する風俗誌「アベック」に1枚200円の原稿料で書いて凌いでいた。
〔栄華物語〕

昭和23年頃　小山久二郎ら、全国小売商組合聯合会評議会に招かれ、小売り側仕入れ価格8・5掛けを5分ほど下げるように要請された。小山は戦前の取次は平均3％のマージン、現在は7％のマージン、中間マージンが膨張している、と現状を説明する。
〔ひとつの時代〕

昭和23年頃　戦後の窮迫時、亡父近松秋江の版権の処分を考え、正宗白鳥先生に相談にしたら版権は手放すなと言われた。
〔秋江断想〕

昭和23年頃　出版不況で原稿料の支払いが滞り勝ちだった。原稿料が分割払いとなり、その半分を貰わないうちに次号の作品を頼まれるなど、

不払いの稿料は嵩んで、正宗白鳥ら老大家にまで及び、流行作家の丹羽文雄は印税や原稿料が30万円位溜まっていると噂された。〔栄華物語〕

昭和23年頃 山本周五郎の原稿料は原稿用紙1枚500円。〔昭和動乱期〕

昭和23年頃 戦犯出版社とされた博文館は廃業し、持っていた出版権は2,600万円で売られた。〔昭和動乱期〕

昭和23年以降 大宅壮一が駆け出しの頃、「改造」の原稿料は一番下のクラスだったが、どんな原稿も社まで届け、編集部の意向を確かめた。完成度も高かったので、原稿依頼が殺到し、同誌編集部の松浦総三は大宅家を訪れるたびに家が大きくなっていったと回想する。〔編集鬼〕

昭和24年（1949）

1月1日 高村光太郎、講談社の高村重惟より3,000円小為替（賢治童話集について）を受け取る。〔光太郎全集13〕

1月2日 高村光太郎、白玉書房より書留（8,400円小切手入り）を受け取る。「日記」によれば「今日鎌田さんから「智恵子抄」印税の残りを送り来る。無理したのではないかと思ふ。」とある。＊1月4日に銀行に行き、鎌田よりの小切手について、5,000円を現金、3,500円を預金にする。〔光太郎全集13〕

1月12日 高村光太郎、朝日新聞学芸欄より書留を受け取る。詩稿が間に合わなかったことの手紙、及び原稿料1,700円（2,000円より税引き）の小為替を同封。〔光太郎全集13〕

1月13日 楠山正雄のところに、小峰書店『かがみの国』印税2万を齎す。おとぎ文庫第1冊アンデルセン検印紙3,000枚。＊楠山訳『かがみの国のアリス』（昭23・12、小峰書店）か。「世界おとぎ文庫」は楠山編で同じく小山書店より刊行された。〔楠山正雄〕

1月17日 高村光太郎、「心」より書留手紙（1,500円小為替在中）を受け取る。〔光太郎全集13〕

1月20日 高村光太郎、花巻税務署長宛確定申告書、第3期所得税払込（3,252円）太田村役場特別所得税申告書を出す。〔光太郎全集13〕

1月24日 楠山正雄のところに湘南、宇沢来る。印税2万円。〔楠山正雄〕

1月29日 高村光太郎、学習社より転載料（『中学の学習』へ「ぼろぼろな駝鳥」）500円小為替を受け取る。また旭川放送局より振替212円50銭、

税37円50銭引き、を受け取る。　　　　　　　　　〔光太郎全集13〕
1月　「群像」今月号に発表された三島由紀夫の「恋重荷」34枚の原稿料は1枚500円、合計1万7,000円で、源泉徴収が1割5分だったので、手取り1万4,450円だった。三島の原稿料は1年9ヶ月の間に17倍近く上がった。　　　　　　　　　　　　　　　　　　　　〔終戦後文壇〕
2月4日　吉川英治『宮本武蔵』の二重出版事件が報道される。戦前に契約を結んだ講談社と新しく著者の承諾を得た六興出版とで争われた。仲介した文芸家協会の全理事辞職問題に発展したが、講談社3代目社長野間佐衛の決裁で同社側が撤退することで解決。　　　　〔文壇一夕話〕
2月4日　高村光太郎、龍星閣の鎌田敬止へ検印紙1,800枚を書留小包で送る。＊3月6日には鎌田より『智恵子抄』5版5部送られる。
　　　　　　　　　　　　　　　　　　　　　　　　　〔光太郎全集13〕
2月7日　永井荷風が脚本「停電の夜の出来事」の原稿料5万円を受け取る。3月25日から4月7日まで大都劇場で上演。　　　〔荷風全集24〕
2月11日　島尾敏雄、思索社より原稿料8,850円を送金される。
　　　　　　　　　　　　　　　　　　　　　　　　　　　〔島尾日記〕
2月18日　高見順、「サンデー毎日」の柴田より2万円受け取る。
　　　　　　　　　　　　　　　　　　　　　　　　　〔高見日記08〕
2月22日　高村光太郎、小山書店より小為替4,600円（天平彫刻稿料・編輯料2,100円、2,500円）を受け取る。税を引かず。　〔高見日記08〕
2月26日　高見順の妻、夫の命を受け「日本小説」の和田に「深淵」を「風雪」に掲載することの了解を得る。「日本小説」の経営難により原稿料は未払いの状態であること、100枚程まとめて発表したいことのため。
　　　　　　　　　　　　　　　　　　　　　　　　　〔高見日記08〕
2月26日　山田風太郎、「眼中の悪魔」と「虚像淫楽」で第2回探偵作家クラブ短編小説賞受賞。賞金は1万円。長編小説賞は坂口安吾。
　　　　　　　　　　　　　　　　　　　　　　　　　　　〔動乱日記〕
2月27日　高見順、来訪した村田より「婦人ライフ」が1枚5,000円で小説を依頼したいとの話を聞く。飛びつきたいが、「深淵」執筆に打ち込んでいるので断る。＊「深淵」は1枚幾らか、500円ぐらいか。
　　　　　　　　　　　　　　　　　　　　　　　　　〔高見日記08〕
3月4日　高村光太郎、筑摩書房へ『造型美論』検印紙5,000枚を書留小

包で送る。また鎌田敬止より検印紙936枚、『智恵子抄』3版を小包で受け取る。翌日、検印紙を発送する。＊筑摩選書14編『造型美論』（昭24、筑摩書房）。3月21日に同書10冊を受け取る。これは西出大三宛葉書によれば、重版。2月4日には鎌田に検印紙を1,800枚書留小包で送っている。 〔光太郎全集13〕

3月8日 高村光太郎、仙台放送局より振替102円、税18円引き、を受け取る。＊8月6日の「樹下の二人」。 〔光太郎全集13〕

3月10日 筑摩書房より田辺元著『哲学入門』刊。初版3万部。この年のベストセラー10点の中に入る。社長の古田晁、印税を1割5分としたかったが、田辺は2割の高い印税を主張した。 〔古田晁〕

3月11日 島尾敏雄、昭和23年の所得金額10万1,910円、所得税3,271円とし、積立金の中から支払う。 〔島尾日記〕

3月14日 永井荷風が『来訪者』（昭21・9初版、筑摩書房）再版5,000部の印税10万円を受け取る。 〔荷風全集24〕

3月17日 室生犀星が「日々新聞」より6枚分の原稿料4,080円を受け取る。「詩は一枚千円であるが、雑文の稿料八百円ははじめて」と日記に記す。 〔犀星全集01〕

3月23日 島尾敏雄、全国書房の佐藤良輔に検印紙を渡し、2,000部刷ると聞く。原稿料3,000円を受け取る。 〔島尾日記〕

3月24日 山田風太郎、「旬刊ニュース」より「厨子家」に原稿料の残り4万円、税金差引2万3,600円あまり受け取る。銀座出版社より原稿料1万6,000円、税金差引1万3,000円あまり受け取る。 〔動乱日記〕

4月2日 高村光太郎、加藤健より振替1,000円（「牛」の謝礼という）を受け取る。 〔光太郎全集13〕

4月3日 谷崎潤一郎の、中央公論社宮本信太郎宛書簡。『細雪』が売れているとのこと、ついては月末に送金する中で、30万円だけは少し早く入用があるので、20日までに京都帝銀支店へ振り込んでください。残りは30日までで結構。並製各2万部の検印は京都へ帰宅後に直ちに送ります。＊4月9日に上中下6万の検印を送っている。 〔谷崎全集25〕

4月10日 朝日新聞記者座談会での話題。原稿料の最高額は永井荷風が1篇5万円とか10万円。1枚換算では吉川英治の6,000円。川口松太郎は5,000円級、吉屋信子は4,000円で女性の最高、純文学は3〜500円

が標準。井上友一郎、北條誠らは 1,500 円だが、最低 2,000 円だと威張っているという噂だ。
〔文壇一夕話〕

4月10日　朝日新聞社記者座談会で作家の税額について、前年に志賀直哉に 100 万円の徴税があったが実際はそれほどの収入はないという。吉川英治は 600 万円、吉屋信子は 150 万円、それに久米正雄、林房雄、大佛次郎が続くという。
〔文壇一夕話〕

4月15日　室生犀星が「文藝春秋」より詩の原稿料 6,000 円を受け取る。詩 1 篇が 3,000 円で「詩の最高の稿料」ではないかと日記に記す。
〔犀星全集01〕

4月26日　高見順、「風雪」の大門より原稿料の一部 5 万円を受け取る。
〔高見日記08〕

4月29日　谷崎潤一郎の、中央公論社宮本信太郎宛書簡。『細雪』上製本の検印 1 万 2 千を末永氏に託した。一昨日に 70 万円、電送されたものを受け取った。まだ 5 月中に 100 万円送金してほしいが、そのうち 30 万円だけは上旬にお願いしたい。5 月 20 日付け書簡では、30 日以前に 70 万円の送金を願うこと、『細雪』の売れ行きが止まったこと、その上で廉価版・縮刷版をいつ頃出すのかを聞いている。
〔谷崎全集25〕

4月　岩谷書店の「宝石」、100 万円の懸賞小説を募集。ＡＢＣの 3 種で、Ａは原稿用紙 300 枚以上の長編で 1 等 30 万円、2 等 2 名で各 3 万円、3 等 3 名で各 1 万円。Ｂは 100 枚前後の中編で 1 等 10 万円、2 等 2 名で各 3 万円、3 等 3 名で各 1 万円。
〔探偵40年下〕

4月　澤地久枝、中央公論社入社の初月給 5,000 円支給。給料袋はそのまま母に渡し、母は神棚にそなえた。
〔家計簿〕

4月　藤原てい『流れる星は生きている』（日比谷出版社）刊。10 万部ほど売れる。
〔書けなかった〕

5月7日　室生犀星が「新女苑」より詩の原稿料 5,000 円を受け取る。1 篇でこの額は初めて。1 行あたり 500 円。またこの日、「文芸読物」より随筆の原稿料 3,000 円を受け取る。
〔犀星全集01〕

5月24日　新聞紙法・出版法各廃止。
〔近代総合年表〕

5月25日　森田草平、税務署に赴き、2 万 5,000 余円の所得税決定書を貰う。
〔草平選集〕

5月27日　室生犀星が自伝小説『室生犀星』（昭 24・6、文潮社、定価 330 円）

の検印を 3,000 部行う。印税は税引で約 7 万 6,000 円になる見込みと日記に記す。〔犀星全集 01〕

5月31日　室生犀星が「風花」より原稿料 2,000 円を受け取る。12 枚分で 1 枚あたり 170 円にしかならないので、原稿を取り戻すことにする。〔犀星全集 01〕

6月1日　高村光太郎、鎌田敬止より『智恵子抄』4 版の印税内金として 2 万円の小切手を受け取る。＊鎌田は龍星閣の編集者ならん。〔光太郎全集 13〕

6月7日　高見順、「新大阪」の西ヶ谷より原稿料を渡される。1 回 3,000 円。〔高見日記 08〕

6月7日　高村光太郎、鎌倉書房より『光太郎詩集』印税追加分として振替 1,785 円を受け取る。〔光太郎全集 13〕

6月8日　文藝春秋の「オール読物」より「邪宗門仏」30 枚の原稿料 1 万 2,000 円を受け取る。〔動乱日記〕

6月9日　室生犀星が「報知新聞」より随筆の原稿料 4,500 円を受け取る。5 枚目が 3 行のみだったので 4 枚分でいいと伝えると、4.5 枚で計算してあった。随筆の税外 1 枚 1,000 円は特別な配慮によるものと推測。〔犀星全集 01〕

6月12日　高村光太郎、実業之日本社会計部より書留で「新女苑」の原稿料、詩 1 篇 4,250 円、5,000 円より税 750 円差引、を受け取る。〔光太郎全集 13〕

6月20日　島尾敏雄、実業之日本社より原稿料 4,250 円を受け取る。〔島尾日記〕

6月24日　山田風太郎、世界社より「魔宝伝」の原稿料 2 万 7,600 円、税金 4,140 円、差引 2 万 3,460 円を受け取る。〔動乱日記〕

7月4日　谷崎潤一郎の、中央公論社宮本信太郎宛書簡。一昨日会った際にお願いした 300 万円を、次のように処理したい。1．笹沼源之助が小生の捺印ある名刺を持参したら、50 万円を渡してほしい。2．土屋計左右に 100 万円、第一ホテル社長室まで持参して渡してほしい。3．残り 150 万円は今月 10 日頃までに帝国銀行京都支店に振り込んでほしい。〔谷崎全集 25〕

7月12日　高村光太郎、新潮社より『名作選』中「道程」の原稿料 1,000

昭和24年（1949） 369

円、税150円差引、小為替で850円を受け取る。 〔光太郎全集13〕
7月17日　高村光太郎、仙台放送局より振替29円75銭を受け取る。
〔光太郎全集13〕
7月17日　山田風太郎、「講談倶楽部」より「チンプン館の殺人」の原稿料1万7,350円を受け取る。1枚600円の割か。 〔動乱日記〕
7月　捕物作家クラブ結成。会長の野村胡堂は作家のクラスで原稿料に100倍以上の差があるのを疑問視し、原稿料均一制を主張。売上によって印税収入に差が出るから問題ないとした。同クラブで特集雑誌を出す際、この意見が認められて均一制が数回実現。 〔胡堂百話〕
8月5日　高村光太郎、日本評論社「心」より7月号の原稿料として小切手2,275円を受け取る。原稿料1,500円より税225円差引で1,275円、カット料1,000円。また「ホーム」より小為替2,550円を受け取る。原稿料3,000円、税450円差引2,550円。 〔光太郎全集13〕
8月9日　高村光太郎、「新女苑」より小為替850円を受け取る。原稿料1,000円より税150円差引。 〔光太郎全集13〕
8月12日　高村光太郎、「婦人之友」より小為替1,700円を受け取る。原稿料2,000円より税300円差引。 〔光太郎全集13〕
8月19日　高村光太郎、臼井吉見宛に検印紙2,000枚を送る。
〔光太郎全集13〕
9月4日　高村光太郎、「少女の友」より小為替2,975円を受け取る。原稿料3,500円より税525円差引。 〔光太郎全集13〕
10月10日　室生犀星が「女性改造」より原稿料1万2,000円を受け取る。
〔犀星全集01〕
10月11日　山田風太郎、りべらるの中村誠より随筆「小説にかけない綺談」の原稿料7,650円受け取る。 〔動乱日記〕
10月12日　室生犀星が女性ライフ社に詩稿を渡す。原稿料と引換えと決めていたが、月末まで待つよう書状を置いていった。編集会議の結果、掲載に決まれば10月25日までに3,000円を支払うという内容だった。25日に支払われなかったため26日に使いを遣る。 〔犀星全集01〕
10月15日　高村光太郎、「婦人画報」より6月号の原稿料3,000円、税差引2,550円を受け取る。 〔光太郎全集13〕
10月15日　室生犀星が詩の原稿料は一律5,000円にすることに決める。

10月17日　内田百閒、芝書店の芝本善彦より復刻の『冥途』の印税1万円を受け取る。2,000枚の検印を芝本が玄関で捺しているうちに起きて会う。＊『冥途』（昭24・10、芝書店、定価180円）。〔百鬼園日記下〕

10月18日　室生犀星が「地上」より詩の原稿料3,000円を受け取る。〔犀星全集01〕

10月20日　室生犀星が「銀の鈴」より詩の原稿料5,000円を受け取る。〔犀星全集01〕

11月1日　高村光太郎、中央放送局より為替6,885円を受け取る。放送料8,100円より税1,215円差引。「智恵子抄」朗読4日分使用料。〔光太郎全集13〕

11月3日　室生犀星が『室生犀星』（昭24・6、文潮社、330円）の印税不払いについて文芸家協会に提訴取立を委嘱。＊12月1万円、1～3月各2万円、4月残額4万円を支払う交渉が済んだとの連絡を12月9日に受ける。〔犀星全集01〕

11月6日　高村光太郎、筑摩書房臼井吉見より為替2万3,800円を受け取る。『印象主義の思想と芸術』2,000部の印税2万8,000円より税4,200円差引。1部あたり14円。定価140円か。〔光太郎全集13〕

11月10日　内田百閒、芝書店の芝本より『冥途』印税内金3,000円を受け取る。〔百鬼園日記下〕

11月15日　秋田雨雀、新潮社の新田君が「少年少女劇作選」をもってきてくれた定価二百四十円で印税六千八百円で、源泉税をひいて五千七百八十円を届けてくれた装幀はなかなか立派だ。〔雨雀日記04〕

11月15日　室生犀星が沙羅書房の印税1万5,000円不払いについて文芸家協会に取立を委嘱。＊12月下旬にいくらかを支払うと協会から通知が12月9日に届く。〔犀星全集01〕

11月17日　高村光太郎、伊藤信吉へ書簡を出す。「此程新潮社出版部から手紙が来て、叢書風の一冊分として小生の詩集を出させてくれていふ事なのです。そして編者を誰かに頼んで詩篇の選択と後記とをやつてもらへるやうにとの事です。小生今自分ではとても詩を集める事が出来ませんので考へましたところ此前の貴下のおてがみに、草野君の選とは別の意味でいつか小生の詩の選をしてもいいといふやうな事があつたのに

気づきました。若し貴下にそのお気持があり、御都合が悪くなかったら、此の新潮社の詩集を引きうけてくれないでせうか。出版条件といふのは、最低三千部、印税一割二分、作者に六分、編者に四部の割で支払ふといふ事です」。　　　　　　　　　　　　　　　　　　　　〔光太郎全集13〕

11月17日　室生犀星が鎌倉文庫より原稿料1万5,000円のうち3,000円だけ受け取る。5分の1の原稿料は30年の作家生活でも初めてという。
〔犀星全集01〕

11月24日　島尾敏雄、帝国銀行で河出書房からの原稿料4,240円を受け取る。＊5月12日に「出孤島記」103枚を完了、10月20日に「出孤島記」が掲載されている「文芸」11月号が送られてきた。12月8日に河出書房より「出孤島記」原稿料の残部を小切手1万8,530円で送ってくる。
〔島尾日記〕

12月1日　高村光太郎、鎌田敬止より小切手1万5,000円を受け取る。『智恵子抄』印税残金。　　　　　　　　　　　　　　　　　　　　〔光太郎全集13〕

12月2日　高村光太郎、白玉書房より検印紙3,000部分、それに『上田敏詩集』を受け取る。　　　　　　　　　　　　　　　　　　　　〔光太郎全集13〕

12月5日　山田風太郎、宝石社にゆき「天国荘綺談」の原稿料8万2,000円をもらう。楠田匡介が来て「万太郎の耳」（アンコール作品）原稿料前金4,000円を渡される。「楠田氏と宮野女史つれて銀座の菊正にゆきみんな飲んでしまう」。　　　　　　　　　　　　　　　　　　　　〔動乱日記〕

12月5日　室生犀星が春陽堂に印税を取りに使いを遣ると1,000円渡され、鎌倉文庫では誰もいないと返答され、1万数千円の原稿料を断念。日々谷出版社では来年の原稿料は払えないと断られる。同社より1月28日に9万7,000円の支払いの猶予を求められる。　　　　　　〔犀星全集01〕

12月6日　高村光太郎、「群像」高橋清次より「鈍牛の言葉」の原稿料1万円、税1,500円を差し引き、8,500円を受け取る。　　　　　　〔光太郎全集13〕

12月9日　斎藤茂吉の日記、「○白玉書房ヨリ1万円オクリ来る、机ニムカフ、手指震フ。○放送局区ノ板倉氏に3首ワタス、日本短歌稿料モラフ、中田（要書房、2万印税、鰻一箱）○朝日の選歌ワタス○宮内省、小川課長、選歌二千首持参夜モ大ニ勉強」。　　　　　　　　〔茂吉全集32〕

12月9日　室生犀星が『夢は枯野を』（昭24・12、美和書房新社、定価98円）の印税として小切手1万4,000円と現金5,000円を受取り、検印を渡す。

＊24日になって小切手は入金がなく、振込み中止の申し入れる。
〔犀星全集01〕

12月9日　山田風太郎、本年度のこの日までの収入は、50万7,040円。
〔動乱日記〕

12月11日　高村光太郎、東京信託より利札代々金90円を振替で受け取る。
〔光太郎全集13〕

12月12日　谷崎潤一郎の、中央公論社嶋中鵬二宛書簡。年末に『細雪』縮刷版の印税から30万円ほど都合してほしい、24、5日に上京して直接受け取る旨、宮本信太郎に伝言を頼む。また『細雪』を黄蜂社が再掲載を願ったのを了承したのでしょうか。自分としては断りたかったが断りにくいので回したつもり、今後はあまり許可をしないでください。
〔谷崎全集25〕

12月15日　高村光太郎、「大法輪」より正月号の詩の謝礼として小為替1,500円を受け取る。
〔光太郎全集13〕

12月17日　高村光太郎、「智恵子抄その後」の礼金2万5,500円の為替を受け取る。原稿料3万円、税4,500円。
〔光太郎全集13〕

12月31日　島尾敏雄、荒正人より『新日本代表作選集』の印税2,677円50銭を送られる。
〔島尾日記〕

この年　花森安治は、「暮しの手帖」が昭和24年6号で4万7,000部を超え黒字となったので、それまでの全執筆者に手紙と共に500円ずつお礼の形で送った。昭和26年の暮れにも同じ事をした。するとある日、血相を変えた男が訪れ、「馬鹿にするな。筆一本であちこちから貰い仕事をしているとはいえ、乞食ではないんだ。金を恵んでもらうほど落魄れてはいないんだ」という。花森は純粋に感謝の意味で送ったと説明していた。その人は鎌倉在住の高見順だった。
〔花森安治〕

この年　黒岩重吾の初めての原稿料は、昭和24年、「週刊朝日」の記録文学に佳作入選した時の賞金3万円だった。証券会社の月給が5,000円くらいだった。半年近その金は使わず机の抽出の中に大切にしまっていた。それを使ったのは株で失敗し、家も土地も売り払わねばならなくなった時であった。
〔抽出の中〕

この年　満州国新京（現長春）から3児を連れ38度線を歩いて帰国した妻藤原ていは、帰国後、『流れる星は生きている』（日比谷出版）を出版し、

約100万部ほど売れて家計を助けた。この出版社は未払いの印税を残して倒産した。
〔書けなかった〕

昭和24年頃 青山光二のところへ、中央公論社にいた東大美学の学徒出陣組という青年が、三興出版社出版部長の名刺を出し小説集出版の話を持ちかけ原稿や切り抜きを持ち帰った。その後、社長から「印税の内金30,000円を彼に託したが領収書を送ってもらいたい」という手紙が届いた。
〔文士風狂録〕

昭和25年（1950）

1月1日 高村光太郎、「日光」より新年号に「珍客」転載の原稿料1,000円を小為替で受け取る。
〔光太郎全集13〕

1月21日 室生犀星が小説「宿なしまり子」（「中央公論」、昭25・3）50枚分の原稿料4万6,750円を受け取る。
〔犀星全集01〕

1月22日 高村光太郎、「河北新報」より新年号詩の謝礼に原稿料2,975円を小為替で受け取る。「読売新聞」より新年号詩の原稿料4,250円を小為替で受け取る。
〔光太郎全集13〕

1月23日 室生犀星が「キング」より詩1篇の原稿料5,000円（税外）を受け取る。
〔犀星全集01〕

1月25日 高村光太郎、鎌田敬止へ検印紙3,000部分を送る。第三期確定申告書を役場に提出、税は21,509円。
〔光太郎全集13〕

1月 「改造」1月号に昭和天皇の御製7首が掲載され、外国人記者から原稿料について質問が出た。当時の同誌は短歌の原稿料は斎藤茂吉の1首500円が最高で、少なくともそれ以上をと打診すると、原稿料は不要、掲載誌を18部ほしいとのことだった。
〔編集鬼〕

1月 坂口安吾「安吾巷談」は池島信平編集長の「文藝春秋」に連載された。その頃の安吾の月収は40万〜50万円であった。
〔池島新平〕

2月7日 高村光太郎、角川書店より「出家とその弟子について」の原稿料として小為替2,000円受け取る。
〔光太郎全集13〕

2月16日 高村光太郎、日本評論社「心」より正月号の原稿料として小切手3,400円を受け取る。原稿料4,000円、税金600円。
〔光太郎全集13〕

2月19日 谷崎潤一郎の、宮本信太郎宛書簡。家の修繕や移転費が若干必要で、月末に100万円送金するときに、30万円の追加をお願いする。

今月25日頃に京都の久保宛に15万円、同日頃熱海の駿河銀行の口座へ130万円。なお3月早々にあと20万円は必要になりそうなので、用意をよろしく。〔谷崎全集25〕

3月9日　島尾敏雄、河出書房坂本一亀より書き下ろし小説の先払い1万円を受け取る。4月9日に2回目の前払い金1万6,000円を受け取る。12月31日に河出書房より印税4,000円受け取る。＊12月28日の条に毎日新聞のすみに小さく「贋学生」の広告が出ていると記す。『贋学生』は河出書房版書き下ろし長篇小説6として12月に刊行。〔島尾日記〕

3月20日　谷崎潤一郎の、宮本信太郎宛書簡。今月分、熱海駿河銀行の口座に120万円振り込んでください。〔谷崎全集25〕

3月22日　山田風太郎、中村誠より「黄金と裸女」の原稿料のうち2万4,000円受け取る。所得税(24年度分)8,000円ほど支払う。「科学の友」より「空とぶ悪魔」の原稿料5,737円50銭受け取る。古本屋斉藤に5,000円払う。〔動乱日記〕

3月31日　山田風太郎、朝日新聞「週刊朝日」に行き、「帰去来殺人事件」残り88枚渡す。計133枚、原稿料1枚1千円、全部で133,000円、税19,900円、残り113,100円。〔動乱日記〕

3月　新太陽社「モダン日本」はデフレ政策が浸透して来ると赤字に転落、40人いた社員は吉行淳之介と津久井柾章の二人となった。社長の牧野英二は、原稿料を払って原稿を取るぐらいなら誰だって出来る。金を払わないで原稿を取ってくるのが本当の編集者だと放言。〔栄華物語〕

3月　一昨年から昨年にかけての一部流行作家は、"スル万"とでもいうべきであった。新聞小説1回分3枚半1万円、雑誌連載1回分20数枚が15万円以上もして、原稿紙の上に万年筆を30分間か1時間スルスルと走らせれば、それで1万円になったであろう。〔文学主権論〕

3月　座談会「天皇陛下大いに笑ふ」が読者賞(10万円)を受賞。その配分の後日譚。主人公は天子様なのだから2万5,000円ずつ、いやそれはおおけなき業とご遠慮申上げ、結局文春の金庫に。その後皇族へショパンのレコードを1セット差し上げ、残余を3人で飲み干す予定が夢声、ハチロー相次いで禁酒と成り、文春側が上積みして9万円になった残余を3等分した。〔三分の十万円〕

4月2日　吉川英治が「週刊朝日」に「新・平家物語」を連載開始。当時

の同誌は赤字だったため、1回に30枚近い量で原稿料は20枚分でいい
と約束。連載終了後、英治は扇谷正造に、今回は「一回も原稿料のこと
を考えたことはなかった」と語った。 〔吉川英治氏〕

4月9日　谷崎潤一郎の、宮本信太郎宛書簡。以前お願いした通り、明
10日頃に帝国銀行京都四条烏丸支店に50万円を振り込んでください。
〔谷崎全集25〕

4月16日　辻政信、「潜行三千里」を「サンデー毎日」に連載。続いて「十五
対一」「ガナルカナル」「ノモンハン」などの戦記物を発表する。25年
度文壇長者番付1位吉川英治761万円、2位川口松太郎576万円、3位
舟橋聖一……10位辻政信300万円。 〔吉川英治〕

4月18日　高村光太郎、『戦後詩集』初版の印税をすべて宮崎稔に進呈
する。＊宮崎は智恵子の姪春子の夫で詩人。前日17日に宮崎の窮状を
訴える小森盛の手紙を受け取っている。翌19日の中央公論社の松下英
麿にこの件で手紙を出す。同28日に松下より返信。このことに関して、
他日にも記載がある。5月30日の条に、松下英麿への手紙で7,000円を
宮崎に融通することを依頼し、宮崎には、7,000円を中央公論社より受
け取るように指示。6月25日の条には、出版契約書は宮崎と取り決め
るように松下に指示。 〔光太郎全集13〕

4月26日　室生犀星が15、6年前の日記を焼却する。原稿料が1枚につ
き5円の時代だったと回想する。 〔犀星全集01〕

5月19日　高村光太郎、日本書籍株式会社より教科書に「春駒」転載料
1,600円を受け取る。2,000円で税金400円。＊同26日に「国語生活」6
冊を受け取っている。 〔光太郎全集13〕

5月24日　谷崎潤一郎の、宮本信太郎宛書簡。帝国銀行京都四条烏丸支
店に25万円振り込んでください。出版界は不景気らしく、他社よりの
収入は乏しい。 〔谷崎全集25〕

5月26日　高村光太郎、中央公論社の松下英麿へ為替3,000円を送る。
昭和19年に嶋中の胸像製作のため預かっていたが、製作不能のために
返金。＊5月26日付松下宛書簡あり。 〔光太郎全集13〕

5月29日　高村光太郎、宮崎稔へ書簡を出す。中央公論社の松下英麿に
旅費の融通を頼んでいること、7,000円ほど印税より融通してもらうよ
うに示唆している。 〔光太郎全集13〕

昭和25年（1950）

6月3日　谷崎潤一郎の、宮本信太郎宛書簡。10日に熱海に行くので、11日朝には現金が入手できるように、熱海駿河銀行の口座は送金を依頼する。〔谷崎全集25〕

6月5日　高村光太郎、改造社より「女性改造」4月掲載の原稿料2,400円を受け取る。3,000円で税金600円。〔光太郎全集13〕

6月8日　高村光太郎、日本放送協会より学生の時間放送詩の朗読使用料1,600円から税金320円差引、1,280円を受け取る。〔光太郎全集13〕

6月8日　室生犀星のもとに「新小説」廃刊の連絡が届く。自分が作品を発表する文芸雑誌で原稿料の確かなものは6社のみだと思う。〔犀星全集01〕

6月24日　谷崎潤一郎の、宮本信太郎宛書簡。6月27日に中央公論に行くので、現金で10万を受け取りたい。また30日に間に合うように熱海駿河銀行の口座に20万円を振り込むように依頼する。〔谷崎全集25〕

6月24日　高村光太郎、中央公論社の松下英麿宛書簡を出す。「今度の詩集の印税につきましては、実は初版全部を宮崎氏に進呈、再版のやうな場合が若しありましたら宮崎氏と折半のつもりで、此事は既に宮崎氏にもお話してあります、従つて奥付の検印も宮崎氏がうけもつわけであります故、経済上の事はすべて貴社と宮崎氏とのお話合いにておきめ下さるやうお願申上げます。よつて出版契約書の類も宮崎氏とおとりきめいただきたく存じます」。〔光太郎全集13〕

6月29日　山田風太郎のところに、黒岩、中村来て、「女死刑囚」の原作料5万円置いて去る。〔動乱日記〕

6月30日　高村光太郎、日本放送協会より「荒涼たる帰宅」放送につき使用料800円から税金160円差引、640円を受け取る。〔光太郎全集13〕

6月30日　山田風太郎、「面白倶楽部」の大坪より「宗俊烏鷺合戦」の原稿料20,150円程受け取る。〔動乱日記〕

6月　三島由紀夫『愛の渇き』（新潮社刊）7万部、印税140万円。〔三島由紀夫伝〕

7月21日　高村光太郎、大田村役場へ15万2,000円の特別所得申告書を提出する。〔光太郎全集13〕

8月1日　室生犀星が佐藤春夫との対談「詩人の回想」（「文学界」、昭25・9）の謝金3,000円を受け取る。犀星にとって初めての対談の謝金。「原

稿紙三枚」に相当する額だと計算する。　　　　　　　　　〔犀星全集01〕

8月16日　小山書店小山久二郎とロレンス夫人の出版契約。計算は各年の12月31日限り、3カ月以内に支払う。著作権料5,000部迄は発行価格の8％。500部を越えると発行価格の12％。＊各作品ごとに4万円を、前記著作権料の為に前払いする。　　　　　　　　　　　〔ひとつの時代〕

8月21日　室生犀星が共同通信社より随筆「コオロギ」(「東京タイムス」、昭25・9・2、「北国新聞」、昭25・9・3) 4枚の原稿料4,000円(1,000円税引)を受け取る。「一疋のこほろぎの彫りが五千円」で「画家のスケッチ一枚が五千円すればそれに匹敵」と日記に記す。　　　　　　〔犀星全集01〕

8月30日　高村光太郎、草野心平宛書簡を出す。「「蛙」の十万円で、「詩集」が再版になつたのでせう。やはり少々はキキメがあるものと見えます」。　　　　　　　　　　　　　　　　　　　　　　　　〔光太郎全集13〕

9月3日　高村光太郎、新潮社より『藤村全集』の「藤村研究談話」原稿料5,000円、税金1,000円差引、4,000円を受け取る。また、文芸家協会より『現代詩集』掲載料1,000円を受け取る。　　　　　　　〔光太郎全集13〕

9月28日　高村光太郎、沢田伊四郎より『智恵子抄その後』初版の「寸志」として小切手で3万円を受け取る。また、平凡社より「江戸彫刻」3枚の原稿料3,000円、税金600円差引、2,400円を受け取る。〔光太郎全集15〕

10月8日　高村光太郎、東京書籍株式会社より教科書への掲載料(「牛」)3,200円を受け取る。　　　　　　　　　　　　　　　　　〔光太郎全集15〕

10月22日　高村光太郎、新潮社より検印紙5,000枚を受け取る。28日に佐野英夫に発送。　　　　　　　　　　　　　　　　　　〔光太郎全集15〕

10月28日　高村光太郎、中央公論社松下へ『典型』5部受け取ったこと、及び7,000円の前借金を印税より差し引くことを手紙で指示する。10月28日付け松下英麿宛書簡にあり。＊10月25日付け宮崎稔宛書簡に、「出版二ヶ月後支払といふ事は契約書に書いてあると記憶します、貴下の私生活金銭上の事は小生から中央公論社へ申出るいはれがありません。これは借金の意味で貴下自身が交渉する外ないでせう。右お断りまで、」とある。　　　　　　　　　　　　　　　　　　　　〔光太郎全集15〕

10月31日　室生犀星が随筆「三つのあはれ」(「改造」、昭25・11)の原稿料1万2,000円を受け取る。原稿を渡してから原稿料を得るまで1ヶ月半かかったと日記に記す。　　　　　　　　　　　　　〔犀星全集01〕

11月4日　高村光太郎、創元社より『現代詩講座』の印税1,131円を受け取る。〔光太郎全集15〕

11月5日　高村光太郎、札幌放送局より「秋の祈」放送で振替200円を受け取る。また、婦人之友社より「東北の秋」の原稿料を小為替で2,700円受け取る。〔光太郎全集15〕

11月8日　高村光太郎、沢田伊四郎へ検印紙3,000枚を送る。また、東京信託会社証券課へ25年10月から26年10月までの保護預手数料1,500円を振替で送る。〔光太郎全集15〕

11月19日　高村光太郎、新潮社佐野英夫より文庫詩集5,000部（定価60円）に対する1割の印税で3万円、税金6,000円差引、2万4,000円を為替で受け取る。ただし、編集者伊藤信吉の分も含まれているらしいので、この中から4割の9,600円を伊藤に送り（来月花巻で）、残り6割の1万4,400円が高村のもの。＊『高村光太郎詩集』（昭25・11、新潮文庫）。＊21日に新潮社より文庫版『高村光太郎詩集』10冊を受け取る。11月26日に佐野よりの手紙で伊藤には別に送っており、すべて高村の分と分かる。12月1日に高村は、印税は6分、4分の割で支払うように佐野への手紙に書く。〔光太郎全集15〕

11月23日　高村光太郎、平凡社より「美術全集」ミケランジェロで20枚分の原稿料2万円、税金4,000円を差引、小切手で1万6,000円を受け取る。1枚1,000円。〔光太郎全集15〕

12月6日　高村光太郎、熊本放送局より振替で200円受け取る。〔光太郎全集15〕

12月6日　山田風太郎、「譚海」の横尾来訪し、「神変不知火城」第1回の原稿料内金8,000円を渡される。〔動乱日記〕

12月10日　高村光太郎、細川書店より「ペンクラブ詩集について」の原稿料を振替で500円受け取る。また婦人之友社柿崎平四郎が来訪し、原稿料8,000円を受け取る。12月6日に速達で「山の雪」10枚を送っている。1枚800円。〔光太郎全集15〕

12月18日　高村光太郎、真壁仁宛に書簡を出す。「切抜絵についての貴下の文章をまとめる事はありがたいことです。龍星閣では話せば喜ぶでせうが、ただ此の出版所は金の方があはれで、小生のも印税にすると四分位しかもらつてゐません。貴下の労力に対してこの点如何かと案じま

す」。 〔光太郎全集15〕

12月21日　高村光太郎、「婦人公論」より新年号掲載「大地うるはし」の原稿料1万円、税金2,000円差引、8,000円を受け取る。出版ニュース社より新年詩「明瞭に見よ」の原稿料2,000円（税引かず）を受け取る。＊新年詩は12月15日の発送。　〔光太郎全集15〕

12月31日　高村光太郎、三社連合三宅正太郎より「船沈まず」の原稿料8,000円、税金1,600円差引、6,400円を受け取る。〔光太郎全集15〕

昭和25年頃　山本周五郎の原稿料は、原稿用紙1枚で500円程度。

〔昭和動乱期〕

昭和26年（1951）

2月5日　高村光太郎、新潮社より文庫詩集の印税4万8,000円届く。

〔光太郎全集15〕

2月6日　志賀直哉、「午後、木村と木佐木勝来る、五回目配本の印税の半額五万を持って来る」。＊『志賀直哉選集』第6巻（第5回配本）、「暗夜行路」後篇所収、本文461頁、昭25・8、改造社、定価580円。

〔志賀全集11〕

2月25日　室生犀星が国税庁より認定収入61万円の通知を受け取る。＊28日に問合せると1年前の総収入が111万円あったといわれる。再調の結果、3月1日、源泉税17万円その他で19万円を納入しており納め過ぎていることがわかる。　〔犀星全集01〕

2月28日　室生犀星が河出書房より『現代日本小説大系』の印税2万円を受け取る。月割の支払い。＊4月11日に1万6,000円が支払われ、残金4万4,000円は5、6月に支払うといわれる。5月17日に1万6,000円を受取ったと日記にある。　〔犀星全集01〕

3月22日　高村光太郎、中央公論社の選集を承諾する。6巻、300頁、300円程度。5,000部で印税1割。2分は草野心平へ。＊4月11日付草野心平宛書簡で、選集の編集方針を示し、印税の半分は検印紙と引換え、残りの半分は出版後3ヶ月以内に支払うように指示。〔光太郎全集15〕

4月3日　高村光太郎のところに、沢田伊四郎が訪問。1万円を受け取る。＊『智恵子抄』（昭26・2、龍星閣、新版）の印税か。〔光太郎全集15〕

5月2日　高村光太郎、読売文学賞に内定。5月31日に読売本社の山村

亀二郎が訪問、賞金10万円とパーカー万年筆1本を届ける。＊6月2日に税務署で賞金に課税されないことを確認する。6月12日に裏道通路の橋の架け替えのために5万円の寄付を思い付く。6月21日に学校の学芸会用の幕のために2万円の寄付を思い付き、25日に花巻郊外の山口に3万円寄付。10月9日に2万円の幕完成する。〔光太郎全集15〕

5月7日　山田風太郎の年収48万円と申告したが、税務署では65万円と出ていた。税額の算出法を国税庁で聞き、世田谷税務署で計算し、源泉課税以外に1万5,000円納めればいいことになり、すでに7,000円納めているので、あと8,000円でいい。〔復興日記〕

5月10日　山田風太郎のところに横尾来て、「神変不知火城」の原稿料の残りとして約束手形を渡される。合計4万5,960円。〔復興日記〕

5月16日　佐多稲子の小説「微笑」の原稿料が5,000円。＊一度何かに発表したものを、池田小菊が編集していた雑誌「婦人奈良」に再掲した際の原稿料。「婦人奈良」は奈良県婦人協議会の機関誌。昭和26年10月発行の「婦人奈良」14号に掲載された。〔文学者手紙07〕

6月5日　志賀直哉、「創元社の柚女史と阿川来て待ってゐる。選集第一回分十七万何千かを持つてきてくれる。柚さん帰り、阿川泊ることにする」。＊『志賀直哉作品集』4巻（第1回配本）、「暗夜行路」所収、本文295頁、2段組、解説7頁、昭26・4刊、定価200円。〔志賀全集11〕

6月6日　室生犀星が改造社に詩の原稿料について電話すると支払えないといわれる。新聞で8千万円の負債と報じられていた。＊27年11月16日にその一部2,000円が届く。〔犀星全集01〕

6月11日　山田風太郎、蠣殻町の文興出版社へ「二つの密室」の原稿料を取りに行くが、くれず。「譚海」より「神変不知火城」の原稿料残り内金5,000円（20日付小切手）を渡される。〔復興日記〕

6月20日　山田風太郎のところに大坪が来て、「新かぐや姫」の原稿料3万8,640円を渡される。〔復興日記〕

7月1日　山田風太郎のところに、「譚海」より「神変不知火城」の原稿料の内金3,000円を持参する。〔復興日記〕

7月17日　高村光太郎、銀行で沢田伊四郎よりの小切手を、現金2万円、預金2万4,000円に振り分ける。〔光太郎全集15〕

7月27日　山田風太郎のところに、原田来て、「悪霊の群」の第2回分

原稿料2万6,880円を持参する。 〔復興日記〕

8月5日　高村光太郎、沢田伊四郎より『独居自炊』の印税を受け取る。「此頃は寸志ではなく、印税とせり」。＊『独居自炊』（昭26・6、龍星閣）。
〔光太郎全集15〕

8月20日　高村光太郎、草野心平宛書簡を出す。「四、宮崎稔氏へは創元社から校正の謝礼金を出してくれるやう願ひたく、おついでに此旨お伝へ下さい。五、創元社からはラジオセットをもらつてゐるので、印税の半分を検印と引換といふことは止めにして、出版後三ヶ月目に清算といふことでいいと思ひます」。また松下英麿宛書簡も出す。「お送り下さつた検印紙三、六〇〇枚、お盆休みの村の青年に捺してもらつて小包にしました。捺印が甚だ不手際ですがやむを得ません。ともかく全部御返送しますが選集は三〇〇〇部位がいいのではないでせうか。あまり出るとは思へません」。 〔光太郎全集15〕

8月22日　高村光太郎、検印紙3,000枚の押印を300円で田頭夫人に依頼する。24日に受け取る。「印を渡したことに一寸不安を感ぜり」。
〔光太郎全集15〕

8月29日　室生犀星が「文藝春秋」より詩の原稿料1万円を受け取る。「これは詩の最高の稿料である」と日記に記す。 〔犀星全集01〕

9月4日　山田風太郎、新年より「譚海」に少年時代小説を連載、全6回。5月に原稿料4万6,000円を約束手形6枚持参。7月15日付7,000円と8月15日付3,960円を、編集員が貸与を願い持ち去る。金に窮し、約束手形の割引を頼むとそれ以来来ない。 〔復興日記〕

9月6日　山田風太郎のところに、森脇が原稿料の内金5,000円を持参する。 〔復興日記〕

9月9日　山田風太郎のところに、伊勢田が原稿料の内金1万3,000円を持参する。約束手形を横尾に渡したままの件について陳謝。今回も約束手形で、9月15日付3,000円、12月15日及び1月15日付5,000円ずつとなっている。 〔復興日記〕

9月13日　山田風太郎のところに、伊勢田と横尾が来る。横尾、母より借金して15万円で渋谷に飲み屋を購入、山田の約束手形2万3,000円はそれに流用したという。 〔復興日記〕

9月20日　山田風太郎のところに、伊勢田と横尾が来る。横尾、7,000

円分のみ返金する。〔復興日記〕

9月27日　高村光太郎、角川書店より現金2万8,000円を受け取る。
〔光太郎全集15〕

10月1日　山田風太郎の原稿料、第1作を「宝石」に発表した頃1枚20円。現在の原稿料は「週刊朝日」1,000円。「講談倶楽部」800円。「面白倶楽部」・「富士」700円。「宝石」500円。いずれも源泉所得税として2割天引き。
〔復興日記〕

10月4日　山田風太郎、講談社へ出掛け、「悪霊」の第3回原稿料3万1,200円税6,240円、計2万4,960円をもらう。〔復興日記〕

10月11日　山田風太郎のところに、雑誌「モダン読物」の広瀬春見来る。12月号創刊。新年号に25枚の時代小説1万円で執筆依頼。「キング」と「りべらる」の中間的雑誌とのこと。「あぶなきものなり」。〔復興日記〕

10月16日　山田風太郎のところに、森脇國幸と奈良八郎が来る。去年の原稿料の残額内金1万5,000円を渡される。〔復興日記〕

10月18日　室生犀星が新潮社の印税の残額2万4,800円を受け取る。
〔犀星全集01〕

10月21日　室生犀星が「文藝春秋」より詩の原稿料8,000円を受け取る。「詩一篇やうやく一万円になつたわけである」と日記に記す。
〔犀星全集01〕

11月2日　高村光太郎、検印3,000部捺印する。翌3日に終日検印6,000部捺印。〔光太郎全集15〕

11月3日　山田風太郎、高木彬光を訪ね、「譚海」の約束手形8,000円分で、3,000円を借りる。〔復興日記〕

11月5日　山田風太郎、講談社より「悪霊の群」新年号の原稿料2万8,160円を渡される。〔復興日記〕

11月10日　中央気象台勤務の新田次郎は「強力伝」80枚、「サンデー毎日」懸賞小説の現代小説部門に投稿、1等受賞。賞金は税込み20万円。吉祥寺に出物の土地購入のため、編集部の松田ふみに頼み、特別に授賞式前にもらった。〔書けなかった〕

11月12日　山田風太郎のところに、学習研究社の藤平波三郎来る。「新中学生」の原稿15枚を26日までの約束で引受け、原稿料1万5,000円。
〔復興日記〕

11月13日　山田風太郎、「日本週報」の笹村佐に新基地化しつつある横須賀のルポルタージュを依頼され、2万円出すなら引き受けると返答する。〔復興日記〕

11月14日　山田風太郎のところに、文京出版より「秘宝の墓場」の原稿料1万7,500円、「水葬館の魔術」の原稿料残金5,000円持参。前者は来年2月3月にわたり、後者は16日付の小切手である。〔復興日記〕

11月15日　山田風太郎のところに、朝「日本週報」笹村が横須賀の件を依頼、夜同社の坂本来て、都合により中止という。「二万円に参ったかな」。〔復興日記〕

11月17日　山田風太郎のところに放送局より「手相」原作料4,200円、税840円、差引3,360円を送ってくる。〔復興日記〕

11月22日　室生犀星が共同通信より随筆「冬柿」4枚（「東京タイムス」、昭26・11・30）の原稿料6,200円（税引）を受け取る。〔犀星全集01〕

11月25日　山田風太郎のところに大坪が来て、「赤い蝋人形」第1回原稿料3万1,500円、税6,300円、残り2万5,200円を渡す。＊「赤い蝋人形」（「面白倶楽部」、昭27・1〜2）。〔復興日記〕

11月30日　室生犀星が「ＰＬ青年」より詩の原稿料2,000円を受け取る。この額での詩の執筆は初めてという。同誌は武者小路実篤の5枚の原稿に1,000円を支払ったという。〔犀星全集01〕

12月1日　山田風太郎のところに、凡人社より原稿料6,400円送ってくる。〔復興日記〕

12月7日　読売新聞社の幹部の給料5万円、社長は8万円という。〔復興日記〕

12月12日　山田風太郎、「あまとりあ」の記者に「男性週期律」の原稿前半38枚を渡し、原稿料3万400円を受け取る。〔復興日記〕

12月15日　高村光太郎、花巻に行き、銀行で2万円受け取り、中央公論社より第2回分の印税が届いていることを知る。〔光太郎全集15〕

12月22日　山田風太郎、「講談倶楽部」連載「悪霊の群」2月分の原稿料4万4,000円、税金8,800円、差引3万5,200円を受け取る。＊「悪霊の群」（昭26・10〜27・9）。2月分とは2ヶ月分のことか。〔復興日記〕

12月24日　山田風太郎、光文社へ行き、「赤い蝋人形」第2回分原稿料3万円を受け取る。〔復興日記〕

12月30日　室生犀星が大阪放送局より詩の原稿料8,000円（税引）を受け取る。1万円を要求して、この額が支払われたことに対して、「これから詩の稿料もしぜんに此のあたりに決まるのであらう」と日記に記す。
〔犀星全集01〕

12月31日　室生犀星が「暗い卵」39枚（「小説公園」、昭27・2）の原稿料4万6,000円の約半額2万3,800円を受け取る。
〔犀星全集01〕

昭和27年（1952）

1月11日　室生犀星がラジオ東京より詩1篇の放送使用料1,000円（内税200円）を2篇分受け取る。『愛の詩集』時代の1篇13行程の詩で約2分間使用。NHKよりも高いが、雑誌の転載料2,000円から3,000円に比べて安いと日記に記す。
〔犀星全集02〕

1月13日　山田風太郎、「中部日本新聞」より「完全殺人者」の原稿料1万5,000円、税3,000円、差引1万2,000円を受け取る。
〔復興日記〕

1月23日　山田風太郎、講談社より原稿料3万2,640円を受け取る。
〔復興日記〕

1月29日　山田風太郎、神尾より「奇妙な旅」の原稿料2,800円ばかり受け取る。
〔復興日記〕

2月24日　山田風太郎、講談社より「悪霊の群」の原稿料2万3,400円ほど受け取る。
〔復興日記〕

2月26日　高村光太郎、松下英麿宛書簡を出す。「今日会計部から選集第三回分の印税払込の御通知をうけました。「詩集」の分は同類のものが他にあるため殊に不成績だらうとお気の毒に存じます。部数を減らしてはとも思ひます」。
〔光太郎全集15〕

2月27日　室生犀星が『現代日本小説大系』47巻（昭27・2、河出書房）の印税計算書を受け取る。8万8,352円を4回払いと聞き、困惑する。
〔犀星全集02〕

2月　新田次郎、『山と渓谷』（昭27・2〜28・6）に山岳小説「郷愁の富士山頂」を連載する。原稿料は1枚1,000円、1回が40枚で計4,000円。その頃の新田の給与は10級10号で2万800円。
〔書けなかった〕

3月1日　志賀直哉、「河出の〇〇〇〇金四万円持つて来る、十七八日に持つて来るといつて無断で今日まで延ばし、しかも半金しか持つて来な

い事を一寸いつてやる」。 〔志賀全集 11〕

3月9日　山田風太郎のところに、世界社より原稿料の残り 4,500 円ばかり持参する。 〔復興日記〕

3月21日　室生犀星が「読売新聞」より原稿料 2,400 円を受け取る。読売新聞の原稿料は 1 枚 1,500 円率になったと後日の日記に記す。 〔犀星全集 02〕

3月23日　高村光太郎のところに、創元社の人が来訪し、印税の内 1 万円を受け取る。 〔光太郎全集 15〕

3月24日　山田風太郎、「小学生朝日」より原稿料 5,000 円（税引 4,000 円）、講談社より 2 万 4,960 円受け取る。 〔復興日記〕

3月26日　室生犀星のもとに「中央公論」より原稿料は 1 枚につき 1,300 円でと申入れがある。希望額は他社との兼ね合いから 1,500 円だったが、「止むをえざれば止むをえません」と返事をする。 〔犀星全集 02〕

3月27日　志賀直哉、「菊池重三郎印税を持つて来てくれる（一七万二千八百円）」。 〔志賀全集 11〕

3月28日　室生犀星が「中央公論」より原稿料 4 万 6,800 円を受け取る。2 割の源泉税が引かれており、当てが外れたが、一括払いなので都合がよいと日記に記す。 〔犀星全集 02〕

3月29日　室生犀星が日記に原稿料についての述懐を記す。作品そのものの値ではないので、恥ずかしくない額、すなわち 1 枚につき 1,500 円から 2,000 円くらいならよしとすべきだという。 〔犀星全集 02〕

3月29日　志賀直哉の日記。「夕方学校図書の川口の息子〇〇円持つて来る。この一日又〇〇円（来年の分）持つて来るといふ。原稿は三枚しか書かず。然し、此三枚は会社にとつて、それだけの利益を与へてゐると思はれ、別に不当とは考へない」。 〔志賀全集 11〕

4月2日　山田風太郎のところに、世界社土田が来訪。「怪盗七面相」の原稿料内金 5,000 円持参する。＊2月1日条に「「怪盗七面相」四十枚かく。〈鬼〉同人の連作という義理仕事なれどばかばかしきこと限りなし」。 〔復興日記〕

4月5日　山田風太郎、「旬刊読売」より「鳴神」の原稿料 1 万 2,000 円を受け取る。 〔復興日記〕

4月15日　山田風太郎、春陽堂の『眼中の悪魔』3,500 部の検印をする

（実際には 3,600 部分）。＊5 月 20 日の条「『眼中の悪魔』（春陽堂文庫出版）」とあり。＊＊5 月 27 日の条「山村氏来。春陽堂より『眼中の悪魔』五十冊持参。」とあり。〔復興日記〕

4 月 16 日　室生犀星が岩波書店より斎藤茂吉の印象記の原稿料 2,400 円を受け取る。〔犀星全集 02〕

4 月 20 日　山田風太郎、学習研究社より「天使の復讐」の原稿料 1 万 2,240 円を受け取る。〔復興日記〕

4 月 20 日　志賀直哉、「学校図書の川口芳太郎より手紙にて中学の教科書も総て文部省の検定合格した知らせをよこす、同封して来年分の〇〇円も届けて来た。これで旅費〇〇の予定数に達した」。〔志賀全集 11〕

4 月 22 日　志賀直哉、「菊池重三郎来て、印税三万程くれる」。〔志賀全集 11〕

4 月 22 日　山田風太郎、講談社より「悪霊の群」の原稿料 6 月号分 2 万 5,000 円ほど受け取る。〔復興日記〕

4 月 23 日　山田風太郎、文京出版に行き、昨年度受け取った原稿料を聞く。7 万円、税金 1 万 4,000 円、計 5 万 6,000 円とのこと。〔復興日記〕

4 月 25 日　山田風太郎、世田谷税務署に行き、源泉所得払込済証明書をもらう。クラブよりクラブ賞候補作品読み賃 1,000 円を受け取る。一つも読まなかったとのこと。＊選考委員をつとめた探偵作家クラブ賞か。他の委員は江戸川乱歩、大下宇陀児ら。風太郎は第 5 回の選考会（昭 27・3）を欠席して書面回答。〔復興日記〕

4 月 26 日　山田風太郎、世界社より「怪盗七面相」の原稿料の残り 5,013 円送ってくる。＊「怪盗七面相」（「探偵実話」、昭 26・10 ～ 27・4）。〔復興日記〕

4 月 29 日　室生犀星が「東京新聞」より原稿料 8,000 円を受け取る。1 枚につき 2,000 円で随筆の原稿料では最高額だと日記に記す。〔犀星全集 01〕

5 月 16 日　山田風太郎、「殺人病院」の原稿料 1 万 6,570 円を受け取る。＊5 月 13 日の条「〈平凡〉原稿「殺人病院」かく。十三枚。」とある。〔復興日記〕

5 月 19 日　山田風太郎、講談社より「悪霊の群」7 月号の原稿料 2 万 7,200 円を受け取る。〔復興日記〕

5月26日　志賀直哉、「あとの事を色々直吉に云つて置く。家屋敷、函根、赤城の土地は直吉に与ふる事、死んだら総て康子のものとし康死后著作権より生ずるものは六人の同胞に等分に分つ事……著作権は決して売渡すべからず」。〔志賀全集11〕

6月5日　山田風太郎のところに、「あまとりあ」の中田来て、「男性週期律」の原稿料2万5,000円を渡す。税務署用には1万円、税金1,500円、差引8,500円とする。〔復興日記〕

6月6日　山田風太郎、春陽堂の浅見より『眼中の悪魔』の印税2万700円（税3,100円）、差引1万7,595円を渡される。〔復興日記〕

6月8日　谷崎潤一郎、中央公論社の嶋中鵬二に対して娘の買い物のために6月10日に10万円を渡すように要請する。〔谷崎全集26〕

6月18日　山田風太郎、講談社より「悪霊の群」の原稿料2万4,480円受け取る。〔復興日記〕

6月29日　室生犀星が『山村暮鳥詩集』（昭27・8、新潮文庫）の編集料2万5,000円を受け取る。〔犀星全集02〕

7月3日　山田風太郎、りべらる編集員より「呪恋の女」の原稿料2万円、税引1万7,000円を渡される。〔復興日記〕

7月5日　山田風太郎、「小説クラブ」の植木より「黒檜姉妹」のアンコール代1万円を渡される。〔復興日記〕

7月13日　高村光太郎、終日新潮社の検印紙3,000枚捺印、翌日発送する。〔光太郎全集15〕

7月16日　山田風太郎、「サンデー毎日」の養老より「真夏の夜の夢」の原稿料3万3,000円、税引2万8,500円を渡される。（養老、この中から2,000円ネコババ）。〔復興日記〕

7月21日　山田風太郎、光文社の大坪より「死者の呼び声」の原稿料4万円受け取る。＊「死者の呼び声」（「面白倶楽部」、昭27・8増刊号）。〔復興日記〕

7月25日　山田風太郎、講談社より「悪霊の群」（完結篇）の原稿料4万8,000円を受け取る。〔復興日記〕

7月30日　山田風太郎、「りべらる」の柴田より「三人の辻音楽師」の原稿料内金2万2,000円、税引1万8,700円を渡される。＊「三人の辻音楽師」（「りべらる」、昭27・8）。〔復興日記〕

9月27日　室生犀星が放送局より詩「長唄」1篇の原稿料2万5,000円（税込）を受け取る。詩1篇の原稿料として最高額だろうと日記に記す。
〔犀星全集02〕

10月10日　山田風太郎、放送局より「みささぎ盗賊」の原作料4,200円、税金630円、差引3,570円を受け取る。
〔復興日記〕

10月13日　山田風太郎、講談社に行き、「裸の島」の原稿料4万4,200円を受け取る。
〔復興日記〕

10月27日　山田風太郎のもとに高木彬光が来て、市川右太衛門の脚本を執筆して、30万円貰ったと話す。
〔復興日記〕

10月28日　山田風太郎のところに、「富士」の森脇、「探偵実話」の山田、「実話講談の泉」の某来て、各誌とも原稿料の支払い不可能なることを謝罪する。
〔復興日記〕

10月31日　室生犀星が「主婦と生活」より詩の転載料500円を受け取るが、あまりに小額だったので小切手を送り返し、改めて5,000円を請求する。＊28年3月15日に漸く5,500円（税引）が届き、同月18日に返送した小切手が再送される。
〔犀星全集02〕

11月1日　山田風太郎、「りべらる」より「赤い蜘蛛」（昭27・10）の原稿料の残り2万2,100円を受け取る。
〔復興日記〕

11月2日　高村光太郎のところに、沢田伊四郎来訪。『智恵子抄』皮製などもらう。印税5万円。
〔光太郎全集15〕

11月5日　高村光太郎、教科書会社より原稿料2,950円を受け取る。
〔光太郎全集15〕

11月6日　谷崎潤一郎の京都市民税第3期分は24万2,450円。
〔谷崎全集26〕

11月10日　高村光太郎、新潮社より座談会の礼として1万円受け取る。
〔光太郎全集15〕

11月18日　山田風太郎、「報知新聞」より「おしゃべり殺人」の原稿料900円を受け取る。
〔復興日記〕

11月19日　室生犀星が「主婦と生活」が2号にわたって詩を無断掲載したとして、転載料5,000円を2ヶ月分請求した。＊これを受けて22日に記者が謝罪に訪れたので、再度転載料を請求し、同じく転載された佐藤春夫にも意見を聞くよう伝える。
〔犀星全集02〕

11月28日　高村光太郎、十和田湖に設置する彫像7尺2体の鋳造費80万円と決める。
〔光太郎全集15〕

12月1日　山田風太郎、「怪奇玄々教」の原稿料内金2万1,500円を受け取る。
〔復興日記〕

12月2日　山田風太郎、光文社より「女妖」の原稿料2万8,000円、税金4,200円、差引2万3,800円を受け取る。
〔復興日記〕

12月9日　高村光太郎、草野心平に3万円借金を申し込まれ、選集分2万円とし、他に1万円を貸す。
〔光太郎全集15〕

12月16日　高村光太郎、中央公論社松下より展覧会の礼として1万円受け取る。
〔光太郎全集15〕

12月18日　高村光太郎、教科書会社より「山の雪」の礼として4,200円受け取る。
〔光太郎全集15〕

12月28日　高村光太郎のところに、沢田伊四郎訪問。『智恵子抄』の礼として現金3万5,000円を持参する。宮崎稔に寸志で1万円を進呈。
〔光太郎全集15〕

12月28日　室生犀星が小説「厭寿」30枚（「新潮」、昭28・2）の原稿料4万5,000円を受け取る。1枚につき1,200円というのを他誌との兼ね合いから1,500円にするよう申入れて、それが受け入れられた。同日、放送局より詩の放送使用料720円を受け取る。
〔犀星全集02〕

この年　立野信之が母の設立した女子学園の復興資金として、「キング」に毎月80枚ずつ連載中だった「近衛文麿」の原稿料を担保に、講談社から75万円を借り受ける。
〔吉川英治とわたし〕

昭和28年（1953）

1月　五味康祐「喪神」、第28回芥川賞受賞（同時受賞者松本清張）大映から映画化の話があり、20万円で売る。当時、新潮社の校正係だった五味は妻と京橋の大映本社で原作料を受け取り、帰りに夫婦の雨靴と洋傘を買った。
〔栄華物語〕

1月27日　朝日放送の「ラジオ文芸―作家と読者」（放送時間15分）、梅崎春生と進藤純孝の対談、担当プロデューサー庄野潤三。進藤の初出演料は5,000円（源泉徴収1割5分）。聞き手の進藤が何を聞いても梅崎は「ええ、そうです」とか「まあそういうことです」としか答えない。終了し

て車に乗ったら、まるで別人のように喋りだした。　　　　　　　　〔文壇私記〕

1月28日　室生犀星が「貝殻川」(「文学界」、昭28・4)の原稿料5万3,900円を受け取る。犀星が1枚1,500円でと申入れたのに対して、鈴木貢編集主幹が44枚の枚数を50枚で計算してその額になるよう計らった。　　　　　　　　〔犀星全集02〕

1月30日　谷崎潤一郎、50万円を京都へ送金するように中央公論社の嶋中鵬二に願う。これと別に要請した熱海宅への5万円も再度願う。「今後一二ヶ月第六巻(注:『新訳源氏物語』)が出るまでは拝借する必要も生じると思ひますが印税金で不足の場合は家の売却のお金で」と嶋中宛書簡で述べる。　　　　　　　　〔谷崎全集26〕

1月31日　室生犀星が三笠書房の印税約7万円の印税が26年12月より月割支払いで、最終支払月となったこの月に編輯用に買い入れた本の代金を差引かれることについての不満を日記に記す。支払いが滞った点、1月4,000円という小額である点にも不満をもらす。　　　　　　　　〔犀星全集02〕

2月13日　高村光太郎、中央公論社松下英麿より紙絵展の謝礼5,000円を受け取る。　　　　　　　　〔光太郎全集15〕

2月26日　高村光太郎のところに、筑摩書房の女性が訪問。検印紙7,000枚、捺印が出来ないので、書房の印を用いるように言う。　　　　　　　　〔光太郎全集15〕

3月1日　高村光太郎、新潮社の沢田より印税4万2,400円を受け取る。　　　　　　　　〔光太郎全集15〕

7月21日　高村光太郎、毛利より『天上の炎』の印税内金2万円受け取る。また筑摩書房の竹之内静雄より詩集の印税内金2万円を小切手で受け取る。＊エミイル・ヴァルハアラン著・高村光太郎訳『天上の炎』(昭28・2、創元文庫)か。　　　　　　　　〔光太郎全集13〕

7月31日　室生犀星が「失笑界隈」(「小説公園」、昭28・10)の原稿料5万8,650円を8月21日付の小切手で受け取る。　　　　　　　　〔犀星全集02〕

8月29日　室生犀星のもとを正宗白鳥が訪れる。原稿料の額が2,000円であることなどを話す。作品の映画化による収入で渡航することを勧められ、原作料は3万円にしかならないと答える。　　　　　　　　〔犀星全集02〕

9月26日　室生犀星が若柳壽慶より粟津三番叟の作詞料4万円を受け取る。歌詞はわずか2枚。その原稿料として最高額だろうと日記に記す。＊粟津温泉開湯1,300年を記念し、犀星が作詞、作曲杵屋佐之助、振付

若柳寿慶の郷土芸能。〔犀星全集02〕

9月29日　高村光太郎、沢田伊四郎より『智恵子抄』の印税4万2,400円を受け取る。〔光太郎全集13〕

9月　村松梢風、「出版社と文士では合見互ひだ。よくよく無くて払へないのだ。出版社は、金があれば、本は売れなくても払つてくれるものだ。売れない本の印税をこれまで私などは貰ひすぎてゐる。金儲けだけが目的で出版事業を始める人はまづない。彼らは何かしら理想を夢見てゐる。その結果が赤字なのだ。さう思つて私はいちはやく諦めてしまふ」。〔文士とゼニカネ〕

10月2日　熱海にいる谷崎潤一郎、京都から20万円を送金されてきたと言ってきたが、先日は30万円と頼んだ、聞き違いではないか、と中央公論社嶋中鵬二に書簡で問い質す。〔谷崎全集26〕

10月6日　室生犀星が「あにいもうと」の演劇化に際して原作料約8,300円を受け取る。また角川書店の全集月報の原稿料1,000円を受け取る。〔犀星全集02〕

10月7日　高村光太郎、筑摩書房より印税5万円を受け取る。〔光太郎全集13〕

10月24日　高村光太郎、十和田湖設置の彫像の謝礼として青森県より50万円を受け取る。＊同月26日に帝銀へ行き、小切手50万円から30万円を預け、20万円を現金にする。＊＊30日に帝銀より青森銀行の小切手不渡りとの通知がある。小切手の形式の不備らしい。11月3日に解決し、入金。11月6日に通帳に書き入れる。〔光太郎全集13〕

10月31日　高村光太郎のところに、放送局の人たちが来訪。30分ほど話し、謝金1万円を受け取る。〔光太郎全集13〕

11月21日　高村光太郎、角川書店より全集の印税小切手157万205円を受け取る。＊同月24日に帝銀に入れ、5万円のみ現金化する。＊＊『昭和文学全集22 高村光太郎・萩原朔太郎集』（昭28・10、角川書店）か。47巻の「昭和詩集」（昭29・10）にも光太郎作品収録。〔光太郎全集13〕

11月　平野謙が講談社会議室で徹夜して約40枚のエッセイ「アラヒトガミ事件」を書き、「群像」昭和28年11月号に掲載される。一度に手取り2万円以上の原稿料をもらったのは初めてだと小説家の原稿料との違いを嘆いた。〔文士と文壇〕

12月8日　室生犀星が「悼迢空」(「短歌」、昭29・1) の原稿料1万円 (税1,500円) を受け取る。1枚につき1,000円で「ちかごろ小額の稿料」だと日記に記す。〔犀星全集02〕

12月13日　高村光太郎、真壁仁に創元社の検印紙1,000枚と認印を託す。17日に認印は戻ってくる。〔光太郎全集13〕

12月23日　室生犀星が「北国新聞」より4枚分の原稿料6,000円と長生殿1折を受け取る。原稿料は少額だが長生殿は好ましく、少額の原稿料の場合は菓子を貰った方がいいと日記に書く。〔犀星全集02〕

12月26日　高村光太郎のところに、創元社の林訪問。『ウエルハーラン詩集』出来、3冊持参。印税は真壁宛のことを頼む。＊エミイル・ヴァルハアラン著、高村光太郎訳『ヴェルハアラン詩集』(昭28・12、創元社)。〔光太郎全集13〕

12月28日　高村光太郎、十和田委員会解散の会に出席。この年の日記巻末に「当該試作群像の著作権は作者に於て之を留保し、無断複製又は模作品を作ることを禁ずる」と著作権の記述がある。〔光太郎全集13〕

12月30日　高村光太郎、新潮社野平より原稿料1万5,000円を受け取る。〔光太郎全集13〕

この年　ハヤカワ・ポケットミステリーのトップバッターになったミッキー・スピレーンの『大いなる殺人』(清水俊二訳)、『裁くのは俺だ』(中田耕治訳) の時の前払い印税は70＄だった。＊昭和24年に1＄＝360円の単一為替レートが設定され、昭和48年から変動相場制に移行した。〔戦後翻訳〕

この年　高校の3年間、映画を1,000本観たという井上ひさしは、よく映画評を書いては入賞し、うま過ぎて大人と疑われ、神父の証言で、賞金2,000円をもらったこともあった。〔井上ひさし伝〕

昭和28年頃　坂口安吾の妻三千代の回想。安吾は原稿料が入ると、お金を1枚1枚キレイなお金とキタナイお金に分け、キタナイ方を私にくれ、ピン札は書斎の引き出しに入れる。私はお金がなくなってもらいに行くと引き出しから出してくれ、そこがなくなると本棚に並んでいる本からピン札を出してくれる。私は気の毒になって「使ってしまうのもったいないくらいね」と言い訳をする。〔クラクラ日記〕

昭和28年頃　山田風太郎、京橋の出版社に未払いの原稿料を貰いに訪ね

た。担当者は困惑して代わりに呉れたのがそこから出版されたばかりの『全訳金瓶梅』4冊本だった。やがてこれは『妖異金瓶梅』となり、さらに『武蔵野水滸伝』を経て忍法帖シリーズへと変貌していった。＊尾坂徳司訳『全訳金瓶梅』（昭23・9〜24・3、東西出版社）全4巻か。

〔死言状〕

昭和29年（1954）

2月10日　室生犀星が「改造」より原稿料3万円を受け取る。残額2万7,000円は15日に支払うという約束だったというが、日記にはこれに該当する記載は見当たらない。〔犀星全集02〕

2月16日　高村光太郎、「心」の記者より原稿料1,000円を受け取る。〔光太郎全集13〕

3月9日　高村光太郎、野平より原稿料2万5,500円を受け取る。〔光太郎全集13〕

3月10日　室生犀星が「婦人朝日」より1年間の連載小説を依頼され、原稿料は1枚2,500円で承諾。「妙齢失はず」（昭29・8〜30・12）となる。〔犀星全集02〕

3月17日　室生犀星が新潮社より『堀辰雄全集』の目録に執筆した随筆の原稿料4,000円を受け取る。〔犀星全集02〕

3月26日　高村光太郎のところに、毎日ライブラリーが見本を持参する。原稿料2万9,235円を受け取る。〔光太郎全集13〕

4月10日　高村光太郎、新潮社野平より原稿料2万5,500円を受け取る。〔光太郎全集13〕

4月13日　高村光太郎、沢田伊四郎より『智恵子抄』増刷の分2,000部の印税4万4,800円を受け取る。〔光太郎全集13〕

4月16日　室生犀星が東宝より「性に眼覚める頃」の原作料40万円を受け取る。内税6万円。＊同年3月2日に交渉を受けた際は原作料35万円（税込）で承諾した。5月、「麦笛」と改題して映画化。〔犀星全集02〕

4月28日　室生犀星が小説「詩人・萩原朔太郎」100枚（「新潮」、昭29・6）の原稿料12万7,500円を受け取る。〔犀星全集02〕

5月3日　高村光太郎、中西利一郎に新潮社の検印7,000部の捺印を頼み、アルバイト代300円を支払う。〔光太郎全集13〕

5月4日　谷崎潤一郎、30万円を京都の銀行に電送するように、中央公論社嶋中鵬二に依頼する。〔谷崎全集26〕

5月19日　室生犀星が俳句「夏めける」6句（「文藝春秋」、昭29・7）の原稿料1万円を受け取る。内税1,500円。1句が2,000円にあたると日記に記す。〔犀星全集02〕

5月22日　室生犀星が「病蛍」（「別冊小説新潮」、昭29・7）の原稿料6万4,000円を受け取る。1枚あたり2,000円は小説の原稿料としては「婦人朝日」に次ぐ額だと日記に記す。〔犀星全集02〕

5月25日　室生犀星が「人間諷詠」20枚（「文学界」、昭29・7）の原稿料2万6,000円（税込）、「少女野面」32枚（「新潮」、昭29・10）の原稿料4万8,000円（税込）を受け取る。〔犀星全集02〕

6月7日　谷崎潤一郎、50万円を京都の銀行に電送するように、中央公論社嶋中鵬二に依頼する。「毎度御手数ながら第九巻の印税を加算して今度の五〇をも加へてバランスを御示し被下度候」と述べている。〔谷崎全集26〕

6月11日　高村光太郎、沢田伊四郎より『智恵子抄その後』重版印税2万円を受け取る。＊『智恵子抄その後』（昭25・11、龍星閣）。〔光太郎全集13〕

6月11日　室生犀星が小説「人氏人子」30枚（「別冊文藝春秋」、昭29・7）の原稿料5万4,000円を受け取る。内税8,100円。1枚につき1,800円になると日記に記す。〔犀星全集02〕

6月28日　高村光太郎のところに、角川の人来訪。創元社が倒産したので、創元文庫の『エルハアラン』を角川文庫にと頼まれる。保留する。新潮社よりの小切手4万1,650円を中西夫人に託す。〔光太郎全集13〕

7月9日　室生犀星が詩「俠盗詩伝」（「東京新聞」、昭29・6・28夕刊）の原稿料8,000円を受け取る。〔犀星全集02〕

7月26日　高村光太郎、筑摩書房より全集3冊受け取る。印税の支払いは9、10、11月に分けるとのこと。〔光太郎全集13〕

8月20日　高村光太郎、角川書店より全集第4版の印税32万1,300円を小切手で受け取る。＊23日に家政婦に小切手を託し、24日に銀行に入れるように頼む。〔光太郎全集13〕

8月22日　室生犀星が「短歌雑誌」より原稿料9,300円（税引）を受け取る。

原稿料として最低額だが仕方ないと日記に記す。〔犀星全集02〕

9月1日　高村光太郎、角川書店より全集第5版2,000部印刷との話を聞く。
〔光太郎全集13〕

9月3日　室生犀星が小説「汽車で逢つた女」(「婦人公論」、昭29・10)の原稿料4万3,700円(1枚につき1,900円)、随筆「文士の悲しみ」(「北海道新聞」、昭29・8・26、「西日本新聞」、8・27同時掲載)の原稿料8,000円を受け取る。〔犀星全集02〕

9月12日　高村光太郎、筑摩書房より全集の印税三分の一、23万18円を小切手で受け取る。10月12日23万14円受け取る。11月13日最終回の印税23万14円を受け取る。＊『現代日本文学全集24 高村光太郎・萩原朔太郎・宮沢賢治集』(昭29・7、筑摩書房)。〔光太郎全集13〕

9月20日　網野菊の粕谷正雄宛書簡。追而書きに「金2550円「新女苑」(10月号)随筆『人知れず咲く松虫草』稿料」。〔山梨館報〕

10月6日　宇井無愁が自作「タンクの足」を無断で転載した『銭形捕物日記その他』(定価3円80銭)について野村胡堂に問い合わせる。2月に同書を発見して発行人に抗議したが返事がなく、同じく転載されている胡堂に何らかの交渉があったか確かめるため。〔胡堂宛書簡〕

10月13日　島尾敏雄、親子4人で講談社に行き、原稿料2万3,460円を小切手で受け取り、池袋の勧銀で現金に替える。〔死の棘〕

10月21日　谷崎潤一郎、月末までに50万円を送金するように、中央公論社嶋中鵬二に依頼する。『源氏』10、11巻の校正は瀧澤の責任校正としたい、とも記す。〔谷崎全集26〕

10月23日　高村光太郎、角川書店より全集第5版の印税2万3,800円を小切手で受け取る。〔光太郎全集13〕

10月27日　室生犀星が詩「地球の良日」(「新潮」、昭29・12)の原稿料1万円を受け取る。「新潮」が詩の原稿料として1万円を払うのは初めてで、文芸雑誌が詩に対して高い原稿料を支払うのは「詩のために喜ばしいこと」だと日記に記す。〔犀星全集02〕

11月5日　島尾敏雄、ニューエイジに行き、原稿料1万500円を受け取り、ＡＢＣに行く。小島信夫と対談「作文と小説」を録音し、4,250円を受け取る。〔死の棘〕

11月6日　室生犀星が「暮しの手帖」より原稿料4,500円を受け取る。1

昭和29年（1954）

枚あたり800円で、「かういふ稿料もある。世は様々」と日記に記す。
〔犀星全集02〕

11月18日　永井荷風が浅草のフランス座から舞台の引幕に姓名雅号を出す許可を求められ、謝礼として1万円を受け取る。〔荷風全集25〕

11月21日　室生犀星が『昭和文学全集47　昭和詩集』（昭29・10、角川書店）の印税を頁割した5頁分約2万1,000円を受け取る。〔犀星全集02〕

11月29日　室生犀星が「随筆女ひと」（「新潮」、昭30・1〜6）の原稿料3万円（税込）を受け取る。1枚につき1,500円で小説と同額と日記に記す。〔犀星全集02〕

12月1日　高村光太郎、沢田より印税6万4,800円を小切手で受け取る。〔光太郎全集13〕

12月10日　島尾敏雄、12月4日に依頼された河出書房の『小説大系有島武郎篇』の月報原稿「『或る女』管見」を推敲していると、河出の編集者竹田博が訪れ、有島の著作権が今年いっぱいあることが分かったので、来春刊行に延びたことを報告される。ただし原稿は預り、原稿料は約束通り出すとのこと。〔死の棘〕

12月13日　島尾敏雄、大阪朝日放送から為替で8,500円を受け取り、郵便局で換金する。〔死の棘〕

12月14日　島尾敏雄、共同通信社から原稿料3,060円を受け取る。〔死の棘〕

12月16日　島尾敏雄、「明窓」より原稿料1万3,260円を受け取る。五味康祐の「新潮」斡旋が不調の場合を考え、しばらく手元に置いておくことにする。「中央評論」の奥田宇治から締切25日、原稿料半額前渡しと伝えられる。〔死の棘〕

12月17日　室生犀星が時事通信社より原稿料5,000円を受け取る。1枚あたり1,000円。追加請求もやめて、次から書かないことに決める。〔犀星全集02〕

12月18日　高村光太郎、中西夫人に新潮社よりの小切手3万5,700円を銀行に入れてもらう。〔光太郎全集13〕

12月21日　室生犀星が『昭和文学全集』増刷3,000部分の印税3万5,000円を受け取る。また三社連合より詩の原稿料1万円（税外）を受け取る。〔犀星全集02〕

12月24日　島尾敏雄、河出書房の竹田より小説大系の月報の原稿料4,250円を受け取る。ウイスキーなどを飲み、「川端康成、借金700万とかして一晩5,000円の宿屋で仕事、などということを」聞く。　〔死の棘〕

12月24日　谷崎潤一郎、中央公論社より30万円を受け取る。
〔谷崎全集26〕

12月28日　昭和30年元日放送の詩の原稿料1万円（税込）を受け取る。
〔犀星全集02〕

昭和20年代後半　原稿料が最も高いとされるのは志賀直哉で、原稿用紙1枚5,000円である。谷崎潤一郎の新聞小説「少将滋幹の母」は1枚1万円弱になると噂された。　〔出版興亡〕

昭和27〜29年　戦後総合雑誌の原稿料。昭27〜29年の「改造」。新聞記者の原稿料は2枚500円、例：新名丈夫、内山敏矢、加部勝美、水口伸二。評論家：700円、例：大宅壮一、阿部真之助、三宅晴輝、岩淵辰雄。「中央公論」はこのクラスに1,000円払った。学者：700円、例：井上清、遠山茂樹、宇佐見誠次郎、久野収、乾孝、福田定良。作家：新人800円。佐多稲子、野間宏1,000円。丹羽文雄、舟橋聖一クラス1,200円、1,500円。
〔原稿料の研究〕

昭和30年（1955）

1月6日　高村光太郎、読売新聞の記者より詩稿料1万7,000円を受け取る。
〔光太郎全集13〕

1月22日　島尾敏雄、みすず書房編集部の高橋に会い、あと1週間で校正が出ること、部数2,000と聞き、印税は毎月5,000円ずつは欲しいとの要望を言う。　〔死の棘〕

1月29日　川端康成が「伊豆の踊子」の原作料1万8,000円（50ドル）を受け取ったことをサイデンステッカーに連絡。　〔館報20・9〕

1月　新田次郎、「サンデー毎日」の懸賞小説に「山犬物語」を応募し、昭和30年陽春特別号に掲載され、10万円を得る。　〔書けなかった〕

2月3日　島尾敏雄、中央大学奥田晴義より原稿料の残額3,545円を受け取る。「雑誌の出ぬうちに又貰う。ほっとする」。　〔死の棘〕

2月7日　高村光太郎、新潮社野平より原稿料2万5,500円を現金で受け取る。みすず書房より検印紙2,000枚送ってくる。3月26日に本屋でみ

すず書房の新刊『帰巣者の憂鬱』を見掛ける。＊島尾敏雄『帰巣者の憂鬱』（昭30・3、みすず書房）。　〔光太郎全集13〕

2月17日　島尾敏雄、「サンデー毎日」より原稿料を3,000円受け取る。
〔死の棘〕

2月20日　高村光太郎、角川書店より『道程』印税1万7,850円を受け取る。
〔光太郎全集13〕

2月26日　室生犀星が経理士に税金の調査を依頼し、収入総額350万円、支払い税額32万円とわかる。　〔犀星全集02〕

3月7日　高村光太郎、第3期納税額4万7,880円。「予定よりも減る」。
〔光太郎全集13〕

3月16日　高村光太郎のところに、創元社の詩人全集の人来る。全集1冊と原稿料（前書）2,000円を受け取る。　〔光太郎全集13〕

3月　新田次郎、「サンデー毎日」は春秋2回懸賞小説を募集していた。そこで編集部に赴き「もう1度応募していいか」と斯波四郎に聞くと「前作より優れた作品なら」ということで、応募するも2度落選後、「山犬物語」が当選し、賞金10万円。　〔書けなかった〕

4月12日　高村光太郎、新潮社野平より原稿料2万5,500円を受け取る。
〔光太郎全集13〕

4月21日　室生犀星が『昭和文学全集』3版の印税9万5,200円を受け取る。＊3月1日に増版8,000部の申入れがあった。　〔犀星全集02〕

4月22日　高村光太郎のところに、多田等観来る。観音像製作、50万円ではダメと返事する。　〔光太郎全集13〕

4月27日　高村光太郎、新潮社より文庫詩集の検印7,000部送られる。中西夫人に捺印を頼む。　〔光太郎全集13〕

5月13日　高村光太郎、岩波書店よりの印税小切手2万7,200円を中西夫人に託す。＊5月16日に銀行で現金化する。4月30日から山王病院に入院。7月8日に退院。　〔光太郎全集13〕

5月21日　高村光太郎、角川書店よりの印税小切手3万5,700円を中西夫人に託す。　〔光太郎全集13〕

5月21日　室生犀星が角川文庫『あにいもうと・山吹』（昭28・5初版）5版3,000部と同文庫『性に眼覚める頃』（昭29・12）の印税5万9,500円（税引）を受け取る。　〔犀星全集02〕

昭和30年（1955）

5月28日　高村光太郎、創元社の第1回印税2万9,289円を受け取る。詩人全集。＊『現代日本詩人全集2三木露風・木下杢太郎・石川啄木・高村光太郎』（昭30・3、創元社）。　　　　　　　　　　〔光太郎全集13〕

5月30日　高村光太郎、銀行より引き出すことを頼んでいた中西夫人より5万円を受け取る。　　　　　　　　　　　　　　〔光太郎全集13〕

6月8日　高村光太郎、新潮文庫詩集の印税小切手4万1,650円を中西夫人に託す。　　　　　　　　　　　　　　　　　　　　〔光太郎全集13〕

6月27日　高村光太郎、文庫用の検印8,000部捺印の由、中西夫人から聞く。　　　　　　　　　　　　　　　　　　　　　　〔光太郎全集13〕

6月30日　高村光太郎、沢田伊四郎より『智恵子抄』増版印税4万4,800円受け取る。＊7月4日に中西夫人に託して銀行に入金。＊6月19日に増刷の話を聞く。　　　　　　　　　　　　　　　　　〔光太郎全集13〕

7月24日　室生犀星が岩波書店の月報の原稿料4,000円を受け取る。1枚あたり500円で、こういう原稿料は初めてだと日記に記す。「新潮」より随筆3枚分の原稿料4,500円（税込）を受け取る。　〔犀星全集02〕

8月2日　島尾敏雄、文芸芸術関係ニュースに書いた随筆を「国民健康保険」というパンフレットに転載され、原稿料300円を受け取る。
〔死の棘〕

8月8日　高村光太郎、「書道講座」より原稿料5,950円受け取る。
〔光太郎全集13〕

8月17日　室生犀星が『現代日本文学全集27　菊池寛・室生犀星集』（昭30・8、筑摩書房）の印税約100万円について9月末から5回払いと説明を受ける。＊4月4日の交渉で菊池寛と印税等分にするよう伝えた。
〔犀星全集02〕

8月22日　室生犀星が角川文庫『あにいもうと・山吹』（昭28・5初版）と同文庫『性に眼覚める頃』（昭29・12）の印税4万9,800円を受け取る。＊前者は5月31日に7版3,000部、後者は6月8日に5,000部増版の申入れがあった。　　　　　　　　　　　　　　　　　　〔犀星全集02〕

8月27日　室生犀星が「文学界」より原稿料4万8,000円（税込）を受け取る。1枚につき1,300円と日記に記す。　　　　　　　　〔犀星全集02〕

10月2日　高村光太郎、家政婦に検印紙6,00枚に捺印をしてもらう。
〔光太郎全集13〕

400　昭和31年（1956）

10月8日　室生犀星『随筆女ひと』（昭30・10、新潮社）の装幀を担当した小林古径の画料は3万円。　　　　　　　　　　　　　〔犀星全集02〕

10月31日　高村光太郎、沢田伊四郎より『智恵子抄』等印税6万4,000円を受け取る。　　　　　　　　　　　　　　　　　　〔光太郎全集13〕

10月　新田次郎、「サンデー毎日」30周年記念大衆文芸賞に「孤島」を応募し、30万円を得る。　　　　　　　　　　　　　　　〔書けなかった〕

11月9日　室生犀星が『随筆女ひと』（昭30・10、新潮社、定価180円）の印税18万円（税込）を受け取る。＊12月9日に5,000部分の印税9万円（税込）を受け取る。　　　　　　　　　　　　　　　〔犀星全集02〕

11月26日　室生犀星が小説「舌を嚙み切つた女」30枚（「新潮」、昭31・1）の原稿料4万5,000円を受け取る。「婦人之友」より詩の稿料5,000円を受け取る。　　　　　　　　　　　　　　　　　　　　〔犀星全集02〕

この年　昭和30年の確定申告。吉川英治2,157万3,000円。川口松太郎1,913万6,000円。舟橋聖一1,592万6,000円。　　　　　　〔カネと文学〕

昭和30年頃　探偵作家クラブ賞の賞金は第8回（昭和30年）まで1万円で、第9回（昭和31年）から3万円になった。　　　　　　〔日影丈吉〕

昭和31年（1956）

1月18日　室生犀星が新潮社より『随筆女ひと』（昭30・10初版）と新潮文庫『室生犀星詩集』（昭26・9初版）の印税約7万円を受け取る。
　　　　　　　　　　　　　　　　　　　　　　　　　　　〔犀星全集02〕

1月31日　川端康成、河出書房から毎月分割払いの印税10万円が15％源泉徴収されて8,500円届く。　　　　　　　　　　　　〔康成全集28〕

1月　田辺聖子「花狩」、「婦人生活」の懸賞小説（賞金10万円）の佳作6篇の1つに入り、掲載されなかったが、賞金1万円を手にした。編集部の問合せの返事を見た原田常治は直ちに飛行機で飛び、尼崎の田辺宅を訪れ、「花狩」を長篇化した連載を依頼した。　　　　　　〔挽歌物語〕

2月7日　室生犀星『随筆女ひと』（昭30・10初版、新潮社）の6版の印税、約6万1,000円。　　　　　　　　　　　　　　　　　〔犀星全集02〕

2月20日　室生犀星が角川文庫の印税3万5,403円（税引）を受け取る。1月2日に3,500部の申入れがあった『性に眼覚める頃』（昭29・12初版）の印税か。　　　　　　　　　　　　　　　　　　　〔犀星全集02〕

3月9日　高村光太郎、新潮社の田中女史より原稿料2万5,550円を受け取る。
〔光太郎全集13〕

3月13日　室生犀星が『舌を嚙み切った女』（昭31・2、河出書房）の印税4万円（税込）を受け取る。＊1月19日に7,000部の検印を送った。
〔犀星全集02〕

3月27日　高村光太郎、沢田伊四郎より印税4万4,800円を受け取る。
〔光太郎全集13〕

4月8日　室生犀星が『随筆女ひと』（昭30・10初版、新潮社）7刷の印税と『妙齢失はず』（昭31・3、同前）の印税を併せて17万3,540円（税引）を受け取る。＊2月13日に『女ひと』3,000部7刷の印票が届く。「これで三万二千部刷つたことになるが、生涯の著作でこれほど増刷したものは、はじめてである」と日記に記す。
〔犀星全集02〕

4月14日　室生犀星が『随筆続女ひと』（昭31・3、新潮社、180円）の初刷1万部の印税15万2,000円（税引）、『現代日本文学全集27 菊池寛・室生犀星集』（昭30・8、筑摩書房）2,000部の印税2万7,000円を受け取る。
〔犀星全集02〕

5月31日　室生犀星が『随筆女ひと』正・続合わせて6,000部の印税約9万円、「文芸」の原稿料1,500円を受け取る。
〔犀星全集02〕

5月　産経新聞記者福田定一（司馬遼太郎）、第8回講談倶楽部賞に「ペルシャの幻術師」（「講談倶楽部」、昭31・5）が受賞。賞金10万円。
〔うたかた物語〕

9月2日　志賀直哉、土川留女子宛書簡。「今日の「毎日」のキリヌキ同封する、もう見たかと思ふが稿料二万円の半分で指定席を三十四枚いいところを取って貰ひ、俺のきょうだいたち一家と子供や孫を招いた」。＊「赤い風船」（「毎日新聞」、昭31・9・2）。
〔志賀全集13〕

11月26日　外村繁が受賞した野間文芸賞は賞金100万円だった。当時の新入社員の初任給はまだ1万円に満たなかった。外村はこの賞金で中断していた家の新築工事再開を大工の棟梁や植木屋に頼んだ。
〔挽歌物語〕

11月　昭和31年7月、原田康子はガリ版刷りの同人雑誌「北海文学」に連載した「挽歌」（690枚）を講談社に送るが、結局子会社の東都書房から出版の運びとなった。当時、普通3,000部の初版を1万部刷ることにした。初版発行3日にして売り切れ直ちに増刷に継ぐ増刷で、ベストセ

ラーとなった。松山によると印税は1,000万円以上と推定する。しかし原田夫妻の生活は変わらず質素そのものであったという。〔才女時代〕

12月 瀬戸内晴美「女子大生・曲愛玲」が「新潮」の第3回同人雑誌賞を受賞。受賞者に5万円、同人誌「Z」に5万円が贈られる。〔文学漂流〕

この年 昭和30年の確定申告。川口松太郎2,123万9,000円。吉川英治2,097万1,000円。山手樹一郎1,801万1,000円。〔カネと文学〕

昭和32年（1957）

2月19日 遠藤周作の持ち込んだ企画の座談会「夫ごころ」録音（3月5日NHK①午後1時5分放送）で、妻は赤鬼か青鬼かのテーマで、安岡章太郎、吉行淳之介、三浦朱門、進藤純孝が出席した。時間になっても遠藤が来ないので4人で始めた。録音が終わる頃ガラス張りの向こうのディレクターの横に、ニヤニヤしながら遠藤が立っていた。進藤の出演料は15％天引きの3,400円だった。皆の出演料を封筒ごとかき集めた遠藤は、「サア、散財に行こう」と言った。〔文壇私記〕

2月 日本交通公社発行の「旅」の編集者岡田喜秋は、松本清張に原稿料1,500円で連載小説を依頼した。クロフツの「樽」に凝っていた松本は「縄」という題名を告げた。岡田が再考を申し入れると「点と線」ではどうかと言ってきた。〔挽歌物語〕

3月25日 河出書房倒産。同社から『銭形平次捕物全集』全26巻（昭31・5〜33・1）を刊行中だったが、野村胡堂のもとには印税は3巻分しか届かなかった。胡堂への印税不払いは6千万円もの額にのぼった。〔バッハ〕

5月23日 城山三郎、「輸出」で第4回文学界新人賞を受賞。この日、受賞を知らせる電報が届く。賞金は5万円。〔城山三郎〕

7月15日 志賀直哉、藤枝静男に「三四日前「心」の編輯会議の時誰れかないかといふ話で君と島村君と阿川君を推センしたが、稿料は馬鹿に安く500の由、しかしこれは誰でもそれの由、余り長くないもので何かありませんか」。〔志賀全集13〕

12月 城山三郎、「生命なき街」が「別冊文藝春秋」に掲載される。原稿料は42枚で2万9,400円。1枚あたり700円。税金4,410円を差し引き手取り2万4,990円。現金書留で郵送されてきた。同封されていた領収

書に署名捺印して返送。 〔城山三郎〕

昭和33年（1958）

1月17日　志賀直哉、「『暗夜行路』映画原作料二百万手どりと決めた由。幾らか楽になるわけ、しかも三月とれる（ママ）筈の六十万の税金云々は直吉の誤りにて二十万だつた由」。 〔志賀全集11〕

1月21日　志賀直哉、「直吉東宝の「暗夜行路」の上演料百万の小切手を持つて来る半金なり」。＊「暗夜行路」監督豊田四郎。 〔志賀全集11〕

2月　光文社の神吉晴夫は編集者松本恭子の提案で松本清張の『点と線』の出版を決める。清張は印税分ぐらい宣伝費にしても構わないとさえ思った。『眼の壁』と2冊同時に朝日紙上に全5段の出版広告を打った。清張が超流行作家になったのは昭和33年春以降である。 〔挽歌物語〕

5月8日　高見順、ソ連滞在中の話。モスクワで文化省管轄の外国文学出版所に行く。所長らと歓談、原稿は22枚（約4万字）を1単位とする。日本字だと約1万3千字、400字詰め原稿用紙で約30枚。「アガニヨフ」で1単位3,000ルーブルと以前に聞いた。 〔続高見日記07〕

5月14日　高見順、ソ連滞在中の話。堺とウクライナで雑誌社に立ち寄り、「文学と生活」に書いた青野の原稿料350ルーブルを堺が受け取る。 〔続高見日記07〕

5月　星新一「ボッコちゃん」の原稿料は400字詰原稿用紙1枚あたり100円、手取り80円だった。ラーメン1杯40円の時代だった。 〔星新一〕

6月24日　秋田雨雀、童話「赤んぼになったおじいさん」（「小学四年生」、昭33・7）稿料8,500円受け取る。 〔雨雀日記04〕

6月30日　吉村昭が「週刊新潮」昭和33年6月30日号に発表した「密会」23枚で初めて原稿料を得る。1枚1,500円。 〔文学漂流〕

10月　澤地久枝の月給、中央公論社入社7年目1万8,200円。 〔家計簿〕

11月13日　吉川英治の『私本太平記』について毎日新聞社出版局は『新・平家物語』と同じ印税率を提示したが、英治は出版社と読者に対する配慮から約3分低くして、価格、体裁、部数を再検討するよう同社出版局長藤田信勝や担当の横山信二郎に手紙を書き、また申し入れる。 〔英治全集53〕

11月　井上ひさしの「うかうか三十、ちょろちょろ四十」が文部省主

宰の芸術祭脚本募集で入選、賞金20万円。当時、全国の賞金稼ぎ人の随一は大阪府立大の藤本義一だった。最も賞金が高いのは芸術祭脚本募集でその1位は民芸や文学座が上演した。〔井上ひさし伝〕

11月頃 吉川英治が毎日新聞出版局に印税を減らしても『私本太平記』の定価を読者のために20円安くするよう同社編集者横山信二郎に申し出る。〔二十円の意味〕

12月26日 草野心平、筑摩書房より2万円を受け取る。＊前日に執筆した『高村光太郎研究』の序文の原稿料か。〔心平日記〕

暮れ 前野辰夫（小林信彦『夢の砦』の主人公）は木戸草平（江戸川乱歩）の招きで自宅を訪ね、新しく発行する「黒猫」（「ヒッチコックマガジン」、昭34・6発行予定）の編集会議に、月4回、時間にして8時間出席してくれ、謝礼はポケットマネーから7,000円払うと持ちかけられる。〔夢の砦〕

昭和33年頃 大学3年の井上ひさし、一幕物やラジオドラマに応募、賞金だけで1年間に70万円は稼ぐ。その頃の大卒の初任給は3万5,000円。〔井上ひさし伝〕

昭和34年（1959）

1月3日 草野心平、NHKより原稿料4万いくらか受け取る。＊前日に「日本の春」の詩5編を渡している。〔心平日記〕

1月28日 草野心平、読売新聞社より読売文学賞の選考の礼金1万円を受け取る。〔心平日記〕

1月 この月より「群像」に舟橋聖一の「好色論」の連載が開始。原稿料の額を気にする編集部の大久保房男に、舟橋は安さは承知の上だが丹羽文雄より下では駄目だと言った。舟橋は自分が原稿料の値上げを要求してきたことで文士全体の原稿料が上がったと述べた。〔終戦後文壇〕

1月 青山光二、「新日本文学」（昭34・1）に「暗い部屋」を、稿料ナシで発表。花田清輝、平野謙は「タダで書くのもいいものですよ。いつかきっとソロバンが合います」。〔食べない女〕

2月下旬 吉村昭の「鉄橋」が「文藝春秋」昭和34年3月号に転載され、1枚につき1,000円の転載料を得る。10％の税金が源泉徴収されていたが、月給の4倍強の額だった。妻は約2万円のコートを購入。結婚後初めての高価な買い物となる。〔文学漂流〕

6月25日　宝石社「ヒッチコックマガジン」の創刊号から、中原弓彦（小林信彦）は江戸川乱歩の依頼で毎月5,000円の謝礼で編集部に顔を出していた。　　　　　　　　　　　　　　　　　　　　　　〔星新一〕

8月　水上勉、『霧と影』で初めて「何万円か」の印税内金を得る。それを見せても妻は仕事をやめないという。1冊の本が出て、仮にそれが好評でも一家の暮らしが成り立つわけではなく、次に仕事をしなければ印税の切れ目が生活の切れ目となる。その時にまた働きに出ようとしても難しい。もう少し貯金ができるまで働かせてほしい、というのが妻の言い分だった。　　　　　　　　　　　　　　　　　　〔冬日の道〕

11月6日　草野心平、前橋元総社中学校の校歌作詞の謝金2万円を受け取る。＊10月29日に書き始め午後2時に完成している。　〔心平日記〕

11月7日　草野心平、「小説新潮」の詩選を仕上げ、新潮社まで届けさせる。1万円を受け取る。　　　　　　　　　　　　　　　　〔心平日記〕

12月29日　草野心平、大日本印刷より協和銀行のパンフレットのために書いた詩の原稿料5,000円を受け取る。＊12月4日に大日本印刷サービスセンターの柏田より協和銀行パンフレット新年号の短文を依頼されており、その日のうちに書き上げ、原稿を渡している。　〔心平日記〕

この年　（長井勝一が山洋社を設立した頃）2万円なり3万円なりの原稿料といっても、原稿と引きかえで払ってくれるなどというところは限られていたし、なかには、水木しげるさんが回想しているように、次の原稿を持ってきたら払うという約束なので持っていくと、そんな原稿を頼んだ覚えはないと突き返されたり、催促に行くたびに、500円とか300円というように細かくわけてくれたり、というような出版社も少なくなかった。　　　　　　　　　　　　　　　　　　　　　　　〔ガロ〕

この年　井上ひさし、脚本懸賞応募は2年間で、応募回数は145回、うち入選は18回、佳作39回。稼いだ賞金は34万6,000円。月平均にすると1万4,000円強、好条件のアルバイトだった。　　〔井上ひさし伝〕

昭和35年（1960）

2月15日　高見順、雑誌「世界」「文学界」「群像」は1枚1,000円の原稿料なので、中間小説の執筆をしないと、生計が成り立たないと。1ヶ月に一誌に30枚程度しか書けない、ただ「文学界」は実枚数より枚数

を多くしてくれるので、1枚1,500円ぐらいになる。　　　　　〔続高見日記01〕

2月16日　草野心平、寿屋のPR誌「酒」のために火野葦平と詩3枚半を書く。PRの文句60字ばかり書き、サントリー1打か1万円か、とあるので銭を希望した。3月3日に1万円を受け取る。また旺文社に「詩選」を渡す。3月3日に5,000円を受け取る。　　　　　〔心平日記〕

2月17日　高見順、「週刊現代」の原稿料10万円を受け取る。1回17～8枚。　　　　　〔続高見日記01〕

昭和35年頃　その頃、市川（川上宗薫『流行作家』の主人公）は原稿料といえば純文学の雑誌からしか貰ったことがなかった。1枚5～700円の間だった。　　　　　〔流行作家〕

昭和36年（1961）

2月　星新一の初めての作品集『人造美人』（昭36・2、新潮社）初版5,000部。＊B6変型、258頁、装丁六浦光雄。星の作品を最初に「ショートショート」と呼んだのは小林信彦だった。　　　　　〔星新一〕

3月1日　草野心平、読売新聞より詩選料1万円を受け取る。　〔心平日記〕

3月2日　草野心平、「詩いろはかるた」を七分通り出来、沖山に渡し、1万円を受け取る。2月25日に「こども部屋」の飯野が来て、「少年少女いろはかるた」を頼まれている。また中部電力より詩選・評の原稿料5,000円を受け取る。　　　　　〔心平日記〕

3月7日　高見順、原稿を書かず、原稿料が入ってこないので、骨董を売って生活費に当てる。　　　　　〔続高見日記01〕

6月　百目鬼恭三郎の回想。「朝日新聞」連載の大岡昇平の『若草物語』が通常夕刊連載の180回を過ぎても終わらない。270回で終わるという約束となり、山本周五郎のところへ了解を取りに行った。既に周五郎は他の執筆を一切断わっていた。延期を承知した周五郎は、あと何回と聞かれ、「70回」と答えたら「エッ」とも「ヒヤァッ」とも聞こえる絶叫をした。　　　　　〔周五郎〕

10月　この月より「婦人画報」で連載が開始された山口瞳の「江分利満氏の優雅な生活」（～昭37・8）の原稿料は1枚3,000円、1回30枚で手取り8万1,000円だった。編集者の矢口純はこの欄は川端康成でも高見順でも同じ原稿料だと激励した。　　　　　〔編集鬼〕

昭和37年（1962）

2月　梶山季之『黒の試走車』（昭37・2、光文社）の初版は2万部。昭和37年分再版は9万8,000部。　〔積乱雲〕

3月　10万部近く刊行される文学全集や作家の選集、文庫の解説の原稿料が1枚1,500円から2,000円であるのに対して、2、3万部しか出ない文芸雑誌の原稿料は1枚500円から1,000円。　〔批評の変質〕

4月5日　著作権法改正公布施行（一般著作権の保護期間を死後33年に延長。昭和40年5月18日にさらに35年に延長）。　〔近代総合年表〕

4月17日　高見順、「文芸朝日」より原稿料25万円を送られ、受け取る。56枚か。「世界」「文学界」は1枚1,000円、「純文学では生活が不可能なのである」。　〔続高見日記01〕

5月2日　高見順、赤坂おどりの「水の上」の原作料を薄謝として赤坂の時丸らより受け取るが、薄謝は15万円であった。　〔続高見日記01〕

6月21日　司馬遼太郎「龍馬がゆく」、「産経新聞」で連載開始。昭和35年に「梟の城」で直木賞を受賞した司馬遼太郎は翌36年に産経新聞社を退社して筆一本の生活に入っていた。「産経新聞」水野成夫社長が提示したのは月額100万円の原稿料。　〔司馬遼太郎〕

9月1日　高見順、日光湯元のホテルでＮＨＫのラジオドラマを執筆する。すでに15万円を受け取っている。1枚1,000円の安い原稿料の純文学ばかり書いているので、15万円は大切。　〔続高見日記01〕

9月7日　高見順、「現代詩手帖」に詩5編を送るが、同誌は原稿料はない。　〔続高見日記01〕

9月15日　野坂昭如編『プレイボーイ入門』が荒地出版社より刊行。定価350円。丸谷才一、小森和子らが寄稿。1枚2,000円の買取り方式。ベストセラーとなり、印税方式にすればと悔やむが、版元が倒産し、野坂が前渡し分以外を負担。丸谷は受取らなかった。　〔文壇〕

9月17日　高見順、中央大学で哲学会主催の講演会で「青春時代の思想的回顧」を話す。あとで座談会もあり、謝金5,000円を受け取る。
　〔続高見日記01〕

10月　小松左京、「易仙遊里記」が「ＳＦマガジン」10月号に掲載され、デビュー。原稿料は1枚350円。ラジオ大阪の漫才台本は1枚80円で

源泉徴収が15％だった。それが10％になり、1枚350円だったので、妻からもっと書くように言われる。石川喬司は、当時、「文藝春秋」などは1枚800円で、すぐに1,000円になったので、そこからすればかなり安いと発言。〔ＳＦへの遺言〕

12月24日　高見順、ＮＨＫのテレビ番組「盛り場」に出演。出演料1万円を貰う。「原稿が思うように書けぬため、こういう稼ぎをせねばならぬ」。〔続高見日記01〕

この年　野坂昭如は週刊誌、月刊誌の連載を含め月に150から160枚書く。原稿料1枚2,000円で月収30万円。連載小説が単行本化されれば印税、映画化されれば原作料が入ってくる小説家との格差が身に染みる。〔文壇〕

昭和38年（1963）

1月22日　山口瞳、「江分利満氏の優雅な生活」（「婦人画報」、昭36・10〜37・8）で第48回直木賞受賞。当時、寿屋（現：サントリー）の宣伝部に勤務。受賞後第1作の「オール読物」の原稿料は1枚1,000円。57枚で、1割5分の源泉が引かれて、手取り5万円足らず。「えらい世界に入ってしまった」と思った。編集長に抗議すると、「大家のだれそれさんの原稿料は千五百円だと言われてガツンときました」。これを聞いた五木寛之は自分の原稿料は800円だったという。山口の方が高かったのは、「多少色をつけてくれた」のか、部長補佐と地方在住者の違いによるものかと話す。〔ストライクゾーン〕

1月中旬　吉村昭が「週刊新潮」からの、月に2回25枚の小説で10万円以上の原稿料という依頼を辞退する。安定した生活費を得るため、月給4万円で兄の繊維会社に勤務することにする。〔文学漂流〕

2月20日　草野心平、中部電力に詩選を渡し、5,000円を受け取る。〔心平日記〕

2月21日　草野心平、「小説新潮」の原稿料4万6,800円を受け取る。＊2月9日に書き10日に仕上げた詩「男女の犬」を渡している。また日立より5,000円小切手で受け取る。2月4日に日立に坐右銘を渡している。〔心平日記〕

4月3日　直木賞を受賞したばかりの山口瞳が雑誌社の注文に追い回さ

れ、1枚7,000円出すからというところまで現れたと報じられる。
〔追回される〕
4月3日　著名誌の連載小説は週刊36本、文芸誌を除いて月刊68本、その他に新聞小説126本のうち、約60本は流行作家が書いている。この他に月刊の中間読物雑誌の読み切り小説が90本。一方、流行作家の数は最大限で40人。載せれば必ず当たる作家はそのうち20人内外しかいない。この需要と供給のアンバランスが需要側の作品獲得競争の激化を生み、ある作家は1枚1万2,000円の原稿料を要求したという話も出てきている。
〔追回される〕
この年　吉行淳之介、当時掲載中だった新聞小説の原稿料について、石原慎太郎から同じ新聞に書くにあたっての電話での問い合わせ。1日1万円だが、失敗したと思っている、石原ならば「もっとふっかけても大丈夫」だと答える。二人はまだ会ったことがなかった。＊「赤と紫」(「中国新聞」等、昭38・1〜10)の原稿料か。
〔賞ハ世ニツレ〕

昭和39年（1964）

3月　澤地久枝、五味川純平の助手となる。三一書房経由で、月給3万円。これは徐々にあがった。6月と12月にボーナスもあった。
〔家計簿〕
4月9日　高見順の原作の映画「朝の波紋」の放映権を1年間フジテレビに5万円で渡していたが、有効期限の切れる1年後にTBSテレビで上映するために、2万円を支払うというので、許可した。＊「朝の波紋」(「朝日新聞」昭26・10・1〜12・31)。『朝の波紋』(昭27・3、朝日新聞社)。映画は昭和27年公開。
〔続高見日記03〕
5月9日　高見順、中央公論社の『日本の文学』の編纂料として35万円を受け取る。＊『日本の文学』(昭39・2〜45・10)は中央公論社創業80周年記念出版、全80巻。編集委員は谷崎潤一郎、川端康成、伊藤整、高見順、大岡昇平、三島由紀夫、ドナルド・キーン。
〔続高見日記03〕
6月27日　高見順作「いやな感じ」の映画化の原作料として東宝より100万円の内、手付金として30万円（税引き27万円）を渡される。
〔続高見日記03〕
9月25日　吉村昭の『孤独な噴水』が講談社より刊行された。定価450円、初版5,000部、印税12％だった。
〔文学漂流〕

10月13日　高見順、1,400円と高価な豪華本の『死の淵より』の見本を届けられ、三百数十名の寄贈者リストを渡す。定価の2割引きで送料は出版社持ちとなるが、印税の3倍近くが自著の購入費となる。＊『死の淵より』（昭39・10、講談社）。〔続高見日記04〕

昭和40年（1965）

1月11日　『高見順詩集』の普及版、8,000部増刷。5,000部ずつ2度増刷し、特製本2,000部。すべて合せると2万部となる。〔続高見日記05〕

7月19日　津村節子が「玩具」で第53回芥川賞を受賞。賞金は10万円。後日、高額な賞金を期待した銀行の支店長が預金勧誘に訪れる。〔文学漂流〕

9月　高木彬光『ゼロの蜜月』によれば、定価300円の新書判『I・Eの知識』を初版8,000部で出版すると、印税は税金を引いて22万円となる。〔ゼロの蜜月〕

9月　昭和46年1月まで連載された三島由紀夫『豊饒の海』シリーズ約3,000枚の「新潮」原稿料は400字1枚1,500円で計450万円。〔三島由紀夫伝〕

11月　野呂邦暢「或る男の故郷」が文学界新人賞佳作に選ばれ、同誌11月号に掲載される。原稿料は1万円。〔芥川賞〕

昭和40年頃　新田次郎が文芸家協会の理事だった時、原稿料最低3,000円（400字詰め1枚）を主張した。1,000円以下でも書きたい作家がいる、という反論もあった。〔文士とっておきの話〕

昭和40年頃　市川（川上宗薫『流行作家』の主人公）は具体的にこう考えるのだ。原稿料1枚5,000円の小説を50枚頼まれるとすると、25万円である。それで半分が税金として持っていかれれば、約12万円は儲かるわけだ。〔流行作家〕

昭和40年〜41年春　日本テレビの井原高忠は小林信彦、井上ひさし、城悠輔、河野洋らを起用して構成作家の合作システムを作る。井原は台本料の3倍の上に書き直し料や資料費とボーナスをつけてくれた。井原は番組制作費の1割は台本料と決めていたようだ。〔井上ひさし伝〕

昭和41年（1966）

8月　野呂邦暢「壁の絵」が「文学界」8月号に掲載。原稿料は前作の「或る男の故郷」と同額の1万円と思っていたため、「意外な嬉しさ」だったと編集者の豊田健次に礼状。豊田は純文芸誌の原稿料は、とても安く、新人の場合、5、600円だったと回想。〔芥川賞〕

9月　吉村昭の「戦艦武蔵」420枚が「新潮」9月号に掲載される。吉村は同誌の原稿料は新人の場合1枚700円だと聞いていたが、受取った小切手の額は800円だった。〔文学漂流〕

昭和41年9月～10月中旬　吉村昭の『戦艦武蔵』が新潮社から刊行される。定価320円。初版は2万部が翌日に3万部に訂正された。9月8日に出版されると、9日に1万部、15日に1万部がそれぞれ増刷された。10月中旬には11万6,000部に達した。〔文学漂流〕

この年　当時、「ガロ」では、ページ当り800円の原稿料を払っていた。これは、既に名のある人の場合も、まったくの新人の場合も同額である。というよりも、ときには、ベテランに払わないことがあっても、新人には、―彼らは他で稿料を稼ぐというわけにはいかなかったから―きちんと払っていた。大手の出版社とは比較にならないくらい安い。〔ガロ〕

この年　野坂昭如『エロ事師たち』（昭41・3、講談社）に今村昌平が興味を示し、日活プロデューサーが原作料は30万円を提示した。もとより否やはなく、日活本社へ出向き契約。〔文壇〕

昭和42年（1967）

2月　三島由紀夫の「奔馬」（「新潮」、昭42・2～43・8）の原稿料は1枚3,000円。〔昭和史が面白い〕

昭和43年（1968）

12月　澤地久枝。五味川純平からの月給7万5千円、ここから1万円を家賃収入3万9千円に加えた金額が母と私の1ヶ月の生活費。〔家計簿〕

昭和35年～44年　1960年代までは月刊誌に連載を持てば車が買え、週刊誌に連載を持てば家が買えたと言われていた。それだけ雑誌、とりわけ大手誌の原稿料は高かった。1967年に10代後半でデビューしたあるベテラン作家の場合、ページ3,000円だったという。物価はここ30年で大体5倍から7倍に上っているから、中間をとっても今なら1万8,000

〜2万円程度。これは現在の中堅〜ベテランクラスに匹敵する。

〔マンガ原稿料〕

昭和44年（1969）

3月 清水義範が沖慶介名の「冒険狂時代」（「推理界」）で初めて原稿料5,000円を得る。同人誌「宇宙塵」からの転載。ホメロスの『イリアス／オデッセイ』を購入。商業誌への掲載で小説家になれたと「錯覚」したと回想する。

〔清水義範〕

10月 笠井潔が黒木龍思名義の「戦術＝階級形成論の一視点」（「情況」、昭44・10、11）で初めて原稿料を得る。約150枚で1枚につき1,000円。大卒の初任給が3万円の当時、職業的革命家には大金で、この年11月の佐藤栄作首相訪米阻止闘争資金となった。

〔職業は小説家〕

昭和45年（1970）

3月13日 草野心平、詩「ルーキーよたて」30行の原稿料として東京新聞より2万円を受け取る。

〔心平日記〕

5月2日 梶山季之が作家の高額所得者1位になる。7,786万円。2位松本清張の6,514万円、3位佐賀潜の6,046万円、4位司馬遼太郎の5,538万円、5位吉田健一の4,630万円と続く。

〔積乱雲〕

5月6日 著作権法改正公布（著作権の保護死後50年、写真は35年に延長）。

〔近代総合年表〕

11月 澤地久枝は「二・二六事件の若き妻たち」（「中央公論」、昭45・12月臨時増刊号）14頁分の原稿料として7万4,000円から1割の源泉徴収税が引かれた額を得る。澤地にとって初めての原稿料で、五味川純平の助手としての月給8万5,000円に近い額だった。

〔家計簿〕

この年 光文社のカッパブックス『冠婚葬祭入門―いざというとき恥をかかないために』が塩月弥栄子の名前で出版されベストセラーとなる。ところが著者と出版社との印税問題のトラブルが発生しゴースト・ライターの存在が浮き彫りになった。S氏の契約では初版が1枚計算の原稿料で6〜70万円くらい。再版以降の印税率は3〜4％という。

〔ゴースト〕

昭和46年（1971）

1月12日　野上弥生子、ほるぷ社の明治児童文学全集の初版本の復刻版を受け取る。図書館などの買い入れもあって大層売れると聞く。印税は3度払いで、みんなで50万円と聞いて驚く。「大学教授などの俸給におもひくらべた為でもある」、「思ひがけぬ拾ひものをするやうなもの」。＊『日本児童文学館　名著復刻30』（昭46、ほるぷ出版）。『お話　小さき人たちへ』（昭15・12、岩波書店）の復刻。〔野上全集〕

この年　藤枝静男、「僕の原稿料は次の通りです。新聞文化欄は全部1枚3,000円。しかし読売文化部の婦人欄のときは2,400円しかくれなかった。「文藝」、「文学界」、「新潮」、「季刊藝術」は2,000円。「群像」は1,800円。（中略）世界文化社の外国旅行の本の中の随筆は1枚4,000円」。〔文芸家協会〕

昭和47年（1972）

1月　安東次男が好きな美術品を買い、それについて「芸術新潮」に解説を書くという企画をこの月より始める（〜昭48・12）。毎月、編集部から5万円が原稿料を含む費用として渡され、購入した品物は安東の所有となった。〔古美術〕

2月10日　澤地久枝が書き下ろした『妻たちの二・二六事件』（中央公論社）刊行。初版は7,000部、定価580円で、1割の印税約40万円が支払われた。澤地は脱稿後に取材実費の20万円を印税の前払いとして得た。〔家計簿〕

8月　高橋宏幸が『チロヌップのきつね』（昭47・8、金の星社、文・絵とも高橋）初版分の印税として約40万円を得る。出版社退社後に創設した編集プロダクションが経営難で個人収入はほとんどなかったので「千金の値うち」があった。〔印税という名〕

昭和48年（1973）

6月1日　野上弥生子、岩波書店より「図書」の原稿料4万6,800円を現金封筒で受け取る。〔野上全集〕

昭和49年（1974）

11月 岩波書店の小林勇の回想。斎藤茂吉は生涯にたくさんの歌を作った。しかしそれからの収入は恐らく驚くほど少額であったと思う。随筆の稿料もたいしたことはない。茂吉は自分の全集が大部数売れて印税がたくさん入るなどということは、夢にも思わなかったであろう。この点は漱石と似ているように考えられる。〔茂吉全集月〕

この年 ①これまでに貰った最高の原稿料、最低の原稿料。〈本田靖春〉①最高1万円最低1,200円。〈竹中労〉①最高ページ5万円（1枚1万5,000円）。昭和43年「女性自身」（ただし取材費、写真込み）最低300円（昭和43年「映画評論」）。敗戦直後の翻訳の下請けは1枚10円。ルポルタージュの場合、取材調査、資料費が稿料を上回ることがあります。私の目下の仕事のうち、半分はそういう状態です。〈井上ひさし〉①最高3,500円最低無料。〈筒井康隆〉①最高10万円（1枚半）最低200円（昭40年）、1,000円（現在）。〈小松左京〉①最高5,000円（ショートショートを除く）最低放送台本なら80円(税込)、雑誌なら350円。〈末永勝介〉①最高5,000円最低50円。〈志賀信夫〉①最高2万円最低200円。〈匿名〉①最高5,000円（広告原稿では3万円というのがあるが、但し1枚だけ）最低終戦後まもなく10円もらってビックリしたことあり。戦前は2円50銭だったので。〈久保田正文〉①最高1万円（1枚の随筆）最低200円。仙台鉄道局文芸年度賞の選考科（選評稿料を含む）は1万円でした。これは多くの労働組合などの選料にくらべてかなり大幅に最低です。〈扇谷正造〉①最高1枚（400字）2万円。最低なし。自分たちでやっている同人雑誌など（例「人間連邦」）。〈江國滋〉①最高1万円最低500円。〈加賀乙彦〉①最高7,000円最低300円。〈匿名〉①最高1万5,000円、ＰＲ誌最低250円。昭和25年に文藝春秋に書いて600円もらいました。これはたいへんに高い原稿料ではないでしょうか。〈吉田知子〉①最高1万円最低持ちだし。〈古山高麗雄〉①最高この4、5年に限っていえば、5,000円。最低900円。

〔もの申す〕

昭和49年頃 児童文学者の発言。香川茂：児童書の印税は、6分から1割ほどである。詩集は印税の代わりに本をもらった。西沢正太郎：児童文学の創作の場合、初版が4,000から5,000部で、再版もされないことがある。おのちゅうこう：児童文学作品の原稿料は1枚2,000円くらいだが、物価上昇率を考えると、3,000円は欲しい。香山彬子：出版社によっ

て異なるが、原稿料は10年前の約1.5倍～10倍に、印税は10年前の約1.5倍～2倍になった。中沢堅夫：新人作家の原稿料は、1枚2,000円くらいと見積もれる。
〔児童文芸〕

昭和40年代後半　A氏の場合、ゴースト料400字3,000円、K市へ取材に出張した時に5万円くれたという。A氏のゴースト3原則は①秘密厳守、②代役になりきる、③当事者の了解がない限り死んでも暴露しないことである。ゴースト本の部数は平均3,000部から5,000部。定価1,000円として印税率1割で3～50万円くらいだ。そこから所得税10％引かれる。だから原稿買い取り方式で70万円、80万円といわれると、たいていのゴースト・ライターは飛びつく。
〔ゴースト〕

出典略称一覧

出典略称一覧

【略称 → 出典】

青鉛筆 → 無署名「青鉛筆」(「朝日新聞」、昭22・9・1)
青野季吉日記 → 青野季吉『青野季吉日記』(昭39・7、河出書房新社)
芥川賞 → 豊田健次『それぞれの芥川賞　直木賞』(平16・2、文芸春秋)
芥川全集04 → 『芥川龍之介全集』4巻 (昭33・6、筑摩書房)
芥川全集07 → 『芥川龍之介全集』7巻 (昭33・10、筑摩書房)
芥川と時代 → 関口安義『芥川龍之介とその時代』(平11・3、筑摩書房)
芥川龍之介 → 小島政二郎『芥川龍之介』(昭52・11、読売新聞社)
朝日新聞 → 新延修三『朝日新聞の作家たち』(昭48・5、波書房)
朝日新聞70年 → 『朝日新聞七十年小史』(昭24・1、朝日新聞社)、柳田泉『幸田露伴』(昭17・4、中央公論社)、『日本文壇史』2巻 (平7・2、講談社文芸文庫)
あらえびす → 太田愛人『野村胡堂・あらえびすとその時代』(平15・9、教文館)
安吾全集 → 『坂口安吾全集』5巻 (平10・6、筑摩書房)
池島新平 → 塩沢実信『雑誌記者池島新平』(平5・2、文春文庫)
池田日記 → 「池田日記」(『岩野泡鳴全集』14巻、平8・6、臨川書店)
池波正太郎 → 縄田一男「評伝池波正太郎」(『新潮日本文学アルバム53　池波正太郎』、平5・9、新潮社)
一萬円 → 「一萬円懸賞当選小説決る」(「朝日新聞」昭和9・8・28)
伊藤整 → 伊藤礼『伊藤整氏　奮闘の生涯』(昭60・9、講談社)
愛しき者へ上 → 中野重治『愛しき者へ』上巻 (昭62・5、中公文庫)
愛しき者へ下 → 中野重治『愛しき者へ』下巻 (昭62・7、中公文庫)
井上ひさし伝 → 桐原良光『井上ひさし伝』(平13・6、白水社)
命のあまり → 正岡子規「命のあまり」(「日本」、明34・11)
印税受取書 → 清水康次「天理図書館蔵「『吾輩ハ猫デアル』印税受取書」(「ビブリア」、平13・5)
印税という名 → 高橋宏幸「「印税」という名のバケモノ―わが印税生活奮闘記」(「児童文芸」、平8・9)
雨雀日記01 → 『秋田雨雀日記』1巻 (昭40・3、未来社)
雨雀日記02 → 『秋田雨雀日記』2巻 (昭40・11、未来社)
雨雀日記03 → 『秋田雨雀日記』3巻 (昭40・11、未来社)
雨雀日記04 → 『秋田雨雀日記』4巻 (昭41・9、未来社)
うしろ影 → 片山宏行『菊池寛のうしろ影』(平12・11、未知谷)
内村鑑三 → 富岡幸一郎『内村鑑三』(平10・7、リブロポート)
梅崎全集 → 『梅崎春生全集』7巻 (昭35・12、沖積社)
海野全集 → 『海野十三全集』別巻 (平5・1、三一書房)

英治全集 46 → 『吉川英治全集』46 巻（昭 59・2、講談社）
英治全集 53 → 『吉川英治全集』53 巻（昭 59・1、講談社）
江戸から明治 → 市古夏生「江戸から明治に至る版権と報酬の問題」（「江戸文学」、平 22・5）
江戸作者部類 → 曲亭馬琴『近世物之本江戸作者部類』天保 5 年序、影印本（昭 63・5、八木書店）
江戸文芸攷 → 浜田義一郎『江戸文芸攷』（昭 63・5、岩波書店）
エンマ帳 → 佐々木邦『人生エンマ帳』（昭 38・11、東都書房）
追回される → 無署名「追回される流行作家」（「朝日新聞」、昭 38・4・3 夕刊）
鷗外先生 → 無署名「鷗外先生の原稿料」（昭 58・6、「スコブル」復刻版中巻、ゆまに書房）
岡辰押切帳 → 無署名「無益有害の岡辰押切帳」（「面白半分」、昭 4・6）
小川未明 → 砂田弘「評伝小川未明」（『新潮日本文学アルバム　60　小川未明』平 8・3、新潮社）
尾崎一雄 → 青木正美「尾崎一雄の原稿依頼」（高橋輝次編『原稿を依頼する人される人』、平 10・5、燃焼社）
大佛次郎 → 福島行一「評伝大仏次郎」（『新潮日本文学アルバム 63　大仏次郎』、平 7・11、新潮社）
夫の貞操 → 永田通次「『夫の貞操』で吉屋信子は幾ら稼いだか—とこ糞食への景気だ‼」（「話」、昭 12・6、文芸春秋社）
おとこくらべ → 嵐山光三郎『おとこくらべ』（平 16・9、ちくま文庫）
想い出の作家 → 高森栄次『想い出の作家たち—雑誌編集 50 年—』（昭 63・5、博文館新社）
お笑い草 → 宮武外骨「お笑い草〈へんねぢ〉」（「面白半分」、昭 4・10、半狂堂）
懐往事談 → 福地桜痴『懐往事談』（昭 41・6『明治文学全集』11 巻、266 頁）
懐旧 90 年 → 石黒忠悳『懐旧九十年』（昭 58・4、岩波文庫）
改造社 → 松原一枝『改造社と山本実彦』（平 12・4、南方新社）、山本実彦『父母の面影』（昭 16・10）、関忠果、小林英三郎、松浦総三、大悟法進『雑誌「改造」の四十年』（昭 52・5、光和堂）
改造社印税率 → 黒田俊太郎「『改造社印税率の記録』の概要とその意義」（「三田国文」、平 18・12）
海録 → 山崎美成『海録』3 巻（平 11・1、ゆまに書房）、佐藤悟「馬琴の潤筆料と版元」（「近世文芸」、平 6・1）、金井圭太郎「草双紙の筆耕」（「江戸文学」、平 18・10）
蛙のうた → 臼井吉見『蛙のうた』（昭 40・4、筑摩書房）
書かでもの記 → 永井荷風「書かでもの記」（『荷風全集』14 巻、昭 38・6、岩波書店）・永井荷風・相磯勝彌「荷風思出草」（『荷風全集』28 巻、昭 40・8、岩波書店）

書かぬ人　→　無署名「幾ら出しても書かぬ人」(昭58・6、「スコブル」復刻版中巻、ゆまに書房)

書くということ　→　香川茂「書くということ」(「児童文芸」、昭49・12)

家計簿　→　澤地久恵『家計簿の中の昭和』(平19・3、文藝春秋)

書けなかった　→　新田次郎『小説に書けなかった自伝』(昭51・9、新潮社)

梶井基次郎　→　大谷晃一『評伝　梶井基次郎』(平1・4、河出書房新社)

歌人の原稿　→　無署名「歌人の原稿」(昭58・6、「スコブル」復刻版、ゆまに書房)

家族の昭和　→　関川夏央「家族の昭和」8回(「新潮45」、平18・8)

花袋周辺作家　→　『花袋周辺作家の書簡集』1巻(平6・3、館林市)

花袋に見る　→　高橋博美「田山花袋に見る明治後期の作家と出版社の関係—明治三十七年の原稿料支払い記録と日露戦争従軍に関する申し合わせ内容から」(「田山花袋記念文学館研究紀要」、平20・3)

花袋に見る生活　→　高橋博美「田山花袋に見る明治文士の「筆一本、箸二本」生活事情」(田山花袋記念文学館蔵、雑記帳)を資料として(2)」(「田山花袋記念文学館研究紀要」、平18・3)

花袋の原稿料　→　高橋博美「田山花袋の原稿料—「酒悲詩痩録」(田山花袋記念文学館蔵、雑記帳)を資料として(2)」(「田山花袋記念文学館研究紀要」、平16・3)

学海日録01　→　依田学海『学海日録』1巻(平3・9、岩波書店)

学海日録02　→　依田学海『学海日録』2巻(平3・11、岩波書店)

学海日録03　→　依田学海『学海日録』3巻(平4・1、岩波書店)

学海日録04　→　依田学海『学海日録』4巻(平4・3、岩波書店)

学海日録05　→　依田学海『学海日録』5巻(平4・5、岩波書店)

活字　→　福岡隆『活字にならなかった話—速記五十年』(昭55・11、筑摩書房)

仮名垣魯文　→　平塚良宣『仮名垣魯文』(昭54・5、講談社出版サービス)

カネと文学　→　山本芳明『カネと文学』(平25・3、新潮選書)

荷風全集19　→　「断腸亭日乗」(『荷風全集』19巻、昭39・5、岩波書店)

荷風全集20　→　「断腸亭日乗」(『荷風全集』20巻、昭39・3、岩波書店)

荷風全集21　→　「断腸亭日乗」(『荷風全集』21巻、昭38・10、岩波書店)

荷風全集22　→　「断腸亭日乗」(『荷風全集』22巻、昭38・5、岩波書店)

荷風全集23　→　「断腸亭日乗」(『荷風全集』23巻、昭38・3、岩波書店)

荷風全集24　→　「断腸亭日乗」(『荷風全集』24巻、昭39・9、岩波書店)

荷風全集25　→　「断腸亭日乗」(『荷風全集』25巻、昭40・5、岩波書店)

紙の徒費　→　無署名「紙の徒費—雑誌の残本処分」(「面白半分」6号、昭4・11、半狂堂)

からすかご　→　関根正直『随筆からすかご』(昭2・10、六合館)

ガロ　→　長井勝一『「ガロ」編集長—わたしの戦後マンガ出版史』(昭57・4　筑

摩書房）

館報 10・5 → 野尻抱影「昭和 4 年 7 月 7 日付水野葉舟宛書簡」(「日本近代文学館館報」、平 10・5)

館報 12・1 → 小栗風葉「明治 40 年 9 月 14 日付麻田駒之助宛書簡」(「日本近代文学館館報」、平 12・1)

館報 14・1 → 小宮豊隆「大正 3 年 8 月 20 日付津田青楓宛書簡」(「日本近代文学館館報」、平 14・1)

館報 15・7 → 小栗風葉「大正 11 年 3 月 21 日中村武羅夫宛書簡」(「日本近代文学館館報」、平 15・7)

館報 16・4 → 江口榛一「昭和 20 年 11 月 29 日付小田嶽夫宛書簡」(「日本近代文学館館報」、平 16・4)

館報 1・5 → 坪内逍遙「明治 44 年（推定）11 月（推定）30 日池辺三山宛書簡」(「日本近代文学館館報」、平 1・5)

館報 20・3 → 平山蘆江「昭和 18 年 8 月 14 日付平山清郎宛書簡」(「日本近代文学館館報」、平 20・3)

館報 20・9 → 川端康成「昭和 30 年 1 月 29 日付サイデンステッカー宛書簡」(「日本近代文学館館報」、平 20・9)

館報 23・7 → 十川信介「館蔵資料紹介　明治文学青年の苦悩」(「日本近代文学館館報」、平 23・7)

館報 3・3 → 近松秋江「大正 15 年 3 月 13 日付沖本常吉宛書簡」(「日本近代文学館館報」、平 3・3)

館報 49・3 → 菊池寛「昭和 6 年（推定）1 月 19 日付芥川文子宛書簡」(「日本近代文学館館報」、昭 49・3)

館報 49・7 → 織田作之助「昭和 20 年 12 月 10 日付宇野浩二宛書簡」(「日本近代文学館館報」、昭 49・7)

館報 51・1 → 島崎藤村「大正 9 年（推定）8 月 9 日付鷹野つぎ宛書簡」(「日本近代文学館館報」、昭 51・1)

館報 51・7 → 鈴木三重吉「明治 44 年 3 月 5 日消印麻田駒之助宛書簡」(「日本近代文学館館報」、昭 51・7)

館報 57・9 → 有本芳水「明治 39 年 3 月 6 日付鈴木信之宛書簡」(「日本近代文学館館報」、昭 57・9)

館報 60・9 → 直木三十五「大正 10 年月日不明永田秀雄宛書簡」(「日本近代文学館館報」、昭 60・9)

館報 61・3 → 菊池寛「大正 11 年 12 月 5 日付佐々木味津三宛書簡」(「日本近代文学館館報」、昭 61・3)

館報 61・7 → 直木三十五「大正 14 年（推定）3 月 25 日佐々木味津三宛書簡」(「日本近代文学館館報」、昭 61・7)

館報6・9 → 岩野泡鳴「明治39年10月25日付内海信之宛書簡」(「日本近代文学館館報」、平6・9)

館報7・7 → 谷崎潤一郎「大正14年1月20日付仲木貞一宛書簡」(「日本近代文学館館報」、平7・7)

菊池寛 → 那珂孝平『長編小説　菊池寛』(昭23・4、日新書店)

菊池寛全集24 → 『菊池寛全集』24巻（武蔵野書房）

菊池寛全集補 → 『菊池寛全集』補巻（平11・2、武蔵野書房）

菊池寛伝 → 鈴木氏亨『菊池寛伝』(昭12・3、実業之日本社)

菊池寛の航跡 → 片山宏行『菊池寛の航跡』(平9・9、和泉書院)

聞ままの記 → 木村黙老「聞ままの記」、神宮文庫所蔵本、第18冊

木佐木01 → 木佐木勝『木佐木日記』1巻（昭51・4、現代史出版会）

木佐木02 → 木佐木勝『木佐木日記』2巻（昭51・7、現代史出版会）

木佐木04 → 木佐木勝『木佐木日記』4巻（昭51・7、現代史出版会）

癸巳日録 → 巖谷小波「癸巳日録」(『巖谷小波日記〔自明治二十年至明治二十七年〕翻刻と研究』、平10・3、慶應義塾大学出版会)

己丑日録 → 巖谷小波「己丑日録」(『巖谷小波日記〔自明治二十年至明治二十七年〕翻刻と研究』、平10・3、慶應義塾大学出版会)

泣菫宛書簡 → 『倉敷市蔵薄田泣菫宛書簡集　作家篇』(平26・3、八木書店)

鏡花全集28 → 『鏡花全集』28巻（昭17・11、岩波書店）

清方文集 → 『鏑木清方文集』2巻（昭54・11、白鳳社）

虚子全集13 → 『定本　高浜虚子全集』13巻（昭48・12、毎日新聞社）

虚子全集15 → 『定本　高浜虚子全集』15巻（昭50・7、毎日新聞社）

金星堂のころ → 門野虎三『金星堂のころ』(平23・6、金沢文圃閣)

近代作家伝上 → 村松梢風『近代作家伝』上巻（昭26・6、創元社）

近代作家伝下 → 村松梢風『近代作家伝』下巻（昭26・12、創元社）

近代総合年表 → 『近代日本総合年表』(平3・2、岩波書店)

近代文学事典 → 『日本近代文学事典』6巻（昭53・3、講談社）

草双紙小考 → 磯部敦「銅版草双紙小考」(「江戸文学」、平18・10)

楠山正雄 → 『楠山正雄の戦中・戦後日記』(平14・4、冨山房)

国木田独歩 → 小野茂樹『若き日の国木田独歩』(昭34・12、アポロン社)

久米全集 → 加藤武雄「久米正雄宛書簡」(『久米正雄全集』13巻、昭6・1、平凡社)

雲か山か → 牧野武夫『雲か山か─出版うらばなし』(昭51・8、中公文庫)

クラクラ日記 → 坂口三千代『クラクラ日記』(昭48・3、潮文庫)

経済面 → 福田清人「経済面から見た近代作家研究」(『近代の日本文学史』、昭34・11、春歩堂)

戯作者 → 興津要『仮名垣魯文─文明開化の戯作者』(平5・6、有隣新書)

現金青本之通 → 芝甘交『現金青本之通』(序文)（天明7年、都立中央図書館加

賀文庫蔵本）
原稿贋札説 → 三上於菟吉「原稿贋札説」（「中央公論」昭3・1）
原稿料 → 長鋏生「原稿料を当てにせぬ文士」（昭58・6、「スコブル」復刻版中巻、ゆまに書房）
原稿料の研究 → 松浦総三『原稿料の研究』（昭53・11、みき書房）
原稿料変遷史 → 南小天「原稿料変遷史」（「文章倶楽部」、昭2・1）
原稿料物語 → 松浦総三「新連載＝原稿料物語―高かった明治初期の翻訳料」（「噂」、昭48・8）
原稿料総覧 → 長鋏生「現代文士原稿料総覧」（昭58・6、「スコブル」復刻版、ゆまに書房）
現代日45 → 『現代日本文学全集』45巻、「林芙美子年譜」（昭29・2、筑摩書房）
現代日48 → 『現代日本文学全集』48巻、「尾崎士郎年譜」（昭31・11、筑摩書房）
硯友社 → 菅聡子「初期硯友社と吉岡書籍店」（『メディアの時代―明治文学をめぐる状況』、平13・11、双文社出版）
元禄大平記 → 都の錦『元禄大平記』巻3（叢書江戸文庫『都の錦集』、平1・11、国書刊行会）
庚寅日録 → 巌谷小波「庚寅日録」（『巌谷小波日記〔自明治二十年至明治二十七年〕翻刻と研究』、平10・3、慶應義塾大学出版会）
考証荷風 → 秋庭太郎『考証永井荷風』（昭41・9、岩波書店）
光太郎全集12 → 『高村光太郎全集』12巻（平7・9、筑摩書房）
光太郎全集13 → 『高村光太郎全集』13巻（平7・10、筑摩書房）
光太郎全集15 → 『高村光太郎全集』15巻（平7・12、筑摩書房）
幸田露伴 → 柳田泉『幸田露伴』（昭17・2、中央公論社）
講談社01 → 『講談社の歩んだ五十年　明治・大正編』（昭34・10、講談社）
講談社02 → 『講談社の歩んだ五十年　昭和編』（昭34・10、講談社）
幸徳秋水 → 飛鳥井雅道『幸徳秋水』（昭44・6、中公新書）
紅葉全集 → 『紅葉全集』11巻（平7・1、岩波書店）
ゴースト → 猪野健治編『ゴースト・ライター』（昭53・4、エフプロ出版）
古書散歩 → 惣郷正明『古書散歩』（昭54・12、朝日イブニングニュース社）
胡堂宛書簡 → 宇井無愁「野村胡堂宛書簡」（『野村胡堂・あらえびす来簡集』、平16・11、岩手県紫波町）
胡堂百話 → 野村胡堂『胡堂百話』（昭56・6、中公文庫）
ことばの旅人 → 穴吹史士「ことばの旅人　友がみなわれよりえらく見ゆる日よ　岩手・玉山村」（「朝日新聞」、平17・1・22）
古美術 → 安東次男『古美術　拾遺亦楽』（昭49・6、新潮社）
才女時代 → 松山悦三『才女時代』（昭32・11、朋文社）
犀星全集01 → 『室生犀星全集』別巻1（昭41・5、新潮社）

出典略称一覧

犀星全集02 → 『室生犀星全集』別巻2（昭43・1、新潮社）
犀星伝 → 本多浩『室生犀星伝』（平12・11、明治書院）
斎藤昌三 → 八木福次郎『書痴斎藤昌三と書物展望社』（平18・1、平凡社）
堺君と → 三申小泉策太郎「堺君と幸徳秋水を語る」（「中央公論」、昭6・10）
佐々木邦 → 『佐々木邦全集』5巻（昭50・2、講談社）
挿絵画家英朋 → 松本品子『挿絵画家英朋』（平13・1、スカイドア）
作者の家 → 河竹登志夫『作者の家―黙阿弥以後の人々』（昭59・10、講談社文庫）
作家の裏窓 → 三宅正太郎『作家の裏窓』（昭30・4、北辰堂）
作家の舞台裏 → 楢崎勤『作家の舞台裏――一編集者のみた昭和文壇史―』（昭45・11、読売新聞社）
雑誌記者 → 池島信平『雑誌記者』（昭52・6、中公文庫）・塩沢実信『雑誌記者池島新平』（平5・2、文春文庫）
佐藤紅緑 → 福田清人「佐藤紅緑」（『日本近代文学事典』、昭59・10、講談社）
里見弴伝 → 小谷野敦『里見弴伝』（平2・12、中央公論新社）
ざぶん → 嵐山光三郎『ざぶん』（平9・5、講談社）
山東京伝 → 『山東京伝一代記』（『続燕石十種』2巻、昭55・7、中央公論社）
三分の十万円 → 辰野隆「三分の十万円」（『凡愚問答』、昭30・12、角川新書）
志賀全集08 → 『志賀直哉全集』8巻（昭49・6、岩波書店）
志賀全集10 → 『志賀直哉全集』10巻（昭48・11、岩波書店）
志賀全集11 → 『志賀直哉全集』11巻（昭48・12、岩波書店）
志賀全集12 → 『志賀直哉全集』12巻（昭49・4、岩波書店）
志賀全集13 → 『志賀直哉全集』13巻（昭49・7、岩波書店）
志賀全集14 → 『志賀直哉全集』14巻（昭49・8、岩波書店）
志賀全集15 → 『志賀直哉全集』15巻（昭59・7、岩波書店）
志賀全集別 → 『志賀直哉全集』別巻（昭49・12、岩波書店）
市価なき原稿 → 無署名「市価なき原稿」（昭58・6、「スコブル」復刻版中巻、ゆまに書房）
地獄篇 → 大西巨人『地獄篇三部作』（平18・8、光文社）
地獄耳 → 無署名「地獄耳」（昭58・6、「スコブル」復刻版、ゆまに書房）
児童出版 → 上笙一郎『聞き書　日本児童出版美術史』（昭49・7、太平出版社）
児童文学史 → 『斎藤佐次郎・児童文学史』（平8・5、金の星社）
死言状 → 山田風太郎『死言状』（平17・12、小学館文庫）
死の棘 → 島尾敏雄『死の棘日記』（平20・8、新潮文庫）
司馬遼太郎 → 産経新聞社『新聞記者　司馬遼太郎』（平12・2、産経新聞社）
島尾日記 → 『島尾敏雄日記』（平22・8、新潮社）
清水義範 → 清水義範『清水義範ができるまで』（平13・8、大和書房）
四迷集 → 『日本近代文学大系4　二葉亭四迷集』（昭46・3、角川書店）

出典略称一覧　425

四迷全集　→　『二葉亭四迷全集』7巻（昭40・3、岩波書店）
秋江断想　→　徳田道子『光陰　亡父近松秋江断想』（平5・6、私家版）
集古筆翰　→　『集古筆翰』大東急記念文庫所蔵
終戦後文壇　→　大久保房男『終戦後文壇見聞記』（平18・5、紅書房）
周五郎　→　百目鬼恭三郎「周五郎さんのこと」（扇谷正造監修『とっておきの話』、昭55・1、PHP研究所）
出版興亡　→　小川菊松『出版興亡五十年』（昭28・8、誠文堂新光社）
出版事業　→　志水松太郎『出版事業とその仕事の仕方』（昭13・3、栗田書店）
出版側面史　→　谷井精之助「近代出版側面史」（『日本近代文学大事典』6巻、昭53・3、講談社）
出版に未来　→　井家上隆幸・永江朗・安原顕『超激辛　爆笑鼎談「出版」に未来はあるか？』（平11・6、編書房）
春陽堂　→　山崎安雄『春陽堂物語』（昭44・5、春陽堂）
銷夏文人　→　吉川英治他「銷夏文人浮世放談」（「日販通信」77号、昭27・7下旬号）
小説菊池寛　→　杉森久英『小説菊池寛』（昭62・10、中央公論社）
小説代作調べ　→　無署名「小説代作調べ」（「無名通信」2巻7号、明43）
小説46年　→　尾崎士郎『小説四十六年』（昭39・5、講談社）
少年倶楽部　→　加藤謙一『少年倶楽部時代』（昭43・9、講談社）
荘八全集　→　『木村荘八全集』2巻（昭57・12、講談社）
賞ハ世ニツレ　→　芝木好子他「特別座談会　賞ハ世ニツレ」（『芥川賞・直木賞150回全記録』、平26・3、文芸春秋）
逍遙資料01　→　『未刊・逍遙資料集』1巻（平11・12、逍遙協会）
逍遙資料02　→　『未刊・逍遙資料集』2巻（平12・12、逍遙協会）
逍遙資料03　→　『未刊・逍遙資料集』3巻（平13・11、逍遙協会）
逍遙資料04　→　『未刊・逍遙資料集』4巻（平13・12、逍遙協会）
逍遙資料05　→　『未刊・逍遙資料集』5巻（平14・12、逍遙協会）
逍遙資料06　→　『未刊・逍遙資料集』6巻（平15・2、逍遙協会）
昭和史が面白い　→　半藤一利『昭和史が面白い』（文春文庫、平12・2）
昭和動乱期　→　大草実・萱原宏一・下島連・下村亮一・高森栄次・松下英麿『昭和動乱期を語る――一流雑誌記者の証言』（昭57・10、経済往来社）
職業は小説家　→　笠井潔「職業は小説家、趣味は評論家」（「一冊の本」、平12・6）
知られざる　→　木戸清平『知られざる文学』（昭35・12、川又書店）
城山三郎　→　西尾典祐『城山三郎伝――昭和を生きた気骨の作家』（平23・3、ミネルヴァ書房）
申午日録　→　巖谷小波「申午日録」（『巖谷小波日記〔自明治二十年至明治二十七年〕　翻刻と研究』、平10・3、慶應義塾大学出版会）
壬辰日録　→　巖谷小波「壬辰日録」（『巖谷小波日記〔自明治二十年至明治

二十七年〕　翻刻と研究』、平10・3、慶應義塾大学出版会）
新生社私史　→　福島保夫『書肆「新生社」私史』（平6・12、武蔵野書房）
新潮社70年　→　『新潮社七十年』（昭41・10、新潮社）
新聞小説　→　本田康雄『新聞小説の誕生』（平10・11、平凡社）
心平日記　→　『草野心平日記』1巻（平17・5、思潮社）
辛卯日録　→　巖谷小波「辛卯日録」（『巖谷小波日記〔自明治二十年至明治二十七年〕　翻刻と研究』、平10・3、慶應義塾大学出版会）
親和国文　→　親和女子大学国文学研究室編「薄田泣菫来簡集」（「親和国文」、昭59・12）
巣鴨日記01　→　「巣鴨日記第一」（『岩野泡鳴全集』14巻、平8・6、臨川書店）
巣鴨日記02　→　「巣鴨日記第二」（『岩野泡鳴全集』14巻、平8・6、臨川書店）
巣鴨日記03　→　「巣鴨日記第三」（『岩野泡鳴全集』14巻、平8・6、臨川書店）
ストライクゾーン　→　井上ひさし他「選考委員座談会　直木賞のストライクゾーン」（『芥川賞・直木賞150回全記録』、平26・3、文芸春秋）
積乱雲　→　梶山美那江編『積乱雲　梶山季之—その軌跡と周辺』（平10・2、季節社）
銭形平次誕生　→　永井龍男「「銭形平次」誕生のころ」（『永井龍男全集』11巻、昭57・2、講談社）
銭形平次の心　→　藤倉四郎『銭形平次の心　野村胡堂　あらえびす伝』（平7・9、文藝春秋）
ゼロの蜜月　→　高木彬光『ゼロの蜜月』（平17・12、光文社文庫）
戦後文壇　→　杉森久英『戦後文壇覚え書』（平10・1、河出書房新社）
戦後翻訳　→　宮田昇『戦後「翻訳」風雲録—翻訳者が神々だった時代』（平12・3、本の雑誌社）
戦争日記01　→　伊藤整『太平洋戦争日記』1巻（昭58・8、新潮社）
戦争日記02　→　伊藤整『太平洋戦争日記』2巻（昭58・9、新潮社）
漱石全集20　→　『漱石全集』20巻（平8・7、岩波書店）
漱石全集22　→　『漱石全集』22巻（平8・3、岩波書店）
漱石の印税帖　→　松岡譲『漱石の印税帖』（昭30・8、朝日新聞社）
艸平記　→　内田百閒『実説艸平記』（昭26・6、新潮社）
草平選集　→　『森田草平選集』5巻、昭31・6、理論社）
続池田日記　→「明治演劇年表」（岡本綺堂『明治劇談　ランプの下にて』、昭55・6、旺文社文庫）
続高見日記01　→　『続高見順日記』1巻（昭50・5、勁草書房）
続高見日記03　→　『続高見順日記』3巻（昭50・10、勁草書房）
続高見日記04　→　『続高見順日記』4巻（昭50・12、勁草書房）
続高見日記05　→　『続高見順日記』5巻（昭51・3、勁草書房）
続高見日記07　→　『続高見順日記』7巻（昭52・6、勁草書房）

続夏目漱石 → 森田草平『続夏目漱石』（昭18・11、甲鳥書林）
租税文化 → 佐藤進『日本の租税文化』（平2・6、ぎょうせい）
蘇峰 → 無署名「蘇峰徳富猪一郎」（「面白半分」、昭4・6）
代作者 → 長鋏生「明治大正代作者総まくり（1）」（昭58・6、「スコブル」復刻版、ゆまに書房）
大衆文壇史 → 萱原宏一『私の大衆文壇史』（昭47・1、青蛙房）
大正15年の暦 → 岡田貞三郎「大正十五年の暦」（『吉川英治とわたし』）
大東京案内 → 今和次郎『新版大東京案内』（平13・11、ちくま学芸文庫）
高橋是清 → 森銑三「高橋是清の懐旧談」（『新編　明治人物夜話』、平13・8、岩波文庫）
高見日記06 → 『高見順日記』6巻（昭40・2、勁草書房）
高見日記07 → 『高見順日記』7巻（昭40・3、勁草書房）
高見日記08 → 『高見順日記』8巻（昭40・5、勁草書房）
滝田樗陰 → 杉森久英『滝田樗陰―ある編集者の生涯』（昭11・11、中公新書）
啄木 → 正宗白鳥・野村胡堂・金田一京助・窪川鶴次郎「座談会　啄木とその時代」（「文藝臨時増刊号　石川啄木読本」、昭30・3）
啄木集 → 『日本近代文学大系23　石川啄木集』（昭44・12、角川書店）
太宰全集 → 『太宰治全集』12巻（平11・4、筑摩書房）
節全集 → 『長塚節全集』（昭52・7、春陽堂）
谷崎随筆集 → 『谷崎潤一郎随筆集』（昭60・8、岩波文庫）
谷崎全集25 → 『谷崎潤一郎全集』25巻（昭58・9、中央公論社）
谷崎全集26 → 『谷崎潤一郎全集』26巻（昭58・11、中央公論社）
愉しきかな → 尾崎士郎「愉しきかな文壇」（「新潮」、昭28・7）
田畑全集03 → 『田畑修一郎全集』3巻（昭55・10、冬夏書房）
食べない女 → 青山光二『食べない女』（平18・5、筑摩書房）
丹潔 → 無署名「丹潔の弁護者」（昭58・6、「スコブル」復刻版中巻、ゆまに書房）
探偵30年 → 江戸川乱歩『探偵小説三十年』（昭29・11、岩谷書店）
探偵40年上 → 江戸川乱歩『探偵小説四十年』上巻（平18・1、光文社文庫）
探偵40年下 → 江戸川乱歩『探偵小説四十年』下巻（平18・2、光文社文庫）
探偵50年 → 横溝正史『探偵小説五十年』（昭52・8、講談社）
竹苞楼 → 佐々木春重『竹苞楼大秘録』（『若竹集』、昭50・8、佐々木竹苞楼書店）
筑摩書房 → 和田芳恵『筑摩書房の三十年』（平23・3、筑摩書房）
父のいる遠景 → 舟橋美香子「年譜」（『父のいる遠景』、昭56・11）
兆民全集 → 『中江兆民全集』12巻（昭61・2、岩波書店）
著作権事典 → 著作権情報センター『新版著作権事典』（平11・3、出版ニュース社）
著者の出版史 → 浅岡邦雄『〈著者〉の出版史　権利と報酬をめぐる近代』（平21・9、森話社）

追悼の達人 → 嵐山光三郎『追悼の達人』(平14・7、新潮文庫)
蔦屋重三郎 → 鈴木俊幸『蔦屋重三郎』(平10・11、若草書房)
亭主の原稿 → 無署名「亭主の原稿を売る女房」(昭58・6、「スコブル」復刻版中巻、ゆまに書房)
適塾の謎 → 芝哲夫『適塾の謎』(平18・6、大阪大学出版会)
投機としての → 紅野謙介『投機としての文学』(平15・3、新曜社)
東京の三十年 → 田山花袋『東京の三十年』(平10・9、講談社文芸文庫)
同時代作家 → 村上元三『思い出の同時代作家』(平7・3、文藝春秋社)
当世蚊士 → 長鋏生「当世蚊士の死活を司る人」(昭58・6、「スコブル」復刻版、ゆまに書房)
藤村年譜 → 和田謹吾「島崎藤村年譜」(「国文学」近代作家年譜集成特集号、昭58・4)
動乱日記 → 山田風太郎『戦中派動乱日記』(平16・10、小学館)
毒舌文壇史 → 今東光『毒舌文壇史』(昭48・6、徳間書店)
どっきり花嫁 → 与謝野道子『どっきり花嫁の記』(昭42・3、主婦之友社)
独歩の時代 → 黒岩比佐子『編集者国木田独歩の時代』(平19・12、角川選書)
豊島与志雄 → 関口安義『評伝豊島与志雄』(昭62・11、未来社)
寅彦全集12 → 『寺田寅彦全集』12巻(昭26・4、岩波書店)
寅彦全集13 → 『寺田寅彦全集』13巻(昭26・5、岩波書店)
直木全集21 → 『直木三十五全集』21巻(平3・7、示人社)
懐かしき文士 → 巖谷大四『懐かしき文士たち―大正篇』(昭60・10、文春文庫)
夏彦の影法師 → 山本伊吾『夏彦の影法師』(平19・10、新潮文庫)
夏目漱石 → 佐藤泰正「夏目漱石」(「国文学」、昭58・4、学燈社)
浪枕江の島 → 『浪枕江の島新語』小林鉄次郎、(明13・国会図書館所蔵本)
浪六伝 → 覆面居士『波瀾曲折六十年 浪六伝』(昭2・10、大東書院)
成島柳北 → 前田愛『成島柳北』(昭51・6、朝日新聞社)
新美南吉 → 浜野卓也『新美南吉の世界』(昭56・10、講談社文庫)
二十円の意味 → 横山信二郎「二十円の意味」(『吉川英治とわたし』平4・9、講談社)
年月のあしおと → 広津和郎『年月のあしおと』(昭38・8、講談社)
野村胡堂 → 藤倉四郎『カタクリの群れ咲く頃 野村胡堂・あらえびす夫人ハナ』(平11・2、青蛙房)
ハーン → R・A・ローゼンストーン『ハーン、モース、グリフィスの日本』(平11・10、平凡社)
俳諧師 → 高濱虚子「俳諧師」(『現代日本文学全集』66巻、昭32・1、筑摩書房)
俳句の50年 → 高濱虚子「俳句の五十年」(昭48・12、毎日新聞社)
敗戦日記 → 大佛次郎『大佛次郎敗戦日記』(平7・4、朝日新聞社)

出典略称一覧　429

敗戦前日記　→　中野重治『敗戦前日記』（平6・1、中央公論社）
馬琴書翰01　→　『馬琴書翰集成』1巻（平14・9、八木書店）
馬琴書翰02　→　『馬琴書翰集成』2巻（平14・12、八木書店）
馬琴書翰03　→　『馬琴書翰集成』3巻（平15・3、八木書店）
馬琴書翰04　→　『馬琴書翰集成』4巻（平15・6、八木書店）
馬琴書翰05　→　『馬琴書翰集成』5巻（平15・9、八木書店）
馬琴書翰06　→　『馬琴書翰集成』6巻（平15・12、八木書店）
馬琴日記01　→　『馬琴日記』1巻（昭48・5、中央公論社）
馬琴日記02　→　『馬琴日記』2巻（昭48・7、中央公論社）
馬琴日記03　→　『馬琴日記』3巻（昭48・9、中央公論社）
馬琴日記04　→　『馬琴日記』4巻（昭48・11、中央公論社）
白秋全集　→　『白秋全集』39巻（昭63・4、岩波書店）
化物太平記　→　十返舎一九「化物太平記」（『江戸の戯作絵本（四）』、昭58・3、教養文庫）
バッハ　→　藤倉四郎『バッハから銭形平次　野村胡堂・あらえびすの一生』（平17・11、青蛙書房）
花はくれない　→　佐藤愛子『花はくれない　小説佐藤紅緑』（昭42・12、講談社）
花森安治　→　酒井寛『花森安治の仕事』（昭63・11、朝日新聞）
花嫁人形　→　蕗谷虹児『花嫁人形』（昭42・9、講談社）
葉山日記　→　『葉山嘉樹日記』（昭46・2、筑摩書房）
春夫全集19　→　『定本　佐藤春夫全集』19巻（平10・7、臨川書店）
春夫全集36　→　『定本　佐藤春夫全集』36巻（平13・6、臨川書店）
春夫全集別　→　『定本　佐藤春夫全集』別巻1（平13・8、臨川書店）
春夫の書簡　→　無署名「佐藤春夫の書簡3通を発見　新宮市立記念館」（「朝日新聞」地方版、平19・1・20）
半自叙伝　→　菊池寛『半自叙伝』（昭23・6、文潮社）
パンとペン　→　黒岩比佐子『パンとペン　社会主義者・堺利彦と「売文社」の闘い』（平22・12、講談社）
日影丈吉　→　『日影丈吉全集』別巻（平17・5、国書刊行会）
氷川清話　→　勝部真長「解説」（勝部真長編『氷川清話』、昭47・4、角川文庫）
抽出の中　→　黒岩重吾「抽出の中の三万円」（「噂」、昭46・8）
樋口一葉03　→　『全集　樋口一葉』3巻（昭54・12、小学館）
ひとつの時代　→　小山久二郎『ひとつの時代』（昭57・12、六興出版）
ひとつの文壇史　→　和田芳恵『ひとつの文壇史』（昭42・7、新潮社）
批評の変質　→　大岡昇平「批評の変質」（「中央公論」、昭37・3）
百年誌　→　『百年誌』（昭60・9、作新学院）
百鬼園日記上　→　内田百閒『百鬼園戦後日記』上巻（昭57・3、小澤書店）

百鬼園日記下 → 内田百閒『百鬼園戦後日記』下巻（昭57・4、小澤書店）
笛鳴りやまず → 有本芳水『笛鳴りやまず』（昭61・6、中公文庫）
福翁自伝 → 福沢諭吉『福翁自伝』（昭40・3、岩波文庫）
福沢屋諭吉 → 長尾正憲『福沢屋諭吉の研究』（昭63・7、思文閣出版）
福地桜痴 → 柳田泉『福地桜痴』（昭40・12、吉川弘文館）
復興日記 → 山田風太郎『戦中派復興日記』（平17・10、小学館）
冬日の道 → 水上勉『冬日の道』（昭45・3、中央公論社）
古田晁 → 塩沢実信『古田晁伝説』（平15・2、河出書房新社）
文芸春秋35年 → 文芸春秋新社『文芸春秋三十五年史稿』（昭34・4、文芸春秋新社）
文学五十年 → 青野季吉『文学五十年』（昭32・12、筑摩書房）
文学者 → 山本芳明『文学者はつくられる』（平12・12、ひつじ書房）
文学者手紙06 → 『文学者の手紙6　高見順』（平16・2、博文館新社）
文学者手紙07 → 『文学者の手紙7　佐多稲子』（平18・4、博文館新社）
文学者日記04 → 星野天知「星野天知自叙伝」（日本近代文学館編『文学者の日記』4巻、平11・7、博文館新社）
文学者日記06 → 宇野浩二「日記」（日本近代文学館編『文学者の日記』6巻、平12・1、博文館新社）
文学者日記07 → 宇野浩二「日記」（日本近代文学館編『文学者の日記』7巻、平12・8、博文館新社）
文学者日記08 → 深尾須磨子「日記」（日本近代文学館編『文学者の日記』8巻、平11・11、博文館新社）
文学主権論 → 大宅壮一「文学主権論」（『文学と文壇』、昭34・10、筑摩書房）
文学的散歩 → 宇野浩二『文学的散歩』（昭17・6、改造社）、広津和郎『年月のあしおと』（昭38・8、講談社）
文学年誌 → 小杉天外「大正6年2月18日滝田樗陰宛書簡」（「日本近代文学年誌　資料探索」7、平24・3）
文学漂流 → 吉村昭『私の文学漂流』（平4・11、新潮社）
文芸家協会 → 藤枝静男「原稿料についてのアンケート」（「文藝家協会ニュース」、昭49・8）
文芸春秋 → 菊池寛「編輯記」（「文藝春秋」、昭4・4）
文芸春秋時代 → 山本初太郎『実録　文芸春秋時代』1巻（昭42・4、原書房）
文芸通信 → 土師清二「最初の原稿料を何に使ったか」（「文芸通信」、昭8・11）
文豪の素顔 → 長田幹彦『文豪の素顔』（昭28・11、要書房）
文士の生活費 → 無署名「文士の生活費」（「無名通信」1巻2号、明42・4・15）
文士という → 野々上慶一『さまざまな追想　文士というさむらいたち』（昭60・1、文藝春秋）
文士とゼニカネ → 村松梢風「文士とゼニカネの話」（「新潮」、昭28・9）

文士とっておきの話 → 金田浩一呂『文士とっておきの話』（平3・11、講談社）
文士とは → 大久保房男『文士とは』（平11・6、紅書房）
文士と文壇 → 大久保房男『文士と文壇』（昭45・5、講談社）
文士の生きかた → 大村彦次郎『文士の生きかた』（平15・10、筑摩書房）
文士の風貌 → 井伏鱒二『文士の風貌』（平3・4、福武書店）
文士風狂録 → 大川渉『文士風狂録―青山光二が語る昭和の作家たち』（平17・12、筑摩書房）
文壇外史 → 井上友一郎「私版文壇外史」（「新潮」、昭28・5）
文壇 → 野坂昭如『文壇』（平17・4、文春文庫）
文壇あれこれ → 久保田万太郎、近松秋江、徳田秋声、武者小路実篤等「文壇あれこれ座談会」（『文芸春秋八十年傑作選』、平15・3、文芸春秋）
文壇意外史 → 森敦『文壇意外史』（昭49・11、朝日新聞社）
文壇一夕話 → 「文壇一夕話」（「週刊朝日」、昭24・4・10）
うたかた物語 → 大村彦次郎『文壇うたかた物語』（平7・5、筑摩書房）
栄華物語 → 大村彦次郎『文壇栄華物語』（平10・12、筑摩書房）
文壇経済学 → 大汀利読『文壇経済学』（「文芸通信」、昭8・11）
文壇史01 → 伊藤整『日本文壇史』1巻（平6・12、講談社文芸文庫）
文壇史02 → 伊藤整『日本文壇史』2巻（平7・2、講談社文芸文庫）
文壇史03 → 伊藤整『日本文壇史』3巻（平7・4、講談社文芸文庫）
文壇史04 → 伊藤整『日本文壇史』4巻（平7・6、講談社学術文庫）
文壇史05 → 伊藤整『日本文壇史』5巻（平7・8、講談社文芸文庫）
文壇史06 → 伊藤整『日本文壇史』6巻（平7・10、講談社文芸文庫）
文壇史07 → 伊藤整『日本文壇史』7巻（平7・12、講談社文芸文庫）
文壇史08 → 伊藤整『日本文壇史』8巻（平8・2、講談社文芸文庫）
文壇史09 → 伊藤整『日本文壇史』9巻（平8・4、講談社文芸文庫）
文壇史10 → 伊藤整『日本文壇史』10巻（平8・6、講談社文芸文庫）
文壇史12 → 伊藤整『日本文壇史』12巻（平8・10、講談社文芸文庫）
文壇史13 → 伊藤整『日本文壇史』13巻（平8・12、講談社文芸文庫）
文壇史14 → 伊藤整『日本文壇史』14巻（平9・2、講談社文芸文庫）
文壇史15 → 伊藤整『日本文壇史』15巻（平9・4、講談社文芸文庫）
文壇私記 → 進藤純孝『文壇私記』（昭52・11、集英社）
文壇成金調 → 長鋏生「文壇成金調」（昭58・6、「スコブル」復刻版、ゆまに書房）
挽歌物語 → 大村彦次郎『文壇挽歌物語』（平13・5、筑摩書房）
文壇落葉集 → 『文壇落葉集』（平17・11、毎日新聞社）
ヘボン → 望月洋子『ヘボンの生涯と日本語』（昭62・4、新潮社）
三島由紀夫伝 → 猪瀬直樹『ペルソナ　三島由紀夫伝』（平7・11、文芸春秋）
編集鬼 → 江國滋『語録・編集鬼たち』（昭48・8、産業能率短期大学出版部）

編集長の回想 → 佐藤観次郎『編集長の回想』(昭33・12、東京書房)
泡鳴日記 → 「岩野泡鳴日記」(『岩野泡鳴全集』14巻、平8・6、臨川書店)
北越雪譜 → 高橋実『北越雪譜の思想』(昭56・12、越書房)
牧之全集 → 『鈴木牧之全集』下巻(昭58・7、中央公論社)
星新一 → 最相葉月『星新一　一〇〇一話をつくった人』(平19・3、新潮社)
本人次第 → 草下英明「本人次第です」(「児童文芸」、昭49・12)
本屋と著作者 → 内田魯庵「本屋と著作者(『魯庵随筆集』、昭16・2、改造文庫)
政二郎全集08 → 『小島政二郎全集』8巻(平14・2、日本図書センター)
政二郎全集09 → 『小島政二郎全集』9巻(平14・2、日本図書センター)
政二郎全集補 → 『小島政二郎全集』補巻2(平14・2、日本図書センター)
松太郎全集 → 『川口松太郎全集』13巻(昭43・9、講談社)
まむしの周六 → 三好徹『まむしの周六―萬朝報物語』(昭52・5、中央公論社)
マンガ原稿料 → 竹熊健太郎『マンガ原稿料はなぜ安いのか?』(平16・2、イースト・プレス)
三重吉全集05 → 『鈴木三重吉全集』5巻(昭13・12、岩波書店)
三重吉全集06 → 『鈴木三重吉全集』6巻(昭13・12、岩波書店)
三島全集 → 『三島由紀夫全集』42巻(平17・8、新潮社)
都新聞 → 土方正巳『都新聞』(平3・11、日本図書センター)
宮武外骨 → 吉野孝雄『宮武外骨』(昭55・12、河出書房新社)
むかしばなし → 中沢堅夫「原稿料むかしばなし」(「児童文芸」昭49・12)
無名通信 → 小林修「代作・代筆問題」(『近代文学草稿原稿研究事典』、平26・2、八木書店)
明治還魂紙 → 笹川臨風『明治還魂紙』(昭21・6、亜細亜社)
明治期出版 → 浅岡邦雄「明治期出版をめぐる権利と報酬」(「江戸文学」、平22・5)
明治世相 → 山本笑月『明治世相百話』(昭58・7、中公文庫)
明治大正昭和 → 巌谷小波・徳田秋声他「明治大正昭和文学座談会」(「文藝春秋」、昭8・5)
明治の話題 → 柴田宵曲『明治の話題』(平18・2、文春文庫)
明治文壇 → 野崎左文『私の見た明治文壇』(昭2・5、春陽堂)
明治文壇回顧 → 後藤宙外『明治文壇回顧録』(昭11・5、岡倉書房)
目黒日記 → 「目黒日記」(『岩野泡鳴全集』14巻、平8・6、臨川書店)
茂吉全集26 → 『斎藤茂吉全集』26巻(昭51・7、岩波書店)
茂吉全集29 → 『斎藤茂吉全集』29巻(昭48・10、岩波書店)
茂吉全集30 → 『斎藤茂吉全集』30巻(昭49・4、岩波書店)
茂吉全集32 → 『斎藤茂吉全集』32巻(昭50・5、岩波書店)
茂吉全集33 → 『斎藤茂吉全集』33巻(昭49・11、岩波書店)
茂吉全集月 → 小林勇「茂吉と茂雄(承前)」(『斎藤茂吉全集』月報23号、昭

49・11、岩波書店）
もの申す → 本田靖春他「アンケート特集　原稿料にもの申す」（「噂」、昭49・1）
籾山書店 → 浅岡邦雄「籾山書店と作家の印税領収書および契約書」（「日本出版史料」、平14・8）
紋白蝶 → 西仁紫溟『五月廿五日の紋白蝶』（昭42・10、博多余情社）
康成全集27 → 『川端康成全集』27巻（昭57・3、新潮社）
康成全集28 → 『川端康成全集』28巻（昭57・2、新潮社）
康成全集33 → 『川端康成全集』33巻（昭57・5、新潮社）
康成全集補巻 → 『川端康成全集』補巻2（昭59・5、新潮社）
柳田集 → 『定本　柳田國男集』別巻第4（新装版）（昭46・4、筑摩書房）
山田風太郎 → 関川夏央『戦中派天才老人山田風太郎』（平7・4、マガジンハウス）
山中峯太郎 → 尾崎秀樹『評伝山中峯太郎―夢いまだならず』（平7・10、中公文庫）
山梨館報 → 網野菊「粕谷正雄宛書簡」（「山梨県立文学館館報」46号、平13・9・10）
山本周五郎 → 『作家の自伝　山本周五郎』（平7・11、日本図書センター）
山本有三正伝 → 永野賢『山本有三正伝』（昭62・7、未来社）
派闇市日記 → 山田風太郎『戦中派闇市日記』（平15・6、小学館）
諭吉全集 → 『福沢諭吉全集』21巻（昭39・2、岩波書店）
ゆきてかへらぬ → 長谷川泰子述・村上護編『ゆきてかへらぬ―中原中也との愛』（昭49・10、講談社）
夢の砦 → 小林信彦『夢の砦』（昭58・10、新潮社）
ゆめはるか → 田辺聖子『ゆめはるか吉屋信子』上巻（平14・5、朝日文庫）
横溝正史 → 横溝正史『横溝正史自伝的随筆集』（平14・5、角川書店）
与謝野書簡01 → 『与謝野寛晶子書簡集成』1巻（平14・10、八木書店）
与謝野書簡02 → 『与謝野寛晶子書簡集成』2巻（平13・7、八木書店）
与謝野書成03 → 『与謝野寛晶子書簡集成』3巻（平14・1、八木書店）
吉川英治 → 尾崎秀樹『吉川英治　人と作品』（昭56・8、新有堂）
吉川英治氏 → 嘉治隆一・扇谷正造「『新・平家』と吉川英治氏」（扇谷正造『吉川英治氏におそわったこと』、昭47・9、六興出版）
吉川英治とわたし → 野村胡堂『吉川英治とわたし』（平4・9、講談社）
吉川先生 → 橋本求「「剣難女難」と吉川先生」（『吉川英治とわたし』、平4・9、講談社）
吉屋信子 → 吉武輝子『女人吉屋信子』（昭58・12、文芸春秋社）
吉屋全集 → 『吉屋信子全集』1巻（昭50・3、朝日新聞社）
予の知れる → 三泉・小泉策太郎「予の知れる文士達」4回（「東京日日新聞」昭10・2・2）
萬朝報懸賞 → 高木健夫編「萬朝報懸賞短編小説年表」（『新聞小説史』、昭62・5、

国書刊行会）
ランプの下　→　岡本経一「解説」（『岡本綺堂『明治劇談　ランプの下にて』（平5・9、岩波文庫）
流行作家　→　川上宗薫『流行作家』（昭60・10、文春文庫）
私の履歴書01　→　里見弴『私の履歴書』第1集（昭32・3、日本経済新聞社）
私の履歴書02　→　久保田万太郎『私の履歴書』第2集（昭32・5、日本経済新聞社）
私の履歴書03　→　江戸川乱歩『私の履歴書』第3集（昭32・6、日本経済新聞社）
流浪の人　→　正宗白鳥『流浪の人』（昭20・1、河出書房）
魯庵傳　→　野村喬『内田魯庵傳』（平6・5、リブロポート）
蘆花　→　中野好夫『蘆花徳冨健次郎』第1部（昭47・3、筑摩書房）
蘆花日記01　→　『蘆花日記』1巻（昭60・6、筑摩書房）
蘆花日記02　→　『蘆花日記』2巻（昭60・8、筑摩書房）
蘆花日記03　→　『蘆花日記』3巻（昭60・10、筑摩書房）
蘆花日記04　→　『蘆花日記』4巻（昭60・12、筑摩書房）
蘆花日記05　→　『蘆花日記』5巻（昭61・3、筑摩書房）
蘆花日記06　→　『蘆花日記』6巻（昭61・6、筑摩書房）
蘆花日記07　→　『蘆花日記』7巻（昭61・7、筑摩書房）
露伴全集39　→　『露伴全集』39巻（昭54・12、岩波書店）
露伴全集別　→　『露伴全集』別巻下（昭55・3、岩波書店）
我が50年　→　巌谷季雄『我が五十年』（大9・5、東亞堂）
出版回顧録　→　鈴木省三『わが出版回顧録』（昭61・12、柏書房）
わが半生の記　→　石坂洋次郎『わが半生の記』（昭50・5、新潮社）
ＳＦへの遺言　→　小松左京『ＳＦへの遺言』（平9・6、光文社）

年表索引

・本索引は、年表篇の索引とした。
・必要と思われる人名を主として採録としたが、近世部では作品名を採録したものもある。
・配列は分類をせずに読みの五十音順に配列した。
・本文の記載にかかわらず、一般的な名称で立項した。
　　例：勝安芳→勝海舟（安芳）／山本社長→山本実彦

【あ】

会津八一　　256, 257
饗庭篁村　　116, 123, 124, 125
青木健作　　164, 165, 177
青野季吉　　187, 235, 288, 289, 294, 323 - 325, 331, 333
青山光二　　373, 404
秋田雨雀　　191, 195, 202, 206, 209 - 211, 213, 214, 220, 224, 226, 227, 229, 230, 232, 246, 249
芥川龍之介　　194, 196, 198, 203, 208 - 210, 216, 219, 221, 225, 233, 236, 237, 239, 240, 244, 245
「朝夷巡島記」(「巡島記」、「朝比奈巡嶋記」)　　87, 88, 91, 97
麻田駒之助　　154, 162, 222 - 224, 230, 252
足助素一　　217, 227, 230
「熱海温泉図彙」　　99
安部磯雄　　221
阿部次郎　　208, 216
網野菊　　272, 297, 309, 319, 395
新井紀一　　235
荒正人　　372
有島生馬　　193, 208, 210, 224
有島武郎　　185, 208, 210, 217, 396
有本芳水　　149, 150, 219
「安政見聞誌」　　108

【い】

伊井蓉峰　　156
井川洗厓　　164, 166, 176, 198
生田葵山　　139, 143, 208, 298, 300
生田蝶介　　199
池島信平　　294, 295, 311, 373
池田大伍　　209
池波正太郎　　330, 352
池辺三山　　163
石井柏亭　　158
石川啄木　　148, 156, 157, 161, 163, 165
石川達三　　304
石黒忠悳　　108
石坂洋次郎　　251, 314, 321, 323, 354
石坂養平　　209
石原純　　164
石原慎太郎　　409
石橋忍月　　125
泉鏡花　　126, 127, 131, 140 - 142, 145, 147, 149, 154, 156, 190, 208, 224, 298
和泉屋市兵衛　　87 - 92, 94 - 97, 103 - 107
和泉屋善兵衛　　110
「板倉筆記」　　104
市川団十郎　　134, 135
一刀研二　　262
五木寛之　　408
伊藤左千夫　　164
伊東深水　　178
伊藤整　　132, 307, 312, 319, 323 - 331, 340, 409
伊藤野枝　　172
伊藤彦造　　262
井上ひさし　　392, 403 - 405, 410, 414
井上靖　　304

索　引　437

井原西鶴　　84
井伏鱒二　　286, 308, 316
今村昌平　　411
岩田専太郎　　262, 298
岩波茂雄　　237, 268
岩野泡鳴　　152, 164 - 168, 172 - 208, 210 - 231
巖谷小波　　122 - 131, 134, 204, 205, 208, 316

【う】
宇井無愁　　395
臼井吉見　　349, 369, 370
歌川国貞　　85
歌川豊国　　86
内田魯庵　　124, 130, 131, 133, 160, 274, 280
内村鑑三　　132, 133, 138, 146
宇野（藤村）千代　　235, 243, 296
生方敏郎　　155
梅崎春生　　348, 372, 389
浦野延策（可々子）　　84
海野十三　　271

【え】
江國滋　　414
江戸川乱歩　　241, 243, 244, 249, 251, 252, 254, 258, 261, 267, 269, 272, 285, 293, 305, 339 - 341, 357, 358, 360, 386, 404, 405
「江戸名所図会」　　102, 103
「絵本天神記」　　106
江馬修　　208
江見水蔭　　123 - 126, 128, 131, 132, 140, 141, 219, 270

【お】
大井憲太郎　　119
大泉黒石　　259
大内兵衛　　342
大江文坡　　85
大岡昇平　　406, 409
扇谷正造　　375, 414
大倉桃郎　　143, 149
大河内翠山　　218
大坂屋半蔵（大坂屋）　　88 - 90, 98
大下宇陀児　　345, 386
大田南畝　　85
大槻文彦　　120
大野孫平　　220
大橋月郊　　262
大橋新太郎　　141
大庭柯公　　224
大平野虹　　208
大森痴雪　　227
大宅壮一　　178, 294, 364, 397
岡鬼太郎　　141, 142
岡田三郎助　　262
岡田八千代　　208
岡田屋文助　　110
岡本一平　　262
岡本かの子　　317
岡本帰一　　226
岡本綺堂　　109, 124, 127, 141, 142, 261
岡本昆石　　120, 121, 130
岡本太郎　　317
小川未明　　182, 204, 208, 282
荻原井泉水　　208

小栗風葉　140, 148, 154 - 159, 239
小山内薫　156, 162, 208, 241, 246
大佛次郎　236, 246, 262, 272, 296, 305, 333, 367
尾崎士郎　203, 235, 240, 241, 243, 273, 295, 303
尾島菊子　208
小津桂窓（新蔵）　95, 97, 98, 101, 105
小田富弥　262
落合芳幾　115
小津新蔵
小野賢一郎　208
「女郎花五色石台」（「五色台」・「女郎花」）107
「和蘭字典」　109
「和蘭兵書」　107
「女西行」　87

【か】

「開口新話」　108
賀川豊彦　222, 229, 232, 233
葛西善蔵　224, 248, 251, 257, 267, 346
梶井基次郎　271, 285, 288
梶山季之　407, 412
片岡鉄兵　252, 261, 308, 353
片上伸　143, 256
勝海舟（安芳）　106, 107, 119
葛飾北斎（北斎）　86
勝本清一郎　294
加藤武雄　194, 260, 270, 296, 305, 345
金尾（種次郎）文淵堂　142, 144, 148, 150, 153, 157, 160

仮名垣魯文　107, 108, 111, 114, 116 - 119
金子光晴　262, 273
金子洋文　261
鏑木清方　140, 141, 143, 145, 147, 149, 152, 153
上泉秀信　243
上司小剣　205, 208, 247, 249, 262, 282, 315
嘉村礒多　257, 287
茅原華山　193
河井酔茗　132, 230, 283
川上宗薫　406, 410
河上徹太郎　287
川上眉山　131, 132, 152, 160
川口松太郎　167, 193, 199, 200, 218, 227, 366, 375, 400, 402
川尻清潭　244
河竹繁俊　204, 216, 221, 245, 260, 310
河竹黙阿弥　127, 216, 218, 227, 243, 246
川田甕江　119
河内屋太助（介）　88, 91, 97, 101
河内屋長兵衛　96
河内屋茂兵衛　90, 93 - 97, 99, 100, 101, 103, 104
川端玉章　169
川端康成　238, 242, 244, 248, 251, 261, 278, 299, 301, 304, 307, 308, 310 - 312, 319, 326, 333, 335, 336, 340, 341, 353 - 355, 361, 397, 400, 406, 409
河東碧梧桐　136, 142, 144
「漢楚演義」　96

索　引　439

「漢楚賽擬選軍談」（漢楚賽）　91, 93
蒲原有明　135, 210
「雅言集覧」　93
「雅俗要文」　89

【き】

菊池寛　134, 157, 177, 178, 198,
　　207, 211, 214, 219, 221, 227,
　　231, 233, 235 - 237, 239, 241,
　　242, 244, 246 - 248, 250, 252,
　　256, 258, 262, 266, 270, 274 -
　　276, 279, 282, 289, 292, 294 -
　　296, 301 - 305, 309, 311, 315,
　　354, 355, 361, 385, 386, 399
菊池幽芳　147
木佐木勝　223, 242, 249, 252, 253,
　　256, 259, 312, 342, 346, 348,
　　354, 355, 358, 359, 379
北原白秋　148, 158, 168, 172, 174,
　　175, 208, 214, 220, 229, 243,
　　247, 250, 255, 256, 262, 281,
　　306, 326
北村透谷　130
木下孝則　262
木村錦花　235
木村小舟　205
木村黙老（亘）　97, 101
「侠客伝」　94 - 104
曲亭馬琴　85 - 107
「金魚伝」→「風俗金魚伝」
「近世説美少年録」（「美少年録（禄）」）
　　90 - 92, 94, 95, 100, 101
「近世物之本江戸作者部類」　103, 104
「金瓶梅」→「新編金瓶梅」

【く】

草野心平　351, 358, 377, 379, 381,
　　389, 404 - 406, 408, 412
邦枝完二　261, 268
国枝史郎　261
国木田独歩　129, 133, 134, 140,
　　142 - 144, 153, 156, 157
久野収　397
窪田空穂　157
久保田正文　414
久保田万太郎　164, 245, 311
久米正雄　194, 196, 211, 216, 223,
　　227, 234, 235, 237, 238, 261,
　　270, 273, 367
栗本鋤雲　119
黒岩重吾　372
黒岩周六（涙香）　119, 129

【け】

渓斎英泉　91, 108
「傾城水滸伝」（「水滸伝」）　88 - 90,
　　92, 94, 97 - 99, 101, 104
「玄同放言」　86

【こ】

「恋道双六占」　84
「好色浮世躍」　84
幸田露伴　120, 122 - 125, 131 - 134,
　　142, 146, 148, 154, 221, 222,
　　260, 262, 268, 298
幸徳秋水　129, 135, 137, 302
小酒井不木　261
小島烏水　132, 143
小島信夫　395

小島政二郎　216, 228, 244, 247, 252, 259, 261, 266, 270, 289, 299, 302, 308, 314, 323, 343, 345
小杉天外　132, 136, 137, 140-142, 144, 145, 149, 162, 201, 207, 246, 266
小杉未醒　198, 212, 232
小林勇　296, 300, 414
小林信彦　404-406, 410
小林秀雄　277
小林政治　220
小林萬吾　262
小松左京　407
小宮豊隆　162, 163, 165, 166, 179, 182, 199, 216, 228, 231, 232, 237, 259, 304
小宮山天香（桂介）　121
小森和子　407
今東光　245, 247, 252, 258, 261
「金毘羅船利生纜」（「金比羅船」）　87, 88, 90, 91, 94, 101
後藤末雄　196
後藤宙外　134, 137, 146, 149
悟道軒円玉　218
五味川純平　409, 411, 412
五味康祐　389, 396

【さ】

西条八十　228, 232, 262, 305
斎藤昌三　165, 290, 299
斎藤清太郎　136
齋藤茂吉　163, 164, 176, 182, 208, 245, 251, 255, 259, 260, 271, 273, 281, 287, 292, 310, 333, 334, 341, 344, 346, 356, 359, 371, 373, 386, 414
斎藤緑雨　131, 133
堺利彦　136, 139, 162, 208, 302
坂口安吾　287, 338, 365, 373, 392
笹川臨風　136, 163, 205, 208
佐々木邦　211, 261, 296, 305, 341
佐々木味津三　235, 251, 278, 296
佐佐木茂索　211, 244, 280
佐多稲子　380, 397
佐々醒雪　142
佐藤義亮　155
佐藤紅緑　208, 246, 260, 267, 268, 323
佐藤春夫　176, 196, 208, 214, 215, 218, 225, 232, 239, 247, 253, 256, 258, 259, 262, 269, 275, 277, 279, 296, 307, 308, 336, 376, 388
里見弴　185, 193, 208, 235, 245, 256, 262, 266, 270, 290, 311
里村欣三　300
佐野繁次郎　319, 322
更科源蔵　350, 353
澤地久枝　367, 403, 409, 411-413
山東京山　91, 99, 105
山東京伝　85, 99

【し】

塩月弥栄子　412
志賀直哉　163, 167, 222, 229, 233, 240, 257, 272, 277, 278, 283, 285, 290, 291, 296, 297, 300, 303, 306, 309, 311, 312, 319, 340, 346, 350, 361, 367, 379,

380, 384 - 387, 397, 401 - 403
品川屋久助　　107
司馬遼太郎　　401, 407, 412
渋川玄耳　　178
島尾敏雄　　345, 347, 362, 365, 366,
　　368, 371, 372, 374, 395 - 399
島木健作　　134
島崎藤村　　134, 135, 139, 149, 150,
　　152, 156, 157, 159, 164, 172,
　　173, 200, 204, 208, 223, 224,
　　259, 266, 267, 270, 277, 279,
　　296, 298, 305, 326, 351
嶋中雄作　　239, 242, 267, 273, 297
島村抱月　　137, 148, 150, 155
「巡島記」→「朝夷巡島記」
清水三重三　　262
清水義範　　412
下河辺拾水　　84
下村悦夫　　244, 276
「四文神銭六甲灵卦」　　85
出版契約（書）　　118, 121, 150 - 152,
　　160, 165, 172, 207, 266, 313,
　　317, 318, 339, 375 - 377
庄野潤三　　389
松林伯円　　218
白井喬二　　248, 261
素木しず子　　208
白鳥省吾　　269
白柳秀湖　　261
「白女辻占」　　90
城山三郎　　402
「新橋新誌」　　108
「新編金瓶梅」（「金瓶梅」）　　92, 94,
　　96, 97, 99, 102 - 105
十返舎一九　　85

条野採菊（伝平）　　115, 142

【す】

「水滸隠微考」　　101
「水滸伝全書」　　93
末広鉄腸　　122
末松謙澄　　136, 151
薄田泣菫　　134, 137, 139, 142, 144,
　　150, 212, 219, 225, 226, 236,
　　237, 239
鈴木牧之　　87, 99, 101
鈴木三重吉　　153, 155, 160, 162 -
　　166, 177, 179, 181, 182, 188,
　　189, 208, 228, 230, 232, 237,
　　243, 244, 255, 258, 259, 269,
　　273, 278, 304, 314
須原屋伊八　　93

【せ】

青鞜社　　172
「西洋事情」　　109, 110
「西洋旅案内」　　110
「石魂録」　　88, 89
「石点頭」　　96
「勢多唐詩」　　84
「殺生石」　　89, 98, 99
「殺生石後日」　　91, 94, 95
「雪談」　　91
瀬戸内晴美　　402
鮮斎永濯　　118

【そ】

相馬泰三　　208

【た】

「太平遺響」　84
「太平楽府」　84
高木彬光　358, 382, 388, 410
高谷龍洲　118
高田早苗　120, 124, 145
鷹野つぎ　223
高橋宏幸　413
高濱虛子　129, 132, 135, 136, 141, 142, 144, 147, 148, 151, 153, 160, 161, 196, 231, 273, 313, 315
高畠藍泉　111, 116, 119
高畠華宵　198
高畠素之　235, 242
高見順　307, 313, 318, 325, 332, 335, 339, 340, 341, 344 - 348, 356, 361, 363, 365, 367, 368, 372, 403, 405 - 409, 410
高村光太郎　150, 256, 338 - 340, 342, 346, 347 - 355, 357, 360, 362 - 366, 368 - 373, 375 - 385, 387 - 401
高安月郊　209
高山樗牛　131
滝井孝作　229, 233
滝田樗陰　145, 147, 155 - 157, 201, 204, 205, 212, 214, 215, 220, 222, 223, 224, 227, 228, 230, 232, 233, 238, 239, 242, 245, 246, 250, 252, 253
田口掬汀　145
竹内栖鳳　262
武田麟太郎　300, 311, 316, 335

竹林無想庵　150, 153, 209
竹久夢二　149, 235
立原道造　261
辰野隆　266, 267
立野信之　389
田中貢太郎　155, 198, 208, 224, 261, 306
田中良　262
田辺聖子　400
田辺龍子「藪の鶯」　122, 128
田辺元　366
谷崎潤一郎　162, 163, 196, 197, 208, 214, 222, 225, 226, 228, 236, 238, 239, 245, 248, 250, 251, 259, 262, 266, 268, 269, 272, 294, 296, 305, 306, 314, 326, 335, 340, 341, 349, 366 - 368, 372 - 376, 387, 388, 390, 391, 394, 395, 397, 409
谷崎精二　162, 208
谷洗馬　262
田畑修一郎　314 - 323, 328, 329
田村松魚　208
田山花袋　128 - 132, 134, 136, 138, 144 - 146, 149, 150, 152, 154 - 157, 160, 164, 165, 204, 205, 208, 211, 231, 234, 262, 266
丹稲子　209
丹潔　208, 209
太宰治　307, 308, 321, 325, 326, 334, 338, 339, 344, 345, 351, 353, 356

【ち】

近松秋江　139, 145, 150, 184, 186,

187, 204, 208, 239, 250, 255, 261, 263, 271, 363
「筑前続風土記」　86
竹苞楼　84, 85
千葉亀雄　132
「忠臣蔵人物評論」　84
丁子屋平兵衛（丁子屋）　88, 89, 91 - 106
「千代褚良著聞集」　93, 94, 99
「椿説弓張月」　86

【つ】

月岡芳年　119
蔦屋吉蔵　106
蔦屋重三郎　85
筒井康隆　414
坪内逍遙　120 - 124, 130, 135, 147, 148, 155, 163, 164, 202 - 204, 208, 212 - 214, 221, 223, 225, 230, 233, 236, 238, 239, 240 - 243, 245, 246, 249, 252 - 257, 259, 266, 268, 272, 273, 275 - 284, 286 - 288, 292, 295 - 297, 299 - 301
坪田譲治　305, 308
坪谷水哉　204
津村節子　410
鶴屋喜右衛門　85, 87 - 92, 94, 95, 98 - 101, 103, 104

【て】

寺内萬治郎　262
寺田寅彦　187, 199, 231, 237, 240, 243, 268, 273, 279, 281, 282, 300

【と】

遠山茂樹　397
土岐哀果　165, 208
徳川夢声　282
徳田秋声　139, 156, 158, 159, 204, 208, 249, 257, 262, 266, 273, 288, 294, 296, 300, 305, 315
徳冨蘆花　123, 128, 130, 134, 137 - 139, 144, 149, 167, 173, 178, 180 - 183, 185 - 190, 193 - 208, 210 - 218, 279
外村繁　401
富沢有為男　280
富田常雄　294
豊島与志雄　261, 266, 267, 322
「洞房語園」　103
銅脈先生→畠中政五郎
ドナルド・キーン　409

【な】

直木三十五　168, 191, 238, 242, 244, 251, 252, 262, 275, 278, 280, 294, 297, 298, 305
中江兆民　115, 116, 119, 121, 135, 140
中川一政　303
中里介山　175, 271
中沢臨川　291, 301, 302, 305, 415
中沢弘光　323
中島健蔵　287
中島孤島　150, 278, 295
中谷徳太郎　208
中西梅花　125
中根駒十郎　196, 197, 203, 236,

444　索　　引

240, 247-249, 251, 268, 296, 349
中野重治　294, 295, 296, 298, 306, 308, 310, 312, 313, 316, 321, 324, 328-332, 336, 359, 361
中村鴈次郎　227
中村吉蔵（春雨）　141, 146, 152, 208
中村憲吉　163, 182, 251
中村武羅夫　236, 239, 244, 251, 257, 261, 270
中山義秀　275, 348
永井荷風　136, 137, 139, 143-145, 160, 162, 172-174, 179, 187, 193, 208, 211, 217, 222, 223, 227, 231, 232, 235, 237, 243, 244, 248, 250-252, 254-256, 259, 262, 268, 269-272, 274, 276, 286, 288, 291-293, 295, 298-300, 303, 304, 306-312, 314-320, 322, 333-336, 339, 341, 343, 345, 349, 352-354, 356, 357, 360, 361, 363, 365, 366, 396
長田秀雄　184, 196, 208, 210, 231, 238, 239
長田幹彦　184, 187, 204, 208, 210, 231, 239, 252, 261
長塚節　164, 165, 341
名越国三郎　262
「茄子腐薹」　84
夏目漱石　125, 130, 132, 147, 148, 150, 151-154, 158, 159, 162, 167, 182, 185, 187, 199, 259
鍋井克之　325

成島柳北　108
「南総里見八犬伝」（「八犬伝」）　87, 88, 91-93, 95-106
「南朝紹運録」　102
「南朝編年紀略」　102
「何でも十九論」　84
南部修一郎　238

【に】
新居格　294
新美南吉　309, 314, 322, 323
西周　109
西田伝助　115
西村屋与八　87-91, 93-95, 99
「二大家風雅」　85
新田次郎　382, 384, 397, 398, 400, 410
新渡戸稲造　153, 157
丹羽文雄　322, 334, 335, 361, 364, 397, 404

【ぬ】
布川角左衛門　356

【の】
野上臼川　209
野上弥生子　209, 321, 413
野口紅涯　262
野口弥太郎　262
野口米次郎　209
野坂昭如　407, 408, 411
野尻抱影　277
野間清治　250
野間宏　397
野溝七生子　280

野村胡堂　　182, 207, 240, 248, 251, 274, 293, 315, 345, 354, 369, 395, 402
野呂邦暢　　410, 411

【は】

萩原朔太郎　　261
長谷川時雨　　208
長谷川伸　　167, 261, 273, 303, 352
長谷川天渓　　204
長谷川泰子　　282
秦豊吉　　198
畠中政五郎（銅脈先生・片屈道人）　84, 85
「八犬士錦画略伝」　　94
「八犬士略伝」　　94
「八犬伝」→「南総里見八犬伝」
「八犬伝錦絵」　　93
服部嘉香　　203
服部撫松　　116
花田清輝　　404
花森安治　　372
林房雄　　178, 367
林芙美子　　178, 249, 260, 276, 280
葉山嘉樹　　200, 274, 286, 289-292, 295-297, 299-307, 310-314, 316, 317, 319-322, 328
原泉　　294, 295, 310, 329
原田康子　　401
馬場孤蝶　　224

【ひ】

樋口一葉　　128-131, 133
菱田春草　　198
土方正巳　　295

人見東明　　208
火野葦平　　313, 317, 342, 406
平出修　　157
平尾不孤　　142
平野富二　　115
平林初之輔　　294
平山蘆江　　261, 330
鰭崎英朋　　153, 228
広津和郎　　141, 149, 156, 178, 193, 204, 207, 224, 228, 234, 238, 241, 245, 254, 257, 261, 267, 295, 306, 323
広津柳浪　　121, 124, 127, 132, 134, 141, 142, 149, 257
「美少年禄」→「近世説美少年録」

【ふ】

「風俗金魚伝」（「金魚伝」）　89, 94, 99
深尾須磨子　　340, 342
蕗谷虹児　　234, 235, 238
「吹寄蒙求」　　84
福沢諭吉　　107, 109, 110, 114, 115, 117
福田定良　　397
福地源一郎（桜痴）　　108, 114-116, 117, 118, 122, 127, 129, 139
福永挽歌　　208
福原麟太郎　　294
福本日南　　208
藤枝静男　　402, 413
藤本義一　　404
二葉亭四迷　　121, 126, 131, 133, 135, 145, 148, 152-154, 156-158, 274

舟橋聖一　258, 295, 329, 334, 344, 354, 358, 375, 397, 400, 404
古田晁　333, 336, 366
古山高麗雄　414

【へ】
「平妖伝」　101
片屈道人→畠中政五郎

【ほ】
「北越雪話」　85
星新一　403, 406
星野天知　130, 143
細木原青起　262
細田源吉　201, 261
細田民樹　261
保高徳蔵　271
堀口大学　256
本多顕彰　294
本多秋五　348
本間久雄　208

【ま】
前川千帆　262
前田晁　164, 181
前田河広一郎　291
前田曙山　246
前田夕暮　208
「賽八丈」　106
牧逸馬　261, 277, 296, 305, 314
牧野信一　278
正岡容　261
正岡子規　128, 132, 140, 141
正木不如丘　261
正宗白鳥　132, 141, 146, 156, 157,

159, 204, 208, 209, 269, 296, 342, 343, 352, 361, 363, 364, 390
松岡譲　199, 305
松崎天民　155, 208
松原二十三階堂　205
松本清張　402, 403, 412
真山青果　148, 156, 266
丸谷才一　407
万字屋森戸錫太郎　120

【み】
三浦朱門　402
三上於菟吉　252, 258, 270, 276, 297
三木露風　149, 150, 262
三島由紀夫　342, 343, 346, 365, 376, 409, 410, 411
水木しげる　405
水島爾保布　262
水谷不倒　137, 150
水野葉舟　209, 277
箕作秋坪　117
箕作麟祥　115
満谷国四郎　262
水上滝太郎　209
水上勉　345, 346, 348, 405
美濃屋甚三郎　87-89, 91, 96, 97
宮尾しげを　262
三宅雪嶺　208
宮崎三昧　125, 127
宮武外骨　138, 141
宮本顕治　277
宮本（中条）百合子　208
三好達治　261

【む】

武者小路実篤　186, 208, 212, 222, 262, 277, 278, 280, 281, 290, 291, 296, 297, 306, 383
村井弦斎　141, 148, 157, 205
村上元三　301, 311, 313
村上霽月　136, 161
村上浪六　125, 127, 138, 140, 202, 244, 262
村松梢風　155, 196, 261, 391
村山知義　352
室生犀星　168, 223, 246-248, 256, 261, 273-277, 282-285, 287, 294, 329, 344, 357-360, 362, 363, 366-371, 373, 375-377, 379-401

【め】

「女夫織玉河さらし」　87

【も】

物集高見　121
本木昌造　115
本山荻舟　134, 143, 261
森有礼　117
森鷗外　123, 127, 131, 148, 154, 172, 174, 179, 209, 241
森暁紅　200, 218, 261
森下雨村　255, 260
守田勘弥　221
森田思軒　125
森田草平　149, 151, 154, 159, 160, 207, 208, 216, 259, 278, 322, 331-333, 338-341, 343-350, 357, 359, 361, 362, 367
森田恒友　246
森三千代　273
森屋治兵衛（森屋）　88, 89, 94, 100
「唐土名所図会」　102
「もろしぐれ紅葉の合傘」　87

【や】

安岡章太郎　402
安成貞雄　208
柳河春三　108
柳川春葉　149, 161, 205, 208
柳田国男　138
柳宗悦　163
矢野龍渓　120
山岡荘八　294, 306
山川均　223, 229, 342
山口孤剣　200
山口瞳　406, 408
山口屋藤兵衛　89, 91, 94, 95, 97, 98
山崎紫紅　209
山里水葉　161
山路愛山　136, 201
山田耕筰　247, 306
山田美妙　122, 130, 162
山田風太郎　316, 350, 353-358, 360-363, 365, 366, 368, 369, 371, 372, 374, 376, 380-389, 392
山田みのる　218
山手樹一郎　270, 298, 313, 402
山中峯太郎　274
山村暮鳥　287
山本鼎　158, 205, 220

山本実彦　157, 186, 189, 218, 220, 222, 228, 232, 235, 237, 240 - 242, 259, 267, 278, 312, 342, 348, 354
山本周五郎　272, 274, 275, 294, 364, 379, 406
山本夏彦　314, 321
山本有三　186, 231, 251, 258, 269, 290, 309
山本露葉　208

【ゆ】

結城哀草果　334
「有正味斎詩」　108
雪丸（墨川亭　雪麿）　102
ユゴー　145

【よ】

「用文章」　89
横溝正史　236, 245, 250, 255, 270, 272, 299, 315
横光利一　235, 244, 248, 261, 275, 296, 305, 309, 312, 315, 319, 354, 355, 359
横山源之助　200
横山大観　244
与謝野晶子　153, 157, 163, 167, 177, 201, 208, 220, 221, 235, 281, 286, 293, 326
与謝野寛　133, 137, 139, 143, 146, 153, 167, 168, 177, 208, 235, 241
与謝蕪村　84
吉井勇　261
吉川英治　158, 176, 184, 238, 240, 244, 245, 257, 261, 269, 270, 274, 279, 290, 301, 302, 304, 305, 351, 354, 365 - 367, 374, 375, 400, 402 - 404
吉田健一　412
吉田絃二郎　208, 261
吉野作造　208, 224, 230, 234, 252
吉村昭　403, 404, 408, 409, 411
吉屋信子　161, 207, 227, 229, 235, 238, 273, 296, 305, 309, 366, 367
吉行淳之介　374, 402, 409
依田学海　117 - 120

【ら】

「雷銃操法」　110
ラフカディオ・ハーン　125
「蘭和辞書」　106

【り】

「笠翁十種曲」　96
龍胆寺雄　271
柳亭種彦　85, 119

【わ】

「和英語林集成」　109, 110
若林清兵衛　87
若山牧水　208, 254, 256, 315
渡辺登（崋山）　93, 94
渡辺霞亭　209, 244
和田篤太郎　126, 127, 132
和田垣謙三　208
和田芳恵　308, 323

あとがき

　本書は、科学研究費補助金「出版機構の進化と原稿料についての総合的研究」（研究期間：平成18年度〜20年度、基盤研究（B）、課題番号：18320041、研究代表者：市古夏生、研究分担者：竹内栄美子、菅聡子、谷口幸代、佐藤至子、藤本恵）の研究成果に基づくものである。研究期間終了後も、共同研究のオブザーバーであった浅井清先生の御助言を仰ぎながら資料の蒐集と精選を続け、さらなる研究の推進につとめてきたが、幸いにも、科学研究費補助金・研究成果公開促進費「学術図書」の助成（課題番号：265034）を受けて、この間の研究成果を総合して公表する運びとなった。関連する厖大な資料を網羅するものではなく、課題も残されているが、作家の経済的基盤や作品の経済的価値に関する基礎的資料として刊行する次第である。

　本書の意義を認めて採択して下さった日本学術振興会、出版を引き受けて下さった八木書店古書出版部および担当の滝口富夫氏、並びに資料調査でご協力下さった諸機関に厚くお礼申し上げる。また巻末の出典略称一覧（参考文献一覧）に掲載した文献以外にも、個々の研究書など多数の文献の成果を吸収させていただいていることを併せて附記する。

　本書が作家の経済活動をめぐる分野の解明に新しい照明をもたらすものとなれば、本書刊行会の全メンバーにとって望外の喜びである。

　　　　　　　　　　　　　　　　　　　2015年1月
　　　　　　　　　　　　　　　　　　　作家の原稿料刊行会

【作家の原稿料刊行会】

浅井清

市古夏生

竹内栄美子

菅聡子

谷口幸代

佐藤至子

藤本恵

作家の原稿料

| 2015年2月25日　初版第一刷発行 | 定価（本体9,000円＋税） |

編著者　作家の原稿料刊行会
　　　　（浅井清・市古夏生監修：代表谷口幸代）

発行所　株式会社　八木書店古書出版部
　　　　代表　八木乾二
　　〒101-0052 東京都千代田区神田小川町3-8
　　電話 03-3291-2969（編集）-6300（FAX）

発売元　株式会社　八木書店
　　〒101-0052 東京都千代田区神田小川町3-8
　　電話 03-3291-2961（営業）-6300（FAX）
　　http://www.books-yagi.co.jp/pub/
　　E-mail pub@books-yagi.co.jp

印　刷　上毛印刷
製　本　牧製本印刷
用　紙　中性紙使用

ISBN978-4-8406-9760-6

©2015 SAKKANOGENKOURYO KANKOUKAI